U0615007

修订珍藏版

咸阳宫

林鹏◎著

上

山西出版传媒集团 北岳文艺出版社
BEIYUE LITERATURE & ART PUBLISHING HOUSE

·太原·

图书在版编目（CIP）数据

咸阳宫：上中下／林鹏著.—太原：北岳文艺出版社，2021.1
ISBN 978-7-5378-6203-5

Ⅰ.①咸… Ⅱ.①林… Ⅲ.①长篇历史小说—中国—当代 Ⅳ.① I247.5

中国版本图书馆 CIP 数据核字（2020）第 064026 号

咸阳宫（上中下）

林鹏 / 著

//

选题策划
马峻

责任编辑
李向丽

书籍设计
张永文

印装监制
郭勇

出版发行：山西出版传媒集团·北岳文艺出版社
地址：山西省太原市并州南路 57 号　邮编：030012
电话：0351-5628696（发行部）　　0351-5628688（总编室）
传真：0351-5628680
网址：http://www.bywy.com　E-mail：bywycbs@163.com
经销商：新华书店
印刷装订：山西人民印刷有限责任公司

开本：787mm×1092mm　1/32
字数：700 千字
印张：32.625
版次：2021 年 1 月第 1 版
印次：2021 年 1 月山西第 1 次印刷
书号：ISBN 978-7-5378-6203-5
定价：178.00 元

本书版权为本社独家所有，未经本社同意不得转载、摘编或复制

作者像

沈阳生新版后记　　　林鹏 [印]

予谓：识现代而中国，就应该先识传

统而中国。关键是说清人、说清关键

的人。现代中国的关键人物是毛泽东。

古代中国的关键人物是秦始皇。秦始

皇是个……关键时刻里他对社前途有

一个非……记。秦始皇本纪已所载，王翦

长平书，恃其强赵、反、死无……

作者手迹

林子清才史通[印]筆直入咸陽

宮燃犀鈎沉有發現立論堂皇

氣若虹敢為呂氏平積謗迷

于舊典不苟同文章曠古無

窺攥創倒賣在開新風

并刊傖父領 [印]

张颔题诗

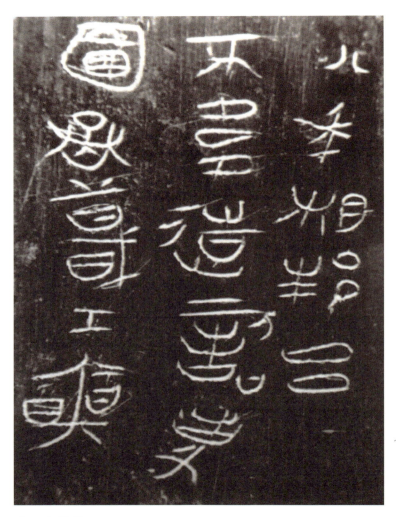

吕不韦戈铭

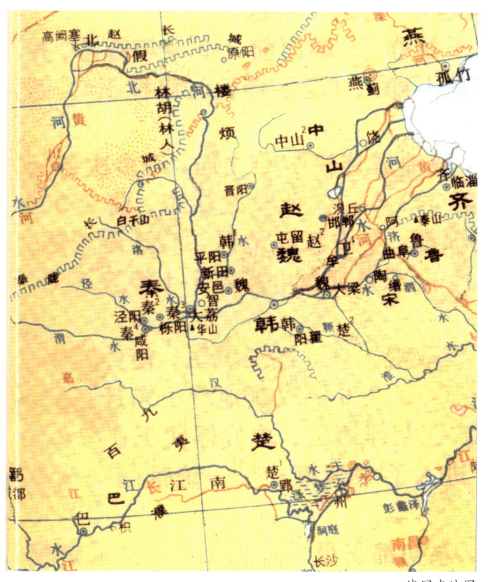

战国末地图

咸阳宫复原透视图

序　言

　　"刘琨一死无奇士，独对荒鸡泪满衣。"幼年读陆游这两句诗，只觉得放翁报国无门，晚景寂寞。将近半个世纪之后，读林鹏兄以毕生知识储备写成的《咸阳宫》，恍然有所悟。若将刘琨英名，换成以自身灭亡象征百家争鸣时代死去的吕不韦更为恰当。吕不韦在林鹏笔下洗去尘垢，恢复了（其实是创造出）思想政治家的本色。我以为这两句诗很符合作者在漫漫长夜中纵情挥洒、俯仰古今于瞬间的意境。

　　林鹏有深到骨髓的历史癖，酷爱研究英雄辈出、思想界万马奔腾的春秋战国史，如醉如痴，老而弥笃。他以赤子的爱国热忱告诉我们，如果先秦诸子的民主意识得到充分的发展，封建长夜不会延续两千多年，中国将是科学文化最为发达的一流强国。听说林鹏兄从前是个小八路，一生坎坷，历尽艰辛，后来发愤读书，三十年如一日。待到花甲之年，忽然写起历史小说来。如此长篇，率尔操觚，洋洋洒洒，居然左右逢源。当我阅读书稿时，我很激动，可以说是思绪万千。吕不韦确实了不起，就把本书题为《吕不韦》也不为过。吕不韦继承了先秦诸子的各种优点，他有柔的一面，也有刚的一面。他的柔的一面都胜利了；当他发挥刚的一面时，他失败了。后来，张良继承了吕不韦柔的一面，所以成功了。而林鹏兄只得到他的刚的一面，所以林鹏兄在仕途上只好做个失败者。然而在思想上，尤其在文化素质和艺术造诣上，他必将是个胜利者。他的思想常常闪动着罕见的微光。这些微光看上去就像萤火虫的光亮，同繁星相比，自然渺小多了。这些闪动着微光的东西，容或有不甚恰当或说不甚成熟的地方，但也都不是问题。林兄是个急于要倾诉胸襟的人，他终于倾诉了，尽情地倾诉了。我认为，值得珍视的正是这倾诉本身。

无论张良多么伟大，他没有留下片纸只字，而吕不韦却留下来一部完整的《吕氏春秋》。这正是刚的一面在起作用。伟大的理想主义，伟大的原则精神，伟大的阳刚正气，永远激励着世人。而林鹏正是以《周易·乾卦》"终日乾乾""自强不息"的精神艰苦奋斗着，默默耕耘着，对于一切无故飞来的迫害、摧折、白眼和冷落，仿佛根本就没在意，终于获得了几乎"旁若无人"的刚强意志。我认为，他这种不务虚荣的艰苦奋斗精神，颇有一股"老醯儿"的韧劲。他在《稿本自序》中写道：进入老年以后，他常常用伍子胥的话激励自己"日暮途远，吾将倒行逆施"。写作《咸阳宫》时，叫作破坏性试验。这种越老越拼命的毅力，特别令我敬佩。林鹏兄也是从战争年代和历次政治运动中走过来的。他同那些经历相仿的老同志相比，得到了大量的知识，结出了巨大的成果，肯定地说不在于天才，而在于勤奋。

本书所描写的只是秦王政（即后来的秦始皇）举行冠礼前后不到一年的事情。秦王政举行冠礼以前的这段时间，吕不韦忙于编撰《吕氏春秋》，太后和她的面首嫪毐把持朝政，并且有篡弑的阴谋。王弟长安君成蟜得知这一阴谋后在屯留前线举行起义，扬言要打回咸阳，消灭嫪毐。嫪毐在阴谋败露后发动暴乱，企图一举消灭秦王政、成蟜和吕不韦。秦国的宗室大臣们一向认为吕不韦游说异人继承王位是杀嫡立庶，而《吕氏春秋》的公布，使他们认清了吕不韦的真面目。他们暗中支持嫪毐反对吕不韦，进而发动了驱逐客士的运动。秦王政多病而且多疑，只怀疑成蟜有篡弑的阴谋，却突然落进了嫪毐的陷阱。秦王政在依靠吕不韦消灭嫪毐之后，为了适应宗室大臣们的需要又下了逐客令。后来逐客令虽已收回，却罢了吕不韦的官，随即又令其自杀。这中间还穿插着蔡泽、朱亥、茅焦、燕太子丹、朱英、樊於期、韩非、李斯、尉缭、赵高等人的活动。他们都是这段历史中的真实人物。他们的活动加剧了这次历史斗争的激烈程度。如此众多的人物，思想性格各不相同，变化开阖，井然有序。其中有轻生死重然诺的侠士，有满腹锦绣口若悬河的策士，有肝胆照人的豪客健夫，有玩弄手腕工于心计的政治家群像。作者试图把历史家稽古钩沉的功夫，小说家传神摄魄的艺术手法与政治家的侃侃长谈熔为一炉，从而创造一种新的文学样式——史论小说，群而有像的评传小说。书中有许多评论，比较现代，比较深沉，证明历史小说正在向历史哲学靠拢。

艺术样式本无完则。它随着文艺史的发展而不断创新，倒也不必强求一律。只要自然，有可取之处，便应该受到尊重。创新之作，未必一定成功，所以也就不必求全苛责。本书较为独特，虽然不会使人人感到可贵，却是一部难能可贵的拓荒之作。极强的理念（是人物，不是概念！）增强了本书的厚度，同时也相对冲淡了形象的塑造。然而这正是本书的特点。它不是鲁迅所说的充满烦琐考据的"教授小说"，却充满着丰富的历史知识。作者似乎不大注意发挥自己所具有的写人造境的超乎一般的能力，似乎不屑于描写琐碎事，气势浩大而笔底粗率。他老爱打破自己辛辛苦苦铸造起来的历史的与艺术的氛围，突然自己跳出来发一通题外的空论，然而仔细阅读这些"空论"，读者会发现在一把豆子里藏着两颗珍珠。不过，我觉得在一把豆子里发现两颗珍珠，那种喜悦的心情比起在满把珍珠里发现两颗豆子要高出不知多少倍。这使我感到，创新之作极容易受到非难，因为她确实存在着缺点或弱点。然而仔细想来，作者写此书费尽一生精力，编者校完此书也费数月之劳，读者读来不过费两三天时光，难道读者能发现的缺点，作者和编者在长时间的琢磨之中就不能发现吗？当然不是。发现问题比较容易，解决问题却很难。一本拓荒性的新作，是一种新的思维方式的产物。虽然发现了缺点或说弱点，当局者却无法跳出业已固定的思维，只能命定地姑作如是我云。但是我相信，有阅历的读者一定会赏识她。这些人和本书一样，具有常见的缺点和不易遇到的长处，他们完全有条件和本书成为知交。

书中的吕不韦，无疑是一位伟大的思想家和政治家。他太爱秦国了，所以遭到秦国贵族的放逐和杀害。他同时又是一位高度觉醒的哲人。他在死前不久对张良说："你不要过于钟爱你自己的东西，尤其是你所创造的东西。"这话非常发人深省。然而从吕不韦的悲剧结局来说，有些地方很像屈原。当然这只是相似而已。在才气、地位、见识、文化素养和历史条件上，他们绝不与任何艺术形象雷同。林鹏认为，吕不韦的个人悲剧，不仅是具有先进思想的三晋客士们的悲剧，而且从历史的深远影响来说，也是秦国乃至整个中国的悲剧。这同从前也有人把屈原——楚国——六国——中国的命运打起等号是一样的问题。当然，作为浪漫主义创作方法倒也无可厚非。历史的真实情况是：什么样的百姓，出现什么样的政权；什么样的政权，造就什么样的黎民。这都是无可奈何的事情。

　　林鹏对吕不韦是自杀、赐死抑或自然死亡做出了新的解释，我为这种新解释而击节。书中有许多新见解，有许多艺术个性较强的构思。当我读到这种地方时，我很兴奋，同时又感到不满足，觉得怒涛从天而降的高潮没有到来，觉得还有潜力，还有发挥的余地。这种遗憾的心情无疑是源于对本书的爱。书中不乏精彩段落，可以说都是神来之笔，读者一读便知。书中的主要人物，如秦王政、吕不韦、嫪毐都写得很好。即使一些次要人物，如李斯、韩非等，也很精到。林鹏的叙述，对原有的文献根据，做了自己的解释。如《李斯的性格》一章，文字虽不多，却把李斯的自私心理写透了。林兄熟习秦文,对李斯的《谏逐客书》的评价独具慧眼。不过,如果把这些话让书中人说出来就更好了。作家不断发出议论的急风,惊落了自己巧思的蓓蕾。这是由于用笔过疾,沉涩的笔触和细腻的表现显得少了些。这又涉及另一命题:表现与叙述的矛盾,东方伟大的写意传统与西方写实主义表现的矛盾。读者在读林鹏这种文字时,如果心中想着西方文学大师们的写实主义模式,肯定会感到不满足。超脱一点说,遗憾也是一种艺术效果。

表现与叙述,或说咏叹与宣叙,都是叙事文学必备的元素。成功的叙述与表现,都是高级艺术品。二者本无高下之分,但又确实存在着本质的不同,或说存在着对立。这事情常常使作家为难。中国古代小说,从先秦到汉唐,无一不是以叙述为主。这就形成了中国的史传文学。他们不强调在表现中叙述,而善于在叙述中表现。这就是通常所谓的写意。我想在此着重指出:写意乃是中国艺术的灵魂。尤其中国的绘画,那种空灵而深邃的意境,让白雪和翠荷响起复调二重奏,从根本上打破了时空界限,同时也打破了写实主义的艺术原则。王维的手迹已不可复见,但是我有幸从著名画师宋文治兄家里,借阅过查士标的《荷塘梦雪图卷》。这是真正的抒情杰作,但从西方人的审美观点来看却不真实。这同西方的写实主义是相违背的。西方的文学大师们善于在表现中叙述,却不善于在叙述中表现,单纯的叙述会使他们的文字变得沉闷而松懈。只有罗曼·罗兰的《约翰·克利斯朵夫》一书长于此道,百余万言如江河倾泻。他的叙述虽然精妙，但仍是写实的，同中国古代的史传文学相比，仍然有些逊色。丰富多彩的汉语汉字，特别适于在叙述中表现。那种惟妙惟肖刻肌刻骨的艺术效果，相当于中国画中的写意。写意中的笔墨功夫，其表现力不仅是生动而有韵律的，而且是无穷无尽的。西方的艺术家们将来总有一天会认识中国传统美学原则的妙处。那时候他们会恍然大悟，豁然开朗。我不是妄自尊大，但我也不妄自菲薄。近代以来，西学东渐。要知道，近代的中国，已经不具备汉唐时代那样消化外来文化的好肠胃，这是毋庸讳言的。从西方传来的新思想新艺术，在中国所起的积极作用有目共睹，也毋庸赘述。但这些洋东西有很大的局限性，它使中国固有的传统艺术渐渐萎缩起来。外来写实主义的小说观，妨害我们公正地对待自己的文化遗产。懂古文古书的人日益减少，新的经学家、史传文学家难以出现。这一切都值得探讨，值得深思。

　　林鹏兄是中国大地上生长的普普通通的儿子。听说他没有学历，是自学成材的。他读过不少从外国翻译来的文史专著，以及五四以后的新文学作品，但他用力最勤的却是中国古代的典籍。虽然算不得什么经学家、史学家，却有许多新的见解。关于这一点，读者一读《咸阳宫》便知。在《咸阳宫》的写作过程中，有东西方一切伟大文学传统可供借鉴，使他终于获得了不容置疑的民族个性和东方气派。长期的生活实践、深入的学习研究，以及北方乡土的芬芳，都给他以丰富的养料，使他在艺术创作上绝不比同类小说差。这都是应该肯定的。小说写的是两千多年前秦国的生活场景。且不说再现这些生活场景多么困难，单就读者的要求来说，又是各不相同。能够充分理解作者探索艰辛的读者，想来是不会很多的。优点越多的书，其缺点也最明显，而且难以克服。任何作家都不是万能的。有些书要争论许多年，才能达到相对一致的看法。林鹏是十分渺小的，但却是强有力的。《咸阳宫》的长处与探求精神证明了中国古典的伟大艺术传统并未消亡，它的强大的生命力依然闪烁着耀眼的光芒。这正是我乐于为广大读者指出的一个不可否认的事实。

今年，一九九一年三月间，我写了以上这些话。四月初，我同林鹏兄见了面，并且作了长谈。他说："当时一面工作一面写作，想到哪里写到哪里，仿佛要说的话很多，顾不得描写生活琐事。写完以后再一看，粗糙不堪，简直就是一张草图。"我说："那就增加一个副标题《悲剧草图》，如何？"林兄拍手称善。我写得已经不少了，请读者打开小说正文吧。你已经站在历史与艺术的双重冲击波的中心，峨冠博带的吕不韦带领他的门客们，正在洞开着的时光之门前迎候着你。

柯文辉

一九九一年四月六日于北京

主要人物

　　吕不韦——濮阳人，秦国右丞相，封文信侯，《吕氏春秋》一书的主编人。本书故事发生在公元前二三八年，这年吕不韦大约六十九岁。死于公元前二三五年。《史记》有传。《汉书·人表》列在中中。

　　司空马——吕不韦的食客、舍人，丞相府的尚书令，事见《战国策·秦策五》。后变姓名，曰雍门子周。《汉书·人表》列在中下。

　　秦王政——姓赵名政，即后来的秦始皇。公元前二三八年举行冠礼时二十二岁。死于公元前二一零年。事见《史记·秦始皇本纪》。《汉书·人表》列在中下。

　　太　后——秦王政的母亲，本是邯郸歌妓。死于公元前二二八年。事见《史记·秦始皇本纪》。

　　嫪　毐——秦国左丞相，封长信侯，假太监，太后之妸夫。公元前二三八年四月发动叛乱，同年九月被杀。事见《史记·秦始皇本纪》。

李　斯——吕不韦的食客、舍人，后做秦王政的客卿、廷尉、左丞相。死于公元前二〇八年。《史记》有传。《汉书·人表》列在中下。

周　术——即甪里先生，河内轵人，"商山四皓"之首。"商山四皓"还有崔广，隐居后人称夏黄公；庾宣明，隐居后人称东园公；绮里季。他们都是河内轵人，曾为秦博士。后隐居南山。姓名见《史记·留侯世家》及《高士传》。

成　蟜——秦王政之弟，封长安君，公元前二三九年带兵攻赵，行至屯留兵变，失败后自杀。事见《史记·秦始皇本纪》。

蔡　泽——燕国人，曾做过几个月的秦国丞相，封刚成君，《史记》有传。

燕　丹——燕王喜之太子，公元前二三八年在秦国做人质，后逃归。事见《战国策·燕策》及《史记·刺客列传》。《汉书·人表》列在中中。

尉　缭——大梁人，秦之国尉，《尉缭子》的作者，因厌恶秦王政之为人，亡去，不知所终。事见《史记·秦始皇本纪》。

应　曜——吕不韦的食客，秦楚之际著名学者。谚云："商山四皓，不如淮阳一老。"（见《集韵》）一老即应曜，晚年隐居淮阳山中（见《湖广志》）。

程　邈——秦下杜人，字元岑，初为县吏，后为御史，隶书的创制者。曾入云阳狱中。姓名见于《汉书·艺文志》颜师古注，并见唐代张彦远《法书要录》。

朱　英——观津人，曾马楚春申君食客，后流亡三晋，不知所终。事见《战国策·楚策四》及《史记·春申君列传》。《汉书·人表》列在上下。

朱　亥——大梁屠户，后为信陵君食客。事见《史记·魏公子列传》。《汉书·人表》列在中中。

夏中期——秦昭王之老臣，琴师。姓名见《战国策·秦策四、五》。

张　唐——秦人，曾为将军。事见《战国策·秦策五》。

鹿　公——秦人，曾为将军。姓名见《史记·秦始皇本纪》。

王　翦——频阳人，秦国大将。《史记》有传。《汉书·人表》列在上下。

蒙　恬——秦将，其先齐国人。秦国大将蒙武之子。蒙毅之兄，秦始皇二十六年拜内史。《史记》有传。《汉书·人表》列在中上。

赵　肆——即内史肆。事见《史记·秦始皇本纪》。

王　绾——秦人,左丞相。姓名见《史记·秦始皇本纪》。

韩　非——韩国诸公子,法家著名学者,《韩非子》一书之作者,出使秦国时被谗害,公元前二三三年自杀于云阳监狱。《史记》有传。《汉书·人表》列在中上。

茅　焦——齐国人,游说之士,做过几天秦国太傅。说秦王政之事见于《史记·秦始皇本纪》及《说苑》。

樊於期——秦国卫尉将军,后逃亡燕国,事见《战国策·燕策》及《史记·刺客列传》。《汉书·人表》列在中中。

华无伤——齐人,曾流落咸阳,后来做田横部下车骑将军。事见《史记》卷九四、九五。

杨　樛——秦人,云阳狱丞,后为五大夫。姓名见《史记·秦始皇本纪》。

赵　婴——秦人,咸阳平民,后为五大夫。姓名见《史记·秦始皇本纪》。

赵　高——秦人,狱卒出身,后为掾史,宫中车府令。事见《史记·秦始皇本纪》及《李斯列传》。《汉书·人表》列在下下。

秦二十爵级表

一　公士

二　上造

三　簪袅

四　不更

　　（这四个级别为士卒之有爵级者，或曰下级军吏尚有无爵级者，名曰校、徒、操、小夫）

五　大夫

六　官大夫

七　公大夫

八　公乘大夫

九　五大夫

　　（五大夫即大夫的第五级，亦即大夫最高的一级。这五个级别为中级官吏）

十　左庶长

十一　右庶长

十二　左更

十三　中更

十四　右更

十五　少上造

十六　大上造

十七　驷车庶长

十八　大庶长

（从左庶长到大庶长共九个爵级，此即高级将领和高级官员的九个级别）

十九　关内侯

二十　彻侯

（关内侯与彻侯为君侯，生以为禄，死以为谥）。

列此表供读者参考。读者如有兴趣深入一步，可参阅《史记》《汉书》《后汉书》《汉宫仪》《秦会要订补》《七国考》等书有关部分《百官公卿表》。

目 录

第一章　刺客来临

公元前238年,秦王政九年,年初,正是冬天。一天晚上,下了大雪。秦国的右丞相吕不韦,心情非常之好,正在同青年学者应曜闲谈。丞相突然问道:

"老夫的《春秋》,公之于世,已经半年,陛下想也已经浏览一过。据先生看,陛下能够充分理解它吗?"

他们谈论的是楚国的考烈王突然死去的消息,正在分析楚王是病死的,还是被暗杀的……因为消息刚到,非常简单,没有细节,所以一时无从判断,吕不韦突然把话题移开,这使应曜感到突兀,仿佛从牧羊人脚下突然跳出来一只兔子一般。然而他又一想,这是近来丞相最得意的一件事情,也是丞相最喜欢谈论的一个题目。五个月前,《吕览》题名《春秋》,悬之咸阳国门,并且布告全体庶民,有能修正一字者赐千金。果然万民欢腾,一致拍手称快。秦国的士人以及各国的游学之士,开始抄录这部《吕氏春秋》。秦国文化落后,官吏们除了读法律再不读书,而庶民们以吏为师,整个国度孤陋寡闻,只知杀戮,不知其他。《吕氏春秋》的编撰和公布,自然是秦国历史上空前的盛事。吕不韦看见自己编撰的《吕氏春秋》受到庶民的称赞,心里非常高兴。他在"维秦八年"的"秋甲子朔日"亲手写了一篇序言,附在全书之后,于是便将此书进呈陛下。当序言写好之后,吕不韦不仅同当时吕府的学者进行了谈论,而且特意把这位青年学者应曜找来,让他看是否妥当。应曜在吕府的众多学者之中最为年轻,三十多岁,最敢说话,无论何事,直言不讳,故而受到吕不韦的赏识。不过,现在吕不韦问他的问题,却是他不大了解的事情。首先,他不知道秦王政是否真的读过《吕氏春秋》,自然也就无法估计他读过之后能否理解它。只好根据平时对秦王政的了解,预测他读过《吕氏春秋》以后可能有的反映。他知道《吕氏春秋》同秦国一贯的政策和理论大相径庭,并且同秦王政幼时所受的非常简陋的教育颇有矛盾。于是,他思索了一下说道:"未必。"

现在该轮到吕不韦沉思了。他脸上方才那种得意的神色,渐渐地消失得无影踪。这天晚上,天气很冷。他袖着手伏在面前的小几上,眯着眼睛,眉头渐渐地皱了起来。后来,他看见身旁放着的高高的铜制油灯,想起不久前那个地方曾跪着一个手执火把照明的仆人。他在心中说道:"一种新的用具尚且不能立即被众人接受,何况一种新的思想。"

当时一般贵族和官宦人家都不敢用铜制油灯。铜称美金,黄金,昂贵得很。人们不能为了取得片刻的光明,就倾家荡产。吕不韦想道："铜制的油灯,开支太大,莫非取得新思想也要开支吗? 思想的花费是什么呢? 悟性是怎么来的……"

应曜见丞相久久地沉默着,便说道:

"在一百二十年前,真正的新思想是孟轲的政治学说。然而当时的诸侯谁也接受不了它,甚至不能容忍它。那时商鞅的政治学说,并不是什么新鲜东西。当时在三晋,每一个士人和小官吏,都非常熟悉商鞅后来鼓吹的那一套。然而正是这种陈旧过时的东西,一旦传入秦国,立刻就被充分理解。一百多年以来,商鞅的这一套,已经成为秦国的根深蒂固的传统。臣正是根据这一点,才说了'未必'二字。"

吕不韦想着:这个年轻人聪明至极。他所说的,也许有道理,也许毫无根据。是了,他是楚国人。他们楚国人,总是对秦国估计不足。可见聪明才智对于人类历史来说简直是毫无用处,甚至非常讨厌。它仿佛大风中的尘埃,黄蒙蒙的满天迷漫,使人目迷耳塞。其实,那天地之间蓬蓬然发于北海入于南海、拆木拔屋、摧枯拉朽者,岂是这野马尘埃哉。虽然这么说,人们仍然是想获得聪明才智,就像姑娘们想获得首饰一样。

这时房门外面有人拍打衣服,并且高声训斥卫士们:

"现在刚天黑不久,你们就昏昏欲睡了。叫你们的队长来,告诉他,谁在值夜时靠着墙打盹,重打四十!"

说话的是丞相府的尚书令司空马。他一推门走进庭堂,略带一点跟跄的样子,仿佛那两扇门是他用头碰开的。他看看吕不韦,看看应曜,脱掉鞋子,进到前席,躬身施礼。

"雪下得很大吗?"吕不韦见司空马身上有雪花,问道。

"下大了,相爷。"

"有事吗,老马?"

"有事。"司空马说道,"有要紧事禀告相爷。"

"说吧,什么要紧事情?"

司空马两手拄着席子向前膝行,爬到距离吕不韦很近的地方,低声说道:

"他们派出了刺客。"

"要刺杀谁?"吕不韦漫不经心地说道,"莫非要刺杀老夫吗?"

"正是。"司空马拱手至额说道。

吕不韦这时才抬起头来,微微一笑说道:

"老马,你没有喝醉吧?"

"回禀相爷,臣未曾饮酒。"

"他们刺杀老夫干什么?"吕不韦说道,"以前,先王去世,国事决于老夫。他们忌恨老夫,暗杀老夫,该是在那时候。今天不然,国事无论大小,完全决定于嫪毐。①他现在说一不二,横拿竖放都由他。况且老夫已经年近古稀,来日无多,还值得他们费这些手脚吗?"

"相爷,千真万确。"司空马郑重地说道。

吕不韦不再笑了,定睛看着司空马。他发现这位尚书,今天的样子颇有些异常。司空马有四十岁左右,眉目清朗,留着长长的黑胡子。平时他喜欢穿蓝色的锦袍,今天却穿了

_____

①嫪吕对立,见《战国策·魏策四》。

一件本色粗麻布的袍子。他头上沾满油污的巾帻很难看，而且有点歪斜，好像是刚刚同什么人打过架一样。吕不韦想起司空马交游甚广，上至朝廷各府官吏，下至仆夫走卒甚至乞丐。吕不韦曾经批评过他交友过杂。

"是谁提供的消息？"吕不韦问道，"还是你那位好友吗？"

"正是他，浑沌。"司空马拱着手低下头，让手触到自己的前额。

他以自己的庄重，表示消息可靠，情况非常严重，希望引起丞相重视。

一个人取一个非常古怪的名字，就足以引起人们的好奇，更何况这叫作浑沌的人，是吕不韦这堂堂相国久已渴望一见而一再遭到拒绝的人。这个名字使吕不韦感到十分神秘。他曾经想象，也许他的相貌十分丑陋，所以不肯见人。吕不韦曾经考虑，派人把这绰号叫浑沌的人杀掉。如此神秘莫测的人物，居然住在咸阳，实在太可怕了。今天正是由他送来这可怕的消息，这并不奇怪。然而，吕不韦却又很相信这个消息。因为在此之前，凡从浑沌那里送来的消息，几乎全是正确的。或许正是由于这个原因，吕不韦才对此人有一种莫名其妙的畏惧。他想问一问司空马，派来的刺客是谁，叫什么名字，武艺如何，等等。然而又一想，提出这些问题完全是无谓的。即使司马空一一做出回答，丝毫也不解决问题，反而让司空马和应曜感到他已经胆怯。吕不韦想："刺客之中，没有凡庸之辈，来者不善，善者不来。这还用细问吗？"

吕不韦这样想着，意识到自己现在也许是满脸惊慌的神色了。他看看司空马和应曜的眼睛，想从他们的眼神里看到对自己的反映。当他看应曜沉静的不动声色的态度时,他安心了。同时,他也得到了在这种情况下是再好不过的话题。

"是啊!"吕不韦叹道,"足下说得很对。商鞅的那一套,就在商鞅的时代,已经不是什么新玩意儿。不过在老夫的《春秋》里,绝大部分也都是陈货。即使像'天下者非一人之天下,天下人之天下也'一类的话头,也是前人说过的。这就是从'民为邦本,民为重,社稷次之,君为轻'引申出来的①。"

吕不韦一边说着,看看司空马,再看看应曜,想道:"司空马完全相信他送来的消息,应曜好像根本就不相信。也许应曜是对的。也许,也许只是我希望应曜是对的。"

"这些话头的根源,便是士人的觉醒。士人已经觉醒,这就是现在的形势不同于近古的地方。"吕不韦继续说着他已经说过许多遍的话,"不过老夫对孟轲的思想也不完全赞成。因为……要罢黜一个王,不是简单的事情。这无疑就是一次政变。不好的王被罢黜了,新即位的王也未必就真好。即使真好,也未必就能很快表现出他的好处来。再者,你说好,我说坏,你说坏,我说好,你越说好,我越说坏,等等,等等。这就有可能引起一系列的政变。不停地政变,肯定会削弱国力,使强国变为弱国。"

司空马显得垂头丧气,不知所措。如此重大的事情,丞相竟能放得下,并且谈起一些不相关的话题来,这使他很惊讶。他猜想吕不韦可能是不相信他得到的消息,否则,绝不

---

①"天下者非一人之天下,天下人之天下也",见《吕氏春秋·贵公》;"民为邦本",见《尚书·五子之歌》;"民为贵",见《孟子·尽心》。

会这么泰然处之。这时候应曜已经开始说话。司空马想："都是这些喜欢高谈阔论的文人们把相爷带坏了。当初是什么景象，尉缭、李斯为舍人，蒙骜、王龁、麃公为将军。不尚空谈，专做实事，戈矛东指，秀士西来。如今这是什么景象，大权旁落，要领不保。不行！我司空马还在么！我要预为布置，立即布置。"

"相爷考虑得很周到。"应曜说道，"不过，强国弱国是相比较而言的。弱小国家不停政变，国力肯定会受到削弱。大国就不然了，大国敢于政变，敢于罢黜庸碌无能的王。即使引起一系列的政变，国力不但不会削弱，反而会迅速加强。如果在上者庸碌无能，而在下者又为尊者讳，脓包毒瘤长期受到小人的佑护……这比一系列政变严重多了。在上下一片麻木不仁之中，国力削弱得最快，而在不断的革命之中，国力只会得到增强。不知道相爷以为如何？"

听了这样一段对自己的反驳，吕不韦才把自己早已纷乱的思绪收拢起来，才真正由刺客问题上拉回到孟子问题上来。他不知道自己对应曜的说法是应该同意，还是应该反对。因为既然是民为重君为轻，这问题就是再明显不过了。只是大家都想做一人的忠臣，故而讳言其实罢了。他看见身旁的油灯里的油干了，发出一种低微的哒哒声，光亮虽然比以前大得多，但却接近熄灭。

"天不早了，休息吧。"吕不韦说道，"明天咱们再讨论。"

吕不韦是这样的人，客人走时总要站起来躬身施礼，仿佛是对客人行礼的答礼，又仿佛只是一种恭敬的迎送。应曜是他的食客，司空马是他的负责文墨的尚书，都是他的下属，他仍然如此，对外人那就更客气了。他受着战国养士之风的影响，总以为礼贤下士是他的本分。什么周公吐哺握发呀，晏子与人交久而愈恭呀，诸如此类，在他头脑中根深蒂固，于是便形成了这么一种习惯。然而他的敌人却不是这样理解，他们认为他这是矫情，是虚伪。他们因为都是世代相传的贵族，所谓"宗室大臣"，所以他们无论如何不肯看重下人。他们认为自己的利益就靠他们的权势来维护，而他们的权势就靠他们所摆的架子来维持。这就是他们所理解的礼法和所宣扬的天命。他们厌恶吕不韦的这一套"点头哈腰，称兄道弟"，认为是"十足的市井商贩做派"。不过，在吕不韦手下做事的人，上至学者将军，下至术士小夫，却对吕不韦怀着由衷的敬意。秦国的"宗室大臣"们既然不能礼贤下士，平易近人，于是就把这种思想作风说成是由三晋传入咸阳的无父无君的（实际是等级不够森严罢了）思想。后来由私下的厌恶变成了公开的愤慨，由排斥山东六国的客士，到公开反对吕不韦。嫪毐执政以后，这种反对吕不韦的情绪日渐高涨。吕不韦知道这些情况，却没有足够的重视。

　　客人们系好鞋带离开以后，吕不韦回到自己的卧室。穿过院子时有两名武士跟随。进入卧室以后有仆人端来一杯羹，其实就是加了菜和盐的稀粥。回到后院的这一切都由他的夫人安排、指挥。当时，人们尊称吕不韦夫人为吕姥。就连陛下，也是这么称呼她。陛下称吕不韦为仲父。在古代，宰相人家的妻妾都是带领奴仆们终日操作，除非节日、庆典或接待宾客，不得清闲。吕姥因为上了年纪，她不做什么活计，只是指挥奴仆们照顾吕不韦的衣食等等。无论吕不韦多晚回来,她都等着,迟早等伺候吕不韦安歇以后,她才回自己的房中休息。今天吕姥觉得吕不韦的神色不对,等吕不韦睡下,吕姥问道:"今天又同他们怄气来吗?"这个"他们",自然是指嫪毐等人。

"没有。"吕不韦若无其事地说道。

"上了年纪啦,要能够急流勇退才是。"

"对。"

"从前邯郸街上,有一个讨饭的老人。昨晚上奇怪得很,我梦见他了。听说这老人有一肚子学问,浑身的武艺,年轻力壮时,不能见重于有司,年老以后,只落得沿街乞讨。现在恐怕早已长眠地下了。人就是这样,一切祸福都由各种机缘造成。咱们是山东人①,秦国人始终把咱们当作外国人,叫咱们是'山东乞食者们'。应侯范雎比咱们的功劳大吧,他的结果如何? 所以,我想,不如就此罢手,告老还乡,好离好散,晚年落个逍遥自在。"

"是啊。"吕不韦说道,"你说得很对。我累了,你也歇息去吧。"

吕不韦很想尽快入睡,但是不能入睡。他觉得老伴说得很对,秦国人始终把他们当作外国人。吕姥提到的范雎入秦时,秦国的贵族们就已经充满了抵制山东六国人的情绪。五十年来,秦国加紧蚕食山东六国。军队越是打胜仗,想不到朝廷和宗室越是变得盲目、愚蠢,越是孤陋寡闻。这大概就是战胜而亡的道理吧。这个道理,一般人很不容易悟透,秦

①山东人:战国时指崤山以东的六国人。

国的贵族们褊狭得很,自然更不容易悟透。这种情况,看来已经无法改变,所以他们现在决定要下毒手了。

他想道:"二十多年来,我吕不韦为了秦国的利益,一心一意,奋不顾身。我亲手消灭了东周,结束了一个漫长的旧时代。新的时代将从我这里开始。以前诸侯之间互相攻伐,争城夺地,掳掠烧杀,只为眼前利益。是我提出了统一天下的伟大目标和详尽的方略。为了统一之后能够出现一个理想的繁荣昌盛的中国,我编撰了真正的建国大纲,这就是综述百家的《吕氏春秋》。天下即将归于一统,这种总的趋势已经确定无疑,谁也无法改变它了。正在这大功即将告成的时候,想不到他们要对我下毒手。这群无赖子弟。你要权,我交出去了;你要利,我绝不争。你们还要我怎样呢?我哪一点对不起秦国,现在居然想要我的命,竟然派了刺客前来暗杀我。真是虎狼之国啊!我已经六十九岁了,死而无憾了!"

虽然说是死而无憾,实际不然。理智也有不顶用的时候,它往往无法战胜感情。吕不韦过分地珍惜他的所谓伟大事业,因而他过分地热爱秦国。他不知道,他越是这样,秦国人越是觉得他可怕,甚至可恶。秦国贵族们终日编造各种谣言中伤他,他都忍受了,他却连根底不正的嫪毐都不敢伤害。有理想有抱负的人,在庸俗无聊的小人面前,仿佛解除了武装一样,显得软弱无力,甚至理屈词穷。他准备一死了之。死对他来说倒也并非十分可怕,人总归要死的,何况他已经年近古稀。但是要死在他的事业临近完成的时候,那未免太使人遗憾了。尤其要死在愚昧落后的人的屠刀之下,这太不公平了。他不揽权,不贪利,这是有目共睹的。但是,他是如此的好名,实在说来,这也是有目共睹的。他的《吕氏春秋》一公布,他那种喜形于色的样子,就好像年老的农妇看见她的老母鸡下了一个蛋一样,嘴都合不上啦。他不知道,正是《吕氏春秋》公布以后,秦国的贵族们才迅速地组织起来,展开公开反对吕不韦的活动。吕不韦以为,他把自己生产出来的最好的东西,他的乳汁,他的血,献给了他过分热爱的秦国,或者说献给统一以后的中华民族。但是,并没有人感谢他,相反却有人恨他。恨他太多事,恨他太贪名,恨他用他的乳汁毒害别人的孩子。这一切好像是不可思议,然而这就是社会,这就是历史。

吕不韦心里说着"不怕死",很有点慷慨激昂,其实,人老了,多半都怕死。因为他们来日无多,所以也着实地珍惜生命起来。他的心绪,就像赛神的乐舞一样,轰然演奏起来,其中有雄伟壮烈的声音,同时也有哀婉纤柔的音响。当他心中喊着"死而无憾"的时候,他同时又仿佛觉得刺客就藏在那帷幕后边,正在从袜筒中抽出匕首……

忽然他感到近几年来,忙着编撰什么《春秋》,实在是一件蠢事。编好了这部书,他身旁只剩了一批玩弄笔墨的人,几乎把过去的将军武士们都冷落了。他想起他的好朋友蒙骜,还有王龁,前两年相继死去了。文人们毫无用处,笔墨无论如何不能对付宝剑。想到刺客,就想到武艺,刺客都是武艺高强的人。他于是便想起了麃公。这是一个武艺超群的青年将军,从前在蒙骜手下为将,屡立战功。后来因为受人诬陷,丢了官职,吕不韦命他担任丞相府的谒者令。真糊涂,正在需要武士的时候,却让麃公去上党给长安君成蟜送信去了。假如有獴公在吕不韦身边,他或许要胆大得多。现在院里的卫士们,谁也比不上獴公。方才司空马训斥他们,看来也不顶用,都是混饭吃的。刺客只要到来,是不会失败的。刺客会在你熟睡时给你一刀,也许在你出门时突然冲上来……

心里做着如此这般的猜想,怎么能睡得着呢?吕不韦觉得身上发热,头脑发胀,很不舒服,便坐了起来。这时候他借着白雪映出的微光,仿佛看见旁边的帷幕动了一下,心里一惊。忽然又看见那边窗下墙边趴着一个人……啊,他想起来了,那是一个女仆睡在那里以备呼唤的。转念一想,如果刺客真的已经进来,他也就用不着这么躲躲藏藏的了。一个年轻力壮的武士,前来刺杀一个手无缚鸡之力的老头子,是用不着这么多扭捏的。吕不韦想到这里,为了驱散方才的恐惧心理,他决定起床,到院里走走。假定刺客现在正在院里等他,那也没关系,难道躲在被窝里就能摆脱他吗?这样想过以后,他披上一件皮袍子走出了房门。院子里静悄悄的,雪已经停止,夜气清新,凉意逼人。他的心情果然变得开朗起来。

"人生是美好的,"他在心中叹道,"生命是可贵的,现在就死去,未免太仓促了些。"

他慢慢走下台阶,向东边走去。雪在他的脚下吱吱作响。

突然,从墙脚后边跳出一个手执宝剑的人向他大声喊道:"啊!谁?"

吕不韦这一惊非同小可,心想:"果然来了!"

只见那人躬身施礼,说道:"原来是相爷,怎么还没有睡?"

　　吕不韦定睛一看,这才看清是司空马。

　　"臣怕卫士们懈怠,正在巡查。"

　　吕不韦感觉到自己的心还在猛烈地跳动,那声音犹如战鼓,使他浑身都在震动。他想说话,想使用一种平静和缓的语调说话,于是就极力放慢说话的速度。

　　"老马,你的,朋友……"吕不韦想说,"你的朋友的消息可靠吗?"又觉得这样说不合适,改口说道:"你的朋友很多,老夫实在羡慕。你的这位名叫浑沌的朋友,给老夫帮过很多忙。老夫曾经几次想见见他,向他表示感谢,不料都被拒绝了。这是一位隐士吗?"

　　"回相爷,很难说他是什么人,若看表面,他只是一个叫花子的头儿。"

　　"你说的是这浑沌吗? 乞丐首领?"

　　"是他,浑沌。"

　　"谁也不知道他的真名实姓吗?"

　　"臣只知道他的这个绰号,不敢问他的真名实姓,也不敢问及他的身世。"司空马想了想,接着说道,"有一次我们俩一块喝酒,旁边只有他的妻子给我们斟酒上菜。她看见我们已经喝得两眼乜斜、耳热嗡嗡的样子,指着浑沌说道:'可惜了一个鲁仲连的学生。'"

　　"这是真的吗?"吕不韦显出万分惊奇的样子,问道,"一个乞丐首领竟是鲁仲连的学生? 一位高人雅士竟然混迹乞人之中? 天下之人,无奇不有。老马,请代老夫向他致意,就说老夫仰慕已久，无论如何要赐老夫一面。如此高人，必有裨益于老夫。并且，不知道敢不敢提出来，不知道他能否顾怜老夫，屈尊来做老夫的宾客。"

"这话，臣早就说过三四回了。"

"不行?"

"不行。"

吕不韦觉得自己应该感到惋惜的时候，心里为什么很高兴，他忽然意识到，这些谈话的内容对他并不重要，重要的是这谈话本身，这种谈话，使他完全摆脱了方才的恐惧情绪。他现在是站在院里，同一个手执宝剑的汉子说着闲话，周围远近都有警惕的卫士，远比自己一个人睡在柔软的卧榻上心情踏实得多。无论如何，刺客不敢在这时候冲上来。他意识到自己正是由于这个原因，才有如此浓厚的谈兴。他极力表现出强烈的好奇心来，询问有关浑沌的各种情况。

"他的妻子，完全是齐国口音。他本人说的是咸阳话，只是偶尔带出一点齐国口音来。"司空马说道。

吕不韦想，他不会是六国的间谍吧? 不过，这话说不出口。司空马他们是要好的朋友，如果这样提问，对司空马也不够尊重。他说道：

"看来这是一位隐士，一位奇特的瘾君子了。"

"今天下午，他把这消息告诉臣的时候，还附有一个忠告，不知当说不当说。"

"说呀! 怎么不当说?"吕不韦急切地问道，"你要把详细情况都告诉老夫，不要考虑合适不合适。"

"浑沌要臣向相爷进言，希望相爷请个病假，然后深居简出,加强防范,并且要不断地更换居处。"

"这个主意极好。"吕不韦说,"变换居处,加强警卫,深居简出,很好。只是请病假,病假,怎么请? 一则老夫没有病,再则陛下就要举行冠礼,举行婚礼,然后亲政。各国朝贺冠礼的使臣,即将来到咸阳。在这种情况下,老夫怎么好请病假呢?"

"相爷难道没有生过病吗?"

"没有。"吕不韦考虑再三说道,"这时候请假,陛下要起疑心,不好,不好。再者,老夫为了燕丹的事,明天和蔡泽约好,一同去见陛下。"

"怕什么!"司空马说道,"明天我进宫去报告陛下,说相爷得了急病,并且派人通知刚成君。"

"什么病?"吕不韦问道。

"胃病。"司空马答道。

"等一等,请让老夫考虑考虑。"吕不韦吸一口气,又咂了一下嘴。

司空马很熟悉丞相这点小小的习气。每一遇到不值得考虑的问题时,他就故意做出这么一副考虑问题的姿态来。

"也好,好吧。"吕不韦终于果断地说道,"老夫倒是经常胃疼,陛下也知道。"

"相爷能采纳浑沌的意见,臣很高兴。"

吕不韦心想:"什么浑沌的意见,我看这就是你的意见。哎呀! 我的天哪! 也许这世界上根本就没有这么一个绰号叫作浑沌的人。天哪! 我让这司空马骗了个结实。这个司空马,原名叫剧图,一个标准的邯郸士人,玩世不恭,调皮捣蛋。这家伙混账至极。等我胃疼好了再收拾你。什么刺客！他想把我吕不韦捏在他手心里，不过如此而已，天哪！我真的是老了，像小孩子一样任人玩弄。等我病好了见！"他现在真的有点胃疼起来。他说道："如果廮公回来，请他立即来见老夫。目前，请你和任固，共同担任这里的护卫。"

"遵命。"司空马拱手答道。他仿佛忽然想到了什么似的，说："相爷，听说，听说朱英到了大梁。"

"是吗？"吕不韦说道，"此人了不起，可惜春申君不能用。我曾经怀疑他同朱亥是弟兄。"

"不。"司空马说道，"朱亥是大梁屠户，而朱英是个贵公子。朱英是观津人。观津在赵，赵王封乐毅于观津。"

"对，想起来了。老马，告诉你一件稀罕事，朱亥就要到咸阳来。他作为魏国的使臣，前来咸阳恭贺陛下冠礼。"

"这是个英雄。"

"闻名不如见面，来了一看便知。"

这时候，吕姥披着衣服走出来说道："天都大亮了，还站在院里说个没完。这老马也不太懂事，你不怕冻着相爷吗？"

于是司空马显出大梦初醒的样子，急忙向吕姥施礼道歉，催着吕不韦回卧室休息。

吕不韦看见真的天亮了。仆人们已经起来操作。扫院的老奴，挥动着长长的扫帚，刷刷地扫起雪来。吕不韦想："惊慌失措的一夜，总算过去了。或许刺客未能进门。他需要想个办法，进我吕府的大门。等着瞧吧，也许我的武士们能够捉住他。"他觉得很累，胃又真的有点疼，昏昏沉沉地躺在睡榻上，心想："或许根本就没有什么刺客，甚至根本就没有那个绰号叫浑沌的人。说不定这只是司空马对老夫的戏弄。浑沌是上古的传说,《庄子》的寓言,谁敢真的取这个名字!如果那样,老夫就要在七日之内把它凿死。不好,真是太糟糕了。这不是对我的讽刺吗?这不是直截了当地对《吕氏春秋》的讽刺吗?我这不是光着脚丫踢自己的木鞋吗?天哪!老天不肯见怜,不肯把足够的睿智交给世人,却给世人布下数不清的难题。但愿麃公早日回来,快回来吧……”

他好像觉得吕姥曾经来到他的卧榻前,别的就不知道了,他已经沉沉睡去。

三年前,三晋同楚、卫联合,五国攻秦,战于寿陵,史称寿陵之战。秦兵一出,联军瓦解,于是秦灭卫而建东郡。为了庆祝这次胜利,吕不韦设家宴招待当时参加编纂《吕氏春秋》的学者们。酒席之前,这些文人们谈笑风生。周术讲了一个小笑话,他说:“我小时候有点呆气。有一次,我在河边站着,看两只小鸟打架。那是冬天,不一会儿,我的木鞋就冻住了,粘在冰上,拔不下来。那两只小鸟叽叽喳喳,蹦蹦跳跳,玩得非常开心。后来它们飞走了,走得早已无影无踪。可是我的木鞋却冻得牢而又牢,无论如何动它不能。”李斯喊道:“找一块石头来,一砸就下来。”周术说:“没有石头。”姚贾说:“你身上没有带一把小榔头吗?无论是铁的,或者是木头的都行。”周术笑了,当时在场的所有人都笑了起来。尉缭说:“如此说来,先生你就一直在你的木鞋里站着吗?你再没有办法可想了吗?你不会光着脚回家吗?”人们又爆发出一阵笑声。司空马说:“先生可以试着用自己的拳头打那两只木鞋,说不定可以奏效。”周术说:“我那时候只有六七岁,拳头倒是有一双,其奈无力何。"张唐说:"先生你可以喊叫一声,请个过路人来帮忙。"崔广喊道:"总不能一直在木鞋里发呆吧?"应曜说:"别无良策,只好采纳尉缭先生的办法,光着脚回家了。"

那正是热烈讨论《吕氏春秋》的各个章节的时候,在场的都是战国末期有名的学者,大家你一言我一语,说说笑笑,嗡然一片,然而到底也没有解决周术的问题。于是就成了吕门学者以及咸阳士人们之间的一个小小典故。一遇到棘手的问题,难解难分,一筹莫展,困惑之余他们就喊着:"难道光脚丫踢自己的木鞋吗?"或者说:"就这么站在木鞋里发呆吗?"这成了当时著名的历史命题,谁也没有适当的办法予以解决。甚至在蒙骜带兵攻打魏国的时候,冲锋前有一位青年将军喊道:"他们正在自己的木鞋里发呆,冲啊!"当《吕氏春秋》编辑完毕悬诸国门的时候,那叫作浑沌的隐士就曾经对司空马说过这么一句话:"大哥,你的主人,咱们的相爷,光顾得编这部书了,大权一丢,大势将去……现在还不想办法,还在木鞋里发呆吗?"

司空马回到自家的卧室,想起了浑沌这句话,在心中说道:"这一下看他还在木鞋里发呆!人家派出了刺客,老命不保,看他发呆到何时!"想着,想着,他的头挨上枕头,立刻就睡着了。正睡得香时,他的老伴把他叫醒。他问道:

"什么事?"

"麃公回来了。"

"他在哪儿?"

"在外间等你,要同你商量事情。"

司空马急忙披衣来到外间。

"红日三竿，"麃公笑道，"足下依然高卧不起，真会享福啊。"

"刚到吗？丞相正等你回来。"司空马问道。

"刚到。连夜赶回来，先见见你，立刻就去拜见丞相。"麃公凑近一些，低声问道，"怎么样，还站在木鞋里发呆吗？"

"有什么办法？"

"什么办法？现成的办法。干脆就光脚丫踢自己的木鞋吧！"

"只怕他舍不得自己的脚趾。"

"不能再站在自己的木鞋里发呆了。"麃公严肃地说道，"现在机会已经到来。"

"什么机会？"

"长安君起义了！"

"你说什么？"司空马两只手拄着席子扑过来低声叫道。

"成蟜，"麃公贴着司空马的耳朵说，"长安君成蟜，已经起义！十万人马，上下一心，准备联络诸侯打回咸阳。"

"这是为什么？"司空马大惊失色，仿佛房梁突然掉下来压住了他的脖子，嗓音都变了，"这孩子是要干什么?!"他低声怒吼着，"他，发了疯吗？他想篡位吗？这个混蛋！"

"他宣言要消灭嫪毐。"麃公极力压低声音，"他听说太后和嫪毐有个私生子，阴谋废黜陛下，让这婴儿即位。成蟜认为这是异姓篡弑，以此决心消灭嫪毐，保护陛下。"

司空马两眼直勾勾地发愣，好像已经听清，又好像什么都没有听见，那两只眼睛就像死羊头上的眼睛一样。麃公向他喊道："你怎么啦，吓死啦？"

"不,还不至于。"司空马解释道,"我在想,这样干,有没有成功的希望。"

"总比站在自己的木鞋里发呆强些。"

"请把情况详细地说给我听。"司空马说道,"丞相一宿没睡,天明以后才躺下,现在还没有醒来,你去为时还早。先给我详细谈谈,我准备召集吕府的宾客们进行研究,以便尽快做出一个最好的决策。"

不一会儿,司空马的老伴和一个女仆端来两个小几,每个小几上放着一份早饭。她把方几恭恭敬敬放在麃公面前。麃公向她拱手,看见她满面泪痕,便问道:

"大嫂怎么啦,有什么伤心事?"

她把女仆打发出去以后,就坐在他们旁边看着他们用饭。她说道:"麃公贤弟你不清楚,成蟜这孩子一生下来就由我抚养。那是在邯郸,艰难困苦就不用说了。我没有生过孩子,把这成蟜就当作亲生的儿子看待。虽说他现在已经长大成人,用不着我再照看他了,可是我没有一天不想念他。我不希望他干出什么大事业,我只希望他平平安安地度过一生。我的孩子,我的成蟜,他是个好孩子……怎么干出这种鲁莽事情,一定是上了坏人的当……"

她说不下去了,两只手捂着脸,低下头去呜呜咽咽地哭起来。"有这么招待客人的吗?"司空马说道,"人家吃饭时演奏音乐,你可好,哭起来没完啦!行啦,你先回去喘喘气儿。"

麃公看见司空马说这些话时,极力装出说说笑笑的样子,然而,他早已是眼泪汪汪了。

第二章 司空先生出处

司空马原名叫剧图，本是剧辛的同族，行辈略晚，只因生在邯郸，自称是造父之后，取名赵田。由田而陈，后来因为犯法被通缉，改名陈版。也是风云叵测，他后来做了平原君赵胜的食客，并且做过几个月的工正，于是改姓司空，取名司空度。不久又做过一年多小小的收税官，于是改名司空乘马。人们嫌乘字绕嘴，久而久之，趋于便利，就叫他司空马。老朋友，包括吕不韦和秦王政，则叫他"老马"。老马不是识途的老马，而是老乘马，即老田税官的意思。

司空马年轻的时候，文武双全，多才多艺，就是脾气暴躁，自己管不住自己。他就好像一件玉器，一切美德都已具备，就是还欠琢磨。他曾经几次犯法，而那所谓犯法事实，都是一些微不足道的扯淡事情，简直不值一提。他因为说了几句怪话，所谓酒后狂言，而被判处死刑。赵国的宰相平原君赵胜救了他的命,从此他做了平原君的食客。这是他年轻时最得意的一段时光,以琴师而工正,而田税官,并且正是在这个时间,他同一个姓谷的良家女儿结了婚。司空马直到晚年,一提起平原君,总是感激涕零。

司空马年轻时十分好学。他自己说,他曾经游学四方,曾经在兰陵拜访荀卿,并拜他为师,学习古文,专攻经传。不过这一切都因为史书没有记载,当时人又不能证实,所以我们也不便信以为真。

但是在邯郸时,他曾经做过公孙龙的学生,这是人人都知道的。当年孔子的玄孙孔穿来到邯郸时,司空马曾经拜他为师,朝夕问道,也有一年之久。这样说来,他可以算得上是个孔门弟子,虽然有点勉强。只是他的学问非常驳杂,猛然一看,好像一个杂货摊。他自己说:"我的学问,就像过罢大年以后初七、初八的菜肴,大都是先前人们吃剩下的,我拿来把它们烩成为一锅,只图个简便而已。"

那时候,公孙龙正在平原君家做食客,受到平原君的格外尊敬。人们称他公孙龙子,背地里叫他公孙疯子。他是一位能言善辩的哲学家。他不厌其烦地宣传自己的学说。什么猫有两个鼻子,狗有三只耳朵,然不然,可不可,胡言乱语,都是怪话。别人越是听不懂,他讲得越是起劲,指东画西,从南到北,唾沫星子一溅三丈,直讲得人家目瞪口呆而后已。司空马年轻的时候也带一点疯癫,听风就是雨,给个棒槌就纫针,整天想入非非,两脚不着地。这其实就是当时邯郸的士人们的一种特性,非只司空马一人如此。司空马认为公孙龙是当今最有学问的人,所以诚心诚意做公孙龙的追随者。

公孙龙的理论对于公孙龙本人来说只是谈说的资料,原本也不打算实行。他说"白马非马",可是他乘白马过关门,照样交纳马税。司空马却不然。他一旦接受了公孙龙的理论,就要身体力行,于是他遇到许多困难,惹了许多麻烦,招来许多横祸。他像一个没根的沙蓬,在狂风中搏斗着,一会儿升起来,一会儿降下去,一会儿又撞在崖岸上。他曾经做出数不尽的惊人的努力,他自以为很有成效,很不简单,心中很有点自豪,其实,那只不过是命运对他的捉弄而已。

平原君在赵为相是三起三落,说得好听点,是三落三起。当其兴旺时,平原君家食客三千,也算得济济多士。而当其失势时,食客们各攀高枝,星散而去。当时的司空马虽然年纪轻,却是小有名气,他虽然多才多艺却以琴师著称。无论平原君是"起"还是"落",他都不曾离开平原君。当平原君因为失势而非常苦闷烦恼的时候,司空马去给老人家弹琴,跟他闲聊说些奇闻怪事和列国之间互相矛盾的消息。他有时就像一位历尽沧桑的哲人,向平原君讲一些豁达乐观近于老庄的道理。其实,那时候他才二十五岁。不过他总算没有离开平原君的家。这在战国末期的士人中间,就算得是十二分的忠厚了。他在邯郸最后一次犯法,是在著名的长平之战前夕。

当时,那纸上谈兵的赵括,不听母亲的劝阻,一旦领受了将军大印,又买房子又买地,花天酒地,趾高气扬,简直忘乎所以。以至闹到他母亲请求面见陛下,要求收回成命。陛下不答应。她无可奈何之下只得要求免于连坐。那次征兵时,司空马和他内弟谷巢都在册。赵括手下的一个小军官,本是赵括的家奴,主人得势,他也耀武扬威起来。他来到司空马家,看见司空马的妻子长得不错,起了不良之意。司空马的脾气不好,三言两语就打起来,三拳两脚就把那小军官打了个半死。这件事情,有识之士一眼就能望穿,它说明赵国的政治日趋腐败,其结果就是军队的质量越来越低。出事的当天,司空马就被关进了邯郸的监狱。当时的法律严禁私斗而不问情由,无是无非,无从理论。这个案子,虽然重大,而案情却十分简单,不料审理起来,一审再审,越审越复杂。审理此案的是后来鼎鼎大名的奸臣郭开。当时,郭开还年轻,容易异想天开,喜欢东拉西扯,他非要司空马找出他的几个证人不可,指出某甲某乙是司空马的一伙,是一群犯上作乱的盗贼。司空马坚决拒绝,郭开就反复威逼利诱,最后是非刑拷打,结果弄得拖拖拉拉,一直不能宣判。于是不久,就传来了长平战败,赵括身死,四十多万人全部被活埋的消息。

当时赵国是倾国而出,决心在长平与秦国决一雌雄,不料竟以惨败告终。消息传来,就像霹雳打在天灵盖上,又像邯郸发生了天塌地陷的大地震一般,朝野上下目瞪口呆,一筹莫展。赵王痛心疾首,几乎要自杀。长平之战是由韩国的上党太守冯亭不愿归秦而归赵引起的,而接受冯亭正是平原君的主意。所以平原君引咎自责,辞去宰相之职,并且等待处分。当时邯郸士人都骂平原君,说他拣了一个小便宜吃了一个大亏。其实,真正的罪魁应该是赵王。他不但赞成接受冯亭,而且中了秦国的奸计,撤了廉颇,任命赵括,致使一败涂地。不过中国人的习惯是不骂王,换句话说即不追究真正的罪魁祸首,只找些替罪羊完事。这一次就找到了平原君。

平原君不得势,自然无法救出司空马。后来,秦军进逼邯郸,赵国危急,赵王不但没有处分平原君,反而请他出使楚国,请求援兵,以解邯郸之围。等平原君出使楚国回来,想起司空马的事情来,司空马已经被别人救出了监狱,做了别人的琴师。

那时吕不韦正在邯郸。吕不韦深深结交秦国在赵国的质子——公子异人。前几年吕不韦亲自去咸阳,为异人活动继承权,居然一举成功。异人改名子楚,做了秦昭王太子柱的嫡子,并且太子命吕不韦做异人的师傅。子楚正迷恋着邯郸一个歌妓,吕不韦不惜重金把那个歌妓买来献给子楚。子楚本是一个潦倒不堪的花花公子,如今借着吕不韦的力量一步登天,于是对于声色的欲望也就与日俱增起来。吕不韦也学起贵家模样,建立了一个小小的乐队。他听说司空马是个有名的琴师,便花了几个钱把司空马从郭开手里赎出来,从此,司空马做了吕门的琴师。司空马夫妇绝处逢生,对吕不韦感激不尽,决心后半生死心踏地跟随吕不韦。

长平之战的第二年,子楚那位歌妓夫人生了一个儿子,这就是后来的秦始皇,当时取的名字叫赵政。秦本造父之后,造父善御,平徐有功,穆天子封之于赵城。其后人以赵为姓。有秦仲者,为西垂大夫。这就是秦国的先人了。加之,秦始皇生在邯郸,故而姓了赵,又因生在正月,故而取名政。

赵政一生下来,身材瘦小,体弱多病,哭的声音沙哑而尖利。子楚虽然早已结婚,娶的是赵国大贵族的女儿,却一向无子。如今一旦得子,手之舞之,足之蹈之,不知道如何是好,登时就把那歌妓提拔为第二夫人。战国的士人,迷信相术,而且特别喜欢品味哭笑的声音。吕不韦看了赵政的长相,又听了他的哭声,觉得有点像古语所说的豺狼之声,心中不怎么喜欢。然而转念一想,既已破家保子楚,子楚现在上面扎了根,下面发了芽,天命不薄,大有希望。他想到这里,也就真心实意地高兴起来。只是子楚身在敌国,两国正在交战,作为人质是非常危险的。

忽然,司空马求见吕不韦,说道:"世子得了公子,非常之喜。臣有一言相告,不知可否?"

当时子楚尚未做太子,而周围的人也不好再称他为公子,于是就找了这么个"世子"的称呼。

吕不韦正倚在小几上休息,连忙说道:

"愿闻。"

司空马说道:

"秦赵不两立。世子应该速速逃归。"

吕不韦听罢,深以为然,连连点头,说道:

"请这边落座。万望足下多多指教。足下有什么好办法吗?"

司空马往前挪了一下,坐着自己的脚后跟,低声说道:

"化装成商贾,买通城门官吏,万无一失。"

司空马身犯死罪,被吕不韦赎出来,名为琴师,实际身份同奴隶差不多。吕不韦听完他的话,觉得正中下怀。这是近来他一直在发愁的问题。心想:"都说这小伙子精明强干,果然有些见地。"他当即提拔司空马为正式的食客。在战国时期,食客这个身份,是自由民的士人,布衣们最适合,并且可以说是相当体面的身份,仅次于掌权的士大夫。它的名字是客人、客士，说得文雅一点叫作宾客。他们可以择主而事，如果言听计从，得心应手，诸般顺利，他们就干下去，一官半职，唾手可得。否则，稍不顺从，他们就甩袖而去。他们是自己的主人。他们都有"五亩之宅"，自食其力，耕余而读，所以在他们中间不仅蕴藏着无限的活力，而且不断产生着新的民主自由的思想意识。他们敢说话，敢于攻击腐朽的当权者，敢于抨击社会的黑暗，所以战国的士人，受到社会的尊敬。吕不韦宣布司空马为正式食客以后，立即就把逃归咸阳的机密大事交给他去独立策划。

这个时间，秦国的将军王陵带兵进逼邯郸，打了几个小仗，损失了一些人马。于是，秦昭王大怒，撤了王陵的职，任命王龁接替他。王龁挥军直进，包围了邯郸。他的大营就扎在邯郸城北几里路的地方。赵国君臣见秦军进攻邯郸甚紧，就决定杀掉人质子楚，然后决一死战。司空马利用他在邯郸的社会关系，托人同北门司马疏通。只说是秦军没有盐吃，他们偷运些食盐出去，可望赚几个大钱。说好给北门司马六百两黄金。这所谓一两黄金，就是两个半两的铜钱。约好晚上人定之后，有六辆马车出城。这天下午后，他们托言吕不韦生日，把看守子楚的官吏和门卫们灌醉。于是，一切准备就绪，只等出发。

这一年，子楚二十五岁。他的长房夫人是五年前嫁过来的，因为是贵族家的女儿，性情有些刁钻。自从子楚娶了这位歌妓，她就不免遭受冷落。自从歌妓生了儿子并且提为第二夫人之后，又经常给她点气受，所以长房一直怀恨在心。待到这天临要逃走的时候，子楚说只带歌妓夫人，不带长房夫人。吕不韦坚持两房夫人都带走，子楚不听。长房夫人于是大怒。临到上车的时候，那歌妓夫人左打扮，右打扮，打扮不完。右一声呼，右一声唤，孩子哭，大人叫，这夫人才慢慢腾腾来到车前。

司空马骑在马上，带领几名武士。这所谓武士，其实就是乐师。他们都是商人打扮，肃立门前，勒马等候着。司空马在朦胧夜色中，看见歌妓夫人正在上车，一扬鞭低声喝道：

"走！"

第一辆车上是盐和真正的商人吕不韦；第二辆车上是盐和假扮作商人的子楚；第三辆车上是吕不韦夫人。歌妓夫人的车落了后，变成了第四辆；第五辆和第六辆车上是子楚的女仆和司空马夫人。车到北门，那北门司马见了司空马很客气，又见车上果然是盐，便立即放行。不过只有三辆车，第四辆以后的车，落后了很远。此时子楚的长房夫人见车马起动，赶紧去报告了她的远房叔叔平阳君赵豹。赵豹立即派骑兵追赶。追到北门，刚好赶上第四辆车以后的三辆车。追兵喊着：

"站住！站住！你是什么人？"

这歌妓刚刚被提拔为夫人不久，无论如何不肯说自己不是夫人。她急忙答道："我是秦国世子子楚的夫人，这是我的儿子。"

追兵们嘴里骂着各种脏话，把这三辆车交给北门司马。他们策马向前，转眼就追上司空马。司空马听见有追兵赶来，他命令车夫把盐包抛在路上，全力向北奔驰。他从马车上抽下来一些戈矛交给武士们，他就带领这几名武士同追兵交起手来。来的追兵并不多,大约十几个人。司空马且战且退,抵挡一下,随即退走,跑一阵,再抵挡一阵。追兵既不能真正交手,也不能顺利前进。追了二里路,前面已经望见秦军的大营。那为首的勒住马,喊道:

"赵田先生。我认出你来了!恕不远送啦!"

司空马一听差点笑出声来,心想:"杀了半天,杀出一位故人来。"这时司空马发现自己的左肩膀受了点轻伤,可能是对方的长戈钩了他一下。司空马为人喜欢夸张,一见受了伤,立即就哼哼呀呀地叫唤起来。一等进入秦军大营,他看见子楚和吕不韦都已经平安到达,放了心。于是,他从马背上溜下来,仿佛头晕眼花的样子,摇晃了几下就跌倒在地。人们急忙把他抬入帐中,端汤水的,灌药汁的,洗伤口的,忙乱了好一阵。子楚和吕不韦都亲至榻前问候……直闹到天明才安静睡下。

子楚逃归,这在历史上是一件大事。这件事干得很成功,很漂亮。这是司空马的功劳。尤其后来听说赵国确实是已决定杀掉人质,所以子楚和吕不韦对司空马更是十分称赞,十分敬佩。他们第二天就出发,不数日车到咸阳。司空马的伤一好,吕不韦提拔他做了舍人。舍人是食客中管事的,掌权的,其地位有似于春秋时期的冢宰。战国时期,卿大夫家的舍人甚多,已经是各负其责了。司空马分管乐队,后来分管图书。

吕不韦有钱,喜欢搜罗天下图书。于是六国竹帛,源源不断运到咸阳,进了吕不韦的府邸。司空马的工作是阅读这些东西,然后按照它们固有的篇章,把它们捆绑堆放起来,以便吕不韦读什么时,伸手就得。若说这些简册中都说了些什么?司空马觉得头绪纷乱,矛盾重重。他真正记得的只有四个字:"仁者无敌"①。至于这话是谁说的,他记不清,他说这无关紧要。他认为,只要是真理就行了,究竟是谁说的,有什么要紧?即使是江洋大盗说的,不依然是真理吗!这种态度,是诸子蜂起百家争鸣的真正思想成果,只是书本中没有明确写出来罢了。它虽然没有在书本中写下来,却在士君子的思想性格中鲜明地反映着。它写在历史中,写在生活中,写在士君子们的内心深处。

吕不韦的父亲是濮阳的大商人,专门做珠宝玉器珍奇古玩的生意,家累千金,富甲一方。吕不韦年轻时候,也曾经跟随父亲学习生财之道。后来老人故去,他就放弃了经商,转而进入了政治和学术领域。这与当时的社会情况有关。战国末期,大战连年不断,出外经商,风险极大。而与此同时,战国末期正是诸子蜂起百家争鸣的高潮期。那时候,即使一个刚刚念过两年书的孩子,也有一套独立的见解,谈起话来指东画西滔滔不绝。假若这孩子到了二十岁,举行过冠礼、婚礼,他就立刻背上一把宝剑,多半是铁剑,走南闯北,朝秦暮楚,干起游学或者游说的勾当来。这就是古籍中所说的"天下大乱,匹夫之幸也","此乃布衣之秋也"的情形。这种情况的出现,不是人为的,而是时势造成的。战国的形势特别适于产生诸子百家,而其中山东六国,尤其三晋所产生的游说之士最多。这是因为那里的自由民比较自由的缘故。

---

①见《孟子·梁惠王上》,盖古语也。

吕不韦是三晋人。他生在阳翟,长在濮阳,长期活动在邯郸。所以,他弃商从政,这是很自然的。吕不韦关心政治,研究学术。或者掉转来说也行,研究政治,关心学术。应该说是在这两个方面,他都是成功的。吕不韦四十岁前走过许多地方。见到过许多有名的政治家和哲学家,所以他对战国末期的政治了如指掌。而说起战国末期的学术也是头头是道。因为他的师友甚多,所以他的学术思想不主一家,没有什么门户之见。他善于汲取各家之长,从而形成了最伟大的一家。思想非常守旧的班固,给了他一个不很雅致的名称,叫作"杂家"。正因如此,所以他同司空马最谈得来。他们俩几乎是最好的朋友。司空马年轻力壮,敢想敢干。正好是吕不韦晚年精打细算、谨小慎微的一个补充。司空马最终成了吕不韦的亲信。因为是吕不韦亲手消灭了东周,结束了历时八百年的周朝,所以庄襄王子楚一即位,就封吕不韦为文信侯,食洛阳十万户。为了治理洛阳,吕不韦派他的亲信司空马去任洛阳县令。不几年,为了编撰《吕氏春秋》,又把熟悉图籍的司空马调回咸阳,任丞相府的尚书令。

　　在子楚由邯郸逃归咸阳之后,朱亥椎杀晋鄙,信陵君夺军救赵的事情就发生了。那是一次大战,诸侯援兵四出,秦军腹背受敌。本来秦昭王以为,乘长平之胜,赵国空虚之时,可以一举攻下邯郸,消灭赵国,不料竟以失败告终。于是,秦昭王迁怒于反对攻打邯郸的武安君白起。杀白起于杜邮。当邯郸一片欢腾,平原君设宴招待信陵君和朱亥的时候,子楚的歌妓夫人又生了一个儿子,这就是长安君成蟜。成蟜降生在秦军败退之时,正是子楚逃出邯郸以后三个月。王龁大军退守河东,白起自杀的第三天。

当时留在邯郸的歌妓夫人,处境非常困难。她上无靠山,下无根底,一无钱财,二无势力,却有一个天敌——长房夫人。她根本无力照看两个儿子,便将小儿子交给司空马夫人抚养。司空马夫人的地位低,不大惹人注意,带着成蟜住在她大哥谷孟家,生活情况比那歌妓夫人好得多。子楚的长房夫人,看见歌妓夫人被抓回来,心中自然十分解气。从此以后想尽办法欺辱歌妓夫人。后来秦王政渐渐长大,慢慢懂事,自然心中充满了仇恨。战国时期,赵国的经济和文化都比较先进,而且在最近一百年间能够同秦国不停地作战的也只有一个赵国,所以秦国最痛恨赵国。等到秦王政十八年秦军攻占赵都邯郸之后,秦王政和太后亲到邯郸,把他们还记得的仇家一律活埋,把邯郸夷为平地。

秦昭王死的那一年,太子柱即位,是为秦孝文王,子楚立为太子,赵国便将歌妓夫人和两个儿子以及司空马夫人等等,主动送回了咸阳。那长房夫人因为同歌妓夫人不共戴天,前几年已经改嫁而去。子楚见到歌妓夫人和两个儿子,高兴非常。歌妓夫人到达咸阳的第十一天,秦孝文王去世,子楚即位,第三十三天,她被立为王后,赵政立为太子。这时赵政十岁,成蟜八岁。

太子赵政,身材瘦小,发育不良,很明显地有个罗锅,而且仿佛患有严重的疾病。他的眼白特别大,眼睛泛着冷森森的光。他的声音特别沙哑,喉音很重,仿佛永远都在伤风感冒之中。他长得非常像子楚,甚至那体质和声音都像子楚。成蟜则完全不同,他长得像他的母亲。他的个子似乎比赵政还要高一些,圆圆的脸,眉清目秀,着实招人喜爱。但是,他的气质,同母亲却大不相同。他母亲轻佻得很,他却十分稳重。

赵政的名字,是子楚在邯郸时起的。成蟜这名字,却是赵国将他们送回咸阳以后,由子楚起的。当时因为他给小儿子起了这样一个名字,引得社会上那些爱胡思乱想的文人们,很有过一些议论。蟜字音蛟,龙属却不是龙,而是一种类似龙的大虫。蟜字不是坏字,在上古,帝尧帝舜之系,都有过名蟜的人。"夭蟜龙貌","夭蟜横出",是形容矫健挺拔的。人们在私下议论起来,有人说:"蟜虽然是龙属,但它究竟不是龙。这说明庄襄王不喜欢他,不希望他成龙,只准他成为龙属的一种大虫。说不定子楚从根本上就怀疑这小儿子不是他的儿子。不然,怎么能起这么个不伦不类的名字呢?"又有人说:"不然。这成蟜长得好,相貌端庄,必成大器。子楚一见非常喜欢。他见那赵政身体虚弱,前有鸡胸,后有罗锅,说起话来嗓子里嘶嘶啦啦乱响,所以他觉得赵政不堪重任,他寄希望于成蟜。将来必立成蟜为太子。"不久,秦孝文王死去。子楚即位,急忙立赵政为太子。也许这些议论,子楚曾经有所耳闻,他为平息由成蟜这个名字所引起的猜测,才急忙立赵政为太子。赵政立为太子,人们便不再公开地议论了。想不到社会生活的变化总是向着人所希望的相反方向发展。赵政立为太子之后,不知为什么,内心同情和支持成蟜的人反而越来越多。如果庄襄王在位时间长一些,比如三十年,或者二十年。许多人认为,太子肯定是要更换的。谁知道子楚即位三年而卒,于是赵政即位,这就是秦王政,后世称秦始皇。那时他只有十三岁。他的仪表,曾经遇到过许多非议,故而深藏宫中,不大露面。当时掌权的是吕不韦,咸阳宫出出进进的都是吕府的舍人,说得具体一点,都是山东六国的客士。客士们,特别是三晋来的客士们,说话非常随便。他们非议秦王政仪表的好些言语,就由秦国的"宗室大臣"负责送进秦王政的耳中,所以,秦王政从小就厌恶山东六国的客士们。一个人的长相不雅,居然受到非议,这在现代人看来是不公正的。不过战国末期的社会风气不同于现代,那时候,迷信相术,就像现代人迷信权势一样。当时,尤其民主倾向比较严重的三晋客士,他们坚持自己的看法,好像他们人人都是唐举、许负一般。

当赵政深藏宫中的时候,成蟜却每天都要出宫玩耍。他是著名学者淳于越的学生,后来向将军蒙骜学习军事。他的身体好,每天都要学习骑马射箭。他的性情爽朗,待人谦和,深得一般朝臣的敬爱。实际说来,有关子楚这两个儿子的议论,从来就没有真正停止过,只是渐渐地不再公开议论罢了。谁知越是私下的近似机密的言谈,反而传播得越快越广。

当这两兄弟身在敌国的时候,他们是好朋友。当时燕太子丹也在邯郸。燕丹比赵政大两岁,他们也是好朋友。但是,当这两兄弟回到咸阳之后,风言风语,隐隐约约,赵政便知道外间有如此这般的一些议论。赵政看见成蟜不仅身体强健,仪表出众,而且学业也总是最好,心中就不免有些嫉妒。就像同燕丹的情形一样,自燕丹来到咸阳做人质以后,往日的好友居然变成了敌人。他同自己的弟弟也成了敌人,或说几乎成了敌人。

庄襄王在世时,体弱多病,国事委诸大臣,同儿子很少见面,见了面就只是督察他们的功课。庄襄王不能亲近成蟜,即使成蟜的功课好,也不便称赞,如若不然,赵政的眼睛里就喷射出仇恨的火花。王后是个追欢逐乐的女性,她从来不关心她的孩子,但是,因为赵政生得像父亲,成蟜生得像母亲,这就足以使赵政怀疑母亲偏向成蟜。如果他打听到成蟜曾经单独进过一次甘泉宫,他就可以为此大病一场。渐渐地赵政就无缘无故地痛恨太后,痛恨成蟜。庄襄王一死,赵政即位,为了掩饰他内心中对成蟜的痛恨,他封成蟜为长安君。

　　长安在战国末年既不是都城,也不是县邑,只是个小小的聚落,说得冠冕一点叫作乡亭。它的位置就在咸阳南边,隔河相望。秦昭王时在渭水之上修了一座雄伟的木桥。出咸阳南门,过渭水桥,二十几里路就到了长安。后来的历史学家们揣想秦王政的用意,未必是因为长安地方好,而且近在眼前等等,恐怕是因为这个地名好听。长安也就是长乐,他希望他的英俊挺拔的弟弟,能够知足常乐,永远地安静下来,不要觊觎他的王位。

　　"长安是关中最好的地方,而且近在眼前,我真为你高兴,我的好孩子。"

　　当成蟜有一天来看他的保姆——司空马夫人的时候,司空马夫人这样说着,情不自禁地伸开两臂,拥抱着她心爱的孩子。他们之间的地位太悬殊了,不然的话,司空马夫妇可以做得成蟜的义父养母。然而,有多少亲生母子之间的感情,却远没有成蟜同司空马夫人之间的感情深。成蟜夜晚做了一个梦,第二天也要跑来告诉司空马夫人。他叫她妈姆。

他并且每次来都允许妈姆拥抱他,亲吻他。见是妈姆拿出来的东西,也不论好吃不好吃,他都吃。那时候,他已经被封为长安君了,朝中大臣见了他要行叩首的大礼。然而只要他进入司空马家的大门,立刻就变成了一个天真活泼的孩子。

成蟜受封为长安君之后,也曾经引起一些文人的猜测。他们说:"看吧,长安很快就成为大都市了。长安是个好地方,将来秦国的都城有可能迁到那里。不信就等着瞧吧。"当时大梁有一位著名的相士,名叫唐举。居然有人把唐举请到咸阳来,给秦国的重要人物们看相。这些文人们并且让他偷偷看了成蟜的相貌。唐举说了一些听起来很好,实际模棱两可的话。于是,唐举的评语,又引起人们许多遐想。

总之,当天亮的时候,茅屋里也亮了。而当天黑的时候,就是山顶上也都黑了。在战国末期,尤其东周灭亡之后,人人都知道战国混乱的局面即将结束,天下即将归于统一。归于谁?自然是归于强国。这在秦国人看来,理所当然要归于秦国。在这种时候,不仅是秦国,就是山东六国的有头脑的士人,也都能看清天下即将归并于秦,因而就都希望秦国能够有一个比较好的王,他应该像夏禹商汤周文王武王一样,具备许多优良的品质。他不仅能统一中国,而且有能力缔造一个太平盛世。禹汤文武,老实说也未必具有许许多多数不尽的优良品质。人们之所以把这些想象中的优良品质,不仅说在嘴上,而且写在书中,这只能说明一般士人对君王的要求是日见其高了。人们希望天上掉下一个神仙来,好让人们拥护他,爱戴他,向他顶礼膜拜。人们忍受的压迫、剥削、饥荒、战乱以及各种各样的灾难、死亡越多,他们心中对美好未来的憧憬就越是强烈。尤其秦国,说起来是强国、是战胜国,但是,灾荒不断,口赋箕敛,民不聊生。广大人民已经是疲惫不堪,他们需要休息,他们盼望休息。"民亦劳止,汔可小休。"①

可以这样说,对于成蟜的议论和猜想,表明了秦国和整个中国面临着一种抉择。这种抉择看上去只是对人的选择,张三比较好些,李四比较差些,如此而已。其实这是历史上最大的错觉,历史的迷误。历史就是历史,何有与人哉!成蟜兵变一下子使潜藏在人们心中的早已被歪曲的问题,以更加歪曲的形式爆发出来。汹涌的洪水激荡着堤岸,它选择压力最大而最为薄弱的地方予以突破。而在当时的秦国,压力最大而又最为薄弱的地方就是前线,具体说就是秦赵接壤的地方。这地方在上党,名叫屯留。这一年是公元前239年,秦王政八年。消息传来已经到了年底。本书所说的故事,都发生在第二年,即公元前238年。

_____
①出自《诗经·大雅·民劳》。

第三章　蔡孺子"卷耳"章

当丈夫不在家的时候,司空马夫人心慌意乱,情绪如麻。她精神颓唐至极,独自坐了很久,流了许多眼泪。一个重大事变突然发生,人们不能立刻认识它,于是充斥心中的便只是恐惧。她思念成蟜,担心他会遇到什么危险,担心他会上了什么人的当。她在思念成蟜的时候,自然就想起成蟜的未婚妻,蔡泽的女儿蔡孺子,大名叫嫈。成蟜和蔡孺子就是在司空马家相识的,那时候正是青梅竹马,两小无猜。吕不韦提的媒,庄襄王定的亲。定亲以后,他们仍然常见面,相会的地点就是司空马家。成蟜出征走了以后,每当司空马夫人想念成蟜时,就去看望蔡孺子。而当蔡孺子想念成蟜时,就来看望司空马夫人。这一天,司空马夫人听到屯留兵变的消息以后,心绪烦乱,如坐针毡。她决定立刻去看望蔡孺子,并把这可怕的消息告诉她。

刚成君蔡泽在秦国历史上像一道闪电划破天空一样,他划破了秦国的历史。历史上所有的重要人物,谁也没有他来得如此之快,并且,谁也没有他消失得如此迅速。他像一个传奇的侠客,突然降临咸阳,看上去仿佛只是为了挽救一个人的性命。

秦国自孝公变法以后,骤然强盛起来。秦昭王晚年有应侯范雎做他的丞相,诸事顺利,真是得心应手。然而在昭王死前的几年间,军事上连遭不利,出现了王稽和郑安平降敌的事情。王稽、郑安平是范雎的恩人,范雎是他们的推荐者,所以,事连范叔。按秦国的法律,范雎的罪过应当夷三族。于是正在这种危难关头,来了燕人蔡泽。蔡泽经范雎引荐,得到秦昭王的信任,接替范雎做了秦国的丞相。[①]

蔡泽未到秦国,不了解秦国的情况,不做丞相不知道丞相的难处。他一旦坐上相位,立刻就遭到秦国贵族中保守排外势力的攻击。这些人就是《史记》中所说的秦国的"宗室大臣"。蔡泽曾经听范雎说过,范雎入秦时,路上遇见当时的秦国丞相穰侯魏冉,只好藏在王稽车后的行李箱里。这时他才知道秦国贵族一向就对山东六国的客士抱有反感,甚至可以说是莫名其妙的仇恨。他一上台,毒箭从四面八方向他射来,那种猛烈的势头,使他震惊。

他在相位不到半年。有一天,范雎病重,把蔡泽请去,说道:"丞相,您夺走了我的相位,旁人视您为狂士,范雎却视您为救命恩人,您在我处境危难、一筹莫展的时候来到咸阳,挽

---

① 见《史记·范雎蔡泽列传》。

救了我。您是我唯一的知己朋友。我死之后,求丞相将我的灵柩送回我的故国,魏国杞邑的雍丘安葬。虽在九泉,感激不尽。"蔡泽施礼道:"遵命。还望君侯幸以一言教我。"范雎说:"知道丞相定有所问,故而我已经思忖再三。秦本虎狼之国,不可深交,不可久处。自商鞅以来,客士在此建立丰功伟绩,书不胜记,言不胜道。而秦国人不知感激,反而视诸侯客士为仇敌。丞相下问,不敢不言。望您得撒手时便撒手。"蔡泽叹道:"山东六国也都腐败得很,贤能遍地,弃而不用,用的都是亲戚故旧。所以士人布衣,无所归宿。"范雎说:"丞相不必焦虑。唯有布衣,方能定鼎。天可怜见,或许已经为期不远了。"

蔡泽也像范雎一样,受过大苦大难。所以他能够充分理解范雎的话。如果单就心性来说,蔡泽比范雎还要高一些。他是个异常果敢的人。他想着,这就是所谓人之将死其言也善。蔡泽辞别范雎回府,立刻上书辞职。秦昭王当时已经老而昏聩,又听到许多秦国老贵族攻击蔡泽的话,于是便答应了他的请求,并且面子不小,封蔡泽为刚成君。其实这只是一个光荣的虚衔。当时有一个地名叫刚成,在齐国东平附近,秦国曾经一度占领,后来又丢掉了。秦昭王的意思是,你蔡泽不当丞相可以,但是还要为我秦国向东发展服务,将来收回刚成你再做真正的刚成君。秦国人势利得很,眼孔特别小,蝇头小利视若高山景行。他们不了解秦昭王的用心,反而以为蔡泽其人足智多谋,故而受到昭王的分外垂青,故而得到了昭王的格外封赏。按理说,这么一个画饼充饥的封号,是不足以稽留蔡泽的。蔡泽之所以没有离开咸阳,则是另有原因。

范雎死后,蔡泽亲护灵柩,不远千里,送回雍丘安葬。他越过韩国,进入魏国,他有足够的时间思索问题。然而他终于伏在马鞍上,懒洋洋地,又进了函谷关。秦国在他看来,总归是个大国,是当今的强国,若论实力,无人可比。况且,在咸阳他有一个贤淑的夫人,夫人给他生了一个女儿已经两岁多了。他是一个飘蓬一样的士子,遥远的燕国虽然是故土,却已经没有亲人。他从来不知道思念什么人。现在,在这漫长的道路上,他思念蔡孺子母女二人。于是,连他自己也不知道究竟是怎么回事,他又回到了咸阳。当他走进潼关的时候,他甚至觉得人的理智是无法战胜感情的。他长叹一声:"人啊!人啊!人究竟是有感情的呀!"他甚至觉得,如果他的敌人把他的夫人和女儿安置在陷阱旁边,他也会不假思索地扑过去。

"哎呀!蔡泽呀!你太疲倦了!你已经无力再漂泊了!"他这样哀叹着,终于落下泪来。

蔡泽是战国末期不可多得的人才,然而他的长相却非常的丑陋。古书上记载着他的尊容,以致使后来的文人再也无法奉承。他的脸好像凹下去了,两只小眼睛挤在一起,鼻孔朝天,而且大得出奇。他的个子不高,两肩高耸,肚子鼓囊囊的,下边是一双罗圈腿。这一副尊容,曾经受到秦国贵族们的肆意嘲弄。然而正是这一副丑相救了他,使他的辞呈立刻被昭王批准。最使秦国人感到奇怪的是,他的女儿非常俊秀。人们对他的女儿感到无限惊奇,惊奇之余,就捏造了许多谣言,其中,人们最津津乐道的,是说这容貌姣好的女儿不是蔡泽亲生,而是范雎的女儿,是范雎临终前将女儿托付给他。范雎确实有妻子儿女,已经随灵柩迁回雍丘。但是谣言总归是谣言,不胫而走,不翼而飞,而且你不信也得信。当蔡泽听到这一谣言时,他惨然失笑了。他觉得谣言本身不值得一驳,然而又一想,他感到不可名状的恐惧。他害怕仇恨范雎的人们,有可能把遗留下来的仇恨发泄到他女儿身上。这就是所谓众口铄金。他准备着,有一天秦国排外的贵族们会把他的一家人溶化成稀水。所以他不求高官厚禄,只求平安无事。他深居简出,谨言慎行,整天同他的夫人和女儿在一起嬉戏,希望秦国人把他忘掉。只是在前年,嫪毐忽然把他想起来,派他出使燕国,迫使燕太子丹来秦国做人质。蔡泽同吕不韦关系不错,又因为吕府的官员绝大多数都是山东六国的客士。这些客士,例如司空马等人,遇到什么问题常常来请教他。这就是引起嫪毐一伙注意蔡泽的主要原因。因为嫪毐本人以及他手下的几名打手,都是从前咸阳的无赖子弟,蔡泽不免小瞧了他们。他没有充分认识到,站在嫪毐背后的都是秦国的保守排外的贵族们,其中许多是昭王的老臣。此即《史记》所说的"宗室大臣"们。从这件事情以后,他才认识到这一点,不过已经晚了,他们已经把他划进了吕不韦的一伙。他觉得这些人太毒辣了,知道他是燕国人,便一定要派他回自己的祖国去,做一件缺德的事情,好让他的祖国恨他。这是他们的乐趣。蔡泽想道:"在咸阳,从王宫到小巷,谁不知道非嫪即吕,非吕即嫪,或者换句话说,非左即右,非右即左。左指左丞相嫪毐,右指右丞相吕不韦。这一下,身不由己啦,嫪毐他们把我划到吕府去了。"当他从燕国回来时,他实在是不愿再回秦国了。但是没有办法,他的夫人和女儿在咸阳,在嫪毐的控制之下。那时候,蔡孺子已经长大,聪明姣好、独特典雅。她是蔡泽的偶像。并且还有一点使蔡泽心绪烦乱:蔡孺子已经同长安君成蟜定亲。

当司空马夫人走进蔡泽家时,蔡泽首先走出厅堂相见。

"司空尚书好吗? 忙吧?"他问候着。

"他忙什么?"司空马夫人笑道,"忙着喝酒,忙着撒酒疯,发脾气。"

蔡泽发现司空马夫人的气色不对,仿佛出了什么事情。他想起,自从《吕氏春秋》悬诸国门以后,秦国的"宗室大臣"们简直是惶恐至极。他们近来已经是毫不掩饰地表现出自己的愤慨。秦国人从来没有发表过什么著作。商鞅的著作,绝大部分是他的学生们在三晋编撰的。就连聪明绝顶的张仪和学识渊博的司马错,也没有留下任何著作。《吕氏春秋》一公布,秦国一般士人们表现出异乎寻常的欢欣鼓舞。但是当他们仔细阅读过《吕氏春秋》之后,他们害怕了,感到说不出来的"慌恐畏忌"。他们内心非常赞赏《吕氏春秋》中所反复阐述的包括爱民、爱士、重生、利民以及禅让和封建等在当时比较进步的民主思想。但是,秦国的上层贵族们一向把这种思想视为大逆不道,所以一般士人们感到"慌恐畏忌"。有人说是畏惧吕不韦的权势[1],其实恰恰相反,而是畏惧嫪毐的权势。这时候,吕不韦已经没有什么权势可言,有权势的是嫪毐。士人们感到惶恐,是害怕有一天嫪毐要追究读过《吕

①见《论衡·自纪》。

氏春秋》的人。像"天下者非一人之天下，天下之天下也"，
"万民之主，不阿一人"这一类的话头，秦国一般士人认为好
得很，但是不敢说。蔡泽想起，子华子只是说："全生为上，亏
生次之，迫生为下。"而吕不韦却大进一步，说"迫生不如死"。
"迫生"就是在压迫之下过一种屈辱的生活，"不如死"则可以
直截了当地翻译为"不如拼命"。秦国思想统治极其严厉，因
而忌讳特多。这些话最犯忌讳，可以说是犯了最大的忌讳。
所以，近半年来，秦国上下"慌恐畏忌"日甚一日。谁都能感
觉到要出事了，至于出什么事却无从判断。蔡泽认为，只要
出事，肯定是吕不韦倒霉。所以他特别仔细地观察着司空马
夫人的神色，只是一时看不到她的底蕴。他说道："有司空尚
书在吕相手下，诸事都能有条不紊。"

"吕府人才济济，不靠他。"

"他可是与众不同。有学问而没有呆气，有能力而没有
傲气。难得呀！"

"也就是大人您喜欢夸奖他。"司空马夫人笑道。

蔡泽此时还不到六十岁，比司空马大十几岁。加之，他
身为封君，地位和学识都比较高，所以司空马等人一向对他
都是非常尊敬。而司空马夫人，总是称蔡泽为大人，称蔡孺
子为小姐。

"夫人、小姐近来可好？"

"小孺子近来很想念妈姆，今天您不来，她就要到府上看
望妈姆去了。听说您来了，她很高兴，母女俩正在后院上房
里等您。"

因为是常客，所以也用不着繁文缛节。司空马夫人拜辞

蔡泽,大踏步走去,径直走进后院的上房。母女俩迎接着,说了许多互相问候的话。

蔡泽夫人同别的封君夫人们大不相同。她是一个勤劳的妇女,清瘦的脸上总是谦和地微笑着。当她落座以后,她的两只大手仿佛没处放一样。那是一双长年劳动的手,手指很硬,关节很粗。她的眼睛很大,鼻子高高的,十分端正,面皮很紧,黄里微微透红。同她的手相比,她的面色柔润得多。她的手指,司空马夫人想着,仿佛露在地面的老树根。任何人一看便知,那俊秀的女儿长得完全像母亲。只是因为这位母亲出身微贱,整天操劳,从不出门,甚至都极少会见客人,所以人们才造谣说这女儿不是蔡泽亲生。然而,司空马夫人却认为,这女儿好像一棵柔嫩的小树,那母亲却像一棵槎枒老树。或者说得好听一点,那母亲是一个老了的干瘪了的美人。她说道:

"夫人总是不知疲倦,整日操劳。"

"就是这受苦的命。"蔡泽夫人说道,"正忙着织一块粗麻布,一开春好给老头子换季。"

蔡孺子仿佛一直在等待司空马夫人到来,见了面却又没有很多话,只是深情地微笑着,似乎有点羞怯。司空马夫人想:少女们自有一种天然的风韵,一种未经雕琢的美。每次见到这姑娘,只要仔细一看,就会发现一些新的未曾发现的美点。司空马夫人看见蔡孺子的脸就像晶莹的宝玉一样,透着光亮。这是阳光照射的吗? 她想着,还是她天生的玉质? 这种容光焕发的样子,在她母亲的脸上,几乎连个影子也没有了。青春消失得如此迅速,叫人感叹不已。

"妈姆今天多坐一会儿,"蔡泽夫人说着站起来,"我让仆人们准备晚饭,您吃了晚饭再走。"

当房子里只剩下两个人的时候,她们的话题很自然地就到了长安君成蟜的身上。一提到成蟜,司空马夫人落了泪。蔡孺子说:"妈姆想念长安君了吗?"

"是啊。"司空马夫人急忙擦掉眼泪,说道,"人一上了年纪,就是这眼泪不值钱。"

"这也难怪。长安君自小从没有离开过妈姆,这次出征是头一次。"

司空马夫人忽然想到,这屯留兵变的消息,不能由她的口中透露出去。尤其不能由她的口传给蔡孺子。屯留兵变的事件太严重了,可以说是凶多吉少。如果让蔡孺子知道,她经受得了吗?你看她,一提成蟜那种兴高采烈的样子。老天保佑,让她永远高兴吧,不要伤害这样一颗纯真的心。

蔡孺子看见司空马夫人面带愁容,便说道:

"妈姆,有一次他生了我的气。"她微笑着,仿佛是安慰司空马夫人的样子。

"为什么事?"

"他让我弹琴。"

"小姐,你应该弹一曲,给长安君听。"

"我因为从来没在他面前弹过琴,所以挺不好意思,只怕弹错。"

"小姐的琴弹得极好,只是害羞。"

"今天妈姆来了,我特别高兴,我给妈姆弹一曲吧。"

她的女仆把一部瑶琴抱来,摆在她面前的小几上。

看见瑶琴，司空马夫人忽然想起，秦国人喜欢弹筝，而山东六国的客士们都喜欢弹琴。琴声柔和优雅，而且庄严肃穆，不像筝那么焦躁轻佻。在咸阳，这也成了一种标志，标志着不同的思想立场，不同的文化风格。就像非嫪即吕或者非左即右一样，人们也把琴筝这两种乐器，涂上了政治的或者说派别的色彩。当蔡孺子开始拨动琴弦的时候，司空马夫人想："已经是泾渭分明了。我的丈夫也是擅长瑶琴的，命中注定的，已经卷进了咸阳的波涛之中。琴筝之间的激烈斗争，就要进入决战了。这就像两军阵前，双方的战鼓都已经擂响一般。连这十七八岁的女孩儿也不能幸免，上帝也把她摆到了两军阵前。天哪！"

蔡孺子低声唱道：

采采卷耳，
不盈顷筐。
嗟我怀人，
置彼周行。

陟彼崔嵬，
我马虺隤。
我姑酌彼金罍。
维以不永怀。

陟彼高冈，
我马玄黄。

我姑酌彼兕觥。

维以不永伤。

陟彼砠矣，

我马瘏矣。

我仆痡矣，

云何吁矣。①

　　这是一首流传在洛阳一带的古老的民歌，每章四句，共有四章。歌中描写一个在野外采集卷耳菜的妇女，怀念她在远方服役的亲人。她想象她的亲人在征途中遇到了重重困难：人病倒，马病倒，仆人也病倒，以至一筹莫展。她觉得在这种艰难困苦的时刻，她应该在他身旁，她应该将斟满药酒的杯子送到他跟前，使他的人马及早恢复健康。这一切的困苦情景都是她假想出来的，而那实实在在的东西只是她的深深的怀念，以及她身处旷野时的寂寞和惆怅。然而这曲调虽然很是悲伤，却是如此平和，如此清雅，就像山间明澈的小溪一样，委婉地述说着自己的恋情。

　　当蔡孺子唱到第一章的"嗟我怀人，置彼周行"的时候，司空马夫人忽然又想起了长安君成蟜，她情不自禁，眼泪像泉涌一样，洒满了胸前。她觉得很不好意思，急忙用袖子擦眼，并且整顿衣襟，极力使自己情绪平静下来。她想道："我今天是怎么啦！这么没出息，连一个字的秘密也不能保守，

_____

　　①《诗经·国风·卷耳》。

就这么浅陋!"而当蔡孺子唱到第三章的"陟彼高冈,我马玄黄"的时候,司空马夫人再也无法控制自己了。她认为,她今天跑来就是为了听这哀伤的琴曲,这是上苍给她的暗示,这就预示着长安君正处在危难之中。她低下头,双手捧着衣襟捂着自己的脸,她已经是泣不成声了。

古人在听友人弹琴的时候,自己要极力显得端庄一些。这是对琴师的尊重,是对古典文化的崇敬,也是自己为人的尊严。像司空马夫人这样,情不自禁地呜咽起来,虽说倒也难免,不过究竟是一种失态,当然也就是一种失礼。等到蔡孺子弹唱完毕之后,她抬起头来,看见妈姆早已变成一个泪人。从礼貌上说,别人哭了,自己也应该有眼泪才是。她也的确已经是热泪盈眶了,便举起衣袖擦自己的眼睛。

"小姐千万不要见怪呀,今天我这是怎么啦!"司空马夫人极力装出破涕为笑的样子,说道,"也是小姐的琴弹得好,歌声也着实感人肺腑,听着听着,不觉之间就泪流满面了。"

司空马夫人忽然发现蔡孺子明亮的眼睛忽闪着,正在端详她的眼睛,她躲避着,掩饰着,急忙说道:

"方才我忘记了,我家中有客人,我得赶紧回去。请小姐代我向夫人辞别。小姐也不必动,好啦,就此告辞。"

蔡孺子无论怎么说一定要送她,急忙穿好鞋子,追到前院才追上她,然后送至大门口,施礼而别。蔡孺子回来时,听见前院正厅里,他父亲正在同樊於期谈论什么。樊於期的嗓门很粗,正在慷慨激昂地议论着。这一切,同她没有什么关系,自然她不去注意。她觉得奇怪的是,今天妈姆的态度有点异常。往日提到长安君,妈姆总是有说有笑,一往情深。

每当自己忽然有点淡淡的哀愁时,妈姆总是多方劝慰,那情形不亚于母亲。今天妈姆的情绪如此低沉,这是怎么回事?莫非出了什么事情吗?莫非是成蟜不幸战死了吗?天哪!多多保佑我们吧!她仿佛已经看见从前线运回了成蟜的灵柩,想象着自己正在对着那可怕的灵柩行礼,并且决心自杀。她在心中惊呼着:"天哪!"

吃晚饭的时候,蔡孺子没有食欲,脸上也没有笑容,现出一副心事重重的样子。

晚上,蔡夫人走进女儿的房间,说道:

"你的父母,经历的忧伤痛苦太多了,无论什么时候,这颗心总是放不下来。自从有了你,家中才有了欢乐。你是咱们家的福星。自从你和长安君定亲之后,你父亲才放下心来。他还记得唐举①的话,他要享够唐先生所应诺的四十三年的清福。"

这是他们家庭中的典故。十几年前,蔡泽经过大梁,请当时著名的相士唐举先生相过面,唐举说他还有四十三年的清福可享。后来,在他们家中,无论何时提起唐举这句话,都会引起一片笑声。仿佛这些话是千真万确的,又仿佛它是无稽之谈。然而,这一次蔡夫人提起这一句笑话,她看了一下孺子,她脸上连一丝儿笑意都没有。她想道:"坏啦!不知道司空马夫人来对这孺子说了些什么,弄得她这么愁眉苦脸的。"然而,她却又不敢问。

一潭幽静的池水,映出了天上的繁星,它好像蔡孺子的

---

①唐举:战国末著名相士。相蔡泽事见《史记·范雎蔡泽列传》。

心境。如今不知从什么地方吹来一股冷风。池水涌起数不尽的波纹,宁静的繁星忽然频频晃动,乱作了一团。蔡孺子一夜没睡。天亮以后,她看见她的女仆已经起床,她说道:

"我记得你认识司马梗将军家的一个女仆,是吗?"

"是。"女仆答道,"我同那女仆是同乡,还沾点亲。"

"你常去看望她吗?"

"我倒不常去。前些天她来看望我一次。"

"她家离咱们远吗?"

"不远。"女仆说道,"小姐有事吗?"

"也没有什么要紧事。不过我想见见将军,打听一点朝中有关我父亲的事情。"

"那司马梗,一共受过三次撤职处分,总算没有丢了命,也够幸运的了。小姐想见将军,不难。"

蔡泽为人非常敏感,他听说司空马夫人不辞而别,心中纳闷。夜晚,他翻来覆去睡不着。他肯定,是出了什么重大事故。这是什么事故呢?如果是嫪吕之争中的事故,直接关系的司空马,他夫人未必急着来看望蔡家。既然来了,就是有求于蔡某,为何又不开口?看来这事故同蔡某有点关系,想来告诉,又未敢明说。蔡泽想道:同我有关系的就是燕太子丹。昨天樊于期来说了许多燕丹的情况,只说燕丹有点不满意,却没有什么过分的言行。他忽然想到长安君成蟜,心中一惊:"成蟜,成蟜出了事!"然而究竟出了什么事,他却无法猜出。

吃罢早饭,他在庭前闲坐着,看见蔡孺子和女仆向外走,好像要出门的样子。他问道:

"孺子,你们到哪儿去呀?"

蔡孺子听见父亲问,便走过来说道:

"爸爸,昨天妈姆来了,什么也没说,只是流泪。莫非出了什么事吗?"

"能出什么事?"

"爸爸,莫非长安君战死了吗?"

"不许胡说。"蔡泽平静地说道,"尚未交锋,如何战死?"

"莫非李牧把他包围了吗?"

"孺子,不可胡思乱想。"蔡泽笑道,"李牧在代郡。他要包围长安君,必先占领晋阳。放心吧,晋阳还在秦国手中。"

"那么,爸爸,是他病了吗?"

"也不至于。"蔡泽微笑着,看着满脸疑惑的女儿,说道,"把瑶琴抱来,给爸爸弹一曲听。"

第四章　老人的哲学

　　文人们在一起讨论问题,就像许多公鸡在一起抢食一样,那乐趣根本不在抢到什么东西,比如说吃饱为止,不是。真正的乐趣是显示它们英勇善斗。或者也可以说,文人们在一起讨论问题并不是要解决问题,而是要显示他们的学问和才华。他们那种滔滔不绝的样子,简直令人沮丧。所以吕府的众多的博士们,对于成蟜屯留兵变的问题,讨论了三天三夜,毫无结果。一言以蔽之,不知如何是好。司空马疲倦得很,实在说来是厌恶得很。他听不出任何头绪,于是就喝了三大碗酒,踉踉跄跄地回了自己的家。当他睡下的时候,只听得他的夫人不停地唠叨。睡梦之中好像夫人手持大棒要打他,吓得他无处躲藏。仿佛在谁家的宅院里,有一个肮脏的狗窝,他钻进去,口中念道:"上苍见怜,想不到这个世界上竟有如此安全所在。"忽然又梦见马车翻进山沟,他在山坡上滚动着,滚了很久,似乎早已经粉身碎骨,最后终于滚进一个泥潭。又不知为什么他浑身一丝不挂地被官家拿获。有一个军官形象丑陋,面目狰狞,用穿着皮靴的脚,猛踢司空马的光腚。司空马终于认出来,这军官是他的一个赌友,有一次输急了眼,他们曾经厮打过。司空马喊着,说他这是官报私仇,并且坚决拒绝这样赤条条地穿过大街。不过,他总算醒来了。当睁开眼时,看见应曜坐在他的身边。他急忙揉揉眼睛坐了起来,嘴里骂着:

"这帮庸俗文人,都是杀肉吃的货!"

"司空尚书,"应曜说道,"韩非到咸阳了。"

"来干什么?"司空马说道,"来游说吗?这个厕鼠。"

载在《史记·李斯列传》中的,李斯有关仓鼠和厕鼠的那一段名言,当时曾经广为流传。于是,吕府的学者们就把荀子的这两位高足,加以鼠字的头衔,称李斯是仓鼠,称韩非是厕鼠。李斯曾经在吕府做舍人,后来经吕不韦推荐,如今已经做了秦王政的卿士。

"他是韩国的使臣。"应曜答道,"来祝贺秦王冠礼的。"

"为什么要提前来?"

"或者有什么别的事情,也未可知。"他见司空马不吭声,继续说道,"情况越来越紧急了。嫪毐已经派姚贾去了魏国,派顿弱去了赵国……这很明显,是为了破坏成蟜的四国为一①的计划。"

"先生以为应该怎么办?"

---

①四国为一:见《战国策·秦策五》。

"道理讲多少也没有用，最要紧的是明确对策。在下考虑，可以将计就计，支持成蟜。"

"博士们说，人臣无将①。"

"都是腐儒之谈。现成话，无聊至极。"

"足下以为——"司空马用眼睛询问着。

"派陈驰去齐国，派段干越人去魏国，派崔广去赵国，派张唐去楚国。放燕丹回燕国，破坏姚贾、顿弱的活动，鼓动五国齐心合力支持成蟜，打回咸阳。"

"这么大的动作，"司空马说道，"总得有个说法吧?"

"消灭嫪毐。"应曜说道，"这就是全部的目的。而且是最好的口实。"

"先生，"司空马叹道，"目前是最可怕的危急关头。"

"然而，"应曜笑道，"也是最好的天赐良机。天与不取，罪不容诛。秦国向何处去，中国向何处去在此一举。"

"丞相认为，成蟜有野心。他说成蟜如此胡闹，是想当王。"

"那又怎么样?"应曜提高嗓门说道，"难道他没有这个资格吗?"

"先生，这话可不要轻易出口。"司空马严肃地说道，"这样一来，陛下必然决一死战，遭殃的首先是我们。"

"他靠什么决一死战，靠嫪毐一伙吗?"

"他就靠他是王。"司空马说道，"况且还有李斯、尉缭

---

①《史记·叔孙通列传》"人臣无将"注："将谓为逆乱也。"《汉书》与此同。盖古语也。

相助。"

"目下兵权在嫪毐手中。"应曜思索着,慢慢说道,"嫪毐要行动,首先是消灭陛下。"

"也许首先消灭我们。"

"当然,也许……风涛险恶这是肯定的,不过,胜利就在可见的对岸。"

政治就像音乐一样,一般人莫明其妙。作曲家将他的不可名状的灵感谱写成乐章,大多是一个人独立完成的。如果许多人在一起七嘴八舌地讨论某一个主题,这样写出来的乐章,肯定是不堪入耳的。当吕府的博士们在一起讨论屯留兵变时,谁也无法直入正题,谁也不敢说出心里话,就像一锅杂烩菜一样,谁也不是自己原有的味道。他们那些冠冕堂皇的言论,足以使任何真实的思想被彻底破坏。他们越是滔滔不绝,他们距离英明的决策越远,这就像举着火把抓鱼一样。

然而,司空马同应曜这样私下谈论之后,他们的表现在言词上的距离似乎变得越来越接近了。司空马仔细琢磨着应曜的想法,觉得颇有见地,并且认为是可行的。他沉默一阵,说道:

"先生的意见,我从本心说是同意的。虽然风险颇大,不过,总比在自己的木鞋里发呆强得多。或者换句话说,我希望先生的想法能够变为现实。"说到这里,司空马突然问道:"你为什么不直接去对丞相讲?难道你怕死吗?"

应曜听了司空马的话,满心高兴,严肃地说道:

"不。"应曜拱手至额说道,"这个计划能够实现,臣愿以身殉之。只是因为我年纪轻,官职低,所谓位卑言高,丞相会怎么看待我？当然丞相怎么看待我，这还在其次，他会怎么看待这个计划？臣死不足惜，怕误了天下大事。"

"与此相似的意思，我已经试探过丞相，他不想听。"

"为什么？"

"他的顾虑很多。"

"司空尚书如果不去劝说丞相，那就没有人能够胜此重任了。"

"丞相老了！"司空马叹道，"什么耳聪目明、随心所欲不逾矩，都是胡扯。那不过就是将将就就得过且过的代词罢了。"

"人的精神、意志、见识，就应该像干将莫邪一样，当机立断，削铁如泥。如今，连一块豆腐也割不动，还能叫宝剑吗？"

应曜的这两句话，很明显是沿着司空马前面的话说下来的，无疑是说吕不韦的。但是，也许是因为吕府的文人们对吕一向都是赞不绝口，从来没有人指摘过吕不韦，所以，司空马把应曜的这两句话，理解为是在斥责他的了。他年轻时候争强好胜，现在已经四十多岁了，心气儿不减当年。他想说，他立刻就去见丞相，做一次干将莫邪给应曜看看，即使杀头，也算他最后的一次"至忠"①。他正在心中寻找适当词句的时候，他的夫人慌慌张张跑进房里来。她先给应曜施礼，然后对司空马说道：

"蔡孺子要见你。"

话音没落，蔡孺子已经走进门来，并且已经匍匐在地。

---

①"至忠"是《吕氏春秋》的小标题。

"孺子，你有什么事？"司空马问道。

蔡孺子慢慢抬起头来。她那姣好而清秀的脸上没有泪痕，没有疑惑，端庄肃穆，令人肃然起敬。应曜是第一次见到她，心想：真是名不虚传。

"尚书大人，小孺子要去屯留看望长安君，希望大人帮忙，请求相爷垂允。"

应曜听罢突然拍了一下手。司空马不知道应曜是什么意思，看了看应曜。应曜只好说道：

"司空尚书，以臣之见，丞相一定会应允。尚书以为如何？"

"不一定。"司空马冷冷地说道。

四个人八只眼睛，互相看着，端详着，思谋着。

司空马想问蔡孺子："是刚成君要你来吗？"又想说："这是刚成君的主意吗？"觉得这样直问不大合适，又想改个口气："你去上党，刚成君允许吗？"最后，他只是慢慢说道：

"女孩儿家，长途跋涉，如何得了。你先回去吧。"

"大人。"蔡婴说道，"此事小孺子考虑再三，万望大人帮忙，恳请相爷垂允。"

"事关重大，不可鲁莽。缓缓再议，先请回府。"

等司空马夫人和蔡孺子出去之后，应曜低声叫道：

"妙！"

司空马沉下脸来，盯住应曜的眼睛，说道：

"一个小姑娘，一时感情冲动，杯水车薪，顶什么事？先生竟然高兴异常，以至情不自禁……在下愿闻其说。"

"虽说是个小姑娘，却也不可小觑了她。"

所有的灵感都是突发的。若在二十年前,司空马遇到这种情况,他不仅会拍手,而且肯定会跳起来。现在两人之间的年龄才相差十岁,其敏感的程度仿佛已经差了三十里。年纪大的人,总是以稳重二字掩盖自己的迟钝,实在让人感到懊丧。这使应曜突然感到一种无名的哀伤。他们同吕不韦相比,年龄相差得太多了,吕不韦现在已经年近古稀,他能够迅速地觉悟起来吗? 这正是吕门学者中的有识之士们所忧虑的关键问题。

　　"尚书不要忘记,"应曜说道,"这蔡孺子是刚成君蔡泽的心头肉。听说她孝顺得很。她要去屯留,不可能是私自出走吧? 那就可以认为,她到府上来当面提出请求,这就是蔡泽的主意,至少是经蔡泽同意的。她若得到允许去屯留,做父亲的肯定是要陪同前往。司空尚书,可不要低估了蔡泽。这是老天赐给长安君成蟜的最好的谋士。"

　　司空马沉默着。

　　"就是神仙,也不会想到还有这一着。"应曜见司空马一直沉默着,继续说道,"这实在太妙了! 简直妙不可言! 真是天助我也! 臣以为,蔡泽一旦飞出崤关,他将大有作为。在秦国历史上乃至中国历史上,蔡泽将要留下最光辉的篇章。"

　　司空马终于微微笑了。他说道:

　　"先生的意思,我刚刚听明白了。您是想组织一次不折不扣的政变。是这样吗?"

　　"顺应形势,道法自然。"应曜说道,"往最坏处想,顶多是形成一次政变。而这样的政变,正是秦国之福,天下之福。"

　　"成蟜这人……"司空马沉吟着。

"臣见过陛下,也见过长安君成蟜,还同他谈过,而且不止一次。一个赵政,一个成蟜,这都是司空尚书所熟悉的。尚书以为如何？太后都想过的,嫪毐正在策划的,尚书您就从来没有想到过？"

　　司空马进入了深深的沉思。

　　"至于这两个人,"应曜继续说道,"什么身体强弱,相貌美丑,虽然社会上议论纷纷,却都不在臣的考虑之内。赵政其人,褊狭乖戾,恣睢傲物,这是有目共睹的。而成蟜则完全相反,宽厚仁义,谦和爱士,这也是有目共睹的。"

　　应曜仔细看看司空马,想到这些罪不容诛的千方百计,只能对司空马说,因为司空马的夫人是成蟜的妈姆,他们的关系不一般。他见司空马正在认真地倾听着,便继续说道：

　　"长安君成蟜不仅是昭王的子孙,而且是蔡泽的女婿,淳于越的学生。他的才质,不亚于周文王。听说他这次出征,还带着一部《吕氏春秋》。难道《吕氏春秋》上写着的那些话,我们不准备实行吗？是让子孙后代们去实行吗？'置君非以阿君也,置天子非以阿天子也。''凡主之立,生于公。''天下非一人之天下,乃天下之天下也。'难道这些话只是因为说着好听才把它们写出来吗？君可以择臣,难道臣就不可以择君吗？春秋以来,学者们异口同声地赞扬伊尹,伊尹不就是择君而事的楷模吗？孔子说：'鸟则择木,木岂能择鸟①',不就是说的伊尹吗？《吕氏春秋》中曾经多次提到伊尹,并且明确

----

①见《孔子家语》。

指出,'有道之士之求贤主也,无所不行'①。难道能够产生有道之士的只有古代的空桑氏之国,当代就无由产生吗? 莫非大道已经绝于当代了吗?《吕氏春秋》所阐述的不是大道吗?"

"先生不必激动。"司空马终于说了话,"这样的大事,应该有卜祝出面才对。"

"尚书差矣。有正,有反,有常规,有权变。何必拘泥?"

"不是拘泥,如此匆促……"

"尚书深通历史,熟悉典籍。历史上所有的重大事件,有哪一件是慢慢吞吞、斯斯文文、讨论来讨论去才定下来的?"

"也罢。"司空马拍一下膝头,说道,"多谢先生不弃,先生的意思,我已经全部明白。我完全赞成,足下可以放心,我一定为此奋不顾身。我这就去见丞相。"

应曜走后,司空马闭目静思。他觉得他应该把应曜所说过的话温习一下,回味一下,使这些话变成自己的思想。如果连自己都是似懂非懂,怎么能说动丞相呢? 然而又一想:"应曜的想法简直就像我自己发明的一样,何必还苦苦回想他曾经说过的言辞呢? 他的话未必是最合适,最明确的话。"司空马想道:"最近五年来,也就是编辑《吕氏春秋》以来,吕门学者们一直在考虑的问题,就是什么样的王,才能实现《吕氏春秋》的方略? 虽然说时代造英雄,但是有汤武,有桀纣,他们所处的时代是一样的。吕府的某些博士,对于长安君成蟜,早已经情不自禁地啧啧叹赏。他们说长安这个小小的聚落,即将成为秦国的乃至全中国的首都……大家都曾经有过

---

①应曜引接的话载《吕氏春秋》的《恃君》《贵公》《本味》等篇中。

的想法,就像隔一层窗纱一样,只是还没有人把它捅破罢了。今天应曜把它捅破了。这不就正是我的早已深埋心中的想法吗?这样现成的英明决策,若在公开的集体讨论中,一万年也产生不出来。然而若要向丞相进言,则需要通盘考虑一番,仔细替丞相考虑一下,看看他的症结何在,他的顾虑是什么,他最害怕的是什么,他真实的想法是什么……"

他并没有给他的问题做出任何解答,他已经走出了自己的家门,来到了大街上。他听见有一个熟悉的声音向他叫道:

"老爷行好啦!舍给一个铜钱吧!"

司空马急忙从袖子里摸出两个铜钱,走过去递给那乞丐。那乞丐伸出手来接着,嘴里低声迅速说道:

"太后已经从祈年宫回来。嫪毐因为得不到屯留的确实情况,正在暴跳如雷。蒲鹞将军已经接到命令,即将带领十万大军出临晋关。他的目标是屯留。长安君部下的将军秦璧派了一个人潜回咸阳,他要见你。朱英昨晚到达咸阳。楚考烈王是被害身死。陛下又病倒了,发烧,说胡话。麃公被嫪毐绑架了,下落不明。别急着走,最重要的,刺客已经进门。这个人,不知姓名,武艺高强,多加小心,赶快回吕府去!"

然后那乞丐深深施礼,高声唱道:

"多谢老爷!"

司空马急忙走进吕府,心中想道:"老天震怒了!扫帚星拖着长长的尾巴,每晚都出现在天空。灾难即将降临人间,人们已经是不寒而栗了。去年遭了灾,老百姓啼饥号寒,乞丐遍地,褴褛满街,朝中上下,不知所措。丞相老了,自私而且迟钝!他已经死到临头,还在自己的木鞋里发呆!天哪!"

他快步跑进吕府,问丞相现在哪里。一个管事的舍人说,丞相正在厅上与人说话。司空马跑到庭前,看见二十名武士围绕厅堂郑重地站着。他吩咐再加派二十名。他同时想道:"看来的人是什么人吧。如果是聂政之流,千军万马也不是他的对手。麃公被绑架,这就是即将下手的预兆。不过麃公被绑架,自然来者的武艺在麃公之下。"他忽然想起,还有一个武艺同麃公差不多的,外人不知道的任固。司空马喊道:

"任固何在?快请他来,快!"

然后司空马对武士们大声命令道:

"四十名武士要精心护卫,不可懈怠。见有携带武器的生人,格杀毋论。无论生人熟人,无论文官武官,也不论官职多大,要见丞相必须经我允许,经我看过,经我陪同。"

他所说的就是谒者令的职责,现在谒者令麃公不在,新的谒者令尚未任命,司空马就把这职责自动担负起来。因为情况紧急,浑沌报告,刺客已经进门。

在厅堂里,吕不韦正依在小几上听三个人请示什么。那三个人跪在下面离吕不韦两丈远的地方。司空马先将这三个人端详一下,见都是府中的博士、舍人。随后他绕庭堂一周,将帷幕后面,桌案之下等等地方查看一遍。他想道:"虽然已经进门,还不知藏在什么地方。要不要报告丞相,全吕府实行一次大搜查?啊!吕府大得很。天已黄昏,搜查起来非常困难。丞相胆子又小,弄得鸡飞狗跳,最后搜查不出来,

如何是好。丞相不会说我上了浑沌的当,他会说上了我的
当。我掉脑袋不要紧,传扬出去,人家会说丞相府已经成了
惊弓之鸟,这如何了得。如果麃公在此,何需我如此琐碎。
他们不会杀害麃公吧?我应该赶快想法子去救他。也许司
马梗知道麃公的下落,明天去见司马梗。"

　　这时,司空马听见请示的人说:

　　"韩非作为韩国朝贺的使臣,最先到达咸阳。他请求面
见丞相,并且请求面见陛下。"

　　"老夫正在家中卧病。"吕不韦说道,"很抱歉,不能见他。
如果有要紧事情,请他去见左相大人。"

　　"齐国人名叫茅焦的,是一位游学的先生。他请求抄录
《吕氏春秋》,望相爷垂允。"

　　"可以。"

　　"左相嫪毐听说相爷病了,派人送来三盒点心,说是太后
送给相爷的。都是芙蓉糕、桂花饼、菊花饀之类。"

　　"留下就是了。老夫胃疼,不想吃东西,你们分吃了吧。"

　　"齐王建和赵王偃决定亲来咸阳,恭贺陛下冠礼,不日即
可启程。"

　　"还算听话。"吕不韦笑道。

　　"将军桓齮求见。"

　　"一会儿请他进来。"吕不韦仿佛感到有点疲倦,又见天
已黄昏,便说道,"你们退下吧。"

　　这几天,吕不韦的日子非常艰难。他想藏起来,可是没
处躲藏。求见的人很多,只一个相府内的博士、舍人就有很
多事要请示。但是,在他看来这些事都无甚紧要。他几乎同

麃公是寸步不离,白天没有麃公他不敢出房门,甚至出恭都要请麃公先去检查厕所。晚上,他要求麃公把卧室彻底检查一遍。他疑神疑鬼,仿佛刺客随时都可能出现在他面前。他曾经想过,如果有人把他这种心惊胆战的生活状况宣扬出去,那就糟了。比如麃公就可以添油加醋地传说出去,不为别的,就只为夸大他的功劳,这是完全可能的。他的房屋周围,武士如林,简直有如大敌当前。这若是让外人得知,一下子就可以传遍山东六国。"无聊文人们闲着没事,说不定会给我吕不韦编一部书。"但是吕不韦继而又想道,"由他们去吧!王僚没有留下美名,侠累也没有留下美名。俗人们永远是以成败论英雄的。与其无谓的死掉,不如活下去,还可以同坏人斗一斗。"他忽然想到一个非常简单的对策:"他让我日夜恐惧,难道我就不能使他也恐惧起来吗?他打我一拳,我踢他一脚,这不是很简单的招数吗?总比这么站在自己的木鞋里发呆强一些吧?黄金在前,匕首在后①,这本是秦国的传统策略。老夫一向鄙视这种策略,以为它是小人的伎俩。君子又怎么样?不妨做一次小人。尤其目前这种紧要关头。老夫不发愁找不到刺客,只是无法进入甘泉宫和咸阳宫。如果刺客进入甘泉宫或咸阳宫,有个闪失,被禁卫军捉住,诬我一个篡弑的罪名,这可吃罪不起。再说,一个微不足道的假太监,破落子弟、暴发户,也值不得我这么抬举他。是的,如果老夫真的派出刺客,就算顺利成功了,这不是抬举了他吗?"吕不韦忽然意识到麃公不见了。"这家伙,三天不喝酒了。肯

---

①见《史记·李斯列传》:"厚遗结之,不肯者,利剑刺之。"

定是跑到酒店去啦,也许已经倒在酒店里不省人事啦!"他看
见司空马,问道:

"老马,你有事吗?"

"是,相爷,有事。"司空马施礼说道。

"说吧。"

司空马向前挪动了一下,手扶着膝头,说道:

"屯留兵变,事关重大,朝廷上下,如聋如聩。这事情,有
待相爷决策。"

"这成蟜,少年英武,不可一世,简直是鲁莽至极。"

"他听说嫪毐与太后生了一个儿子,企图废掉陛下,让他
们的儿子即位。"

"什么儿子? 都是道听途说,谁见来?"吕不韦显出不耐
烦的样子。

"这种事情,无风不起浪。"司空马极力辩解着,"这在成
蟜看来,太后的这个小儿子无论如何不能承继庄襄王。这等
于异姓篡弑。"

"那就是他成蟜想承继了。"吕不韦仿佛很不耐烦。

"他的目的是打倒嫪毐,保卫他哥哥的王位。"

"既然有他哥哥在,用得着他操这份闲心吗?"

"他认为他哥哥深藏宫中,蒙在鼓里,处境非常危险,有
遭到奸臣篡弑的可能,所以挺身而出。他是正义的,是光明
正大的。"

"身为臣子,不可觊觎王位。动辄兴兵讨伐某个大臣,不
能开这种先例。以老夫看,成蟜有野心,想当王。"

"现在他哥哥在,他怎么会有这种非分的妄想。"司空马

觉得自己的嘴太笨了,完全失掉了当年的锐气。"如果没有他哥哥,他自然也不是不能做王。秦昭王就是继承他哥哥的王位的。"

"说了半天,还是他想当王,甚至先生您也有点同意。是这样吗?"

吕不韦一下子就想起了司空马的夫人是长安君成蟜的保姆这件任人皆知的事来。他认为正是这件事实,决定了司空马对屯留兵变的态度。这说明,不仅成蟜有非分之想,司空马也有非分之想。他想对司空马严厉的训斥一顿,并且立即撤职。"当然,这也有点诛心之论。他既然在老夫手下做事,老夫就有责任管教他,使他不可能有越轨之行为。纵然他有某种非分之想,老夫绝不使之实现。"他想到这里,说道:

"不能这样干,司空先生!我们做臣子的,绝不能有这种想法。这是大逆不道。"当他说"大逆不道"这四个字的时候,就好像在宣布夷族之刑一般。

司空马看见吕不韦声色俱厉,觉得无法再说下去了。

"老夫忠于秦国王室,呕心沥血,辛苦半生,二十余年如一日,没有出格的事情。《吕氏春秋》早已公之于世。谁当王,这对我们做臣子的,都无所谓。他只要按老夫确定的建国方略做去,就可以致太平。不在什么人当王,而在实行什么政策。现在东周既灭,世无天子,人民盼望出现真龙天子。人民厌恶战争,盼望和平;厌恶穷困,盼望幸福;厌恶残暴,盼望一种比较合乎养生之道的生活。因此,就要削平诸侯,使天下归于一统。这就是太平天子的基业。秦国有力量并一天下,自然也有力量治理天下。至于王么,聪明一点不一定就好,糊涂一点也不一定就坏。有了正确的建国方略,老实说吧,王糊涂点,最好不大管事,'无为而治',反而更好。谁也不要争权夺利,天下自然就要进入一种保合太和的境界。纵然有非凡的聪明才智,只是没有使用它们的地方。这就是老夫为什么辛苦多年撰辑一部大书的目的。所以,老夫也不怕有什么人争夺我的权利。水就湿,火就燥。天下万事万物,贵在顺应自然。黄河里波涛汹涌,并没有什么大力士推动它们;华山上青峰插天,也不是什么人垒起来的。'上有大圜,下有大方,汝能法之,为民父母'①。天有阴晴,月有盈亏,日出月落,四时循环,不以英雄加快,不以愚民放慢。老夫毕生最讨厌小聪明,小伎俩。天下有识之士多得很,千万不敢把他们当作小孩子。哄骗他们,等于出卖自己。司空先生,您是想借屯留兵变做点什么文章吗?您想假手成蟜,消灭嫪毐,是这样吗?这不好。这很不好。老马,您太急躁了。这么一个破落子弟,没名没姓,毫无根底,他越是猖獗疯狂,那就越是要迅速垮台。那山坡上突然蹦出来的、白白的发亮的,绝不是玉石,那是马屁泡。您放心吧,老夫忠于秦国,秦国人知道。秦国人要收拾嫪毐,不必假手任何人。"

　　吕不韦这滔滔不绝的样子,使司空马感到受了挫折,甚至感到一种说不出的迷惘,因而又感到十分的气愤。他一边听着,首先就想起吕府的博士先生们议论屯留兵变的情形。"这些冬烘先生们,"他心中骂着,"这个老冬烘。刺客已经进门,你已经是死到临头了,还发这些一钱不值的宏论。你根

---

　　①见《吕氏春秋·序意》。

本就不了解当前的形势,不知道当务之急,完全没有抓住要害。黄河的巨浪已经将你吞没,华山的巨石已经压到你的头顶,你难道能够顺应这个自然吗!想不到丞相已经迂腐到这种程度。"司空马越是感到气愤,他就越是搞不清吕不韦的症结何在。他知道丞相是错的,但是不知道他错在哪里。所以也就没有适当的言谈可以反驳他,或者足以说服他。他沉默一阵,说道:

"相爷,嫪毐派姚贾去了魏国,派顿弱去了赵国,蒙武大军驻在东郡而苏涓在齐。嫪毐的目的很明显,是要消灭成蟜。"

"您不必担心。"吕不韦说道,"姚贾、顿弱的使命可想而知,不过就是孤立成蟜。这年轻人不懂事,让他带兵去攻打赵国,他却来个前途倒戈。不思建立功勋于敌国,却想插手承继于朝廷。有现成的佳肴美馔不吃,却跑去火中取栗。他遭到孤立以后,无路可走,只好乖乖地带兵回咸阳来,接受王的处分。这是他唯一的生路。他一定是受了什么坏人的唆使。那个名叫秦璧的将军不是好东西,应该就地正法。"

司空马觉得也许是因为自己对应曜的非常具有说服力的策略还远没有吃透,所以这样拙嘴笨舌无法开说。他忽然想起应曜认为绝妙的蔡孺子的请求,说不定丞相在这种糊涂情况下,会允许蔡孺子前往屯留。便说道:

"相爷,蔡孺子请求去屯留,看望长安君。"

"先生您是想让那小姑娘替您做说客去吗?"

"她是长安君的未婚妻。她去看望丈夫,这无可厚非。"

"老马您什么时候学会了发挥这种琐碎的政治手腕?君

子所履,小人所视①。您一抬手,一动脚,人家就知道你要干什么。屯留发生了兵变,赶紧派了一个小姑娘去屯留。诸侯将要笑话你们秦国已经无人,竟闹到婆娘家出使,办起政治谈判来了。"吕不韦淡淡地笑了一下,然后沉下脸来说道,"这小孺子若去屯留,蔡泽必然陪同前往。蔡泽可是非同小可,不比你我这么好商量。吕不韦用五乘一下,也不如这个刚成君。"

"如果刚成君前往,"司空马小心翼翼地说道,"其实更好。"

"其实什么更好?"吕不韦皱着眉头问道,"对谁更好?"

"对成蟜,对秦国,都更好一些。"

"那就更糟!"吕不韦微微侧着头,两眼盯着司空马的眼睛,高声说道,"原来足下是要借助蔡泽呀!"

"蔡泽不会害秦国,更不会害成蟜,相爷可以放心。"

"足下倒是挺放心。"吕不韦仿佛已经看穿了司空马的伎俩似的,说道,"将在外,君命有所不受。悬军异国,两千多里,不能开这个玩笑。"吕不韦感到对自己很满意,他终于把这个桀骜不驯的尚书令说服了。他又补充一句,"目前正是秦国的危急时刻,所以要特别慎重。"

"正是因为目下危机四伏,所以,也正是相爷需要深思熟虑的时候。"司空马觉得自己的话实在没劲,等于没说,甚至比没说还要坏些,简直等于缴械投降。

"先生不要听那些文人们的鼓噪。他们容易异想天开。

---

①语出《诗经·小雅·大东》。

还有什么别的事吗?"

"朱英昨晚到达咸阳。"

"这是一个非凡的人物,请对他说,如果他没有什么别的打算,老夫希望他屈尊来做舍人。"

于是,吕不韦叫桓齮进来。桓齮进来,施礼坐下。因为天已黄昏,吕不韦看不甚清,问道:

"那是桓齮将军吗?你想见老夫,是有什么事吗?"

"相爷,"桓齮拱手说道,"屯留兵变,是秦国历史上从来没有过的事情。"

"怎么没有过?"吕不韦说道,"献公是怎么回国的?军队出发时说'往击寇也',半路上又说'往迎主也'①。将军何必大惊小怪。"

吕不韦这话等于失言。因为屯留兵变之后,有人希望献公之事重演,有人害怕献公之事重演,所以咸阳士人讳言献公之事。吕不韦这样说,好像是希望献公之事重演,或者在预言献公之事即将重演一般。他后悔自己这样说话,但是已经晚了,话已出口。为了岔开话题,他赶快问道:

"将军有什么事,请说吧。"

"秦璧将军所带的兵,是臣曾经带过的。如果相爷允许,臣愿得大府金符,只身前往,保证把那十万人马带回咸阳。"

"主意倒是不错。"吕不韦说道,"只是这个办法对付秦璧有余,对付长安君就不足了。今天不早啦,容后再议吧。"

桓齮退出之后,吕不韦觉得有点疲倦,便伏在小几上闭目

---

① 事见《吕氏春秋·当赏》。

养神。忽然通的一声,他睁开眼睛看见不远的席位上,有一个汉子跪着一条腿向他顿首道:

"拜见丞相!"

跪有危义,就是指这种单腿下跪的姿势而言。一般在行礼时,是双腿跪下,膝盖以上竖直,这就是所谓长跪。如果请坐,就是坐在自己的脚后跟上。极少有人敢在丞相面前单腿下跪,除非是身披铠甲的将军并且是在野外,才有这种礼节。因为单腿跪着,随时都有跳起来的可能,所以给人一种即将发生不测之变的感觉。如果单是左腿跪着,而右手放在左边佩带的剑柄上,这叫扣剑,这就是突刺的第一个动作。吕不韦在黄昏之中看见这么一个汉子,既没有人通报,也没有人陪伴,更不知道他的来意,居然又采取着这么一种可怕的姿势,心中顿时就着起慌来。他问道:

"你!"他觉得自己的舌头不灵,"你是什么人?"

"臣就是嫪毐派来的刺客!"那人又一次拱手至额,却没有扣剑的动作。

听到"刺客"二字,吕不韦脑袋里嗡的一声。不过这种眩晕的感觉很快就过去了。他看见那自称刺客的人依然跪着不动,再一次顿首,显出很恭敬的样子。吕不韦急忙把横在膝前的宝剑抽出来,与此同时他看见司空马手执宝剑从帷幕后面闪出来,站在他与剑客之间。吕不韦说道:

"既是刺客……"他的语音含混,自己也不知道自己在说什么,或者自己想要说什么。

"启禀相爷,"那刺客声音洪亮,气概非凡,他说道,"臣来之前,用了三天时间,读了《吕氏春秋》,在相爷的房梁上待了一整天,听着相爷同官员们议事,臣于是决定抛弃嫪毐的命令。臣本来可以一走了之,不过,臣有话要禀告相爷,算是不速之客的一个礼貌的辞别。"

吕不韦此时已经不知道是庄周梦见了蝴蝶,还是蝴蝶梦见了庄周。他极力使自己镇定下来,很费劲地听着刺客的陈词,但是,却无法把他的话全部听懂。他觉得自己的头已经迅速膨胀起来,仿佛已经有城门楼那么大。而他的腿已经麻木,仿佛有一千斤重。他想提起一条腿来,费了很大的力气,却没有成功,他看了一下司空马,胆子壮起来,几乎是喊道:

"请讲!"

"嫪毐和太后生了儿子,"那刺客说道,"不是一个,而是两个。这是千真万确的,丞相不必犹疑。"

"你见过吗?"司空马问道。

"没有见过。"刺客答道。

"藏在什么地方?"吕不韦问道。

"不知道。"

"他们想废掉陛下,"吕不韦又问道,"这是真的吗?"

"是真的。"

"这是为什么?"

"因为陛下身体有病,性情古怪,又不听话。"

"伤天害理,天地不容。"

其实,在这种时候,发这种空论大可不必。不过,只有发表一些空论,吕不韦才是吕不韦,或者说,吕不韦才能感觉到自己的存在。空话说过之后,他才觉得自己仿佛已经从梦中醒来,又回到现实之中。他喘息着,好像伏天的耕牛一样。

他自己都听得见自己的喘息声。然而正是自己这喘息声,告诉他,他还活着。不管嫪毐的手段多么毒辣,他依然安然无恙。他胜利了!这一次的胜利,使他感到特别的愉快。这时,他的心情也渐渐地平静下来。他说道:

"你违抗嫪毐的命令,他会饶过你吗?"

"臣即将远走高飞。臣特意辞别相爷,是要告诉相爷:在臣之后,还会有人来,而且不止一个。"

"继足下而来的是谁?"司空马问道,"知道吗?"

"不知道。"

"是何居心?"司空马又问道,"只为争权夺利吗?"

"目的是不让相爷主持陛下的冠礼。嫪毐不想给陛下举行冠礼。"

"你需要老夫的帮助吗?"吕不韦问道。

"怎么帮助呢?"

"老夫派两个人保护你出关。你可以到洛阳去,那里是老夫的封地。那里的县令可以给你提供一切,直到你满意为止。"

那刺客笑了。他的笑声,使吕不韦感到胆战心惊。

"相爷是想将我拿获,然后当作人证物证,好去同嫪毐打官司吗?"

不知什么时候,任固已经站在刺客的背后,他手中的宝剑直指刺客的脊背。

"丞相的意思是真诚的,"司空马说道,"先生不必多虑。"这时候,吕不韦将宝剑插入剑鞘,说道:

"既然如此,老夫不便问先生的尊姓大名,也不便问先生的去向。老夫把这把随身的宝剑交给您作为信物。将来无论何时何地,老夫的儿子们以及朋友们,见到这把宝剑,都会把您当作挚友,并满足您的一切要求。"

吕不韦把宝剑扔给司空马,司空马把宝剑扔给刺客。那刺客将宝剑抽出一两寸,昏暗中仿佛看见剑柄前刻着吕不韦的官职和姓名。他说道:

"好剑。"他再施一礼,说道,"多谢相爷。"

"您还有什么赐教的吗?"

"就此告辞,后会有期。"

"后会有期。"吕不韦一挥手,"任固闪开路。"

任固跳到一边,说道:

"先生请走这边正门。"

那刺客站起身来,看看任固,笑一笑,一转身奔向东边的窗口,突然跳起,所有的窗棂噼啪粉碎,他已经不见了。

这时候听见外面的武士们突然杀声震天,刀剑相撞的声音就像冰雹打在刁斗上。不过就是一呼一吸的时间,声音立即消失,只剩了迅速的逐渐远去的脚步声。

"刺客跑了!"武士们报告道。

"笨蛋!"任固骂着。

"让他去吧,留他干什么?"司空马喊着。

吕不韦听到刀剑相撞的叮当声,他才最终证实,这不是梦;听见逐渐远去的脚步声,他才最终证实,刺客走了,他却依旧安然无恙。他胜利了! 他叹道:

"真是一位英雄。"

"一位有识之士。"司空马说道,"相爷受惊了。这是一位有道君子,不可多得的豪杰。他的意见值得相爷重视。"

"什么意见?"吕不韦茫然地问着。

"既然太后和嫪毐果真生了儿子,而且不止一个,他们的篡弑阴谋是确实存在的,这就证明成蟜兵变是有道理的,是完全正义的,相爷应该坚决地支持成蟜……"

吕不韦这时才真正恢复常态。他忽然觉得一点力气也没有了,心想,"我真的是老了! 不中用了!"他发现浑身的衣服都紧紧贴在身上,这是为什么? 他终于想起来,是汗湿透了。这一身冷汗,现在更加冰凉。他一下子就觉得冷起来,好像上牙要同下牙相撞。他很满意自己方才的举动,觉得不愧是堂堂相国。不过,假若这不听话的牙齿真的要打起架来,实在大煞风景。这要传出去,他方才的英雄事迹就会变成一场笑话。他咬紧牙关,不让自己的牙齿发出惊天动地的响声。同时,他急忙用袖子擦头上的汗水,也好用袖子遮一下难看的脸色。好在现在已经到掌灯时分,怎么掌灯的仆人还不来,莫非被刺客吓跑了吗? 然而又一想,希望掌灯的仆人晚一点来,省得把这失魂落魄的样子都让下人们看了去。

"我吕不韦,终于用我的凛然正气,又一次挫败了我的敌人,挫败了他们的各种各样的阴谋诡计……"

吕不韦这样想着,至于司空马的铿锵有力的言论,他几乎连一句也没有听见。

"因此希望相爷派陈驰去齐国,"司空马慷慨激昂地说道,"派段干越人去魏国,派崔广去赵国,派张唐去楚国,放燕太子丹回国,破坏姚贾、顿弱的活动,以便五国联合,齐心合力支持成蟜。并且准许蔡泽和蔡孺子前去屯留看望长安君。

如此,嫪毐之首唾手可得,《吕氏春秋》中所阐述的建国方略可以顺利实现。丞相必将功成秦国,名垂天下……"

"怎么不见麃公?"吕不韦突然问道,"这小子跑到哪里去了?正在这紧要时刻,不见他的影子!传老夫的命令:逮捕麃公!"

"启禀相爷:麃公被绑架走了!"司空马说着,心中不免有些难过。原来他说的这些至关重要的话,丞相根本没听。他感到泄气,感到败兴,而且感到一种不可名状的哀伤。

"绑架!为什么?"

"因为他武艺高强。有他在相爷身边,他们无法下手。"

"这么说,"吕不韦惊奇地问道,"他们最怕麃公了?他现在哪里?"

"今天上午被绑架的,不知现在何处,看来凶多吉少。"此时司空马已经难过至极,无精打采地这么回答着。

"老夫命你迅速打听麃公的下落,并且想尽办法搭救他。"

仆人和武士们拥护着吕不韦,回后院寝室里休息去了。

司空马和任固走出来,天已经黑了。任固对司空马说着什么,那意思好像是说今天丞相真不简单,真了不起,虽古之周召不过如此……司空马突然喊道:

"天哪!还在木鞋里发呆哪!啊!"

司空马哭了,弄得任固简直不知所措。他以为司空尚书经过这一场惊悸而病倒了。他紧紧抱住司空马,安慰他,"尚书""尚书"叫个不停。

"相爷安然无恙,尚书,尚书呀,您应该高兴才是。尚书、尚书,您应该高兴,您应该庆幸……"

司空马斜靠着院子里的一棵大树,坐在地上休息了一阵。他流了很多眼泪。吕府的一个仆人,举着火把走过来,说要送司空尚书回家。这时司空马才止住眼泪,站起身来,叹道:

"那是一个非凡的青年啊!有胆有识有气魄。他的品格,他的才识,在我们所有人之上。完了!他完了!"

司空马扶着任固的肩膀,慢慢走回自己的家。他真的病了。当任固要走时,他说道:

"任固兄,请您接替麀公的职务——谒者令。千万小心在意呀!丝毫不可懈怠。明天丞相问,就说我去打听麀公的下落去了。"

第五章　未雨绸缪

司空马真的病了。

司空马真的病倒了,这点事情,在历史上简直就不值一提。没有一个历史学家谈论过这件事情,虽然它是一个真实的历史事实。历史学家们从未真正地关注过历史事实,更不要说什么历史的是非了。他们只是根据当时的需要,捡一些对别人好听、对自己有利的话,说上一通完事。所以他们写的那些东西,同真实的历史毫不相干。虽然说司空马病倒这件事算不得什么大事件,但是在当时的咸阳,却引起了很大的震动,以至于议论纷纷。嫪毐周围的人听说司空马病倒,高兴非常,简直是拍手称快。他们断定司空马是被那刺客打伤了。与此同时他们又进而推断,吕不韦的卧病也是负了伤。在古代,病这个字,有时候就代表创伤,或者说包含着创伤的意思。所以这种推测并非毫无道理。因为吕不韦近日来,总不出门,传出来说是肚子疼,于是他们就认定是肚子上挨了一剑。甚至有人告诉韩非说:"冠礼不举行了,至少在眼前不可能举行。"那意思就是说:先生可以自便了。韩非懊丧至极,他认为这是吕不韦捣的鬼。咸阳街头,出现了各种各样的传说。支持嫪毐的贵族老爷们,忽然都到街上来观风,见人就说话,并且把右拇指翘一下(这就代表右相吕不韦),然后说道:"快发丧了!"紧接着就有一些很难听的骂人话,骂"山东乞食者们",自然是指六国来秦的客士们。秦国人在咸阳街头骂几句官衔,没人敢搭言。虽然在咸阳,六国的游士非常之多,包括小商贩、小手艺人、各种佣耕之士、算卦先生以及游说之士,可以说样样俱全。因为这些人没有地位,身份微贱,衣衫褴褛,所以不敢争强斗狠。但是,如果要讲道理,他们又往往是得理不让人。咸阳人骂他们是"要饭的打官司——没吃的有说的"。总之,咸阳街头的情况,突然紧张起来。任何人只要来到街头,就会不自觉地向四下望一望,不知道发生了什么事情,还是将要发生什么事情。

在刺客光临吕府的第二天上午,平时车水马龙的吕府门前,这一天却冷冷清清,连个人影也没有。不但丞相本人没有去咸阳宫处理公事,就连他的宾客博士们也都像蛰伏起来一样,没有往日那种进进出出的情景。吕不韦晚年谨小慎微,他在过度受惊的情况下,下令不准手下人们乱说。结果下边管事的人掌握过严,连门也不让出了。其实,这很不自然。外人一看,就知道出了事故,那样子真有点像要发丧了。挨到中午时分,吕府里居然出来了一个人,而且是个有名的人物,他的名字叫张唐。

张唐祖籍河中，却生长在邯郸。秦昭王时期来到秦国做将军，屡建战功，晋爵五大夫。后来在消灭西周、迁移九鼎的时候，他丢掉了一只巨鼎，说是掉进什么河里了，昭王要杀他的头，最后改为夺爵降为庶人。庄襄王元年（前249），吕不韦做了丞相，张唐投靠吕不韦，做了吕府的舍人。张唐熟悉赵国的情况，干了一些不利于赵国的事情，赵国人痛恨张唐。赵王曾经宣布："有得张唐者，赐百里之地。"所以张唐多年来帮助吕不韦办外交，别的国都敢去，唯独不敢去赵国。其实赵王也是老太太吃杏，抢着软的捏。吕不韦和司空马都在邯郸长大，也都干过一些对不起赵国的事情，他却不敢通缉他们。八年前，吕不韦派张唐去燕国，张唐害怕经过赵国被人逮住，发了愁。那一次是年纪幼小的甘罗救了他，所以他非常感激甘罗。现在的张唐，连从前做将军的影子也没有了。尤其在参与编撰《吕氏春秋》之后，他变成了一个地地道道的文士。张唐虽然不敢进入赵国，然而若看他的样子则完全是一派邯郸作风：潇洒豁达，风度翩翩。无论同谁，见面就熟，谈笑风生，滔滔不绝，而且最使秦国人看不惯的是他的玩世不恭。他高了兴，出门坐的是四马安车，马车上锦绣泥障，马头上是金饰红缨。他本人则是高冠博带，长剑至颐，就连他的脚上，都是镶着珠玉的丝履。看那派头，就是楚国的王子也不过如此。秦国法律森严，田宅臣妾衣服都以级别不同而相互区别，非常严格，不准越制。所以张唐这种装束，可以说是搅乱了秦国人的基本原则。秦国人指责张唐，是完全正确的。不过他又经常是另一种样子，头上戴的是油污的巾帻，身上穿的是破旧的麻布衣衫，至于脚上么，常常是套一双不知从哪里捡来的烂草鞋。那种样子,和咸阳街头的乞丐差不多。正因如此,在咸阳街头曾经有过一些关于张唐的笑话流传着。这些笑话,张唐本人一概不承认。不过,他的朋友,例如司空马和甘罗等人,就曾经证实过都是真的。虽然如此,吕不韦手下的官员们,尤其山东六国来的客士们,却很喜欢张唐,并且对他表示由衷的赞赏。他们认为,在咸阳这异常沉闷、令人窒息的空气之下,在那种古老的呆板而单调的生活之中,终于出了这么一个放荡不羁的人物,这是非常可敬的。不过在两派斗争的情况下,只要有人说好,必定有人说坏,而且那说坏的劲头,绝不亚于说好的劲头。所以张唐就像寒林梢头的一只小鸟,狂风袭来,首当其冲。恰好在这一天的这种情况下,他从吕府大门里一溜歪斜地徜徉到大街上来了。

他走了没多远,就有一个人跟上施礼,说道:

"张先生,您好啊!"

"足下有事吗?"张唐一面走着问道。

"吕府里出了事吗?"

"什么事?"

"吕相爷怎么样?"

"什么怎么样?"

"尊体康健吗?"

"如牛似的。"

"听说,欠佳。"

"放屁!"

"听说,受了伤。"

"好臭！"

"听说是，腹部受了伤。"

"臭不可闻！"

"张先生息怒，那可是要紧地方啊。"

"满嘴喷粪！"

"先生，刺客跑了吗？"

"什么刺客？你是什么人？"张唐猛然喝道，"站住！不要跑！"

张唐高声大笑着。他笑得很开心，仿佛赵王已经赦免了他一样。

在北墙根下，有阳光而马车又碰不到的地方，坐着几个年老的乞丐。他们脱掉破皮袄，正忙着捉虱子，并且窃窃私语着。

"什么王上的恩典，"一个老乞丐笑道，"你的老底子我清楚。昭王五十一年（前256）阳城之战，你失掉了一只眼睛；五十三年吴城之战，你失掉了一只脚。从此才免除了你的徭役和军赋。恩典，什么恩典？"

"当然，这都是实事。不过，话总得这么说。"

"若说恩典，你现在当了乞丐，沿街乞讨，安度晚年，无忧无虑，自由自在，这才是恩典。"

"不敢瞎说。"那一只眼睛的老乞丐说道，"我是想说……你不让人把话说完……你老是截住我……我好容易想起一句话来，你应该让我说完，不然，一眨眼工夫，我就把它忘记了。"

"请开说吧。"

"我是想说，我忽然想起一件事情。刚才你说的那是昭王五十几年？你刚才说了，我就给忘了。现在的记性，可不如从前了。反正是在阳城战役之后，吴城战役之前，也就是我丢掉一只眼睛以后，尚未丢掉那只脚以前。"

"至于时间么，到此为止，也就算说清楚了。快往下说你想说的事情吧。"

"这就往下说，请不更老爹您不要着急。就是我的眼睛丢掉以后，在我的脚丢掉以前，我们跟随将军樛攻打西周，西周君投降，三十六城全部奉献于秦，另外还有三万口西周的庶民，也都归顺了秦国。没想到第二年，这三万口庶民都逃亡了，都投奔了东周。"

"你说这些，是什么意思？"

"我就是说，这是什么意思？"

"你应该首先说出你的意思。"

"我就是不知道这是什么意思。"

"天下人不愿做秦民久矣。"另一个老乞丐高声叹道。

"这是为什么？"

"这问题问得好。"

"好什么？"

"好难回答。"

"鄙人可以不揣冒昧。"那叹气的老乞丐说道，"六国庶人，都有五亩之宅。属于自己所有，可以自由买卖。平日辛勤耕耘，总可以养家糊口而有余。耕作之暇，还可以读书。发奋图强，即可上进。而秦国则不然。士人宅圃，仅有一亩半。虽说有大亩小亩之分，依然差得很远。况且，不属私人，不准买卖，二十受田，六十归田，无儿无女者，只好流落街头。"

"正因为是属于王有，所以才叫恩典。"

"正因为恩典特多，所以苦不堪言。"

"恩典还是恩典，虽然苦不堪言。"

"田里不粥，本是古礼，这无可厚非。至于六国，乱制无法，不足为训。"

"闲话少说，请往左边看吧。"一个老乞丐提醒大家道，"西周君投降以后，那位押送九鼎的将军过来了。"

"那是个笨蛋。丢掉了一个大鼎，随之也丢掉了五大夫。"

"他现在是官大夫。"

"很难再升上去了，已经五十多岁了，大概明年就该退休了吧。"

"他的身体很好，他能活八十岁。"

张唐已经站在他们面前很久了。他们连眼皮儿也不抬，却看着张唐的烂草鞋，依然继续说着闲话。

"他倒想得开。"

"他倒希望想不开，只是没法想不开。"

"也算得是个奇特之士。从前的将军，摇身一变，成了文士。"

"这正是山东士人深不可测的地方。"

"其实也很简单。正如你我一样，随遇而安。"

"其实这也是本事。"

"算不得什么本事。"

"反正官大夫已经到手。"

"诸位先生们!"张唐躬身施礼,突然大声说道,"就这么当面议论别人,未免失礼吧?"

"如果请老爷您过来,"一个老乞丐抬起头来笑道,"老爷您未必能理睬我们。"

"如果肆意诽谤别人,"张唐说道,"别人也未必就不加理睬。"

"如果可怜的叫花子们有了难处,"那老乞丐拱手到额,说道,"请老爷帮个忙,老爷倒是应该理睬。"

"什么难处?"张唐问道。

"客户太多,逼得我们无路可走了!"

"什么? 你们说什么?"张唐生气了,追问着,"你们是想驱逐山东六国的客人吗? 咸阳街头六国客户非常之多,朝廷上下大小官员之中山东客士也不少,你们说话可要小心。"

"不是这种客户,老爷,"那老乞丐解释道,"正好相反,是秦之野人。"

"什么意思?"张唐严肃地问道。

"秦国去年闹灾荒,难民拥进咸阳,讨要一空,害得我们只好捉虱子吃了。"

"原来如此。"张唐笑了。

"老爷快给想个办法吧!"

"老爷救命吧!"

"这好办,"张唐笑道,"你们可以贿赂城门司马,让他禁止难民入城,这不就完了吗!"

"如果司马老爷不理睬我们怎么办?"

"你们就在城门附近放把火,看他理也不理。"张唐大笑着。

"多谢老爷指点啦!"乞丐们齐声说道。

"老爷再舍给两个铜钱吧。"一个乞丐伸出手来。

张唐把手伸进袖子数钱,数的结果是决定不给,他笑道:"对不起,今天没钱。"

"老爷不要哄俺,俺听见袖子里的响声了。"

"再见吧。"张唐一挥手,走开了。

张唐之所以必须在这一天出来,是因为他已经同甘罗约好,今天下午在西街一个酒楼上见面。甘罗这年大约十九岁,张唐同他可以说是忘年之交。张唐的儿子比甘罗还要大一两岁,他目前正在东郡,是蒙武手下的一个百人长。而张唐之喜欢甘罗,关心爱护甘罗,不亚于对自己的儿子。当甘罗为了救张唐而出使赵国的时候,传说才只有十二岁,而赵王郊迎,礼遇甚隆。这是秦国历史上值得夸耀的一件体面事情。令秦国人感到遗憾的是,甘罗是甘茂的孙子,而甘茂是楚国下蔡人。秦武王时,甘茂曾为丞相。昭王初年,甘茂得罪,逃亡齐魏,客死大梁。他妻儿当时在咸阳。儿子做了秦国顺民,无所作为。孙子甘罗,聪明伶俐,投靠了吕不韦。甘罗出使赵国,大获成功,回来便被嫪毐连提三级。从此,甘罗思想上倾向嫪毐。这是因为吕不韦要编那倒霉的《吕氏春秋》。吕不韦一旦全心全意地编起书来,结果他周围就只剩了一些饱读诗书的呆子。甘罗读书不多,不善属文,所以就日见疏远。当然最根本的原因还是吕不韦大权旁落,一切权利都慢慢转移到了嫪毐手中,而许多随着权力转移的食客

们,自然也都慢慢地转入了嫪毐的阵线中。于是,甘罗就毅
然决然地离开了吕不韦,做了公孙消的舍人。此事虽然曾经
受到吕府博士们的非议,其实也无可厚非。此事毋宁说正是
甘罗聪明过人的地方。况且,甘罗毕竟是个少年,他的祖父
曾经非常显赫,而他父亲却一直沦落尘埃,所以他便急于出
人头地。他认为秦国宗室贵族势力强大,排外情绪严重,他
要想出人头地则不能依靠客户的力量,而要依靠宗室贵族,
于是就经赵亥介绍投靠了公孙消。

公孙消在昭王晚年,有做丞相的资格却没有做了丞相。
这就是因为突然出现了一个吕不韦。吕不韦不仅有能力,而
且有文化,并且有的是金钱。他做了子楚的太傅,转眼之间
就做了秦国的丞相。这就仿佛明明是给公孙消盛的一碗饭,
不知为什么竟然到了吕不韦嘴里。这使公孙消愤怒至极。
他的这种埋在心里的愤怒,一直持续了十五年,并且可以说
是与日俱增。公孙消是秦国德高望重的大贵族。在嫪吕之
争中,曾经有人断言:公孙消与嫪则嫪胜,与吕则吕胜。然而
了解历史背景的人都知道,公孙消是绝不会站到吕不韦一边
的。然而公孙消虽然年纪老耄,却是十分的矜持。他从来不
轻易暴露自己的政治态度。他既不支持吕不韦,也不明显地
支持嫪毐。不过,了解内情的人都知道,他是夏中期的好友,
所以有人说,公孙消实际上早已坚决地站在嫪毐身后了。

张唐无论在思想上还是在作风上,都是吕相派的代表人
物。他毫不掩饰地憎恨所有嫪毐派的人们,因为那为首的嫪
毐是个破落子弟,所以张唐不仅憎恨他们,而且鄙视他们。
只有对甘罗是个例外,他觉得非常惋惜。他始终没有放弃对

甘罗的争取,他认为甘罗有一天终究是要回到吕府来的。今天他约甘罗会面,实际是想再做一次努力,把甘罗,用他的话说,"弄"过来。

咸阳的东大街西大街,排列着许多高高的酒楼。这事情说起来有点奇怪,按法家的理论,具体说按商鞅的法令,是绝对禁止饮酒,尤其严禁聚饮。不过这个法令,只是针对乡下的农奴,以及城里的奴隶,所谓隶臣隶妾们,还有服刑的罪人和服役的士兵。因为饮酒不仅浪费粮食,而且往往耽误事情,甚至惹乱子。至于贵族老爷们,却从来没有任何限制。就是对自由民的市民,哪怕就是乞丐,也没有什么限制。况且,各国来秦的使节和商贾,络绎不绝,没有酒怎么能交往,没有酒怎么能谈话,没有酒怎么能相知呢?所以虽然说秦国坚决奉行商君的遗法,而酒楼里的生意却依然非常兴隆。往往是酒客满座,吃得满嘴流油,喝得东倒西歪。

张唐不肯同那几个老乞丐纠缠,大踏步来到西街这个酒楼前。他看见前廊之下,端端正正坐着三个算卦先生。其中有一个白胡子老头,张唐知道那就是请求过录《吕氏春秋》的齐人茅焦。张唐心想:"想不到这位老者,已经年逾古稀,而求知的欲望还很旺盛,真是难得呀!我张唐,说起来真是虚度此生,从来就没有认真读完过一册古书。我一向认为那些佶屈聱牙的东西,同我们现在的人生隔膜得很。虽然我参与了编撰《吕氏春秋》的伟大工作,这话可不敢让外人知道,我连《吕氏春秋》也没有读完。惭愧呀!"他这么想着,两只脚已经迈进了酒楼的宽大的厅堂。他举目向席位上望去,看看甘罗是否已经先他到来。这时,他听到了一些非常刺耳的议论。

"大逆不道,大逆不道。真是大逆不道啊!"有一位酒客疯狂地叫喊着。

"是啊。"别的酒客们极力附和着。

"什么'当为君者''不当为君者'①,这是我们做臣民的应该说的话吗?"

"说的么,倒是说的战争。'大兵之来也将以诛不当为君者'。虽然说的是战争,做臣子的也不敢这么说呀!"

"从前是刑不上大夫,礼不下庶人。现在反过来了,这个,'说话的人抬起右手,晃一下大拇指,提出'刑罚不避天子'②。"

"我的天哪!"

"这一下好了,在上者不再尊贵,在下者不再鄙贱,隶臣隶妾成了老爷太太,妙啊,妙!"

"真是大逆不道,大逆不道,大逆不道啊!"

张唐知道这是在谈论《吕氏春秋》,心想:"这些黄汤落肚的酒徒们,竟敢诽谤吕相和吕相的书。这些刁钻的秦国贵族们,竟敢如此无礼。"他向四下望去,看见那边未曾说话的一些酒客,脸上阴云密布,已经忍无可忍了。张唐既然没有发现甘罗,两脚不曾停住,就开始上楼。他想道:"酒楼之上,狂歌浪舞,倒也平常。近来又增加了一个新节目,嫪吕之争常常在酒楼上爆发,不仅吵架,而且斗殴。现在又突然变为公开诽谤吕相,真是不堪设想。"

---

①语出《吕氏春秋·怀宠》。
②语出《吕氏春秋·简选》。

在楼上,东一间,西一间,也有几伙人在饮酒,在议论。张唐伸着脖子,各处看看,没有看见甘罗。他便找个僻静所在,坐下来等待。

酒家保进来躬身施礼,问道:

"老爷用什么菜肴?"

"在下等待甘罗老爷,一会儿甘罗老爷到来,径直引来此间。"

"是,老爷。"

"至于酒肴么,随便安排吧。"

张唐沉思起来。他不知道秦国人为什么对吕不韦这么反感,以至对山东六国来秦的客士们,都抱有敌意。即如方才那几个老乞丐中,只有一个人说话是地道秦音,偏偏就是他,一张嘴就是客户长客户短。看来秦国人的这种排外情绪,已经到了抑制不住的程度。张唐想起,《吕氏春秋》刚刚公布的时候,咸阳一片欢腾。这在秦国历史上是从来没有过的。秦国人不善著述,就是一部《商君书》,也是商鞅的学生——他们多半都是三晋人——编辑出来的。秦国虽然把它奉为经典,其实那里面连秦国人的一个字也没有。现在,当秦国的贵族们阅读了《吕氏春秋》之后,竟然出现了如此反常的情绪。他们不但不知敬仰吕相,反而肆意地攻击吕相。"秦国呀!"张唐叹道,"好一个秦国!"这时,他听见隔着一层薄薄的木板墙的另一间里,低一阵高一阵地议论着。突然有人高声喊道:

"野心! 这就是野心! 狼子野心!"

"这些奥妙,将来肯定会有人看出来。"

"明眼人,一眼就可以看出来。"

"可也是。刚刚说了'刑罚不避天子',紧接着又讲了一个葆申鞭笞楚文王的故事。这个故事讲得不好。"

"这就是说,这个,他要做葆申太傅了!"

"想做太上皇!"

"可恶!"

"他想永远把持秦国朝政了!"

"狼子野心呀!"

张唐忽然发现,这也是在谈论《吕氏春秋》。咸阳人已经疯了,一部《吕氏春秋》,彻底把他们激怒了。照这个样子发展下去,不出一个月就要爆发内战了。"天可怜见,还想让我张唐带一回兵吗?"他忽然感到说不出的哀伤,"愚昧落后的人民,最容易被煽动起来,就像无知的公牛一样。"他想起了甘罗,"他还是个孩子,一个小牛犊。"

这时候,年轻漂亮的甘罗,笑盈盈地走了进来。张唐高兴非常,急忙跪起来行礼。等他抬起头的时候,他看见了一件极其令人不快的事情,甘罗身后还跟着一个人,张唐认识,那人名叫赵亥。赵亥这时不到三十岁,是秦国有名的贵公子,而且,张唐很清楚,他是嫪毐的死党。

三人施礼落座,甘罗开口说道:

"先生别来无恙。先生命甘罗前来,不知有何赐教?"

"没什么事情,"张唐说道,"多日不见了,十分想念,故而邀请足下到此间来一叙。"

因为有赵亥在场,张唐原来准备的一大套说辞,都不能说了。并且他预感到将有一场舌战发生。岂止舌战，说不定厮打起来也未可知。他甚至不由自主地摸了摸自己腰间的宝剑，把它搁得端正些。同时脑子里忽地一闪："我的宝剑是前几天刚刚磨过的。"不过他的动作十分庄重，仿佛是行礼以后的一个补充动作，犹如整理一下衣襟一般。这时候，酒家保端来三个方几，一人面前摆了一个，上面放着酒壶酒杯和下酒的菜肴。待到酒保退出之后，甘罗说道：

"先生如此盛情，非常感谢。"他望着张唐的不无惶惑的脸色，笑一笑，直截了当地说道，"先生莫非是要替吕不韦做说客吗？"

"岂敢。"张唐笑道。

"先生最了解甘罗，"甘罗说道，"甘罗以前深蒙吕相错爱，年纪幼小得以厕身于先生们的行列。没想到吕相不图霸业之兴，却编起什么'春秋'来。甘罗以为，人一贪名好利，君子亦可蜕为小人。"

"足下何必一开口就指责吕相。"张唐有点不高兴了。

"目下在咸阳，"赵亥说道，"指责吕相的，不可计数。"

"有什么可指责的？"张唐笑了一下，然后沉下脸来一拱手，说道，"愿闻。"

"先生是参与编撰《吕氏春秋》的学者，"甘罗说道，"这《吕氏春秋》里面可有不少荒诞无稽的语言。如果先生不见怪的话，甘罗可以捡出几点。书中说：'君无常位'，'帝无常处'，'民无常用'，'民无常处'①……这些话头，无论如何解

①语出《吕氏春秋》的《功名》《用民》《圜道》诸篇。

释,都不能说是善意的。"

"恶意何在?"张唐问道。

"这是鼓励造反,制造犯上作乱的言语。"赵亥说道,"难道不是这样吗?"

"两位用不着这么大惊小怪。"张唐笑道,"这么几句平常话,就把你们吓坏了。这一类的话,古人早就说过了。你们秦国人,总是这么孤陋寡闻,实在让人感到惋惜。《左传》里早就说过,'君臣无常位,社稷无常奉,自古已然。诗云:高岸为谷,深谷为陵,三代之后,于今为庶。'这些话,在山东六国几乎是妇孺皆知。"

"请问先生说的这是什么书?"赵亥问道。

"《左传》。"张唐说道,"没有听说过吗?"

"这《左传》根本就不是圣人的书。"赵亥毫不掩饰地生气起来,"张先生竟然这么引来引去,强词夺理,藐视他人,还说我们秦国人孤陋寡闻。老实告诉先生吧,整天背诵这种离经叛道的私家著述,这就正是你们山东六国主辱地削民心涣散的根本原因。如果先生真的会惋惜的话,应该首先为自己惋惜。"

张唐不仅带兵打过仗,当过将军,而且还不止一次办过外交,当过特使,然而他却从来没有这样被人当面申斥过,更没有这样张口结舌过。

这时,忽然听见楼下爆发了高声吵嚷,仿佛打起来了。咚咚乱响,人声鼎沸。

甘罗施礼,起身说道:

"先生斟酌吧,恕不奉陪了。"

甘罗和赵亥走后，张唐一个人呆坐着，听着楼下争吵斗殴之声渐渐平息下来。他感到一种无名的恐惧。

"想不到情况已经如此紧张。吕相险遭暗杀，而社会上阵线分明，简直是剑拔弩张……可惜我张唐职位低下，不能起到应有的作用。走！立刻去见司空马。"

昨天晚上，任固把司空马送回家，帮他睡在自己的卧榻。司空夫人见司空马确实发着烧，赶紧用麻布巾子去凉水里浸过，敷到他的头上。夫人是个家庭医生，她认为司空马是内伤外感，急忙用甘棠枝子、大麻根之类，熬了一瓦钵子苦水，给司空马灌下去。他一直睡到第二天上午。其实他早已经醒了，而他的夫人还给所有的仆人们做着手势，要求大家一律提着脚尖走路，全家人就好像发现老鼠的猫一样。

这时候司空马想起一个人来，这个人就是后来有名的"商山四皓"之一的绮里季。因为他生在绮里，人称绮里先生。他本是吴公子季札之后，姓了季，所以人们又称他为绮里季先生。他的大名为何，当时就极少有人知道。因为古人讳名，为了尊敬，当面不敢称名，背后也不肯称名。就在当时，一般人也不知道绮里季的名讳，后来的人自然更无由得知。不过这些事情无关宏旨，可以略过不提。他是司空马的朋友，这才是问题的关键。他同司空马是无话不谈，又因为他是军事理论家，司空马更把他当作良师益友。在编撰《吕氏春秋》的时候，绮里季发表了一个崭新的军事观点，他说："驱市人而战之，可以胜人之厚禄教卒；老弱罢民可以胜人之精士练材；离散系累可以胜人之行阵整齐；锄耰白梃可以胜人之长铫利兵。"这个军事观点的正确性，早已为多次重大的历史事变所证明,因而它受到当时吕府博士们的普遍赞赏。它只遭到了一个人的反对,这个反对者就是吕不韦。吕不韦要求把这一军事观点写进《吕氏春秋》,并且予以反驳。这反驳的任务,就交给了它的创造者绮里季。这可把绮里季难住了。于是他昼夜苦思,极力揣摩吕不韦的意思,终于写出了一篇驴唇不对马嘴的反驳文字。这就是《吕氏春秋》中的《简选》篇。这件事使人感到,没有主编人固然不好办,有了主编人,更难办。然而,绮里季不愧是一位才气横溢的学者,他写的那篇反驳自己的文字,虽然文理欠通,却是看起来非常工整,读起来铿锵有力。主编人吕不韦看过之后,笑了笑,表示同意,立刻就编进了《十二纪》的《仲秋纪》中。这件事,仿佛是一个温柔的幽默,又仿佛是一个辛辣的讽刺。当时有人便认为,这正是吕不韦晚年谨小慎微缩手缩脚的最突出最明显的表现。不过,也有人不这么认为。他们认为,如果吕不韦真的不同意绮里季的说法,他可以彻底删除之。根本不允许这种谬论进入他的书中。吕不韦既想把绮里季的这些名言编进自己的书中,又不放心,故意加以反驳,自然是软弱无力的反驳。这就难免使人感觉到,他或许有什么苦心在内。吕不韦虽然给绮里季吃了一个窝脖鸡,而绮里季并未感到有什么特别的难受。所以有人便认为,他大概已经体味出吕不韦的用心。如果有人喜欢认真地思考问题的话,那就可以看到,他们所处的时代,乃是一个不折不扣的乱世。历史究竟会怎样发展,鬼也不知道。说不定绮里季的军事观点完全是正确的,并且即将得到今后历史的一次再次的证实,所以主编人最终还是决定把它写进书中去。这就看将来的读者的自身经验如何了。

然而司空马在绮里季面前,同吕不韦的情形正好相反。他有一次同绮里季辩论一个军事问题,最后是他公开投降。他不像吕不韦那样,又想吃肉又怕烫嘴。有一次,他们谈起秦国的军队。绮里季说,秦国的军队只能进攻,不能防御。司空马问为什么?他说,这根源就在首级制度之中。当时司空马很不以为然,曾经同他争辩。为了进一步同绮里季先生辩论,他研究《商君书》,研究秦国的首级制度。最后,出乎他自己的意料之外,他同意了绮里季。他并且比绮里季还进一步,他认为秦国的军队不仅是只能进攻而不能防御,而且,只能打胜仗而不能打败仗。换个说法也行,它只能作为侵略和兼并的工具,而不能作为巩固政权保卫国家的工具。熟悉战国末期的军事史的人,是不难把这个问题看穿的。当然,秦国的军队不断地打胜仗,干戈东指,所向披靡。然而,这些胜利之所以成为现实,最重要的一点是由对手的条件造成的:诸侯的军队更加腐败。这就是在参与编撰《吕氏春秋》时,司空马自己的一点小小的收获。所以当有人主张把首级制度收入《吕氏春秋》的时候,司空马坚决反对。

为什么正是在此时此刻,他静静地躺在被窝里的时候,想起了这个早已结束的研究课题呢?这就是因为正是现在,全国面临着屯留兵变的问题。所有诸侯王国,首先是秦国,都面临着生死攸关的重大选择。司空马回想起头天傍晚,在刺客还没有从房梁上跳下来之前,他同吕不韦的谈话。他从来没有像昨天这么缺乏信心,他难过至极。一方面觉得自己刚过四十,仿佛锐气全消,竟然到了不能开说的地步;另一方面又觉得吕不韦老了，不怎么好说话了，谁对老家伙也没有办法。他又有资格，又有地位，而且还有许多成见，任你唇枪舌剑口若悬河，终归还是英雄无用武之地。司空马几乎已经丧失信心。但是，经过一夜的美睡，当他醒来时，觉得头脑比昨天清醒得多，情绪也镇定得多。他觉得昨天在刺客走后，他说了很多话，丞相因为惊魂未定，根本就没听见。不是丞相不能听，是他在当时就不该说。丞相毕竟比他经验多、水平高，也许在他惊魂已定之后，他会接受司空马的所有建议。这是非常可能的，而且，这也是非常正常的。丞相难道一直在自己的木鞋里站着吗？站到太阳落山吗？这是不可能的。

　　屯留兵变使历史上出现了一种完全想不到的新情况，新可能。用秦国的军队攻打秦国，亦即用只善于进攻的军队攻打不善于防守的军队。这是任何人都能看清的一种形势，胜利是有绝对把握的。因此司空马决心等待吕不韦的觉悟，等待他从自己的木鞋里拔出自己的脚来。但是司空马又一想，目前时机已经成熟，而不能当机立断，立即采取措施，就会贻误良机，此所谓机不可失，时不再来。如果丞相今后的某一天里，忽然觉悟过来，那时候已经迟了，那怎么办？有谁来弥补由丞相自己造成的失误呢？他在自己心中大喊道："司空马！只有司空马！我，责无旁贷，只有我，在大雨尚未到来之前，先把房屋修好；在大军出发之前，先把道路修好；在决斗之前，先把刀剑磨好。"

　　他几乎是从他的卧席上跳起来的。至于昨天晚上那痛哭流涕的样子，他早忘光了。他一面穿衣服，一面派仆人去告诉应曜同泄钧，同时，又派仆人去请朱英……洗了脸，就见他夫人端着一个小几,放在他面前,上面放着他的早饭。

"是谁把屯留兵变的事告诉蔡孀子的?"司空马拿起筷子,问道。

"反正不是我。"他夫人在一旁坐着,回答道。

"不是你是谁?"

"我怎么知道是谁?"

"这是军事秘密!"

"算了吧!"他夫人一向不肯受他的训斥,"你们当官的,把大小事情都当成秘密,好像在蜡丸里封着的一般,其实大街上人人知道。你们就喜欢把老百姓当三岁小孩哄着玩。老百姓一点也不傻,是你们傻。你以为蔡孀子是什么人?她比神仙都灵,比魔鬼都精。况且她正在恋爱,你知道吗?她是个正在恋爱的姑娘,什么也瞒不过她的眼睛。她同长安君是同声相应同气相求,这就是俗话说的,心连着心。长安君在千里之外打个喷嚏,她在这里就会得一次感冒。你是个粗人,你知道爱情是什么……"

"你知道个屁!你知道蔡泽是什么人?"

"他是长安君的老丈人。"

"正因为如此,他有可能赞成长安君,也有可能阻止长安君。"

"那你为什么不让蔡孀子去屯留?"

"就是因为这。"司空马一字一顿地说着。

"'这'是什么?"

"你说这是什么?"

"什么这是什么?"

"什么？你说什么？"

"你跟我捉什么迷藏？我早看透你啦！她一叫我妈姆，你脸上就不高兴。你想让孺子叫你妈姆吗？"

"跟你们妇道人家说不成话，理解力太低。"

"你高！你高！"司空马夫人提高嗓门叫喊着。

仆人走进来说道："朱英来啦。"

朱英这年有三十八九岁，比司空马略小些。十年前，司空马在洛阳做县令的时候，朱英游学四方，恰到东周，他们从此结识，并且成了最好的朋友。司空马虽然身为县令，依然是放浪形骸，整天喝酒吃肉舞剑弹琴。朱英是个满腹诗书一身侠气的文士。古代的文人，都是身披宝剑的人。朱英不但会舞剑，而且实在说来其剑术非常之精到。至少在司空马看来，他的剑术精妙至极。故而他们一见如故，倾心相交，终成莫逆。朱英的心性，也是豪放得很，只是不像司空马那么外露。同司空马相比，朱英显得深沉得多。单从外表上看，他简直就是儒家的嫡派一般。但是仔细一瞧，从他的魁梧的体态上，尤其从他的眉宇之间，你会发现一点未经驯服的东西，就仿佛子路未见夫子以前的那种神气，所谓行行之概。正像朱英非常欣赏这位县令的放浪一样，司空马也非常欣赏这位布衣的豪迈。在当时，他们那些目空一切的议论，听起来真是荒唐至极，但是在后来回想起来，确是高明之至。战国末期，就连一个普通的酒家保都喜欢高谈阔论，至于士子布衣们，如果没有几句足以惊人的高论，那他还算个文人吗？这事情如果进一步说：假若连几句惊人的高论都没有，怎么能期望他们有足以震动天下的英雄行为呢？

五年以后,司空马被调回咸阳,参与编撰《吕氏春秋》的工作。这样一来,朱英就显得太寂寞,甚至有点凄凉了。那时候,司空马曾经劝他一起去咸阳,他不肯。

　　"足下是吕相的得力助手,吕相有令,自然是应回咸阳去。"朱英非常果断地说道,"我到那虎狼之国去,将欲何为?"

　　他仰慕屈原的为人,于是就到了江陵。那时候,楚国的文化非常发达。朱英希望在楚国有所作为,于是到了寿春,做了春申君的舍人。不过,在寿春,他并不顺心。司空马曾经多次给他捎信,希望他来咸阳,他一直没有答应。不久前,在楚考烈王死前,朱英向春申君建议,杀掉李园。这就是著名的无妄之福、无妄之祸、无妄之人的谏言,可惜春申君未能采纳。春申君是一个胆子小、见事迟而且大而无当的人。他对朱英的建议不但不采纳,反而把它当作笑话说出去。朱英知道后,连夜上路,不辞而别,径直投奔咸阳来了。

　　两位好友阔别多年,相见之下抱作一团,并且激动得落下泪来。朱英看见司空马夫人,急忙行礼,说道:

　　"大嫂别来无恙。"

　　互相问候的话说过之后,司空马夫人说道:

　　"你们兄弟叙谈。我去给贤弟预备你最爱吃的腊羊肉。"她说罢即退出了厅堂。他们谈了很久,那时间足可以煮熟一个猪头。谈话的内容非常之多,非常之广。战国末的士人,不谈则已,一谈就是七国。他们从楚国开始,然后齐魏,然后赵秦……

　　"你还能回楚国吗?"司空马问道。

　　"不能了。"朱英答道。

"你想去咱们的故国……赵国做点事情吗？"

"没有门路。"

"你不想在秦国做事吗？"

"秦乃虎狼之国，天下人不愿为秦民久矣。"

"你不想改变这种状况吗？"

"谈何容易。"

"吕相为此已经做了许多努力。"司空马甚至不无得意地提到《吕氏春秋》。"你知道的，为此还煞费苦心，编了一部大书。现在看来，改变秦国的状况，具体说，就是改变政策，这种希望还是存在的。"

"听说赵政此人，"朱英颇有保留地说道，"也只平常。"

"不过，"司空马说道，"他的弟弟，却是非同小可。我说的就是长安君成蟜。他是淳于越的学生，周青臣朋友，蔡泽的女婿。知书达理，对下谦和。"

"道路传言，说他在屯留举行起义，不知为何？"

"现在秦国到了生死关头。"司空马解释道，"山东六国即将并一于秦，这是大势所趋，谁也无法阻止了。所以，秦国的生死关头，也就是全中国的生死关头。秦国朝廷上下，已经乱成了一锅粥，已经彻底分裂。非嫪即吕，非吕即嫪，斗争十分激烈。成蟜听说嫪毐与太后生了儿子，嫪毐阴谋废黜秦王政，让这私生的婴儿即位。成蟜认为这是异姓篡弑。故而举行了起义。"

"确实有这私生子吗？"朱英问道。

"确实有。"司空马肯定地点点头。

"确实有篡弑的阴谋吗？"

"确实有。"司空马又肯定地点点头。

"成蟜的目的？"

"消灭嫪毐。"

"吕相喜欢这个成蟜吗？"

"喜欢。"

"吕相有什么想法吗？"

"有想法。"司空马说道，"只是尚未明说。他现在忙于应付嫪毐，嫪毐阴谋暗杀吕相。昨天刺客临门，危险至极。况且，纵然有想法，也不好明说。"

"你想让我干点什么？"朱英笑道。

"前去屯留，辅佐成蟜，不达目的，誓不罢休。"

朱英沉思起来，沉默了好一阵子，说道：

"将来打倒嫪毐不成问题。下一步呢？"

"只能是伺机而动。"司空马说道，"天下事不可预言，无法预料。赵政不会支持嫪毐，但是他有可能借助嫪毐，消灭成蟜。这孩子先天不足，性情古怪，心毒手黑，做得出来。到那时候，"司空马非常警惕地说道，"朱英贤弟，就看足下的运筹了。"

"取而代之？"

"未尝不可。"

"山东六国，腐败至极。"朱英沉吟道，"老百姓都希望秦国有一个好一点的王，有一套好一点的政策。这件事情不仅是秦国的大事，而且是天下的大事。这事需要取得六国的支持。"

"我可以向丞相进言，要求他派人去六国游说，使这次的联合行动得以成功。"

朱英沉默着,思索着。

"成蟜的未婚妻要求去屯留看望长安君。她如果去,蔡泽肯定去。那时候,你就有了帮手。头一个是赵国,只要赵国肯干,别的不在话下。"

"我想,"朱英说道,"我想这事情有几分希望。"

司空马拍一下自己的大腿,笑道:

"贤弟同意啦!"

"同意啦。"朱英笑道。

司空马高兴非常,紧紧握着朱英的手,说道:

"秦璧将军派了一个人潜回咸阳,来了解咸阳的动静。贤弟你就同他一起前去屯留。另外还有一位谋士同你一起去。此人名气不大,才气不小,他叫泄钧。"

"泄钧。"朱英说道,"这人你认识。"

"对,想起来了。"司空马笑道,"在洛阳,咱们同他见过面。"

"一位故人。"

"他们正在厢房里等着。"

"天不早了。"司空马夫人进来说道,"请贤弟用饭吧。"

"都摆在厢房,同泄钧他们一起进餐。"司空马对他夫人说道。司空马和朱英来到厢房,同二人相见。吃饭时,司空马向秦璧派来的小将问了许多屯留的情况,又告诉他咸阳的形势。司空马同泄钧谈了好一阵。他问他同应曜的谈话,泄钧简要地告诉他谈话的情况,并且谈了自己的看法。

"前线的事情复杂多变。"司空马说道,"希望足下多多在意。千万记住,轻易不要向临晋关移动。蒲鹠带领十万大军,正在渡过临晋关。"

吃罢饭,司空马夫人走进来,对秦璧派来的那位小将施礼,说道:

"有件事拜托使者。"

那人不知何事,急忙跪起来还礼。

"刚成君的小姐蔡孺子敬请使者将此物进呈长安君账下。"司空马夫人说着拿出一件锦缎小包,交给那小将手中,说道,"小姐说,女孩儿家不便面见使者,她请将军禀告长安君:'这小小玉佩乃是日常伴随妾身的物什。愿君侯见玉佩如见妾面,相思毋忘,奋勇向前。'"司空马夫人又问道:"这么两句话,足下会说吗?"

那小将把这几句话重述一遍,对最后两句,特别加重了语气。然后司空夫人施礼说道:

"有劳使者,多多拜托。"

他们三人,连同仆人,共十二人,十八匹马。一切符节、金钱、书简等等,应曜早已准备齐全。吃罢饭,司空马立即催促他们上路。

司空马的夫人拉着朱英的袖子,眼泪汪汪地说道:

"贤弟,一别数年,杳无音讯,才一相见,又要分手,再相见,不知何年何月……"

朱英的喉咙里哽咽着,说不出话来。

"吕相遇到了危机,"司空马声音稍哑地说道,"秦国遇到了危机,这也是全中国的危机啊!贤弟多多保重。"

客人走后,夫妻二人回到房中,默默地坐着。司空马忽然说道：

"我说你是个奸细，你不承认。"

"你想吵架吗？"

"这事情机密至极，蔡孺子怎么立刻就知道了？"

"这既不是吕府的事，又不是咱家的事，你管得着吗？"

"这不是告诉你了吗？机事不密则害成，知道吗？"

"没人知道，放心吧。"

"什么没人知道？"

"你说什么没人知道？"

"你说没人知道。"

"我说没人知道，就是没人知道。"

"没人知道怎么就有人知道啦！"

"怎么就有人知道啦！"

"你说怎么有人知道了？"

"我说什么有人知道了？"

司空马愤怒已极，正要发火，张唐笑嘻嘻走过来，说道：

"老两口，没事拌嘴耍子……家庭乐趣，实在令人羡慕。"

这样结束，也就等于是司空夫人胜利了。她很满意，微微笑着给张唐见个礼，然后退出了厅堂。

"天色近晚了，"司空马拱手问道，"老兄可曾用过晚饭？"

"吃了一顿窝心败兴饭。"

张唐就把会见甘罗的情形，以及酒楼里的各种议论，统统告诉司空马，并且特别着重地骂了一顿赵亥。司空马静静地听着，觉得情况果然是紧张到极点了。张唐认为这样下去，内战即将爆发。他甚至举出楚国的白公之乱、齐国的滑

王之乱、燕国的子之之乱,都是内部先乱起来然后又引来外患。张唐认为,秦国所面临的就是这种内乱。他说道:

"屯留兵变的消息传来,咸阳就乱了。司空尚书,您看看吧,内战即将爆发。"

"怎么办?"司空马叹道。

"立即采取措施。"

"什么措施?"

"内战措施。"

"丞相不说话,谁敢动。"

"丞相老了,见事迟,顾虑多。不能凡事都等待他老人家。那样的话,要我们何用!"

"船到江心补漏迟了。"司空马显出无可奈何的样子。

"话虽是这么说,"张唐说道,"事情可不能这么做。船到江心,发现漏洞,更得补救。越是在惊涛骇浪之中,越是奋勇当先。何况现在还为时未晚。"

"先生有何具体考虑?"

"秣马厉兵?准备厮杀。"

"已经到了这种时刻了吗?"

"即将来临。"

"嫪毐可是兵权在握。"

"不怕!"张唐指手画脚说道,"只要咸阳打起来,成蟜大军就可以顺利进关,一切难题,马到而解。"

"如果派先生出使列国,游说诸侯支持成蟜,"司空马问道,"先生去哪国合适?"

"在下最合适的是楚国,"张唐说道,"不过,楚国目下内部混乱,自顾不暇,再说他对成蟜是鞭长莫及,不可能有什么有力的支持。"

"先生对咸阳的形势,看得过于严重了。"司空马又把话题转回咸阳,说道,"未必如先生所言,内战一触即发。"

"请问尚书,"张唐问道,"是如何想法?"

"嫪毐一伙,"司空马思索着,慢慢说道,"他们以为暗杀吕相已经成功,所以想着一举消灭我们。"

"是这样。"张唐点点头。

"既然如此,明天就告诉他们暗杀吕相的事情已经失败。这样他们就可能冷静一些。"

"或许。"

第二天,为了证实一下自己并未负伤,司空马到咸阳大街上转了一圈。咸阳大街上的人们,包括乞丐在内,都以惊喜的目光望着他。并且听得见,他们正在指着他,谈论他。一些熟识的朋友,见到司空马,说不出的高兴,紧紧握住他的手,请他喝酒,邀他叙谈,仿佛久别重逢的样子。隔了一天,在司空马、任固、应曜和张唐的劝说之下,吕不韦同意走出吕府的大门。他们四个人,保护着吕不韦的车驾进了咸阳宫,在右相办公的地方处理了半天公事。听说秦王政病着,吕不韦还进后宫看望了秦王政,在陛下的御榻前说了几句问候的话。

这一下,咸阳的市民都知道传说的吕不韦被刺的消息是假的,吕相依然健在,阴谋未能得逞。市民们显出一种不由自主的兴奋心情,好像他们做了一桩赔钱的生意,最后一算账却大有盈余一般。

嫪毐以及他的亲信们都着起慌来。他们以为吕不韦的武士们已经将刺客拿获,可能目前正在审讯。他们害怕自己的阴谋败露,害怕秦王政会因为这件事情,公开站出来支持吕不韦。这种可能性并不是不存在的。所以,那天听说吕不韦要见秦王政,嫪毐紧紧跟随。因为见到秦王政时,吕不韦对此一字未提。嫪毐等人又分析,可能刺客已经当场被打死。而那些支持嫪毐的宗室大臣们,例如夏中期、公孙消以及赵亥等等,忽然显出十分懊丧的样子。他们再也不到酒楼上高谈阔论去了,他们甚至觉得依靠嫪毐等等的破落子弟和流氓无赖,办不成什么正经事情。

　　而那些所谓"右相派"们——大多数都是在秦国朝廷做事的山东六国的客士,以及咸阳街头的小市民中的客户——他们忽然显出一种扬眉吐气的样子。他们在酒楼里高声喧哗着,把右拇指举得高高地喊着:

　　"了不起呀! 这个!"

　　"旷古未有的大英雄啊!"

　　"他双手按剑,两眼一瞪,早把那刺客的魂魄摄走了!"

　　"右相胜利了!"

　　"右相万岁!"

　　"民主①万岁!"

　　"听说那吊儿郎当的司空马又立了大功。"

　　"这位司空马尚书,文也不行,武也不行,想不到,文也够用,武也够用。"

_____

　　①民主:即民之主的意思,犹社稷之镇。典出《左传·宣公二年》。

"他是著名的琴师。"

"其实也是乱弹琴。"

欢笑的声音,甚至都压过了咸阳大街上的车轮声和马蹄声。

司空马觉得他们的招数很对,很灵,很见效。咸阳的气氛大变。有一次在街上遇见了浑沌,司空马脸上堆满了得意的笑容,而浑沌的脸色却丝毫不给予适当的回应。浑沌冷冷地说道:

"还在木鞋里发呆呢吗?"

第六章　有关鱼龙变化的传说

司空马已经同司马梗约好,在咸阳宫附近的一家小酒店里同饮几杯。司空马是想打听麃公的下落。如果可能的话还想打听一下有关太后和嫪毐的私生子的事情。假如能拿到确实的证据,就可报告王,从而一举打倒嫪毐。这天上午,他把吕府的事情安排好,便骑马出了吕府的大门。到了大街上,他才发现时间尚早。于是,策马来到麃公的家,想趁这时间,去看看麃公的妻儿老小。当他的马停在麃公家的门口时,他心中忽然涌起一股说不出的凄凉之感。麃公从前是著名的将军,现在是丞相府的最能干的谒者令,而级别却非常之低,只是一个小小的麃公大夫。秦国等级森严,住宅面积也是等级森严,以至于闹得有一位哲学家说:"没有等级就无法统治;没有等级就要天下大乱。"战国时候,其实已经天下大乱,有说东的,有说西的。有正必有反。于是,另有一位哲学家便说:"天育生民,人人平等;等级就是压迫,等级就是枷锁,等级就是罪恶。"司空马想起这些哲人们的闲话,看见麃公的住宅,心里觉得很不舒服。像麃公这样的智略之士,只能住五间茅草小房,房前虽然有一片宅院,却没有力量耕种。司空马隔着木板小门,看见几只小猪在院子里晒太阳。应该种些蔬菜的地方,鸡刨猪拱,乱七八糟,却没有任何作物。他犹豫起来:"想不到堂堂麃公,家中如此困难。我这一来,他的夫人如果哭起来,我该怎么办? 如果夫人问麃公做什么去了,我该怎么回答? 把实情告诉他的夫人吗? 不,不能。"

　　史书上说,麃公是因为做过麃亭的县公,才叫麃公。其实,这是不对的。楚国的县尊称公,而秦国的县尊称令、长。麃公的祖上原籍亭,故而姓麃了。麃公原名政,后来秦王政即位,这就是犯了圣讳,于是改名友,他每到签名时,心情总是不好,潦潦草草,最后画个大圈,猛一看像个公字。所以吕府的人便趁势叫他麃公。麃公字本有尊敬之意,这也是吕府人们对一个落魄的英雄表示的敬意。好在战国的诸侯们都已经不再称公称侯,而是称王称霸。想不到这么一点微不足道的情节,居然弄到史书上,说到麃公时,竟说"史失其名"。这是当初吕府的上下人等所没有料到的。麃公青年时期,才略出众,他曾经和蒙骜、王龁并列,为庄襄王时著名的将领。虽然他的年龄比蒙骜小三十多岁,他已经很有名气了。他多亏是个秦国人,如果是山东六国人,他这样出类拔萃,肯定要遭到杀身之祸。后来,他受诬陷,被撤职查办。吕不韦爱他是个人才,想方设法替他开脱,并且请到吕府做食客、做舍人,后来做丞相府的谒者令。他被撤职时,一撸到底,从五大夫降为公士。吕不韦把他从公士、上造……一级一级往上提,六年提了八级,去年提到公大夫。所以,他只能住公大夫的住宅。

司空马想着麃公这些凄凉的往事,把马交给自己的仆人,上前打门,然后走进了麃公的乱哄哄的家。这家的动物仿佛认识人,一见走进一个生人,鸡也叫,狗也咬,连小猪仔也哼哼着乱跑起来。麃公的孩子多,是五个,还是六个,连司空马也记不清了。只见孩子们连滚带爬,哇哇乱叫。因为近几年麃公没有上前线立战功,家中没有男奴隶,只有三个女仆。夫人之外,上有老母,下有一群黄口小儿。麃公的夫人,只有三十多岁,看上去却像个老太太,满面皱纹,骨瘦如柴。她将客人让到窄小的厅堂,急忙拿把笤帚,先扫扫席子,才敢让客人坐。然后,她才正式向司空马行礼。她的丈夫一连几天不回家,她心中惦念非常,但是又不能先问丈夫,她坐下问道:

"相爷贵体可好?"

"好,相爷一切都好。"司空马还礼答道。

"外间谣传,刺客进了吕府,妾心中着实惦念相爷。"

"大嫂只管放心,"司空马笑道,"外间谣传说我老马受了伤,这不,我还是好好的。"

"果真是刺客进了吕府吗?"

"是的。"司空马点点头,但是立刻就后悔,觉得还是不承认的好。

"这么说……"麃公夫人睁大着惊惧的眼睛。

"什么事……"司空马见麃公夫人的手哆嗦着,声音颤抖

着,便问:

"大嫂你说什么?"

"该不是……"麇公夫人已经抑制不住,眼泪扑簌簌落了下来。

"大嫂您怎么啦?"

"既然刺客进了门,而相爷安然无恙……司空尚书……莫非麇友他……捐躯了吗?"麇公夫人哭泣起来。

"哪儿有的事!"司空马急忙大声喊道,并且极力装出坦然无事的样子,随之又发出爽朗的笑声。然后,他接着说道,"因为有重要的机密大事,吕相派麇公出了远门。当时走得急,没有回家向老母和家人辞行。麇公让我来对大嫂说一声。就在第二天,他们——"司空马把左手拇指一摇,压低声音,"听说武艺高强的麇公出了门,便派刺客进了吕府。出了这么大的事情,我一时抽不出身来,今天才来告知大嫂。实在对不住啦。"

"真是这样吗?"麇公夫人擦干眼泪,两只眼睛紧紧盯着司空马的眼睛。

"大嫂只管放心。"

"不是有事瞒着家里人吧?"她显出高兴的样子,却还是歪了一下头,仔细打量着司空马的脸色。

"真要出了什么事,想瞒也瞒不住。况且……"

"况且你们是朋友。"

"正是这个意思。"司空马断然地说道,"大嫂深知,我和麇兄的交情,非只一年两年了。请大嫂相信老马吧。"说着司空马拱手至额。

"相信,相信。"她点着头,"完全相信。"

"多则一月,少则二十天,麃兄就回来了。"

"这么说,"麃公夫人说道,"刺客是被捉住了,还是被打死了?"

"外间猜测很多,大嫂不必问,我也不敢说。"

"那,"她又试探着问道,"他又是去了屯留吧?"

"机密大事,在下不敢说。"司空马笑道,"大嫂只管放心就是了。家中有困难吗?"

"没有困难。"

"有事情就捎信给我。"因为会见司马梗的时间已到,司空马说着站起身来施礼,准备告退,"我会经常派仆人来,有什么事只管告诉我。"

"多谢尚书。"

"请放宽心。"

"多谢。"麃公夫人说着一直将司空马送出大门外,然后施礼而别。

这一家小酒店,坐落在一条比较僻静的街上。它临街的厅堂里,是街上的小市民、小商贩们饮酒用饭的地方。每日里客人不多,乞丐不少。走进院里,正房之外有两排厢房,两边还有两个小跨院,十分雅静。因为它距离咸阳宫不远,所以这些厢房和跨院,就成了官员们休息和聚首的地方。每当官员们一到,前面厅堂就被他们的仆人们占据。你可以到这里来结识什么官员,可以在这里贿赂什么权势人物,可以发牢骚、骂大街,或者卖身投靠,却不敢在这里高声谈论嫪吕之争。不久前,有人在这里为此打起架来,最后被全部逮捕,以私斗论处,处分了二十二人,其中有十二人是杀头。奇怪的是,被杀头的全部是支持吕不韦的。所以给人一种印象,似乎支持吕不韦的大多是坏人。从那以后,司马梗也常到这里走走,看看有没有什么人,再敢在这小酒店里谈论嫪吕之争。不过在那两个小跨院里,朋友之间,依然是低声耳语,推心置腹,无所不谈。他们在谈话时,不提"嫪""吕"二字,也不说左右二字,甚至也不说琴筝二字,只是伸出左拇指或右拇指。如此谈话,无论谈什么,不怕隔墙有耳。

司空马走进小酒店时,直奔东边的小跨院,酒保告诉他,司马梗还没有来,他放了心。他曾经担心,万一他一步来迟,客人先到,主人后到,这就不够礼貌了。等他坐下以后,呆呆地等待着,约定的时间已过,司马梗一直不到。司空马担心司马梗要拿架子,司马梗果然就拿起架子来了。这使他想到,浅薄是无可救药的。"浅薄无聊。也许是人类的劣根性。当他不得势的时候,低声下气,简直都有点寒酸。一旦得势,就极力拿架子,仿佛有意告诉人架子大才是他的本相。其实,都是虚伪。这或许就是荀卿所说的'其善者伪也'的意思。"司空马这样想着,叹道,"人是卑贱的。他觉得高贵的时候,其实是最卑贱不过了。这也许就是荀卿所说'人性恶'的原意。无可救药,劣根性是无可救药的!"

"司空贤弟,多多恕罪,来迟了,害您久等,事情太多……"

司马梗这样寒暄着,走进来脱掉鞋子,同司空马施礼、落座,然后继续说道:"司空贤弟,谁能像您,逍遥自在。"

"我是玩世不恭。"司空马嘻嘻笑着,带点傻相,"其实就是不成器。"

司空马让酒店的侍者退下,自己过去亲自执壶给司马梗斟酒,极力做出非常尊敬的样子。实在说来,他做得有点过分,然而司马梗却安之若素。司马梗忽然想起,司空马从前说过的一句什么话——司空马是个说话很随便的人,他说的话自己早已忘记——便说道:

"看来贤弟您是对的,世界上无是无非。你觉得对,过后一想,其实错了;你觉得完全是错的,结果证明人家对了。"

"难矣哉!"司空马极力附和着。

"所以,大丈夫生于当世,就该合眼放步,照直往前,不管其他。"

"着实在理!"司空马拍手称赞。

"秦国规定,男子五十六岁退休,在下今年五十有五了。明年一退休,完事大吉。都说五十而知天命,我不知天命为何。我在足下这种年纪时,心气极高,傲气十足,以为关内侯,如探囊取物,不费吹灰之力。我带兵攻打太原,一战而定之。后来才知道,秦国的事情,着实难办,抬手动脚,都要触犯法律。我几次受责罚,差一点掉了脑袋。老天保佑,从五大夫降为不更,刚刚保住了一条命。"

司马梗因为见到了老相识,心情显得十分舒畅,放开肚子吃,放开胆子说。那种无拘无束的样子,司空马还是第一次见到。司空马看见司马梗开怀畅饮,并且畅所欲言,心中十分高兴,一再表示久已盼望承教。这时候,司马梗伸出左手的大拇指,继续说道:

"这个,受封地在太原,他忽然想起一个叫司马梗的人来。他把我叫去,说:'将军,我的封地,是你出生入死打下来的,太感激你啦。现在陛下的禁卫军里,只有秦竭一人,需要再增加一个副将。我想提拔你为卫尉副将,做秦竭的副手,不知道你肯不肯屈尊附就?'我自然不能拒绝,再说也不敢拒绝,就答应了。"

"否极泰来,"司空马笑道,"这都是将军的命好。"

"是的,我答应了,也不完全是为了我个人,一多半是为了朋友们。在下进了咸阳宫,朋友们办事,也方便些。许多朋友,认识的,不认识的,老朋友,新朋友,就是你这司空马尚书,还没有找过我。"

"这不就来了吗!"司空马拍手笑道。

"说真的,"司马梗激动起来,"我很想念你呀!"说着他擦了擦眼睛,"不过,你总算是来了! 不然,我真的要骂你清高了!"说着他笑起来。

司空马忽然觉得司马梗果然是老了。人一到老年,老毛病就来了。容易激动,容易掉泪,喜欢吹牛,喜欢摆架子,喜欢让别人等自己。司空马想起司马梗降为不更的时候,衣食无着,失魂落魄。那时候,他一点也没有现在这种洋洋自得、高谈阔论,甚至好为人师的样子。司空马就是在那种情形下同他认识的。他当时觉得这个撤职的将军,为人比较耿直,也算是怀才不遇,就同他结识了,并且常常周济他。谁知他刚刚上任半年多,从里到外,从心情到做派,彻底大变。说起话来,突然有了做手势的习惯。走起路来,一摆一摆的,俨然是一位新上任的一帆风顺的将军。公乘大夫,官爵倒也不小,不过还没有恢复到原来的五大夫——中层将官中最高的一级。司空马显出非常谦恭的样子,很认真地听着司马梗的谈论和表白,不时做出赞成的表示,心里却觉得人的本性是丑恶的。在司马梗到来之前,司空马曾经想起荀卿的非常大胆地断言"人性恶"。两年前,吕府的学者们曾经争论过这个问题。当时赞成荀卿的人和反对荀卿的人,势均力敌,争论的结果不分胜负。吕不韦认为,这种问题,空泛而不切实际,细碎而无关宏旨,便决定他的书中不提有关性善性恶的问题。然而司空马是赞成荀卿的,于是他便认为吕不韦实际是反对荀卿而赞成孟轲的。现在,在这种朋友之间的闲谈中,他忽然想起这种不相干的事情,这正是他的书生气的一种表现:顽固地坚持自己的理论,实际上只是自己从书本里学来的别人的理论。他甚至觉得在那些好人的身上,也能够很容易地发现一些丑恶的东西。他一向认为司马梗是个好人,却依然感觉到司马梗身上存在着一些丑恶的东西,人自己却往往感觉不到。尤其是秦国的军人,他指的主要是秦国的将军们,最根本的缺陷是没有文化,几乎没有经过任何文化的熏陶。所以他们在政治思想上简单得很,甚至那些一再受到压制的正直的将军,在政治上也没有什么真正的觉悟。像司马梗这样的正直的将军,每天都在从事政治活动,却又绝口不谈政治。而当他们一旦进入老年的时候,他们的浅陋就一下子暴露出来了,都变得自吹自擂,好为人师。喜欢发表一些别人说得不待说的空论,喜欢坚持一些听起来四平八稳,细一想荒谬绝伦的,例如有关"忠君爱国""严刑峻法"等等教条。这些不值钱的毛病,就像关节炎、肩周炎、白内障一类病症一样,等待着每一个五十岁以上的秦国将军。司空马想着,如果人没有这些毛病,思想怎么会僵化呢? 如果不僵化,退化从何开始呢？人不退化，国家怎么能灭亡呢？当箭头刚射出时，可以穿透铠甲，而当它的力量用完，箭头向下时，连一片大麻叶子都穿不透，此所谓强弩之末……衰老是可怕的。"吕相老了，这堂堂的司马梗也老了，我也老了……"当司马梗落了泪的时候，司空马十分感动，也落了泪。他想单刀直入，立即就打听廮公的下落，此时在他内心深处，是害怕这得意忘形的司马梗三杯下肚，一不小心再谈起"忠君爱国"以及"严刑峻法"的大题目来，那时候他不仅无法插嘴，恐怕也无法脱身。他正在自己肚里措辞的时候，司马梗说道：

"你总算来了。见到你真高兴啊！这个，近来如何？"说着司马梗把右拇指向外伸一下，仿佛吕不韦在他右边的房里一般。

"很好。"司空马叹道，"只是老了。"

"刺客的事，是真的吗？"

司马梗见司空马正在给自己斟酒，没有搭腔，于是，又说道：

"外间谣传甚多。"

"是啊。"司空马笑道，"咱们秦国只要粮食减产，谣言必定丰收。"

"人生在世，总是想起些作用。"司马梗说道，"黄河的水向东流，有的人却以为，只要经过一番努力，它就会向西流。"

司空马忽然警觉起来，心想："这司马梗是不是已经知道我这几天的所作所为？他的消息有如此之快吗？或许朱英等人已经被拿获了吗？"于是他决定微微反驳一下，迫使对方说出空论背后的具体内容来。他说道：

"人总是要挣扎的。不能挣扎,还算是人吗? 就是野兽,临死之前,也要挣扎一番的。"

"挣扎有什么用? 我挣扎了一生,无济于事。我不知天命为何,但只知道天命不可违。黄河上漂着一片树叶,它能怎么样? 还不是随波逐流,任其摇荡。"

"河水固然不能往西流。"司空马放了心,却又故意跟他辩论起来,"树叶固然也不能往西漂。不过,河鱼就不然了,它们今年猛往西钻。现在饿肚皮的灾民们,成群结队往东去,就是为了捉鱼吃。"

"以我看这些鱼,并不是好兆头。"

"如果没有这些鱼,秦国的灾民就完了!"

"不然,贤弟,"司马梗非常肯定地说道,"这些鱼,正是秦国的祸害。"

"何以见得?"司空马已经猜出他的意思了。却又故意显出非常惊奇的样子问道:"河鱼大上,不是对秦国有好处吗? 怎么能说是祸害呢? 鱼能祸国吗?"

"贤弟,你这就有所不知了。"司马梗就像对他的小孙子讲解什么大道理似的,对堂堂的相府尚书令说道,"贤弟你从来没听说过,有关鱼龙变化的神话吗? 鲤鱼若能够跳过龙门,就会变成龙。你知道吗? 从来没有听说过吧? 你们这些读书人呵,凡是书上有的,哪怕就是屁话,你们也深信不疑;只要书上没有写的,你们是一概不知,一概不信。难怪人们叫你们是书呆子。现在河鱼大上,都往龙门挤,都要一试身手。现在龙门前面的黄河里,鱼都挤成了堆。听说前些天,有一个人要去汾阴皮氏,船都开不动,没法子,他踩着鱼背跑过了黄河。"司马梗活灵活现地述说着,然后歪着头两眼盯着司空马,问道:"这意思,先生你还不明白吗?"

司空马又显出一种傻相,两眼惊奇地望着司马梗,摇了摇头,以致使得司马梗感到"吕府原来都是一些傻乎乎的蠢材"。他终于压低声音说道:"这就是屯留兵变的征兆。"

"噢!"司空马仿佛大梦初醒的样子,同样压低声音问道,"这么说,长安君是想当王吗?"

"有这个意思。"

"秦国真是不幸啊!"

"不幸啊!"

"蒲鹞大军已经过河了吗?"

"已经过去了。"

"这就好,"司空马仿佛得到莫大安慰一般,"大军一到,就好收拾了。"

"尚书贤弟,邀请在下来,就是为着问一下这件事吗?"

"不。"司空马断然说道:"这些事,与我无关。请将军您来,是为了一个朋友的事,想打听一下……"

"谁?"

"麃友。"司空马把左拇指伸一下,"他在这个府中吗?"

司马梗扯一扯胡髭,皱了皱眉,仿佛经过思索似的点了点头。

"为什么抓他?"司空马低声问道,"是为了配合刺客吗?是为了河鱼大上吗? 是为了别的什么案子吗?"

司马梗一直不表示什么,后来说道:

"似乎是私仇。"

"同谁？"

"秦将军。"

"会杀掉他吗？"

"不会。"

"关在何处？"

"贤弟不必细问，很快就放他。"司马梗最后笑道。

"这是在下的朋友，"司空马叹息着，说道，"他家中妻儿老小一大堆，无人照看，实在可怜。求将军多多关照些个，早日放他回家。"

"只管放心，一定尽力。"

司空马看见司马梗已经有了几分醉意，便想趁此机会多问些什么。他上前去给司马梗斟酒，说道：

"将军一说，我就明白了。随便什么小鱼，都想趁此机会变化一番。将军依你看，这些想变化成龙的鱼，这么多，都挤成了堆，这其中，是不是也包括这个，"他伸一下左拇指，"和太后私生的小儿子呢？"

"私生的什么？你说的什么？我没听说过，你是从哪里听来的？"

"道听途说，不足为据。"司空马笑着，又显出一脸的傻相。

"你是个有学有识的人，怎敢听信那些道听途说。"

"是的。忽然想起，随便问问。陛下龙体康健吗？"

"贤弟你想，河鱼大上，他能好受得了？听说屯留兵变，他一下子就发起烧来。天天发脾气，听说还吐了血。"

司空马听见陛下又病倒了，表现出非常关切的样子，最后又无可奈何地叹息一阵。

"这些事,不能外传,知道吗?"司马梗警告着。

"也不能告诉他吗?"司空马伸了一下右手的大拇指。

"别说是我说的。"

"怎么会呢? 一提您,他要问在哪里见到您来? 能说出这小酒店吗?"两个人一同笑了。

司马梗此时似乎已经吃饱喝足。他擦了擦嘴,说道:

"贤弟,过两天,我把我的一位朋友介绍给你。"

"他是谁?"

"说出他的名字,吓你一跳。"他笑得胡子都奓起来了,"朱亥。"

"呀! 大英雄。"

"二十年前,在大梁,我们有过交往。"

"难怪将军这么气概非凡。这就像溪水映出了山影一样,您的朋友映出了您的美德。"

这时司马梗那种得意的样子,使司空马认定所有喜欢别人捧的人,都是庸人。他并且认定:庸人到处都有,只是庸俗的程度和形式不同罢了。"我也是个庸人吗? 我不是庸人吗? ……"他这样自问着。这时司马梗伸出右拇指,说道:"贤弟,你是这个的人,这谁都知道。至于我,你也很清楚,却不是,"他伸了左拇指,"这个的人。咱们是朋友。我不管闲事。"

司空马点点头。他认为司马梗这些话,都是实话。于是他又觉得司马梗毕竟是个正直的人,是个有良心的人。如果撇开荀卿那些愤世嫉俗的理论,他甚至觉得司马梗是个可敬可爱的人。他交了这么一个粗人做朋友,在以前没有后悔过,在今后,也许不会后悔的。

他同司马梗施礼告别之后,上马回吕府去了。路上,他想道:"既然鹿公没有性命之忧,并且很快可以放回来,可以先把他的事情放一下。方才想起一件事情,是什么事情?转眼就给忘记了。是蔡孺子的事情吗?是朱英的事情吗?是那两个私生子的事情吗?是第二个刺客的事情吗?现在的记性一天不如一天……对了,是蒲鹖的事情。蒲鹖是个正直人。我应该派人去见蒲鹖,去游说他……这是一件极为重要的事情。蒲鹖的朋友们都有谁?有没有能够措手其间的?着了急,什么也想不起来。莫非司空马真的老了吗?天哪!应付复杂的危险情况,我显得笨拙了!"

"那不是司空尚书吗?"有人在路旁高声说道。

司空马急忙勒住马头,定睛一看,原来是他的好友浑沌。往日见到浑沌,总是蓬头垢面,破衣烂裳,腋下夹着木拐,走路一颠一跛。今日却是另一种打扮:头上戴着青色巾帻,身上穿着本色麻布的夹衫。他满面笑容走过来,眼睛里闪动着愉快而明亮的光辉。司空马见他这种打扮,心中非常高兴,急忙下马施礼,说道:"多谢贤弟。"

"寒舍就在左近,街上说话不方便,何不顺便到寒舍一叙。"

司空马曾经到过浑沌家,他记得不在这条街上。"好一个狡猾的乞丐,狡兔三窟。"司空马想到这里,便将自己仆人派回。然后对浑沌笑道:"贤弟,我似乎没有到过此地。"

"这是贱内的住处。"浑沌也笑了。

浑沌将他让进一个窄小的柴门。进门来便有一个壮健的男仆人跑过来接过马去。浑沌陪他走进厅堂,施礼落座,司空马说道:"多谢贤弟,帮了大忙。"

浑沌问起刺客进相府的事情,司空马把当时的经过告诉他。说话之间,难免要夸大自己的作用,并且提到正在紧要关头,任固赶了来。

"任固,我知道。"浑沌说道,"三个任固也不是他的对手。麃公也不是他的对手。"

"他叫什么名字?"司空马问道。

"他的姓名,已经毫无意义。"浑沌笑道,"马兄您应该关心下一个刺客的姓名。"

"第二个?嗯?"司空马惊恐地问道,"什么时候来?"

"还不知道。"

"叫什么名字?"

"不知道。"

"有什么动静?"

"只听说,第二名刺客已经选定。"

司空马一听,头脑有些发胀涨。他皱着眉头沉默了很久,说道:"看来是不达目的不罢休了!"

"其实,"浑沌说道,"吕相早该醒悟了。想不到,他一直站在自己的木鞋里发呆。"

"有什么办法?"

"马兄难得半日闲,"浑沌兴高采烈地说道,"今日吃了酒再回。我进去告诉内人预备菜肴,请稍候。"说着他就进里院去了。

听说第二名刺客即将来临,司空马心中不安得很。他想急忙回吕府去,但是又一想,越是情况紧急,越是离不开这伪装的乞丐浑沌。所以,他只好耐心等待浑沌出来,以便和他详细谈谈。然而,他至今仍然不了解浑沌是什么人。前几年,在酒店里喝酒时,偶然的机会,认识了这么个讨饭的跛子。后来在蒙骛家的宴席上,又遇到他。他那双明亮而深沉的眼睛,使司空马惊异不已。这就是他们结识的经过。后来他们经常见面,曾经做过长谈,并且见过浑沌的精明能干而贤惠的夫人。虽然有过这么一些接触,至于浑沌究竟是什么人,他却一无所知。他想道:"他这样不停地变换住处,不停地改换打扮,是怕别人认出他来吗?是怕有人追踪他吗?莫非他是个逃犯?今天索性问个清楚。"

这是一间窄小的厅堂,然而却非常清雅,好像一间富裕士子的书房,墙上挂着青铜宝剑,窗前摆着瑶琴。在一边的墙根下摆着许多竹简,小几上摆着打开的竹简,仿佛主人正在研究什么课题。当司空马看见窗上糊着很细很薄的纱时,他发现那纱是新的,知道浑沌搬来此屋不久。司空马想起"十室之邑可以逃难,百室之邑可以隐死"①的古话,想到偌大个咸阳,隐藏着几个什么人,是不成问题的。他想起了刚才接他马的那个仆人身躯魁梧,像个武士,而且彬彬有礼,又像个儒生。他想起以前有一阵见不到这个乞丐朋友,他甚至有点想念他。他发现这伪装的乞丐身上有些什么东西对自己具有某种吸引力。他过去拿起竹简来看,呀,《吕氏春秋》!

①语出《春秋穀梁传·庄公十九年》。盖古语也。

"真是对不住，让您久等了。"

浑沌已经洗过脸，换过衣服。他头上绾着一只碧玉簪，衬得他的头发特别黑，脸色也显得格外白皙。他的脸清秀端庄，眼睛特别有神，看上去好像一个武士。他穿着蓝色细麻布的长袍，因为换装时太仓促了，有一条带子还没有结好。司空马见他走进来落座时，一点也不跛，而当他行礼时那种风度翩翩的样子，就像一位贵公子。司空马真的呆住了，他目不转睛地注视着浑沌，弄得浑沌以为自己穿错了衣服。

"丞相又问您啦。"司空马说道。

"问什么?"浑沌笑着问道。

"问您是什么人?"

"是您的仆人。"

"问您是哪国人?"

"中国人。"

"问您为何来到咸阳?"

"为了帮助您。"

"这是为什么?"司空马虽然微微笑着，然而那口气，却是颇为严肃的。

"这原因很简单。"浑沌拱手说道，"司空尚书是有名的琴师，而在下和贱内都酷爱瑶琴。"

因为嫪吕之争，在咸阳街巷之中不便直接说出口，往往以"左""右"代之，有时则以"琴""筝"代之。秦国人喜欢弹筝，而山东六国人则喜欢弹琴。所以，浑沌如此巧妙的回答司空马的问题，就是咸阳大街上的人，也能听得懂。这就是说:我支持吕不韦，支持你们的事业。司空马看一眼旁边的

128

竹简,点点头,不好再问了。

"我真羡慕呀,贤弟,逍遥自在,无官一身轻。"司空马这么说着,忽然想起这是方才司马梗说过的意思。司马梗怎么能知道,世界上还有浑沌这样的人呢?浑沌年纪是如此之轻,长得如此英俊。他们虽然在几年前就约好兄弟相称,但是,司空马以为,说不定浑沌的学问和武艺比自己强十倍。他表面是个叫花子,实际是个瘾君子。叫花子们大多是残废,既不服兵役,也不负担什么赋税。而他们的兄弟姐妹大多在官府里做奴仆,所以消息极为灵通。这浑沌又有钱,又讲义气,深得乞丐们的拥护和爱戴。回到家中,有一位容貌姣好而又精明贤惠的妻子,照料他的一切。还有武士做他的卫士。说不定那武士,曾经是哪一国的将军。甚至他的妻子,也可能是哪一国的公主。天哪! 难怪有关鱼龙变化的神话是这么深入人心。天下就要大乱了! 天下已经大乱了!这种情形只有吕相尚未看清。

"贤弟,"司空马说道,"还是把那刺客的名字告诉我吧。他既然改变了主意,抛弃了嫪毒的使命,我想,说不定能用得着他。"

"他姓蒲,名雕。"浑沌答道。

"蒲雕,"司空马说道,"这名字好耳熟。"

"他就是现在带领十万大军前去消灭成蟜的将军蒲鹞的哥哥。"

"噢! 是了。"司空马问道,"他会藏到哪里呢?"

"他既然带走了丞相的宝剑,"浑沌说道,"我想,他可能去了洛阳。"

"丞相非常敬佩你呀,贤弟,"司空马又转回原来的话题上来,"丞相很想见见你,所以一而再,再而三地问你的情况。"

"马兄可以告诉相爷,我是即墨人。"

司空马抬起眼睛望着浑沌,意思是说:就这些了。

"这'浑沌'二字,是乞丐们给我起的绰号。我没有什么事情,可以瞒着马兄,当然也没有必要瞒丞相。"

"那太好啦!"司空马高兴地说道,"贤弟你应该改变一下丞相对我的印象,不然,他总以为我在哄弄他。"

"四百年前,宋国有位太宰,名叫华督。他的曾孙,名叫华元,做过宋国的右师。这一切,马兄都是知道的。"

司空马点点头。

"三百年来,华氏不绝如缕……"

这时浑沌夫人笑盈盈地走出来,向司空马施礼,说道:"尚书大人,多时不见,一向可好,嫂夫人好。"

司空马一见,急忙跪起来,拱手至额,说道:

"好,好,都好。"

"内子听说马兄到来,着实喜欢,要出来相见,并且亲手做菜,款待马兄。马兄今天可要多饮几杯。"

说话之间,有两个女仆端着两个小几,几上放着酒杯和菜肴。

他们将一个小几摆在司空马面前,另一个小几摆在浑沌面前。浑沌夫人亲执酒壶,上来给司空马斟酒。司空马说道:

"多谢贤妹如此费心。我想请贤弟和贤妹抽暇到我家做客,见见你们的大嫂,并且请她做两个小菜,如何?"

"太感激啦!"浑沌夫人说道,"久已仰慕大嫂,渴望一睹靓容。"

"贤弟贤妹到咸阳已经许多年了吧?"

"在下多年来游学四方。"浑沌答道,"近几年来,稽留咸阳,做了秦国的臣民。"

"故国还有亲人吗? 那边情形如何?"司空马继续问道。

"齐国的情形也是每况愈下了。"浑沌说道,"自从君王后下世,齐王田建庸懦无能,国事一塌糊涂。"

"听说王建的弟弟,叫作田假的,倒是精明能干。"司空马故意提醒着,希望浑沌继续说下去。然而他自己的话却突然把自己提醒了。这就仿佛自己点燃的火把,首先照亮了自己一样。

"不错,"浑沌说道,"是精明强干,胸怀大志,很想有所作为,只是无奈不在其位……"

司空马在心中叹道:"想不到列国的情况竟是如此相像,都遇到了同样的问题:贤者在下,而不肖者在上。赵王偃和魏王增,都是庸懦无能,只知寻欢作乐,不知其他。楚国的情况似乎还好一些,考烈王死后,只要春申君牢固地掌握着政权,会比各国都要好些。然而,问题最尖锐的就是秦国了……"

"不过这田假手下有一位谋臣,名叫田角。此人足智多谋,齐国人民对他抱有期望。"

"贤弟你认识这田角吗?"

"司空尚书不常来。"浑沌夫人说道,"来了就这么吃寡酒,实在是缺礼了。妾给尚书弹一曲,请大人指教。"

"妙极!"司空马高兴地说着。

浑沌夫人抚理琴弦,慢慢弹唱起来:

凤兮凤兮,

何德之衰也!

来世不可待,

往事不可追也。

天下有道,

圣人成焉。

天下无道,

圣人生焉。

方今之时,

仅免刑焉。

福轻乎羽,

莫之知载。

祸重乎地,

莫之知避。

已乎已乎,

临人以德。

殆乎殆乎,

画地而趋。

迷阳迷阳,

无伤吾行。

却曲却曲,

无伤吾足。①

　　司空马听着歌声琴韵,端详着浑沌夫人,他忽然有一种
打了败仗的感觉。他不知道这是为什么,后来才想起来,他
和浑沌的谈话,总是被她打断,以至于有关浑沌的一切仍然
处在渺茫之中。"他只说出他是即墨人,其他一无所获。他说
到古代的华元,说到现代的田角,却不知道同他有什么联系。
不过无论如何,浑沌是我的朋友,他给我,给丞相帮过大忙,
大恩大德,不可有忘。他是即墨人这一情况,无须乎报告丞
相。丞相老了,变得多疑起来。他喜欢刨根问底,而我又不
知底细。既然麃公不是蒲雕的对手,绑架麃公或者另有原
因。这是什么原因?莫非齐国也遇到了鱼龙变化的问题
……"当这些问题无法回答时,司空马才被迫回到琴曲上来。
他发现浑沌夫人的指法精熟,嗓音幽雅。"如此出众的才女,
他如果不是一位公主,至少也是出自名门。她不让浑沌把话
说完?这女人的眼睛好像一个不见底的深潭,是的,这个女
人深不可测。她的嘴非常好看,这是一种特别乖的嘴。苦话
经这嘴一说,也会变甜的。她的声音富有强烈的感染力,而
她的笑容使人感到一种莫名其妙的震撼。她为什么主动地
唱这一首非常流行的歌?是为了告诫她的丈夫谨言慎行吗?
她随时随地都在引导她的丈夫吗?她一面弹琴唱歌,同时又
在细细地打量我……这个女人不但聪明而且厉害,下次再同
浑沌谈话必须避开她……"

---

①《接舆歌》:见《论语》《庄子》与《古诗源》。

浑沌夫人弹唱完毕，司空马鼓掌称善，赞不绝口。

"司空尚书是有名的琴师，"她笑道，"小孺子刚刚学琴，见笑见笑。"

"贤妹的琴师是谁？"

"没有什么琴师，自己胡乱弹着耍子。司空尚书听到过外面的许多谣传吗？有关河鱼大上，鱼龙变化的传说，街坊四邻都传遍了。"

司空马知道她不说出自己的琴师，是怕司空马了解她的底细。她极力把话题拉开，司空马极力把话题拉回来，他说道："听说过一些。不过齐国好像也面临着这样的问题。是这样吗？能这么说吗？"

"无奈是奸臣掌握着大权。"夫人无可奈何地叹息着。

"马兄，"浑沌说道，"这就可以看出，齐国无人。如果齐国有人，难道就选不出一个刺客，把后胜杀掉吗！"

"是啊。"司空马说道。"当年秦称西帝，齐称东帝，如今又遇到了同样的问题。"

司空马这句话一出口，自己就懊丧极了。他发现自己已经糊涂了，说出来的话简直就像梦话一般。他觉得自己的话不仅不切题，而且根本就没有听懂浑沌的话。浑沌的意思是说秦国无人，吕府无人，为什么不派出刺客杀掉嫪毐？"我懂了，这是在批评我……我遭到英雄的藐视，这是应该的。"他想到这里，觉得自己的耳根发起烧来。

"虽然这么说，"浑沌说道，"秦齐相比，秦国要强大得多。而且，虽然遇到了同样的困难，秦国却远远地走在了前面。"

"贤弟是指屯留起义吗？"

"欲知鱼龙多变化，"夫人说道，"需看平地起波涛。"

"我们做臣民的，"浑沌向司空马点了点头，说道，"只希望能有一个好的王。有一个仁义的王，就是万民的幸运。"

"贤弟说得太对啦！"

"马兄似乎有所犹豫。"

"不在我。"司空马拱手至额说道，"贤弟，丞相想请你做他的宾客、谋士。"

"马兄，你认为，"浑沌笑道，"我这样，比宾客的作用小吗？"

"丞相有事相求足下。"

"只管吩咐。"

"打听一下那两个私生子藏在什么地方。"

"请放心，"浑沌拱手答道，"一定尽力。"

"今天我实在高兴，"司空马说道，"我给贤弟贤妹弹一曲，如何？"

夫妻二人表示感谢，急忙把放着瑶琴的小几抬过来，放在司空马面前。司空马弹的是有名的古典琴曲《水仙操》。曲终的时候，夫妻二人都落了泪。司空马这时才知道，自己也是泪流满面了。

"唉！人哪！人是最软弱的了！"他叹道。

"不过人也是最刚强的。"

司空马擦去自己的眼泪，不无惊奇地发现刚才这话不是男人讲的，而是那外表纤柔娇小的女人说的。他表示同意，并向她深深地点了点头。他想道："为了这句话，我应该向她行礼才是。"

第七章　失　踪

中国古代最独特的箴言，就是朱英的"三无妄"[①]。这就是想不到的福、想不到的祸，以及想不到的人。在当时，不仅春申君未能采纳朱英的建议，在后世，学者对朱英的伟大箴言，也未能给予认真地思索。这是因为人们生当乱世，焦头烂额，疲于奔命，无暇深思。而后世学者虽然生在太平盛世，却忙着替圣人立言，搔首扯须，呕心沥血，都只为升斗之计。故而朱英的箴言，从未引起足够的重视。这大概是因为人们对正常的必然的事物思索得比较多，而对反常的偶然的事物则未能充分注意。当然，人们不能设想太阳会从西边出来，或者设想月亮会突然变为流星。然而在社会生活中，到处都是偶然，人们简直就是生活在各种各样想不到的偶然事件之

---

①见《史记·春申君列传》。

中。甚至可以这样说:没有偶然就没有历史。换句话说也可以:如果没有偶然事物的作用,历史将不成其为历史,历史将变成呆板乏味的东西,就像机械化生产的流水线一样。人类变成了上帝手中的玩偶,社会变成了诸神面前的棋盘。那种情形将是极端可悲的。正因为人们不善于思索偶然的事物,所以人们看到的历史便只是玩偶和棋盘,而看不到历史上真正生动活泼的具体内容。正因为人们不肯用心思索偶然事物,所以一旦遇到突然事变,则往往缺乏应变能力,缺乏清醒的头脑和冷静的智慧。在那种情况下,人们通常所依靠的仅仅是动物的本能而已。人有意外之福,也有飞来横祸。当其大难临头时,能够保持清醒,能够迅速取得应变手段,这是非常之难的。当麃公在咸阳街上被人绑架的时候,他不知道是怎么回事,突然有好几把匕首紧紧抵住他的前胸后背两肋和脖子。他当时想到的是:"丞相危险!"他极力使自己镇静下来,低声问道:"你们要干什么?"

"不要喊叫!"

"光天化日!"

"卫尉大人请您去一趟。"为首的在他耳边低声说道。

卫尉是咸阳禁卫军的总指挥,现在担任这个职务的,是秦竭。六年前,当麃公带兵在前线作战时,秦竭是他手下的伍长,后来升为百人长。而人世沉浮常常出乎意外。麃公因有人诬告他空报战果,被撤职查办,而秦竭不久却进了甘泉宫,担任宫门卫士长。麃公的问题,查来查去,查无实据,不过职也撤了,爵也降了,一撸到底,从五大夫降为公士。秦国鼓励告奸,告错了也没事,法律保护诬陷者。麃公赋闲时,幽愤异常,后经司空马介绍,做了吕不韦的舍人。秦竭进了宫后,真是得心应手,步步高升,直至前年,居然做了卫尉将军。从麃公被撤职后,他再没有见过秦竭。如今突然以这种方式"请"他"去一趟",他感到气愤。他曾经怀疑,诬告他的人可能就是秦竭。然而又一想,他至少没有得罪过秦竭,秦竭能把他怎么样!他不了解一个真理:盗憎主人。他曾经害过你,你就永远是他的仇人。而被害的人,在这种情况下,却往往不以为意。这就是每当重要的历史开头,正人君子总是失败的重要原因。

麃公的宝剑已经被夺走,他被推上一辆很大的叫作广柳车的马车,接着手脚被捆绑起来,眼睛也被蒙起来。那车颠颠簸簸,摇摇晃晃,仿佛走了很久。他估计,至少已经离开咸阳有四十里,他甚至以为可能是到了云阳监狱。云阳监狱是关押贵族的大监狱,那里有关押十年而未曾审问的所谓犯人,也有犯人死后三年而家属不知道的事情。想到这里,麃公感到无限惊惧。他不知道为什么秦竭要送他进云阳狱中。他想起许多往事,不知道有什么事情冒犯了当权的人。他想起十五年前他曾经偷宰过一头牛,他叹道:"为这点事情,送我进云阳狱吗!可笑!"于是他发现一个普遍的规律:最初的思想才是正确的思想。"他们要对吕相下手了!在抓我的同时,大约司空马、张唐、任固都已被抓起来,然后对吕相下手,万无一失。刺客成名,载入史册。接着是赵政因病呜呼,私生的婴儿即位,太后垂帘,嫪毒当政。那时候秦国的事情就好办了,谁敢说个不字,杀无赦。"

他被武士们从马车上拖下来,拖进一个房子,紧接着审讯就开始了。

"麃友,"有人问道,"你到上党做什么去了?"

麃公不愧是个久经沙场的将军,敌人的旌旗一动,他就看清了一切。经这一问,他心中坦然了许多,他知道这是要问屯留兵变的事情。屯留兵变使嫪毐惊慌失措,这使所有的正直人都感到高兴。他说道:"你是谁?"

"这你不要管!"同时有几个人吵嚷着:"老老实实回答问话!"

"我想你们是害怕我把你们认出来,不然为什么蒙着我的眼睛审问我?"

"麃友,你不要自找苦吃!"

"你们说是卫尉将军请我来,请问你是秦将军吗?"

他们不再吵嚷了。有一个人很和气地说道:"麃友,我是廷尉府的令丞,我叫唐突,秦国陛下之命,问你几点情况,请你回答我的问话。你是去过屯留吗?"

"去过。"麃公知道是伪装的什么令丞,不过考虑再三,终于回答了他的问题。

"去做什么?"那人继续问道。

"给长安君送信。"

"谁的信?"

"陛下的信。"

"谁写的?"

"陛下命尉缭口述,中大夫令徐齐执笔。"

"什么内容?"

"命令长安君进驻井陉,威胁邯郸。"

"只此一信?"

"只此一信。"

"吕相有信没有?"

"没有。"

"何时到达屯留?"

"十一月二十。"

"何时离开屯留?"

"十一月二十五。"麃公记起兵变发生在十一月二十九日,他是十二月二日离开屯留回咸阳。他把他离开屯留的时间提前,变做了一无所知的人。

"你同长安君谈了些什么?"

"什么也没谈。"

"兵变是为什么?"

"我不知道兵变的事。"

"从来不知道吗?"

"'从来'是什么意思?"

"现在还不知道吗?"

"现在当然知道。是我回到咸阳之后,隔了几天,才听说的。"

审问到此结束,审问的人走出了房间。房外人沙沙的脚步声、窃窃私语声、远处的狗叫声不停地传来。麃公细听这些声音,仿佛是在乡村。他没有到过云阳监狱,因而也不知道这里是不是云阳监狱。他想起他的好友王龁将军,南征北战,屡立战功,升至中更,最后被奸臣诬陷,死在云阳监狱中。他想不到自己终于步了王龁的后尘。他在心中默祷着:

"王龁将军有灵,请保佑麃友逃出云阳监狱,我将杀尽所有的奸臣!"

终于走进来两三个人。他们把麃公的双脚解开,又把蒙眼睛的黑麻布去掉。麃公看见旁边跪坐着一个打火把的军士。他看见这房间,不像监狱的号房,倒像农舍的厢房。他低下头,看见面前放了一瓦钵子高粱粥。

"请用饭吧。"那打火把的人说道。

"不解开我的双手,我怎么吃饭?"

那几个人嘻嘻笑着。

"你们把我当猪狗,我把你们当豺狼!秦竭就这么对待我吗?你们不是说是秦竭'请'我来的吗?我有什么事情对不起他?他为什么对我下此毒手?你们去告诉秦竭这个豺狼!让他来见我!"

麃公大怒,一脚把那瓦钵子踢碎,骂不绝口。

出乎意料的是,那几个军士以及打火把的人,见麃公大发雷霆,急忙走出了房间,而房外竟是鸦雀无声。麃公从门口望出去,看见院子里有树,他高兴了。监狱是不种树的,"然而也不像乡村。"他想道,"乡村里无论什么人家,总有鸡猪牛狗等等的牲畜,而且有强烈的猪圈的气味。这不是乡村。"

这时候,有一个军官模样的人,站在门口,施礼说道:

"先生息怒,卫尉大人有请。"

打火把的人和那两三个军士又重新走进来。他们显得客气多了,他们向麃公行礼,然后解开麃公的双手。麃公箕坐着,抚摸着自己的手腕,仿佛在仔细检查,看被捆绑坏了没有。他并且用手去抚摸自己的脚腕……那军官模样的人,第三次也许是第四次催促他去见秦竭时,麃公才慢慢站起身来,笑道:"我都不着急,足下着的什么急。"

打火把的人走在前面,其他人跟在麃公后面,他们走出了那间黑暗的小屋。麃公抬头一望,只见三星在天,时候不早了。北风呼啸着,树枝微微摇动着,好像在颤抖,好像在呻吟,又好像在警告麃公:小心! 小心! 麃公极力想看清周围的环境。这里不像农舍,也不像公廨,仿佛什么人家的庭院。

他被引进里院,走上了厅堂。这里灯火明亮,奴仆环侍,东西两边摆着两个方儿,上面是热气腾腾的饭菜,有酒有肉,好不丰盛。那军官说道:"先生请在这里就座。"

麃公按照他的指引,坐在右边的方儿前。刚刚坐稳,卫尉秦竭就从里屋走出来,大声寒暄着,向麃公施礼:"麃老兄,久违了,别来无恙。"

麃公还礼。他听声音,知道这是秦竭,如果只看样子,几乎认不出来了。才几年不见,秦竭发福了。他的衣着如此鲜明,仿佛是王侯家的公子刚刚赴国宴回来的一般。

"请足下来,有要事请教。"秦竭说道,"又怕老兄不肯下顾,所以,下边人无礼,还望老兄多多原谅。"

"卫尉大人,"麃公看见秦竭真诚地流露着歉意,就明白这一切都是他指使的,便笑道,"您太客气了。"

"在下备有薄酌,老兄莫要嫌怠慢,请。"

麃公此时已经很饿,也不客气,说声谢谢,狼吞虎咽起来。

秦竭仿佛没有食欲,一边拿着筷子拨拉他面前的菜,一边问着:"老兄在屯留时,不知道那里发生了兵变的事情吗?"

"不知道。"麃公说道,"我离开得早。我离开时,那里没有任何事变。"

麃公看见秦竭身后跪着四个彪形大汉,心想:"这个胆小鬼,他怕我就此结果他。不过,这倒是个好主意。如果我有一把匕首,那四个蠢货不在话下。秦竭,你今天实在是太大意了。"

"老兄您回来以后,"秦竭问道,"先见的谁?"

"先见的尉缭,向他报告信已送到。"麃公心想,"如果今天不动手,也许永远没有机会了。将这豺狼留在世上,这是秦国的耻辱。"

"尉缭大人说了些什么?"

"什么也没说。"

"然后您就回了吕府?"

"是的。"

"见过吕相吗?"

"见过。"

"说过些什么?"

"没有说什么。"

"谈论过屯留兵变吗?"

"没有。"麃公有点生气了,"不知道的事,谈论什么!"

人若不愤怒起来,是无法动手的。但是秦竭更是乖,他见话不投机,立即改变话题,和颜悦色地说道:"左相大人非常关心足下,听说您去屯留送信平安回来,他想见见您,并且看那意思是要提拔您。在下求老兄千万不要推拒。"

"麃某不才,不堪重任。"麃公冷冷地说道。

"目前,"秦竭叹道,"咸阳正在危机之中,国家正在用人之际。足下是秦国人,还能漠视秦国的危难?与其任用外国人,不妨就任用足下。在下思忖再四,不揣冒昧,向左相举荐了您,所以他想给您官复原职,爵复原位。"

麃公想:"所谓危机只是你们这些流氓无赖们的危机,看来你们已经是吃不下睡不着了。"想到这里,他很高兴,笑道,"谈不到委屈,只能说在下命运不济。"

"老兄不必客气。"秦竭用一块巾子擦擦嘴,思量着说道,"希望这次老兄不要辜负左相大人的期望。"

"什么期望?"麃公沉下脸来问道。

"足下立功的机会来了。"

"什么事情?"

"左相大人想知道屯留兵变的策划者是谁?"

"是谁?"

"这当然是老兄您最清楚了!"

"我不知道。"麃公断然答道。

后来又说了两三句闲话,然后撤宴,然后有军士领麃公到旁边一个院落,打火把的人引他走进一间窄小的耳房里就寝。麃公躺在榻上想:"他们居然怀疑我策划了屯留兵变,这些蠢猪。如果是我策划了屯留兵变,我还会跑回来?跑回来干什么?愚蠢透顶。今天可以杀死这猪狗,却丢掉了最好的机会,这样的机会也许永生永世也不会再来了。看来我也是个蠢猪。"他听见房前有武士们在走动,心想:"他们既然怀疑我策划了屯留兵变,在没有取得口供之前,绝不会偷偷把我杀掉。睡吧!"

他的鼾声,使得外面的武士们议论起来,他们以为这是假装的鼾声。不过,麊公一直假装到第二天太阳出来。

麊公醒来时,日头已经老高。简单洗漱之后,军士们领他走进一间堂屋吃饭。还是昨天那种饭菜,只是他一个吃,秦竭不在。他想:"丢掉的机会再也不会重新回来。我再也见不到这个流氓无赖了。"吃罢就到旁边一个小院接受审问。在穿好鞋子以后,麊公站在堂前的台阶上向前眺望着。他的脚反复蹬着鞋子,仿佛他只是在试验鞋带的松紧似的。他望见了终南山那蔚蓝的山影,他微微笑了。"原来并没有离开咸阳。昨天马车走了很久,莫非是故意在咸阳街上兜圈子? 是故意迷惑我吗? 是害怕我逃跑吗? 既然如此,我是非跑不可!"当他走下台阶时,他故意向大门走去,军士们一齐呼喊,上前阻拦。有两个武士当即拔出宝剑来,剑锋对准麊公的胸膛。

"你放老实点!"武士怒吼道。

"你也放尊重点!"麊公笑道。

审讯开始后,麊公看见上面坐站三个人,两个不认识,另一个就是中大夫令徐齐。问的内容同昨天一样。然后徐齐说道:"麊友,事已至此,你也不必绕圈子了。你说的这些,都是你自己瞎编的,陛下并没有什么信件要你去送,尉缭也未曾口述,徐齐也没有执过笔。你这样胡编乱造,只是徒劳。你还是老老实实说实话吧! 你去屯留的使命是什么? 是谁交给你的策划兵变的任务?"

"徐大人,"麊公拱手说道,"我请求面见陛下。"

"你没有这个权利!"

"为什么?"麊公喊道。

"你是犯人。"徐齐恶狠狠地答道。

"陛下可以为臣作证。"

"无济于事!"徐齐冷笑着。

"徐齐!"麃公怒吼着,"你身为中大夫令,竟敢如此藐视王法,你不怕国王杀你的头吗?"

"算啦! 你不必拿王吓唬人。"徐齐一摆手说道,"他现在还是个孩子,还没有冠礼亲政。朝中大事取决于左相,这你是很清楚的。"

麃公愤怒至极。这些人眼中只有左相,根本不把王放在眼里。他说道:"既然如此,还有什么说的。"

从此,麃公不再说话。既然麃公不再说话,审讯只好暂告停止。他又被武士们引出来,重新回到他睡觉的那间卧房中。下午,吃过饭,有人来劝说他。那是一位老者,五十多岁,胡子都白了,操着很重的上郡口音。虽然是文官打扮,却像一个新进城的农夫。这老者暗示麃公:策划屯留兵变的是吕不韦。

"您是个秦国人,"那老者捋着他那稀疏得可怜的胡须,说道,"为何要袒护一个山东六国人? 犯不着!"

"依您看,老先生,我应该怎么办?"

"先顾眼前!"那老者斩钉截铁地说道,"就算胡编也要把吕不韦编进去,然后您再想法脱身。"

"老先生,听您说话,您是个明白人。这屯留兵变完全是左相造成的,硬是要让我说吕不韦,这在良心上过得去吗?"

"什么良心不良心!"老者喊着争辩起来,"先保住脑壳要紧! 好汉不吃眼前亏!"

"我的脑壳,老先生您不必担心。"

"怎么?"

"它一时半会还掉不了!"

"为什么?"

"诬陷吕不韦的这个谣言非我造不可。老先生您能造出来吗?"

"鄙人自然不能。"

"那么,在我把这谣言编出来之前,我的脑壳掉不了。"

"有理。"

于是,两个人相视而笑。老者已经无话可说,只得告退。

此后,麃公是每天吃两顿,睡三次,吃了睡,睡了吃,无事可做。秦竭再没有露面。好像秦竭、徐齐他们正忙什么别的事情,似乎已经将麃公忘记了。一天夜里,突然对麃公刑讯起来。麃公不说话,足足被折磨了有两顿饭的时间。后来麃公说道:"事关重大,牵连着高陵君赵悍。我必须亲自当面告诉左相大人。你们问,白问。"

高陵君在昭王时期,是秦国有名的"四贤"之一,威望极高。高陵君死后,他的大儿子赵悍承袭君位,威望仍然很高。但是,他因为在朝中没有职务,所以一向不问政治,说是不在其位,不谋其政。这赵悍在嫪吕之争中,采取中立态度,这是众所周知的。不过,他很喜欢成蟜,这也是众所周知的。正是他,介绍淳于越和蒙骜做了成蟜的老师,而赵悍的宾客周青臣,又是成蟜的好友。这一切,也都是众所周知的。曾经有人对麃公说过:"在秦国,高陵君赵悍,举足轻重,非同小可。他如果支持左相,左相就胜利;他如果支持右相,右相就胜利。"正因为这样,麃公忽然想起他来。麃公希望开始攻击高陵君,以便促使高陵君靠到吕不韦这边来。而且高陵君同长安君关系密切,成蟜举行起义,嫪毐不会不怀疑赵悝。嫪毐正好可以乘虚而入,这也是麃公精细之处。猪毛绳蘸凉水在他身上打了好几百下,打出了这么一点小聪明。刑讯总算停止,麃公得以养伤休息。

一天晚上,两名武士走进来,把麃公的手脚绑住,眼睛依旧蒙上,抬进一辆马车,颠簸摇荡,来到一个地方。下车之后,那两名武士把麃公的手脚松绑,去掉蒙眼的麻布。星光之下,麃公望望身后高大的宫门,再望望前面的大殿,他认出,这是到了太后的住地甘泉宫。他知道马上就会见到嫪毐。他看见在宫门那里有两三支火把和十来个卫士,但是在这空旷的大院里,却不见卫士的影子。那两名武士一前一后引着他绕过大殿、长廊,东拐西拐走了好一段路。麃公想,这些地方若在白天,都站的有武士,晚上也应该有手执火把的卫士引导。不知为何今天如此冷清,害得他们深一脚浅一脚,好像做贼一样。"他为什么不在咸阳宫里他的公廨中接见我?是怕吕府的人知道吗?一定要这样深更半夜偷偷摸摸,才能显出他们这些奸贼的做派。"最后他们终于走进一个院落,厅堂里灯火辉煌,堂上堂下站立着许多宫女、太监。

两名武士,一人抓着麃公一条胳膊,宝剑的锋芒紧挨着他的两肋,这使麃公觉得可笑。麃公本人就是谒者令,他却从来没有这样对付过被召见的人。这使他想起专诸刺僚的故事,那时,吴王僚的谒者们虽然警惕性非常之高,却也未能挽救得了王僚的灭亡。以致使麃公产生了一种认识:一定的礼仪是必需的,一定的防范措施也是必要的;只有垂死挣扎的奸人们，才喜欢搞这些吓人的玩意。

麃公走进厅堂，向上行礼。然后抬起头来，他看见长几后面坐着一个胖大汉子，麃公想，这大概就是嫪毐了。

"你就是不久前从上党回来的麃友吗？"

麃公听见那汉子把麃字念着鹿，心中鄙视至极。他从来没有见过嫪毐，今天在灯光之下，他有幸见到这位当今最显赫的权贵。这嫪毐原来是如此白皙，如此肥胖，好像是一块新出笼的蒸饼一般。嫪毐公心想，这些暴发户，有一个共同点，就是容易发胖。"他们那臃肿的尊容，不正是腐败的表象吗！"麃公听见嫪毐继续说道："寡人就是左丞相，你说要见寡人，你有什么话，快说吧。"

"臣以为，"麃公迟疑着。他看见周围的人们，觉得无计可施，说道，"臣怀疑，屯留兵变同高陵君有关。"

"怎见得？"

"臣在屯留时，听说高陵君有书信给长安君。"

嫪毐听罢沉默起来，过了好一阵又问道：

"你知道那信的内容吗？"

"不知道。"

"如此说来，只是你的推测。"

"是的。"

"告诉你，麃友，"嫪毐慢慢说道："屯留兵变是吕不韦策划的。谁知道呢，也许有高陵君的份儿。"

麃公没有答话，嫪毐又沉默起来。大约有撒一泡尿的时间，嫪毐说道："寡人想提拔你做将军，你愿意吗？"

"多谢大人。"

"把你知道的，都告诉卫尉将军。尤其吕不韦的各种活动，不可隐瞒。退下。"

那两名武士，紧紧架着麃公，一直走出那座院子，才放开他，又变成了一前一后，又进入了黑暗之中。

"足下幸运呀，就要高升了!"一个武士好像安抚麃公似的说道。

"画饼充饥。"

"不然，左相大人是说到做到的，说提拔你做将军，那就肯定会提拔。"

"我原本就是将军，没听说过吗?"

"听说过，听说过。"

他们顺着原路走出来。当他们左拐右拐，穿过那些黑暗而寂静的院落和回廊的时候，麃公记起曾经上过一处三五级的台阶。当前面的武士用脚探着要下台阶的时候，麃公飞起一脚将前面的武士踢下台阶，同时就把他后面的武士打昏在地。麃公夺下他的宝剑跳下台阶便同前面的武士对打起来。星光之下，那武士并不是麃公的对手，便喊道:"麃友，你跑不了，这是在宫里。"

话音未落，麃公已经刺中他。麃公又踢一脚，只听得这武士的宝剑当啷一声落在十步以外的什么地方。那武士已经倒下，麃公跳到他跟前说道:"只要你不喊叫，你就可以活命!"说着把那武士的衣襟撕下，堵住他的嘴。这时，台阶上那武士已经醒过来，正在地上摸他的宝剑。麃公跳上台阶说道:"你的宝剑在这!"说着一剑刺中那人的腋下。

麃公又撕下一块衣襟，堵住他的嘴。他急忙摘下那武士的头盔戴在自己头上,解下他的战袍穿在自己身上。他在那武士的耳边说道:"你的伤不重,赶快走,莫吱声,每人赏你们黄金十镒,快!"

两个受伤的武士,双手都被他们自己身上的丝带紧紧捆绑着,麃公提携着他们向前院的马车走去,他们的血不住地淌着,两腿不住地颤抖着。麃公嫌他们走得慢,不住地骂着。到了马车跟前,麃公把两名武士都塞进马车,那赶马车的,好像看出点什么情况,回过头来问道:

"丙寅,姓麃的都承认了吗?"

"承认啦!"麃公坐在驭者身后,宝剑放在膝头,剑尖紧顶着驭者的右肋。他并且用力向前推一下,极力让驭者感觉到。他低声说道:

"莫吱声! 出了宫门给你黄金十镒,快走!"

看守宫门的卫士,只剩了三五个值夜的,他们早已是睡眼惺忪了,看见马车要出门,有一个卫士走来看见是原来的驭者,便推开一扇大门,放马车出宫。

"天不早了。"卫士说着打个呵欠。

"有劳了。"驭者说道。

马车出了甘泉宫朝南驰去。麃公向驭者喊道:"赶快些!"

驭者挥动皮鞭,马车飞驰起来。等驭者偶然回头一看时,麃公早已不见踪影。

"果然是英雄。"驭者叹道,"想不到在万无一失的时候,居然有了闪失。真是个英雄啊!"

第八章　发迹变态

　　秦国的庄襄王子楚死得早,四十五岁就物故了,留下一个邯郸歌妓出身的小寡妇。那时候,她才三十三岁。三十三岁的一个太后,宫中的寂寞,如何忍受得了。这就难免惹是生非,造出许多罪孽来。而宫中秽事,绝对不得外传,这是大臣们的责任。于是吕不韦就下令把被太后勾引入宫的青年一律杀掉。究竟杀掉了多少青年,外人不得而知。但是,纵然有杀头的危险,破落子弟们依然跃跃欲试,唯恐巴结不上太后。咸阳城内外的破落子弟极多,在他们中间流传着许多色情故事,说年轻的太后如何漂亮,如何多情,如何,如何……简直是一睹芳容死而无憾。在他们中间还传诵着一些传奇式的英雄,说某甲某乙化装成宫女出入甘泉宫多次,毫无阻挡,而且长期住在宫中,并且得到太后许多赏赐。这些传说,真实性如何,无从测定。它反映出市井小人的真正社会功能,只要统治者需要,市井小人之中可以提供多种"英雄"。

秦王政三年(前244),秦竭为甘泉宫宫门卫士长。每次遇到这种好色之徒,他们的办法是,进宫门时不管,出宫门时杀掉。杀时都是秦竭指挥。晚上把人拉到上林苑去,一刀了事。尸体也不用掩埋,可以作为上林苑野兽的零食。有一次,拿获一名破落子弟,秦竭一看,原来是自己的朋友,外号叫嫪毐的人。秦竭无可奈何,说道:"我们相交一场,临死前款待你一顿好饭。"

饮酒中间,秦竭问嫪毐道:

"太后对你不错吧?"

"太后一再说,阅人多矣,唯有卿,最得朕欢心。"

"于是,色胆包天,终于把一条命赔进去了!进宫几次?"

"七次。"

"七次?你的福气不小。"秦竭喝道:"再不会有第八次了,今晚是你吃一刀的日子。"

"大哥。"嫪毐顿首哀告道:"念咱往日情分,救一救我吧!"

这次是秦竭亲自押解犯人去上林苑行刑。路上,在马车里,秦竭详细询问了嫪毐同太后的感情。于是,秦竭决定不杀嫪毐。他的条件很容易办到:三天之内犯一件不大不小的案子然后判个腐刑,然后贿赂蚕室来个假腐刑,然后作为太监送进甘泉宫。这在秦竭看来,是一件积德的事情,既成全了朋友,又满足了太后,也用不着再偷偷杀人了。嫪毐一听喜出望外,如醉如狂,当时就给秦竭叩头,说大恩大德,永世不忘,并且发了誓。

这嫪毐本是个无赖,各种坏事都干过,现在要他作个什么案,自然不外行。第二天,他就在甘泉宫门前不远地方的一个小酒店里,干了一件什么坏事。他的弟兄们,当即便将他扭送秦竭驾前……然后便照计而行,最后送进了甘泉宫。这件事情在秦国历史上可以算得重大事件,但是历史学家们竟然一字不提。当然,这是一件非常机密的事情,外人不知道,只有当事人嫪毐、太后和秦竭记得最清楚:那是在大将王齕死后三个月,魏公子信陵君死前三个月,秦国大灾荒,蝗虫遮天盖地地飞到关中平原的时候。

嫪毐进宫,太后同他是故人相见,恩爱更甚于往常。等到太后得知其中原委,便给了秦竭很大一笔赏赐。不久,嫪毐出任左丞相封为长信侯,太后并且把太原一带十个县的地方封给他,号称"嫪国"。与此同时,秦竭做了咸阳宫禁卫军总首领——卫尉将军。他的爵级,三年之内晋升五级,由公大夫升为左更。朝野上下,凡有两双眼睛的人都能看得清楚。左相大人是大权小权一人独揽,而在左相大人之下,说一不二的就是这位左更大人了。

他们之间,秦竭的年龄略大些。今年(前238年)秦竭四十三岁,嫪毐四十岁。他们在二十多年前,就是好朋友。当时在咸阳的街巷之中,有许多流氓小帮伙。他们这一伙,就是以秦竭为首,小偷小摸,干各种恶作剧。比如谁家宰了羊,他们就派人去偷一块肉来吃,或者谁家的儿媳妇长得好,就想方设法去调戏一回,等等。有一次他们探知某老财把钱埋在后院的甘棠树下,便把钱偷来。秦竭说,这是那守财奴的钱,我们不能用在别处,都要花在他家。后来他们每隔两三天,就去那老财家买酒买肉,买这买那,老财要价高也不还价,甚至态度不好,也不还言,直至把钱花完为止。这一笔钱,足足开销了一年多,他们在这些活动中,得到极大的乐趣。他们那种开心的样子,在外人看来简直就是疯狂。正因如此,秦竭在这一帮青年人中,受到极大尊敬,他们称他为兄,为长,为公,为王,甚至叫他陛下。

秦昭王曾经称帝,大概他自认为能够统一中国。所以在昭王后大战连年不断。伴随战争一起来到人间的,就是灾荒。战国末期,秦国灾荒不断,人民疲惫不堪。秦竭为首的这一帮小流氓,本来都是破落子弟,挨饿的公子哥们。在这期间,大部分都当兵走了。隔了两三年除了极个别的战死之处,大部分又都重新回到了咸阳。他们在上面没有飞黄腾达的门路,在下面又没有封地和奴隶,所以闲来无事,只好重整旧业,干起偷偷摸摸伤天害理的勾当来,秦王政二年(前245)春天,秦国又是大灾荒,秦竭忽然衣锦荣归,升为公大夫,做了甘泉宫的宫门卫令。而嫪毐一帮可怜的小兄弟,容颜憔悴,衣衫褴褛,惨不忍睹。但他们还是连偷带摸东拼西凑,预备了一席丰盛的晚宴,欢迎秦竭衣锦荣归。

在迷离闪烁的火把的光亮之下,首先端上来的是一种黄白色的发酸的米酒,那样子很像是做豆腐剩下的浆水。嫪毐唱道:"先请陛下饮一杯周王酎酒。"

接着端上来一瓦钵子椿叶和柳逢拌的凉菜。嫪毐唱道:"庆祝弟兄们久别重逢。"他把椿字念成"重",把逢字念成"蜂儿",听起来倒也好听。

这时又端上来一道炒菜,是带着小黄花的苦菜。嫪毐唱道:"这几年,弟兄们苦灾苦难,无处诉告,一言难尽。"

下一道菜是粉丝炖豆腐。嫪毐唱道:"弟兄们思念陛下,有如儿子思念慈父。"反正菜中有粉"思",有豆"父",倒也说得通。

秦竭一边吃着,赞不绝口,见到豆腐,高兴非常,忙说道:"呀,呀!这才是正经东西。不错,不错!话说得也很好。"

不一会儿又端来一道菜,是一只在火上烤熟的老鼠。嫪毐唱道:"我辈本是鼠窜余孽,还望陛下一如既往,见怜才是。"

"好东西,好东西!"秦竭笑逐颜开地喊叫着,"什么陛下陛下的,往后可不敢再来这一套了。"

最后上来的,是一个大瓦钵子里盛着一条煮熟的狗腿。嫪毐唱道:"陛下如有缓急,我辈甘为走狗,以效犬马之劳。"

在饿殍遍地的荒年,预备如此丰盛的一顿晚餐,真是太难为这帮小弟兄们了。那次晚宴,在秦竭看来,比王家的国宴还要好,还要亲切有味。

后来不久,秦竭和嫪毐在一家小酒店里吃酒,秦竭以兄长的口气劝诫道:"今天没外人,我奉劝兄弟几句。以兄弟的相貌而论,五官端正,眉目清爽,身躯魁梧,聪敏过人,为什么不到军中服务,两军阵前,横冲直撞,也博个封妻荫子。"

嫪毐这时已经有几分醉意,满脸红晕,醉眼乜斜,说道:"两军阵前横冲直撞!你以为我不了解你的底细吗!你几次晋爵,全凭告奸。难道你这公大夫,是你披坚执锐冲杀出来的吗?"

"你的处境一天不如一天,你的脾气却是越来越大了。"秦竭心平气和地说道,"难道我说得不对吗?"

"对什么?"嫪毐竖起双眉叫道,"人生在世,全凭运气。能凭你所说的'苦干'吗?你能苦干出一个彻侯来吗?你的公大夫是你苦干出来的吗?"

"那,那也不能总是像兄弟你这样,游手好闲,吃喝玩乐,过了今天没明天……"

"升官发财不在品德。"嫪毐素称善辩,三个秦竭也说不过他。他借着酒劲,愤怒地叫喊着:"孔子德高,宣扬仁义而终生逆境;墨子才大,摩顶放踵而死填沟壑。你是夜明珠,埋你入地三尺,你能怎么样?你哭吗?喊吗?有谁听你的?你是破砖烂瓦,置身庙堂高处,人们向你顶礼膜拜,如敬天神。"

这是一次慷慨激昂而富有教益的谈话,而且是一次难忘的谈话。此后不久,就发生了甘泉宫门拿获假宫女嫪毐的事件。

入宫以后不久。有一次嫪毐在宫门附近的长廊里遇见了秦竭,他显得春风得意,精神飒爽。他嬉笑着对秦竭说道:"不瞒大哥你说吧,我小时候,有人给我相过面,说我有帝王之相。"

"小声点说吧!"秦竭严厉地警告道,"宫中的事情,复杂得很。你要谨言慎行,不能有丝毫漏洞。千里之堤,决于蚁穴,知道吗?"

"是。"嫪毐方才那种嬉皮笑脸的样子,一下子消失得无影无踪了。

"任何一个宫女太监,都可以揭露你是个假太监。"

"多谢大哥指教。"

"那时候,廷尉将要追究你进宫的经过,然后判你夷三族,我也要送命。知道吗?"

"谨遵教命。"

"再说方才这种疯话,我杀你的头!"

"记住了。"

"咸阳的老贵族们多得很。"秦竭把自己的手掌,像宝剑一样挥舞着,低声而严肃地说道,"昭王的老臣,以及他们的亲戚故旧门生弟子,多如牛毛,就像苍蝇蚊子一样,无处不有,无孔不入,无事不管。虽然他们有的做官,有的不做官,宫中的大小事情,没有他们不打听的。他们发现你,就像发现秃子头上的虱子一样容易,消灭你就像捻死一个臭虫一样简单。知道吗?"

嫪毒听罢惊惧异常,急忙屈一条腿跪下,拱手至额道:"还望大哥多多照应。"

"绝不能得罪任何人。一旦得罪了人,就把他交给我,杀掉。"

"一定。"

"关心太后,照顾太后,不要失去她的宠爱,不要让她死在你前头。"又说:"往日那些狐朋狗友,了解你的底细的,一律都收罗到王宫内外来,做你的爪牙。如果有人不受你的拉拢,那就坚决除掉,绝不留情。"

"照办。"

"把我的这些话,每天早晨一起床,先念一遍。"

"遵命。"

"我的官职卑微，不敢深入宫中，你有事就来找我。"

"好吧。"

从前，秦昭王的母亲宣太后，也是年轻守寡，宫闱不谨，言行放浪。她有一个公开的情夫，名叫魏丑夫。宣太后是一个垂帘听政的太后，俨然是一个女王，同当时赵国的威后和齐国的君王后一样，权力极大，威望极高。宣太后曾经给过魏丑夫数不清的赏赐，却没有封他任何爵位和官职。按照秦国所一向遵从的商鞅的理论和政策，非有军功不可赐爵，非有贤才不可任职。然而，任何一种理论和政策，都会在执行过程中变样，就像鲜鱼会变得腐臭一样。商鞅的理论和政策相隔一百五十年，到现在早已变质，变成了统治者为所欲为无人敢于非议的僵死教条。虽然有韩非的极力鼓吹，却早已变为无法实行的东西。嫪毐没有任何军功，也看不见有什么特别的才干，转眼之间位极人臣，这就从根本上否定了秦国自己所坚持的理论和政策。嫪毐就像一颗灿烂的明星，刹那间腾空而起，照亮了八百里秦川，引起了咸阳士人的瞩目。然而谁也不知道他的真实姓名和真实身世。秦国史官不认为他是秦国的光荣，不认为他是一位值得大书特书的英雄，所以，秦国史记对他半遮半掩，讳莫如深。其实他是有名有姓的，并且出生在一个正经只是非常贫苦的人家。他是西垂大夫秦仲的后代，只不过变成了十分贫苦的平民罢了。他小时候，相貌出众，起了个名字叫作垂孙，就是西垂大夫的子孙的意思。他长大以后不成器，人们又给起了个诨号叫作嫪毐。战国时期，姓氏混淆，你想姓什么就姓什么，无所谓。一般士人之中，古老的礼法观念已经薄而又薄，淡而又淡。所谓"三代之后,于今为庶"这句有名的话,也可以有多种多样的解释。甚至可以把"三代"解释为三辈人。也就是说,战国的动荡已经加剧再加剧,以至使得公侯王爵们的曾孙,大都变成了庶人,更不要说嫡长以外的那些所谓庶孽了。嫪就是醪。仿佛为了开玩笑似的,把酉字旁换成了女字旁,结果闹得后人竟然不认识它了。实际就是一种女人们喜欢喝的甜酒。毐就是娭,娱乐的意思,嬉耍的意思。一个做母亲的女人头上顶着一个士人,这意思是再清楚不过了——女人的玩物。历史在这种地方简直是出乎意料的大方,专为一个人创造了两个字。从这里也可以看出,嫪毐在秦国历史上占据着多么重要的地位。他不仅受到一般士人的瞩目,而且特别受到秦国贵族们的景仰,就像夜晚在沼泽中艰难跋涉的早已迷途的行人们,忽然看见月亮升起一样。嫪毐进宫以后,逐渐得势之时,他曾经受到什么人的警告,只准他使用这个诨名,不准他说出姓秦的事。所以到后来,就是太后封他为长信侯,在太原建国的时候,也只能号称"嫪国",而不敢另换一个比较雅致一点的名字。只此一端,也可以看出秦国的老贵族们,那些表面上不爱说话,当着人不爱管事的,满头银发,拄着高高的拐杖的人们,是多么的厉害。他们就像不动声色的严霜一样,扼杀了一切生机。当然,也可以把这件事情理解为,至少嫪毐的族人们已经把嫪毐的下场看透,那是必然要夷三族的,所以这样做也就等于被族人们开除了。当统治者需要的时候,嫪毐市井小人之中可以提供各种各样的英雄好汉,而当不再需要他们的时候,统治者和贵族们可以随时把他们清除干净,就像秋风扫落叶一样,毫不吝惜。这是先秦的哲学家们曾经一再指出的道理,只是市井小人们不大注意什么哲学之类罢了。

庄襄王在世时,就是吕不韦掌权。而当庄襄王去世之后,赵政年幼,大权依然由吕不韦一人独掌。朝中上下,在功劳、能力、学识和威望各个方面,没有一个人能和吕不韦抗衡。秦国的老贵族们,包括昭王的老臣在内,站在吕不韦跟前,就像兔子站在雄狮跟前一样,吕不韦仿佛没有看见他们似的。他除了处理朝中大事以外,就是忙着同他周围的学者们探讨学术问题,忙着编撰他的《春秋》。实在说来,不知不觉之间,已经流为"再次"了。此所谓太上立德,其次立功,再次立言。正是在他的"立言"的时候,嫪毐的势力突然壮大起来,他连嫪毐是何许人都不知道。吕不韦所知道的,只是嫪毐是个深得太后宠爱的太监,不过如此而已。当太后封嫪毐为长信侯并任命他为左丞相的时候,吕不韦只是一笑置之。他说道:"没什么,我跟谁都能共事。"而在他手下的人们感到焦虑的时候,他却说:"那是个马屁泡,不足虑也!"他甚至从来没有问过嫪毐究竟是个什么人,他以为他是天生的太监。其实他不但有名有姓,而且有父母有妻有子。在他入宫以后,他才偷偷回去把妻子休回娘家另嫁。这样大的事情,吕相不知道,吕府的文武官员们不知道,甚至咸阳街头的各色闲杂人等也从不谈起。这就可以看出,秦国的老贵族们的势力是多么雄厚,而秦国人为了在朝廷之中对付山东六国的人是多么齐心。这实际是一项非常重大的政治工程。秦国贵族们为了找到足以和吕不韦抗衡的人物,真是费尽了心血。最后他们终于找到了,这就是太后。而为了掌握这年纪不大又是歌妓出身的应该说是非常放荡的太后,他们又终于找到了在这种特定的历史条件下的英雄——嫪毐。这对于所有守旧的排外的秦国贵族来说,真是如获至宝。其实,也可以说是饥不择食。他们那种情形,就像饥饿的人群挖掘并吞食山中的白土一样,那情形是很可怕的。秦国贵族们认为对付吕不韦是决定秦国前途的大事。这绝不是轻而易举的,而是一场恶战。然而在打倒吕不韦之后,若要收拾一个嫪毐,简直是不费吹灰之力,那就像一碗凉水可以杀死一条狗一样的容易,而且还有一顿美餐。重大的战略策略,其实都是在琐碎不堪的情况下确定的,犹如许多重大的人命案件,其实都是由于一些鸡毛蒜皮的琐事所引起的一样。任何高深的哲学或者精密的技术,都无法分析这种精打细算的小账。它太细微了,同时它又太宏大了——它大到在它以外再也没有任何东西,它小到在它以内再也无法认识。这就叫作阴谋。人人都能感觉到它,人人都能接触到它,但是,谁也没有把它正确地说出来。

太后曾经是邯郸歌妓。这点事情在她身上留下了深深的烙印。当然,在中国历史上曾经出现过数不清的伟大女性,即使在歌妓之中,也曾经出现过许多独特的人物。即以战国后期而论,齐国的君王后,赵国的威后,等等。如果我们要把这许多伟大女性的事迹都写出来,可以写出许多生动的篇章。但是,秦王政的母亲却不是这样的人。她如果像宣太后那样,是个贵族出身,有文化,有见识,而且有能力,秦国的贵族们肯定要支持她垂帘听政,以便抵制并削弱吕不韦的影响。但是,她不是执政的材料。她的头脑比较简单,因而在生活中所追求的也比较单一,这就是享乐。她认为,只有尽情地享乐,才是人生的价值所在。只有在享乐中,才能真正看到人生,感觉到人生。换句话说,只有享乐,才是实实在在的人生。她回想她的一生,从庄襄王死,她三十三岁这年,可以画一条线,使她的人生路程分为两个阶段。在这以前,是她伺候人的时代,而在这以后,是人伺候她的时代。特别是在邯郸的时候,在她那栖栖惶惶的少女时代,饥寒交迫,受尽凌辱,处处小心谨慎,唯恐失掉老爷们的欢心。就是在做了子楚夫人而稽留邯郸的时期,她依然为了衣食之计,受尽了人间的肮脏气。即使在回到咸阳进了甘泉宫以后,她依然不是主人,而是奴隶。她小心翼翼地侍奉王,唯恐抬手动脚不合宫中礼仪而遭到贬斥。她好像从来就没有爱过子楚,她只是尊敬他,惧怕他,却没有爱过他。庄襄王去世,她甚至丝毫不感到难过,就仿佛一个隶臣隶妾看见自己的老爷死去一样,那态度是十分淡漠的。她的儿子继承王位,她成了太后,这一点她倒感觉十分惬意。正是从此以后,她才开始了可以叫作人生的生活。简单说,她可以玩弄男人,而不是被男人玩弄。她的那些扮成宫女太监偷偷进宫来同她幽会的情夫们,其中有不少居然被吕不韦下令杀掉。这一点,她非常不理解。她左思右想不知道这碍着吕不韦什么事情。宣太后不是也有一个情夫吗?他叫魏丑夫,谁人不知谁人不晓!宣太后甚至还和义渠戎王同居过,并且还生过两个孩子。因而她非常痛恨吕不韦。她甚至觉得在自己的一切都非常美好的后半生,就只有一个吕不韦是妨碍她尽情享乐的人。

自从嫪毐做了假宫刑作为真太监进入甘泉宫以后,她常常在自己心中把嫪毐同所有她交往的男人相比,甚至同子楚相比。她觉得他们都是清汤寡水,残羹剩饭。尤其子楚,简直就是一个垂死的庸奴。而嫪毐却像一个新上阵的骑士,一个出奇制胜的侠客,这嫪毐就像是上天对她前半生的一种补偿。这是她应得的利息,是她耕耘的收获。她甚至觉得嫪毐是上天专为她创造出来的,就仿佛是她定做的一样。这嫪毐身躯庞大,眉清目秀,白净面皮,而且没有胡子。这真是太妙了。当她静静地端详他的时候,她发现了真正的爱情,也就是享乐。她定睛看着他宽阔的发亮的额头,看着他直直的端正的鼻子,看着他唇线分明的惹人喜爱的嘴,她觉得他才是她真正的王。她甚至觉得,嫪毐如果是庄襄王,那该多好啊!然而,转念一想,她要王干什么? 好让她战战兢兢的伺候他吗? 去吧! 她需要的不是王,她需要的是嫪毐。她经常这么呆呆地想着,如醉如痴。最后她终于意识到,她是当今王的母亲,是堂堂的太后,也只有嫪毐这样美好的君子,才配得上她。所以她一再封赏嫪毐,一再提拔嫪毐,国事无论大小皆决于嫪毐。太后认为,只有嫪毐才当得起她的如此宠爱,也只有嫪毐才配受国人的敬仰。

有一次,她同嫪毐在卧榻上嬉戏的时候,她突然问道:"××——"我们把这两个字略去,用××代替,不是因为有什么秘密,或是什么不堪入耳的脏字,完全不是这个意思,而是因为这两个字根本就写不出来。它既不是嫪毐的小名、大号,也不是什么尊称、爱称,而是那邯郸歌妓们呼唤孤老时的一种怪音。为了不使读者失望,我们姑且按照它的音义翻译为"卫大"。太后非常严肃非常认真地问道:"卫大,你从来没有结过婚吗?"

"怎么会没有结过婚呢? 陛下看我像没有结过婚的吗?"

"结过婚吗?"太后心里觉得有点失望而脸上却突然高兴起来。

"而且是两次。"嫪毐恭恭敬敬地回奏道。

"两次?"太后惊叫着,显出了浓厚的兴趣,"你一定要告诉我,不准隐瞒,她们现在什么地方? 在你家里吗?"

"不,都不在了。"嫪毐漫不经心地说着,仿佛是说一个外国故事一般。"头一个,年纪小,十三岁,过门没几天就病了,不久就死了。"

"第二个呢?"

"第二个离异了。"

"是你不要她了吗?"

"不,是她不要我了。"

"为什么?"

"她嫌我傻,嫌我好吃懒做,嫌我长得难看,说我长得像女人,嫌我纠缠,嫌我讨厌,嫌我肉麻……总之,看不上我,离异了。"

太后忽然扑上去,紧紧抱住,激动万分地低声叫着:"天哪! 天哪! 我不嫌! 我不嫌!"太后激动起来,语言不够清晰:"卫大,卫大,你是上帝专为我预备的,你是我的,我的……"

就像一阵小风从树梢上掠过一样,枝头的小鸟却没移动。太后早已学会了控制自己的激动情绪,使它不至于有损太后的尊严。她很快就静下来,就仿佛突然之间咔嚓一声,开水就结成冰一般。她问道:"她长得怎么样? 长得好吗?

165

秀气吗？会笑吗？会歌舞吗？直截了当，比我如何？"

"那怎么能比？"嫪毐显出为难的样子。

"怎么不能比？难道我不如她好看吗？快说呀！快说！急死人，我要杀你的头啦！"

"陛下如同美玉，"嫪毐终于说道，"她却粪土不如。"这种时候，嫪毐就尽力抚摸她，亲吻她，摸到哪里就赞美到哪里，亲吻到哪里，就颂扬到哪里。有如一个高薪雇来的宣传家，胡乱使用着各种信手拈来的美丽辞藻，以至不顾实际，而且越通俗越好。

"卫大，"太后终于得到很大的满足，"你说这些，我倒也相信。咸阳就不出产好看的姑娘。我来咸阳多年，宫里宫外，没有见过一个顺眼的。偶尔遇上一个，稍微看着顺眼些，一问，是个山东六国人。邯郸可不一样，那地方专出美女，一个赛过一个，眼睛水灵灵的，脸蛋都透亮。不说别的，就说走路，咸阳的姑娘没有一个好走相。听说邯郸学步的典故吗？邯郸姑娘们走起路来，讲究极啦！那真是盈盈细步，飘飘摇摇，令人神魂颠倒……"

太后说着忽然站起来，要学一学各种走路的样子，一时之间她竟然忘记自己此时是一丝不挂的。于是她急忙伸手拽过一件什么衫子来。那是一件极薄极薄的淡紫色轻纱长衫，她来不及穿在身上，只是胡乱往肩上一搭，下边紧紧围住她的腰，遮住一点腿，显得格外妖冶。她说着、笑着、光着脚，先学咸阳女人们的走相，一踮一踮，一撅一撅，引得两人同时大笑起来。然后又学邯郸女人的走相，她腿脚轻柔地从锦绣的茵席上飘过，好像天女降临尘世。她当年在邯郸的公开表演,也没有现在这样精彩动人,以至弄得嫪毐激动异常,情不自禁地匍匐在地,高声大喊着:"太后陛下万岁!"

寝室外面的宫女太监们,听见嫪毐大叫,他们也跟着一齐喊起来:"太后陛下万岁!"

好像甘泉宫里,三更半夜里正在举行什么典礼一般。这一阵突如其来的欢呼,使得太后非常满意。她认为,这才是一个太后应该具有的尊严和应该享受的荣耀。

这一类的宫中琐事,吕不韦不知道,不关心,也不感兴趣。他周围的人也不知道,知道也不告诉他,也不敢告诉他。然而那些闲着没事的拄着高高的拐杖的老贵族们,却对诸如此类的宫中琐事极感兴趣。他们不仅喜欢探听这些宫中琐事,而且喜欢研究这些宫中琐事,就像打猎的人喜欢研究各种野兽的脚印一样。于是他们之中就涌现出一位非常独特的人物来,他的名字叫夏中期。他是夏太后唯一的弟弟,而夏太后是庄襄王子楚的生母,所以他便是子楚的舅父,当今的王赵政的舅爷。夏太后不得宠,一辈子清心寡欲,喜欢读书弹筝。她死后,遵照她的遗嘱,把她埋在丈夫和儿子之间。她说:"这样可以东望吾夫,西望吾子——百年之后,此地将成为万家之邑。"秦国有识之士,无不敬佩这夏太后,认为她是一个完美无缺的高贵女人。这夏中期,也喜欢弹筝读书。他曾经在秦昭王手下做事,官职不大。不是不给他显赫的位置,而是他不肯接受。他年轻时喜欢走马射猎,一次跌下马来,从此不良于行,三十多岁就拄着拐杖,现在七十多了,依然是拐杖不离手。不过,看他走路的精神,听他说话的声音,那情形,同他三十多岁时候没有什么两样。只是现在满面皱纹,满头白发而已。他在昭王时候,出入庙堂,参与大政,无人不尊敬,无人不佩服。近些年来,具体说就是自从吕不韦执政以后,他闭门不出,概不见客。但是,在嫪毐进入甘泉宫以后,听说与太后已经是如胶似漆的时候,夏中期老先生忽然到朋友家走动起来了。他甚至进咸阳宫去看望王,紧跟着又进甘泉宫去看望太后。看见太后,自然也就看见了嫪毐。

听说夏中期来到甘泉宫,太后急忙走出大殿来迎接。太后扶着他上台阶,嘴里不停地舅舅长舅舅短,问寒问暖。这舅舅说是来给太后陛下请安,说要给太后陛下行礼。他的礼还没有施行,太后却强捺着他在正中席位上落座,向他轻轻拜了一拜。

夏中期说道:"老朽步履维艰,多年来,不出门。这两年,托太后洪福,国泰民安,老朽贱体,也较往昔为健。所以,出来走走,拜拜陛下和太后,愿两位陛下万寿无疆。老朽带来一包猴头,两个熊掌,不成敬意得很。"

"多谢舅舅。"太后俯身笑道。

"太后不比老朽,太后还年轻,不必总在宫中憋着,小心憋出病来。可以到各处走走,既强筋骨,又开眼界,还可以散散心。咸阳周转,西起陇上,东至河头,到处都有宫殿,到处都有好景致,太后可以去游玩游玩。宫里管事的是谁? 他们怎么就虑不及此呢?"

听到这里,太后脸上忽然出现了红晕。她不是为别的脸红,而是因为她已经身怀有孕了。这事情目前就连嫪毐都不知道,自然这夏老头子也无法得知。然而这老头子的一席话就仿佛专为这事说的一般。至少可以说老头子的一席话启

发了太后,使她想出了一个好办法:在将近临产时,她可以托
故出游,离开咸阳。她决心这么办,并且这事情要办得严而
又严,密而又密。她非常高兴地回答道:

"今年甘泉宫里新任命了一个管事的太监,名叫嫪毐。"
她差点把嫪毐说成"卫大"。

夏中期忽然想起,当这邯郸歌妓被立为王后的时候,他
曾经见到过她。她的姣好的容貌和轻佻的体态,曾经引起朝
臣们的私下议论。当时夏中期曾经说过:"宫闱秽事,代代皆
是,不足为虑也。"现在他仔细观察太后的言谈举止,特别是
发现在提到嫪毐时她红了一下脸,他觉得这个歌妓并不是深
不可测的,应该说是一个比较容易掌握的人。从前许多人都
曾经以轻蔑的言辞提到她,现在他却觉得,在目前这种历史
的紧要关头,说不定这邯郸歌妓将要成为秦国的功臣。

嫪毐平时的穿着,简直就像一个王子。听说陛下的舅爷
进宫来参见太后,他急忙去换掉自己的鲜服,换上按宫中规
定他应该穿的衣服。他刚刚回到阶前侍立,就听见太后唤他
上前给夏中期行礼。他急忙脱掉鞋子,低着头,弯着腰,走上
前去给夏先生叩头。

夏中期问道:"你叫什么名字?"

"臣叫嫪毐。"

"何处人氏?"

"咸阳人士。"

"何时进宫?"

"去年进宫。"

"好好伺候太后,太后不会亏待你们。"

"遵命。"

见夏中期不再问话，嫪毐便再施一礼，退了下来。

战国人士迷信相术，并且熟悉相术方面的常识。夏中期见到嫪毐心里一惊，他想："身躯魁梧，动作稳健，相貌端庄，声音洪亮……不得了。这人肯定能掌握太后，但是谁能掌握他呢？他甚至能够对付吕不韦，但是，谁来对付他呢？他会不会篡位？吕不韦只是个小偷，而这嫪毐却是个强盗。秦国在摆脱吕不韦的控制以后，再被这个贼子盗窃，秦国真是太不幸了。"后来夏中期又沿着他的思路返回来，想道："这嫪毐的羽翼尚未丰满，至少在目前，篡位是谈不到的，当前完全可以利用他同吕不韦争斗。至于他，他既然是个假太监，那么，控制他的钥匙就在他自己身上，那时候，人人可以得而诛之。这样的人，尽可以放手利用！"

"怎么……"太后看见夏中期仔细端详嫪毐，而在嫪毐出去之后，依然微微皱着眉头，好像在考虑什么，便问道，"舅舅看着这人……"

"相貌堂堂，仪表非凡。"

夏中期这八个字的评语，就像对太后本身的一首颂歌一样，使太后着实满意，着实舒服。她当即进而问道："舅舅给他这么高的评价，"她非常柔媚地笑着，"可以重用他吗？"

"当然可以。"

"可以让他参与朝政吗？"

"当然，"夏中期迟疑了一下，然后又果断地说道，"完全可以！"

"给他个什么官职，封他个什么爵位，才合适？"

"这,这,这就在太后了。太后一句话,封他个什么就是个什么。"

"多谢舅舅指教。"

夏中期是有名的哲人,而且弹得好筝。在他参见太后的第三天,太后就封嫪毐为长信侯,任命为左丞相。当公孙消等几位白发苍苍的老人,把太后这重大决策告诉夏中期的时候,夏中期高兴异常,他给公孙消等人弹了一曲。曲终之后,他说道:

"陷阱已经挖好,请准备钩挠绳索吧!"

第九章　茅屋的夜晚

　　精神过度紧张，加以身体过度疲劳，可以使人出现各种病态，变得异常敏感，同时又异常迟钝。他们的头脑像琴弦一样绷得过紧，结果就像失去了正常的音调一样，失去了正确的思路。这情形就像战车在斜坡上向下急驰时失去了刹车的器具一样，已经不是马拉着车，而是车推着马，这是非常危险的。而当战车倾覆的时候，所有的军士都慌了手脚，谁也不知道应该怎么办，甚至谁也不知道自己正在干什么。他们不仅在当时不知道，就是在过后，仍然还是不知道。你可以把这种情形，叫作当局者迷。然而对于历史，却从来没有站在历史以外的人，没有真正的清醒的旁观者。所以说，那些写得条例清晰一目了然的历史书，都是事后文章，至于当时究竟是怎么回事，鬼也不知道。后来人自然可以说长道短，甚至发表各种高谈阔论，这是他们的自由，也是他们的权

172

利。至于他们究竟是在干什么,他们并不清楚。他们越是声明自己是如何如何清楚的时候,其实,越是糊涂的时候。

吕不韦连日来已经是白天不能吃,晚上不能睡,胆战心惊,度日如年。他不知道自己究竟应该做什么,不应该做什么,但是他却不停地在做着,忙乱着。他一会儿要干这,一会儿要干那,想法非常之多;前面说过的后面又忘掉,后面干的事情,足可以抵消先前的努力而有余。他嘴上说着"死生有命,富贵在天",实际心里想的又是另一回事,他企图先尽人事,后听天命,然而人事如何着手,却乱糟糟毫无头绪。他心里想着的成蟜的屯留兵变,嘴上却从不提起。他一方面认为屯留兵变对他十分有利,另一方面又觉得成蟜太莽撞,怕因屯留兵变坏了他的大事。他喜欢成蟜,对赵政毫无信心,但是又拘于礼法,不敢越雷池一步。他这些天经常想起箕子和殷纣的事情。那时候也是拘于礼法,所谓"有妻之子,不得立妾之子",最后竟立了品德最坏的殷纣,以致殷商彻底灭亡。吕不韦曾经愤怒地写道:"有法如此,不如无法。"[1]吕不韦接受了很多先秦优秀的思想成果,他考虑过许多许多问题,他的思想是先进的,而且是非常明确的。然而历史却是复杂的。处理如此重大的政治问题,需要数不清的客观条件。而且主观上,吕不韦年纪大了,也已经不具备这种魄力。所以,做事情要比写文章复杂得多了。他像置身在一个巨大的看不见的漩涡中,他的手脚不停地乱动着,每动一下都好像加深了他的困境。他想漂上来,想冲出漩涡,他做出许多非人

---

①见《吕氏春秋·当务》。

的努力,结果他却钻进了漩涡深处,沉入了最可怕的深渊。

吕不韦起草了一份公文,差司空马立即送给李斯,并且让司空马当面向李斯解释其中的要点。他要求司空马快去快回。司空马骑马来到咸阳大街,耳边突然响起了一个熟悉的声音:

"司空大人,舍给两个钱吧!"

司空马立即勒住马,掏出几个钱来。那乞丐立即伸着手奔过来,低声说道:"麃公没有死,拷打了三天三夜,他已经逃跑了。"

"他现在何处?"司空马急切地问道,"藏在哪里?"

"正在打听。"浑沌忽然高声喊道,"谢谢老爷!"然后迅速跑开。

司空马听成"正在打井"。咸阳有一条小巷叫打井巷,原名打井里。于是他立即拨马而回,来到吕府门前,看见任固走出来。他对任固说道:

"贤弟,我有急事不能分身,请您立即去打井巷,把麃公接回来。"

"麃公?"任固惊奇地叫着。

司空马已经马上加鞭飞驰而去了。他回过头来向任固喊道:

"赶快去!"

三十年前,或者五十年前,大梁的一帮落魄士人来到咸阳做买卖,赔了本,无法返回故里,就落在了这一条小巷里。他们没有特别的技术,只是会打井,于是这个小巷就叫了打井巷,那全名应该是"打井人住的小巷"。秦昭王是兄终弟及的,他的哥哥就是秦武王。秦武王娶魏女为后,当时同魏国的关系比较好。秦武王在位四年而卒,王后年轻,居然回了大梁。咸阳人一向瞧不起山东六国人,自王后大归以后,尤其瞧不起大梁人。虽然如此,秦魏之间在那些年却没有战争。这也许是因为秦国正忙着平定蜀国的"叛乱",并且又忙着玩弄那笨伯楚怀王的缘故。所以,这些大梁来的打井人居然在这小巷住了许多年。如今,打井人们早已返回大梁或者早已死去,而小巷的名字去依然如故。也是人过留名,雁过留声吧。现在这条偏僻的小巷里,住的多数是秦国人,还有几户韩国人。都是各种各样的手艺人,做皮鞍子的,做马鞭子的,做皮鞋的,做剑鞘的……总之,绝大多数同皮革有关系。所以走进这个巷,立刻就闻到一股鞣制皮革的热烘烘的臭味。当时的人们,无论士农工商,同牛马驴骡的关系密切,就是做官的老爷,也是马鞍上滚上滚下。即使坐车,依然是马车,距离马以及马身上的皮件,都不远。所以,包括马汗、马粪以及各种皮件的臭味,对人们并不生疏。甚至可以这样说,这种味道对人们是很亲切的,就像对于自己的汗味一样。

这是一条很窄的小巷,马车要进入这小巷是很困难的。任固徒步走进小巷,他依照习惯,首先看车印。他认为,至少在一个月之内,马车没有进过这个小巷。然而,小巷里的泥土路面却依然形成了三道沟。两边是从前马车留的车辙子印,而中间是马蹄留下的印迹。任固急忙到这个小巷来,原以为一来就可以看见廒公,谁知小巷里竟是空空如也,不见人影。他从没有到过这条小巷,他在小巷里来回走了两三趟,不知道应该遵循什么,才能找到廒公。他忽然觉得司空马这人粗疏之甚,只告诉一条小巷的名字,却不说姓甚名谁的人家。看看太阳已经落山,他有点着急起来。然而又一想,也许麃公身负重伤,不然何需他来接他呢。他急躁着,犹豫着,在小巷里徜徉着。

突然,他看见一个妇人端着一个木盆,出来倒洗衣的脏水。任固赶紧过去,拱手问道:"请问大嫂,这是打井巷吗?"

那妇人把木盆放在地上,然后提起木盆的一边,脏水在地上哗然散开,流进车沟里去。她答道:"不错,是打井巷。"

这夫人有三十岁左右,长得十分端正,说话时笑容可掬。她提起裙边,擦擦手,又把左腕上脱落的镯子往上推一推,让它紧紧地箍着她窄窄的袖口。

"公子是想找个人儿吧?"她微微一笑,说道,"我在柴门缝看见你溜达过来,溜达过去,仿佛是想找……"

"是的,"任固说道,"一点不错。"

"是想找个婆姨吗?"她又嫣然一笑。

麃公的字读若庖,婆字也读若庖,声音是如此的相似,而姨字的轻音,同友字简直是不分彼此。任固不是咸阳人,他是六国人,而且他正在发呆发愣焦躁不安,他听到妇人如此说话,真是高兴非常。他以为,他的艰巨任务已经圆满完成。他一高兴,不敢大声说话,却向前走了几步。这情形使得那妇人也很满意,仿佛一切都毋庸置疑。只见那妇人提起木盆走进自己的家门,然后回过头来笑道:"那您就进来吧。"

任固走进那家院门,往左看看,往右看看。静悄悄的,不见麃公的人影。那妇人笑逐颜开地向他招手,他便跟随妇人进了那只有手艺人们才住的简陋的茅屋。此时正值黄昏时候,屋里的简单陈设能够看清,不过光线暗淡下来。那妇人殷勤接待,请他落座,并且亲自动手摘下他的宝剑。她把那华贵的剑鞘抚拭一下,随手将它挂在墙上,然后返回身来,紧挨任固坐下。任固此时才感觉到,发生了一点小小的误会。不过,当时的士人对于男女私情并不在乎,不像后世的庸人们喜欢渲染这种琐事。他们既不把这种事情看得特别坏,声嘶力竭地加以谴责,也不把这种事看得特别美,挖空心思地加以歌颂。这或许是因为战国时期尤其战国末期的士人们,大都抱有远大的政治理想的缘故吧。甚至可以这样说:士人的觉醒乃是社会蓬勃发展的标志,而士人真正的觉醒则使他们无暇再关注那些琐碎事情。斤斤计较,琐碎不堪,这是人类的癣疥,是士人的脓疮。正是因为这样,所以许多士人闹到矫枉过正的程度,宁肯放浪形骸,玩世不恭,甚至沉迷于酒色,混迹于博徒,不肯再回到人类的癣疥中去。任固是一个忠诚而憨厚的武士,当那妇人倒在他的怀里的时候,他拥抱她,抚摸她,亲吻她。而心里想的却是:"麃公现在哪里?他肯定负了伤,伤的或许不轻,不然司空马何必那么着急?今晚我不在吕府,丞相若要找我怎么办?今晚不会出什么事吧?好一个精明强干的司空尚书,把我支使到这么个地方来!离开那火云缭绕的人世,骤然之间来到这温柔缠绵的洞府。天哪,真是笑话。"

忽然有敲门声。那妇人一下子惊异失措起来,低声叫道:"我的天哪,我丈夫回来了!这怎么办?"

任固也慌作一团。他不知道这位丈夫是个何等样人,说不定要发生一场械斗也未可知。他想冲出去,那妇人却死命地拽住他,小声说道:"他不应该回来,或许来取什么东西。你先在那柜子后边委屈一下,我有办法把他支走。千万别作声,千万千万,露了馅我就没命了!"

任固按照那妇人的指引,到柜子后面夹道内藏身。妇人这时整整头发,理理衣裳,答应着,慢慢走出去开门。任固心想:"真是荒唐至极!堂堂相府舍人,竟然落到这步田地。如果这妇人把我撩进水缸里,我也肯定会进去。然后,她丈夫来个瓮中捉鳖!真是荒唐至极。搞不好,我要从此得个外号也说不定。"

这时候任固听见进来一个男人,那妇人仿佛很惊奇,以至于轻轻地啊了一声:"啊!是你。"

"来向您告别。"那汉子沉默了一阵说道,"今生今世,再也不能相见了。"

"怎么说这话,多不吉利。"妇人柔声细气地说道,"您要出远门吗?"

"不远。"

"如何说是永诀?"

"实实在在是永诀。"

"出了什么事?"

"王命在身。"

"什么使命?"

"我闻有命,不敢以告人。"①那汉子慢慢吟道。

"不告别人,还不告我吗?"那妇人心情激动异常,声音里

---

①语出《诗经·唐风·扬之水》。

仿佛要哭泣了,"您总得让我知道吧。往后,我要想念您,到哪里去找?"

那汉子又沉默了许久,终于说道:"三天之内,吕府里将要出点什么事,那就是我干的。"

"天哪！怪吓人的。吕相是个好人,您做事可要三思啊。"

那汉子叹了一口气,说道:"人生在世,醉生梦死……现在有用我处,顾不得许多啦！"

"吕府里能人很多,您要多加小心。"

"知道。"

他们的谈话是断断续续的,说两句沉默一阵,双方都非常激动,声音里带着颤抖。

这些谈话,任固听得真切。他感到一种说不出的震惊。"蒲雕说得完全正确,第二名刺客真的要来了！一个打井巷的手艺人,竟敢充当谋杀宰相的刺客！"不过他转念一想,"专诸、要离不都是市井小民吗！就连有名的聂政,也不过是个卖狗肉的。这一切都是很自然的,朝廷既然抛弃了他们,总会有人用他们的。难道充当刺客不正是出人头地的捷径吗?"他想跳出来把那汉子抓住。他的宝剑在外面墙上挂着,房里又没有灯火,他如果贸然冲出去,等不到摸着自己的宝剑,他就可能被那汉子杀死。他感觉出在他脚边有个硬东西,他希望是一把斧头,或者是什么农具,可以用作武器。他轻轻地摸下去,原来是一个瓦罐。这时候,他感到自己的想法毫无意义,如果他把这人杀死,他不就成了杀人凶手吗！他想看清这人的面孔,屋里漆黑一片,他觉得自己的责任重大,应该赶快回相府去,加强警卫,以防不测。他不知道这人的武艺如何,更不知道自己是否对付得了他。于是,他又想到麃公。"他现在在哪里呢？他也许正等待我的救援,我却困在这里。这或许是上苍的安排。吉人自有天相,偏偏让我听到了这样的话别,我一定不顾一切保证吕相的安全,这是我的天职。我一定想个办法把吕相藏起来……这古怪的老头,又不愿落个怕死的名声。人老了,谁的话也听不进去,真没办法。"任固忽然想到,应该想办法知道刺客的姓名,然后采取措施。

看来那刺客是一个沉默寡言的人。他同那妇人在一起默默地坐了一阵,后来说了几句惜别的话,就告辞了。那妇人激动地哭泣着,不断地擤着鼻子,送他出了门。等那妇人没精打采回来时,黑影之中看见任固在她房间里坐着,几乎吓了一跳。她惊叫一声,浑身酥酥地瘫在墙根下。

"这可怜的人。"任固平心静气地说道,"竟然接受了这么危险的使命。"

"你,你都听见啦?!"那妇人胆怯地喃喃道。

"我既然听到了,我就要助他一臂之力。这是天命。天命不可违。我决心尽最大努力,保护他的安全。他叫什么？"

"他叫涉耳,小名如耳。"那妇人急忙说道,"公子你能设法保护他,真是天助善人啊。"她说着又哭泣起来,"他可是个好人哪!"

"他住在哪里？"

"他是西街酒楼上的伙计,是个酒家保。"

"今天你心情不好,我也不必多坐了,再会。"

任固急忙赶回吕府，召集武士们，布置今夜的防卫。他虽然没说刺客什么时候来，却说了刺客正在出发，因此要加倍警惕。吕府中立即就紧张起来，又仿佛如临大敌的样子。院墙里，各建筑物拐角处都有武士们来回走动，不停地互相问着口令，简直同前些年在洛阳受围困的情形差不多。然而，这同战争中的情形却又截然不同。战争中，阵线分明，武士们该吃则吃，该睡则睡。现在不然，敌人在哪里，不知道；他什么时候来，不知道；他是什么样子，也不知道。所以风吹草动都使人胆战心惊。

　　任固本人，同三名武士守在吕相寝室门前，直到天明。东方泛起鱼肚白的时候，是行军作战的包括夜间守卫的人最感疲劳的时候。他们的上眼皮就像没有挂钩的竹帘子一样，放下容易抬起来难。任固忽然拍着自己的头皮想："这是个最危险的时刻！如果刺客恰好在这个时间出现，武士们简直是毫无抵挡的能力。"他站起来，在院子里走了一圈。他体验到惊恐万状的滋味。树枝摇一下，他激灵一跳；狗叫一声，他激灵一跳。他觉得这样下去，他和武士们都会因为紧张过度而迅速变为麻痹。"我既然已经知道他是西街的酒家保，"他想道，"我何必这么守株待兔，我干脆就把他捉拿起来！"然而又一想："平白无故到酒楼上去拿一个酒家保，非同小可。这正好给赵肆一个有力的借口。而且，即使将那涉耳拿获，这又算什么？"

　　这时候，东方渐渐地由白变红，天就要大亮了。守卫的人们，就盼着天亮。眼前的一切，树木、台阶、墙垣、廊柱……都变得一目了然，他们都显出本来的样子，不像在夜间那么

狰狞可怕了。他们放了心,互相说起话来:

"天亮了。"

"亮了。"

仿佛在互相道贺,庆贺这一夜终于平平安安地过去了。

任固再一次想起守株待兔无论如何是愚蠢的。"我简直已经变成那个可笑的宋人了!"他在心中用最难听的话骂着自己。"与其如此株守,为何不采取主动措施? 即使防卫,也要主动防卫。我要独断行事,单独把事情办好。"

吃过早饭,他叫来几名睡过觉的武士,让他们化装为远道而来的客商,他自己扮成一个短衣窄袖的仆人。他对武士们说道:"咱到西街酒楼上去喝酒,我请客,你们乐意吗?"

"当然乐意。"

"有劳舍人了。"武士们高兴起来。

"只是那去处,"一位武士说道,"近来经常为左右之争吵嘴打架。舍人您不怕惹出事来吗?"

"所以我们扮作远道而来的客商。"任固说,"我们是大梁来的,不管他们咸阳的闲事。即使遇见左右之争,我们绝不参加。我们去,另有公干。"

"什么事,舍人?"武士们追问着。

"咱们去酒楼,是要你们认识一个名叫涉耳的人。不要同他说话,更不要同他打架,只是记住他的体态、相貌和声音。能办到吗?"

"这不难。"武士们答应着。

不一会儿,他们就来到了西街酒楼上喝起酒来。任固把老板请来,拱手问道:"贵店有一个叫涉耳的伙计吗?"

"有。"老板答道。

"请来一见。"

"实在不巧,他有事情,今日没来。"

"那就麻烦老板,去请他来一下。"

"敢问客官,有什么事吗?"老板拱手问道。

"他欠我们一位朋友的钱。"任固解释道,"我们是齐国的客商,不日就要起程回国,故而请求见他一面,有钱就还,没有也不怕,数目不大,聊作辞行而已。烦请老板请他来一下。"

老板听着说得很是客气,就派个小厮去唤涉耳。

不一时,小厮领来一个汉子,看上去浓眉大眼,四肢结实,留着浓密的胡子,年纪大约有四十岁。他的穿着,比普通的酒家保略整齐些,然而就他的气度看,绝不像一个酒家保,倒像一个落魄的公子。

"我是涉耳,"那汉子对任固们一拱手,很冷淡而又客气地问道,"哪位找我?"

一个武士站起来向涉耳施礼,说道:"在下是齐国的小商,名叫田卯。大梁的一位客商,名叫丁孟的,欠在下二百铜钱。他说是足下欠他二百铜钱,他想让足下直接过账给在下,不知足下能否同意。"

"不记得有此事。"涉耳说着伸出手来,"请拿出借据来。"

"借据吗?"那武士说道,"还在丁孟手中,明日取来。"

"对不起。"涉耳一拱手,说声"明日再见",便走进了里间。这种酒楼的隔扇,都是薄薄的木板,从里面可以清楚地听到外面的谈话。所以,任固们不敢再说什么,几句闲话之后,喝完酒就下了楼。

武士们跟随任固拐进一个小巷里,任固见巷内无人,低声说道:"都看清了吗?"

"看清楚了。"

"紧紧跟着他。"任固严肃地命令道,"即使他发现了也不怕,就说是要账。只要看见他进吕府的门,立即动手杀掉他!"

"这么说,他是右相选定的刺客吗?"

"不必多问,照令执行,不得有误。"

有两名化装的武士留下,盯着涉耳。其他武士,跟随任固,在咸阳街上故意绕了一个大圈,回到了吕府。

吕不韦相信第一个刺客的话,认为第二名刺客肯定会来,所以整天提心吊胆,抬手动脚都要左顾右盼,好像刺客随时随地都可以跳出来刺杀他一般。这种日子是很难过的,尤其是还要装出不怕死的样子,嘴里不住地说一些"年近古稀,死而无憾了"一类的话,这就更难了。正因为他这样言不由衷,所以他的真实思想,往往要费很多周折才能猜出来。任固无意知道了第二名刺客已经选定并且即将到来之后,他没有把这一重要情况告诉任何人,也没有报告吕不韦。在他布置武士紧紧盯着涉耳以后,他心里有了底。为了安慰吕不韦,他说了这样一些话:

"刺客不是轻而易举就能挑选出来的。一千个人里面不见得能挑出一个真正做得刺客的材料,而一百个具有这种才能的人里面,未必有一个愿意干的人。所以这不是简单事情,相爷只管放心。"

当时应曜在场,他说道:"足下不能这么说,怎么忘记了重赏之下,必有勇夫?"

吕不韦虽然没有说什么,但是他的神态却对应曜的说法做了充分的肯定。他听了应曜的话,两眼看着任固,以至弄得任固很不自然,甚至任固都有点沮丧起来。他忽然想到《吕氏春秋》,他认为:"与其下那么大功夫写出许多漂亮的文章,不如把事情办好,办到毫无漏洞,万无一失。如果那样,也就用不着现在这么提心吊胆地过日子了。"

第二天上午,武士们刚刚吃了早饭,正在议论什么事情,一个化装的武士气喘吁吁地跑进来告诉任固:"他打死咱们一个挑水的小夫,现在他担着水已经进了吕府。""全体武士们都拿起武器来!"任固喊着,拔出自己的宝剑,飞也似的跑到后院吕不韦的住室里来。吕不韦也是刚刚吃过早饭,有两个女仆正在收拾家具。任固在房中巡视了一下,看见几个男女仆人都是熟悉的面孔,没有外人。然后他转身靠着门框站着。

"你有事吗?"吕不韦慢慢问道,"任固,老夫问你呢?"

任固没有回答吕不韦,却对男女仆人们低声喊道:"都不许动,不许作声!"

他侧耳听着。他听见前院有急速的脚步声,接着有两三声狂叫,接着就传来了刀剑撞击的清脆的声音。这些声音,因为有前院的房屋院墙隔着,起初不甚清晰,一转眼工夫,就像山洪涌过来一般,哗的一声就到了眼前。

吕不韦听见院子里已经厮杀起来,他急忙站起身来。他想夺门而出,不过浑身抖作一团,两只脚竟有千钧之重,无论如何抬它不起。两个女仆急忙上前把相爷架住。吕不韦真不简单,已经把自己的宝剑抽出来,双手执剑胸前。两个男仆,一个拿着铜钩,一个举着铜灯台,用身体掩护着吕不韦。任固以为他们要往外冲,便喊道:"不要动。"

任固探头向外一看,只见院子里有十几名武士,围着那扮作挑水佣奴的涉耳厮打,已经有三四名武士倒下了。忽然张唐大叫着赶来。张唐穿着文士们常穿的那种宽襟大袖的所谓襜褕,手里拿着一把短柄青铜戈。他抡动手中的戈,扑上来同涉耳厮打。眨眼之间,涉耳的宝剑就划破了张唐的衣襟。只见张唐就地一滚,任固以为张唐负了伤。等他站起身来时,衣服已经脱掉。张唐光着膀子挥舞金戈,那样子英勇至极。这时候,任固看见司空马也在厮杀的人群中。司空马疯狂地吼叫着,指挥武士们往上冲。武士们手中的长戈、大矛、宝剑、匕首都指向涉耳,但是涉耳丝毫也不慌张。任固惊叹道:"没想到这厮武艺如此之高,简直赛过聂政。他的臂力过人,剑法也十分精到。不要让他看见我。他还没有发现我,他只是不顾一切地向这边冲,这就说明他没有发现我。好极了!"

涉耳仿佛对吕不韦相府中的情形非常熟悉。他断定吕不韦此时正在后院这间厅堂里用早饭。几十名武士竟然无法把他包围起来。他很快杀开一条路,飞身跳上了房门前的台阶。因为武士们的矛头剑尖就在他身后紧缠着,所以他跳上台阶来不得不回过身去招架武士们。他刺中了一名武士。这时任固跳出来,一剑刺中了他的后背。涉耳回过头来看着任固,低声说道:"齐国人!"

"等你多时了,涉耳。"

说着任固再刺一剑,又踢了一脚。涉耳倒在台阶下,死了。

这时候,院子里鸦雀无声,没有人说话,没有人走动,只有粗大而急促的喘息声。任固看见院子里有七名武士倒在地上,都是他的朋友。他回过头来,看见吕不韦已经坐在他原来的座位上。吕不韦没有说话,任固也没话可说。任固缓步走下台阶,迈过涉耳的尸体,来到躺在地上的武士们跟前,看见已经有两名武士停止了呼吸。他呆呆地站着,不知道自己在想什么。从前在战场上,他曾经多次遇到危险,比眼前的情景残酷得多,简直是尸横遍野。不过那时候,并不觉得恐怖。为什么现在这样心惊肉跳呢?今天的情形太可怕了!

司空马提着宝剑走过来,用脚踢了涉耳一下。他穿着文士的衣衫参加战斗,前襟袖子都被撕破,他头上的皮冠早已掉在什么地方。他的样子,乍一看,就好像扮作文士的拦路抢劫的强盗。张唐这时是满头大汗,满脸泥土。他两手扶着他的短柄戈,紧皱着眉头,龇着牙,仿佛在笑。

有一个年老的女仆,走到涉耳的尸体前,说道:"不知道给了你多少钱!"

人们这时候才想起自己还有一张能说话的嘴。有一个沙哑的声音突然喊道:"赶紧把受伤的武士们抬到前院的厢房里去,快请医生来!"

这一次,多亏任固。按理说,应该给任固记功。他应该受到嘉奖,并且应该得到提拔重用。然而在司空马将这次战斗的经过,简单地向吕不韦报告之后,吕不韦板着面孔说道:

"将任固撤职,降三级。"

"为什么?"司空马惊讶地说着,"没有任固,他就冲进来了!"

"他是谁?"吕不韦问道。

"他是刺客。"司空马几乎已经忘记在对谁说话。

"怎么知道他是刺客?"吕不韦又追问道。

"他杀了咱们的武士,朝相爷的住室冲过来。这不是刺客是什么?"

"你说是杀了一个刺客,"吕不韦说道,"嫪毐却说杀了他一个舍人。这官司怎么打?"

"启禀相爷,"任固跪下说道,"他不是舍人,是个酒家保。"

"这就更加荒唐!"吕不韦好像对任固插嘴生气似的,怒斥道,"平白无故杀掉一个酒家保,这如何得了!"

"他是刺客!"任固显出很不耐烦的样子。

"怎么证明他是刺客? 你怎么知道的?"

"启禀相爷,"一个武士上来跪下说道,"昨天任舍人领我们去酒家认他,他叫涉耳。估计他被收买了,任舍人派我们跟着他。结果今天他就打上门来……可见是个刺客。"

"是这样吗?"吕不韦问任固。

"是这样。"任固回答道。

"你的言行,居然是如此相反。"吕不韦说道,"昨天你告诉老夫,说刺客不可能来。而同时,你又弄出一个刺客来。循名责实,老夫应该怎样看待你。"

"相爷怎么看待臣都行,这没有关系。"任固说道,"现在的症结是,这明明是个刺客,相爷却说他不是刺客。不是刺客,他手执宝剑进来,直奔相爷的居室,这是为何?"

"你也不必强词夺理。"吕不韦的话音里已经让人感到,他觉得自己没理了。然而他又说道:"嫪毐不是好惹的。他会说这是一次私斗。他会以私斗的罪名处理你们大家,你们都要遭殃。"

"有在堂堂相府居室门前台阶上私斗的吗!"任固大声喊起来。

任固真的生气了。他不贪图奖赏,也不怕处罚,他只是不理解吕不韦为什么这样说话。当时的一般食客舍人,在自己的主人面前如此大喊大叫的事情是不多见的。任固仿佛决心要甩袖而去了,以至司空马喊道:"任固!"

大家沉默了一阵,然后吕不韦说道:"前次刺客光临,老夫未动声色,他甘愿俯首。那才是刺客。他自己承认是刺客。这叫什么刺客?这只不过是一个打架闹事的狂徒罢了。如果这样传扬出去,吕府上下不已经是惊弓之鸟了吗?就是再没话说,至少可以说他是喝醉了。"

这时候,周术、应曜、绮里季等文士们都已赶来。他们看见经过这次激烈的战斗,丞相安然无恙,都很高兴。他们是来慰问丞相,并且请求丞相嘉奖这些武士们的。谁知一进门就听见吕不韦正在同任固等人辩论这个死者是不是刺客。他们听着丞相的话,面面相觑,觉得其中的道理已经十分明显。看样子,丞相心里完全清楚这是一个刺客,而且是一个十分厉害的刺客。丞相只是不愿意承认他是刺客,怕引起什么不良的社会反映,或者换句话说,害怕被反咬一口,又要做什么想不到的文章。

于是应曜上来施礼,说道:"相爷,臣有一言在此。不知该说不该说。"

"说吧。"吕不韦急切地说道。

"这个名叫涉耳的狂徒,"应曜指指台阶下的死尸,"他是刺客也罢,不是刺客也罢,姑且不论。他杀了我们的人,我们不要吭气,我们杀了他也不要承认。"

所有在场的人,都听着应曜说话。当他的话一停一顿的时候,所有的眼睛都瞪着他。就是百戏场上作法的大师,也没有这样令人屏息,引人瞩目。应曜接下去说道:"现在他既然死在我们家里。我们就要费些手脚,把他送回他原来的地方。"

"他是西街酒楼上的酒保。"一个武士说道。

"那就送回西街酒楼上去。"应曜继续说道,"如今在咸阳,一说左右之争,立即就吵起来,甚至打起来。酒楼上这种事情天天都在发生。派些人去,分成两伙,饮酒之间大嚷大叫,有袒护左相的,有袒护右相的,然后打起架来,再后趁乱把这涉耳的尸体扔在那里。

最后一哄而散。"

"好计!"司空马喊道。

"然后,"应曜对吕不韦顿首,说道,"请求相爷免去任固的处罚,并且,请求相爷奖赏他的功劳,应该给你连升三级。"

"足下所言,很对老夫的心思。"吕不韦高兴地说道,"给任固升三级,其他参战武士每人升一级,战死都从优抚恤。司空马。"

"臣在。"司空马施礼答应道。

"照此办理。"

"遵命。"

众人退出。

任固走到前院去看受伤的武士们。他遇见司空马,说道:

"但愿我下一辈子,不再伺候老家伙。"

"少说废话。"

"没有一个老家伙不自私。"

"都是废话。"

"足下让我去接麃公,他在哪里?"

"实在对不起,是我听错了。"

"也多亏你听错了,不然,今天就是丞相的忌日。"

任固简单地把他在茅屋中的奇遇说给司空马听。司空马惊奇地睁大眼睛,仿佛看见黑牛犊下了一匹白马驹似的。

第十章 占 梦

　　宫闱之中,一代有一代的污秽,一代有一代的仇恨,或者说得文雅一点,一代有一代的问题。太后虽然生活放荡,言语粗俗,然而,她自己觉得并不比有名的曾经专政的宣太后差些。宣太后不以谈论性交为耻,甚至面对外国使臣,在谈论外交事务时,竟然以性交为例。人到了高高在上的时候,就以为自己是咳唾生花香闻四野了。威严的宝座就具有这样一种微妙的迷惑性,它首先迷惑的竟是在宝座上坐着的那个人,以至于转眼之间就变为昏聩,化为腐臭。这种癌症几乎是年年月月都在重复,人类却从来没有想出有效的办法加以防治。甚至在宣太后如此放荡的时候,秦国朝野竟没有一个人胆敢给予讽谏。宣太后有个公开的情夫,名叫魏丑夫,这是人人皆知的事情。更有甚者,宣太后同义渠戎王互相勾搭,并且生了二子,这也是人人皆知的事情。宣太后是秦昭王的母亲,二十多年前她才死掉,人们对她仿佛是记忆犹新,所以,现在的太后并不怕有人非议。更确切地说,这种非议就不可能产生。她之所以在临近分娩时躲到三百里以外的祈年宫去,主要是怕王知道。这就是所谓的一代有一代的仇恨。这仇恨主要是发生在兄弟之间,即发生在竞争者之间。在子楚之时,他的竞争对手是公子系。一直到子楚即位,他因为不放心,才把公子系杀掉。赵政即位以后,照旧提防子系一支的崛起,故而太后下令杀了子系的儿子公子疆和公子疆的刚出生三个月的小儿子。秦王政即位时很是年幼,后来他渐渐懂事了,他所注意的是自己的弟弟长安君成蟜。秦王政的身体不好,多病,多疑,易怒,易于幻想,常常为自己的幻想所苦恼,就像为自己的病所苦恼一样。他只知道自己有一个聪明俊秀的弟弟名叫成蟜,却不知道还有两个弟弟藏在祈年宫。这就是太后与嫪毐偷偷生的两个儿子。如果秦王政身体好,又听话,身边有能人,手中的权力比较牢固,太后和嫪毐也不会有废立的想法。不幸的是秦王政身体不好而且又不听话。所以太后和嫪毐很自然地就产生了废立的想法。这在太后来说,无所谓。她认为赵政从小就不听话,母子之间几乎没有感情。而她同嫪毐生的儿子,现在三四岁,自然是听话的。如果换了小儿子做王,则便于她和嫪毐当政。她和嫪毐一旦有了这种阴谋,则藏在祈年宫的儿子就必须绝对保密。所以,咸阳的士人,都知道嫪毐是假太监真面首,却不知道有这么两个私生子。至于这两个私生子藏在什么地方,则更是无人知晓。而这种事情,王更难知道。他虽然非常多疑,非常善于幻想,却想不到会有这么两个小弟弟的存在,而且这两个想不到的小弟弟竟成了他的竞争对手。所以说,人的想象力是有限的。即使是长于此道有如秦王政一样的人,他的想象力也是有限的。他整天想的就只是一个长安君成蟜。

可以这样说,从秦王政记事以来,他心中最为敏感的问题就是成蟜。一件事情,一件东西,哪怕是一句话,哪怕只是一个词,一个字,只要同成蟜有关系,秦王政的神经就极度紧张起来,甚至于为此吃不下饭,睡不着觉,即使睡着也要做许多可怕的、怪诞的难以形容的梦。这就好像是他心上的一个疮。这个疮,随着他年龄的增长而增长,随着他身体的长大而长大,甚至随着他的幻想的加剧而加剧。他不断想出办法来掩饰这个疮。他特别喜欢装出疼爱弟弟的样子,封他为长安君,命他为元帅,表示绝对的信任,如此等等。而他心中这个疮简直是刁钻古怪至极,越是掩饰就越是严重。他为这个疮发冷、发烧、发昏、发疯……他常常无缘无故地突然暴怒起来,要发泄,要杀人,仿佛已经无法活下去的样子,以至所有近侍们都觉得陛下着实可怜。

当屯留兵变的消息从前线传来,嫪毐也无法封锁,只得告诉秦王政的时候,秦王政立即就病倒了。他的病,看上去很像是寒热病。三九天得这种病,医官们都觉得奇怪。虽然如此,秦王政却病得极认真。他冷起来,抖作一团,牙齿不住地嘣嘣乱响,嘴唇都变为黑青。突然又热起来,浑身滚烫,如在炉中,恨不得滚到雪地里去。他不停地说胡话,仿佛见了鬼一样。

人们都说赵政长得像庄襄王,而成蟜长得像太后。所以当太后听说赵政病重,来咸阳宫看望陛下的时候,不知道是秦王政把太后认作成蟜了,还是因为看见母亲便想起了弟弟,他忽然气得满脸青紫,骂道:"你这杂种!"

因为秦王政的语音有些含混,加以太后一向总是心不在焉,所以没有听真切。近侍急忙禀告太后,说陛下一直在发烧,经常说胡话,仿佛着了邪一般。太后玉趾降临咸阳宫,只是出于礼节上的需要。儿子病了,做母亲的不得不来看望一下。若不是嫪毐如此相劝,她的大驾是很难起动的。嫪毐之所以劝太后看望王,完全是由于屯留兵变的压力。他目前既无力平息屯留兵变,而太后又没有决心立即废黜王,所以他认为只好敷衍一下。也不过就是暂时遮人耳目而已。屯留兵变对太后没有威胁,即使有威胁她也不能充分地感觉到它。她心中想的只是她的"卫大"。如果没嫪毐有陪着,她大概不会来咸阳宫辛苦这一趟。她既然来了,只好到御榻前问候一番。她不停地说着话,多半都是说给嫪毐听的。她走路是给嫪毐看的,她做是为了讨好嫪毐,她完全不知道屯留兵变是为了消灭嫪毐。万一有人要这样告诉她,她大概也无法理解。现在她觉得自己需要过问一下王的医药,使用着一种她认为最高雅的声调,并且做着最优美的手势。每说一句,她都看看嫪毐。只要她望见嫪毐正在用心听着,她就有力量说下去。

"这些药都是王宫少府里存了多年的。"她指手画脚地说道,"这就像是七八十的老头子一样,不顶用了。"她对自己所使用的恰当而优美的比喻非常满意,以至格格地笑着,"早已经没有药性了。要到咸阳街上去买地道药材,那才有药性,才有劲儿,就像三十多岁的小伙子一样。"她笑着,那声音异常优美,就像走下坡路的牛车发出的声音一般。

"太后御旨,睿智高明。"嫪毐对近侍们命令道,"你们要谨遵太后御旨,用心服侍陛下。"

这时候秦王政忽然睁开眼睛。他看见成蟜在面前,不禁惊奇得很。听说成蟜举行起义是在上党屯留,怎么转眼之间就回到了咸阳。是蒲鹤把他抓回来的吗?怎么没有人审问他?是等待我的命令吗?秦王政突然喊道:"把他杀掉,快,快,快来人! 拉出去杀掉!"

虽然太后一直在说话,周围的近侍们目光都集中在太后身上,但是王突然发出的嘶哑的喊声,所有的人都听到了,都愣住了,呆呆地不知如何是好。这时候一个年纪大的太监说道:"陛下命令把药拿出去撒掉。"

这就仿佛瓦片打在麻雀群里的情形一样,周围的人一下子都活动起来,说笑起来……简直就像一群接受赦免的罪犯。于是,宫女们赶紧把一只玛瑙爵里盛的药,拿出去倒掉。

这时候,有一个太监向嫪毐报告,说吕不韦要来看望陛下。嫪毐看看太后,然后说道:"陛下正在安睡,让他改日再来。"

秦王政忽然显得清醒起来。心想,成蟜既然大模大样地回到了咸阳,而且照直就进了咸阳宫,不但没有人审判他,甚至也没有人阻拦他……这自然是他的起义成功了,他胜利了,他将要取代我为王。他肯定要对我下毒手了……这很明显,是他把太后身边的嫪毐当成了成蟜,他以为这是太后亲自带着成蟜来逼宫了。秦王政指了指嫪毐,自言自语地说道:"你,你,你能宽恕我吗?能吗?能宽恕吗?难道你一定要杀掉我吗?真的吗?那就杀吧!杀吧!奸贼!你这弑君篡位的奸贼!叛逆!"

这些喃喃自语的话,好像是说给别人听的,又好像是说给自己听的。但是因为嫪毐跪得近些,所以听得也略清楚些。当然知道这是病中的胡话,当然,只能是胡话。看来陛下的神志不太清醒,甚至认为陛下平时也不是很清醒的。不过嫪毐此时却产生了另一种看法:病人的胡话也和醉汉的混话一样,它们都是真实思想的直接的不拘形式的流露。嫪毐反复思索王的这些话,觉得都是王对他说的真心话。所以,在回到甘泉宫以后,他便把包括"你这杂种"在内的王所有的胡话,都翻译成明白易晓的通用语言。并且加上自己的解释,说给太后听。他认为这是陛下的灵魂在说话,因为是在病中,所以毫无掩饰地吐露了肺腑之言。并且他着重指出,这些话都是对太后说的,暴露了王对太后的怨恨。

"目前他的羽翼尚未丰满",嫪毐说,"内心深处就已经对太后充满了仇恨,如果到他冠礼亲政以后,肯定要对太后下毒手。太后,请记住臣说的话吧!"

太后听着嫪毐这些可怕的话,就像一个不认路的老妪,骑着毛驴来到三岔路口上似的。如果那毛驴不停地走下去,不管走哪条路,她是不在乎的。谁知这毛驴忽然站住了,而且吃起路旁的青草来,这可把她难坏了。

"好我的卫大",太后说道,"你完全清楚,我什么也没有听见。我只听到'杀掉''奸贼'这么两个词。实在说,我不知道这是什么意思。你若不对我说，我什么也不清楚。这可怜的孩子，他的身体一天不如一天了。"

"陛下一向都是神志不清的，"嫪毐说道，"他早就说要见燕太子丹。大老远的，费了许多手脚，才把燕太子丹弄到咸阳来。燕太子丹住在驿馆之中，天天等待陛下召见。他病成这种样子，如何召见。前天，他突然要召见燕太子丹，刚刚传令下去，他又发起烧来！……让这样一个病孩子在位，国家是很危险的。"

太后一向对任何事情都不喜欢认真考虑。嫪毐的意思十分明显，就是要太后废黜赵政，而立他们的小儿子辟疆。这么大的事情，她觉得自己应该认真考虑一下。她皱着眉头，考虑了大约有老牛在磨道里走了十圈的时间。在太后说来，这是一段很长很长的时间。她已经感觉到十二分的疲倦了。因为想不出什么好办法，所以她就不再考虑下去了。她决定把这件事情交给嫪毐考虑。如此重大的难题，自然是应该由男子汉们来考虑。她心中真正清楚的只有一点：这就是她同王的关系不好，王不听话，王今天骂了她……这一切都使她一再想起郑庄公的故事来。所以左思右想不如趁早把他废掉，然而这话她却没有说出口来。

因为太后驾临，一大帮人照直进了咸阳宫后面的寝宫，所以使咸阳宫里着实热闹了一阵。所有的宫女、太监们以及各种执事人等，不停地奔跑着、呼喊着、喘息着、战栗着。起初说太后要在咸阳宫下榻，后来又说太后要在咸阳宫进膳……所有的御用医官都把一颗心提到喉咙上来。预备太后询问王的病情，甚至准备着接受太后的责罚。他们中间有的人,急忙外加了一层厚厚的皮裤,防备打板子。就像天边的乌云忽然变作了红云一样,风也没有来,雨也没有来,终于平平安安地过去了。

太后和她带的一大帮人走后,咸阳宫所有的上下人等才沉静下来,都感到说不出的轻松。秦王政这时候也静静地入睡了。他进入了梦乡,进入了一个固定的梦境之中。

咸阳的宫苑甚多。咸阳宫、甘泉宫之外,还有信宫、朝宫、北宫、长乐宫、宜春宫、望夷宫,稍远一点还有长安宫、六英宫、长杨宫、萯阳宫、梁山宫、兰池宫、曲台宫……古史称"北至九嵕,南至五柞,东至河,西至汧渭之交,东西八百里,离宫别馆相属望也"。古史并且记载着"朝宫图羲轩,信宫图尧舜"。各个宫殿里的墙壁上都画满了图画。有的是上古的神话,有的是各代帝王的传说,也有秦国历代国君们的故事,他们的肖像以及他们的光荣业绩。越是古老的宫殿,那图画就越是怪诞,色彩强烈而形象狰狞。秦王政九岁那年从邯郸回到咸阳,他就是当时太子的长子。太监们以及奴仆们,常常领他去咸阳的各个宫殿以及附近的宫苑去游玩,领他去观赏那些雄伟的建筑和庄严的壁画。这原是对太子以及准备做太子的王孙们的一种教育。使他们在读史之余,在消闲和游玩之中,领略秦国宫苑的壮丽,认识先民的伟大业绩和秦国的伟大使命。那些壁画曾经给秦王政留下强烈的印象。他小时候,很喜欢去这些宫苑游玩,很喜欢观看这些壁画。但是,每当他走进这些空旷无人的宫殿时,他便紧张异常,甚至感到一种莫名其妙的恐惧。他觉得的自己是如此的微小,简直小得可怜。同时,又觉得周围是如此的冷酷,世界就像一个无边的战场,生活就像一场无情的厮杀,而所谓的历史,原本是由一连串的阴谋诡计构成的。在他长大成人之后,他经常重复一个梦。他梦见自己光着身子走进一座巨大的黑暗的可怕的宫殿。在一片昏暗之中,他看见所有的古代帝王都变成了魔鬼,赤身露体,张牙舞爪。只见他们唱着野蛮而激越的高歌,跳着欢快而怪诞的舞蹈,在数不清的精赤条条的女巫们的包围之中,做出各种各样令人想不到的甚至是不堪入目的丑相。他看见那些古帝圣王们都有矫健的体魄,隆起的肌肉和粗壮的怪叫声,以至于使他胆战心惊。于是,他仿佛从旁看到了自己瘦小的形体,前有鸡胸,后有罗锅,而且,他的脖子显得特别短,腿也不很直……他觉得非常害怕,非常丧气。又好想听到什么人的嘲笑声,使他简直无地自容……

因为这是一个经常重复的梦,所以当他醒来的时候,他总是想:"我梦见的宫殿是哪一个宫殿呢?"他把所有的宫殿拿来同他梦中的宫殿相比,都不很像。后来,在他十九岁那一年,也就是他的祖母夏太后去世的那一年,他曾经专为核实自己的梦,一年之中,走遍了咸阳以及周围所有的宫苑。但是,他没有找到自己的梦境。他在阿房宫里久久地呆立着、观察着、思量着,觉得阿房宫略微同他的梦境相似。

阿房宫是从秦惠王元年(前324),也就是商鞅死的那一年开始修建的。它的设计以及各种设想,都是商鞅提出来的。正是商鞅主持了阿房宫的启土仪式,他指挥奴隶们挖了一口很深的井,并且亲手杀掉一只狗埋在井中。在这个隆重的仪式以后的第三天,商鞅听说秦惠王要杀他,他就跑掉了。

他先逃到魏国,魏国人不留他,又把他押送秦国。他又逃到他的封地商邑,组织起军队来攻打咸阳。没有成功,他被迫向东退却,退到渑池,被自己的士兵杀死。他的尸体运回咸阳,又执行车裂的刑罚。那一次围观行刑的人成千上万,简直是水泄不通。这一天,咸阳人记得很清楚,相距阿房宫的启土仪式正好一百天。然而,阿房宫的工程,经过一百多年的建设,并没有完工。当秦王政十九岁那年,他在阿房宫的一座大殿里呆呆地站着,胡思乱想的时候,那里,在新建的大殿前后,堆放着许多巨大的石料和木料,远处传来像炒豆子一样的声音。秦王政不仅想起了商鞅,而且想起了他的野心勃勃的曾祖父秦昭王。秦王政出生时,秦昭王还在世。但是他没有见过秦昭王。秦昭王死后,秦王政回到了咸阳,不久他就被立为太子。他的少年时代,是寂寞而苦闷的。他虽然有师傅,有近侍,而真正对他关怀备至的是他的祖母夏太后。夏太后经常给秦王政讲解秦昭王的伟大业绩。因为秦昭王曾经称帝,所以夏太后总是称秦昭王为“西帝”。她对秦王政说道:“你将来长大,一定要做一个伟大的帝王,就像你的曾祖父西帝一样。”

他这一次来到咸阳宫时,正是夏太后刚刚去世。所以在想到夏太后对他的爱护以及对他的期望时,他落了泪。他十三岁就做了王。但是,直到夏太后去世,六七年间,他几乎是一事无成。他觉得辜负了夏太后。他急切地等待着太后和大臣们给他举行冠礼,然后亲政。他遥望着远处数不尽的奴隶们正在修筑一座高台。那些光着身子的奴隶们,黑黑的、瘦瘦的,就像蚂蚁一样地跑上跑下,搬运着沙石木料。那有

节奏的打夯的歌声,就像隐约的雷鸣,使他的心灵感受到一种强烈的震撼。而同时,他也感觉到一种无言的振奋。他说:

"虽然我没有找到我的真实的梦境,我却来到了正在建筑的阿房宫。它使我想起了我的梦境,想起祖母对我的期望,想起秦国的伟大事业尚未完成,就像这阿房宫尚未完工一样。在我亲政之后,我要像昭王一样,大刀阔斧,雷厉风行,扫平诸侯,统一天下,并且要把阿房宫建设成一座巨大的、完全符合我的梦境的宫苑。我要所有墙壁上都画上威严壮丽的图画,使所有前来朝拜的臣民都感到秦国具有不可名状的威慑力量。"

这一次,在太后和嫪毐走后,他又重新进入了他的这一几乎是固定的梦境。不过这一次同以往大不相同。他梦见自己光着身子走进那一座巨大的可怕的宫殿,看见周围燃烧着许多火云,所有的古帝圣王们都在拼命蹦跳和飞舞。他们看见这瘦弱不堪的孩子,一下子都向他扑过来。他们拉他、推他,用巨大的拳头捣他。他们狰狞的眼睛里喷射着火星,张开大嘴,露出獠牙,发出刺耳的怪叫声。甚至那些戴面具和不戴面具的巫女们也都讥笑他、吐他,用光着的像石头一样冰凉坚硬的脚板踢他、踩他。他们骂着:

"踩死这只蟑螂!"

曾经有过一个经常服侍秦王政穿衣脱衣的宫女,偶然在同她的同伴一起玩笑时说过"陛下脱了衣服就像一只蟑螂"这样的话。所有能够正确而尖锐的反映客观现实的言辞,都会唤起众人的同感,因而这些言词就会不胫而走,最后引起人们的注意,以至引起某些人的敌视。这个宫女的这句话很快就传开了,引起众多宫女的哄笑。虽然穿衣脱衣这样的差事,并不是什么崇高的职位,不过照样有人觊觎。于是,终于有人把说这句话的人禀告了秦王政。讲这句话的宫女成了奸臣,当时就被杀掉,而告奸的宫女却成了忠臣,立即被提拔起来。其实,正是这告奸的宫女,把这像一只毒箭一样的话深深射进了秦王政的心中。他从此不再让人帮助他脱衣穿衣,洗澡时也不许人看……虽然如此,他依然时时想起"蟑螂"这两个字来。当时如果有人不小心说出"赵政"二字,他可能会生气,也可能给予责罚,但是,这同蟑螂二字差远了。他忌讳蟑螂二字,仿佛那是他的真正的名讳。现在,他听见那些疯狂的女巫们骂他蟑螂,他气愤至极,怒吼着,浑身战栗着,醒了过来。

这时,他感觉到浑身疼痛酸软,觉得自己就像从激烈的厮杀中败退下来的一个逃兵,像一个刚刚经受了严刑拷打后的囚徒,像一个从地狱的怒火中跳出来的鬼魂。他不知道自己现在是在什么地方,也不知道自己是否还活着……甚至都不知道自己是谁。他看见有十几个化了装的宫女和太监,手中举着冒烟的火把,拿着弯曲的涂着各种颜色画着各种图形的木剑,在他寝宫里蹑蹑而行。因为他们都戴着可怕的面具,又光着身子,所以很像阿房宫里壁画上的女巫们。他看见他们正在各个墙角和各个窗台前祈祷跪拜。他以为,这些巫女是从阿房宫来的,是来追杀他的,他们现在四处搜寻的正是他。他忽然想起自己是王。就像顿弱以前说过的,是一个无名无实的王,一个危在旦夕的王。他听见那些凶恶的宫女们正在唱歌,正在念咒,正在诅咒他。他忽然想起这些女巫是成蟜派来杀害他的。一点不错,成蟜既然已经顺利回到咸阳,说明愿意替他动手的人很多。他看见这些戴着面具的魔鬼们,正在匍匐着蠕动过来,不一会儿,就来到他的御榻前。他想道:"他们就要动手杀我了!"于是他跳起来大喊道:"他比我聪明,比我漂亮。你们可以拥立他,只是不要杀掉我。请你们宽恕我吧!"

然而这些趋炎附势的奴才,这些狼心狗肺的小人,仿佛根本就没有听见他的呼喊。

突然,他看见所有的魔鬼一起跳起来,扑到他的卧榻上,呼喊着,歌唱着抓住他,扭动他,用刀子割他的手,割他的脚,刮他的胸,刮他的背,仿佛要把他碎尸万段一般。他呼喊着,祈求着……

"陛下死过去了!"一个宫女尖声惊叫起来。

"不要慌!"一个年岁大的太监喊道:"没有死,是昏过去了。赶快把他扶起来,对,对,快,快帮个手! 掐人中,提着陛下的耳朵……醒过来了,快捏着鼻子,把药灌下去!"

他们给他放了血,喂了药。果然见效,秦王政安安静静睡着了,一直睡到第二天上午。

当他醒来时,他首先听到的是一声远处的鸡鸣。而当他睁开眼睛的时候,他首先看到的是太阳。在东南方向的金碧辉煌的屋檐之下,透过稀薄的炊烟,他看见一个红红的明光耀眼的太阳。自古以来太阳就是帝王的象征。这不仅是民间传说中一再提到的,而且是金匮石室中那些堂而皇之的典籍中郑重地记载着的。秦王政醒来,因为第一眼看到的是太阳,他觉得非常吉利,非常高兴。他觉得自己的病已经好了。他会想起昨天所做的噩梦时,把他所接受的那些令人难堪的治疗也都算作是梦境。他觉得仿佛经历了一场浩劫。他没有在这场浩劫中毁灭,而是得到了新生。他觉得自己的身体,虽说依然十分衰弱,他的思想,他的精神,他的性格以及埋在他心中的仇恨,都已经真正地成熟起来。他喝了一些由宫中医官专为他配制的稀稀的菜羹。于是他命令到:"寡人的病已经好了。"他轻轻地咳嗽一阵,继续说道:"把博士和巫师们召进宫来,为寡人占梦。寡人得了一梦,不知是凶是吉,主何征兆。寡人梦见被一伙妖怪宰割为碎块。"

古人做一个可怕的梦,可以引起长时间的恐惧,以至认为一个梦是一生的征兆。所以急切的盼望证明自己的梦,也就是盼望证实自己的命运。大概古代的中国人特别爱做梦。黄帝有华胥之游,武丁有傅岩之兆,孔子梦见周公,庄周梦中化为蝴蝶……简直是不胜枚举。以至于弄到《诗》《书》《礼》《易》,无经不载梦,春秋各国无史不记梦,诸子百家无不以梦兆为谈说资料……真是家家有梦记,国国有梦史,不是黄龙入室,就是卵石下肚,更仆不能备述。传说黄帝梦见风后和力牧,从而认识了梦验,撰为《长柳占梦》一书。时至春秋战国,虽然有杂占数家,却是"占梦为大"。从中可见古人对占梦的重视。到战国之末,灾荒战乱不断,各国政治腐败至极,上至王公,下至庶人,特别迷信。各国的王宫之内以及市井之中,到处都有职业的占梦术士,而在秦国更设有占梦博士,赡之养之,不时用之。梦境对人类的困惑,于此可见一斑。至于其术之详,后人已经不可得知,后人虽然不详其术,但是仍然可以得出一个大概来。无非是说长道短,七嘴八舌,指东画西,莫衷一是。好在天下事物原本就是复杂多变的,大家七嘴八舌瞎说一遍,事物无论变成什么样子,也难免曾经有人想到说到过。于是,这就是有根有据,有征有验。

秦王政的御旨一下,在咸阳宫前面的丞相的公事房里,嫪毐、李斯等就忙碌起来。当下把三十多名博士、术士、巫师、卜者召进咸阳宫。对他们说:"陛下得一梦。梦见被一群妖怪宰割为碎块,请诸位仔细占来,看他主何事何兆。"

于是乎三十多名博士们分成两股,一股被引进西厢房,一股被引进东厢房。摆开摊子,占卜起来。不一时,占卜的结果就得出来了。只是东西厢房占卜结果相互矛盾,大相径庭。西厢房里,因为有李斯在场,所以得出来的结论是:大吉大利,应该尽快举行冠礼,并且亲政。而东厢房里,因为有嫪毐在场,得出来的结论是:安心静养,祝寿山川,不宜冠礼亲政。伺候秦王政的宫女和太监们,认为这些混饭吃的博士们都是借题发挥。他们认为陛下根本就没做梦。他的所谓梦,只不过是昨天对他的祈祷和治疗措施而已。所以当占梦结束,他们端出饭菜款待这些博士们的时候,她们无一不是笑容可掬,就像他们刚刚听过一个有趣的耐人寻味的笑话一样。

这时候王正在同尉缭谈论兵法。

宫廷的医官们,不同意陛下在病中接见大臣,操劳国事。他们把这个意见禀告左相嫪毐,嫪毐非常赞成。而当嫪毐把这个意见禀告秦王政的时候,秦王政却不接受。他认为这只是嫪毐自己的意见。他本来没病,嫪毐却极力夸大他的病,只是为了想方设法限制他的行动,以便于嫪毐自己大权独揽。所以,他虽然感觉到极度衰弱,秦王政还是依然把尉缭召进宫来,向他请教有关兵法的问题。秦王政除了对嫪毐怄气以外,还有另外一层更加微妙的原因。他内心里仍然充满着深深的恐惧,他害怕重新坠入自己的噩梦中。所以需要有一个人同他说话,不管说什么都行,当然是同现实生活没有关系的话,越深奥越好,换句话说,越扯淡越好。这一点,只有尉缭知道。因为他后来发现,无论他说的好与不好,陛下没有任何反应,仿佛根本就没有听似的。

尉缭说道:"善用兵者,能夺人而不夺于人。夺者心之机也。令者,一众心也。令不审则数变,数变则令虽出众不信也。故令之法,小过无更,小疑无申。故上无疑令,则众不二听;动无疑事,则众不二志。未有不信其心而能得其力者,未有不得其力而能致其死战者也。"[1]

当时的尉缭,将近五十岁,因为长得瘦小,满面皱纹,十分老面,所以看上去俨然是一个老头子。他的两只眼睛,炯炯有神,说起话来,声音洪亮。他说的这些话,是很精练的古文,就在当时,也是很绕嘴的。不过经他的嘴慢慢地带着抑扬顿挫的声调说出来,再稍加解释,也并不难懂。

前两年,陛下向吕不韦要人,吕不韦便给他推荐了一文一武两个人。文的是李斯,武的就是这尉缭。尉缭本是大梁人,因为仰慕吕不韦的为人,来到咸阳做了吕不韦的舍人。不久被推荐给秦王政,他非常高兴。但是,进了咸阳宫,他却

---

①见《尉缭子·战威第四》。

有点失望。因为他对秦王政的相貌极为反感。这大概也是因为战国末期士大夫们特别迷信相术的缘故。秦王政封他为客卿,按理说,他应该高兴才是,谁知他却是闷闷不乐。隔了不久,他就逃跑了。他跑到潼关,未能混出关去。秦王政派人把他抓了回来。他以为这回自己要掉脑袋了。秦王政却以为他嫌官小,当即封他为国尉。国尉是秦国军事方面最高长官,所以他也就不好意思再逃了。他曾经叹道:

"一块贫瘠的土地,只要辛勤耕耘,也许能有较好的收成。但愿上天保佑吧!"

尉缭的长相有些像顿弱。顿弱的年龄比尉缭大得多,但是两人的长相、风度、做派确实非常相像。所以,每当秦王政召见尉缭时,他就不由得想起顿弱来。现在他又想起了那位倔老头子。"一个顿弱,竟敢公然看不起寡人。"秦王政想道,"前两年,寡人要召见他,他甚至狂妄到提出不跪不拜的无理要求①。不过这个顿弱最终还是被寡人收服了。他毕竟是秦国的贵族,比较好对付。他只是不满吕不韦的专权,才如此这般地讽刺了寡人一番。而这尉缭,本心也是看不起寡人。他偷偷溜掉,大约是对寡人没有信心。自从封他任了国尉之后,似乎安心多了。不过这家伙究竟是个山东六国的游士,很难得到他们的忠心。这些下贱的游民。没有法子,现在还用得着他们。等到用不着的时候,必须毫不客气地加以清除。就像扔掉一双不能穿的烂草鞋一样,毫不吝惜。"

至于尉缭所讲的这些军事理论,秦王政觉得是扯淡,没

---

①顿弱之事,见《战国策·秦策四》。

有什么特别奥妙的东西，也不值得他认真思索。但是，他忽然听到了"上无疑令，下无二志"这句话。"这是什么意思？"秦王政皱起眉头想，"莫非是指屯留兵变的处置失当吗？"秦王政一下子头疼起来。"大疮总归是要出脓的。所以听了嫪毐的话，派蒲鹖将军前往上党，坚决消灭之。后来又听了吕不韦的话，派特使前往招抚。这狡猾的尉缭，当时什么也不说，现在又拐弯抹角地讽刺寡人，说寡人的措施失当。你身为国尉，就没有一点责任吗？为什么蒲鹖的军队早已走开，至今还没有到达上党？他带领的难道不是秦国的将士，而是羊群吗？这尉缭也带有浓厚的六国术士的习气，喜欢指手画脚高谈阔论。你说的这些，你自己能做到吗？这些耍嘴皮子的游民。老天怎么生下一些这种下贱而有才气的人！秦国人老实，忠臣而愚蠢，好统治，也听话，就是没有才干。这些六国的游士，一个个都是才气横溢，就是靠不住。他们都是轻浮卑贱的隶臣隶妾，花几个钱就能买到他们。只要有高官厚禄，谁都能用他们，这些没有祖国的娼妇。有一天寡人得势，一定要把他们杀光。为什么一想到屯留兵变，寡人的头就如此疼？我病了！是的，寡人一定是在病中！"

尉缭一口气说了差不多有两顿饭的时间，直说得口干舌燥。这时候王斜倚在靠枕上闭了眼睛。一个太监膝行过来低声说道：

"国尉大人，陛下已经睡着了。请大人退下，休息去吧。"

尉缭走到咸阳宫的前院，遇见了李斯。李斯急忙行礼，兴致勃勃地说道："大人，占梦的结果很不错，说是应该尽快冠礼亲政。"

"这不是足下的梦吧?"尉缭淡淡地说道。

"怎么?……"李斯装出仿佛不懂的样子。

"陛下现在是左右为难。"

"哦,对,是的,"李斯看出尉缭方才同陛下的谈话可能不顺利,说道,"不过都是过眼云烟,何足道哉。""一叶尚可障目,何况万里云烟。"

"大人未免太悲观了吧?"李斯笑道。

"足下未免太乐观了吧?"

"蒲鹢同叛军接触上了吗?"李斯突然问道。

"他进到曲沃,"尉缭用极低的声音,对着李斯的耳朵说道,"不知何故,停止前进了。"

"为什么?"

"鬼知道。"

李斯陪着尉缭向宫门方向走去。想更多地了解一些军事情况,不料尉缭却盘问起李斯来。

"司空马找您干什么?"

李斯躲闪不及,只好老实回答道:"他向在下进了一套说辞。"

他笑了。

"说一说,让我也听听。"

李斯觉得尉缭这样做很不礼貌。心想:"同时在朝为官,你怎么搜寻起有关我的情报来了。"转而又一想:"这家伙兵权在握,得罪不得。"就笑道:"他反对派兵去消灭成蟜,主张把蒲鹢大军调回来。他援引《小雅·棠棣》之义,'兄弟阋于墙，外御其侮'。他讲得很好，'是究是图①，其然乎'。"

李斯看见尉缭的脚步未停，耳朵却是在用心地听着，便又继续说道："这老马甚至提到公子返回国的故事。说当年派往焉氏塞的庶长改的大军，开始说'往击寇'，结果半路上变了卦，说'往迎主'②。他说这样率而操觚，动辄派兵，简直是往别人的盘子里添菜。"

"你怎么回答司空马？"

"我觉得他说得有道理。"李斯真诚地笑道。然而，他的笑容却明白表示着，他说的是假话。

尉缭一边走一边说，根本不看李斯的脸，所以他以为李斯说的是实话，因而申斥道："有道理算什么？ 什么事情没有道理？"这时他才抬起眼睛看了一眼，"你已经反驳了他，是吗？"

"没有。"

"对陛下讲过了吗？"

"还没有。"

"去讲吧。"尉缭说道，"不知时变，以至于此。现在的成蟜，不是当年的秦献公；现在的王，也不是两三岁的孩子。何迎主之有！"

"多谢指教。"李斯一拱手，随即转身向宫里走去。

李斯忽然觉得有点可笑。他想："司空马有一大套说辞，

---

①图是怀恨和争斗之意。"是究是图，亶其然乎"大意是：这事还用思考和谋划吗？ 这不是明摆着的吗？

②事见《史记·秦本纪》及《吕氏春秋·当赏》。

简直是无懈可击。这'往迎主'的典故,只是他脱口而出的一个蹩脚的比喻。给你尉缭一个棒槌,你就纫了针。其实有关献公、出子、小夫人等等的历史故事,那都是人人皆知的,几乎是嘴边上的话,还用得着堂堂国尉教给别人吗!蠢货!你这点学识比司空马差多了,司空马是个殷王的方鼎,你简直像个牧羊人的砂锅。当初在吕相门下,都是一般的舍人。你不过就是比我大几岁年纪,官职比我高一些,就这么大架子。好为人师,竟到如此地步。往下看吧,有跟头给你栽。"

"李先生,请过来。"

李斯听见有人喊他,一抬头见是嫪毐,便赶紧奔上前去施礼。因为李斯曾经是吕不韦的舍人,这在旁人看来,自然就带一点右相派的色彩。尤其在目前,左右之争日趋激烈的时候,更是十分惹人注目。所以李斯在嫪毐面前要格外顺从一些,一见面就匍匐在地,相爷长,相爷短,光光溜溜来上一套。

这时候李斯是客卿,所以称他为先生。

"占梦的结果都出来了,请先生面禀陛下。"

"不敢,"李斯忙道,"相爷在此,臣不敢僭越。"

"那好吧,咱们一起去。不过,"嫪毐故意把下边的话延迟着,好像饭菜尚未做好,不敢往外端一样。"这占卜的结果,相互之间,颇有抵触。先生您看,向陛下报告时,是说东厢旁房的结果呢,还是先说西厢房的结果呢?"

"当然是先说东厢房的结果。"

"为什么?"嫪毐笑着问。他好像在挠到痒处之后,很愿意多抓几下似的。

"因为，"李斯也略微停顿一下，以便给嫪毐一个足够的狐疑的时间，或者说考虑的时间。然后他扬起头来，两眼直对着嫪毐的眼睛，说道，"因为，先入为主。"

　　同李斯所预料的一模一样，嫪毐笑了，表示非常满意。他拉着李斯的手，一起走向咸阳宫后院王的寝宫。看得出来，嫪毐对李斯真是客气极了。如此亲热的举动，无非是向李斯表示，"我并不把你当作吕不韦的人"。

　　当他们走近王的卧榻施礼时，秦王政突然发怒道："韩国来的使臣，名叫韩非的，寡人想见见他，为什么不请来相见？"随后又恶狠狠地责问道："是何道理？"

　　李斯匍匐在地，不敢回话。心想：陛下或许早把占梦的事忘光了。

　　"启禀陛下，"嫪毐说道，"只因陛下龙体欠安，故而未敢引见。"

　　"现在就去，立即把韩非请来。"

　　秦王政说罢，便又歪下身子，并且闭上了眼睛。嫪毐急忙退出。李斯自然不敢逗留，也跟随退出来。

　　嫪毐立即派车去传舍接韩非。他见李斯随他一起退出寝宫，心中非常满意。这正是李斯乖觉的地方。如果嫪毐退出，他却留下，就会怀疑他捣什么鬼。被人怀疑，这是危险的事情。这种地方，李斯一向是十分周到的。这时候，嫪毐表现出一种十分友好的态度，同他攀谈起来。

　　"听说这个韩非是足下的同学，是真的吗？"嫪毐认为称对方为足下，远比称先生要亲热许多。

　　"不错，正是。"

"足下有这样的同学,实在是荣幸。他的文章极好,陛下非常赞赏。"

"听说是这样。"

"他的理论也很好。"敲敲脑壳,似乎刚刚想起来,"叫作法术势,三合一,真是高绝。"

"相爷说得极是。他完全当得起这两个字。"李斯说道,"只是……"

"请往下说,只是怎么样?"

"只是,法是照抄商鞅,术是照抄申不害。"

"这么说他就只剩一个'势'了①?"

因为势这个字很不好听,故而两人忍俊不禁,一起掩口而笑了。

"是的,相爷,"李斯笑罢,肯定地说道,"唯势而已。"

嫪毐的两眼直勾勾地看着李斯。他感觉到李斯非常明显地在中伤韩非。"何以要中伤他人? 况且是自己的同学,而且是陛下非常敬重的人……"嫪毐想,"韩非来咸阳已经半个月了,大约他们已经不止一次地见过面。如果他们谈得很好,李斯不会中伤韩非。现在,既然他公然中伤韩非,这就证明他们谈得并不投机,而且证明他们有矛盾。同学之间有矛盾,甚至成为死敌,并不新鲜。孙膑和庞涓就是绝好的例证。既然他们之间有矛盾,这样一来,韩非就要为我所用了。"

"是啊,唯势而已。足下真是一语道破。"嫪毐问道,"那么以足下之见,韩非的所谓势,究竟是什么?"

---

①"势"字有时指阳物。

"他喜欢使用'威势'一词。"李斯解释道,"这所谓威势,就是位势,就是权势,不过就是权力地位而已。这就是韩非所谓的真理。"

"如此说来,这只是一个势利小人。"

嫪毐显出不胜惊异的样子。但是因为他的话只是自言自语,所以李斯也未应和。这时他们不约而同地向外室走去,看韩非来了没有。

韩非在韩国时,整天只是关在书斋里著述,而他所根据的只是书册上已经有的以及街巷里的传闻。当时诸侯的士大夫,没有一个是不关心秦国事态的人。尤其韩国,朝中上下所有的眼睛都盯着咸阳。当嫪吕之争渐渐白热的时候,韩非是同情吕不韦的。在他看来,吕不韦不仅是有功先王的老臣,而且为人也比较正派。韩非一向对什么后妃太监幸嬖竖子一类,抱有不可名状的厌恶,他在他的文章中对这类人骂不绝口。但是,当他来到咸阳之后,才发现嫪毐的势力大得很。他一到咸阳,就求见吕不韦。谁知吕不韦正在为刺客来临而苦恼,竟使韩非出乎意料地遭到了拒绝。于是韩非转而求见嫪毐,居然谈得很投契。韩非是一个聪明绝顶的人,他一下子就看穿了咸阳的内幕。当山东六国传说非吕即嫪、非嫪即吕的时候,韩非虽也有所耳闻,却不以为如此严重。现在他才彻底看清,嫪吕之间确实是势不两立。这场尖锐斗争,在韩非看来,其目标是对王的争夺。双方都企图进一步掌控王。然而王是不是受他们的控制,在韩非看来,这还是个未知数。在韩非面前出现了如此尖锐的抗争,或者说激烈的角逐,这使他感到十分惬意。在战国末期,凡是老成一些的读书人,无论他们出自何师何门,他们都带一点儒道的味道。相反,那些不够老成的野心勃勃的读书人,也无论他们出自何师何门,则都带一点刑名家的味道。韩非是一位刑名大师。他对各种各样的尖锐争斗,怀有无可理喻的兴趣。他认为,只要世界处在激烈的对抗之中,他就有了用武之地,也就是说,他就有缝子可钻。他甚至认为一个人要想往上爬,就必须利用别人。而人类这种所有生物中最卑贱的东西,只有在生死存亡的角斗中,才容易被别人利用。到了紧要关头,他甚至都不问你是什么人。韩非既然持有这种理论,那么,对人对己则都是如此。当他想利用别人的时候,实际上便意味着他也可以被别人利用。于是,他决定投靠嫪毐,利用嫪毐,面见王,取得信任,然后在咸阳谋个一官半职。他在韩国,并不得势。这次有人举荐他为赴秦朝贺的使臣,只是因为听说秦王政赞许过他的文章,并且想同他见面。韩王曾经同韩非谋弱秦,这是众人皆知的。前头已经有一个郑国,来咸阳给秦国修筑水渠。郑国已经被秦国怀疑,并且已经被抓起来,押在监狱中。然后又派一个曾经同韩王谋弱秦的韩非来咸阳,这是很危险的。由此可见韩国对韩非是相当薄情的,只是想利用韩非,以达到苟延残喘的目的。韩非很了解这点,所以他自己有自己的想法。他这次来咸阳,决心在秦国做事,不打算再回韩国,更不要说替韩国效力了。

韩非一到咸阳,秦王政就想传他进宫相见。嫪毐不同意。嫪毐说的是陛下有病,实际上是想自己先同韩非谈谈,然后再引见陛下。知道秦王政很赏识韩非的文章,很有可能留他在秦国做官,所以想预先下些功夫,把韩非拉拢到手。

他同韩非谈得很融洽,便想到立即就利用韩非。他想让韩非对王讲些道理,劝王不要急于冠礼和亲政。尤其在消灭成蟜之前,这是绝对的不适宜。他主张立即调遣大军,增援蒲鹬,以便迅速消灭成蟜。他认为"人臣无将"。只要是叛变,都是大逆不道,应该严惩不贷,而无须问什么叛变的理由。他主张陛下应该下一道御旨给成蟜:"赐死。"对于嫪毐所有这些想法,韩非都表示非常赞成。他并且表示,如果他能很快面见陛下,他一定以他的三寸不烂之舌来扭转陛下的一颗铁石之心。于是嫪毐放了心。所以今天他对秦王政可以说非常顺从,立即派人去接韩非入宫。

以目前的心境而论,嫪毐是心中有数,盼着韩非进宫。而李斯却不然,他最发愁的就是韩非进宫面见王时自己在场。他同韩非是同学,十年前他们在兰陵荀卿门下读书。他很了解韩非。韩非口吃,越着急越说不成话。文章写得很漂亮,嘴上却说不成一个完整的句子。从前在老师跟前,就是李斯给他当翻译。现在在王面前,再给他当翻译,这就不好办。他知道韩非这人,心眼特别灵活,转瞬之间他可以绕出八道弯子,李斯自愧不如。如果在王面前,韩非绕起弯子来,李斯在翻译时出现偏差,这如何得了。更何况秦王政又是一个多疑而善怒的人。

"相爷,"李斯拱手对嫪毐说道,"韩非进见,大人应该在场,在下就告退吧。"

"不行,你别走。"嫪毐忙说道,"这韩非是个结巴,足下必须在场。万一陛下有听不懂的地方,足下可为辅助。"

李斯是个很乖的人。他到了非常尴尬的时候,就腼腆地笑着。现在他又无可奈何地微笑起来,好像看见河水冲走了他正在吃的半个果子一样。

这时侍者通报:韩非到了。只见韩非快步跑上台阶,脱掉鞋子,神采奕奕地走进厅堂。他一边行礼,一边问候,仿佛他同嫪毐和李斯都是老朋友似的。韩非年纪有四十岁左右,中等身材,满脸雀斑,眼睛很小,嘴唇很薄。他笑的时候,好像舍不得用力,而说话的时候,又好像特别用力。

他想说,"足下您好",结果却说成,"足下你你你。"

"先生您好。"李斯拱手答道。

"丞相您您……"

"先生您好。"嫪毐说道:"陛下久已仰慕先生才学,渴望见到先生,现正在后宫翘首以待。"

于是,嫪毐在前,李斯在后,陪韩非来到秦王政的寝宫。这时,秦王政正伏在长几上假寐。

嫪毐禀道:"臣等奉旨引韩国使臣韩非叩见陛下。"

"外臣韩韩韩,韩非,"韩非觉得笨鸟应该先飞,抢着说道,"得见大大大王幸幸,幸甚。"

秦王政睁开眼睛,说道:"足下就是韩非?"忽然觉得这样提名道姓不太合适,便接着说道:"先生请到近前落座。寡人拜读过先生的文章,仰慕先生风采久矣。此来敝邑,敬祈先生不弃,赐教寡人。"

"大大大王不耻下下,下问,臣知知之之之,必言。"

"请问先生何以治国?"秦王政问道。

"明明明,明法。"韩非终于回答出来。

"请问先生何以强国?"

"严严严严,严刑。"

"请问先生何以御臣下?"

"神神神神,其术。"

秦王政好像没有听清,问是什么意思。此时韩非已经是脸红脖子粗,嘴不停地乱动,却说不成话。李斯代言道:

"先生说,神其术。"

"何谓神其术?"秦王政问李斯。

李斯还没有回答,韩非抢着说道:"如周周周周,周君之寻拐杖。"

秦王政问李斯道:"什么意思?"

"先生说,如周君之寻找拐杖。"李斯解释道,"东周君丢了拐杖,下令国中寻找,官吏奔忙,数日不得。东周君私下派人去找,不一会儿就找到了。东周君便对官吏们说,你们整天无所事事,连寻找拐杖的这么点小事都干不成。我派人去找,不一会儿就找到了。可见你们未能尽心尽力。众官吏以为东周君神明,从此做事更加尽心竭力。"

李斯说着,微微笑着。嫪毐笑了,秦王政也笑了。

"其术,"秦王政问道,"只此一端吗?"

"察颜观观观,观色,严于督督督,督责。"

秦王政点点头,叹息一声说道:"先生所言极是。寡人年幼无知,材质驽劣,还望先生多多赐教。"

"厉怜怜怜,怜王。"

"何谓也?"秦王政说着,又看了李斯一眼。

"厉就是得了麻风病的病人,"李斯解释道,"得了麻风病的病人,是最让人可怜了,然而他还在可怜做王的人,可见做王的,一般都是极可怜的。古谚所说的厉怜王,就是这个意思。"

秦王政这时忽然觉得头疼。他已经疲倦至极,但是他却说道:

"请先生往下说。"

如果仅仅看韩非的姿势,他匍匐在地,很像一个正在接受考试的学生。但是如果仔细观察他的眼睛,他倒颇像一个审视犯人的法官。他第一眼看见秦王政时,心中想:"这是一条饿狼。"后来他仔细观察之后,想:"这人眼里冒火,说明心中的仇恨太多了。"于是他断定:"这不是一个受人控制的人。无论嫪毐,无论吕不韦,也无论李斯和尉缭,都将是他的刀下之鬼。我既然决心在秦国做官,则只有靠他,只有紧紧跟随他,适应他的一切需要。"

现在把韩非口吃说的那些多余的字统统删掉,他说了下面这段话:

"谚曰厉怜王,此不恭之言也。虽然这么说,古无虚谚,不可不察也。这谚语是专为那些被奸臣劫杀的王们说的。王没有法术以御臣下,即使年纪不是幼小,即使长得很漂亮,那又有什么用呢?人不为己,天诛地灭。只要王没有法术,大臣就可以得势擅权,独断专行,飞扬跋扈,各为其私。朝中一旦有了这种贼臣奸党,那么,杀嫡正而立不义,杀贤长而立幼弱的事情则必然发生。因为国中父兄豪杰将以王命诛灭贼臣奸党,所以贼臣奸党为保万全,必然要杀贤长而立幼弱,杀嫡正而立不义。所以《春秋》专门记载了楚共王被他的儿子围用冠缨勒死的故事,并且记载了齐大夫崔杼射杀齐庄王

220

的故事。战国以来,这种事情也很多。李兑掌了赵国的大权,兵围沙丘宫,迫使赵武灵王饿死在沙丘平台。淖齿掌握了齐国的大权,抽了齐湣王的筋,把他吊死在房梁上。这比之《春秋》,有过之而无不及。这些被劫杀篡弑的王,比麻风病人更加可怜。虽然'厉怜王'这句话不够恭敬,其实际情形,确是如此。"①

韩非这一段话,既正确,又精彩,而且非常适合咸阳的情况。就连忙于翻译的李斯,也觉得这一段话非常精彩,非常恰当。李斯甚至觉得这些话如果让他说,他无论如何达不到这么尖锐痛切的程度。韩非自己也觉得说得不错,他看见秦王政一直在耐心地听,他很满意。他后来便把这些话写出来,他的学生们把它编进了韩非的书中。这文章一直流传到现在。秦王政虽然头疼得厉害,但是当韩非说到"即使年纪不是幼小,即使长得很漂亮,那又有什么用"的时候,他觉得这些话中肯至极,亲切至极。秦王政想:"好个韩非,真有学问,真有眼光,真有见识! 他的这些话是专为寡人说的,他的这些文章是专为寡人写的。寡人一定留他在秦国做官,先让他做客卿,待他立功之后就让他做廷尉。韩国有人而不知用,韩国的灭亡是毫无疑义的了,如此昏乱的国家,不亡何待。"

然而当韩非说道"杀嫡正立不义,杀贤长立幼弱"的时候,秦王政真是惊叹至极。他立即就想到了目前在屯留举行

---

①所有韩非这些话,都出自《韩非子》。最后一大段话出自《奸劫弑臣》篇。

起义的成蟜。他暗暗说道:"韩非真不简单,真了不起。目前一般人还不知道屯留事变,他也点名挑破了。他对秦国的情况简直了如指掌。寡人干脆请他在秦国做丞相,是的,丞相,而且是右相。老天保佑,一定要他答应寡人。苍天见怜,寡人依靠他,不仅可以消灭成蟜,而且可以铲除吕不韦。吕不韦多年擅权,此祸不除,终是大患。"

这时的李斯,忙着为秦王政翻译,心中顾不得考虑什么。他甚至都无暇看嫪毐一眼。他如果看到嫪毐此刻的样子,他肯定要大吃一惊的。嫪毐跪在一旁,垂着头,喘着气,鼻子尖上向下滴着汗珠……他就像一个犯了死罪的人正在接受宣判一样。他觉得韩非背叛了他,好像他们曾经有过什么盟约一样。他极力回想前几天同韩非的几次谈话。他觉得韩非曾经承诺过什么,莫非是听错了或者记错了吗?他的头脑仿佛已经停止活动,完全糊涂了。他在心中不住地骂这结巴鬼,他认为自己被这结巴鬼出卖了。"这结巴鬼为什么讲这一大套奸臣权相劫杀篡弑的故事?是要说明什么?是要指明日下咸阳存在着此种阴谋吗?他是想要告发什么人吗?是要告发我吗?李斯说得对,'唯势而已'。势就是位势。谁的地位高,谁就是真理。谁的地位高,他韩非就服从谁,就为谁服务。现在地位最高的就是赵政,当然他韩非就服务于赵政。好一个势利小人!"当韩非解释为什么奸臣贼党要杀嫡正而立不义,杀贤长而立幼弱的时候,嫪毐在心中连连叫苦:"我的天啊!杀嫡正而立不义,不义,不义,杀贤长而立幼弱,弱幼,天啊!既是幼弱,又是不义。天啊!莫非连藏在祈年宫的孩子,这结巴鬼也知道了吗?他怎么知道的?多承他关照啦,还专门为我发明了'立不义'这个新词。他这是把我比做崔杼、李兑和淖齿吗?我的天哪!我一定要尽快除掉这个结巴鬼!今天晚上就动手!好一把锋利无比的宝剑,真正的干将莫邪,可惜我只握住了它的锋刃。"

后来秦王政同韩非有不少对话,嫪毐根本就没听见。他觉得他们似乎谈论过冠礼和亲政的事,但是,韩非是怎么回答的,他却没有听见。当陛下问道占梦的结果时,李斯让嫪毐回答,嫪毐都没听见。直至李斯拉了一下嫪毐的衣襟,嫪毐这才知道要他禀告占梦的结果。就仿佛口吃也传染一样,嫪毐突然也口吃起来。他结结巴巴禀告之后,秦王政问道:"丞相您以为如何?"

"臣以为,冠礼推,推,推迟一下也无妨。"

"现在是三人卜从二人。"秦王政果断地宣布道,"立即准备举行冠礼,一切仪注从速议定。"

"是!"嫪毐的语调是如此唐突:"遵旨!"

"寡人生在正月。"秦王政补充道:"冠礼就定在正月举行。"

"遵旨!"嫪毐甚至都不知道自己在说什么。

第十一章　小巷官大夫

　　当麇公离开马车逃走的时候,那情形有如脱兔。他不知道从哪里来的这么多的力气,两条腿自由地伸展开,飞快地奔跑起来。但是奔向哪里,他却不清楚。他只知道甘泉宫附近住着秦竭的禁卫军,那是他的死对头。如果霎时间拥上来一群饿狼一样渴望立功的武士,他未必能对付。所以他当时想的只是迅速离开甘泉宫,越远越好。不能往北跑,北边是咸阳宫。他想尽快逃回吕府去,但是,吕府在东边,相距甚远。恰好这天是阴天,天上没有星斗,地上没有灯火。他在黑暗中如此瞎跑一阵,特别是他记得曾经拐了四个弯,因此,他现在是在什么地方,他都无法确定。本来他对咸阳是很熟悉的,然而在这种情况下,他无论如何找不出正确的途径来。正在他徘徊的时候,巡逻的马队过来了。先是马蹄声和口令声渐渐清晰,然后是马队的火把光亮出现在街头。于是麇公

224

立即钻进一条小巷。

　　三十多年前，秦国与义渠戎作战时，为了防备强大的义渠戎偷袭咸阳，秦昭王下令把咸阳的小巷都堵死，就是说都变成了死胡同。义渠戎的骑兵如果真的进入这种死胡同，那就必然遭到歼灭。"可惜义渠戎没有进来，却进来了麃公。"麃公这样叹息着。他极力想认出这是哪一条小巷。他不但不知道这小巷的名字，就连小巷在咸阳的什么方位上，他也不知道。咸阳的这种小巷，简直就像麦田的麦子，它们是一模一样。不要说是在黑夜，就是在白天，也很难加以辨认。如果这小巷里，像后世一样，有些门洞，有些上马石之类，或者什么摆小摊的留下的破烂家什，也好让他有个藏身之处。可惜这些东西一概都没有。他只好慌慌张张往里钻。他知道这种小巷都是死胡同，所以根本就不用幻想会从另一头跑出去。这是不可能的。所以当他向后一望，看见巡逻的火把光亮已经在巷口闪烁的时候，他一急，跳上了一个墙头。他两手扒着墙头，身子刚刚上得墙来，他手中的没有剑鞘的宝剑就掉进了院里。"天哪，别人是投石问路，我是投剑问路。"他一翻身，急忙溜下墙去。这时有几只狗，狂吠着向他扑过来。

　　"这是什么人家的庭院，养这么多狗。"

　　他一落地就急忙摸索自己的宝剑。宝剑没摸到，一只狗已经咬住他的肩头。他用手一抓，抓住那狗脖子上一把毛。他用力向下一按，想把它压死。这时有两条狗又扑上来，一条狗咬住他的左腿，一条狗咬住他的右腿。他曾经负过伤，在战场上负过伤，年轻时与他人搏斗也负过伤。但却从来没有挨过狗咬。想不到狗咬得如此之疼，比刀剑伤疼得多。他几乎支持不住了。他想喊叫,因为巡逻队就在附近,他只好咬着牙不吭气。他希望这院子里的主人快点出来,再晚一会儿,他就被狗咬死了。这时候,跑过来三四个人。狗们跑开了,汪汪地叫着,仿佛余怒未消的样子。上来两个大汉,一边一个把麃公扶起来,也可以说是架起来。麃公感觉到,他们的手是如此的用力,使劲攥着他的手腕,好像抓住一个逃亡的奴隶一样。有一个拿火把的人走过来,将火把在麃公脸前照一照,然后说道:"带到庭上去。"

麃公的两腿疼得很。他已经感觉到他的血流进了袜筒。他想:"盼着他们出来驱散这些恶狗,却不知道他们是什么人。老天保佑,不要再落入秦竭之手。"秦国一向等级森严。你只要走进一个人家的庭院,一眼望去,就可以知道主人是什么爵级,甚至什么职位。不仅各种等级所占的住宅面积不同,而且因为面积不同,住宅的格局也大不一样。这一点,在秦国是毫不含糊的。麃公被人架着走向正厅的时候,他想借着火把的光亮,看出这是一个什么人家。他的两腿疼痛得很,沉重得很,他极力走得慢一些,并且不住地东张西望着。忽然他发现,这是一个官宦人家。他最担心的就是进入官宦人家。如果进入平民家就不同了,凡事都有通融的余地。这时,他听见堂上人在说话。一听那口音,麃公完全绝望了。这确是一家官宦人家。秦国人的排外情绪,使得几乎所有的官员都倾向嫪毐。麃公是个秦国人,他对这一点非常了解。所以,他一边艰难地上着台阶,一边决定:说话时全用秦国土音,装作是秦国的下级小吏。

"你是什么人?"堂上坐着一位白发苍苍的老者,他问道。

这时,一个仆人将一把没有鞘的宝剑呈给那老者,说道:"这是他的武器。"

"问你话,怎么不吭气?"架着麃公的两个汉子向他吼道:"你这贼!"

"往上带!"老人命令着。

两个仆人把麃公向前推,来到那老人近前。举火把的仆人将火把在麃公的面前晃着,想使主人把这盗贼看清。这时候有一点情况令麃公感到可怕。他看见那老头子突然扶着小儿跪起来,歪着头反复看他。他甚至觉得那老头子已经把他认出来了。他极力垂着头,装作无辜的样子。那老者问道:"请问足下,你是何人?"

"我是,"麃公这时才感觉到自己的嗓子正在冒火,仿佛他很久不喝水了。他咳了一下,没有吐沫却做了一个很费劲的咽吐沫的动作。他接着说道:"我是西县的小吏,是来咸阳送礼物的。"

"哪个西县?"老人问道。

"陇上。"

"什么小吏?"

"下亭的求盗。"麃公很吃力地说着,"受县尉大人差遣,来到咸阳。"

"足下叫什么名字?"

"胡成。"

"是做贼的出身吗?"

"不,老伯。"麃公极力辩解道:"我不是盗贼。我从来没有做过贼。我是因为得罪了人,挨了打,没办法,想逃跑,又遇见了巡逻的骑兵,才翻墙过来。还望老伯多多见谅。我不是盗贼。"

"得罪了什么人?"

"有权有势的显要人物。"

"不会牵连老朽吧?"

"不会的。"

"就凭足下一句话吗?"

"凭我父母的在天之灵。"

那老人仿佛弄明白了一切似的,至此才安安稳稳地坐下。他沉思片刻,说道:"既然足下说不是盗贼,老朽也不敢把你当作盗贼。"

"多谢。"

"既然是我家的狗咬伤了足下,老朽就有责任给足下医治。"

"多谢老伯。"

"把这位先生带到下房。"老人命令仆人们,"先给他洗伤上药。"

仆人们这时都客气起来,领麇公来到前边跨院里的一间小房,忙着给他洗去血迹,包扎伤口。麇公却哑着嗓子喊着:"水!请给我一钵子水。"

老人在麇公走后,一动不动地坐着,用手拉着自己苍白的胡须。他的老伴走出来说道:

"是贼不是贼,还能凭他自己说?"

"凭谁说?"老人连看也不看她,"凭你说?"

"是贼不是贼,都应该报官。"

"放屁!"

"你不用放屁,他一定是犯了法,不然逃什么?"

"法令日益森严。"老人慢慢说道,"犯法的人越来越多,不一定都是坏人。"

"是好人是坏人,用不着你操心。"

"用得着你操心吗?"

"秦国法令,匿奸者同罪。"

"可惜他不是奸。"老人笑了。

"他不是奸,是什么?"

"是我的一位故人。"

老太太就像听见一桩奇怪故事一样,微笑着坐下来,惊讶地说道:"呀呀! 可真巧!"

老太太一坐下,老人才看见她身后还有人,是他们的两个儿媳妇。老人家看看在一旁举着火把的女仆,是个靠得住的人,便说道:"七年前,我在他手下当百人长。我们在河中一带作战……这是个好人。"

"舅舅,"大儿媳妇问道,"黑灯瞎火的,您看清了吗?"

"我一眼就认出他来了。他的长相一点没变。后来一说话,就是他,确定无疑。"

"他是谁?"二儿媳妇问道。

"当年我们的将军,五大夫麃公。"

"他必定是犯了法。"老伴说道:"哪有这种模样的五大夫?"

"现在是什么时候了?"老人不想再理睬老伴,对她身后的儿媳妇问道。

"夜深了。"大儿媳妇答道:"将近夜未央。"

"叫人去问那个叫胡成的人,"老人说道,"问他吃过晚饭没有。吃了就算了,没吃就给他预备晚饭。就说老朽说的,寒舍清贫,粗茶淡饭,招待不周,还望足下多多包涵。希望他安心静养几日,伤好了再走不迟。"

他的老伴心眼多,对此很不放心。过了一会儿,她出去在院子里巡视一遍,自然也到前院那小房门外听了听。她听见那人已经睡了。她又布置几个健壮男仆,手执兵器,在那小房前后看守,以防不测。一切安排停当,她才回到房中安歇。出乎她的意料之外,这一夜平平安安地过去了。天明以后,所有的仆人都已经起来操作,鹿公却还在沉沉地睡着。老太太去看他,见他还睡着,低声说道:"一个做贼的,睡得倒踏实。"

早饭时候,不顾老太太的坚决反对,老头子一定要同那"做贼的"一起进餐。当鹿公脱掉鞋子,拐着腿走进堂屋时,老人忙起身迎接,鹿公急忙施礼。

"足下来到寒舍,正碰上狗窝开门,让足下受了苦,实在是对不住。"

"不速之客,多有打扰,又得老伯如此盛情,真是感谢之至。"

"足下不必客气。"

"敢问老伯尊姓大名。"

"坐下说话。"

双方客气了一番,入了座。鹿公看见在他面前的小几上,摆着一瓦钵子黄米,一铜盘子牛肉,旁边木碟子里放着一

230

些咸菜之类,还有一个带花纹的细陶碗,里面盛着不知是酒是汤。

麇公坐下来,心里十分感激,但是也颇有感想。从这院子的面积看,这家应该是个中级官员,或者还要高一些。但是从这些建筑看,又显得如此寒碜,好像正准备修建的样子。等麇公坐到饭儿前的时候,他觉得若要确定这家主人的身份,就更加困难了。所用的家具,一件一个样,几乎各色皆备,使人无从判断。若论摆上来的食物,却是很好,盛得很满,而且大冷天,都冒着热气。毫无疑问,这是一次盛情款待。麇公想:如此盛情,不知是何用意?吃过饭,我就该及时走掉。

旁边跪着三个男女仆人。老人一挥手,对他们说道:"这里没事啦,你们都吃饭去吧。"

"如此盛情,非常感谢。"麇公拱手至额说道,"请问老伯尊姓大名。"

"麇将军,"老人也一顿首,笑道,"一向可好。"

麇公一下子愣住了。心想:"糟啦! 被他认出来了。"他张口结舌地说道:"你——"

"老朽七年前在将军麾下做百人长。"老人笑道,"昨晚一见面,就认出将军您了。多年来,将军没变样。还是那么英俊。"

"你——"

"那时候在将军麾下有几百个百人长,将军怎么能记得老朽呢?"

"实在是对不起。"

"听说将军受了委屈,革了职。这几年老朽一直在打听将军的下落。听说在吕府做事。虽说同在咸阳,只是无缘见面。"

麃公警惕起来。

"将军请放心。老朽不是嫪毐的人。老朽已经退休,不管他们的闲账。"

"那老伯您是——"

"我叫蒲腾。"老人笑道,"将军还有印象吗?"

"噢?想起来了!"麃公拍一下膝头,喊道:"咱们攻打卷城的时候,您负了伤,还是第一个爬上城头。您是咱们的老英雄。"

"好记性。"老人笑道,"正是在那次战斗之后,将军您提拔我做了千人长。"

"一点不错。"麃公站起来重新施礼,拱手说道,"老伯,别来无恙。"

"托福,托福,"老人也急忙还礼,说道,"请,请坐,请用饭。寒舍清贫,家常便饭,还望将军不弃,努力加餐。"

吃饭中间,老人说道:"当千长没几天,将军走后,我受了处罚,又降为百人长。一年后,我五十六岁,退了休。现在,我的两个儿子,都在嫪毐手下做事,所以,倒也不受欺负。"

"令郎都叫什么名字?"

"将军,"老人说道,"您不必担心。嫪毐本是个下三烂,天不作美,他居然掌了秦国的大权。在他手下做事的人很多,真正死心塌地为他效力的没几个。"

"请问老伯,两位令郎都叫什么名字,做什么事情?"

"大儿子叫蒲雕,在禁卫军中当一名小尉。前些天秦王派他出差办事去了。二儿子名叫蒲鹬,新近封的少庶长,前不久,国王派他领兵去攻打赵国,目下早已出了临晋关。"

"噢,知道,听说过。"

麀公觉察到,老人说到自己的儿子时,脸上不无得意的神色。所以,麀公决定:吃罢饭,立即告辞。

"将军的伤势如何?"

"不要紧,多谢老伯关心。在下准备就此告辞。"

"我还有话要告诉将军,怎么能刚刚见面就走?"老人真诚地挽留着,"若在平时,就是请将军,还怕请不来呢。"

"有要事在身,不敢久留。"

"为了将军,早晨一起来,老朽就到街上去走动走动。将军万万不能走。一则将军的伤还没有好,再则,禁卫军不是好惹的。他们正在到处搜查您。"

"难道他们还敢搜查吕府吗?"

"这就看他们给您捏造的是什么罪名。"

"想不到秦竭如此毒辣。"

"将军您终于看清了。"老人笑道,"这就是老朽正要告诉将军的要紧事情。"

"什么事情?"

"有一句古老的谚语:盗憎主人①。将军您听说过吗?"

"老伯说的是秦竭吗?"

"正是他。"老人气愤地说道,"七年前,正是他诬告了将

①《左传·成公十五年》:"盗憎主人,民恶其上。"

军,致使将军遭受贬斥,降为庶人。"

"一直在害我!"麃公叹道。

"他不害人,就爬不上去。"老人解释着,"他曾经害过你,你就成了他的敌人。你还不知道,他可记得清楚。你不死,总归是他的敌人。"

"盗憎主人。"麃公长叹一声,"一点不错。"

吃罢早饭,老人扶着拐杖,引麃公来到东跨院后边的一间小房里闲坐。这间小房比昨晚公睡觉的小房暖和得多。大约它是在厨房的后面。两人分宾主落座,仆人端进来一个正在噼啪作响的火盆,放在他们面前。按季节说,现在不需要火盆了。一则因为今年咸阳气候不正常,这几天忽然很冷;再则,麃公有伤,需要暖和些。这些美意麃公都能充分地感受到,心中十分感动。随后,那仆人又端来一个三条腿的带耳的沙泥鬲子,里面是水,水里放着几根甘草和几个红枣。那仆人稳稳地把它放在火盆边上。麃公看看腿下面茅草编的荐席,看看这瓦制的器具,再看看这几个红枣……觉得即使最清贫的人家,这几件东西也都是具备的。

"老伯多年驰骋沙场,令郎都封了少庶长,想不到清廉如许……"

"不怕将军耻笑,"老人说道,"在昭王时期,老朽每次从军,前后达四十年之久。最初是大夫,一会儿上去,做官大夫,一会儿下来,做上造,真是载沉载浮,最终还是个官大夫。所以,乡亲们给起了个雅号:蒲老官。"他惨淡地笑一笑,又补充道,"小儿子封少庶长,那才是新近的事。"

麃公想:"吕相正需要我,我遇到了这样的麻烦事情。因

234

为我曾经去屯留送信,秦竭和左相就企图以此诬陷吕相。此时我回吕府,只能给吕相增加麻烦。对于我自己,回吕府也未必安全。反而不如在蒲腾家。这老者既然诚意挽留,恭敬不如从命。他如果想去报告,我一走就可能去报告。既然他已经把我认出来,并且上街去探听有关搜捕我的消息,不如就留下藏在他家。即使他想报官,就在他家藏着,也未必对他有好处。儿子新近封了少庶长,他不敢轻易惹麻烦。秦国的一般士人,没有根底,升到少庶长是非常不容易的。这正是紧要关头,老天有眼,赐我这样的机会。我干脆住下来,同这蒲腾好好谈谈。如果他同意我的想法,我就劝说他出关去上党。到时我将同他一起前往,去游说蒲鹖归顺长安君。然后打回咸阳,用嫪毐的拳头打嫪毐的眼睛。我将要亲手杀死嫪毐。大丈夫活在世上⋯⋯苍天保佑我吧!"

"将军您也是载沉载浮的人。此中况味,一言难尽。"老人很喜欢闲谈,他不紧不慢地说,"咱们都是秦国人,生在秦国,长在秦国,为秦国卖命数十年。别人不了解秦国,咱们应该了解。"

麃公一边想着心事,一边听着老人闲谈。听到紧要处,他就连连点头,表示同意。

"一个首级制度,一个什伍连坐。"老人说,"这本来是山东六国,照直说,就是三晋传来的东西。山东人不认真,秦国人认了真。结果是,立功受奖难于登天,犯法被刑如履平地。老朽自昭王时期,直至今王,三世之间四十余年,大小战斗经过五十多次,受奖八次,受罚十五次。升的时候,每次最多一级,了不起两级。若是受罚,一降就是三级,五级,直至杀头。

每一次能活着从前线回来,就是福气。"

麃公深深地叹息着。

"老朽第一次受处罚,从官大夫降为上造。回到咸阳,觉得没脸见人。见了老婆,羞愧至极。我老伴很高兴。她说,'某某的丈夫,在战场上被敌人打死了,某某的丈夫,什伍连坐被自己的长官杀了等等,等等,说了一大串。她哭着,喊着,你能活着回来,不缺胳膊,不缺腿,这就是我的福分。看见我高兴,你倒不高兴吗!'将军,秦国的士卒,能活到六十岁的,有几个?"老人非常激动,说道,"将军,老朽冒昧地劝将军一句:可能的话,急流勇退。"

"是啊,老伯说得极是。"麃公接着又笑道:"两位令郎,都在嫪毐手下做事,老伯也曾经这么劝过他们吗?"

嫪吕之争已经尖锐深入到如此程度,即使在十分友好的闲谈中,这个问题也会突然暴露出来,最终,总要留下一些令人不快的阴影。

"不是因为将军您是吕府的人,我才这么相劝。您千万可别误会。"老人极力解释道,"同样的话,我给儿子们说过许多次。无奈他们究竟年轻。必须要等到他们把苦头吃得足足的,这一腔沸腾的热血才能够冷静下来。"

"是这样。老伯。"

"不过那时候,一切都晚了。"

"也许现在就已经晚了。"麃公笑道。

"将军可以放心,"老人认真地说,"我的儿子,我信得过。他们有胆有识,比他们的爸爸强。"

"爷爷,爷爷,"一个小男孩跑进来向老人说,"飞了。"

"什么飞了?"蒲老官见到小孙子,立刻就欢天喜地地对孙子说起话来。

"小鸡飞了。"小男孩调皮地说着。

"过来,我摸摸。"

那小男孩走到老人跟前,老人摸摸他的小鸡,然后在屁股上拍一掌,骂道:"还在啊,小浑蛋!"于是向鹿公笑道:"这是老朽的小孙子。"

这时,一个男仆人进来说道:"老爷,她准备好了。"

"来了吗?"老人问道。

"来了。"

"那就请她进来。"

仆人出去后,老人对鹿公说道:"敝宅中,老朽夫妇之外,两个儿媳妇,三个孙子,四个孙女,还有十五名男女奴仆,都很本分。不会出什么事情的。将军只管住下吧。"

这时走进来一位中年妇女,斜提着裙子向鹿公深深施礼。鹿公急忙还礼。老人说道:"这是老朽的大儿媳妇。她的医道颇好,是祖传的。特意请她来为将军洗洗伤口,敷些膏药。"

"多谢老伯,有劳大嫂。"鹿公拱手说道。

那妇人看上去非常矜持。当鹿公向她致谢时,她既没有点头,也没有微笑,若无其事。只是对旁边的男仆人说道:"把钵子摆好。请先生躺下,帮个手,脱掉先生的衣服。"

"好一个不轻言笑的女人。"鹿公解开衣服躺下看了她一眼,"简直是冷若冰霜。她不会把我当作一头牲畜吧。"

她用蒸煮过的麻布,给鹿公擦洗伤口。鹿公觉得她的手很重,伤口疼得很。他想:"无论如何我也曾经是个将军,不能喊疼,可丢不起这个人。"不过,他却疼得直咧嘴。

"疼吗?"那妇人说道。

"不,不疼。"

"说起来,先生倒也值得。"那妇人一边忙碌着,一边说道,"先生抃死一条大黄狗,那是全家人最喜爱的一条狗。"

"大嫂是想替它报仇吗?"

那妇人没笑,老人却笑了起来。

"先生只跟狗交过手吧?"妇人问道。

妇人这话,"跟狗交手",很不雅观,颇带嘲讽。不仅老人,就连那仆人也憋不住,终于笑出声来。然而那妇人的脸上却毫无笑意。

"是的。"麂公不无尴尬地承认着,"平生这是第一次同狗作战。"

"先生请不要赖账。"妇人说,"寒舍的狗,总共咬了先生七口,大小伤口一共十四处,都是狗牙咬的。这里有一处,请往肩膀这边看,这是宝剑留下的伤口。不过不深,别担心。既然如此,先生就听舅舅的话,在寒舍住下吧。这个小房子很暖和,也很安静。每天有仆人给您送饭来。饭菜不佳,多多包涵。现在,把这些草药,放在这个沙泥禹子里。先生渴了,就可以喝一些。只管放心,多者十天,少者七天,就可以痊愈。"

她的这些话,都是伴随着她的迅速的动作,慢慢地断断续续地说出来的。话是不松不紧,不冷不热,又像劝说,又像指示。因为她不停地忙碌着,所以也没有时间看麂公的眼睛,麃公的眼睛却一直都在随着她转。麃公觉得她说话的声音很好听,然而又觉得她好像是在对石头说话,她的话用不着回答。

当她把一切都收拾停当之后,话也全部说完,站起身来,向麃公略一敛衽,说道:"请躺着休息吧。"

"多谢大嫂。"麃公起来向她顿首。他抬起头时,她已经出了房门。

"就听医生的话吧。"老人站起来抓住拐杖,说道,"躺下休息,老朽这就告退。"

麃公确实觉得累极了。众人走后,他觉得这房子确实十分安静,荐席十分暖和。旁边有一个木枕,有一个破旧的羊皮袍子。"一切齐备。"麃公躺下去的时候,想,"这是一个好人家,女人们很端庄,男人们很友善,实在难得。老公公夸奖儿媳妇,称她是医生……我应该给我家里捎个信去,让老妈妈放心。不,不能。她知道了,反而要担心……"不一会儿,他就进入了梦乡。

在古代,人们一般都是吃两顿饭。上午辰时吃早饭,下午酉时吃晚饭。不过这所谓辰时和酉时,也都是后来的叫法。

在春秋战国时期,人们还没有发明出这些叫法。他们管上午叫"大昕",把傍晚叫作"夕"。正如这蒲家大儿媳妇把子夜叫作"夜未央"。他们有一套古老的很绕嘴的叫法。总之,麃公一觉睡到夕时,送饭的仆人把饭摆好,才唤醒他:

"先生醒醒,请用饭吧。"

麃公坐起来,见饭菜都已摆好,说道:"多谢啦。"

"长房夫人说,今年鱼肉便宜,家中现有狗肉,不过这两种肉,她说,对先生不适宜。所以,特为先生买来一条猪腿,望先生努力加餐。"

"太感谢啦。"麃公拱手说道,"请代为回禀老伯,在下多谢盛情。"

麃公吃饭时,这仆人就跪坐在他的旁边。古人尚右。他不敢坐在右边,所以,麃公一抬头,就看见他的左耳朵被割了。那里留了一个伤疤。鬓上拢不住的头发散落下来,微微盖住了那疤痕。麃公一边吃饭,一边端详着这个奴隶。这是一个很精干的长得很端正的小伙子。

"请问你的姓名?"麃公问道。

"奴隶没有姓名。"仆人答道。

"几岁?"

"三十四岁。"

"比在下小五岁。"麃公说道,"可以称呼你为兄弟吗?"

"不敢。"

"我应该怎么称呼你?"

"随便。"

"方才你说的长房夫人是谁?"

"就是医生。"

麃公忽然觉得要同不爱说话的人谈话是很困难的。然而麃公却不觉得尴尬。他认为,主人友善,说话坦率,一张嘴就是"一个首级制度,一个什伍连坐","立功难于登天,受罚如履平地",敢于吐露心曲,敢于切中要害。"这是一个曾经沧海的人。这一家人,女人们很严肃,仆人们不爱说话,有礼貌,好家教。我也是载沉载浮，也有一个美满的家庭，但是，若论家教，自叹不如。"

第二天两顿饭，依然是这个奴隶送来。麃公很想同他说话，便问道："主人曾经告诫你，不要同我说话吗？"

"没有。"

"那么，只因为你是个俘虏，所以，不屑于回答我的问话吗？"

那奴隶扭动了一下身子，皱一下眉头，随即红了脸。

战俘是奴隶的主要来源。所以，将俘虏卖为奴隶，这是极普通的事情。秦国一向以首级之数计算战功，这就是所谓首级制度。这种计算原则很简单：士卒以什伍为单位，人得一首则晋爵一级；军官则是"三十三盈论"。[①]军官立功比较容易，士卒立功则非常之难。所以蒲老官说："立功难于登天。"这个制度，看上去很科学，很公平，其实很容易捣鬼。所以古代的哲人们说："法定则奸生，令下则诈起。天下没有完美无缺的制度。"因为若把所有斩杀的人头，都运到指挥部去，很不方便，所以才规定割下敌方死尸的左耳，用以为凭。首级数量不够，不能计功，而不能计功则往往要受罚。于是，便经常把俘虏的甚至当地居民的左耳割下来充数。这叫一注双赢。抓了一个俘虏，既可以战俘报功，又可以斩首报功。这种事情，是不允许的。但是，这么做了，也很难察觉。因为，前线军官互相包庇，而接受战俘的官员在后方。耳朵割得浅，伤口可以很快痊愈，加之俘虏本身只求活命，不敢揭露

[①]详见《商君书·境内篇》。

敌国的将军。甚至问到他们时，他们只说是上次同齐国作战时被割掉的。秦国自然管不着齐国的事情。所以，在咸阳市场上出卖的奴隶，有左耳的全是秦国人，绝大多数是由于犯法，极少数是由于欠债，而没有左耳的，不用问，全部是山东六国的战俘。这就是麃公可以准确无误地认出这个奴隶来历的原因。

"先生不必介意，"那奴隶说，"仆本性不善谈吐。"

"足下是这家人的奴隶，我却不敢把你当奴隶看待。"麃公真诚地说，"你是我的朋友。"

"谢谢。"

"赵国人吗？"

"是，太原人。"

"来咸阳几年了？"

"三年。"

"是寿陵之战的俘虏①？"

"正是。"

"是军官吗？"麃公问，"敢问足下的官职、爵级？"

"都是生人的耻辱。"

"既为朋友，自然很想知道底细。"

"麃公大夫千长。"那奴隶深深地埋着头说道。

"失敬。"麃公放下筷子，拱一拱手，"请问姓氏？"

"羊舌氏。"奴隶顿首还礼，答道。

"叔向之后吗？"

---

①《史记·秦始皇本纪》："六年，取寿陵。"

"祁虎之后。"

"请问大名？"

"祁砥。"奴隶又补充道，"年轻时候，鲁钝异常，人称黄羊角。"

"在下可以这样称呼吗？"

"无所谓。"

第二天吃饭时，廪公问道："祁兄，来到咸阳有何感想？"

"不敢妄议。"

"无妨，姑妄言之。"

黄羊角稍作考虑，仿佛回答试题似的说道："文化低，觉悟低，法令严而苛，人各顾自己。"

"是的，颇有见地。请往下说。"

"这两句，已经是罪不容诛了。"

"不怕，只有你我二人，没有第三者。"廪公笑道，"即使我去揭发，你可以不承认，甚至可以说是我讲的。"

奴隶也笑了。他笑得非常开朗，雪白的牙齿非常整齐。这一瞬间，廪公发现黄羊角是一个美男子。

"祁兄家小都在邯郸吗？"

"在榆次。"

"榆次有一位剑术师，名叫盖聂，认识吗？"

"即仆的老师。"

廪公大惊。张着嘴，呆了好一阵，然后放下筷子，跪起来，拱手至额，说道：

"在下愿拜足下为师，敬祈垂允。"

"不！"奴隶急忙还礼，说，"怎么敢当！仆在被俘前，三处负伤,手臂曾经骨折。三年来,身为奴隶,手不摸剑柄,早已不堪一击,怎敢言师言弟。"

"等在下伤好之后,一定请教,祁兄万勿推辞。"

"先生太客气了。"

一天吃饭时,麃公对黄羊角说道:"在下想把足下赎出来,请您在秦国做军官,你同意吗?"

"多谢啦。"黄羊角说,"不必赎,仆与这家人相处得很好。再说,也不愿在秦国为官。"

"为什么?"

"先生是秦国人,怎么能理解三晋人的心理。"

"在吕府做事,也不同意吗?"

"不,不。"黄羊角斩钉截铁地答道,"宁愿做秦国的奴隶。"

"这是为什么?"麃公反复追问着,"还望足下说明。"

"秦国虽然兵强马壮,但是,"黄羊角斟酌字句,说道,"虎狼之国,没有前途。"

"啊,是啊,没有前途。"麃公深深地叹息着,慢慢地点点头。

两人沉默了许久。

"岂止一个秦国没有前途。"麃公说道,"秦国的前途,关系到天下的前途。国家兴亡,匹夫有责。为了努力改变目前的状况,在下伤好之后,准备出临晋关,去见蒲鹬。"最后他提议道,"足下愿意一同前往吗?"

"先生想干什么?"

"去游说他倒戈,归顺长安君。"

奴隶摇摇头。

麃公两眼紧盯着黄羊角,像是在询问。过了一会儿,黄羊角说道:"二少爷极有见识,不会听先生的,更不会听臣的。"

"正因为他有见识,在下才做如此设想。"

黄羊角再次摇摇头,没有说话。

狗咬的伤,倒也容易痊愈,而那一处剑伤,当初麃公都不觉得,也没有作难人。所以在第六天清晨,麃公就出来舞剑了。最初黄羊角坚决拒绝同他一起舞剑,后来总算勉强答应下来。此后每天拂晓他们就起来,在那小跨院里练剑。那情形是非常庄严肃穆的。两人此时终于成了知己。

有个仆人把这些情况告诉了蒲腾,老人不但没有生气,反而非常高兴。他觉得麃公为人正直,颇带一点侠义气概。他能够同他的仆人黄羊角交上朋友,算他有眼力。老人对黄羊角的底细不甚了解,但是一向认为他绝不是凡庸之辈。当他的小儿子挂帅出征时,他曾经建议将黄羊角带去,可以做他的短兵卫士长,无奈黄羊角坚决不肯去。多年来秦赵势不两立,敌对情绪是非常严重的。况且黄羊角的左耳被割掉,他觉得异常羞耻,当时他甚至落了泪。所以,蒲家的人们也不便勉强他。蒲鹬出征前,曾经同黄羊角做过一次长谈,谈的什么,无人知晓。当时做婆婆的非常生气,说:"出征前夕,百事匆忙,不跟老婆话别,倒跟一个奴隶闲扯,真是不知轻重缓急。"蒲老人有不同的看法,他说:"这正是他的轻重缓急。你知道什么。"

然而蒲腾的老伴,也不是等闲之辈。她看上去有六十多岁年纪,长得很瘦,很黑,很精神。她对儿孙们那真是严厉极了。她一天不停地做活,从来不知道疲倦。当纺锤在她手中不停地旋转时,正是她休息的时间,也是她考虑问题的时间。她考虑的结果是,家中留了一个不知来历的人,不但没有户籍,而且官家正在捉拿他,并且他是深夜跳墙进来的,而且身带凶器……

"老家伙说是他的故人,是他七年前的将军。呸! 狗屁将军! 七年前他不来寒舍,现在倒了运,急忙跑了来,看他带来晦气吧!"

夜晚,她喜欢让一个女仆打着火把,她和儿媳妇们以及女仆们做活。织麻布的木机子吱吱呀呀的响声,在她听来就是世间最美的音乐。女仆们和儿媳们都变成了瞌睡虫,这老太太才肯出去看看三星在什么地方。如果三星已经斜斜地挂在正南,她才能允许她们休息。

这一天晚上,老太太手中的纺锤转得比往日快多了,忽然,她撂下纺锤,走进了蒲老官睡觉的房子,对丈夫说道:

"你欠了你这将军的钱吗?"

"不欠他什么。"老人知道又要吵架了。

"他是你的什么姑舅表亲吗?"

"不是姑舅表亲。"

"那么,是你怕他被官家捉走以后,会连带暴露出你的什么秘密吗?"

"我没有什么秘密。"

"那你为什么不去报官?"老太太瞪着眼睛逼问着。

"不能这么办!"老人无可奈何地说道。

"你不懂法律吗?"

"法律是法律,道德是道德。"

"道德值几个钱?"

"道德不值钱,没有它可不行。"

"屁!"老太太愤怒已极,大喊道,"明天你不报官,我去!"

"你敢!"老人也急了。

"为了我的儿孙后代,为了我全家人的性命,也为了你的安全。"

秦国法令严厉至极。因为一点微不足道的事情,被关押,被没为官奴,被杀头,被夷族的事情,几乎天天都在发生。人民在高压之下,在恐怖中生活,整天提心吊胆,谨小慎微……老太太考虑的这些问题,是任何人都要考虑的问题。因为老太太是对的,所以蒲老官赶紧软了下来。沉默了一阵,蒲老官说道:"你把报官的事情想得太简单了。报官以后,惹来的麻烦,你想也想不到。"老人平心静气地说:"与其报官,不如让他走。现在他的伤已经好了,干脆就请他回吕府去吧。"

老太太见如此说,也变得心平气和了。不过,她又说道:"如果你让他走,他一出蒲家的大门就被官家捉去,三拷六问,他说出来是在蒲某人家藏着来,你还有活命的份吗?"

"他不是那种人。"

"我信他不过,"老太太低声尖叫着,"我信他不过!"

"你信得过谁?"

"我谁也信不过!"

"你能信得过你自己吗?"

"我信我自己顶什么用！老糊涂！我们要让官家相信我们，相信我们不犯法！就是这，老糊涂！"

一般地说，老两口争论什么事情，老头子失败的时候要多些。更何况这次老头子本来就没有充足理由，而他的老伴却振振有词，理直气壮。所以最终蒲老官被征服了。他答应明后天就请这不速之客走，并且安排好一切，以便使他不至于在路上被官家抓去。直至协议达成之后，老太太才回房安歇。

连日来，蒲腾每天都要去那小房中一次，询问麃公的伤情、饮食，同时闲谈一阵。每次蒲老人来，麃公总是滔滔不绝地说起来，以致使老人竟没有机会说出请他回吕府这么一句简单的话。老人甚至有一种感觉，仿佛麃公根本就不打算回吕府去了。他看出麃公一心一意都想着屯留兵变的事，想着策动蒲鹬倒戈的事。后来麃公简直是说不了两三句话，就转入他的正题。他劝蒲腾同他一起去上党，或者请他写一封信，或者派黄羊角同他一同前往。

"老伯，"麃公说，"咱们都是秦国人，咱们不能不为秦国着想。秦国现在面临着非常严峻的抉择，历史的抉择。这是决定国家民族命运的关键时刻，如果偏左一点，就要走上悬崖峭壁，走上绝路。如果偏右一点，这就会走上康庄大道。这是多么紧要的时刻呀！老伯，您的小儿子现在就是决定秦国命运的唯一的人。他的长戈，往前一刺，就会葬送秦国，而往后一挥，不费吹灰之力，就会挽救整个的中华民族。他能看清这个形势吗？如果看得清，他将成为民族的功臣，旷世英雄。如果看不清，他将成为一个千古罪人。"

"将军的意思，老朽已经听明白了。"老人说，"将军是想让他做一个菌改①，是这样吗？老朽没有理解错吧？恰好他现在正是一个同菌改一样的少庶长。不过，现在同一百五十年前的情形完全不同。那时候，朝中只有一个小夫人和一个怀里抱着的两三岁的小王。现在这是什么情况？八个少庶长也不行。况且老朽的这个小儿子，比不得平常人。将军您和黄羊角去，就算带着老朽的信去，他也未必买你的账。说不定他还会杀掉你们。将在外，君命有所不受，何况我只是他的父亲！将军你若能带上大军去，那可以。他不听你的，你就杀掉他。如果不是这样，只凭你的一番陈词，谈何容易。"

蒲老官在麃公面前说话，比在老伴面前理直气壮得多。虽然那说话的声音，比同老伴说话时要小得多。蒲腾几乎同意麃公的所有言论，只是认为无法说动他的儿子。他了解他的儿子。如果让他去说服他的儿子，他认为这比说服他的老伴还要难。

这一天，是麃公到蒲家的第十三天。这天晚上，他们谈了很久，没有任何结果。麃公不死心，还想做最后的努力。老人紧紧地皱着眉头，思索着，应对着……虽然没有做任何让步，但是，请客人走的话到底也没有说出来。麃公还在滔滔不绝地说着，忽然有一个仆人跑进来说道：

"老爷，不好了！"

---

①菌改，人名，是迎接秦献公回国即位的人。详见《史记·秦本纪》和《吕氏春秋·当赏》。

"什么事?"老人问道。

"宅院前后都有火把闪动,出了事了!"

这时,另一个仆人跑进来喊道,"老爷,咱家让骑兵包围了!"

"赶快把狗窝打开!"老人命令着。

"只怕来不及了!"

蒲腾跳起来,把鞋子套在自己脚上,急忙结好鞋带,就奔到前院的正庭。他想爬上房顶望一望,看看究竟出了什么事。他老伴忽然拉住他的袖子。说道:"老东西,不要慌。"她接着低声说道,"我知道这是怎么回事。"

"怎么回事?"蒲老人瞪着眼问道。

"这是抓那奸人的。"

"什么意思?"

"晚饭后,我报了官。"

蒲老官气坏了,浑身战抖着,两手都麻木起来。他抓住老伴的衣襟,喊道:

"什,什么奸人!"

"你那故人,你那将军。"

老人一抬手。狠狠打了老伴一巴掌。

"老狗!"老太太跌坐在墙根,叫着,"你竟敢打一个深明大义的老妇人!"

"这是什么大义?"

"你说什么大义?"

"这是不义!"

"怎么不义?"

男仆们都已经拿起武器,站在正厅的台阶下守卫。他们手中拿的是铁矛、铁剑以及在当时已经很普及的铁制农具锹、铲、斧、镰之类。这些铁制的农具都是生铁铸件,很笨重。不过,你只要有力气,拼命地抡起来,任何青铜武器都无法抵挡它们。同时,又因为这是一个武将之家,老子久经沙场,儿子现做着将军,奴仆们也都习武,所以,来的骑兵虽然人多,却不敢贸然上前。骑兵们踩着马背翻墙进来,只是打着火把在院墙根下站着,互相招呼着,窃窃私语着。

守卫的仆人们向厅堂里的蒲老人报告说:

"他们已经翻墙进来!"

"他们都在墙根下站着。"

"他们把大门打开了。"

"进来一个军官!"

"这人曾经来过,他叫胡竭,"黄羊角的声音,"佐弋将军。"

"老伯不必惊慌!"麂公这时跳上正厅,喊着,"他们这是为捉拿我来的。我跟他们去,这一切事就没有了。我没有犯法,谅他们也奈何我不得。如果他们问老伯,老伯只说是从前的故人,其他一概不知,也就没什么了不起的了!"

"先生你早就应该这样做。"老太太喊着。

"现在也不晚!"麂公说着跳出厅堂,正站在黄羊角身边。他听黄羊角说,来的是佐弋将军胡竭。麂公不认识胡竭。他借着火把的光亮,看见一群卫士们簇拥着一个将军模样的人,从大门那里向这边走过来。

"将军大人,是为我来的吧?"麂公喊道,"何必如此兴师动众呢？"

那军官模样的人，在距离台阶二十步远的地方，忽然停下。听见有人向他说话，他问道："你是什么人？"

"哈哈……"麃公大笑道，"既然是为我来的，还不知道我是谁吗？"

"你是蒲家的人吗？"胡竭生气地问道。

"不是蒲家的人。"麃公答道。

"不是蒲家的人，你就滚开！"胡竭怒吼着，"这里没有你的事！"

麃公正要走下台阶，黄羊角一把拉住他，低声说道："不对，不是为你。听着……"

"蒲腾你听着，"胡竭扯开嗓门大喊着，"赶快命令你的奴仆臣妾放下武器，听见了吗？你的院子已经被重兵包围了，抵抗也没用。我奉左相之命，抄斩逆臣之家，男女老少一个不留！"

蒲腾一听这话，仿佛晴天霹雳，头晕目眩。然而，他总归是个硬汉，他挣扎着来到厅堂门口，大喊道："胡竭，你再说一遍，奉谁的命令？"

"左相嫪毐之令！"胡竭笑着回答。

"好一个左相！"蒲老人咬牙切齿地说，"我为秦国出生入死数十年，现在两个儿子都在军中服役……我的蒲鹊正在前线作战……你们这些奸贼，竟敢下此毒手！"

"蒲老官，快别提你的两个儿子啦！"胡竭刚刚笑罢，立刻又变为怒气冲天的样子，喊道："都不是好东西！快下来，蒲老官，快来受死吧！"

"孩子们!"蒲老人对他的仆人们喊道,"咱们都活不成了!拼了吧!打死一个够本,打死两个赚一个!"

麂公不知这是怎么回事,正在发呆。黄羊角这时往他手里塞了一把宝剑,他才意识到将有一场战斗要发生。

这时胡竭大叫着:"军士们,冲!"

老太太再也忍不住了。她左手推开黄羊角,右手推开麂公,冲下台阶,站在院子当中,大喊道:

"我们忠于王倒有了罪,我去告奸,你们倒来杀我们!天哪!苍天有眼!"

军士们已经冲了过来。火把之下,看得清楚,几乎在同时,一柄长戈刺进老太太的肚子,另一柄长戈砍在她的脖子上。她像一个吓麻雀的草人一样,轻轻地倒在自家厅堂的阶前。

蒲腾见老伴死了,怒吼一声,举着宝剑冲出来厮杀,他呐喊着,左右冲刺着。一直冲到了胡竭身边。宝剑在他周身像闪电一样飞舞着。谁也想不到这老人竟如此矫健,居然刺倒了三四个军士。

这时院里、房里一片杀声、喊声,以及女人们的惨叫声。人在死亡之前,顾不得许多。所有的人都像突然发了疯一样。麂公跳下台阶,冲进卫士群中。他想同胡竭较量一下,但是胡竭一闪身,退到了大门洞去了。他想救出蒲腾老人,杀了一阵,见老人已经倒下。麂公在刀剑相撞的叮当声中,听见黄羊角说:"先生,这边来!"

麂公觉得已经刺倒了三四个卫士,不敢恋战,急忙往黄羊角一边跳过去。

"跟我来!"

他们摸着黑,来到后院。听见蒲腾的儿媳妇喊道:

"我不能! 我绝不受军士们的侮辱。你要活下去,把这一切告诉少爷。"

"夫人!"女仆惊叫着。

麀公和黄羊角跳进房里,见长房夫人已经自刎。那女仆抱着她的夫人哭喊着。夫人的血洒在她的脸上。黄羊角对那女仆说:"快躺下装死!"

黄羊角和麀公把门窗捣碎,把家具推倒,做成仿佛洗劫过的样子。最后黄羊角把方才女仆手中的火把踩灭,急忙跑到狗窝,打开狗窝门。这时,麀公听见后墙上有人跳下来。军士们翻墙进来后,才逐个点燃火把。他们的指挥官催促道:"快! 快把火把点起来! 前院里已经打起来了!"

"小心火把!"另一个军官喊道,"今天风大,小心火灾,左相说这所住宅已经赐给中大夫令的小外甥了。"

有几个手执火把的卫士已经拥过来。麀公喊道:"快,快往南冲!"

这几个卫士一听,立刻快步往南跑,绕过长房夫人的卧室,向前院跑去。前院的厮杀一直继续着。黄羊角拉一把麀公,他们来到院墙之下。黄羊角问道:"先生您怎么样?"

"没事。"

"好极了! 上墙。"黄羊角蹲下,让麀公踩上他的肩膀。他站起来,问道:

"墙外有马吗?"

"有。"麀公低声答道。

"快！下去上马。"

麃公跳下墙，立刻跳上一匹马。他刚刚摸到缰绳，这时，他看见黄羊角已经上了马，并命令道："跟着我！"

看守马匹的军士不知道这是怎么回事，喊道："你们两个要上哪去？"

"甘泉宫。"麃公大声喊着。然后等他追上黄羊角时，他小声说道："小心碰上巡逻的马队。"

黄羊角没吭声。

麃公又说道："城门已经关了。"

黄羊角又没吭声。

麃公又说道："吕府在东边。"

他们三拐两拐，来到一个偏僻的小巷。黄羊角勒住马，端详一阵，然后说道："登上鞍鞯，跳进这院子。"

麃公不假思索，飞身上墙，溜进院里。黄羊角爬上墙头，回身用剑刺两匹马的屁股，马飞奔而去。这时他已经轻轻坐在麃公身边。

"这是什么地方？"麃公问道。

"一位朋友家。"黄羊角答道。

"不要再碰到一群狗。"

"叫花子不养狗。"

两人喘息了一阵。然后，黄羊角在前，麃公在后，拨开干枯的蒿莱。走上一条窄窄的甬道。黄羊角站住，仔细端详着，对着麃公的耳朵说道：

"没错，是这。"

他走上前去轻轻敲了两下窗棂，说道：

"浑沌大哥,浑沌大哥。我是黄羊角。"

这时麃公警惕地向四下望着。忽然,他看见在他们身后的蒿莱堆中,站起来一个人。他这一惊非同小可,就仿佛遇见了鬼一样,一阵寒战过后,他立即把宝剑对准那人。只听那人说道:"听见有人跳墙进来,我赶紧出来迎接。想不到是祁兄。"

这说话的,正是浑沌本人。

"大哥。"黄羊角说,"出事啦!"

"什么事?"

"蒲老官全家被杀。佐弋将军亲自带人干的。"

"快请进。"

浑沌引客人走进他家的堂屋。黑暗中浑沌夫人在里面说道:

"街上有马队经过,房里不敢举火,怕有人看见。你们到厨房里去说话。灶里有火,锅里有饭。桶里有水。"

来到厨下,麃公和黄羊角一边忙着盥洗,一边简要地将蒲家惨遭屠杀的情况告诉浑沌。

麃公忽然想起来。司空马曾经说过一个叫浑沌的人。据说吕相几次请他去做舍人,他都不肯。天下竟有这样的叫花子。更使他想不到的是,浑沌听完黄羊角的叙述,竟然拍着大腿,低声狂叫着:"妙!妙!妙极了!"

"正直人家,遭此陷害?大哥怎么这样……"黄羊角惊奇地看看浑沌,又看看麃公。

"妙不可言!"浑沌突然问道,"里面有活的吗?"

"至少有一位女仆是活着的。"麃公答道。

"明天就知道啦。"浑沌笑道,"先生就是麃公吗?久仰大名,未曾见面。司空尚书一直让在下打听先生的下落,可把我难住了。原来藏在蒲老官家。"他又转而对黄羊角说:"祁兄,你真行。最近十天,咱们见过好几次面,你为何不说麃公在你主人家。"

"不知道你在打听他。"黄羊角笑道,"况且,朋友的事……"

"我们也是朋友。"

"不知道。"

"司空尚书给的事情,就是这一件没办好。"

"明天,你能见到司空尚书吗?"麃公问道。

"不忙。"浑沌说道,"先生现在不敢贸然回吕府。"

"为什么?"

"嫪毐已经两次派出刺客,都未成功。已经到不择手段的程度了。先生要耐心,先在敝舍委屈几天,然后再回吕府。"

浑沌说着指一下旁边的一个小门,说道:"两位死里逃生,不容易,千万要谨慎再谨慎。这是一个小套间。两位先在此处委屈两日。里面很暖和,你们就在此安歇。我把吃的东西放进去,外面锁上,千万不可露面。"

第二天黄昏时分。浑沌才回来。他洗过脸,吃过饭,才把麃公二人请出来坐在堂屋里。他说道:

"这佐弋将军是个草包笨蛋。杀一个蒲老官竟然兴师动众,死了不少军士。今天他雇了一些叫花子去清理尸体。那宅院简直变成了一个战场。受伤的卫士们早已抬走,听说有二十多人。死的,是我们清理的,十六名。蒲家男女老少死了二十四口。内史令赵肆假惺惺地出来追查,放出风来,说是一起私斗,一起仇杀。"

"他说的是他自己的事情。"麃公说道。

"还有活的吗?"黄羊角问道。

"那女仆活着。那自刎的大媳妇也活着。"浑沌说,"我按你们说的,带两个可靠的乞丐,先奔后院那房子。见她们还活着,就让她们装作死人,抬上马车,运出城外。现在已经送到一位朋友家养伤去了。"

"长房夫人,"麃公问道,"伤势如何?"

"不重。"浑沌笑道,"她要自刎,那女仆急忙抱她,只割破了自己的肩膀。"

"真是太惨了!"黄羊角叹道。

"是啊。"浑沌叹道,"这蒲老官。一生刚直不阿,生了两个好儿子。出类拔萃,人中之杰。不过这件事,大家应该高兴。这是一件惨案,不过随之而来的可能是最好的消息。"

"好消息?"

"我可以肯定!"浑沌兴奋地说着。

"愿闻其详。"麃公拱手说道。

"这蒲老官的两个儿子都在嫪毐手下做事。大儿子名叫蒲雕。派他去暗杀吕不韦,蒲雕中途变卦,弃命逃亡,不知下落。"

"就为这事,消灭蒲老官全家?"黄羊角说道,"暴虐无道。"

"为这事,还不至于。"麃公说,"这不就等于承认了派刺客谋杀右相的罪行了吗?"

"蒲老官的二儿子,名叫蒲鹬。"浑沌继续说,"他奉命带十万大军,开入上党,去消灭长安君。我敢肯定,事情出在这里。"

"或许他已经倒戈,归顺长安君了!"麇公举着手兴奋地喊着。

"如果他已经倒戈,公然违抗王命,那就可以正大光明地惩处他的家人,可以先逮捕,经过审判,再处极刑。为什么又说是私斗呢?"

"莫名其妙。"

"政权越是腐败,越是着意地封锁消息,以此愚弄人民。"

"往下看吧。"麇公握住浑沌的手说,"希望足下的估计是正确的。"

第十二章　嫪毐的学问

　　传说嫪毐是因为阳物甚伟,才受到太后宠爱的。所谓传说,毕竟是传说而已。宫闱秽事,谁个知底?这种鸟事,何人所见?退一步说,即使亲眼所见,也不足为据。有人说他亲眼见过鬼,这是真实的吗?在公元前二百三十九年冬天,屯留兵变前后,直至公元前三百三十八年,就是秦始皇九年,咸阳出现过许多谣言,千奇百怪,无所不有,神神鬼鬼,恐怖至极。虽然秦国支持嫪毐而排斥吕不韦的贵族为数甚多,在这场斗争中他们有十分的胜利把握,但是,他们对社会上流传的那些可怕的谣言也一样感到胆战心惊。特别是扫帚星拖着长长的尾巴,每晚都出现在天空。当此之时,无人不感到巨大的灾难即将来临。许多人都认为这是对秦国宫闱不谨的一种天谴。就是圣明睿智如夏中期一流的秦国真正的社会支柱,或者说是真正的幕后人物,在内心里也同样感到深

260

深的不安。正因如此,他们才加紧活动,利用嫪毐和太后打击吕不韦,希望这次天象所显示的恶兆落到吕不韦头上。秦国贵族们因为反对吕不韦,更准确地说,是反对《吕氏春秋》。自认为秦国到了最严重的危急关头。人到生命危机的时候,总是要做拼命挣扎,而在挣扎的时候总是要顺手抓起一件什么东西来当作武器。这件东西如果是干将、镆铘、龙泉、太阿,而且剑柄上镶着宝石,剑身上刻着自己的姓名,这固然是好极了。但是如果没有这种东西,那么,就是一把菜刀,一把斧头,一块石头,哪怕就是茅房里的一块臭不可闻的石头,也行。恰好在秦国贵族觉得万分危难的时候,他们当时能够抓到手的,就正是这样一件不成武器的武器——假太监嫪毐。

　　至于有关嫪毐的那些琐碎不堪的传闻,对历史发展来说,简直是无关宏旨。历史上真正重要的事情,关键的情节,都是高级的秘密,从来不为世人所知,甚至都无法猜测它们。人类的想象力是非常有限的,就像山间小溪无法猜测大海一样。市井之中能够制造出来的荒诞不经的谣言,无论在当时或在事后,并没有人去调查它们的究竟,也没有人去考证它们的虚实。就说东街昨晚闹鬼来,西街的人并不去调查,就是东街的人也没有时间管它。但是,大家传来传去,一传十,十传百,不由你不信。不胫而走,不翼而飞者,莫过于谣言。整个历史上,充满了各种各样的谣言。就是最精明的历史学家,最冷静的哲学家,也难免相信谣言。就像溺水者在水里乱蹬乱抓一样,他们在谣言里乱蹬乱抓着,那情景十分令人敬佩。他们比溺死鬼略强一点,只是因为他们最终学会了在谣言中游泳。而他们真正凭借的,说来不幸得很,依然是谣言。更何况他们还往往具有猎奇心理，或者叫作神来之笔，于是写到兴头上，就把市井之中的一些最无稽的传闻拾掇出来，塞进无论什么堂而皇之的论著之中。这就出现了"阴关桐轮"一类的郁郁乎文哉。有人说，像这样的文字非司马迁不敢下笔。其实，这种地方根本就不是太史公的原文。如果不具备许多别的非常重要的优良品质，只凭他的这么一件不体面的家具，他最多也只能得到太后暂时的欢欣。然而他不仅得到太后长久的宠爱，而且步步高升，青云直上，最后竟至羽翼丰满，爪牙遍地，身为封君，独揽朝政，足见他是另有特长。

蒸馒头一天就可以发起来，做酒则需要二十天，而人若要发迹，则需要三至五年。只要某一集团或说阶层将其认可，或说认定，他就可以在三至五年之内飞黄腾达起来。这就仿佛是孩子们的游戏，就像从前咸阳的那帮无赖子弟称呼秦竭为"陛下"一样。当初入宫时，他曾经开玩笑叫过秦竭"陛下"。让秦竭狠狠教训了他一顿。但是到后来，正好翻了一个过，秦竭对嫪毐就像对陛下一样，毕恭毕敬，唯命是从，简直把他当作天神一般，就差喊万岁了。同秦竭的出身差不多的还有中大夫令徐齐，佐弋将军胡竭，咸阳内史令赵肆等二十余人。他们多半都是从前咸阳的破落子弟，有的就是秦竭那一伙中的无赖，大都到过前线，不择手段随便立点什么功，升到大夫以上的爵位。他们从前线回到咸阳，于是极力钻营，在咸阳宫门内外谋个差事。而在嫪毐荣升左相之后，便迅速提拔他们，并把他们一一安插到最关键的位置上。

秦国在数十年前就已经开始设置左右丞相。古代尚右，右相为首。但是,有常规,有权变。在王之下,或左相,或右相,经常是大权一人独揽。这个人就是常言说的一人之下万人之上的当道权相。而在目前当道的权相就是左相嫪毐。他若要真正掌权,说话有人听,必得安插自己的人。当时的秦国,在掌权的丞相之下,众官员分为宫里宫外这么两层。在宫里,文官以御史大夫为首,因为徐齐爵位低,还没有升上去,所以叫作中大夫令,实质上行使御史大夫之权。而宫里的武将是以卫尉将军为首,这就是秦竭。在咸阳宫门外,行政上以咸阳内史令为首,等于后来的首都市长,这就是赵肆。而军队则以佐弋将军为首,这就是胡竭。这些重要位置,三二年间已经都被嫪毐所把持。所以吕不韦说话,没人听。当时的王赵政,因为尚未举行冠礼和亲政,所以说话也没人听。正是由于这个缘故,顿弱才说秦王政是"无名无实"①。顿弱以一介布衣,敢于当面讽刺秦王政,就是因为他早已看透了秦王政,知道他急于要掌权。秦王政虽然尚未冠礼亲政,但是朝中政务,无所不问。三年前,秦王政为了同嫪毐的势力抗争,便向吕不韦要人。吕不韦推荐了尉缭和李斯。这两个人无论水平和能力,都比嫪毐一伙强得多。由此可以证明吕不韦对秦王政是忠诚的。但是因为李斯和尉缭是山东人,外来户,在秦国没有根,身如浮萍,心如飘蓬,即便给他们大权,他们也几乎无法运用。秦王政任命尉缭为国尉,说起来是军事方面的最高长官,也仅仅是参与对外战争的决策,至于军队的事务,依然无法措手。而李斯当时仅仅是个客卿,算是

---

① 见《战国策·秦策四》。

高参,也只能围着王转。正因为他们两位在秦国没有根,所以在入宫以前,就靠吕不韦,在入宫以后,说起来是靠王,而实际上处处都要仰嫪毐之鼻息。他们看见咸阳宫中出出进进的都是嫪毐的亲信,所以抬手动脚都怕踩着地头蛇。并没有人告诉他们进宫以后要尊敬嫪毐,但是他们看见人人都尊敬嫪毐,所以,不约而同,不言而喻,也就很自然地毕恭毕敬起来。

嫪毐在宫中的身份,几乎具备人类的各种身份。他一走过来,宫中所有的文武官员都要匍匐在地,虽然不用口称万岁,实际上比现在的王还要看得重一些。嫪毐说的话,虽然不是什么金口玉言,实际上无一不是立即照办,不敢马虎。满朝的高级将领官员,一见嫪毐,无一不是屏息静候,看他的表情,听他的声息。他们的王目前还没有加冕,而嫪毐在他们眼里就俨然是一个早已加冕的王。而当嫪毐见了王的时候,他立即就变成了一位宰臣,一位赤胆忠心的大臣,简直就是一位托孤受命的老臣。他在王面前说话非常谨慎,言谈庄重,措辞中肯。如果嫪毐要同某一位文官或者武将会面时,他像一个同僚,像一个朋友,像一个合伙做生意的老搭档。他把自己的腿斜着蜷起来,一边说话一边向你蹭,整个上身都向你倾斜着,那种真诚、亲切、推心置腹的样子,简直令人感动。在这种时候,他说出话来总是替别人着想,不仅替对话的人着想,而且替对话人的朋友着想。在他手里没有办不成的事情,没有通不过的难关。在他嘴里从来没有诸如“实在抱歉呀”“爱莫能助呀”一类的话头。朝中上下所有的高级官员,如果能同嫪毐单独谈过一次,不仅使你感到莫大的荣幸,而且使你感到实实在在的幸福,也就是说,他能够在顷刻之间给你解决许多长时间未能解决的困难,能让你喜出望外。

如果嫪毐办完朝中的公事,回到甘泉宫,他的真实的身份就更加复杂了。太后高了兴就把他当作王,当作丈夫。不过这种情况并不多,它主要是出现在祈年宫里。那里藏着他和太后的两个私生子。当着他们的孩子,太后总是喜欢故意敬重一下孩子们的父亲。尤其最近以来,他们正在共同策划废黜秦王政,让他们的两三岁的儿子即位,以便于他们专政。但是因为太后本性轻浮,即使在祈年宫里,她的这种所谓敬重也不能持久。过不了多一会儿,三五句话之间,太后就又来了。于是嫪毐便又成了太监,成了奴婢,成了太后的玩物。当着宫女太监们的面,她叫他这个,叫他那个,她嘴里有许多滑稽可笑的称呼。她叫得最多的是"卫大"。卫大的含义同孤老差不多,但是并不等于孤老。这算不得什么尊称,甚至也算不得什么爱称。这时候的嫪毐,一下子就变成了一个卖身的奴仆,一个没有身份、没有头脑、没有个性的奴仆。他不仅是百依百顺,而且是先意承志,甚至是随眼而转。他研究太后的脾气,想尽办法适应太后的脾气,包括适应她的怪癖。他要满足太后的各种各样千奇百怪甚至意想不到的情欲,并且要满足她多年来对"你们男人们"怀有的报复心理。这种情形近乎蹂躏。

太后经常有些神鬼莫测的欲望。这些欲望转眼之间就会成为无法执行的命令。有一次她倚在御榻上吃一种叫作饴的甜食,她突然尖叫起来,说她的脚心痒得很,简直要痒死她！按理说脚心突然发痒自然是十分难受的。当然她可以赶快自己动手抓挠。不幸的是古代这种叫作饴的东西同后世的糖稀差不多，当时人们还没有发明出一种办法，把它制成不黏手的糖瓜。它还是一种粥状的甜食，把它放在盘子里不一会儿就紧紧黏在盘子上，用筷子很难夹起来。既然是在寝宫之中，太后自然无须拘礼，就用手往下抠。正当太后双手黏满饴糖的时候，她的脚心暴发了奇痒。她惊呼着，呐喊着，痛苦地怪叫着，命令嫪毐给她挠痒。在这种危险的时刻，就需要有盗贼一般的机智，不然则无以渡过难关。当太后尖声嘶叫着，一条腿在空中乱蹬的时候，虽然太后狂喊她的脚心痒，嫪毐却并不看她的脚，而是两眼紧盯着她的脸。嫪毐在匆忙之中选择了最理想的姿势。他面对着太后，迫使太后将玉脚落在他的肩上，而脚心却在他的背后。他的两只手就像在太庙的祭祀中捧着礼器一样，庄严肃穆地捧着太后的腿，所以他无法挠着她的脚心。他立即使用同太后一样急促的声调，命令宫女们来给太后挠痒。其实仔细想来，这乃是官场上的经验，由此可见嫪毐已经在官场上成熟起来。这时候的宫女，谁站得近谁倒霉，只好上前去给太后挠脚心。谁也不知道太后的脚心究竟是什么地方发痒，而且那种地方根本就禁不住抓挠，所以换了五个宫女，谁也没有挠着太后的痒处。太后骂着各种只有市井泼妇们才能骂得出口的脏话，命令把这些使她不舒服的宫女们拉出去杀掉。这时嫪毐也愤怒地喊着："把她们捆在前院的树上！我来亲手处斩！"

这样折腾了差不多有一顿饭的时间，闹到后来，太后自己也弄不清方才究竟是什么地方发痒，是脚，是腿，是肚脐，是腋窝？还是根本就不是痒，或是酸，或是麻，或是疼……总之，她自己也终于茫然起来……才算罢休。于是，双方经过一番温柔的调笑，一番甜蜜的戏耍，太后终于答应了嫪毐的请求，对那五个宫女从轻发落。

嫪毐便走到前院来，把那五个宫女狠狠骂一顿，然后松绑，再狠狠温存一顿，于是完事大吉。宫女们当面叫他狗，叫他驴，叫他流氓小偷……只要不当着外人，也就没有关系。他在宫女们面前，简直就是一个乞丐，一个仿佛平生未得温饱的可怜的乞儿。当然也可以说这个乞儿并不是因为饥饿才乞讨，而是因为习惯，就像某些小偷并不是因为穷困才去偷盗，而是因为生平就有偷盗的习惯。

其中有一个宫女，名叫细姐，最得嫪毐的欢心。细姐不但长得极美，而且年纪虽小遇事却精明练达。嫪毐在细姐面前变成了可怜的乞丐。嫪毐听说细姐是个罪臣奴仆。在嫪毐进宫以前，大约是秦王政即位之初，太后下令杀了公子疆和他三个月的小儿子。公子疆的家人奴仆都没为官奴婢，其中几个长得好的女人被选进了甘泉宫。细姐原是公子疆的小妾，从此进了甘泉宫。不过当时罪臣奴仆或庶民没为官奴婢的非常之多，人们并不以为意。细姐很会说话，很会办事，常常为嫪毐排忧解难。有一次遇到困境，愁眉苦脸，不知所措。细姐说道：

"只有一着，卑躬屈膝。"

嫪毐对这个意见佩服之至，从此他把细姐当作知心朋友。然而卑躬屈膝的习惯是不容易养成的。这需要具有非常优良甚至非常独特的品质。这种优良品质，归纳起来只有一个字,这就是柔。试想许多刚直不阿的人,实际上是脆而不坚。他们所缺乏的,就是这种极为可贵的柔。而在历史上真正起过伟大作用的——说来未免扫兴——往往不是刚直,而是阴柔。这是因为人类社会一天比一天更加腐败,尤其在战国末期,各种矛盾都已达到尖锐的顶点,所以它容不得刚直,它简直是仇恨刚直,然而它却给阴柔留下了广阔的天地。正是有鉴于此,哲人们才呼喊着:"柔能克刚。"从人类实践来说,既然在上者是刚而又刚,那么,在下者也就只能用柔来克刚了,于是他们变得柔而又柔。最柔者莫过于水,所以《老子》说,"上善若水",孔子曰,"水哉,水哉!"最后终于……这就是世道。

嫪毐和一般秦国的贵族子弟一样,只是粗通文字。但是他像一个能够吸收大量水分的海绵体一样,吸收着他能够碰到的一切文化和知识,他的知识不是从书本上得来的,而是从他周围的人们的谈吐中得来的。如果是研究学问,这样的耳食之言是不足为据的。但是作为官场中的知识,这些东西却显得比较生动,比较灵活,比较丰富多彩。嫪毐曾经想拜夏中期为师,夏中期不同意。夏中期是什么人,他怎么能收嫪毐这种——人们都不准他使用自己的真实姓名的无赖子弟做学生呢?但是夏中期回绝他的理由却完全是理通词顺,无懈可击。他说:"相爷您身为丞相,独掌朝政,一人之下,万人之上,老夫怎么敢收您做学生呢?不要折了老夫的草料。不过朋友之间,无话不谈。相爷您无论何时何地,只要不耻下问,老夫绝对不敢隐瞒。"

这在嫪毐看来,也就等于答应了,只是老先生不肯担此名义罢了。从此以后,嫪毐遇有问题,便去请教夏中期。可以这样说,过从甚密。嫪毐身居深宫,朝中大臣,即使是他最好的朋友和亲信,如秦竭、胡竭、徐齐、赵肆一帮人,嫪毐也没有去他们的府邸看望过他们。他出宫去看望的人,就只有这一个夏中期。关于柔能克刚这个在战国非常著名的哲学命题,夏中期也曾经向嫪毐讲解过。不过老先生讲得非常简单,而嫪毐的理解却非常深刻。他立即就把这一伟大的学说,用到了太后身上。当时世人也曾经有过各种推测,推测之一是说,嫪毐用以对付太后的这些细碎而精巧的策略,很可能是夏中期教给他的。不过推测毕竟是推测。夏中期已经老了,未必有这么多的闲心。

伺候一个只知道追求物质享乐而缺乏政治头脑的人,这是非常危险的。嫪毐正是由于认识到这一点,才开始着手改变太后的状况。太后生性轻浮,脾气乖戾,极难对付。所以在平时,很难对她讲什么道理。只有在两个人抱得紧紧的时候,他的话才能真正送进她的耳朵。当太后激动万分,不停地喘息着,嘴里不住地叫着"卫大"的时候,嫪毐却是清醒的,他叫她"女娲"。过后她问道:"女娲不是个妖怪吗?"她好像要生气的样子,"为什么这般称呼?"

"太后陛下是天生的伟大女神。"嫪毐说,"臣是天生的奴婢。"

"卫大,你是想让我临朝称制吗?"

"太后陛下天纵圣明,完全应该如此。"

"我嫌麻烦。"

"惟辟作威,惟辟作福,惟辟玉食。"嫪毐说,"琐碎事务,可以委诸大臣。"

"我的儿子做王，什么也少不了我的。"

"王急于冠礼亲政，这是为什么？"嫪毐坐起来，郑重地问道。

"你说为什么？"

"冠礼亲政之后，就是他作威作福了，还能匀得着太后吗？就是曾经执政的宣太后，后来如何？还不是受儿子的气吗？"

"由不了他！"太后狠狠地说。

"那怎么办？"

"推迟冠礼。"

"什么理由？"

"王有病。"

"如果他说他的病已经好啦，怎么办？"

"他越着急越不给他。"太后说，"干脆废掉他。"

"什么时候动手？"

太后忽然觉得这是一件严肃的事情，不敢贸然动手。她这一犹豫，铸成了中国历史上最大的错误。这一错误不是在会议厅里犯的，而是在被窝里犯的。太后慢吞吞地说道："先问问夏老头。"

"伏羲女娲做事从来不问旁人。"

"他不是你的老师吗？"

"他只是催我消灭吕不韦。"

"那就在消灭吕不韦以后废黜王。"

"先迈左腿和先迈右腿，还不是一样。"

嫪毐在无意之间说出了最成熟最高绝的历史真理。不过他也仅只"说出了"而已,他并没有真正地觉悟到这一点。如果他真正觉悟到了,他就有能力促使太后下决心,或者逼迫太后承认既成的事实。他没有往下说,太后却抢先喊着:"你说暗杀吕不韦就像踩死一个蚂蚁那么简单,这么点事为什么一直办不成? 由此可见你手下的人只知道升官发财,什么事也办不了,一群窝囊废!"

"太后陛下请放心,此事不日即可成功。"

太后抬起腿来,用脚勾住嫪毐的脖子,把他掠倒在自己身边。"我知道你的意思,"太后说,"你让我临朝称制,你好做个不用加冕的真正的王。"

"奴才是上天派来伺候太后的。"

"屯留战事如何?"

"成蟜已经自称王,声言要打回咸阳,杀掉祈年宫的孩子,并且将要不利太后。"

太后激动不已,咬牙切齿地喊道:"好一个野心勃勃的贼儿子!"

"太后若有三长两短,奴才一定自刎给太后殉葬。"嫪毐说着便哭起来了。

"不必哭啦。"太后说,"明天你就去见夏中期,听听他的口气。"

嫪毐哭得像个女孩子,就是说既好听又好看,又让人觉得着实可怜。这本来是一个古典的人人皆知的小伎俩,但是因为太后极端地缺乏历史知识,她竟以为这是亘古未有的忠诚。当奴隶制濒临瓦解的时候,秦国却使用武力极力地维护它。然而就是在秦国，奴隶主妄想获得奴隶的忠诚，就像乞丐想获得珠宝。如果一旦可以确认某个奴隶是绝对忠诚的，奴隶主的激动情绪可以达到异乎寻常的地步。他甚至情愿做这个奴隶的奴隶，就是说，情愿为他付出一切。而此时此刻的太后就正是这样。她紧紧地抱住他，亲他，吻他，爱抚他，就像一个温柔的女奴对她的善良的主人所能做出的一样。

　　就像性欲升华为艺术一样，食欲升华为政治，所以要想把一个贪图物质享乐的人改造为一个处处关心政治的人，这并不难。嫪毐的工程进行得十分顺利。他越是向太后表示忠心，太后就越是高兴，而在太后高兴的时候，他便把各种不利于太后的消息报告太后，甚至不惜添油加醋。成蟜从来没有自称王，他却顺嘴就编了出来。而顿弱在赵国的活动非常成功，这是好消息，他却迟迟不告诉太后。蒲鹉倒戈的事，朝中上下封锁得极为严密。跑回来报告消息的人，是胡竭的亲信，胡竭引他直接报告左相大人，报告完，左相大人就把他杀掉了。这消息，王不知道，尉缭不知道。所有的文武官员都不知道。嫪毐却在被窝里，正当太后非常高兴的时候，告诉了太后。太后立刻就哭起来了。十万大军，足以消灭成蟜。居然前途倒戈，不战而降。这就像天塌地陷一样。原来是站在平地上，一眨眼之间变成了前后都是悬崖峭壁，没有站脚的地方。怎能不使人惊恐万状。太后突然以高亢激越的声音号啕起来。

　　嫪毐急忙跪在地上连连叩头，哀求着："太后陛下，太后陛下，我的天神，我的上帝：这件事情目前任何人都不知道，

272

千万不可声张,不要让宫女太监们听见。不然传出去就糟了!"

"也不能告诉夏中期吗?"

"这就请太后御旨。"嫪毐匍匐在地慢慢说道,"看什么时候告诉他,怎么告诉他。不要把老头子吓得尿了裤子。"

"前几天让你去见他,你去了吗?"

"去过了。"

"这件事告诉他了吗?"

"没有。"

"为什么?"太后极其严厉地质问道。

"奴婢我未曾报告太后陛下,没有太后陛下的御旨,臣怎么敢告诉他。"

太后觉得满意。沉默了一会儿,她说道:"明天就去告诉他。要他拿个主意。"

"他一知道,所有的人就都知道了。"

"那就先不要告诉他。"

"遵旨。"

应付一个轻浮放荡的太后,是非常困难的。但是,只要得法,也并不太难。此所谓道成为上,艺成为下。道可道,非常道,这就难说了。如果遇个蠢人,你就是给他编好一部详细的教科书,他也学不会。嫪毐的才力,一般人简直不能望其项背。他信手一挥,就超过了此中老手。如果你只见过他信手一挥的那几下,你会以为这是世界上最容易不过的事情。这就是为什么聪明才智像石头一样,世界上到处都有,但是它们永远也发展不起来,就是说,它们总是几万年以前

273

的老样子。

那一次,嫪毐去见夏中期,并不是不想把这重大消息告诉夏中期,是因为韩非在座。嫪毐痛恨韩非。这种痛恨简直不在对吕不韦的痛恨之下。他想尽快杀掉这个韩非。因为韩非是前来朝贺王冠礼的外国使臣,所以嫪毐想等一等再动手。谁知这个韩非神通广大,居然变成了夏府的座上客。嫪毐见夏中期非常敬重韩非,甚至在他这堂堂丞相拜见夏中期时,夏中期竟没有令韩非离去。他那天心绪不佳,没有多坐,也没有多说话,扯了几句闲谈就告辞了。

嫪毐决定再次去见夏中期。

这一次同往常不一样,听说左相嫪毐驾到,夏中期居然降阶迎出来。这使嫪毐非常惊奇,心想:"莫非是前次来时老先生见我不大高兴,才有今天分外的迎接?"当他看见夏中期手扶着拐杖让他孙子搀着走下台阶的时候,嫪毐急忙奔上前去施礼:"学生恭问老师安好。"

"好,好。"

"户外有风有雪,寒气逼人,老师出来迎接学生,学生不安之甚。"

"老夫不是专为迎接大驾,"夏中期一边咳嗽着,说道,"老夫是想看看丞相的护从如何。"

"如何?"嫪毐一时不知老头子的意思。

"丞相大人不出宫便罢,若出宫则要多带一些得力的护从,不要因为下顾老夫,出点什么事情,使老夫得罪,使秦国遗憾。"

老头子这几句话,说得嫪毐非常感动。他觉得从他记事起,上至父母,下至兄弟,以及至亲友好,谁也没有关心过他的生命安全;只有夏中期老师,才是他的唯一的真正的亲人。想到这里,他的眼泪扑簌簌就流了下来。他搀着夏中期进入厅堂落座之后,再对老师行礼,激动万分地说道:"多谢老师教诲之恩。"他的声音沙哑了,并且在颤抖着。

这情景,着实令人感动。

"丞相大人,"夏中期的语声缓慢而严肃,"你也不想一想,你已经两次派出刺客去暗杀别人。不幸都给败露了,难道别人就没有爪牙?别人就不会以怨报怨?别人就不会袭击你的车驾?"

"老师听见什么消息吗?"

"没有。"夏中期说,"老夫只是担心罢了。"

"学生不学无术,一向粗疏散漫,多谢老师提醒。"嫪毐又一顿首。

"你派出的第一名刺客,为人不正,弃命逃亡了。"

"是的。"

"你派出的第二名刺客是怎么回事,你清楚吗?"

"不清楚。"

"这就像猎犬一样。你不跟着,只是把他撒出去就算完事,就不管啦,这怎么行呢?"

"学生考虑不周。"

"那名叫涉耳的,是怎么死的,你知道吗?"

"不知道。"

"老夫想请一位朋友来,让他把详细情况报告丞相。"这时夏中期提高嗓门对外面的仆人说,"请茅焦先生来见丞相。"

嫪毐正要问这茅焦是何许人,只见门外走进来一位白发苍苍的老人,瘦瘦的,细高个子,佝偻着腰,嫪毐见到就匍匐在地,说道:"齐人茅焦,叩请丞相大人圣安。"

在这里用大安也行,大即伟大,圣即圣明。先秦时候人们往往当面称呼有识之士为圣人,并不仅仅用到在位的君主头上。但是仍然可以感觉到,茅焦对嫪毐表示了最高的敬意。至于嫪毐一类新贵,对于这一类虚套,倒也未必在意。他既然不知道茅焦的来历,所以也不敢怠慢,只得急忙还礼。

"这是老夫的朋友。"夏中期说道,"一位有识之士。"

"得见足下,三生有幸,请多指教。"嫪毐拱手说道。

"请先生把西街酒楼上的事情报告丞相。"夏中期说着指指他的身旁,"请在这边落座。"

茅焦在主人的下手坐下。这不仅说明主人对他是多么客气,而且这也是明确地向嫪毐表示,他是夏中期的挚友。

"启禀丞相大人,"茅焦坐稳以后,说,"茅焦是齐国人,前两年游学来到咸阳,以观上国风化,故而稽留至今。在下穷困潦倒,谋生无计,便在西街酒楼前摆了一个卦摊,用为行人解忧祛疑,聊以糊口而已。前些时,一天下午,听得楼上又发生了'左''右'之争,先是乱嚷,不一会儿就动手打了起来。因为此类事情,时有发生,故而也没在意。忽然看见有几辆马车飞驰而来,一到酒楼前,吱扭就停下,车上的人,以及跟随的人,都急忙奔上楼去。他们从车上抬下一件东西,用羊皮袍子包裹着。在下冷眼一看,见是一具尸体。有一只脚露在羊皮外面,那脚上穿着褐色的麻鞋,结着蓝色的丝带。只听楼上争吵打闹一阵，然后就一哄而散了。这时候，酒楼上下，安静得很，只有那老板在叫苦，说打烂他几件家具，并且打死他酒店一个伙计。在下闻言便上楼去，见那伙计平平展展，躺在当地。脚上正是褐色的麻鞋，蓝色的丝带。在下问酒店老板：'酒客们借酒撒疯，贵店伙计为何也动起手来？'他说：'不知道。他已经请假多日了，今天不知何时突然回来。'这都是在下亲眼所见，亲耳所闻。惟丞相明察。"

听完茅焦的话，嫪毐沉默着没有吭气。他想："以涉耳这么好的武艺，竟然死在胡打乱闹的酒楼上，我原本就以为此中必然有诈。现在看来，吕府有人，文武齐备，不可忽视。今天老师是在警告我，是在警告我！我已经死到临头了，却还在太后的怀里嬉戏耍子，真是个不知死的鬼呀！"他忽然想起前几天禁卫军报告，说甘泉宫前院夜晚有贼人潜入。后来追查时，有人说，夜间卫兵没看清，可能是狐狸。嫪毐嘴上没说，心里明白，那狐狸恐怕就是逃走的鹿公。"我这傻瓜蠢货！我正在刀尖上跳舞呢！看见文武百官给我叩头，我就飘飘欲仙了。有识之士，即如这齐人茅焦，也许早就骂我是行尸走肉了。我的天！一旦垮台，谁都有个退路，我嫪毐的退路在哪里？天哪！想不到吕不韦这书呆子手下竟有比涉耳武艺高强的人。这事不敢告诉太后。蒲鹝叛变的事也不敢告诉夏中期，以免引起惊慌失措。我必须尽快想出一整套办法来，一整套，越快越好，刻不容缓了。"

"以老夫推想，"夏中期说，"这涉耳是死在吕府，吕府不愿担这个名声，免得节外生枝，议论纷纭，才把他抛在酒楼上的。"

"足见吕府有能人。"茅焦说道。

嫪毐看着茅焦点点头,表示同意。他想:"第三名刺客要立即派出,事已至此,不能停手。"

在嫪毐这样沉思默想的时候,不知何时,话题转到了韩非身上。大概是夏中期想起上次嫪毐来时,韩非在座,嫪毐似乎不快,于是在谈到当权者要随时提高警惕,防止劫杀篡弑的时候,他们的话题很自然地转到了韩非身上。因为在先秦诸子中,只有韩非对此特别关心,再三致意,再四阐明。韩非是希望所有掌权者永远掌下去,这就是势,这就是势学说的真谛。嫪毐对这一套不感兴趣。他虽然没有说话,好像夏中期也已经了解到这一点,于是便向他解释道:

"韩非是一位独特的学者,他的理论在当今来说,是最好的。韩非的理论无非是要求所有的奴隶死心塌地为主人效力,所有的百姓都无条件地服从自己的上司,所有的官员都无保留地效忠王,王则使用法术势这三种手段,来督责臣宰,来统治庶民。"

说到这里,夏中期看见嫪毐仿佛没听见似的,便对茅焦说:

"茅先生,老夫没有说错吧。是这样,我没有理解错。老百姓原本就是愚民,所以除了吃饱肚子努力劳动以外,就不应该有什么别的妄想。如果有非分之想,那就是罪大恶极。在上位者,一个奖,一个罚,绝不能含糊。这样,就可以使平人变成猛虎,去对付敌人;并且可以使猛虎变为驯狗,来为主人服务。所以重赏之下必有勇夫,重罚之下必无懦人。"

夏中期说到这里,他看见嫪毐微微笑了。嫪毐感到自己至今还没有使用过重奖重罚的武器,"我真是笨蛋!"于是他拱一拱手说道:"多谢先生指教。"

当他离开夏府的时候,他的卫队增加了三倍。他的轩车由一辆变成了五辆,一模一样的五辆。鬼也不知道他是钻进了哪一辆。这就是卫尉将军秦竭做事机灵的地方。他听说嫪毐将去夏府,他立即就跟了来。他来到堂屋门外时,正好听到夏中期说"别人就不会以怨报怨,别人就不会袭击你的车驾"的话。于是他便立即采取了这些措施。这使嫪毐对自己增强了信心。他觉得夏中期这老头子,虽然没有什么具体指示,不过从他的这些空话中,已经完全可以引申出具体的办法来。他觉得有秦竭等人的全力合作,刺杀吕不韦的事情一定可以成功,然后废掉王,同时消灭成蟜。

他的轩车安全地驰进了甘泉宫。他跳出车外,只见秦竭过来说:"启禀相爷,宫女细姐同宫外有联系。"

"怎么回事?"嫪毐惊奇地问道。

"她经常和小太监终黎见面,这终黎经常出宫。"

"他同什么人联系?"

"我派人跟着终黎,见他走进一家小酒店,后来张唐从那酒店中走出来?"

"张唐?"

"就是那位落魄的将军。后来做了吕不韦的食客,装作一副文士的模样……"

"吕不韦?"

"怎么办?"

"杀掉。"

"都杀掉?"

正在考虑暗杀秦王政的办法,考虑迅速选出第三名刺客去暗杀吕不韦……是双管齐下呢?还是杀了一个再杀一个呢?他答道:"都杀掉。"

"遵命。"

"第三名刺客选定没有?"

"选定了。"秦竭施礼答道,然后低声说出一个名字,"公乘嫪。"

"明天你领他来见我。"

"是。"

嫪毐向四下一看,院里只有他和秦竭二人,他想说"派个医士毒死王。"这时不知为什么他突然想起了那武艺能够超过涉耳的人。"他是谁?这很容易回答,他就是麃公。"想到这里他愣住了。秦竭一直在等他说话,等到最后他没有说话便走开了。当他走出十几步以后,秦竭忽然跑步追上去,说道:

"丞相,丞相,您有话怎么不说?"秦竭焦急地问,"有什么事吗,丞相?"

"没事。"

所以哲人们叹道:"世界上质量最低劣的莫过于历史了。"于是历史学家们千百年来绞尽脑汁企图推究其原因何在。他们讲了许多,写了许多,都有道理,都很不错,只有一点他们不肯大声说,这就是因为历史上的阴谋集团水平太低。对手是无能之辈,怎么会锻炼出真正的英雄来。没有英雄的时代,那还算个时代吗?

然而,真正想不到的事情,已经发生在甘泉宫。这时的太后,已经是怒火万丈了。因为她想下棋,而嫪毐不在。后来她又想去上林苑一个什么幽静地方玩耍一回,而嫪毐又一直不回来。最后,扫兴之余,太后竟勃然大怒起来。这时太后已经鞭打了五个宫女和六个太监,直闹到甘泉宫里就像大战过后的战场一般,死寂之中充满了恐怖。当嫪毐向太后施礼时,太后笑道:"出了宫,自由自在,玩得痛快吧?"

"奴才奉太后御旨前去夏府请教。"

"跟一个糟老头子说了这么半天话,你不瞌睡吗?"

"夏老先生忧国忧民,对奴才讲了许多治国的道理。"

"放屁!"太后吼道,"你给我跪好。"

古人坐时是坐在自己的脚后跟上。行礼时是跪直,向前俯身,行完礼说话时,一般就坐下了。太后是要求长跪,即膝头着地,上身挺直,垂着头。这种姿势是请罪的姿势。嫪毐只好这样跪着,垂头丧气,等待太后的责罚。这正是开晚饭的时间。时刻一到,宫女们排成长队,把盛着太后御膳的器皿一件一件地捧上来。于是太后安坐几前,用起膳来。在平时嫪毐都是同太后一起进餐,今天就算免了。他一声不吭跪着。直等到太后用完她的御膳,才叫他坐下。

"我还以为你死在外面了呢,"太后终于说了话。

"夏老先生告诉奴才,奴才的命已经是朝不保夕了。"

"你不用耸人听闻。"

"吕相已经派出刺客要加害奴才。"

"那是因为你愚蠢。"太后说,"你为什么不派出刺客,先去消灭他!"

"夏老先生批评奴才,叨为封君,身居相位,而不能用人,不能赏罚。他说重赏之下必有勇夫,重罚之下必无懦人。奴婢既然不能赏罚,没人替我卖命,只好等死了。奴才已经思索再三,与其死于刺客之手,不如在太后面前自刎。太后陛下,奴才去了,您多多保重吧。"

"行啦,你歇息一下吧,用不着这么吓唬我。"太后的语音里已经连一点生气的意思也没有了。"你赶快选定刺客吧,事成之后,我封他为关内侯。如果他为国捐躯,我封他的儿子。"

"奴才可以把太后这话,直接告诉那刺客吗?"

"可以。"太后说,"他叫什么名字?"

"公乘歟。"

"你快去吃饭吧。"

"遵旨。"

这一次自然只能到下房去用饭。当嫪毐悻悻地坐在下房的餐几前的时候,伺候他的一个宫女哭了。

"哭什么?"嫪毐道。

"相爷,可怜的细姐死了。"

"怎么?"嫪毐惊问道。

"秦将军把她杀了。"

嫪毐没说话。他想起他曾经命令秦竭杀掉细姐和终黎,但是,他忽然又觉得对细姐有说不出的惋惜。他觉得匆匆忙忙便杀掉,这是错误的。然而又一想:"目前正是生死关头……"

然而细姐究竟是不是奸细,是谁家的奸细,到死也没有弄清。嫪毐有一种仿佛一脚踩空的感觉。

第十三章　方良世道

"真是个做贼的出身。"女人嬉笑着说道。

当她推开房门迎接内史令大人的时候,她看见赵肆在门前的木板台阶上脱掉了自己的鞋子,然后考虑一下,又回过身去弯下腰把自己的鞋子拿起来。一手拿着一只,拍打了几下,双手抱着自己的鞋子,笑嘻嘻走进房来。他的态度十分谦和,十分恭敬,仿佛他是送礼的,他带的礼物就是那两只鞋子。他不知道把自己带来的贵重礼物放在什么地方合适,向房中巡视着。这时候有一个年轻的女奴,淡淡地抿嘴一笑,走上前去接过大人的鞋子,随手便把它们撂在墙根。"多加小心,不会过分。"赵肆辩解着。

"大人,"女人取笑道,"您来的时候,就应该把鞋子倒穿着,再不然就一步一步向后退着走。"

赵肆取下自己的皮弁冠,用指头弹掉上面的雪花,然后把皮弁冠交给那女仆。那女人拿起一件什么丝织品,掸着他身上的雪花,继续说道:"难道大人就不怕在雪地上留下您的足迹吗?"

她围着他旋转着。她的鲜艳的长裙,在灯前飘扬摇曳着。那情形很像一只公鸡拖着翅膀围着母鸡转的样子。赵肆虽然只有四十多岁,却已经是老态十足,语音低沉,动作迟缓,倒很像一只不动声色的老母鸡。

"雪越下越大了,"他说,"你放心,我的脚印,很快就没了。""已经开了春,应该下雨了,突然又下一场雪,冷哈哈的。"女人突然又笑道,"不过,多亏老天下了雪,若是不下雪,大人还敢出来吗?"

这时候有一个年纪大些的女仆走进来,双手捧着一个黑漆涂过的方几,几上放着一把高高的闪着金光的铜酒壶,一个雕着花纹的青玉酒杯,两个红色漆盘里放着像花朵一样的面果。这女仆站在一旁,等待着大人就座。那年轻的女奴正在帮助赵肆脱掉皮袍子。赵肆弯下身去,用手揉一揉自己的膝盖,然后才慢慢坐下。那女仆跪下,恭恭敬敬地把方几摆在他面前。

"老爷的腿,"女仆说,"是受过寒吧?"

"这是那年在狼孟得的。"赵肆再揉一下膝盖,说,"我带兵攻打仇由,秋天,满路泥泞,夜晚就睡在泥里。"

"为什么睡在泥中?"女人笑道。

"我倒想找个干燥地方,可惜没有。"

这时女仆的脸上有一丝微笑掠过。若说别的,她不知道,秦军征仇由作战的事她知道。她丈夫就是在那次战斗中捐躯的。她知道那一年,赵肆不在前线,而是在咸阳的监狱里。他因为盗案事发,被捕入狱。他的老爹,同当时的狱丞相好,隔了两年多,花了几个钱便把他赎了出来。女仆心想:"他的寒腿大概是在监狱里做苦工的时候得的。一个人,既然做了大官,就应该有个像样的出身。如果不瞎编一点轰轰烈烈的经历,他怎么往百官群里站呢。"她笑道:

"今夜天气寒冷,老爷要多饮几杯。"说罢,她便施礼退去。

那满身华贵的妇人跪在一旁,伸出纤手,把着酒壶,给赵肆斟酒。她的眼睛忽闪着,看了赵肆一眼,脸上浮现出娇媚的笑容。当赵肆伸出手来接酒杯的时候,那样子就像一个乞丐接受过路人的施舍一般。那种寒碜的样子,虽然不适合他现在的身份,却很能显示出他过去的身世。那女人更是乖巧,她不是把酒杯放在他的手里,而是高高捧起来送到他的嘴边。赵肆忽然显出喜出望外的样子,看着那柔荑似的手上捧着的晶莹的玉杯,赶紧伸长脖子,并且伸长嘴巴一下子把酒喝干。他的两个肩膀轻轻地扭动着,美滋滋的。他觉得自己刹那间已经变作了一道彩虹。

这种兴高采烈的样子,实在说来也并不是极为难看,还远没有到那种不堪入目的程度。但是在一旁跪着的年轻的女奴,却把脸扭过去了。她想起,公子在家时,少年夫妻有时候也在一起喝酒。相比之下,公子文雅多了。自从赵肆认识夫人之后,公子就被征入伍,走了一年多,至今还没有回来。她盼望公子早日回来。如果公子回来,这姓赵的无赖也就不敢再纠缠夫人了。然而社会上经常发生的事情,千奇百怪,复杂得很，天真的少女是想不到的。

这女人的丈夫，是个秦国的贵族，做过千人长，爵级公大夫。秦国的法律，只保护高爵级的贵族，即少庶长以上的贵族；大夫这个阶层的贵族，只是下层的贵族，不在保护之列。这位公大夫被征入伍以后不久，就因事被革职，降成了公士。赵肆的亲信，在那一伍里制造了一起假逃亡。秦法规定，一伍之中有一人逃亡，其他四人被判死刑。于是，那倒霉的公子就在这一案中掉了脑袋。后来在第三天，那"逃亡"的士兵回来了。他不承认自己曾经逃亡，说是被人抓走的，结果为了掩盖此事，把这个说实话的士兵也杀掉了。在古代，一个人没有足够的权势，却有一个漂亮而风骚的妻子，这是非常危险的。此所谓匹夫无罪，怀璧其罪是也。虽然这个女人并不算十分漂亮，却因为她被内史大人看上了，为了她，送掉了五条无辜的性命。

孔子曰：必也正名乎。赵肆既然决心娶她，便特意为她起了一个典雅而响亮的名字：若巳。这若巳只有二十多岁，娇小身材，面皮白嫩，如此而已。她跪坐在赵肆的身旁，轻俏地嬉笑着，极力做出恭顺的样子。她发现赵肆正目不转睛地看着她。她像被无形的蚊子叮了一样，身上不知什么地方痒起来，扭捏着，微笑着，想说点什么，一时又拿不定主意。她仿佛有许多话要说的样子，其实不知道赵肆喜欢听什么。

"大人有几天没来了？"她终于想起一些话来，"是公务缠身吗？还是让家中的新夫人迷住了？"

"什么新夫人，提她做甚。"赵肆说，"公务缠身是真。"

"听说大人又立了功啦！"女人笑道。

"从哪里听说?"

"外间谣传。"

"怎么说的?"

"说蒲老官被杀,是大人您干的。"

"胡说!"赵肆立刻变了脸,"是我处理的。"

"处理?"

"了结。"

"怎么了结?"

"私斗。"

"私斗?"

"也就是仇杀。"

"仇杀? 真可怕。"女人想起赵肆家的遭遇,神色惊慌起来。

"惨极!"

"大人您就是内史令呀! 为何不予严惩?"

"哦,哦……"

女人这时才想起,对蒲老官一家的族灭,或许就是因为赵肆家不幸遭遇引起的。这当然是一种惩罚。不过,为什么这样惩处呢? 对于这种事情,她觉得自己不便多问。况且,这样的谈论题目,令人不愉快,而且颇多忌讳。当她给赵肆斟好第二杯酒的时候,她忽然想出了更为有意思的话题。她说道:

"听说陛下请求在正月里举行冠礼,现在正月快过完了,不知冠礼何时举行?"

"这由不得他。"赵肆捋捋胡须说道。

"倒也是。"女人顺从地说,"一个小孩子家,身体又不好,疯疯癫癫的,就应该听话,听大人的话。大人们说怎么办,就怎么办,不能着急。听说陛下都急出病来了。"

她的袖子很宽很长,她的手深深地藏在袖筒里。她觉得赵肆正在看她的绣着鲜美花样的袖子。她便赶紧用左手提起右手的袖子,使她的右手连同白嫩的手腕都露出来。她像婴儿一样,把无名指和小指高高地翘起,只用拇指和食指捏起一个面果来,举到赵肆的嘴边。赵肆一见,仿佛没想到似的,突然之间张大嘴巴,上身向前一倾……那情形好像要连她的手一起吞到肚里一般。因为他的动作逾乎常态,致使他面前的小儿都摇动起来。面果在他嘴里嘎巴嘎巴地响着,他的下颚故意做出夸张的动作。

"你说得极是。若巳,"他呜哑有声地说,"陛下这里,"他用手指一下自己的太阳穴,"不健全。"

"大概是不够月儿。"

"不,"赵肆又要咽东西又要说话,显出十分忙乱的样子,"是不够数儿。"

"太后生过两个儿子,一个是丑八怪,一个是美男子,截然相反,两个极端。"

"你不知道,"赵肆做个鬼脸,低声说出一个绝密来,"那长安君是个野种。"

女人听罢咯咯地笑了起来,那意思是她比太后贞洁多了,至少她还没有生过"野种"。她想进一步揭露一下那不要脸的太后,便说道:

"听人说,太后不只是这两个儿子。她还有两个小儿子。听说这两个小儿子,是同你们左相生的。"

"你听谁说的?"赵肆严肃起来,"不许瞎说,小心掉脑袋。"

"道路传言。"她羞怯地笑一笑,"人云亦云。"

"不要听这些人胡说八道。"

"小偷不怕人家说闲话。"女人小声说笑着。

"不然!"

因为这女人出身大贵族,知道一些嫪毐们的底细,常常当面取笑赵肆,赵肆倒也不在乎。不过,这次不同,赵肆严肃地说:

"小偷当了官,就怕别人说闲话了。如果当了大官,那就更怕得很。"

"由他们去瞎说。"

"不! 这是议论朝政。"

"这算什么朝政?"女人笑了。

"这不仅是朝政,而且是朝政中的机密,最大的机密。"

女人显出很不理解的样子,于是给赵肆斟好第三杯酒。她把酒杯送到赵肆的嘴边的时候,嘻嘻笑着,又想开太后的玩笑,说:

"听说左相的比山高,太后的比海深,真是天生的一对。"

"那是他们的福分。"

"听说太后的脚心痒了,嫪毐用舌头给她舔。"

"他哪怕把自己的眼珠子抠下来,拿眼珠子给她擦,咱们也管不着。"

"听说他们驱车去上林苑游玩,在轩车里紧紧地抱作一团。"

"他们的幸福。"

"这也是朝政吗?"

"当然。"

"如此说来,现在议论朝政的人,可是多极了。"

"还是少说为佳。"

"尤其女人们,特别喜欢议论太后和嫪毐。"

"危险。"

"也无非是羡慕的意思。"女人解释道。

"更不应该。"赵肆笑道。

"嫪毐真会伺候女人,太后真有福气。"女人赞叹着,"身为太后,也应该有人伺候,不然,当那太后干什么?"

"宫里的事情,外人不得而知,更不敢妄加议论。"

"什么时候大人高起兴来,"女人撒着娇,双手抓着他的右臂,脸也紧紧贴着他的肩头,说道,"带妾进甘泉宫去看看,看看他们睡觉的地方。"

"你等着,"赵肆兴奋起来,"等你的公子回来,另攀一门好亲事,你就名正言顺地嫁给我。遇到太后的生日,或者别的什么喜庆日子,我带上你,堂堂正正,宫里走走。"

这女人的丈夫,就是赵肆所说的公子,已经死掉。消息已经传来,说:"大人让办的事,已经办妥。"但是,赵肆不愿意让这不幸的消息,首先从自己嘴里说出来。他在等待正式的通告到来。所以才如此这般地说了"另攀一门好亲事"的谈话。赵肆看见这些话并没有给女人许多愉快。

"你整天把我关在家里。"女人好像有点抱怨的意思。

"妇道人家嘛。"

"那天燕丹从街上走过。"

"什么丹?"

"就是燕国的公子叫燕丹的。"

"怎么样?"

"他从大街上经过,数不清的女人们都跑到街上去看。"

"你没抱住他咬两口吗?"

"你肯!"

必须是玩笑的时候,她笑得才能优美动人。必须在玩笑时,她忽然有点窘,有点羞涩,再加一点撒娇,这时候她的笑容才能达到优美的顶峰。这种时候极少,所以特别珍贵。每当她的这种笑容出现时,赵肆的灵魂就像忽然被魔鬼摄去了一样,他的整个肉体也就随之消失在无可名状的欲火中。现在他突然想紧紧抱住她,伸开颤抖的双臂,呼吸都噎住了。

这时在一旁跪着的那年轻的女奴,突然用手在她面前的筝上轻轻扫了一下。看上去仿佛是不经意碰响的。筝被拂动,发出一阵轻微的轰鸣。那声音像山间的流水,像树林中的微风,又像一个老人的含嗔带怒的一声咳嗽。当赵肆和女人一起回过头来看那女奴时,那女奴正在若无其事的拂拭她的筝,仿佛她什么也没听见,什么也没看见,只是在不经意中告诉他们,她把筝抱来了,歌舞的准备已经就绪。

于是,赵肆撒开手,茫然地说道:"若巳,今晚一定唱支歌儿,好好跳一回舞。"他见女人脸上的红晕还没有褪,又补充道:"想你的歌舞,真是想死人了。"

"听说宫中宴请贵客,都是有歌有舞。"女人笑道,"大人是看腻了吧? 倒想听村妇的俗调。"

"宫里哪有什么好歌舞。"

"听人说,宫中宴会上,唱的歌是黑卫发青,跳的舞是牦牛掉尾。是这么说的吗?"

"好像有此一说。"

"虽说是黑卫发青,牦牛掉尾,想必也是颇有可观。"

"只是听一听,看一看,没什么意思。"

"大人家中的新夫人能歌善舞吗?"

赵肆在若巳面前,不高兴提及他新娶的夫人,于是就像在官场上一样,不好说时便从个别迅速地转向一般,也就是转入空谈。

"咱们秦国人,"他说道,"不善于这一套。"

"大人说得是。"她仿佛放了心,也急忙顺流而下,进入空谈,"即使真正高雅的东西,人们也不一定识货。那年韩娥、秦青①来到咸阳,居然没人欣赏,只好又回山东去流浪。"

"这东西还是人家邯郸讲究。"

"所以先王就在邯郸讨了个老婆。"

她又想取笑:"大人您就不想到邯郸去物色一个尤物吗?那可是人生的一大快事呀!"

"我有你一个,"赵肆嬉笑着,"就心满意足了。"

女人极力做出受宠若惊的样子,睁大眼睛,故意做出惊喜的笑容。

"既然大人不弃,"女人笑容可掬地说,"待妾给大人掉尾一回。"

---

①韩娥、秦青:战国末著名的歌唱家。

赵肆鼓掌两三声。女人站起来施礼,随着筝声轻轻起舞。她唱道:

> 爰采唐矣,
> 沫之乡矣。
> 云谁之思,
> 美孟姜矣。
> 期我乎桑中,
> 要我乎上宫,
> 送我乎淇之上矣。
> ……①

这首诗共有三章,每章七句,将它唱完,需要一段时间。在歌舞开始时,筝声急促,歌声悠扬,女人的舞姿又是飘飘荡荡,赵肆倚在旁边的凭几上,手把着酒杯,真是心旷神怡。但是,当开始唱第三章时,或许是因为欢乐已经达到极点,于是便渐渐地低落下来,就像浪潮退下去以后,露出了可怕的坚强不屈的岩石一样,他心中突然涌起了无限的烦恼。这原因,仔细想来,还应该归咎于女人的舞蹈。房里点着两盏羊灯,光亮使她的身影在墙上交错地晃动着,一会儿大,一会儿小,一会儿东,一会儿西……这使他想起了日前咸阳流传有关鬼怪的谣传。同时又使他想起自己近年来的许多怪事。他不由自主地打了个寒噤。

---

① 《诗经·鄘风·桑中》第一章。

293

赵肆信奉商鞅的学说,以为杀人越多,权力越巩固,自己的威望也就越高。不久前,他凭空捏造了一个"杀祖之案"。这事情说起来非常可笑,而在当时的咸阳却是闹得满城风雨,人人自危。

　　在南街的住家中,有一对青年男女正在相爱。男孩子十七岁,愣头愣脑,没轻没重。他不小心一使劲把女孩子的舌尖咬下来一点,大约有两三个小豆粒那么大的一点。女孩子只有十五岁,自然忍不住哭了起来。后来,父母知道了,周围的人也知道了,于是不幸的事情也就由此发生了。爱说闲话的女人们,把这事当作笑料传播着,最后让什伍连坐的头目人们得知。他们认为凡事都应该报告上司,这件事自然也不能例外。地方上的小官吏们最喜欢管一些鸡毛蒜皮的小事情。越是他们不该管的,他们越是喜欢管;越是不该认真的事情,他们越要认真,平安无事使他们无聊。于是,他们鼓动女孩子去告状。女孩子的父母认为,既然早已定亲,这事不能告状。无奈小官吏们强拉强扯,终于给此事立了案。立案先立名,舌头被咬,简而言之。写成了"舌咀之案"。赵肆只要见到嫪毐,就不知说什么好,没话找话,就把这事说了。嫪毐觉得此事甚为新奇,说要看这案卷。不过,说过也就忘掉,从此再也没有想起来。过了几天,一个小太监给他诵读案卷,方几上堆着各种各样的案卷,其中许多案卷只是念一个标题,有的甚至连标题都没有念,就发回原来的部属。当念到这个案卷时,小太监将"舌咀"念成了"杀祖",嫪毐一听大怒道:"杀祖?严办!"左相不是王,但是,现在的左相比王还要更有权威。左相说是"杀祖",那就必须把案卷改为"杀

294

祖"，左相说严办，那就必须严办，不敢怠慢。赵肆认为，丞相这一改，必有深意在。于是，男孩子女孩子都被逮捕，双方家长不服，也逮捕，而且所有对此案有异议的人，说情的人，讲理的人，表示不满的人，背后乱说乱道的人，甚至拿此案取笑的人，等等，等等，全部抓起来。咸阳大狱中，只此一案的犯人，竟达三百余人。

赵肆想："商君一日论囚七百余，渭水尽赤。我这一案差多了！"正在他得意扬扬要处死这三百多人时，突然他的老婆丢了。老婆找不到，却在自己的木枕旁边找到一文竹简，上面写得很简单："舌咀之事，无谓至极，请放人。"这就像是从三栏横读的简册上抽下来一支似的。赵肆自己想效法商鞅，况且又有丞相的严令，所以左思右想顾不得老婆，决心严惩不贷。第二天，他的大儿子又丢了。他正在一筹莫展的时候，他的小儿子又丢了。他着了急，派兵四处搜查，又逮捕了三百多名所谓的犯罪嫌疑人，终于凑足了商君之数。第四天，他的父母都不知所在了。他像发了疯一样到处抓人，扬言明天要在渭水之滨处决这七百多名犯人。当天夜里，他在自己的卧榻上，发现了老婆的人头。她嘴里放着一个木片，上写着："立即放人。"秦竭、徐齐、胡竭等等得知此事，都来相劝，叫他放人。于是他终于把这一案七百多名人犯全部释放。当天晚上，他的父母和两个儿子都回了家。他们像喝醉了酒一样，迷迷糊糊，谁也不知道是怎么回事。

当时咸阳传说，这是鬼神的干预，这是上天的惩罚。并且说，有人看见大头鬼、红头鬼、青面獠牙鬼……各种鬼怪出入赵肆家。就连赵肆的奴隶仆人们，也说看见过鬼。夜幕降临之后,赵肆家一惊一乍的,令人毛骨悚然。然而赵肆平生不相信鬼神,因此也就理智得多。他根本不相信有什么大头鬼,他认为有盗贼。这使他决心要效法商鞅,决心使渭水尽赤。赵肆的老婆,品质极为恶劣,据说,赵肆干坏事,都是她的主意。在这一事件中,赵肆首先损失了他的老婆。他曾经多次扬言,要报杀妻之仇,但是,他不知道他的仇人是谁,但是,也有人说,赵肆死了老婆倒有点暗暗高兴的样子。说他自从升任内史令以来,一直就想换一个年轻的老婆。于是便有谣言说,不仅这"杀祖"之案是他一手制造的,而且这杀老婆的事以及打劫祖孙的事,也都是他一手干的。总之,谣言四起,乌烟瘴气。正在这种时候,赵肆托人向高陵公子赵悝的小女儿求婚。高陵公子是秦国的大贵族,而且威望特高。朝中的大臣,谁都想攀这门亲,赵肆自然也是梦寐以求之。谁知,赵悝以同姓为由,没有答应。不久,赵肆娶了中大夫令徐齐的一位远房叔叔的一个十六岁的女儿做老婆。遗憾的是,他仍然没有挤进秦国大贵族的圈子。

他虽然新婚不久,却依然恋着这个名叫若巳的女人。他认为这女人长得好,而且能歌善舞,最投他的脾气。同时,也因为这女人出身于贵族,她的姐妹们,颇有几个嫁给了王族。不过这都是秘密。他同这女人的关系,是一件极为秘密的事情。他每次来这女人家,不带随从,不让任何人知道,那行径好像一个小偷。他从前做盗贼的时候,也没有现在这么精心,这么严密。正因为这里是他的一个秘密巢穴,所以,只有来到若巳身边时,他才感到几分安全。

当女人停止歌舞,坐到他身边的时候,他的恐惧心理立即就减少了许多。因为墙上的人影已经消失,有关鬼怪的想象也就随之消退。一个较为健全的思想来到他的脑海中:"什么妖魔鬼怪,都是胡说八道。这是一伙武艺高强的盗贼。我目前就正在同他们对垒。是的,他们人数不多,人一多就会露馅。至今没有任何线索,可见其人数极少。或许就只有三五个人也未可知。他仍肯定是吕不韦的亲信!呀!怎么以前没有想到这一层?不错!一点不错!我的这判断是绝对不会错的,怎么以前就没有想起来呢?我明天就把这一判断报告左相大人。我要借报杀妻之仇的机会,把吕不韦的亲信杀光!我一定要使渭水尽赤。我要用这些山东乞食们的血,染红泾渭以至大河。"于是他又想道:"吕府人才济济,藏龙卧虎。如果吕府的盗贼们知道这个地方,我该怎么办?天哪!我身为内史令,竟闹到连个藏身之地都没有,还不如从前当流浪汉的时候……"

他心里想着这些,脸上的欢乐情绪自然要大为减色。女人正在高兴时刻,忽然看见他的神色不对,还以为唱错了歌。她很后悔,没有在唱之前先问大人喜欢听什么……为了补救这一过失,她笑着给赵肆斟酒,并且做出许多娇媚的姿态。想不到赵肆忽然颤抖起来,女人忙问道:"大人,您觉得冷吗?"

"不,不是冷。"赵肆喃喃着。

"哟!"女人低声惊叫着,"真是做贼的出身,什么时候把我的带子解开了?"

"若巳……"赵肆轻轻地呼喊着。

那年轻的女奴,这时还坐在筝前。她听见他们这些怪声怪气的低语,不敢抬起头来。忽然,她觉得赵肆站了起来,似乎要进里间夫人的寝室去。这时她不禁抬起头来,于是,她看到了她认为最难堪的情景。赵肆抱起她的女主人,跟跄着奔向里间,那情形就像一个小偷趁人不注意抱走了一只绵羊一样。

过了一会儿,那年老的女仆走进厅堂来,坐在少女的身旁。她向里间努了一下嘴,仿佛是在问什么,少女撇了一下嘴,权作回答。这时候,从里间传出一阵吭吭唧唧的声音,女仆望望里间的门,淡淡地说道:"我已经睡了一觉。"

少女也看了一眼里间的门,低声说道:"粗俗。"

"当了大官,也就无所谓了。"女仆在少女耳边低声说着,后来大声说道,"吹掉一盏羊灯吧,天快亮了。"

"你回屋去吧,我在这里伺候。"

"不用,我跟你做伴。"女仆笑道。"这堂屋比我的下房暖和多了。"

她们紧挨在一起躺下,把一件破旧的羊皮袍子盖在身上。

"雪停了吗?"

"没有,一直在下。"女仆竖起耳朵听听里间。听见已经安静下来,她接着说道,"这天气,要冻死人啦。"

当里间传出鼾声的时候,两个女仆的呼吸也渐渐地平稳均匀起来。

天将明时,年老的女仆首先醒来。她见那年轻的女奴睡得正香,就轻轻起来,再把羊皮袍子给她盖严。她想在厨房里生火烧汤,觉得好像已经晚了。又一想,或许还早呢。她整理一下头发,紧一紧衣带,打了一个寒噤。这时候她听见

院子里有人走动,知道男仆们已经起来。忽然听见敲大门声,一个男仆问道:

"啊,谁?"

"快开门!"院墙外面传来喊声。

接着,女仆听见拿掉门闩的声音,吱吱溜溜开门的声音,然后是一声惊叫。这女仆不知出了什么事情,浑身先自颤抖起来。她急忙把房门推开一个小缝,看见天已亮了。从大门外跳进一个满脸是血的人,他推开那惊恐万状的男仆,奔上厅堂的台阶。女仆急忙把门关紧,喊道:"有鬼!"

"我不是鬼!"那人大喊着。

"你是什么人?"女仆问道。

"赵大人在这里吗?"那人喊道,"老爷,出了事啦!"

赵肆穿着睡衣提着宝剑来到女仆身后,向房外喊道:"你是谁?"

"我是老爷的仆人胥子。"那人听见是赵肆的声音,便哭喊道,"老爷呀,出了大事啦! 老爷全家被杀啦! 老太爷,太夫人,新夫人,两个公子,门客先生,奴隶仆人,全完啦! 惨极啦!"

赵肆推开房门一看,果然是他的仆人。那人又说了一遍。赵肆像一头被长矛刺穿的野牛一样,浑身抽搐着,摇晃着,头先撞在墙上,然后身子才慢慢地倒下去。他的姘妇,这时候披着一件皮裘出来,抱着他呼喊着:

"大人! 大人! 大人!"

赵肆终于醒过来,低声说道:

"吕不韦,吕不韦,血债血还!"

第十四章　自己的木鞋

正像司空马说的，年纪大、地位高而又成见过多的人，实在是难对付。他指的就是吕不韦。像吕不韦这样的人，不仅做过一番事业，而且编撰过一部大书的人，对天下万事万物都抱有一种固定的看法，这是不奇怪的。当年编撰《吕氏春秋》的时候，他把他的宾客们写的文章，逐篇逐段地加以审查，并且逐篇逐段地加以删削，不仅使各篇文章在形式上适合他的要求，而且在思想内容上也适合他的想法。这一点曾经引起一些作者们的不满。尤其比较年轻的作者们，他们认为把他们的文章的棱角都刨光了，换句话说，也就是把他们的精华删掉了。他们喊着：

"深沉含蓄，一变而为通俗浅薄了！"

"真是点金成铁的手段！"

"不仅扒了我们的皮，而且抽了我们的筋，这老家伙真可恶！"

现在又遇到了几乎是同样的问题。青年食客们的思想同老年的吕不韦又发生了激烈的矛盾。清醒的不肯糊涂,糊涂的不肯清醒,犹如泾渭,不肯混同。这很像是拔河的情形,你越往西拉,我越往东扯,互不相让,各执一端。任固虽然连升三级,心里一点也不高兴。他曾经酒后吐真言:

"到了春天不发芽不长叶,不客气地说吧,那已经是一段朽木了!"

仔细一听,就会发现前后存在着两种不同的态度。当青年作者们说吕不韦"删削过严"的时候,内心多少还有点佩服的意思,而在后来说是"一段朽木"的时候,则已经是失望至极了。

就像过去没有人敢把青年作者们的牢骚话告诉吕不韦一样,如今也没有人敢把青年政治家们的怨言告诉吕不韦。自从吕不韦请了病假以后,他是大门不出,二门不迈,白天钻在家睡觉,晚上在家里捉迷藏。他为了安全,绝不让人知道他的宿处。他今天在吕姥房里安歇,明天在某妾的房中安歇,有一次在条几底下睡觉。还有一次在菜窖里过的夜。这些情况,外人不得而知。只有吕姥知道。自从菜窖之夜以后,相爷得了一个腰疼的病,不过这是秘密。不仅当时人们不知道这个秘密,就是后来人们,也不知道。

有时候,吕不韦对自己的狼狈行径也会产生反感。他觉得自己这些见不得人的行径,同他的一贯思想,例如死生有命,富贵在天之类,存在着不可调和的矛盾。说到矛盾,先秦的思想家们已经在谈论矛盾了。不过吕不韦厌恶韩非之流的学者们所提出的形而上学的问题:以子之矛攻子之盾等等。吕不韦认为这就像古代谚语所说的:两鼠斗于穴中,勇者胜一样,子之矛攻子之盾,有力者胜。然而目前他遇到了个人的生死安危的困境,他自问道:"生与死之间,谁的力量更强大一些呢?"他不断地思索着,忽然拍着膝头喊道:"生也柔弱,死也坚强!"

当他从自家的储藏室钻出来的时候,他仿佛将所有这些折磨他的问题都想通了。

"我已经六十九岁,已经是年近古稀了!我还能活多久?还能活六十九吗?我已经生活过、斗争过、思索过、研究过,就此死去,也是值得的了。大智没有沮丧,大勇没有慌张。我未免太软弱。我已经好几天没有见我的孙子了。走,找他去玩!"

仿佛从前一样,他大摇大摆地走进了吕姥的寝室。他看见小孙子正在吕姥怀中戏耍,吕姥正在教一首古老的民谣:

> 南山矸,白石烂,
> 生不逢尧与舜禅。
> 短布单衣适至骭,
> 从昏饭牛薄夜半,
> 长夜漫漫何时旦?[①]

然而,当小孙子扑到他的怀里时,那种人生的欢快和家

①古歌。载《淮南子》,传齐桓公相戚所作。

庭的乐趣,真是不可言喻。这时候,吕不韦又感到了生的美好,同时也就产生对死的恐惧。这种心理上的微妙的变化,大约在眉梢眼角或者言语声气之中有所流露。于是,吕姥就把她已经说过一百遍的话,再说一遍:

"与其担惊受怕,不如告老还乡。"

她见吕不韦不吭气,便又加进一些新的内容:"儿子现在洛阳,不如就到洛阳去。那是你的封地,名正言顺。如果想彻底摆脱秦国的仇人,那就回翟阳老家去。风烛残年,来日无多,不争不竞,但求平平安安,享此天年。"

吕姥不知道,她说这话的时候,翟阳已经不属于卫国了。而是属于秦国的东郡了。

"宾客们,大概已经对老夫失望了。"吕不韦深深地叹息着。

"人各有志。人各为己。"吕姥说道,"他们年轻轻的,自然是想出人头地。没见李斯吗?从前对你毕恭毕敬,现在连你的门也不登了。"

因为种种原因,吕不韦自从"病"后,再也不接触他那些生龙活虎的文士们了。他每天能见到的只是司空马和任固为首的武士们。他只需要司空马向他报告一些外界的消息。如果司空马若要给他讲点什么道理,或者什么建议,立刻就会遭到他的批评甚至训斥。这就像两鼠相斗于穴中一样,吕不韦总是勇者,其实是以势压人。

这种矛盾日渐激化。正当吕姥劝他急流勇退的时候,他的食客们,因为得到了蒲鹢归顺成蟜的尚未证实的消息,正在欢喜若狂,正在兴高采烈地议论,如何促使吕不韦适应急转直下的形势。

吕门的食客虽然说号称三千,而真正参与编撰《吕氏春秋》的有识之士,只有几十个人。这些人除了已经做官的,如李斯、尉缭等等,以及派往外国做使节的,如陈驰、苏涓等等,至今依然留在吕府的,已经不足三十人。而在这些人中,真正有胆有识并且敢说敢道的人,为数极少,不足十人。这十来个人,以司空马和应曜为首,包括后来被称为"商山四皓"的四个人。

在西汉初年被称为四皓的人,第一个是周术,人称灞上先生,后来隐居,人称角里先生,是一位颇负盛名的哲学家。第二个是庾宣明,人称圈公,后来隐居,人称东园公,是一位政治理论家。第三是绮里季,著名的军事理论家。第四是崔广,隐居后人称夏黄公,是一位外交家,也可以说是纵横家。他们四个人都是司空马最要好的朋友,年龄也与司空马相仿,四十多岁。同他们相比,青年哲学家应曜只有三十多岁。古人讲究序齿,年龄相差十岁,就只能屈居晚辈了。然而,因为应曜学识渊博,足智多谋,早已受到吕相的赏识,同时也受到包括四皓在内的许多学者们的尊重。因此,应曜显得有点鹤立鸡群的样子。后来在西汉初年,四皓声名显赫的时候,民间曾经有过谚语,说:"商山四皓,不如淮阳一老。"①四皓都是河内轵人,而应曜却是淮阳人氏。我们介绍这些情况,是为了说明学术导源于政治,而政治则生根于地区。地区的差别,几乎是不可越逾的。淮阳属于楚国,并且,一度做过楚国

----

① 见《集韵》。

的国都,这就是后来陈胜、吴广活动的中心陈郡。这里的人民,其思想和气质,不同于洛阳的周人,当然也不同于河内的轵人。所以,应曜同四皓相比,不仅思想深沉独特,而且也非常的决断果敢。

八年前,应曜举行过冠礼和婚礼之后,因为仰慕吕不韦的大名,孤身一人,背井离乡,来到咸阳。他骑着一头毛驴,带着三斗黄粱,一个沙泥鬲子和一个瓦钵子。小毛驴嘚嘚地走着,他在驴背上唱道:

沧浪之水清兮,可以濯我缨,
沧浪之水浊兮,可以濯我足。[①]

那时候吕不韦已经把腐朽的周王朝消灭掉了。在一个春天的黎明,应曜来到了潼关。他叫关的声音,就像一个快乐的孩子。

“请开关吧,太阳就要出来了!”

不一时,在他身后便涌现出灿烂夺目的朝霞,仿佛奇妙的幻景一般。

古代伟大诗人们曾经写过许多悲愤的哀怨的诗篇,然而,再也没有比青年人的美好憧憬和远大理想更富有诗意的了。他们天真无邪的幽雅神情,足可以令饱经忧患的老人们落下泪来。这是因为他们都是从青年时代走过来的。青年人爽朗的笑声,使他们忆起自己的过去,忆起那辛酸痛楚的

---

①古歌。见《屈原赋·渔父》。

一去不返的"当年"。战国后期,战争连年不断,人民处在水深火热之中,于是产生了数不尽的优秀青年。此所谓天下无道,圣人生焉。

当蒲鹝叛变投降长安君成蟜的消息传到咸阳的时候,这些比较激进的《吕氏春秋》的作者们不约而同地聚集到周术的房舍中来,开始了他们所擅长的事情:大发议论。

"应该劝吕相立即派使者去燕赵齐魏。"

"还有楚国,不要忘记楚国。"

"敦请各国积极配合成蟜。"

"最好燕赵的军队同蒲鹝一起开进临晋关。"

"齐魏的军队同成蟜开进潼关。"

"楚国的军队开进武关,直抵蓝田。"

"迫使秦国消灭嫪党。"

"迫使赵政把王位让给成蟜。"

"这都是非常可能的。"

"这都是顺理成章的事情。"

"甚至归还诸侯侵地。"

"然后,各治其国,相安无事,天下太平。"

……

读书人如果不在客观现实里面掺杂一些幻想进去,他们就不成其为读书人了。这不仅是他们的弱点,而且是他们的特点。然而,正是在这些慷慨激昂的充满幻想的、非常片面的非常可怕的议论中,隐藏着伟大真理的只鳞片爪。那些猛然一听显得非常荒谬的东西,其实正是真理之所在。无论众人的议论多么芜杂纷乱,只要最终能有一个最勇敢最清醒的头脑,把它们加以科学的综合,那些藏在迷雾中的只鳞片爪,就会显现为一条生动的巨龙。按理说,吕不韦应该担当这个伟大而英勇的综合者的角色。但是,吕不韦令人失望。他像一只不幸落入泥沼中的孔雀,费尽平生力气,刚刚能够爬上岸来。他的鲜艳的羽毛已变成他的沉重负担,而他的力气早已经耗尽,所以他无论如何无法飞腾起来,这情况,使他的食客们感到有些绝望。然而,食客舍人们依然不死心,依然做出最后的努力。他们都希望司空马去游说吕不韦,司空马坚决拒绝。他觉得自己已经是一筹莫展。而别的人根本就见不上吕不韦的面,自然无从说起。后来,大家议论的结果是,希望司空马带上应曤去见吕不韦。大家认为,应曤完全具备这种综合分析的能力,他能把去粗存精的工作做到恰到好处,使所有合理的部分都能够自然地令人信服地显现出来。大家认为,应曤的话吕相肯定会听。

"没有把握。"应曤淡淡地叹息着。

"丞相未必接见。"

"这真是咫尺天涯。"

"丞相早就知道你们将要说什么。"司空马说。

"他知道不是更好吗?"张唐喊着。

"好什么? 不见。"

"我可以以死进谏!"张唐又喊着。

"这不是谏诤的事情。"

"司空尚书,您应该想个办法,让我们见到丞相。"

"我有办法。"庾宣明说。

"什么办法?"

"促使相爷接见我们的办法。"

"赶快说出来。"

"司空尚书，"庾宣明慢慢说，"您去告诉相爷，就说在下正在撰写《吕不韦传》，在下请求接见，聊做半日谈。他肯定会接见我，然后，咱们同应曜，一齐去，一齐开说。"

这个办法所受到的称赞和非难，几乎是一样多。称赞的人拍手称快，以为这个办法万无一失。非难的人说："既然您并没有撰写《吕不韦传》，这不是骗人吗？如此要笑相爷，这是不道德的。如果相爷一旦得知，岂不更误事。"

"咱们这么坐着，也未必不误事。"

"大事只怕早已耽误了。"

"看见人家的苗儿长得好，自己才修理犁杖。"

"兔子过了山，自己才拉弓射箭。"

"这倒也无所谓。"庾宣明说，"如果相爷真的同意我们的建议，我立即撰写《吕不韦传》。使者出关之日，就是我交稿之时。这简直是不费吹灰之力。"

"大事成功之后，我写《吕传续篇》。"周术说道。

"随机应变，"张唐说，"不可考虑过多。"

想不到这个办法很灵验，当天晚上司空马把庾宣明正在撰写《吕不韦传》因而请求接见的意思报告吕不韦。第二天就传出话来，要庾宣明进吕府后院。青年食客们听到这个消息都乐了。他们望着司空马、应曜和庾宣明的背影，窃笑了很久，自然也要发表一些狂妄的议论。

"想不到老人家如此好名。"

"人一上了年岁，大多如此。"张唐说。

"先生也是年过半百了,莫非也是如此吗?"有人问张唐。

"自然也不例外。"张唐笑道,"不过老而好名,也并非坏事。"

"其说可得闻乎?"

"我们可以利用相爷的好名之心,促使他成为伊尹周公。"

"天下不乏伊周,所乏者汤武耳。"

"天下之大,不乏利器,所乏者,勇士耳!"

"若没有屯留事件,"周术说,"话就只能这么说,现在有了屯留事件,出了一个长安君成蟜,话就应当改变过来。天下不乏汤武,所乏者,伊周耳。"

正当春天即将到来之际,咸阳却下了一场雪。

雪花乘着北风,飘扬着,飞舞着,飞进咸阳的宫殿,飞进咸阳的街头,飞进丞相府的庭院。吕不韦在庭前站着,看着雪花在他眼前旋转,默默地沉思着。这些雪花大约来自咸阳北坂,或者来自陇上,或者来自大凉。他们飘着,飘着,不知将要落到什么地方。当它们在庭前旋转的时候,看着它们是世界上最匆忙、最着急、最不得安宁的东西。它们拥挤着,争闹着,一会儿向东,一会儿向西,忽而飘上来,忽而落下去。它们很像在峡谷中奔腾的山洪,激荡着,喧啸着,发出哀痛的喘息和凄惨的吼声。吕不韦忽然想到,这雪花原本就是水。雪花也像水花一样,不管它们做出多少惊人的努力和挣扎,它们实际上是在向下移动着,向下沉沦着。这就同世道人心一样,不断地向下沉沦着,不可挽回地沦落着。只有大风大浪,才能够把它们重新激发起来,推动起来,把它们鼓舞到一个新的出乎意料的高度。待到这大风大浪停息之后,它们又开始向下移动着,不知不觉地沉沦着。古代的伟大哲人们费尽心力,探索大风大浪是从何而来? 他们终于发现,这个问题是世间最无法回答的问题之一。虽然有许多人的努力,到底也没有找到最好的答案。他们能够找出的答案都是一般的,人人皆知的,不关痛痒的。他们说,大灾大难创造了大风大浪,以及随之而来的具体而繁杂的说教。什么苦其心志劳其筋骨,等等。都有道理,又都不尽然。中国人忍受的苦难还少吗? 苦难越多,人们越强调忍耐。忍耐,忍耐,再忍耐……也就是等待,等待再等待,所谓君子善待其时也。"等待一下吧,会好起来的。""等过了清明节就好啦!""等过了中秋节就好啦!"诸如此类不一而足。这实际上就是更加沉沦。或者换句话说,在麻木中的沉沦。吕不韦忽然想起战国有名的鬼谷先生。这是一位伟大的隐者,没有名,没有姓,因为住在鬼谷,人称鬼谷先生。鬼谷在什么地方,吕不韦不大清楚,只听说是在榆次附近。因为在那个山谷里,白天可以看见星星,故而称作鬼谷。当年吕不韦在邯郸的时候,曾经想到鬼谷去看看,可能的话也想拜鬼谷先生为师。后来因为忙于活动异人的继承权,竟把这一夙愿给丢开了。虽然未能如愿,但是,鄙野之间口耳相传的一些鬼谷先生的名言,吕不韦却也听说过。鬼谷先生说,大灾大难只是大风大浪的一般的条件,造成大风大浪的直接因素不是大灾大难,而是普遍的愤怒,伟大的愤怒。先生的原话要简单扼要得多:"风云者,天地之怒气也。"这不是一般人的一般的愤怒,而是英雄的愤怒,天才的愤怒。它像惊天动地的霹雷一样,引起森林的熊熊烈火,引起所有动物的无限恐惧,然而这样的愤怒,在历史上是不多见的。正因为它并不多见,所以显得非常珍贵。如果这样的愤怒多起来,这就是一个新的时代。对于一个时代是这样,对于一个人也是如此。一个人在年轻的时候,血气方刚,容易发愤。这时候,他在精神上,道德上,达到一个什么样的高度,这就是他一生中抛物线的最高点。从此以后,生活的重负,因循守旧,世态炎凉,种种说不完的坎坷沮丧,使他的重量逐渐加大,使他不自觉地向下移动着,直到进入自己的老年。这就像一片雪花。不管它经过多少挣扎,多少反复,多少飞舞翻腾,它最终还是落下来,落到宫墙上,落到街头上,甚至落到污泥中。

吕不韦忽然意识道,自己真的是老了。他虽然早几年就经常说:"我老了,老了!"却从来没有真正承认自己已经是不中用了。他想:"我为什么这么不中用!完全不能把握目前的形势。说起来不争不竞,实际上是无所作为。真的是不中用了!不仅是头脑迟钝,而且遇事容易张皇失措。我有点害怕青年人。害怕青年人具有野心,害怕被他们利用。是了,我是害怕他们利用我,害怕他们会毁掉我已经得到的一切。我对自己已经没有信心,所以就害怕青年人,害怕他们的锐敏和果决。"于是他又想道:"要想不让青年人捣鬼,这大概是不可能的。我在年轻时也曾经是一个喜欢捣鬼的人。我捣了一个大鬼,使没有继承权的异人得以继承王位。现在秦国面临着严重的尖锐的问题,成蟜有可能成为所有野心家们的旗帜,使他们聚集起来,狂怒起来,形成一股不可抗拒的潮流。这可怕的潮流,将要冲垮所有的堤岸,冲垮秦国,冲垮老夫,我的天哪! 来了! 已经来了! 年轻的野心家们已经走进我的后院来了。当年我走进咸阳宫的时候,可没有他们这么神气,没有这么不可一世的样子。那时候,我只有一个人,现在一下子来了三位。他们在学识和能力方面,比当年的吕不韦强多了。他们一个就足足顶得三个从前的吕不韦。这么说,今天一下子就进来九个吕不韦。天哪! 真正的吕不韦还在! 他就在这里! 吕不韦绝不能让他们利用,让他们把我的一切都付诸东流。不过,我可以利用他们,就像从前利用他们写作《吕氏春秋》一样,现在利用他们把《吕不韦传》写出来。"

有一点,使吕不韦甚为得意。即他在庭前这么站着,仿佛是在等待宾客们的光临。庾宣明就正是这么理解的。因为他是被光荣接见的主角,司空马和应曜只是陪同他来的,所以他便紧走几步,急忙抢先给丞相施礼。

吕不韦笑道:"请到厅堂落座。"

于是,他们就跟随吕不韦进入厅堂,施礼落座。

"听说相爷贵体欠佳,臣等十分牵挂,不知相爷可好些。"

庾宣明这么寒暄几句,立即进入正题。他说道:"臣久已仰慕相爷丰功伟绩,有心撰写相爷的传记。相爷不仅亲手消灭了东周,而且亲手撰辑了华夏复兴的伟大方略《吕氏春秋》。以臣之见,虽古之圣贤,伊尹周公,不是过也。臣虽有撰写传记的决心,然而才疏学浅,见闻有所未及,思考有所未达,故而请求面见相爷,还望相爷不吝赐教为幸。"

"老马说足下有此美意,幸甚,幸甚。"吕不韦说道,"老夫祖先本是炎帝之裔,伯夷之后,曾掌四狱,后辅佐大禹治水有功,禹帝封之于吕,就是现在的南阳,故而称吕氏。后当殷周之际,吕氏有吕尚者,就是有名的姜太公,伐纣有功,武王封之于营丘,这就是春秋时期的齐国。老夫祖上为东夷之民,后徙居濮阳,所以称濮阳吕不韦,老夫世代都是布衣之士,往来江湖贸易,贱买贵卖,依母求子。虽然无陶朱猗顿之富,也称家累千金。三十年前,老夫在邯郸贸易,结识了秦国质子异人。当时家父尚在,老夫对家父说:'耕田之利几倍?'家父说:'十倍之利。'又问:'珠玉之盈几倍?'家父说:'百倍之利。'再问:'立国家之主,其利几倍?'家父说:'无数。'老夫说:'当今之世,耕田力作不得温饱,长途贸易不足关税。与其汲汲于蝇头小利,不如建国立君。不仅荣华此生,而且泽及后世。'家父笑而从之。"

吕不韦微微而笑,侃侃而谈,颇有得意之色。

司空马觉得有点可笑,相爷简直变成了小孩子,给他个棒槌,他却认了真(针)。谁个是真的要撰写什么《吕不韦传》,只不过是拿它做个借口罢了。他看见庚宣明从袖中掏出笔简之类来,当真的记录着,那认真倾听的样子,实在有点令人发笑。忽然,他看见应曜的脸色非常难看,仿佛有人骂了他一样,不知道他是在难过,还是在气愤。

"臣以为,"庚宣明说,"像庄襄王当时的情况,既不是长子,又不是嫡子,只是个诸庶余孽,而且,身在不可测的国度,命在不可知的手中,如果不是遇见相爷,那真是不堪设想……"

吕不韦微微笑着,而且微微点着头。回忆往事,他不辞躬亲劳苦,不惜千金之资,奔波于邯郸与咸阳之间,那真可算一件伟大的工程。接着就谈到吕不韦的学术渊源。吕不韦说他是荀卿的学生，当荀卿三为祭酒的时候，他正在荀卿门下。对于这一点，当时人们并不怀疑。因为即使在孔子门下，也还有一个善于货殖的端木赐，就是子贡，是个高才生，孔子称之为"瑚琏之器"。那么在荀卿门下，有一个善于货殖的吕不韦，又有什么奇怪的呢。吕不韦甚至告诉庚宣明，说荀卿很喜欢他。因为荀卿深于《易》，吕不韦说他是在荀卿门下学《易》学得最好的一个。吕不韦特别津津乐道地说道他拜虞卿为师，研读《左传》的事情。言谈之间，吕不韦流露出一种新的、食客们闻所未闻的意思，即他认为《左传》是当今世上最伟大的著作，代表着最先进的思想。司空马忽然觉得吕不韦是在极力把自己描绘成周公的模样。并且这个周公还应该是一个符合当前思想潮流的最先进的周公。司空马看见应曜紧皱着眉头，不知道他在想什么。司空马想："莫非他不以为然吗？看来这个青年人确实有点狂妄。吕相说不定比周公还要伟大些呢！周公没有著作，吕相的著作必将流芳千古。"

"说到《吕氏春秋》，"吕不韦说，"虽然以老夫的姓氏命名，却是诸公的业绩。"

"相爷夜以继日，删繁芟芜，《春秋》如九鼎，相爷即工倕。"庚宣明赞扬道。

"真正是老夫手撰者，只有一篇《序意》耳。"吕不韦谦让道。

"正是这一篇《序意》，乃是全书之冠。"庚宣明说道，"相爷一下笔就写道：'文信侯曰：尝得学黄帝之诲颛顼也，爰有大圜在上，大距在下，汝能法之，为民父母……'颛顼是黄帝的孙子。相爷以黄帝教导他孙子的话来教导陛下，臣以为，陛下必定感激涕零。世界上还有比爷爷对孙子更好的吗？"

司空马听着庾宣明的话，很有点反话正说的意思，心中感到十分惊奇。当他看应曜的脸时，发现在那清俊消瘦的脸上，忽然泛起一种不可捉摸的微笑。他更加惊奇了。他想："他们是商量好的，要捉弄相爷吗？"

"老夫岂敢自比黄帝。"吕不韦笑道，"老夫有难言之隐，故而自比青萍。"

"这正是相爷高人一筹的地方。"庾宣明说，"那青萍乃是赵襄子的委质之臣，担负着参乘的警卫之职。襄子命他去看看前面桥下有没有刺客，他过去一看，看见他的朋友豫让正在桥下藏着。于是拔剑自刎，一死了之。青萍为人，英雄气概，直冲霄汉。这一点，臣敢肯定，陛下一定非常欣赏。"

司空马现在非常担心，说不定相爷早已感觉到这是在取笑他。他看见吕不韦微微皱了一下眉头，然后又微微笑着，似乎要说什么，忽然又停住再说。他静静地听着庾宣明滔滔不绝的评论。"当宾客们撰写《十二纪》的时候，臣也曾经参与其间。臣以为，相爷加进《十二纪》里面许多新的伟大思想。'天下者，非一人之天下也，天下之天下也。''凡主之立，立于公。公则天下平。''能养天之所生者，谓之天子。害生者谓之惑主，失所以立之也。'……相爷这些言词，就像珠宝一样，放射着耀眼的光芒。臣不才，只能背诵这些美妙的词句，却不能真正地实践他们。臣以为，这是因为臣还没有真正理解它们。如果真的理解了它们，臣私心所想，它们是可以实行的,虽然非常困难,可以说是困难重重……不过……"

"足下差矣。"吕不韦终于平心静气地说,"老夫在《十二纪》中所着重表达的是养生之学。贵生,养生,贵己,贵人,不为外物所惑,不为声色所溺,不为名利所窘,如此等等,天子庶人都应该如此。"

吕不韦想对养生之学稍微解释,说明这种学说由己到人,己所不欲,勿施于人,非常伟大。后来一想,"你们都是《吕氏春秋》的编撰者,难道还用得着老夫给你们做解释吗?"说了几句,随即停住。他一停,庾宣明立刻就接过去,他说道:

"相爷这么一说,臣感到茅塞顿开,一下子就豁然开朗。原来相爷的真正用意是养生贵生。这是古代的伟大哲人子华子曾经反复说过的。子华子说:'迫生为下。'下虽然不好,但是依然可以将就,可以接受。相爷则要进一步,提出断然拒绝迫生的伟大思想。相爷说:'迫生不如死。'在政治压迫之下,过一种违反人的本性的屈辱的非人的生活,与其这样苟且偷生,不如死掉好。臣等不仅从相爷的文章中了解到这一真理,而且从相爷的为人处世,待人接物,处理朝中大事以及处理私人琐事中认识到这一伟大原则。相爷一生,勇往直前,无所畏惧,当机立断,从不犹豫,在困难面前,在高压之下,从来没有屈服……相爷的光辉品格,将永远成为千古表率……"

"行啦!"

吕不韦有点不耐烦的样子,他把手一挥,要庾宣明停止这种腾云驾雾的议论。然后他两眼看看应曜,又看看司空马,再看看庾宣明,突然沉下脸来,怒气冲冲地问道:"你们是想要老夫立即杀掉嫪毐吗?"

"难道还不到时候吗?"庾宣明也突然喊道。

"他后面有个太后,你们知道吗?"吕不韦瞪了庾宣明一眼,平静地说道:"如果太后下令杀掉老夫,怎么办?这符合养生之道吗?"

如果一个人突然之间明白表示,他所考虑的只是个人利益,个人安危,这就无论什么事情都不能同他谈了。所以三个人干瞪眼,没话说。谁能保证相爷没有任何危险?天下哪有不担任何风险的事情?在三个人沉默的时候,吕不韦吟道:

狼跋其胡,
载疐其尾。

狼其尾,
载跋其胡。①

"其实相爷不必过虑。"司空马说,"任何人都想不到的事情,竟然发生了。蒲鶮的十万大军,投降了长安君。目前咸阳极度动荡,这种情势是从来没有过的。就是献公进入焉氏

---

①出自《诗经·豳风·狼跋》。狼到老年,颔下垂着一块肉叫胡。跋是踩住,疐是绊住。据说此诗是描写周公的。当周公受谗之日,已是进退两难,而仪态依然端庄。后二句是仪表堂堂,步履安详。

塞①的时候,咸阳也没有这样惊慌过。传说长安君很快就会回到咸阳。"

司空马看见吕不韦静静地听着,胆子大了些,继续说道:"在这种情况下,相爷不能再等待了。再等待下去,千载良机,失之眉睫,这可真是违反养生之道了。"

"蒲鹖之事,未经证实,不足为据。"吕不韦心中知道这消息肯定是真的,不过嘴上依然这么说。

"相爷是当今圣人,考虑问题比臣等全面得多,周到得多。"应曜说,"不过,相爷一生轰轰烈烈,平步青云,万人敬师,实在说是来之不易。"

司空马看见应曜一说话,吕不韦那生气的样子就消失得无影无踪,并且很用心地听着应曜说话。

"方才宣明先生所论,并非空论,"应曜说,"这些话,既是相爷的功劳,也是相爷的罪状。相爷如果继续前进则万世流芳,如果就此停止,则是千古罪人。"

"什么意思?"吕不韦说,"愿闻其详。"

"相爷以一人之力,辅保庄襄王登上王位,功莫大焉。"

"其罪何在?"吕不韦问道。

"废嫡立庶。"应曜说道。

"往下说。"

"今王即位,年纪幼小,相爷著书立说,谆谆教诲。"

"何罪之有?"吕不韦几乎要发脾气了。

"惑乱幼主。"应曜大声说道。

---

①焉氏塞,地名,详见《秦本纪》和《吕氏春秋·当赏》。

"说下去。"吕不韦已经生气了。

"嫪毐篡权,秽乱宫闱,培植私党,把持朝政,相爷却是只讲养生之道,不争不竞,洁身自好,其实是姑息养奸。嫪毐图谋篡弑,路人皆知,相爷自比青萍,不予揭露,不予处理,实际上与赵盾一般无二,也就是同谋篡弑。"

"你这么认为吗?"吕不韦无法忍受了。

"臣怎么认为,这不要紧。臣害怕将来的历史学家就要这样写。天下之大,不乏直笔。太后帷薄不谨,相爷宣称有难言之隐,害怕太后对自己不利,实际是贪图富贵。成蟜兵变,高举义旗,决心讨伐奸贼,肃清朝政,相爷却深居简出,隔岸观火,企图坐收渔人之利。鼓吹天下人之天下,这是收买人心。"

"最后是苟且偷生,无所作为,还要自比周公。"

吕不韦低着头,喘着气,不再说话。司空马忽然可怜起吕不韦来。他觉得应曜太言重了。他看见吕不韦仿佛出了汗,太阳穴那里有热气升起来。

这时候,庚宣明说:"废嫡立庶,惑乱幼主,贪图富贵,收买人心,姑息养奸,图谋篡弑,坐收渔利,自比周公。有此八条罪状,相爷如何交代?"

"刺客已经来过两回。"应曜说,"既然有再一再二,难道就不可以再三再四吗?与其束手待毙,不如采取主动。相爷采取主动,就是天神也无法把这些罪名加到相爷头上。反之,如果相爷失败,或者遭人暗算,这些罪名就必然落到相爷的头上。"

吕不韦想:"完全是说客的伎俩。"

他忽然抬起头来说道:"老夫老了! 身如朽木,心如死灰,尔等只是危言耸听,无济于事。"

"相爷如果真的想功成名就,国泰民安,而不是功亏一篑,前功尽弃,"应曜说,"那就希望相爷振作起来,下定决心,举起义旗,响应成蟜,消灭嫪毐,肃清朝政。"

"身为臣子,"吕不韦说,"篡弑之心,绝不能有。"

"这谈不上篡弑。"

"迎回成蟜,他要做王,怎么办?"

"那就将计就计。"应曜说道。

"那才是图谋篡弑!"吕不韦叹道。

"成蟜比赵政好得多。"庚宣明说道。

"胡说!"吕不韦呵斥道。

"人人皆知。"

"混账!"

"相爷能够当机立断,永无篡弑之名。如果坐失良机,形同篡弑。"

"老夫有著作在,无论谁当国都可以。王的为人如何,这不在老夫的考虑之内。"

"相爷的伟大著作,肯定能够流芳百世,"庚宣明说,"目前的当务之急是选择一个真正能够实践相爷的理论的人。"

"难道非成蟜莫属?"吕不韦反问着。

"赵政无论如何不合适。"

"大胆!"

"尉缭就这么说过。"

"放肆!"

"赵政没有力量消灭嫪毐。"司空马说。

"你自然是偏袒成蟜。"吕不韦几乎冷笑起来。

沉默了一阵,吕不韦说道:"目下当务之急不是选择王,而是消灭嫪毐。"吕不韦非常果断地说:"嫪毐的致命弱点,就在他自己身上。司空马,命你十天之内,必须找到太后和嫪毐的私生子。"

"遵命。"司空马拱手答应着。

"希望浑沌在老夫危难之际,再帮老夫一次。老夫日后一定重重谢他。"

"是。"司空马顿首答应着。

"找到这个私生子,相爷将要怎么办?"应曜问道。

"报告陛下,杀掉嫪毐。"

"奸人作恶都在礼法之外,君子谋事只在礼法之中,殆矣!"应曜突然哭道,"相爷,无济于事呀!"

应曜已经预料到的一句最无法对付的话,吕不韦终于说了出来:

"请退下吧!"

三个人默默地从吕府后院走出来。应曜垂着头,已经是泪流满面了。庚宣明扬起手来大声喊道:

"还站在木鞋里发呆哪!"

司空马以为这样高声叫喊不合适,吕不韦肯定能听见,然而又一想,他听见更好,便也大声说:

"那是自己的木鞋呀!"

第十五章　黄鸟之思

秦王政急切地盼望着举行冠礼，因为只有在冠礼、婚礼以及其他一系列的仪式举行过后，他才可以算作成年，他才能亲政。所以说急于冠礼也就是急于亲政，急于掌权。他出生在正月，他决定在正月里就把这许多仪式全部举行完毕。谁知正月已过，冠礼的准备还未曾就绪，各国恭贺冠礼的君臣也尚未到达。他认为这是嫪毐从中作梗，而嫪毐的支持者就是太后。所以他恨太后撒起野来嘴里骂着不干不净的话。太后帷薄不谨，极容易遭人唾骂，而越是连年征战的国家则越是注重女人的贞洁，所以秦王政骂起太后来，态度之激烈，言词之下作，不堪入耳。秦王政想到甘泉宫去面见太后，当面质问她为何不给他举行冠礼。其实这是想撒个大泼。尉缭、李斯一再劝阻，这个泼没撒成。

"盘中之餐，架上之衣，何必操之过急。"尉缭说。

"陛下冠礼乃是朝中大事,"李斯说,"不可草率从事。左相考虑得很周到,这是对的。外国使臣,正在陆续到来,楚国使臣景鲤昨天已经到达咸阳,听说赵王和齐王也都已经起程,不日即可到达咸阳。陛下应该耐心才是。"

　　当时中大夫令徐齐在场。他以为李斯的劝解最为得体。他甚至认为李斯的这几句话,只有李斯说最为合适。若是由他徐齐的嘴里说出,陛下也未必能听得进去。他是由嫪毐提拔起来安排在宫中的,这一点谁都知道,秦王政也很清楚。所以在这种问题上,他是无从置喙。

　　虽然有李斯的这些十分得体的话,但是秦王政并不作如此想。秦王政把权势看得过重。他认为权势是世间一切事物发展运动的轴心,而人是世间最卑贱的东西,自然是永远围绕着权势旋转的。他甚至认为,目前朝中嫪毐是大权独揽,宫中所有的人都会围绕着他旋转,就是尉缭、李斯也会为嫪毐说话的,嫪毐的卑鄙行径也一样会得到他们的辩护。他认为,一个人无论多么龃龉,多么微不足道,只要大权在手,就会变为天神,众人就会向他顶礼膜拜。权利就是世间唯一的神灵,它可以使一具行尸走肉焕发出奇异的光彩,可以使一个流氓无赖变为英雄豪杰。这就是古语所说的"圣人之大宝曰位"。①的真谛。位也者,权势也。秦王政之所以感到无比的愤怒,是因为他认为这世间唯一的神灵,或叫作大宝是属于他的,他不应该被人剥夺。多年来他就是一个被剥夺者,时到今日依然百般地阻挠冠礼亲政,这就是明目张胆地

_____

　　①见《周易·系辞》。

继续在剥夺。这是天理难容的罪行。他进而认为,一个行路人突然之间被强盗洗劫一空之后,任何好心的劝解都是无谓的,甚至是有害的,简直可以说他们都是强盗的同伙。所以后来尉缭、李斯还说了许多劝解的话,都是好话,都很婉转,并且都很在理,但秦王政根本就没听见,犹如东风之射马耳。不过有人在耳边絮絮叨叨,你一言我一语,高一声低一声,与其说那内容具有什么作用,还不如说那声音具有某种作用。秦王政在对于权力进行了一番深刻而精微地思索之后,心情逐渐地变得平静了些。末后尉缭、李斯劝陛下出宫去游玩一回,"驾言出游,以写我忧"。这时秦王政却想出了比"驾言出游"更好的"以写我忧"的办法。这就是会见燕太子丹。

时间是世间最宝贵的东西,也是世间最神奇的东西。它可以使世间一切事物改变形式,不仅改变它们的外观,而且改变它们的性质。这种情形不仅在高山、大川、森林、村庄等等自然环境中表现出来,而且在世道人心和风俗习惯等等社会生活中表现出来。单就人的感情来说,时间所赋予它们的变化,简直是神秘莫测。朋友可以变成敌人,敌人可以变成朋友。甚至前十年是朋友,后十年是敌人,再十年又成了朋友,出人意表,神鬼莫测。当秦王政在邯郸的时候,他是逃亡的秦国人质异人的孩子,自然要受到某种歧视。这种社会地位就促使他接近燕国在邯郸的人质——燕太子丹。燕丹比他大两三岁,他们很自然地就成了朋友,不仅能玩到一块,而且能说到一块。孩子们在一起玩,自然难免有互相冲撞的事情。尤其年纪小身体弱的孩子,难免要受点气,甚至受点欺侮。秦王政在当时只有八九岁,不仅年龄小身体弱,而且发育不全。他的形象就极容易遭人藐视。如果秦王政永远是个落魄的公子王孙，他到老来一定会怀念幼年时期在邯郸同燕太子丹的友谊。不幸的是他没有终生落魄，他很快就被送回咸阳做了太子，并且不久就当了秦国的王。社会地位的变迁，引起了感情的质变。这就像一条山间小溪，她唱着欢快的歌曲，流进一个清澈的小潭，她是如此温柔宁静，一往情深，仿佛一位端庄的少女。然后向前流了不远，突然进入了峡谷，她咆哮着，跳跃着，出乎意料地变成了一个泼妇。她自己也不知道怎么会这样，如果照一下镜子，她自己也不认识自己了。这是非常可怕的。因为它非常险恶，所以着实令人觉得可怖。先秦的伟大哲人们曾经绞尽脑汁，企图把这些巨大的社会生活的变化和细小的人类感情的变化，归纳到他们的哲理之中，但是他们在这些令人眼花缭乱的现象面前，长久地感到迷惑不解。年老以后，他们的思索出奇的精微。结论又出奇的简单，连他们的学生们都听不懂他们的语言。社会生活的巨大波涛，在没有经历之前无论如何不能理解，正在经历时又不能清醒，过后有所领悟时，则已经临近了自己的坟墓。所以伟大的哲人曾经站在墓地里设法询问地下的或者已经暴露在地上的骷髅。企图同骷髅对话，或者企图梦见早已死去的古圣先贤们，可惜都没有成功。人类在智力方面的进展缓慢，在感情、道德的心理方面，其进展简直是微乎其微。人类不同于动物的地方，想来依然是动物的本能。这正是古哲人们叹息的原因。

之前秦王政得知燕太子丹已经从邯郸回国以后，他就要求左相设法把他幼年的好友燕丹弄到秦国来做质子。这是一个令人感动的行为。一个人在得志之后，忽然怀念他的朋友，怀念同他一起受过苦难的朋友，这是很高尚的感情。至少当时在朝中供职的高级官员，包括和太后在内，没有一个人能够识破秦王政的真实用心。于是秦国就派出了燕人蔡泽做燕国的丞相，以此为条件，或说以此为要挟，要求把燕丹派到秦国来做质子。并且同时派去一位将军樊於期，他的任务是等到燕王答应之后，就把燕丹护送回咸阳来。蔡泽和樊於期圆满地完成了任务，燕丹高高兴兴地来到了咸阳。到了咸阳他知道秦王政要他来咸阳并不是为了同他叙旧，而是为了向他显示，他已经是今非昔比了。秦王政由过去邯郸街上的一个被孩子们藐视的身体瘦弱而且畸形的孩子，一变成为当今最强大的国家的君王，这难道不值得夸耀吗？谁在事实面前也没有什么好办法。人们为了生存下去，就必须承认事实，适应客观。所以燕丹到了咸阳也就只好慢慢地冷静下来。但是，这就像结冰的过程一样，冰是首先在水的表面结成的。燕丹虽然看见了或者说感觉到了许多令人不快的事情，但是，在他心中却依然保留着往日的友谊，虽然那只是孩提时期的一文不值的感情。这并不是燕丹的粗疏，而是因为客观事物就具有这种过程。就是在伟大的哲人面前，冰也是先从水的表面结成的。所以在这一天燕丹接到秦王政的邀请时，他几乎是穿着他日常穿的衣裳，立刻就登车进了咸阳宫。他很高兴。他希望在冰下面的水，能够把它上面的冰溶化掉。这并不是不可能的。

精神上的打击是逐渐承受下来的。当燕丹的轩车兴致勃勃地来到咸阳宫门时，他受到了严格的检查。许多凶狠的卫士们围上来,几乎把他的车辅都一根一根查看过。在检查他的身上时,他才发现自己只穿着平时的服装,所谓燕服。他的白色的中衣,昨天就应该换洗,今天又穿在身上,显得有点污脏。他的蓝色的袂襦,虽然是丝织的锦绣,只是已经有点破旧。他下身的围裳是用很厚实的绨做的,只是有些褪色了。他的大带显得有点窄小,而且上面的玉饰也都是极普通的,几乎是每一个士大夫腰间都具备的什物。当他出门的时候,他的仆人给他披了一件皮裘,在咸阳宫门受检查时,他才发现是一件羔裘。他本来是有一件狐裘的,匆忙之间他的仆人竟然拿错了。他觉得自己的打扮着实有点寒碜。他想到这一点时自己都感觉到脸上发起烧来。他怕秦王政说他不严肃,不郑重,想回去换衣服。然而又一想,既然已经来到咸阳宫的大门口,在受到严格检查之后突然回去,会引起秦国官员们的各种猜测,甚至会引起多疑的秦王政的不必要的怀疑。这时候他才发现宫门卫士们对他的检查超过了他的预想,简直是在故意挑剔,或者不如说是在故意显示秦国的威严。于是他想:"进宫以后要特别小心谨慎,对秦王政要格外尊敬。他已经不是十年前的小朋友了。他这是在我未进宫门之前就告诉我,要格外尊敬他,他是当今最强大的国家的君王。呸!"

燕丹想不到秦王政会在咸阳宫的大殿里会见他。他认为,咸阳宫的大殿是举行朝中大典或接见外国君臣的地方。秦王政既然尚未冠礼亲政,他就不应该使用这地方。况且燕丹既不是诸侯的使者,也不是秦国的大臣,他只是燕国来的质子,只因为他是秦王政幼年的好友,秦王政召他入宫叙旧。

既是好友之间的叙旧,为何竟把这种欢快的宴席设在如此堂皇而庄严的大殿之内呢?燕丹警觉起来。他未上台阶之前先向四下望了望,看卫士们增加了没有,有没有什么异样。他想:"这赵政如今是大国的君王,真是今非昔比了。我不能再以过去的感情来衡量他同我的关系。这赵政小时候奸猾蔫坏,因为身体不好,精神状态反常,所以对人永远怀着无名的恨。我进宫门时他竟如此仔细地检查我,莫非是怕我对他行刺吗?不!是他要谋刺我。他在这咸阳宫的大殿里接见我,这就证明他是要逮捕我。我是人质,小小燕国来的质子,随便加我一个罪名,就可以逮捕我,甚至处死我。我完了!"

正当燕丹在自己心中这样哀叹着的时候,从大殿里走出一大臣来。嫪毐为首,后面是国尉尉缭、客卿李斯、中大夫令徐齐、卫尉秦竭,最后还有一位燕丹的朋友,秦竭手下的将军樊於期。燕丹看见樊於期微微笑着,脸上呈现着喜悦的颜色。他已经有好几天不见樊於期了。现在他看见樊於期的和悦的笑容,就像夜航的船夫望见了灯光一样。燕丹想:"这是一位靠得住的朋友。有他在,有他的真诚的笑容,今天我大概没有什么危险。方才这样狐疑,实在是以小人之心测君子之腹了。"

他想上前去同樊於期握手,但是拘于礼数,他应该先同嫪毐施礼,并且应该稍事寒暄,然后是国尉大人,也应该略加问候,然后是李斯……在这里樊於期的职位最低。燕丹觉得遗憾,他甚至都走不到樊於期的身边。燕丹对嫪毐并没有什么特别的反感。他认为很会说话,很会办事。燕丹作为质子住在咸阳,凡事多承他的关照。不过以太监的身份而窃居宰相之位,这不论在任何国度任何时候,都是不够光彩的。燕丹真正反感的是李斯。他觉得李斯的一言一行都是反常的,或者说都是假的,虚伪的,至少是矫揉造作的。但是因为目前李斯受到秦王政的格外垂青,所以燕丹也不得不同他寒暄几句。

这时太监们以及卫士们已经像远方的沉雷一样地呼喊起来。燕丹听见他们嗡嗡的是自己的名字,仿佛是在报告秦王政:他到了。接着是进殿、行礼、落座。这一切都是在那嗡嗡声中进行的,听从那嗡嗡声的指引,随着那嗡嗡声的节奏,他受到两位谒者的指引,坐在自己应该坐的位子上。当他坐稳以后,他才发现自己是坐在了秦王政的身边,相距不到一丈远。秦王政以他特有的沙哑声音说道:

"燕丹,久违了,别来无恙。"

在燕丹听来,这声音是很熟悉的。燕丹觉得,秦王政的声音比十年前更沙哑了,仿佛他的声带已经破碎成一缕麻皮。这说明十年来他的身体状况并未好转。燕丹同秦王政寒暄过三五句之后,他看清,秦王政是在正中南面而端坐,燕丹坐在右边,也就是东边,下手是尉缭、徐齐和樊於期。在西边与燕丹相对而坐的是嫪毐、李斯和秦竭。很明显,樊於期是特意请来的。因为他不仅是去燕国接取燕太子丹的人,而且是燕丹的朋友,所以才有幸叨陪末座。燕丹很自然地就想起了刚成君蔡泽。蔡泽老早已经回到咸阳,在家中闲住,为什么不请他也来参加今天的会见呢?是因为他在朝中没有职务吗?身为封君,这样的社会地位还不够吗?必得掌权的人可以出头露面吗?燕丹忽然醒悟过来:"是了!他的女儿同长安君成蟜订了婚,长安君成蟜已经在屯留起义,扬言要打回咸阳来。赵政最怕成蟜,最恨成蟜。所以一切能够使人联想起成蟜的事物,都在极力回避之例。"

在鼓乐齐鸣之中,宫女和太监们排成队,捧着各种形制精巧的金玉器皿,把酒菜摆在各位面前的长几上。这时候燕丹找到空隙向下一望,望见樊於期正在笑逐颜开地向他拱手。

"今天陛下兴致极好,"樊於期说,"太子殿下要多饮几杯。"

燕丹急忙向樊於期拱手,并且频频点头。然后他高举酒杯,对秦王政说:"外国臣仆燕丹,敬祝大王万寿无疆!"

这时所有在座的大臣以及他们身后跪着的宫女、太监、谒者、侍者,还有殿外廊下站着的殿陛郎和卫士们都一齐呼喊起来:"万寿无疆……"

那声音真是响彻云天,直冲霄汉。在这震耳欲聋的呼喊声中,燕丹感觉到强国的某种说不出的威严。大概这就是国力强大的一种标志吧。若在别的国家,不要说对一个尚未举行冠礼的少年的王,就是对一位能征惯战的老王,也没有这么强烈的呼喊万岁的声音。他忽然想起齐湣王。当齐湣王腐败到极点时,他的臣民们的呼喊万岁的声音也达到了顶点。然而响彻云天的万岁声并没有挽救他的灭亡。于是燕丹得出结论:这只是集权的标志,未必是强大的标志。当今只有秦国最为集权,所以王受到最大的尊崇。或许正是因为这点,赵政才急于冠礼亲政。燕丹想:"按年龄,他去年就应该举行冠礼了,莫非是因为成蟜兵变才推迟的吗?"

"殿下，"秦王政放下酒杯，说，"还记得我们一起在邯郸受过的那些苦难吗？"

"不敢有忘，陛下。"燕丹俯身答道。

"这就好。"秦王政说，"大丈夫生于当世，有德报德，有怨报怨。"

燕丹一面表示赞同，一面又想："这样的谈话方式，未免突兀。"他仔细看了看秦王政的神色：脸发黄，十分消瘦，简直就是一个病人。"赵政依然是从前的赵政。总是满腹仇恨，一不小心就流露出来。"

"那时候，我们母子啼饥号寒。"秦王政叹息着，"这些伤心往事，真是不堪回首啊。请。"

这时燕丹发现了一点情况，令他感到十分惊奇。秦王政上身穿着宽大的青色的朝服，上面绣着日、月、龙、凤之类，这就是古代帝王朝服上的所谓"八章"。会见一个燕国的质子，虽然他是王的朋友，也算不得什么朝中的大典，何必如此郑重？而当燕丹看见秦王政的下身穿着朱黄色的围裳，围裳上绣着双弓双斧的叫作"黼黻"的威严的图案时，他惊奇极了。这是举行朝会大典时王穿的礼服，穿这样的礼服，头上应该戴冕旒，而秦王政尚未举行冠礼，没有冕旒给他戴，却戴了一顶当时任何一个士大夫都可以戴的皮弁冠。这太有点不伦不类了。古代人们特别注意服饰。人们不仅可以根据服饰判断一个人的社会地位，而且可以根据服饰断定一个人的品行。秦王政这样的打扮，不仅使燕丹感到惊奇，而且令他感到好笑。他不知道这是谁的主意，他只能认为这是赵政自己的主意。一个人没有受过严格的教育，总是喜欢表现出他们固有的没有教养的样子来。这大概是他们的一种乐趣。这样的打扮是想表示什么意思呢？"彼其之子，不称其服。"①秦王政急切地盼望冠礼亲政，这是人人皆知的事情，为何要特意向燕丹表示出来？"今天的召见或许有许多的内容。"燕丹想，"他如果要问起我有关冠礼亲政的事情，我应该怎么回答？我应该当面斥责嫪毐吗？听说成蟜兵变就是为了铲除嫪毐。军中谣言甚多，说嫪毐同太后生了两个私生子，嫪毐同太后企图废掉赵政。也有人说，成蟜口上是要维护他哥哥的王位，心眼里是想当王。从前在邯郸时，成蟜只有七八岁，长得比赵政好。听人说，成蟜长大以后，英俊无比，而且知书识礼。说不定秦国确实有人希望废掉这个畸形儿，拥立成蟜。如果成蟜做了王，肯定要比赵政强得多。不过从敌国来说，我倒希望成蟜失败。在这种一塌糊涂的时候，赵政自然是要急于举行冠礼亲政了。我倒希望他尽快冠礼亲政，以便把秦国搞得更加一塌糊涂。"

"殿下还记得您上树去掏小鸟的事情吗？"秦王政说，"殿下把一个玉佩弄丢了，硬说是寡人偷了，后来发现，那玉佩挂在树上。"

"臣生性鲁钝，"燕丹拱手至额说，"多年前的琐事，如何记得。"

尉缭看看秦王政，再看看燕丹，心想，"好一个堂堂陛下，竟然在朝堂之上，当着众位大臣，提到这种无聊的琐事。有失国体，有失君体。"他想抓过酒杯来痛饮一下。他伸出手

---

①出自《诗经·曹风·候人》。

去,摸到他面前长几上的那双玛瑙琢成的玉爵,迟疑了一下,又把它放下了。"像这样漫衍着胡乱说下去,"尉缭想,"今天说不定要出点什么事情。"他听见秦王政说完这些寡淡至极的话以后,一个人寡淡地笑了起来。那声音使尉缭感到不快,而且尉缭注意到燕丹对秦王政的孤立无援的淡笑没有做出任何响应。尉缭觉得在这种时候最好不要看王,于是他扭过头去,看见樊於期的脸红红的,低着头。

"樊於期。"

秦王政突然叫着樊於期的名字,樊於期不知何事,急忙离座应道:

"在。"

"今天是你当值吗?"

"是。"

"寡人得见幼年挚友,高兴非常。这要感谢将军,千里迢迢,接取殿下来到咸阳。所以特请将军来陪殿下。今天又是将军你当值,你要忠于职守,劝殿下多饮几杯。上前去给殿下斟酒。"

"遵旨。"

樊於期站起身来,从宫女手中接过一把青铜制的高高的酒壶,走到燕丹席前跪下斟酒,祝道:

"愿殿下万事如意。"

尉缭觉得难为情,心想:"完全像个小孩子。不思不想,脱口而出,弄得自己尴尬,却又迁怒于人,找别人的岔子。这太难了,难矣哉!"

燕丹不知道秦王政为什么要提到玉佩的往事。当他听见秦王政喊樊於期时,觉得那声音口气,不怎么悦耳。后来听到秦王政上面这一段话,他觉得秦王政果然是一片真心。又听到樊於期的祝词,心中非常高兴。他双手捧着通体雕花的晶莹华贵的玉爵,谢过陛下,一饮而尽。酒入愁肠,立刻就觉得耳热呜呜起来。心想:"就是神仙,对狭隘的小人也要退避三舍,然而,我能往哪里退呢?"

这时,一个清亮的嗓音喊道:"歌舞上来。"

优伶们早已化妆好等待着,一听呼唤,他们立即涌入大殿歌舞起来。燕丹觉得,方才的音乐,似乎还带一点雅乐的味道。钟磬叮咚,七零八落,倒也不甚令人讨厌。现在涌进来的优伶们则不然。他们把皮鼓敲得震天轰响,仿佛冰雹正落在他们的鼓面上。他们跳着、叫着、旋转着、呼喊着,好像大殿也在旋转一般。一阵喧闹过后,有人开始唱歌,唱的是新采集的,应该说是新编的所谓民歌。怪腔怪调,十分拿捏,而伴奏的笙簧细声细气,着实忸怩。

"殿下,"秦王政说,"还记得季札观周乐的典故吗?"

"记得。"燕丹答道。

"他是怎么说的?"

"当他看到《秦风》的时候,他很赞赏。"燕丹极力回想着三百年前吴公子季札评论《秦风》时所说过的话。他说,"这就是西方的音乐,叫作夏声。能夏则大,伟大之至矣。"

燕丹对自己很满意,他终于把季札说过的这几句赞誉的浮词记起来了。

"他说,'其周之旧乎?'"秦王政不紧不慢做了这么一个补充。他对自己也很满意,他终于在学识方面,实际是记忆力方面,胜过了燕丹。

他指着说道:"殿下的记忆力很好,只是忘了这最关键的一句。"秦王政笑着,极力模仿着长者的样子。

燕丹一拱手,勉强笑一笑,表示自叹不如。其实这是他故意丢掉的一句。他不敢说这一句,怕秦王政起疑心。因为当今战国七雄,真正周朝的旧封,即姬姓之国,就只有一个燕国了。武王伐纣胜利之后,封国七十二,姬姓五十四,封召公奭于遥远的北方,命曰燕国。燕丹想到不久即将来咸阳参加秦王政冠礼的各国君臣,包括燕国的特使,其中没有一个姬姓之人。眼前在座的人里,也只有燕丹一人姓姬了。想到这里,燕丹心中很觉凄凉。但是又一想,虽然发育不全而依旧聪明绝顶的秦王政,却还替他记着这最重要最关键的一句,真是太难为他了。"不过这虽然证明了秦王政的记忆力强,却又恰好证明他的理解力很低。他只顾得争强好胜了。只要胜利,不顾其他。或许这赵政根本就不记得我是姬姓之后了。小罗锅子,眼前只有燕丹才当得起'其周之旧乎'这句话。"大概是酒的力量已经慢慢显示出来,燕丹觉得既然自己是这里唯一的姬姓之人,自己就要长些志气,不要尽长他人的威风。他忽然有点可怜起赵政来。"没有文化,也不知道追求文化,秦国人实在是够可怜的了!"

"殿下,"秦王政总是喜欢把别人叫应了,然后再说话,"看了这些秦国的歌舞,殿下有何观感?"

燕丹笑了。他看出秦王政是想让他说一句"叹为观止矣",然后再将他的话载入秦国的史册。于是燕丹拱手说道:"臣不是延陵公子,不懂音律,浅陋至极,怎敢妄评上国的新声。"

"姑妄言之,无妨,"秦王政催促着。

"陛下,"燕丹说,"其实季札也未必真的懂得周朝的雅乐。周朝八百载,音声屡变,季札怎么能尽知五百年前的音乐呢?况且目前距季札之时,又已经过了三百年。即使当年季札所见到的果然是周朝的古乐,现在秦国的歌舞,也已经是今非昔比了。"

秦王政似乎对燕丹的话没有听懂,他支着耳朵,瞪着眼睛,还在等待燕丹往下说。他见燕丹陡然结束了自己的议论,便问道:"殿下,什么意思?"

"此即《诗》云:高岸为谷,深谷为陵。《传》曰:三代之后,于今为庶。"

"殿下的意思是说,时代变易,早已沦落了。"

"早已沦落了!"燕丹又补充道,"臣不懂音乐,不过倒是听到过一些咸阳士人们的议论。"

"他们怎么说?"

"他们说,如今的歌舞是'黑卫发青,牦牛掉尾'。"

秦王政听罢,哈哈笑了起来,尉缭也笑了。尉缭看见嫪毐也憋不住哈哈大笑起来。尉缭看得出,秦王政虽然笑着,而对这八个字的评语却是似懂非懂。大概秦王政认为燕丹在他面前喜欢掉书袋,这八个字的评语可能出自什么三坟五典八索九丘吧,其实,尉缭很清楚,这只是咸阳街头的一句土话。

秦王政回过头去对嫪毐说:

"咸阳士人们是有这样的评语吗?"

"好像是有过。"嫪毐答道。

"不过，"秦王政又对燕丹说，"寡人也听到一些评语，他们说秦国是铁剑利而优倡拙。"

"不错，"燕丹答道，"有此一说。不过陛下似乎忘记，这是对楚国的评语。楚国人把生铁块放在砧子上千百次的煅打，最后做成宝剑，锋利无比。"

"殿下差矣。"秦王政说，"那出生铁的地方邓宛，早已归入秦国版图，自然这评语也就属于秦国了。"

"原来如此。"燕丹俯首答道。

喜欢争强好胜的秦王政，看见燕丹俯首认输，心中十分惬意。然而燕丹却有不同的想法。秦国这种以强凌弱的兼并，只是所谓"略地"，是侵略和掠夺。"你们可以攻占其地，奴虏其民，你们还能把人家的优良品质夺过来吗？笑话！"

这时嫪毐对秦王政说："古人赋诗见志。不过这些劳什子现在已经不时兴了。陛下欲观燕丹之志，可以令他点一曲古乐。"

他们嘀咕什么，这边听不清楚。这时尉缭问燕丹："殿下的意思是现在的艺术也沦落了，是这样吗？"

"寡人想请殿下点一曲古乐。"

"遵命。"燕丹随口答道，"请奏《黄鸟》。"

尉缭当即向伶人们命令道："奏《黄鸟》！"

伶人们突然忙乱起来，一霎时准备就绪，鼓乐齐鸣，几个女优缓步进入中场，载歌载舞。她们唱道：

交交黄鸟，

337

止于棘。

谁从穆公？

子车奄息。①

李斯对秦王政说："陛下，大概唱错了。"

"嗯？"秦王政问道，"何谓？"

"太子点《秦风》的'交交黄鸟'，似无意义。只怕他要听的是《小雅》的'黄鸟黄鸟'。唯陛下察之。"

秦王政的老师，曾经给他讲过《诗经》，刚刚讲到《秦风》，因为一点扯淡事情被牵连入狱，不久即死掉了。所以秦王政竟不知《诗经》还有《雅》《颂》之事。当李斯这样说时，秦王政只觉得茫然。在这里，他不恨自己，却恨那死去的教师。他在恼恨之余，回过头来问燕丹道："殿下，唱得不对吗？"

"不错。"燕丹这时才觉察到自己方才太冒失了，完全未加思索。他急忙俯身答道："不错。"

这一切都没有瞒过尉缭的眼睛。他发现秦王政根本没有听懂李斯这些搬弄是非的话。他想："学识并不是天生的，理智也不是天生的……一方面是争强好胜，另一方面是浅陋粗疏，这是非常危险的。他已经做了九年王，外表威严至极，而内里还是一个顽童。"他又想到李斯其人。"这人不仅多事，而且为人不正，心术不良。这样的人，谁敢与之共事。"

《秦风·黄鸟》总共三章。这是悼念为穆公殉葬的三良的，曲中充满了哀痛。它的乐曲非常缓慢，但是每一章到末

---

① 《诗经·秦风·黄鸟》。

尾时都非常激越,仿佛在呐喊,仿佛在号啕。直到把《黄鸟》三章都唱完,秦王政也没有推测出燕丹点这支歌的意图。这使尉缭感到好笑。他看见秦王政和嫪毐等君臣的脸上呆呆的,一片木然。歌舞结束,秦王政不仅摸不着燕丹的头绪,他甚至突然感到连嫪毐的头绪也摸不到了。于是他决定亲自发起进攻。

"寡人与殿下,"秦王政说,"邯郸一别,悠忽十载,无日不思念殿下风采。故而才派将军樊於期,前去武阳,恭迎大驾。回忆往昔,一同游戏邯郸街头之时,唯愿天下太平,万民同乐。当日长平一战,本来一举可下邯郸,谁知信陵君窃符救赵,致使和平无望。虽然,只要燕秦修好,则不怕赵国负隅顽抗。当然,七国争雄之时,唯愿殿下看清列国之大势。殿下以为,当今谁国最强?"

"当然是秦国。"燕丹拱手答道。

"谁国最弱?"

"自然是燕国。"

燕丹一面回答着一面想:"不知道这罗锅子是要发什么宏论,竟然采取这么一种咄咄逼人的近乎盘问的方式。有话就直说好了,何必要这么一问一答地往前走,故意拿别人当垫脚石。莫明其妙!"

"这是为什么?"秦王政像问小孩子似的,稍稍歪着头,微笑着问道。

燕丹觉得,如此发问仿佛很深奥,其实是很唐突,很失礼。这样的问题,至少不是三言两语能够说清的,况且宴席问出这种呆题,可谓失问。燕丹拱手至额说道:

"请陛下指教。"

"这就是因为，"秦王政紧紧抓住自己制造出来的机会，像讲课一样地说道："秦国实行商鞅变法，尊君抑臣，强公室而杜私门，严刑峻法，民惧私斗而务耕战，所以秦国日益富强，干戈东指，所向披靡。"

一个刚过二十岁，尚未举行冠礼的年轻人，竟能讲出一套治国的道理来，这是很不简单的。燕丹心中很是佩服，他觉得秦王政确实是今非昔比了。他甚至觉得如果让他总结一下秦国近百年来的历史经验，他只怕说不清楚。他可能要说到许多具体事情，什么选贤任能呀，什么远交近攻呀……这就要费许多口舌，最终还是抓不住最主要的东西。他觉得自己根本就不具备秦王政这样明晰确切的语言风格。但是，他虽然对秦王政由衷的敬佩，却猜不出秦王政这样不吝赐教的目的何在。"莫非他是准备再次实行变法吗？"燕丹想，"还是他要劝我国实行变法呢？"

秦王政这时突然开始谩骂一个叫鹿毛寿的人。不仅是燕丹，所有在场的大臣都不知道这鹿毛寿是什么人，何以遭到秦王陛下如此唾骂。这时秦王政开始攻击燕相子之，并且开始攻击燕王哙。燕丹想起来了，这鹿毛寿是燕相子之的食客，后来做了燕王的客卿，他曾经劝燕王哙把王位禅让给宰相子之。燕王哙听了鹿毛寿的主意，真的把王位让给了宰相子之，因而引起大乱[①]。虽然想起来了，燕丹依然觉得大惑不解。这已经是七十多年以前的事情了，秦王政忽然翻燕国的

---

①详见《史记·燕世家》。

旧账干什么？

　　古代的公子王孙们，在稍稍认字之后，教师就给他们讲解历史。而所谓历史，又是从本国和本家的历史讲起。现代的一个少年儿童，听到别人对他讲三十年前的历史，就像说的是古代的事情一样，觉得非常遥远，非常渺茫。古代的公子王孙们却不是这样，当他们倾听先人的历史时，先人的遗物就在他们眼前。故而他们能把高祖的历史，看得像昨天的事情一样亲切而清晰。古代人，以不了解本国和本家的历史为最大耻辱，此即所谓"数典忘祖"。所以当秦王政夸夸其谈燕王哙的事时，燕丹心中如数家珍，清楚得很。按理说，当着燕国的太子，谈论燕国的政治，这是不尊重别人，是很不礼貌的。更何况秦王政所使用的言词非常之恶毒，不仅对燕相子之，而且对燕王哙也使用了许多不堪入耳的词句。燕丹觉得脸红，便顿首说道：

　　"陛下，燕昭王乃是臣的高祖。"

　　秦王政说的是燕昭王的父亲燕王哙，燕丹却故意说成燕昭王。这是因为燕王哙没有谥号，子孙又不便直斥其名，再者燕国唯有昭王时期最为强盛，所以他故意说成燕昭王。

　　"知道。"秦王政说到兴头上，大有欲罢不能的样子。"知道是殿下的高祖。正因为他是殿下的高祖，寡人才如此直言不讳。近代以来，万恶之源就在这燕王哙身上。寡人所谓的万恶之源，就是禅让，或说民主。"

　　不仅是燕丹，就是尉缭也感到无法忍受了。人家直说是自己的高祖，他倒来劲了，竟然直言不讳地骂人家祖宗是"万恶之源"。尉缭想道："今天要出事！"他看见燕丹的脸红红的,大约血正在往上涌。燕丹突然抓起酒杯喝了几口酒,尉缭心想:"这也是个沉不住气的人。"

"先哲们早已说过,"秦王政接着说下去,大有一泻千里之势,"虚其心,实其腹。民可使由之,不可使知之。所以商君提倡'弱民'。①民不可逞,人人皆知。而燕国却欲实行民主。不仅如此,还要更进一步,听任鹿毛寿一类游士们的鼓动,实行什么禅让。燕王哙不仅把王位让给宰相子之,而且他自己竟然亲列朝班,匍匐称臣,简直丢尽了王族的脸。于是燕国大乱,天下大哗,引起诸侯的愤怒。最后终于招致诸族出兵干涉,城门不闭,士卒不战,燕国几乎要灭亡。"

秦王政说的倒也都是事实,妇孺皆知的历史事实。这是战国时期著名的大事件。但是因为庸俗不堪的市侩哲学一直统治着思想界,所谓胜者王侯败者贼,所以从来没有人认真地研究过这个重大事件。燕国禅让的试验既然已经失败了,也就不足为雅人挂齿。后世文人觉得不足挂齿的事情,在当时却大为不然。当时的贵族统治者们,则以谩骂子之为能事。燕相子之在遭到齐国进攻时已经被齐军杀死,那情节很简单;可是不久又编造出许多惊心动魄的情节,说他被燕国的小市民们剁成了肉酱。各个历史时期,都有各自不同的议论中心。燕相子之死后二十年,人们的议论中心已经变成了合纵连横。然而又过了五十年之后,秦王政又在朝堂之上当众把这个老题目捡起来,以致在场的人都瞠目相视,不知

---

①"虚其心,实其腹":见《老子》。"民可使由之,不可使知之":出《论语》。弱民:《商君书》有《弱民》篇。

道秦王政是想说什么。

"贵国自昭王之后，"秦王政喝了两口酒，接着说，"累世称王，直至殿下，身为太子……这都是依靠祖宗神灵，非人力所能强求。不知殿下以为如何。"

燕丹觉得，好友相见，又是阔别多年，谈点什么不行，何必非谈论近代史不可？而且又要如此慷慨激昂，发一套人人皆知的宏论，甚至"辱及先人"在所不惜，这究竟是为什么？莫非秦国有人提倡禅让之说吗？或者秦王政感到自己的王位不稳固吗？这是为了成蟜兵变而发的议论吗？还是为了《吕氏春秋》中有类乎民主的话头而感到不安吗？燕丹忽然想到，要看清秦王政的真实意图，只有一个办法，即刺激他，让他继续说下去，让他自己表白出来。

"陛下议论恢宏，臣是敬佩之至。"燕丹高高地拱一拱手，说道，"不过陛下亦有所不知，列国诸侯，争雄称霸，自然是务必富国强兵。为了富国强兵，各国都是极尽其能事。秦国实行商鞅变法，燕国当时则选择了禅让。其实这是更彻底的变法。况且禅让之制，古已有之。这都无可厚非。我们做子孙的，何必厚诬先人。"

尉缭觉得好笑，心想："两只公鸡开始斗争了！"尉缭认为秦王政对待燕丹如此无礼，这完全是由成兵蟜变引起的。"其实屯留兵变，何有于燕丹？这完全是瞎胡闹。大约由于冠礼推迟，秦王政已经丧失信心，因而内心中预感到秦国有识之士可能是支持成蟜的，故而迁怒于燕相子之。屯留兵变诚然是心腹大患，但是如此焦躁不安，这足以把事情搞糟。国人支持成蟜，也是可能的。嫪毐为非作歹，国人皆知，却无人敢说个不字。正是成蟜,敢于反对嫪毐,并且敢于兴兵讨伐他。再者,传嫡传长之制,并不是一成不变的,这同民主以及禅让没有关系。如果就近取譬,秦昭王不但是秦武王的弟弟,而且是异母弟。成蟜不但天资优异,而且是同父同母之弟。秦国的事情难办了!"

"寡人说了这么半天,殿下居然毫无理解。"秦王政说,"禅让之无稽,已为历史所证明。它怎么能同变法相提并论呢?变法是尊君抑臣,废私立公;禅让是尊臣抑君,废公立私,正好相反。变法是上顺乎天心,下合乎民意。而你们那禅让,简直是大逆不道。试问,王无能就让位给宰相,怎么知道这宰相真的是贤能之士呢?即使他真的是贤能之士,怎么知道他的儿子也是贤能之士呢?如果谁是贤能之士就让给谁,这样让来让去,太庙的木主将要如何摆法?如果从此以后再也不设太庙,不摆木主,不再祭祀天地鬼神,这不就是无父无母无祖无宗吗?有这样的人类吗?"

秦王政说到这里哈哈笑着。他想说"那不就是禽兽吗!"他终于克制住了,没有说。他觉得在公开场合,当着自己的大臣们,说话很客气,这是应该的。他甚至觉得这样哈哈一笑,就足以让燕丹感觉到,他的谈吐是多么有分寸,在礼貌上是多么周到。

然而尉缭认为,"宴席之间进行这种辩论,根本就无聊之至。战国之末谈风之盛,致使每一个不挨饿的小孩子都有一套胡说八道的说辞。而这两位的谈论,在尉缭看来,又在一般小孩子的水平之下。表面上看着秦王政是振振有词,燕丹也是有词振振,其实谁也没有抓住真谛。"尉缭认为,"无论是燕昭王还是秦昭王,他们的强盛都是由士人的归附造成的。如果当年乐毅、邹衍等不去燕国,目前众多的山东六国的士人不在秦国供职,何富国强兵之有。胡吹了一顿商鞅变法,却忘了商鞅是山东人。就是现在在陛下眼前的,作为你的主要依靠的,李斯和我,都是山东人。不讲招贤纳士,只讲宗庙之灵,真是愚蠢透顶。"

这时愤怒已极的燕丹一拱手,说道:

"陛下谆谆之意,臣已经领悟了。"

"殿下有所领悟,这就好。"秦王政继续说,"燕国自子之之乱以后,日益削弱。小小燕国,可不敢与我大秦争锋。"

"不敢。"

"燕国虽有辽东之地,绵亘数千里,然而地广人稀,在军事上非常软弱,不堪一击。所以秦国愿意同燕国修好。寡人这是肺腑之言。"

"陛下所说极是,臣一定铭记在心。"

此时燕丹心中已是怒火万丈。心想,你请我来咸阳宫叙旧,原来只是为了教训我,恐吓我。他极力做出礼貌的样子,拱手说道:"燕国自然是十分弱小,怎敢与上国争锋。然而——"

"怎么样?"秦王政虎视眈眈地问道。

"然而,国与国交往,其中也有大道在焉。"

"七国争雄,你死我活,强者为主,弱者为奴,何道之有?"

"强国与弱国交往,强国不欺凌弱国,弱国才能安心,强国才能服众。不然……"

"不然怎么样?"

"不然,以强凌弱,以众暴寡,虽有一时的胜利,终不可久长。"

燕丹见秦王政没说话,又继续说道:"仁者无敌,战胜而亡等等这些话题,也都是古圣先贤们留下来的言语。"

秦王政笑了。他笑得非常和蔼可亲,而那声音却令人不舒服。

"殿下,"秦王政说,"殿下既不懂得春秋以来的历史,也不了解当今天下的大势。所以,殿下也没有真正领会寡人方才的这一番好意。"

"请教,陛下。"燕丹顿首说道。

"殿下说的那些都是上古的道理。时易势异,理各有当,此一时彼一时也。上古竞于道德,当今争于力气,一切都要看你的实力如何。以目前的时势而论,就是因为有一个赵国在,挡住秦国的路,不然的话,督亢之地早已归入秦国的版图了①。"

这些话在尉缭听来,觉得很不合适。秦王政并不善酒,所以他不可能是喝醉了。如果说他同燕丹是童年的好友,因而就可以顺嘴胡说,这也说不通。他认为,"陛下已经是没理了,才这样说起大话来。如果今后不仅如此说话,而且如此做事,将会怎么样呢?还没有冠礼亲政,先把督亢之地看在眼里了,而且当面告诉对方,原来是个见利忘义的刻薄鬼。"这时他看见燕丹拱手至额,很有礼貌地说道:

①督亢之地:相当于现在涿州一带。后来荆轲刺秦所献地图即督亢地图。

"陛下不闻,书曰,恃德者昌,恃力者亡。"燕丹说得很快,人们似乎没听清,秦王政却听清了。

"实力就是一切,何德之有!"秦王政笑道。

"大王英明无比,臣愚昧无知。"燕丹的语音清亮异常,"不过以臣愚见,大王与其争雄天下,不如先把秦国治理好。"

"秦国强盛无比,殿下。"秦王政高声说道,"秦国自孝公以来,日益强大,这是有目共睹的。自先帝即位,消灭了周王朝。如今秦国西有巴蜀,东置东郡,南有宛洛,北有上郡。这些,殿下不会不知道吧?怎么能说治理得不好呢?您这不是一叶障目而不见泰山吗?"

"陛下说得极是,秦国强大已是无可比拟了。"燕丹是决心要应战了,所以他的谈话速度明显得加快起来。燕丹说得很快,简直就同方才优伶们的鼓声一样。

"不过,陛下,以咸阳而论,灾荒不断,民不聊生,各种大案层出不穷。这无论如何不能算繁荣昌盛。臣有一些街谈巷议在此,唯愿大王察之。最近几天之内,咸阳城中发生了两起凶杀。一是官大夫蒲腾全家被杀,一是内史令赵肆,除他本人之外全家被杀。以臣愚见,这不是一叶障目,而是一叶知秋。"

燕丹的这些话,在李斯听来简直是出言不逊,狂妄已极。他在心里说:"身在敌国,作为质子,竟敢如此放肆,甚至攻击朝政,这不是自讨没趣吗! 人说燕丹豪放,我看他是狂妄。"然而尉缭却又有完全不同的想法。同燕丹相比,尉缭更加放肆,在这种谈锋锷然的紧急关头,他竟敢抬起手来捋了一下胡须。这个动作是明显地同意了燕丹,简直是对秦王政的嘲弄。好在这个动作除樊於期外谁也没看见。而樊於期根本就没有看出这一层意思来，他正在替殿下担心，怕燕丹遭受不利。在尉缭看来，燕丹这些尖刻的完全不必要的指责，是由秦王政那些大话，那些无谓的恐吓引起的。简直就是陛下自找，自作自受。虽然这么说，燕丹的一叶知秋的话是很厉害的，这就像黑夜里贼人放了一把火一样，不仅惊动了主人，而且惊动了六畜。秦王政这时候就像斗败的鹌鹑一样，不知往哪里躲藏才好。他本来长相不雅，前有鸡胸，后有罗锅，只因为古代的朝服特别宽大而且厚实，所以鸡胸罗锅看上去不甚显著。但是脖子短是无法补救的，所以着实显眼。当他说大话的时候，耀武扬威的时候，他尽量扬着头。现在他说得没理了，一时想不起回答的话来，不免有点泄气，于是，脖子塌下去了。他的脸红红的，眼睛滴溜溜直转，看看嫪毒，看看李斯，看看秦竭。这时李斯拱手高声说道：

"奸人作恶，相互仇杀，此乃各国所不免。太子殿下无须介意，何必如此小题大做。"

秦王政突然问嫪毒道："这是怎么回事？"

"启禀陛下，"嫪毒忽然觉得有点心慌意乱，含糊答道，"民间私斗仇杀，正在审理。"

"为何不向寡人报告？"

以一个尚未冠礼亲政的王，这样当众质问掌权的宰相，这是不合适的。所以嫪毒跪起来拱着手低着头，迟迟不作回答，好一阵以后才慢吞吞地说道："尚未查清，故而未曾禀报。"

秦王政哼了一声。他的本来蜡黄的脸色现在已经红得发紫、发青,他的眼睛里火星子直往外迸,致使他哼的声音非常难听,仿佛要把嫪毒吃掉似的。秦王政这种凶狠的样子,不管别人是否在意,嫪毒已经充分地注意到了。他心中战栗着,预感到将要发生什么不测之事。他想到最近发生的一连串不利的事故,心中着实地惶惑起来。他的铁拳本来具有千钧之力,一旦打出去竟然化作了柳絮,飘散在空气中。秦国的老贵族们多半是支持他的,但是,他们所有的努力,只是得到了相反的效果。他觉得也许自己的末日到了。他想不到这小肚鸡肠的秦王政,却禁不住燕丹的一指头。燕丹稍微捅他一下,他就像一个纸人一样地破碎了。在这种一筹莫展的情况下,若是别人,就要低下头去,不敢再抬起头来,但是嫪毒不是这种人。他遇到这种情况,却不敢低头,他的两只眼睛滴溜乱转,盯着在场的每一个人,包括后面跪侍的宫女太监。他的眼睛甚至不停地从秦王政的脸上扫过。至少有三次,他的眼光同秦王政冒火的眼光相遇。他感觉到秦王政凶狠的目光一直在注视着他。他在心中骂道:"这只螳螂!"

"先生所言差矣。"燕丹对李斯说,"虽说奸人作恶以致凶杀乃是各国所难免,话倒是可以这么说,不过任何国家也没有秦国这样尖锐,这样激烈。先生是荀卿的学生,您应该知道,这原因就在商君之法。商君之法,轻罪重罚。商君以为,轻罪重罚可以杜绝重罪。人民不敢犯轻罪,重罪就更没人敢犯了,就像大树是由小树长成的一样,他们认为重罪是由轻罪发展来的。其实,这根本就是一种执迷不悟。既然轻罪重罚,老百姓不犯罪则已,一犯罪就是重罪。加以官吏不讲理,老百姓诉告无门,不得已铤而走险,只好亲手惩办恶人,于是一杀就是全家。"

燕丹的这些话表面上看起来是说给李斯听的,实际上谁也知道这是说给秦王政听的。秦王政若是一个稍微通达一点的人,他就不会生气,他肯定会顿首称谢。然而在当时,这是不可能的。虽然当时各国都或多或少地采用以商鞅为代表的法治的政策,但是,彻底地坚持商鞅的所谓法治,以至达到顽固程度的,就只有一个秦国。秦国贵族们厌恶商鞅本人,却偏爱商鞅的理论,把它当作是秦国的国粹。秦国不以此为非,反而以此为荣。所以一涉及商鞅的理论,尤其有人对商鞅的理论不尊重,或者有所非议,秦国人就像被激怒的牛一样向你扑来。加之秦王政的性格,也不允许他向燕丹顿首称谢。他在幼年时期,遇事非常自馁,可以说毫无信心。后来出乎他自己的意料,他居然做了大国的王,于是一天比一天骄傲起来。到他临近冠礼的这个时间,他已经是目空一切了。如果说他从前有十分的自馁,那么,他现在就有十二分的骄傲。正因为他现在觉得已经是今非昔比,已经是信心百倍,所以他才渴望把他幼年的好友弄到咸阳来,让他看看他现在的情形,以便消除过去的印象。这种考虑完全是正当的,而且是郑重的。这不仅关系到国家的声威,而且首先关系到历史,关系到史官们无情的笔。而今天的宴会正是为了获得无比的欢乐而设的,换句话说,正是为了充分显示他的骄傲,显示一个伟大英雄的庐山真面而召见燕丹的。这样的召见,这样的宴会,应该给史官们制造出书不胜书的生动题材,并且应该在秦国乃至世界历史上留下光辉的一页。谁知燕丹不识相,丝毫也不能体谅陛下的苦衷,不能予以适当配合。非但如此,他竟敢在敌国的朝堂之上大发议论,不仅指责朝政,而且非议商君,并且他方才讲的这一番大道理,在场的人难免认为这就是对秦王政的教训。越是喜欢教训别人的,则越是不能忍受别人的教训。这使得秦王政愤怒异常,简直都不知道说什么好了。

"燕丹!"秦王政突然以他特有的嘶哑声音喊道,"人家都说你这人狂妄自大,不可一世……寡人知道你小时候就是这种鸟样子……没想到相隔十年,你是依然如故……"

秦王政浑身哆嗦着,吼叫着,嗓子里就像锅里的水已经熬干那样嘶嘶响着。这种嘶嘶声,仿佛是语言,只是谁也听不清是什么。

燕丹看见秦王政生气的样子,心里忽然可怜起他来。从前在邯郸的时候,无论玩什么游戏,秦王政总要遇到困境。听到他的凄惨的呼救声,燕丹等人就去援救他。看见秦王政现在的样子,他就想起了从前的情景,觉得心有所不忍。当秦王政说"小小燕国""不堪一击"的时候,燕丹愤怒至极。现在他忽然悔恨起来,心想:燕国确实弱小,何必在嘴皮子上争上风,闹得见罪于大国的君王,这是何苦呢?当听到秦王政说"鸟样子"的时候,燕丹觉得他已经理屈词穷,开始说粗话了。"方才看着仿佛高深莫测,现在一下就见了底,原来浅陋至极。"然而燕丹又一想,"如果他是这么一种状况,他怎么能治理一个大国呢?当我提到官大夫蒲腾全家被杀时,他只是生气却不感到可怕,莫非他什么情况都不知道吗?连一般人都知道的道路传言都未曾听说吗?"

"陛下息怒,"尉缭说道,"陛下息怒。陛下同殿下是童年好友,言语之间虽有失当,陛下能够原谅一二才是。"

尉缭只是觉得自己应该说时才说了话,没想到他的话竟引得秦王政双手拍着面前的长几大喊道:

"原谅什么? 原谅什么? 原谅狂妄自大吗?"

尉缭觉得这样大动肝火,既没有理由,也没有必要。尉缭认为燕丹的话未必是错的,即使是错的,秦王政也应该有正确的话回答他。这样勃然大怒,简直有失尊严。"这种疯子,没法伺候。"他已经逃亡过一次,现在又有了逃亡的念头。他想,"都说春秋无义战,然而在春秋的不义之战中,即使在沙场上厮杀,将帅们也不肯失掉礼仪。想不到人类堕落得如此之快。如今竟在庙堂之上撒起泼来了。我没有别的办法,至少还有一个办法:走!"

"没想到,没想到。"秦王政几乎是自言自语地说着,"抓住咸阳的一两件小事,居然当众攻击秦国的朝政。"他瞪着燕丹,继续说,"你知道什么? 你知道什么? 秦国大军横行天下无所阻挡,你知道吗? 寡人若是你,就要放老实一点,先考虑一下自己的处境。"

燕丹现在可以完全肯定,有关蒲鹖叛变的消息秦王政一点也不知道。如此重大的事情,大臣们竟敢隐瞒不报,这太可怕了。这就证明大臣们怀有篡弑之心,献公之事有可能重演。

"燕丹粗鲁,多有冒昧,敢请陛下原谅。"燕丹以为自己有责任把外面哄传的消息告诉秦王政。同时他又不愿意使用游说之士们经常使用的耸人听闻的词句,所以就直截了当地说道:

"正因为臣与陛下是幼年的好友,所以才敢冒死直言。"
他跪起来俯身行礼,继续说道,"陛下即将冠礼亲政,当此之
际,陛下,陛下,蒲腾全家被杀,民间议论纷纭,陛下知道是为
什么吗?"

"你说为什么?"秦王政气势汹汹地问道。

"这是因为蒲腾的儿子蒲鹞已经叛变。"

"你说什么!"秦王政喊道。他突然跪起来,两手扶着面
前的长几,浑身像发寒热病似的颤抖起来。

燕丹心想果然不出所料,这可怜的畸形儿已经死到临头
了,竟然一无所知。于是他进一步说:

"陛下派蒲鹞带领十万大军前去消灭成蟜大概是前途倒
戈,他身不由己,也就投降了成蟜。现在咸阳传说,成蟜不日
即将打回咸阳。莫非陛下对此竟然一无所知吗? 这使臣感
到出乎意料。当此千钧一发之际,唯请陛下察之。"

秦王政听到这可怕的消息,一下就晕倒在地。他当时仿
佛是想站起来,他的一条腿向前抬的时候,碰翻了他面前的
长几,上面装满食物的青铜器和精美绝伦的玉器一下子都滚
到荐席上。

"陛下死过去了!"嫪毒喊道。

"燕丹!"李斯也在同时大喊着,"你身在敌国作为质子,
你就不怕掉脑袋吗! 这种未经证实的道听途说……"

"陛下晕过去了,"樊於期走过来对燕丹说,"太子殿下告
退吧。我送殿下出宫回去。"

燕丹看见秦王政晕倒,一下惊呆了。他忽然觉得是自己
错了,这个消息不应该由自己告诉陛下。

"我错了！我错了！真是罪该万死，罪该万死！秦国的大臣们把我下油锅也是应该的。"

当樊於期跟他说话时，他都没听见，等到樊於期又重复一遍，他才听懂，才慢慢站起身来，向倒在荐席上的秦王政施礼，然后随樊於期走出大殿。

李斯对燕丹极为不满，但是拘于礼节，太子走出大殿时，他也一同跟出去，算是相送。心想："燕丹这个狂徒，真是死无葬身之地呀！"

当燕丹告退时，尉缭已经站起来，但是他站着发愣，一动没动。他看见有三五个宫女太监跪过来扶持秦王政，不住地呼喊着："陛下！陛下……"

蒲鹄叛变的消息对尉缭震动极大。心想："这么大的军事情报，整个咸阳都知道了，我身为国尉却被蒙在鼓里，这不是死到临头了吗！"他看见李斯和樊於期送太子走出大殿去，走下台阶，正在同燕丹行礼。于是他清醒过来，装作也是要送客的样子，大踏步走出殿去。当他在宽大的咸阳宫的院子里遇到李斯时，他一拱手说道："李兄您多多珍重吧。"

"你要干什么？"李斯惊奇地问道。

"蒲鹄叛变，我这堂堂国尉竟至一无所知。"他再一拱手，"后会有期。"

这时候嫪毐见大殿之内除宫女太监谒者们之外，就只剩他和秦竭、徐齐三人，他对秦竭说："蒙蔽之罪是无法逃脱了！"

"相爷你说怎么办？"秦竭问道。

嫪毐皱了一下眉头，接着突然喊道："陛下死了！宫女太

354

监们你们都滚开!"

宫女、太监、谒者、侍者们听说陛下死了,想起方才唱的"交交黄鸟",都怕殉葬。听到"滚开"二字,他们像一窝蜂似的涌出了大殿的侧门。

嫪毐向秦竭喊道:"还不动手!"

秦竭一听,拔出宝剑奔向秦王。嫪毐一见低声喊道:"混蛋!用绳子!"

秦竭立刻抛掉手中的宝剑,跑到大殿侧门外抓回来一个宫女,动手解她身上的带子。那宫女以为要她殉葬,惊恐万状,后来见解她的衣带,又以为左更大人要在神圣的大殿上强奸她。她拼命地挣扎着,尖声嘶叫着。

嫪毐拣起方才王碰翻的一个青铜小鼎,举得高高地向那宫女奔去,他想用这青铜鼎打那宫女的头,谁知秦竭和宫女扭作一团,他无法下手。这时秦竭抽出右手打了那宫女一拳,宫女倒下,他从她身上解下带子。嫪毐这时把青铜鼎打在那宫女的头上。喊道:

"快!秦竭快动手!徐齐快去大殿门口,别让人进来!"

徐齐跑到殿门口,正碰上樊於期,他喊道:

"陛下有令,不准进去!"

"陛下晕倒了,我去看看。"

"不准进去!"

"你是干什么的?"樊於期把徐齐推了一把,穿着鞋子跑进了殿内。

这时,秦竭已经拿到带子,三步两步窜到王身边。当他蹲下去时,樊於期也赶到了,几乎是前后脚,樊於期在秦王头

前跪下一条腿。他看见秦竭手中的带子,突然惊觉起来。说道:

"我来!我来!"他抱起秦王政。

秦竭发现樊於期在自己身旁,打了一个寒噤,停住了手。不过一瞬间他又清醒过来,喊道:

"你放下!"

"今天是我当值!左更大人。"

樊於期说着将秦王政一直抱进了里院的寝宫,轻轻放在他的卧榻上。

这时嫪毐、秦竭也跟进来,李斯也跟进来,徐齐在最后,也跟了进来。当他们陆续走进寝宫的时候,樊於期高兴地对他们说道:

"陛下醒了!"

秦王政醒来就要坐起,李斯说道:"请陛下安卧。"

"燕丹呢?"

"他自觉得罪,"李斯答道,"正在待罪邸舍,听候陛下处分。"

樊於期问嫪毐道:"那个宫女怎么啦?"

"什么宫女?"秦王政问道。

"启禀陛下,一个宫女死了。"嫪毐答道,"臣见陛下昏厥,让她卡住陛下的仁中,她说陛下已经死掉,不能救了。臣一怒之下,失手打死了她。"

秦王政闭着眼,没有说话。过了一会儿,他睁开眼,看见这些人在他的卧榻前伺候着,便说道:

"都退下。"接着又补充一句,"尉缭、李斯留下。"

众人走后，只有李斯一人跪坐在秦王政的卧榻一旁。他看见秦王政正闭着眼睛休息。心想："一会儿陛下要问尉缭何在，我怎么回答？就说他已经逃亡了吗？不行；就说不知道，也不行；就说送燕丹出宫去了。陛下一会儿肯定要问到蒲鹢叛变的事，这问题更不好回答。成蟜叛变，现在又加上一个蒲鹢，此乃心腹大患，应该倾国而出，最好派王翦、桓龁前往征讨。"

当秦王政睁开眼睛时，他首先看见的是李斯，他既没有问尉缭何在，也没有问蒲鹢之事，而是问李斯道："你说唱错了，他为什么说不错？"

"启禀陛下，"李斯跪起说道，"陛下问他，这歌子唱得不对吗？他说不错。不错就是对。那意思就是：对，是唱错了。"

由于先秦思辨哲学的迅速发展，人们很快就学会了在语词的含义上转圈子的本领。而这种无聊的学问，对李斯这一类人特别有用。他很快就掌握了它，那熟练的程度，简直就像这学问是他创造的一样。于是各种翻云覆雨朝三暮四的市井小人们，就把这种所谓学问当作经书一样的，废寝忘食的钻研起来。秦王政一类身居金字塔顶端的贵族，他们依靠的是所谓"宗庙之灵"，而不是自己的本领，所以既不研究这种学问，自然也就无法识破它。他在内心深处沉痛地认识到：自己终究还是不如燕丹，不如他机敏，不如他健谈。"分手十年，一见之下，无形之中又被他耍弄了！"秦王政问，"你说错了，何以见得？"

"启禀陛下，"李斯答道，"燕丹不是秦国人，为什么他要听《秦风》的'交交黄鸟'？他真正要听的一定是《小雅》的'黄鸟黄鸟'。他的用意在于：'此帮之人，不我肯雇。言旋言归，复我帮族。'那意思不过就是怀归罢了。燕丹既然抱有这种情绪，臣考虑他一定经常唱这一首《黄鸟》①。所以在陛下命他点乐时，他脱口而出就是这《黄鸟》。陛下可以派人去他邸舍偷听一下，他如果歌舞应该就是这'黄鸟黄鸟'。"

秦王政合着眼睛说道："立即派人去。"

因为秦王政一直在合着眼睛假寐，李斯也不敢多说。但是他觉得奇怪，王昏厥的原因是听说蒲鹝叛变，而醒来问的却是《黄鸟》，"莫非陛下已经把蒲鹝叛变的事忘记了吗？他什么时候才会想起来？想起来是否又要犯病？犯了病我应该怎么办？宫中出出进进的都是嫪毐的亲信，他们会不会在紧急关头加害陛下？看样子樊於期不是的嫪毐亲信，可不可以提醒陛下重用樊於期？"

这时候有一位宫女端来一碗专为陛下配制的，医生说是镇静的什么汤。李斯急忙呼喊樊於期。樊於期跑进来问道：

"大人，什么事？"

"这碗药有人尝过吗？"李斯说。

那宫女听见说便从碗里倒一些汤出来，倒在一个小杯子里，一个谒者走过来尝了一小口。樊於期接过那小杯子，先在鼻子下面闻了闻，然后对李斯说："待我尝过。"说罢他把小杯子里的汤全部喝下去。过了一会儿，他对李斯说："大人，请陛下服用吧，没事。"

---

①《诗经》中有两首《黄鸟》。此处所引诗句出自《小雅·黄鸟》。

李斯喊醒秦王政,秦王政把汤喝下去,然后说:

"李斯,寡人封你为廷尉。"

"谢大王。"

这时探听燕丹动静的人回来,报告说燕丹邸舍里正在歌舞,燕丹本人也在高声唱和着,唱的是《小雅·黄鸟》之三章:"此帮之人,不可与处。言旋言归,复我诸父。"

秦王政大怒,沙哑的声音嘶叫着:"寡人对天发誓,除非鸟头白、马生角,燕丹别想回国!"

樊於期究竟是个粗汉,他跪得也比较远一点,他怀疑自己的耳朵,不知道秦王政叫喊的什么,更不知道这究竟是为什么……他想道:"蒲鹝叛变的事,竟无人提及。"

咸阳宫

修订珍藏版

林鹏◎著

山西出版传媒集团　北岳文艺出版社
BEIYUE LITERATURE & ART PUBLISHING HOUSE
·太原·

目　录

第十六章　咸阳街头

　　山东六国人口众多,经济繁荣,文化发达,甚至也可以说,人才济济。然而,能够使敌国战栗的人却为数不多。人民受尽了磨难,吃尽了苦头,按理说他们都应该成为英雄,结果却成了懦夫。这不是老天对他们抱有歧视,而是因为他们自己在苦难中消磨了自己的志气。他们的胆量越来越小,仿佛他们吃的苦就是他们自己的胆汁一般。凡当可以做一番事业的时候,他们总是犹疑着,犹疑着,犹疑着,直至所有的机会都白白放过,浑身的锐气都消融殆尽为止。当他们进入老年以后,他们除了回味自己的永远说不完的苦难以外,再也没有什么可说的了。而且你只要述说过去的苦难,也就意味着现在的幸福。这同各种无条件维护现实的市侩哲学融为一体,受到统治者的赏识。于是不知不觉之间,惰性侵入人类的骨髓。就像所有的人都得了睡眠症一样,迷迷糊糊,浑浑噩噩,非有火山爆发,不足以使之清醒。到头来,真的火山爆发了,岩浆从他们身旁流过,他们依然可以沉沉睡去。即使岩浆把他们冲走,把他们化为灰烬,他们也依然是在睡梦之中。战国末期的一百年间,也曾经出现过两三个足以使咸阳战栗的人物。第一个是赵武灵王,第二个是信陵君。赵武灵王曾经计划从北向南袭击咸阳。为了观察进入咸阳的山川道路,赵武灵王曾经化装为使者亲自来到咸阳。等他走后,咸阳人才发现这就是赵武灵王。从此以后咸阳一直在提心吊胆,惶恐不安。直到赵武灵王把王位让给他的庸俗不堪的小儿子,咸阳才放了心。后来不久,李兑作乱,赵武灵王饿死沙丘,咸阳那种欢欣鼓舞的样子,真是再也无法形容了。如果当时的秦王封李兑为安秦君,秦国人也会竭诚拥护的。可惜在外交上没有这种先例。第二个便是信陵君。他带领朱亥,椎杀晋鄙,夺军救赵,击败秦军于邯郸城下,挽救赵国于危亡之中,一时之间,天下欢腾,咸阳沮丧。当时一提信陵君的名字,咸阳就为之胆寒。十年后,信陵君带领五国联军,打到函谷关前。这就是史书上所说的"攻秦军于河外,秦军不敢出"的事情。那时候,咸阳曾经毫不掩饰地战栗过。后来秦国花掉大量黄金,收买魏王的近臣,使之挑拨魏王同信陵君的关系。幸好魏王喜欢听这一套,于是奸计得逞。信陵君被剥夺兵权以后,悲愤异常,醇酒妇人,但求一死。信陵一死,咸阳又放了心。然而在公元前二百三十八年的春天,突然之间咸阳又战栗起来。说得确切一些不是新的战栗,而是对过去的战栗的回忆。这是因为朱亥来到了咸阳。

秦王政要举行冠礼,秦国就企图借此机会展开一次外交活动。秦国要求魏国的王魏景湣王亲自来咸阳参与秦王冠礼，魏王却没有答应。魏王名增，当他做太子的时候，曾经为质于秦，就像现在的燕太子丹一样，当时人们称他魏太子增。十年前，信陵君带领五国联军败秦军于河外的时候，秦国惶恐万状，便逮捕了魏太子增，决定杀掉敌国的人质，然后决一死战。当时有说客进言，说与其杀掉魏太子增，"不如贵之"，就是说，不如优待他。因为当时的五国联军是以魏国为首，如果秦国出乎意外地反而同魏国友好，这就足以离间其他的四国。当时正是吕不韦掌权，便采纳了这个建议，释放了魏太子增。人们说，魏太子增是白捡了一条性命。没想到这白捡的性命，反而更是宝贵异常。四年以后，这吓破了胆的魏太子增，被送回大梁去继承王位，这就是现在的魏景湣王。当他的车马护从出了潼关之后，他哭了。他说："但求上苍保佑，今生今世再莫进入这虎狼圈门。"当时山东六国都骂秦国是虎狼之国，而魏太子增却称之为虎狼之圈，即豢养虎狼的地方。魏太子增的这句名言，当时传得很远。不过秦国最怕的是挨打，而不是挨骂。所以，现在秦国邀请魏景湣王来参加秦王政的冠礼，也就等于是请他再次进入这虎狼圈门，他怎么能答应呢！

　　魏王不但不答应，而且着实生起气来。正在他气头子上，有人建议派朱亥为特使，前去参加秦王政的冠礼。因为朱亥曾经是信陵君的左膀右臂。他不仅曾经是椎杀晋鄙夺军救赵的主角，而且据说还带过兵，在战场上也是一员猛将。这一切，在咸阳是无人不知无人不晓。并且大梁人都知道朱亥是屠户出身，派他作为特使进入虎狼圈门最为合适，"请他宰几只虎狼来!"说起来这都是笑话。虽然是笑话,魏景湣王却欣然同意了。于是,朱亥作为特使来到了咸阳。咸阳立即引起了很大的震动。朝中官员们大皱眉头,市井小人们议论纷纷。

"朱亥是当今的大英雄!"

"他一来,咸阳的肉价就要看跌了!"

"迟不来早不来,成蟜起义、蒲鶡叛变,偏偏这时候,来了个屠户。"

"咸阳的气数完了!"

"倒运的事情接踵而来!"

"归根结底,这不是友善态度。"

"这是魏王增来谢不斩之恩的!"

"好一个忘恩负义的梁王!"

……

然而就中反应最为强烈的却是秦王政。他听到这个消息以后惊叹道:

"怎么? 这老家伙还没有死?"

他的心情十分不快,仿佛有人在他的汤里撒了一把沙子似的。

事后有人推测,向魏景湣王提出这个建议的人,可能是晋鄙的宾客,也可能是晋鄙儿子的朋友,也可能是晋鄙夫人的什么亲戚,总之,很可能与晋鄙有些瓜葛。总之,所谓历史都是事后文章,所以也就不足为据之甚。当我们阅读史书的时候,所能看到的只是历史的表皮,就像面对着一颗西瓜一样,鬼也没法断定它的瓤子是好是坏,究竟如何。不过这都是闲话。这就像咸阳街头的小酒店里的情形一样,他们的生意越是清淡的时候,他们的闲话就越多。所以有识之士闲下来的时候,就到酒店里走走,要一碗酒,慢慢啜着,默默地听着别人说话。那些闲话里所包含的真实的和虚假的情报,不仅及时,而且丰富,往往超过王所能得到的报告。

咸阳的矛盾甚多,而其中最大最深刻的矛盾,莫过于言行之间、理论与实践之间的矛盾。秦国自商鞅之后,这一点可以《商君书》为证,商君之法:严禁开设旅店和酒店。然而在实际上,旅店酒店到处都是。商君本人在逃亡中就曾经投宿一家旅店,只是旅店主人因为他没有符节未能接纳。商鞅的政策只是限制了乡村里的比较老实的小商人,城市里几乎是酒楼林立。在城市里,这种政策也只是限制了无权无势的平民,而有钱有势的老爷们,为了赚钱还是非开酒店不可。秦国的政策是强本弱末,就是重农抑商,而在实践上,不但离不开商人,而且统治者特别尊崇商人。说起来是奖励耕战,而真正的耕战之士,即一般的庶民却是前进无门。他们如果只是擅长耕战,那么,他们只能是卖力加卖命,受奖无路,受罚多门。而那些毫无耕战首功的大商人,却可以得到荣耀至极的封诰。有人说,这是统治者生活极度腐化的结果,他们需要远方的珍奇珠玉,所以他们不得不尊崇商人。这话大概是有道理的。秦国的政策是严禁饮酒,其实只是禁止奴隶小民们饮酒,贵族们天天都是花天酒地。就是自由民的士们,只要他们有点事做,换句话说就是随便掌点什么微不足道的权,他们就有酒可饮,有肉可吃。每天出入酒店的,除了大小商人之外,就是这些大小官吏。当然,那些没有执事的士们,无论文士或武士,哪怕他们满腹经纶,浑身武艺,也只好饿肚皮。这只能怨他们的命不好。大概有关宿命论的学说,就是他们发明的,或者是统治者在酒足饭饱之后把这伟大真理发明出来又赏赐给他们的。他们如果不甘寂寞,也就只好硬着头皮走进酒店去,以便打听消息,寻找门路,等待时机。

在酒店周围,有狗屠,有歌者,有酒徒、赌徒和各种各样的小商贩,有算卦先生以及引车卖浆者流,连同鸡鸣狗盗,再加上酒家保,这就是战国末期真正藏龙卧虎的渊薮。那些依靠"宗庙之灵"的老牌贵族们,所谓王公大人们,他们至死也不了解当代英雄出产于什么地方。他们只知道珍珠出自合浦,象牙出自桂林,美女出自燕赵,骏马出自大漠。所以他们朝思暮想着要征服这些地方,以便取得这些珍奇。然而他们却不知道英雄出自何许。即使出身平民、思想比较先进的如吕不韦之流,也只是着眼于"四海之内,出林之间"。实际只是说如鬼谷子一样的隐士。他还没有看到隐于市井之中的例如隐于酒、隐于赌、隐于屠……的那些数不尽的英雄豪杰,诸如刘邦、樊哙、韩信、蒯通、高渐离、郦食其一类真正的优秀人物。只有那些曾经有过官职的士人因为犯法或者株连,或者在战败之后被俘,一下子变成了奴隶。一夜之间,过去的统统化为泡影,他们沦落到最底层。当他们从下向上观察社会的时候,他们才发现了这个广阔无边的可怕的渊薮。不过值得惋惜的是,当他们沦为奴隶以后,他们即使想挤进这个社会,也已经是不可能了。只有在他们虽然从高处跌了下来,却还没有跌进深渊;只是降为平民的时候,他们才能进入这个社会。在咸阳,目前这种人就是不掌权的贵族,没有门路的士人，被排挤出政界的官僚，遭受打击迫害的王族的支庶以及他们的门客，等等。他们很自然地便混进了这个可怕的渊薮。他们想影响并且利用这个阶层。他们往往失败，然而也往往成功。

现在在西街酒楼的楼下厅堂中，就坐着两位这种人，旧日的王孙，现在的公子，说得确切些就是失势的官僚。他们一位名叫冯劫，一位名叫辛腾。年纪都在四十左右。那冯劫身材魁梧，四方大脸，满口浓髯。相比之下，那辛腾却显得十分清瘦，眉目爽朗，美髯稀疏。看他们的打扮是武士，若仔细端详他们的神态则像两个被革职的将军。他们既不像商人那样酒饭丰盛，态度谦卑，谈的都是生意经；也不像酒徒赌棍们那样，吆五喝六，满嘴狂言，他们几乎是不说话。看上去好像在等人，实际只是消磨时光。他们每人面前放着一碗酒，几样简单的点心，这就像他们的语言一样，十分简单。他们既不劝酒，也不让菜，仿佛他们并不是来吃饭，而是来听酒客们闲谈的。沉默了很久，冯劫说道：

"今年春天，这天气反常。"

"老天震怒了。"辛腾想起彗星频频出现，这样答道。

"嗯，不过，虽然，倒也不怕，"冯劫左顾右盼着低声说道，"老天震怒，绝不会因为庶民。"

又沉默了一阵，辛腾说道："听说韩非是个结巴。"

"不但是个结巴，而且结巴得厉害。"

"只要是个山东人，哪怕狗屁不懂，也可以在秦国做官。"

当别的酒客们发生了"左""右"之争时，他们显出一种超然的态度，既不偏袒"左"，也不偏袒"右"。突然冯劫低声说：

"夏老头子也是个无能之辈,连一只螳螂也踩不死。"

"只怕他根本就没有这种意思。"

这时候一个脖子上戴着大铁锁的奴隶,大约有三十多岁,满面污垢,头发胡子乱作一团,慢慢地仿佛胆怯似的推开酒楼的板门,探着头走进了酒楼。店主人突然喊道:

"出去!这不是你来的地方。"

那奴隶好像没有听见这话一样。他的两目炯炯有神,扫视着厅堂里的酒客们。

东墙根下有两位酒客,杯里的酒已经喝完了,盘里的菜也已经吃净,但是还不想走,正在谈论着什么。他们看见进来一个蓬头垢面的奴隶,而且脖子上戴着铁锁。其中之一便说:

"我若是丞相,就下一道律令,看见戴铁锁的奴隶,人人可以随意殴打。"

咸阳的奴隶,除了罪犯之外,多半都是战俘。脖子上戴铁锁,除了标志他们是最低等级的奴隶之外,还表明他们曾经多次逃亡。这种大铁锁,是无法自己打开的。人们见到这戴铁锁的奴隶,就可以盘问并且押送他们回到主人家去。主人会对这种好心人给以相应的报酬。但是法律却没有规定任何人都可以打这种奴隶。因为奴隶是奴隶主的财产,就像牛马一样,打坏了是要赔偿的。

想当丞相的酒客说罢,他的酒伴便说道:

"这种奴隶就是叫人讨厌。喂,怎么光说不动手?"

"滚出去!"那想当丞相的酒客立即跳起来怒吼道:

"山东的臭俘虏。"

他嘴里这样骂着,就扑上去打那奴隶。那奴隶一闪身,一抬手,冯劫和辛腾还没有看清,那候补的丞相就倒下了。他好像被电击了一样,瘫在那奴隶的脚前,动弹不得。

"请问店家,"那奴隶一拱手说道,"前些时这廊下有一位算卦先生,不知他在店中不在?"

酒客们见这奴隶如此厉害,而且从容不迫,都惊呆了。

"你是谁家的奴隶?"有一个酒客问道。

那奴隶说出一个人名,人们知道这是中大夫令徐齐的什么亲戚,也就不敢再盘问,店主人说:

"算卦先生,你打听他做甚?"

"想请他算一卦。"奴隶说道。

"你来晚了。"

"他走了吗?"

"前几天,"店主人说,"突然来了一伙叫花子,拳打脚踢,狠狠把那可怜的先生揍了一顿。现在生死不知,下落不明。"

"噢!"那奴隶很有点惋惜,又仿佛有点高兴,拱手对店主人说,"多谢指教。"

这时候,那瘫在地上的酒客已经坐起来。他见那奴隶要走,说道,"怎么,你打了人就这么走吗?"

"对不起。"

那奴隶一面说着道歉的话,一面躬身施礼。他再也无法掩饰自己的高兴,咧开嘴笑了。他的牙齿是雪白的,而且非常整齐。这使人感觉到他很年轻,或许没有三十岁。

那奴隶走后,酒客们议论起来。

"好身手,好牙口。"

"也就是七岁口。"

"能卖出好价钱。何必戴什么铁锁,花这份闲钱。"

"这都是女人们的见识。"

"这种戴铁锁的隶臣,可不敢轻易动得。"有人提高嗓音说着,仿佛是说给那挨了打的酒客的,"前几天赵内史家,遭到妖怪屠杀,全家都死了,就只有一个隶臣没死。刀砍在他脖子上,当啷一声,就是因为有个大铁锁。"

"想不到居然成了救命锁。"

"那妖怪也是有点呆板,每人只给一刀。"

"作孽刚好做到这一刀上。"

"赵大人也没死,莫非他也戴着铁锁吗?"

"那是自然。只不过他戴的铁锁你看不见就是了。"

无论酒客们嘲笑"左""右"两家中的哪一家,冯劫和辛腾都显出欣喜的样子,静静地听着。后来他们低声交谈起来。

"按理说,应该是狗急跳墙的时候了。"

"希望他们尽快跳进火坑,连同那只螳螂。"

"这个太无能。"冯劫摆一下左拇指。

"屯留事变发生之后,估计咸阳立即就会火并,一旦火并,首先遭殃的就是那螳螂。谁知却迟迟地不动手。"

"莫名其妙。"

"或许是天意。"

"狗屁。"

"狗屁是什么?"

"是无能!"

"是没人!"

这时候还没有"偶语者弃市,诽谤者族"这样的严令,所以说客们的嘴巴还比较灵活,至少比没有资格进酒店的人要灵活得多,而且也辛辣得多。试想,"偶语者弃市,诽谤者族"这样的严令,也不可能是毫无针对性的。大约战国末期的情况已经很糟,辛辣的嘴巴里再灌进一些黄汤辣水,自然就是恶毒至极,可怕之甚了。目下咸阳虽无偶语弃市之说,然而在这西街酒楼上却也有些禁忌。店主人说,前些日子在酒楼上发生了"左""右"之争,打起架来,并且打死一个酒家保,所以他请求大家不要谈论这个题目。涉耳死后,一直没人管,后来突然来了内史大人赵肆。他说要亲自过问此案。调查了很久,换句话说就是吃喝了酒店里许多酒饭,案情依然毫无着落。专制国家一般都强调法制,法令森严而脱离群众,所以破案率极低。赵肆装腔作势神乎其神,瞎闹了半个多月,最后散出风来,说是麃公干的,于是下令通缉麃公。其实涉耳死时,秦竭正在审讯麃公。这一点别人不知道,嫪毐秦竭以及赵肆最清楚。并且他们后来也已经搞清,涉耳是在执行暗杀任务时被吕府的人杀死的。然而这些真实情况不能公之于世,所以囫囵按到麃公头上。并且他们伪造了许多证据,证明涉耳死时麃公正在现场,即西街酒楼上。麃公是丞相府的谒者令,谒者令杀人,罪在不赦,丞相自然也要担许多责任,只怕还要受些处罚也未可知。所以赵肆如此断案也就是给吕不韦一点压力。这件事情曾经成为酒店里人们闲谈的题目。酒客们自然对赵肆的断案毫无异议。那几天,酒店里骂吕不韦的人突然多起来。不过自从蒲老官家和赵肆家的惨案发生之后,酒客们又涌向新的闲谈题目,很快就把老题目忘了。这就像现在的人们早已经不耐烦谈论什么秦昭王的赫赫武功以及宣太后的放荡生活一样,而是喜欢关心秦王政的龙体以及嫪毐太后的各种趣闻一样。

这时冯劫、辛腾看见不远处一位酒客翘起左手的大拇指,说道:"这个,快了。"

"快登极了!"他的酒友答道。

"我在蒙骜手下做过甲士,"另一年纪较大的酒客说,"我认识秦璧。他不是凡庸之辈。他是蒙骜提拔起来的青年将军。"

"现在听说,草字头带三点水的,又投降过去了,真是如虎添翼呀!"

"听说陛下听到这个消息以后,非常高兴。"

"真的吗?"

"他是希望他的弟弟快些打回咸阳来,好尽快把这个消灭掉。"说话人把左手的拇指在膝头摇了一下。

"陛下这儿有毛病,"那人指指自己的太阳穴,"不如他老二。""先王是害怕引起沙丘之变①……"

冯劫和辛腾听见另一边的酒客们,突然显出兴高采烈的样子,大声嚷嚷起来。

"非同小可! 告你说吧,非同小可!"

"袖筒里提个四十斤的大铁锤,他走起路来方便吗?"

"他袖筒里放个四十斤的大铁锤,就像平常人放个黍米

---

①沙丘之变:指赵武灵王饿死沙丘的事变。因为赵武灵王把王位传给小儿子,于是大儿子作乱。详见《史记·赵世家》。

团子一样。他走起路来大摇大摆,简直就像个老县公。到他打人的时候,连着他的袖子挥舞他的大铁锤,就像婆姨们挥舞棒槌一样,轻巧得很。打个旋风锤,就是千军万马都不得近前。"

"十年前,有人在崤关前面见到过他,了不得。"

冯劫啜一口酒,低声对辛腾说道:"像是在谈论朱亥。"

"听那口音,都是山东人。"

"什么四君子,都是鸡鸣狗盗。"

"山东人就喜欢吹山东人。"

忽然楼上的人推开窗子大喊起来:

"万岁!"

"英雄万岁!"

"屠户万岁!"

楼上的酒客们纷纷往下跑,就好像楼上着了火一样。

"怎么回事? 跑什么?"

"朱亥过来了,徒步,啊哈!"

冯劫冷漠的脸上,忽然闪过一种鄙夷的神情,对依然望着未动的辛腾说道:

"山东乞食者们疯了。"

"寡人一旦得势,"辛腾说,"必定诛除此类。"

所有的酒客,连同店主人和伙计们,一齐涌出大门,涌到街前。许多人都来不及戴帽子,有些人甚至连鞋子都没有穿。当他们跳到街前时,才知道朱亥还没有过来。

"他是来咸阳夸官的吗?"

"嘘! 有人引他去瞻仰阿房宫,回来时要看看咸阳的市面。"

"是想看看咸阳的肉铺吧。"

"看看肉价是跌是长。"

这时冯劫、辛腾也来到街前,听到这些对话,他们互相看一眼,微微笑了。

"咦!你怎么还站在这里?"店主人发现方才那戴铁锁的奴隶。便厉声问道。

"请问,这正在过来的官员是谁?"那奴隶问道。

"是魏国的使臣名叫朱亥,来参加陛下的冠礼。"店主人说道:"不过你最好走开,小心秦竭的巡逻队把你抓起来。"

"他们曾经抓过我。"奴隶笑道。

"你不怕挨打吗?"

"既然是朱亥……"

"你不要脑袋了吗?"

"顾不得许多了……"

这时候,因为朱亥已经走过来,所以没有人注意他们的对话。

咸阳人把朱亥想象成横眉怒目的彪形大汉,等他走过来一看,原来是一个瘦长的白胡子老头。他头上戴着黑色的冠帻,身上穿着红色长袍,腰间束着大带,一边挂着瑞玉,一边挂着长剑。完全是一个文官模样,几乎不见一点武士风姿。他的步履稳健,就是有点佝偻腰。人们猜想他的年纪大约六十开外了。他走在前面,身旁是司马梗和司空马。他们一边走一边说着话。在他们身后是朱亥的十几名随从武士。武士们后面是他们的轩车。轩车后面是司马梗带领的四十名近卫军的武士,这自然是负责保卫特使,维持治安的。

当朱亥走过时,街前站着的人们向他行礼、欢呼。朱亥频频拱手点头,以此还礼。过路的马车都停下来,给他们让路。有一辆马车向路边赶的时候,撞翻了在街口卖豆腐的小摊,而那卖豆腐的人却没有看见。他正挤在人群中观看魏国的大使。豆腐的浆水缓缓地流向街中,一直流到朱亥的脚下。

冯劫和辛腾听见朱亥对司马梗说道:

"臣有一位朋友,听说现在咸阳,烦请足下打听一下。"

"是什么人?"司马梗问道。

"恩人。"

"姓名?"

"管鼻。"

"一定尽力。"

这时那铁锁奴隶挤出人群向朱亥拱手,说道:

"朱大人,还记得孟舒①吗?"

"你!"朱亥停住脚步,惊奇地望着那奴隶,然后上前一步,握住那奴隶的手,"你怎么在咸阳!"

"一言难尽。"那奴隶说,"今王元年,秦拔我二十城,濮阳之战,孟舒不幸受伤遭虏,遂至咸阳。"

朱亥叹息着摸摸孟舒脖子上的大铁锁,说道:"竟至如此。"

---

①孟舒后为张耳食客,汉初为云中太守。事见《史记》卷八九、卷一〇四。

"三次逃亡未成,故而……"孟舒急忙压低声音说道,"臣有一言在此,敢烦足下上彻天听,臣虽死无憾。"

"什么事?"朱亥问道。

"屯留兵变是天下不可多得的良机,为什么山东六国都像睡着了一样。"

"你的意思?"

"发兵助之!"

孟舒的声音虽小,朱亥却已经听清,他连连点头。站在一旁的司空马也已经听清,便说道:

"特使大人何不赎孟先生回故国去,如晏平仲故事①。"

"怎么样,"朱亥对孟舒说,"能做在下的越石父吗?"

"非常感谢。"孟舒拱手至额。

"请求两位贤兄助我一臂之力。"朱亥转而对司马梗和司空马说道。

"遵命。"司马梗答道。接着他向后面喊道:"王将军请过来。这是特使大人的故人,请他随在车后。"

"天下不乏有识之士呀。"司空马对朱亥说道。

"得之于咸阳街头,却很稀罕。"朱亥笑道。

朱亥过去很远以后,酒客才慢慢回到酒楼。自然是那没穿鞋的人,先回到自己的座位上。街上发生了争吵,是那卖豆腐的要求赶车的赔偿。

冯劫和辛腾站在街上,好像无心重新进入西街酒楼。他

---

①齐相晏婴字仲平。救赎越石父故事见《吕氏春秋·观世》及《晏子春秋》。

们听见人们议论着。

"这真是朱亥吗?"

"英雄也有老了的时候。"

"四十斤的大铁锤,只怕目下耍它不动了。"

"他同那铁锁奴隶嘀咕什么来?"

"没听清。"

"仿佛是说,应该出兵消灭成蟜。"

"山东人,干不出什么好事。"

"总归是鸡鸣狗盗。"

"你看那卖狗肉的贲屠,那神气!"

"仿佛朱亥是他表哥似的。"

冯劫和辛腾离开大街,走进一条小巷。在这巷口有一个小小的酒楼。他们见巷内无人,便走上小楼。这地方不很繁华,十分幽静。楼上坐着几个人,都是他们的朋友,正在谈论着什么。

"当初以为屯留兵变以后,嫪毐很快就下手消灭吕不韦和赵政,"王绾说,"他敢把私生子扶上宝座,我们就可以诛灭之。"

"鹬蚌相争渔翁得利的事,"隗状说,"看来只是一种梦想。"

冯毋择看见冯劫、辛腾进来,问道:"有什么消息吗?"

"没有消息。"冯劫答道。

"大梁屠户,招摇过市。"辛腾说,"司空马陪着,摇尾乞怜的样子。"

"天下大乱,"冯去疾说,"匹夫之大幸。天下小乱,匹夫之小幸。天下不乱,匹夫之不幸也。"

大家沉默着。这些人里,隗状的年龄最大,有五十多岁。他在沉默了一阵以后,突然说道:

"诸位恕我直言,坐待渔利的梦,不能再做了。"

"与其撒手不干,"冯劫说,"不如孤注一掷。"

"不是简单事。"冯毋择说道。

"先静观一阵吧。"王绾说道。

"看,"站在窗前的辛腾说,"司空马回来了,骑着马,扬着头。"

"这个家伙最坏。"冯劫骂着。

"树倒猢狲散。"王绾说道。

"目前,"冯毋择说,"司空马威胁不到我们。他们现在自顾不暇。最近十来天,终黎一直没有出来,不知出了什么事情。所以,诸位,我们为了慎重起见,停止在这个地方聚首。有急事,我让胥余传话给诸位。这样可以吗?"

"可以。"隗状首先答应着。

司空马送朱亥回到传舍,稍坐片刻就告辞回家。这时天色已晚,大群乌鸦从头上飞过。他不知道为什么朱亥一再说,要见一见他的老朋友尉缭。司空马认为他们的年龄悬殊。"朱亥至少有六十五,尉缭或许不到五十。况且,十年前尉缭在大梁时,朱亥在邯郸,而朱亥回到大梁时,尉缭已经到了咸阳……"他忽然想起孟舒,"真是有远见卓识呀!可惜这种人一向都是命运不佳。上苍佑护他吧,希望他顺利回到大梁,并且希望魏王能采纳他的建议。"

忽然他听见一个熟悉的声音:

"老爷舍给几个钱吧！"

司空马勒住马，见街上无人，俯身对浑沌说道："有什么情况吗？"

"蒲雕没有离开咸阳。"

"怎么知道？"

"有人看见过他。"

"留心询问，我想见见他。"

"麃公找到了。"

"现在何处？"

"在寒舍。"

"好极！ 多谢啦！"

"别太高兴了。"浑沌低声说，"第三名刺客已经挑选出来，不日就要动手，希望多加小心。"

这虽然是意料之中的事情，却仍然使司空马感到无比震惊。

第十七章 "卷耳"续章

看见别人的痛苦比自己的痛苦大得多,便去关心照顾别人,从而减轻甚至在一定时间忘掉自己的痛苦,这是很自然的。这种情形,就好像吃了止痛药一般。蔡孺子看见父亲病倒,也就忘了自己的苦恼,整天同母亲一起照顾父亲。蔡泽在院里散步,忽然跌倒,头触在墙根,擦破了一点头皮,从此就不会说话,也不会走路了。请了医生来看过几次不见效。全家人里里外外整天忙碌,无限忧愁。

这件事情本来平常:一个老头子,得了半身不遂,有什么稀罕。不过在当时的咸阳,这却成了一件不小的新闻,引得人们街谈巷议,着实热闹了几天。咸阳士人都说蔡泽的病是屯留兵变引起的。说老头子听到成蟜兵变的消息以后,气坏了,一连几天骂不绝口,后来突然之间,就闹了个半身不遂。人们认为蔡泽是个忠厚老实人,没有什么本事。他作为成蟜

380

的岳父，只希望成蟜安分守己。这一点秦王政很了解。秦王政曾经打算任命蔡泽做成蟜的师傅，就是因为蔡泽忠厚老实。谁知成蟜未能听从岳父的教诲，终就是走上了邪路。

当云彩过去以后，人们才看见月亮还在原来的地方，而且还是原来的样子。但是在云彩遮住月亮的当时，人们迷惘起来，觉得仿佛月亮不在了。她不仅钻进厚厚云层的深处，而且飞走了。历史上也有过这种相似的情形。当孙膑疯了的时候，人们都知道孙膑是彻底完了。后来才发现，孙膑还是原来的孙膑。这就像云彩挪开以后的月亮一样。人们甚至感觉到，那些曾经遮蔽月亮的云彩，好像抹布一般，把月亮擦拭得更加明亮。

春天冲破严寒，终于来到人间。终南山上的积雪，渐渐地融化。咸阳北面林莽丛丛的北坂，开始出现了生机。南来的各种小鸟，叽叽喳喳吵闹着飞入丛林中。杏花最先开放起来。咸阳城里，空旷的地方很多。在那些空地上，有的用作耕地，种植庄稼，有的则培植为树林，各种各样的树林，桃林、杏林、柳林、枣林……蔡泽的宅院邻近空地。从蔡孺子的楼上，不仅可以望见南山北坂，而且楼外不远就是一片杏林。那小小的杏林，在蔡孺子心中是无限圣洁的地方。因为她曾经在那密林里遇见过长安君成蟜。她不承认那是一次约会。因为它使人联想起"期我乎桑中"一类不严肃的民歌来。正是在去年杏花开放的时节，那时候他们刚刚完婚，成蟜在那杏林里告诉她，他即将带兵出征赵国，不日就要起程。虽然在成蟜走的前一天，他曾经来蔡府，向岳父岳母告别，同时也见过蔡孺子一面，但是那一次没有说话。所以这幽雅清新的小杏林,才是他们话别的地方,而那枝头的繁花,那娇艳无比的杏花,正是他们恩爱的见证。

白天,她同母亲一起照看父亲的生活,喂水、喂饭、喂药……晚上她要在父亲的卧榻前,给父亲讲一些有趣的事情。蔡泽虽然不会说话,但是却喜欢听别人说话。说到有趣的地方,他就呜呜地笑起来,笑还没有结束,紧接着就是哭。一直要等到父亲心情平静下来,渐渐地入睡以后,蔡孺子才离开父亲,回自己房中安歇。她忙碌一天之后,夜晚才沉下心来,深深地思念着成蟜。她想起她同成蟜在司空马家相识的情形,以及在杏林中幽会的情景,想起那些年轻人的无忧无虑的纯洁而热烈的爱情。于是她做了一个奇怪的梦。她梦见她和成蟜在那杏林中散步,忽然可怕的妖魔冲进杏林中。他们偎依着,战栗着,恐怖至极。这些妖魔发出好像树叶子发出的沙沙的令人毛骨悚然的叫声。而且这些妖魔不停地跳跃着、扭动着,像梭子一样在杏林中奔跑着,好像在寻找他们。这时,飞来一条龙和一只凤。成蟜急忙抱起她,把她放在那只凤的脊背上,他自己也跳上龙背。龙凤腾空而起,转眼就到了高空。他们看见黄河好像一缕丢在草地里的白丝线,看见华山和终南山好像田埂一样。当她醒来时,天已大亮,她忙对女仆说道:

“快去看看老爷醒了没有。”

女仆回来说:“老爷正睡着呢。”她这才放了心。

她不知道自己为什么会做这样的梦。这可能是因为四百年前秦穆公的时候,秦国曾经有过萧史和弄玉白日飞升的神话。这个神话是妇孺皆知的,人们都把它当作真实的历史故事。也许是因为她曾经幻想过,她和成蟜的圣洁的爱情,会使他们超脱一切人世的庸俗和烦恼,首先是摆脱政治,摆脱争权夺利的各种争斗,就像萧史和弄玉一样,离开这喧嚣不堪的人间,到天上去,或者隐退到深山中去,共享他们真挚的爱情和清雅的幸福。然而她又想到,为什么在梦中她是骑在凤背上,成蟜是骑在龙背上呢?龙是国君的象征,莫非她是希望成蟜成为王吗?她怎么能产生这种念头呢?她从来没有这种念头。莫非是在睡梦之中,通过梦幻透露了自己真实的野心吗?"这是不吉利的。"她这样想,"太不吉利了,真是罪过。"然而又一想,成蟜只是骑在龙背上,他自己并没有变为龙。这时她忽然想起,秦国的有关萧史和弄玉的古老传说中,原本说的就是萧史骑在龙背上,弄玉骑在凤背上,白日飞升的。频繁的灾荒和战乱,以及生活中的尔虞我诈,互相倾轧,使人们产生了脱离人世的梦想,这一切都是很自然的。这时她的心情才渐渐平静下来。她想道:"前线一直没有消息传来。最近一直不见妈姆的面,不知长安君目前情形如何……"

每天早晨,当她梳洗完毕,第一件事是在楼上的栏杆前站立一会儿,望望楼外那亲切的小杏林。她想到昨夜在梦中正是从那值得永远纪念的杏林之中,她同成蟜一起飞升的。现在当她遥望那杏林时,她看见杏花开了。春雨过后,杏林中嫩红一片,仿佛听到了蜂儿的嗡嗡声,仿佛闻到了花儿的馨香。

忽然她看见在杏林边站着一个身穿麻布裙子的妇人,她在心中惊叫着:"那不是妈姆吗?天哪!妈姆想念我,却又进不了我家的院门,天哪!"

她哭了。当她用袖子擦掉自己的眼泪时,她看见司空马夫人也哭了,也在用袖子擦眼泪。女仆听见小姐忽然抑制不住地呜咽起来,急忙跑来问是怎么回事。

蔡孺子指着杏林边说道:

"那是谁,你能看清吗?"

"呀!司空马夫人。"女仆惊讶地喊着。

"我没有看错吧,是妈姆吗?"

"不错,是她。她在那儿干什么?"

"妈姆想念我,却又进不来……"蔡孺子已经是泣不成声。

自从屯留兵变以来,司空马夫人每隔两三天一定来看望蔡泽夫妇和蔡孺子一次,带来一些消息和安慰。因为蔡泽一向是极力摆脱政治,加之他不是秦国人,在咸阳没有亲朋,所以,几乎是与世隔绝。吕府的常客们,有几位同他友善,不过也很少往来。蔡泽晚年有点孤僻,内心深处颇有点自甘离群索居。屯留兵变以后,司空马夫人成了唯一向蔡家传递消息的人。但是在传说蒲鹢叛变以后,咸阳的空气突然紧张起来,街市上一方面传说成蟜很快就会打回咸阳,而另一方面又显出惶恐不安的样子,仿佛谈话之间提到长安君成蟜都是十分危险的。与此同时,蔡泽病倒了。不久,他的一向都是非常冷清的门庭之前,忽然出现了秦竭的近卫军将士们。仿佛是听说他病倒,特意来保护他的安全的。从这以后,司空马夫人再也未能进入蔡泽家的大门。仆人们说,他们曾经听到过司空马夫人的语声,近卫军的武士们阻止司空马夫人进入蔡家。他们训斥她，警告她，甚至辱骂她。蔡嫈想去看望妈姆。还没出门，她便受到她家一个仆人的劝阻。并且那仆人请出蔡泽夫人来一同劝阻，蔡嫈不听。但是当她出门以后，近卫军的武士拦住了她。

"小姐，请问小姐，这是要到哪儿去！"武士问道。

"到街上去看看，买点东西。"蔡孺子答道。

"今天天气不好，改日再去吧。"

"今天天气很好。"她一边走一边说。

"大街上闲杂人甚多，难民甚多，小偷又多。"

"我不怕。"她说着拉一把畏缩不前的女仆，就向大街走去。

这时候有一个军官模样的人走过来。

她听见他命令道："跟着。"

蔡嫈知道有人跟着，所以左思右想，不敢向司空马家走去，她只好在大街上转了一下，买了一点家中有的丝线和一个家中也有的熬药的沙泥禺子，便急忙回了家。一进自家的大门，她就哭了。

"我们被看管起来了！妈妈，被囚禁了！想不到竟成了罪人……"她对母亲哭喊着。

"小心爸爸听见。"母亲劝道。

想到这一切，望着杏林边司空马夫人孤单的身影，蔡孺子再也抑制不住，竟至痛哭失声。

"小姐莫哭，我去！"女仆说，"我去杏林那边去。司空马夫人或许是有什么事情要告诉我们。"

"卫士们看见你了不得，"蔡嫈哭着说，"他们有可能把妈姆抓进监狱。"

"我下楼去,从后院翻墙出去。"

"危险,卫士们一样看得见。"

司空马夫人在那小杏林边站了很久,将近日之方中,她才回家。她未能进来,蔡家也没人敢出去。

夜晚,蔡孺子和母亲一起猜测妈姆可能有什么事情。从东猜到西,又从南猜到北,都觉得不一定。最后蔡孺子认定是长安君出了什么事故……

"女孩儿家,不可胡思乱想。"她母亲非常严肃地批评道,"长安君已经是个大人,是个有勇有谋有胆有识的人。再说,他周围有的是忠臣,有的是贤能之士,女孩儿家,无须多虑。"

第二天,司空马夫人又出现在杏林边。蔡孺子一见,哭得直跺脚。她的女仆忽然想出一个办法。她抱着一只小狗跑上楼来,把它举得高高的,让它看见司空马夫人,司空马夫人似乎也看见了这只小狗。这小狗对司空马夫人是非常熟悉的。女仆们为了好玩,在它脖子上围了一条丝带。女仆这时叫着小狗的名字对它说:"小韩卢,去找妈姆,快去……"

"去找妈姆!"小姐也对它说着,仿佛在哀求它。

然后她们把它放下,那小狗真的跑出了大门。隔了一会儿,她们望见那可爱的小狗终于跑到了杏林边,到了司空马夫人跟前。他回来时,脖子上的丝带换了另一条。她们解下来,见上面有一行字:

翌日二女丐求为佣收留治病。

蔡家母女二人把这行字念了有一百遍,最后才把这非常明显的意思确定下来。她们知道外面没有发生什么事情,只是关心刚成君的病体……司空马夫人请了医生来给刚成君看病。医生么,还要装扮成乞丐,并且是装扮成女乞丐,不敢说是来给刚成君看病,而是"求为佣",即冒充佣工。这一切,自然都是为了遮人耳目……母女二人为这种关怀所感动,禁不住呜呜咽咽地哭起来。

　　这几年秦国灾荒不断,不是发大水,就是闹蝗虫,咸阳城中,难民甚多。乞丐们沿门乞讨,官家司空见惯,也不大管。蔡泽的住宅比较偏僻背静,不过乞丐们以及难民们,也是常来常往。这一天,来了一帮乞丐,有男有女,褴褛异常。蔡家的仆人们给了他们一些食物,仍然不走。近卫军的卫士们过来询问,乞丐们倒询问起卫士们来,说,"既有卫士们警戒,自然不是一般人家。"乞丐们说,"既然是君侯之家,别人好说,请把这两个女人收留下吧。"卫士们问是什么人,乞丐们回答得很好。他们说道:

　　"这两个女人,不是大街上的叫花子,也不是外乡逃难的庶民。她们本是正经人家的妇人。她们是主仆二人。这妇人的丈夫原是成都蜀郡的小吏,不幸染病身亡。女人家没有办法,流落他乡,沿路乞讨,好不容易才到咸阳,无亲无故,可怜得很哪!"

　　卫士们听罢深表同情,急忙把这意思传进蔡府。后来蔡府里传出话来,说:"如果是良家女子,可以收留,佣钱二两。"

　　卫士们极力从中说合,请求再增加一两。他们说:"这不是什么胥臣隶妾,是主仆二人,流落咸阳,好不可怜。"

于是,这两个蓬头垢面的女人,就进了蔡家。没想到这两个女人,就像一道阳光射进牢房一样,给蔡家带来了生机,带来了希望,带来了无限的厚谊深情。

因为昨晚蔡家母女二人一夜都在纳闷,猜不出即将光临的医生是什么样子。她们想,不仅要扮成乞丐,而且要扮成女丐,一定非常古怪,非常难看。所以,当她们听说求为佣工的女丐就在门外时,母女二人都好奇地引颈而望。后来蔡孺子和她的女仆按捺不住,竟跑到前院来看。不一会儿,蔡夫人也带着三五个女仆走出来张望。只见蔡家的一个男仆人,从大门外引进来两个女叫花子。她们穿着破烂衣裳,头发乱蓬蓬的,仿佛刚从酸枣林钻出来的样子,脸上黑黑的就像故意抹了锅烟子一般。她们每人怀里抱着一个小麻布包,那就是她们的简单行装。她们走起路神色自若,绝没有左顾右盼怯首怯尾的样子。她们首先见到的是明丽端庄的蔡孺子。那年纪大的女丐上前施礼,问道:

"敢问这是蔡小姐吗?"

"是小姐。"蔡孺子的女仆答道。

然后就走到蔡夫人这边来。那女丐对人们端详着,仿佛一时认不出谁是君侯夫人。蔡夫人平时不做任何装饰,身上穿着本色麻布的裙子,头上没有任何首饰,瘦削的脸,宽肩膀,两只大手仿佛没处放似的在肚子前叉着。最后女丐只好求助于蔡孺子,说道:

"敬祈拜见君侯夫人。"

蔡孺子走到蔡夫人身边说道:

"这就是我妈妈。"

"夫人万福。"两个女丐急忙匍匐在地。

蔡夫人不知为什么,觉得见到她们主仆二人,心中很高兴。便说道:

"请到厅堂叙话。"

周围的女仆们,不知道是蔡夫人说错了话,还是她故意要使人们大吃一惊。来的是两个女叫花子,不是什么贵宾。就算她们被收留,也是两个女用人。即使是自由民,据说是主仆二人,也依然是女佣……怎么能请她们到厅堂落座呢?有一个女仆,不自觉地撇了一下嘴。另一个女仆附在耳朵上告诉她说:"听说是医生。"于是那撇嘴的女仆点点头,仿佛饶恕了这两个女佣似的。

这时候,那主仆二人已经随蔡夫人和蔡孺子走进厅堂。那女丐上前一步给蔡夫人施礼,说道:

"妾奉司空尚书之命,前来为君侯诊脉。"

蔡夫人急忙将她扶起,眼泪汪汪地说道:"天不悯人,降此大难。"蔡夫人擦擦眼泪,"等待夫人光临,翘首已久了。"

"君侯夫人不可如此相称,"女丐说,"请直呼骆媪。"

"可否先请骆媪盥洗进餐,然后再给君侯视脉。"

女仆们引她们到厨下,帮助她们梳洗,招待她们吃饭,然后引她们到后院。蔡夫人见骆媪原来是一位清俊静穆的妇人,大惊道:"骆媪竟是神仙相似,敢问仙府何处?"

"妾本蒲国人氏,世代家住重泉。"骆媪坐稳以后慢慢说,"妾夫姓骆名潭,只因家境清贫,出外为吏,在成都蜀郡做橡史。不幸于今王七年,一病不起,遂至亡故。留下我们主仆二人,无处安身,只好沿路乞讨,上月来到咸阳。先夫在世时，同司空尚书相友善。妾到咸阳，即投彼处。今得夫人垂爱，使妾绝处逢生，真是感戴不尽。"

蔡夫人心想："这一番话，恐怕吕姥也未必能说得如此雅致。她的声音也十分好听。大约出自名门，受过良好的教养。"蔡夫人想问问她娘家的情况，又怕絮絮叨叨，仿佛在盘问人，不相信人似的。她在心中叹道："有文化有教养的人，就是不一般啊。人如果不说话，是无价之宝；一张嘴就有了价码了。言谈举止，装不了假。"

她们闲话一会儿，就引骆媪到蔡泽的卧房来。骆媪见过礼，就开始给君侯诊脉。蔡夫人和蔡孺子在一旁屏息静待。只见骆媪一会儿把着蔡泽的左手，一会儿把着右手，沉思着，沉思着。后来，好像不放心似的，又去把左手，又把右手，几乎抚摸思索了一顿饭的时候。然后她问先前的医生开的什么药，蔡孺子一一回答。骆媪说："医道宏深，各有所取。以妾看来，这些药都不对症，应该停止服用。从明天起，妾亲手给君侯配制药羹。吃饭如何？"

"小米豆粥。"蔡夫人答道。

"我爸爸爱吃鱼，"蔡孺子说，"今年鱼又便宜，可是医生不让吃鱼。请问骆媪，能吃鱼吗？"

"能。"骆媪笑道，"怎么不能。都是怎么吃法？"

"用水煮一下，放些盐。"

"有萝卜吗？"

"有，去年的，都糠了。"

"没关系。"骆媪说，"请把东西准备好，妾给君侯做鱼来吃。"

蔡夫人一听,微笑着,觉得很新鲜。蔡孺子却显得非常高兴,心想:"又是医生,又是厨师,扁鹊加伊尹。一定要跟她学一学,好给爸爸做鱼吃。"

"骆媪你看这脉象……"蔡夫人问道。

"夫人不必担心。"骆媪微微笑着说,"医生们说的都是一种话,总是病得不轻,但放宽心,我一治就好……要妾说,自然也是这一类的话。"

蔡夫人虽然是紧锁眉头,经骆媪这么一说,倒笑了。

蔡夫人蔡孺子以及几个女仆,陪着骆媪来到厨下。女仆们已经把预备好的开膛洗净的鱼和萝卜摆在案上。只见骆媪用一块麻布巾子包好头发,系上围裙,洗了手,举起菜刀,叭叭几下,把鱼剁碎,然后用萝卜在鱼肉上拍打……原来鱼肉不粘萝卜,萝卜上粘的只是鱼骨鱼刺。众人在一旁观看,不住地啧啧称羡。骆媪在去净鱼刺的鱼肉中,搅拌各种作料,放些面粉,做成小团,在油锅里炸过,然后放进盘里上锅蒸好。她命女仆端进去,请君侯一尝。蔡孺子一见赶忙说道:

"我给爸爸端去。"

蔡泽一吃,非常高兴。他笑了,蔡孺子也笑了,全家人都笑了。"如不嫌弃,"蔡夫人对骆媪说,"晚上就请骆媪到后院同我一起安歇。"

"不敢。"骆媪说,"妾理应同女仆们住一起。"

第二天,骆媪给蔡泽配制了一碗叫作"解忧羹"的食品。蔡孺子端进去给她父亲吃,蔡泽又非常满意。蔡夫人细看那些药物,都是清温滋补之类,党参、黄芪、枸杞、甘草、大枣……她想："这些药,我也可以吃。"她静静地笑了。

在这个世界上,即使她不相信任何人,但对司空马夫妇,她还是信得过的。所以,她完全信赖这曾经扮作女丐的医生,因为这是司空马推荐来的。她总是好奇地看着骆媪。她觉得骆媪的谈吐清雅、举止端庄,肯定出自名门无疑。蔡夫人曾经在闲谈中,问过她一些成都的事情,她似乎一片茫然。"去过都江堰吗?""去过司马错庙吗?""见过开明氏的后裔们吗? 他们的装束如何?""回来时,是走五丁山口吗?"……如此博雅,竟不知之。蔡夫人想:"或许她根本就没有去过成都。编了这一套身世,大概是为应付近卫军的武士们的。她是个奇人,是个侠义女人。为了帮助我们,不惜扮作女丐,真是一位女大夫。将来我应该怎么谢她才是? 她是我家的恩人!"

蔡夫人很喜欢同骆媪在一起闲谈。她喜欢问她各种问题。既然已经可以断定她不是来自成都,所以有关成都的事,再也没提。有一天,蔡夫人向骆媪询问蔡泽的病情。骆温思索片刻,四下看看,见近前无人,说道:

"君侯是当今最大的智者,夫人,您放心吧。"

"骆媪,您是说?"

"妾所知道的,除了司空尚书,不应该告诉任何人。"她又向外看看,听见窗外静悄悄的,便继续说道:"妾见夫人终日焦虑,故此不想再有所隐瞒。"

"太感谢啦。"

"夫人,"骆媪压低声音说道,"陛下是多疑而嫉妒,左相是奸诈而残忍,所以当今之世,即如仲山甫,也是仅免于刑而已。夫人若问君侯的病,妾只能说他是一位智者。"

蔡夫人仔细听着,却是摸不着边际。

"司空尚书夫妇,着实关心君侯的病情,妾已经将病情报告他们:平安。"

"骆媪自来我家,未出院门一步,如何报告?"

"妾来时,同司空夫人约好,究竟病情如何,三天以后定见分晓。第四天,妾派女仆上街去买东西。若是病情严重,就买一些盐;若是病情不太严重,就买一个瓦钵子;若是平安无事,就买一绺麻。夫人没见前几天妾那女仆上街去买了一绺麻来吗?街上有几个叫花子,正在等这个消息。夫人,真实情况,您还不知道的时候,司空尚书已经知道了。"

"韬晦?"夫人低声喃喃着。

"夫人知道就行了。不必告诉任何人,连孺子也别告。年轻人,只怕一高兴露了馅。对君侯也不用挑破,司空尚书准备将计就计。"

"他预备怎么办?"

"妾来时,他说如果病重,只好听天由命。"

"不然呢?"

"他准备送你们出关。"

蔡夫人激动异常,紧紧握着骆媪的手,呜咽起来。

"我的恩人,"蔡夫人哭道,"您是蔡家的恩人,我永远忘不了你呀!骆媪,你也有过儿女吗?"

这一问,坏了。蔡夫人发现,当说到她丈夫病故时,骆媪不动声色,一提到孩子的死,她的眼泪扑簌簌落满衣襟。骆媪两手捂住自己的脸,痛哭失声。

"骆媪,骆媪,"蔡夫人抱住她的肩头,"我不该问,我不该问……"

骆媪哭了一阵以后,擦擦眼泪,哑着嗓子说道:"他们死得太惨了!"

这时候骆媪看见夫人也早已是泪流满面,接着说:

"夫人,妾给您击筑唱歌,好吗?"

夫人想,古语说高歌可以当泣,远望可以当归,不然只怕憋出病来,赶紧点头表示赞成,并且命令女仆把筑抱过来摆好。

从此,有关骆媪孩子们的事情,蔡夫人再也不敢提起。当她看见骆媪坐在筑前的时候,她那刚刚用眼泪洗过的明净而肃穆的脸上,焕发着庄严的光彩。"多么刚强的女人啊!"蔡夫人忽然想道,"如果不幸,君侯和孺子死去,我未必能有这般坚强。我要留骆媪永远住在我家,永远……"

骆媪拿着竹片打那筑弦,起初还看得见竹片在跳动,后来就看不见竹片了,仿佛是空着手似的。只听得像山涧溪流,像春林拂晓,后来就像深山瀑布,又如夜半松涛……最后她唱道:

打碎吧! 打碎吧!

这千年的土偶。

打碎吧! 打碎吧!

这万世的骷髅。

打碎吧! 打碎吧!

这充斥宇内的妖雾。

打碎吧！打碎吧！

这无边无际的忧愁。

这是一个年轻的母亲发自肺腑的呐喊和控诉。这首歌子后来传得很远，人们称作《骆潭之歌》。有人说，这是成都郡吏骆潭死得惨，他的妻子悲愤异常，作了这首歌。也有人说，此歌系骆潭所作，因为他的孩子死得惨，他悲愤异常，作了这首歌。总之，历史是一笔糊涂账。越是不知道的人，越是喜欢瞎说，而那些知根知底的人，又不屑于张嘴。所以历史就总是那种老样子，仿佛它们的本来面目就是如此。

第十八章　尉缭亡归

从前的历史学家们多半都有考证癖,无论什么事情先要从时间上考证一下,诸如某人当时在不在大梁,或者在不在人世等等,就像司空马对朱亥、尉缭的关系的推测一样。其实,他们俩是莫逆之交,虽然年龄相差着十来岁。魏景湣王元年(前242),秦国攻占魏国二十座城,初置东郡。这对魏国打击太大了,所以第二年,魏国策划了一次合纵行动,韩、赵、魏、楚、卫五国联合攻秦。这一次仍然是魏国为首,真正的策划者就是朱亥和尉缭。尉缭是一位初露头角的战略家。他的正确计划,没有得到正确的执行,他一怒之下,甩袖而去。他先到齐国,没有出路;又到楚国,没有办法;最后来到咸阳,投奔了吕不韦,参与编撰《吕氏春秋》。也有人说,他的计划完全是错误的,他怕追究责任才逃跑的。历史上不缺少说闲话的人,只好就由他们说去吧。那一次五国联合行动,以彻底失败告终。说明山东六国已经腐败到极点,已经是不堪一击。这一次合纵失败之后,任何一个普通士人,都看清了天下的大势。山东六国已是案上之肉,任人宰割了。然而山东六国却很出了几个有骨气的人。他们至死不买秦国的账。明知天下事已不可为,却要硬着头皮干下去,此所谓花岗岩头脑。两千年前没有这句话,那时候的语言非常简单,就叫石头。齐国出了一块著名的石头,这就是至死不帝秦的鲁仲连。他只是一个布衣,也就是老百姓,而《史记》却专门给他立了传。他虽然是齐国人,却长期活动在赵国,所以带一点三晋的民主思想。那时候邯郸的石头比较多,顶得硬。邯郸人敢说敢干,事是同秦国顶着干,话是同秦国顶着说,不肯含糊。他们特别相信"仁者无敌"的伟大真理,同时又认为秦国是不仁之国,是虎狼之国。"不帝秦"就是不承认秦国有资格称帝。这是一种可怕的思想。我们甚至可以说,"仁者无敌""不嗜杀人者能一之①"等等思想言论,是儒者们故意给统治者出的难题,准知道他们谁也做不到,却要说过来说过去地说个没完。这是一种太可怕的思想。这种思想在一般士人中得到迅速地蔓延。在先秦的所有典籍和诸子著作中,凡是把古帝先王以及王道仁政等等说得好而又好的,而同时又把暴君暴政诸如桀纣幽厉等等说得坏而又坏的那些言论,仔细看来,严格说来,都是反秦的。这样说,如果有人不以为然,那也没办法。因为秦国人最了解这一点。所以,秦自商鞅之后,便定了"挟书律",严禁民间家藏诗书百家语,如欲学习,

---

①出自《孟子·梁惠王》。"仁者无敌",朱熹曰:"盖古语也。"

"以吏为师"。直到灭亡,都不改变这种政策,可见这种政策乃是她的生命线。"以吏为师"这种提法和做法,不仅愚昧落后,而且厚颜无耻。当时山东六国的普通老百姓、士人、卖狗肉的、酒家保、行车卖车者流……随便一个人,哪怕是陇上的佣夫,在文化、知识、思想觉悟方面,都比秦国的官吏和将领高得多。这就更加刺激了那些石头们的反秦意识。魏国的石头们自然是以信陵君为首,而在信陵君死后,朱亥便成了石头们的代表。朱亥一到咸阳,就打听尉缭,不仅是因为尉缭是他的朋友,更重要的原因就是这种反秦的意识。他这次来秦国,就是为了见到尉缭。他决心劝说尉缭回大梁去。他希望尉缭一如既往地忠于魏国,重整魏国的军队,再次组织合纵行动。正在他想见到尉缭的时候,尉缭却突然来到了他的传舍。

"哎呀,我的天哪!我不是在做梦吧?你不是尉缭的鬼魂吧?天哪!天哪!"朱亥紧紧抱住尉缭说道,"老弟呀,我真是日夜都在思念你呀!"说着嗓子也咽住,眼泪也流下来。"我老了!真的老了!没出息的样子都出来了,动不动就掉眼泪,像个婆娘家。想当年,朱亥可不是这个样子啊。"

"我也是心如河水,日夜向东啊。"尉缭说道。

宾主落座以后,朱亥说道:"听说足下曾经逃亡过一次,是真的吗?"

"去年,我想走,没走了。"尉缭笑道,"现在我又想走啦!这次没问题,一切都准备好了。"

"足下如果决意离开咸阳,那就希望足下回大梁去。魏国虽然日渐削弱,她终究是咱们的故国啊。"

"目前也只能如此了。"

朱亥一听这话,拍手叫好:

"好极,妙极! 真是不可言喻啦! 我实在是太高兴啦! 今天是大喜的日子,咱们应该喝两杯才是。想我朱亥,平生所好,就是这杯中之物。没有它,何以遣兴,何以抒怀,何以敬待嘉宾……快拿酒来!"饮酒之间,朱亥问道:

"足下西游咸阳,有何观感?"

"小人在朝,君子在野。"尉缭呷了一口酒,皱皱眉头,慢慢说道。"田中多草,林中多盗。"

"到了这种程度?"

"去年大灾荒,轻车重马东就食。"

"多亏有个三川郡。"

"小弟不患咸阳,不知虎狼王国的内幕,既来咸阳之后,小弟是坚信仁者无敌。"

"日下咸阳情况如何?"

"屯留兵变之后,咸阳人心惶惶。"

"秦王为人如何?"朱亥问道。

"山东六国士人十分迷信相术,我倒不大理会这些。"尉缭说道,"不过赵政的相貌实在也不敢奉承。马蜂鼻子,鹞子眼。前鸡胸,后罗锅,语声如豺,笑声如鬼。这种人刻薄寡恩,心如豺狼。他不得志,可以低三下四,不择手段,什么卑鄙的事都能干得出来;一旦得势,吃人肉,喝人血,坑爹害娘,六亲不认。假使赵政得志于天下,天下人都是他的奴隶,整个中国,将要变成一个巨大的屠宰场,一个大监牢。"①

"但愿老天保佑,"朱亥叹道,"不要让我活到那一天。"

"虽然这么说,赵政对我可是不错。"

"听说对足下相当器重。"

"任以国尉,付以军权。平时解衣推食,无微不至。人生在世,还要求什么? 然而,反复思忖,不可与久游。骏马尚不恋栈豆,何况大丈夫? 人无远虑必有近忧。所以,在下是决意离去了!"

这些话,在朱亥听来,感到特别有味,就像陈年的老酒,令人品味不尽。法家迷信赏罚,以为赏罚本身就是一种取之不尽的动力,只要充分地运用赏罚,整个的国家就会按照君主的意志,不停地转动起来。其实,战国末期的士人,已经有了崭新的生死观和享乐观,物质利益乃至生死荣辱,已经不能买动他们。这些东西只能买动小人,却不能买动君子。早在春秋的时候,士人们就开始追求一种普遍的公理。理之所在,虽死不避。晋国大臣栾书杀了晋厉公,鲁成公在朝堂上问道:"杀其君,谁之过也?"群臣莫对。里革对曰:"君之过也。"②这样的思想品格,后世的忠臣贤相望尘莫及。时至战国之末,正人君子们,退隐山林,些微的名利已不能羁绊他们。诸如解衣推食甚至高官厚禄,已经不足以收揽尉缭这样的人才。孔子曰:"鸟则择木,木岂能择鸟。"③孔子经常发表

<hr>

①尉缭的话,见于《史记·秦始皇本纪》。

②见《国语·鲁语》。

③见《孔子家语》。

400

一些异常愤激、异常决绝的言论。贵族老爷们认为荒诞至极，反动至极，而士人们却身体力行，坚守不渝。尤其在战国的士人中，竟出现了许多情理之外的不可思议的事情。即如像应曜的情况，他认为吕不韦是好人。只是不足以成大事，终于毅然辞去。何况尉缭，他认为秦王政是坏人，自然要毅然决然地亡去了。《吕氏春秋》中阐述了所有这些先秦的进步思想，而吕不韦本人却没有做到。所以在他编撰《吕氏春秋》时，他的家门庭若市，济济一堂，而在历史需要他实际行动时，他的食客中的才人高士们竟然出乎意料地星散而去了。

朱亥对尉缭的话非常欣赏，频频地点着头，神情仿佛是看见自己的儿子，几年不见，变得成熟起来一样。

"足下以为，目下咸阳情况如何？"朱亥问道。

"马上就要大乱。"尉缭斩钉截铁地说道。

"怎么乱法？"

"嫪毐早有篡弑之心。"

"能成功吗？"

"能。"

"成蟜能够打回咸阳吗？"

"能。"

"为什么？"

"秦国人痛恨。"

"痛恨他什么？"

"狐群狗党，作威作福。"

"以足下之见，合纵还有希望吗？"

"目前正是合纵的最好时机。"

朱亥会心地笑了。他虽然是一个年近花甲的老人，满脸皱纹，满腮胡须，但是他的笑容却十分开朗，十分爽快，给人一种天开云霁的感觉。

尉缭又补充了一句：

"这正是我决意离去的真正原因。"

"几年不见，足下令我赞赏不已，惊叹不已。"朱亥笑道，"足下说出了真正的原因，我也有一个真正的原因。我想，这就是我日夜思念足下的真正原因。"

"同声相应，同气相求。"尉缭笑道，"究竟是多年的知己呀！"

"向足下推荐一个卫士可以吗？"

"哪国人？"

"魏国人。"朱亥笑问道，"可要得？"

"要得。"

朱亥立即将孟舒唤过来。孟舒此时除下了脖子上的那个大铁锁，并且已经洗过澡，换上新衣。当他脱掉鞋子走进厅堂向尉缭行礼时，尉缭还认为这健壮的小伙子是朱亥带来的卫士。经朱亥介绍以后，尉缭才知道是刚刚赎出来的奴隶，而在以前则是魏国的一名小将。孟舒听说让他护卫尉缭回大梁，非常高兴，便问道：

"几时起程？"

"现在。"尉缭笑道。

"妙极！"孟舒道。

"请收拾行装吧。"

"肚里的干粮，身上的衣裳，有何行装。"

尉缭立刻跪起来向朱亥施礼,说道:

"大人,就此告辞。"

看得出来,朱亥很为这种仓促分手感到惋惜,但是又一想,尉缭是回大梁,不日即可见面,又从心底里高兴起来。他深情地握着尉缭的手,说道:

"一路珍重,大梁再见。"

当孟舒向朱亥施礼告别时,朱亥解下自己的宝剑交给孟舒,说道:

"路上多加小心,一定要保护国尉大人安全回到大梁。"

"遵命。"孟舒躬身施礼,双手接过宝剑。

尉缭带着孟舒回到自己的府邸时,仆人告诉他说:"李斯来过。"尉缭心中忽地闪过一个什么想法,仿佛昏暗的天空中有一只乌鸦飞过一般。他问道:

"他没有说什么吗?"

"没有。"仆人答道,"李大人在此等了很久,他说有要紧事同大人谈。他临走时说,明天再来。"

"要紧事?"尉缭喃喃着,走进厅堂落座,"他有什么要紧事?"

尉缭紧皱眉头,想把自己心中感觉到的东西辨别清楚,就仿佛把那昏暗中飞过的乌鸦看清楚一样。忽然,他想起来了。昨天,他曾经同李斯议论过秦王政。尉缭把自己对秦王政的认识,就像对朱亥说的那些话,都对李斯说了。"李斯大概觉察到我要逃亡,今天降趾寒舍,就是来劝阻我的。这人胆子特别小,花样却特别多。他能劝阻我则已,不然,他肯定要把我的话禀告陛下,不如此怎么能证明他的清白和忠诚呢？这是肯定无疑的。所以我要立即起程,天黑之后,关闭城门之前出咸阳。"

这时候有一个仆人禀报:

"大人,韩非求见。"

"告诉他,我不在家。"尉缭一听韩非的名字,就表现出极大的反感。

"他说他看见大人刚刚回来。"

"这个龃龉小人!"

尉缭读过韩非的几篇文章,他认为那堂而皇之的文字背后,隐藏着一颗刻薄毒辣的心。自从韩非来到咸阳,尉缭已经同他见过几次面,印象不算很好。在尉缭看来,口吃的人应该适当缄默才是,而韩非却喜欢多嘴多舌,并且有点好为人师。他认为韩非是一个穷途末路的贵族庶孽,因为要急于出人头地,所以说起话来尽力尖酸,做起事来极力出乖弄丑,简直是不可思议。他决议拒绝接见韩非,但是又一想,"这个结巴鬼一到咸阳,立刻就同上层的官僚贵族们勾搭起来,也许他有什么要紧事情要告诉我也未可知。"他问身边的仆人道:

"都准备好了吗?"

"准备好了。"

"吃了饭吗?"

"吃了。"

"备马。"尉缭命令着。然后他回过头来对面前跪着的仆人说道:"有请韩大人。"

韩非进来口称国尉大人,倒身下去,大礼参拜。

"先生免礼。"尉缭说道,"先生文章誉满天下,陛下褒奖先生天才,有心留先生在咸阳为官,不知先生意下如何?"

"还望大大大,大人提,提提,提携。"

"那是自然。"尉缭接着解释道,"不瞒先生说,在下有点贱恙,肚子疼,刚才去看了一位医生,正在熬药。"

"贵贵贵,贵体——"

"怕是吃了些腐烂东西。"

"多多,多加珍,珍重。"

"不是这些贱恙,早就去拜望先生了。但愿先生不弃,久驻咸阳,以便朝夕问道。"尉缭突然把话头一转,"不知先生降趾寒舍,有何见教?"

"大大大,大人太客气了,不知陛陛陛,陛下……"

"什么事?"

"有何,何安排?"

"没有请示过。"尉缭心想,这人已是官迷心窍了,便随口应付着,"以在下揣想……"

"客客,客卿吗?"韩非急切地问着。

"可能是……"

"什么?"

"至少还不给个少庶长。"尉缭笑着。

韩非一听,显出喜出望外的样子,拱手至额说道:

"非非非,一定尽忠效,效,效命。"

尉缭已经知道韩非此来完全是为了打听自己将来的官职,就想赶他走,便捂着肚子表示要上厕所,于是韩非急忙告退。尉缭谢罪不能远送,让仆人送出韩非,自己立即就换衣

服。他在慌忙之中,甚至大声问仆人们:

"天黑了吗?"

"还没有。"仆人们答道。

"准备好了吗?"

"一切就绪。"

"明天有人来,只说我病了,概不见客。"

天傍黑的时候,城门关闭之前,有八九个商人模样的人,策马出了咸阳城,向东奔驰而去。

尉缭自以为装得很像,却仍然未能瞒过韩非的眼睛。韩非是打听他去拜望朱亥,才去朱亥的门前等他,见他回到自己府邸,才上前要求通报。所以有关肚疼的神话,他压根儿就不信。他一边同尉缭谈话,一边思索他为什么要去见朱亥。他忽然想起来,这尉缭是大梁人,很可能是朱亥的同伙,至少是个魏国的奸细,加之他感觉尉缭的神色不对。于是他断定他们正在进行一项什么阴谋活动。在韩非看来,所有阴谋活动中,最大最丑恶的阴谋活动,就是篡弑。所以他断定他们是要暗杀秦王政。他想起朱亥是个老刺客,二十年前曾经椎杀晋鄙。这是人人皆知的滔天罪行。现在又要暗杀一个秦国的王。他回想起来,当他走上尉缭厅堂的台阶,院里的仆人们低声喊着"备马"。他便断定,他们的阴谋就在今天晚上进行。

"好一个堂堂国尉,竟敢串通外国使臣,动手杀害自己的王。真是可恶至极! 这个鬼魅世界! 我要让天下人知道,有我韩非在……"

他在心中骂着各种难听话,不过在心里骂人时他从不结巴。他忽然想起尉缭说的陛下要任命他为左庶长的话,他几乎要笑出声来。秦国的二十级军爵制度,并不是秦国的发明,三晋早就有这些名堂。不过秦国也有秦国的习惯,凭空赐爵最高只到五大夫,少庶长在五大夫之上,没有累累战功是不可能荣获这个爵级的。况且这只是个爵级,不是职务。韩非听夏中期说,陛下可能让他做客卿。这是完全合乎情理的,也是意料之中的。"而尉缭这个心事重重的呆子,却说是少庶长,仿佛他是一个从百越来的古洞蛮似的,根本不了解咸阳的事务。"韩非在心中骂着,"好一个笨蛋国尉,竟把我当作小孩子……"

韩非走出尉缭府邸便上了自己的安车。马车起动之后,他左思右想不对头,又让马车停下,他下来走回国尉府大门附近,预备仔细观察一下。不一会儿,他看见尉缭和几个仆从化装为商人模样,驱马向南去了。

"果然不出我之所料!"韩非在心里惊呼着,"就是有阴谋活动。好你尉缭,换了衣服我也认得出你!"

韩非望见尉缭的马扬起尘土向南奔驰,然后向东一拐,不见了。"我的天哪!"韩非以为尉缭是到吕府去了,便急忙跑回钻进自己的马车,命令驭者追赶前面那几匹马。"好一个吕不韦,原本是个邯郸大猾,弃商从政,废嫡立庶,身为相国,图谋篡弑……这还了得! 今天有我韩非在,绝不能让这些奸臣贼子得逞。吕不韦这狗孙子,我去登门拜访,竟然拒之门外。吕不韦,你看我韩非夷你的九族吧!"

韩非的马车在咸阳的街道上狠狠地颠簸着,而韩非的心中也是怒涛汹涌。忽然驭者说道:

"大人,那几匹马出了城,大人也出城吗?"

"停!"

韩非很有点失望。"难道不是篡弑吗? 他没有去吕府,他原来是吕府的食客,却没有进吕府,而是出了城……他为什么要出城? 他去投奔谁? 有了! 有了! 我知道了! 他这是投奔成蟜! 不错! 绝对不会错! 他是去投奔成蟜。这是显而易见的,毋庸置疑。天哪! 才说不是篡弑,结果还是篡弑。这肯定是吕不韦的主意,企图废黜赵政,拥立成蟜。"他命令驭者道:

"回!"他的口吃大大减轻了,"直奔咸,咸阳宫。"

"这个狗屎不如的尉缭,朝秦暮楚的亡命徒,看风使舵的市侩,"韩非在心中骂着,"他从前在大梁时主张合纵,一见合纵不能成功,立即跑到咸阳干起连横来。目前秦王陛下正在依靠他指挥军队消灭成蟜。他无能,看见前线倒戈,出了一个叛将蒲鹝。怕杀他的头,他就去投奔了成蟜……哪边势大往哪边跑,看见成蟜势力大,就急急忙忙倒向成蟜……听说这狗东西颇懂一点军事。如果他倒向成蟜,这对陛下是非常不利的……难道这不正是我韩非立功受奖的好机会吗? 天与不取,罪莫大焉。我现在就去咸阳宫,面见陛下,请他派兵去追赶叛贼尉缭。尉缭人头落地之时,也就是我韩非荣升之际……秦王陛下如此赏识我,正准备重用我,真是待我恩重如山啊! 君臣知遇,千载难逢,我韩非肝脑涂地,义无反顾……"

大群的乌鸦从昏暗的天空飞过,天黑了。

时间对韩非来说,显得太匆促了。太阳急急忙忙地下山,夜幕慌慌张张地降临,致使人们没做完这一天的事情。如果这一天能够延长一个时辰,也就是一昼夜的十分之一,人们就会觉得宽裕得多。假若韩非早一时辰到达咸阳宫大门,他心中就会觉得十分惬意。现在,当他跳下安车的时候,他看见天已经黑了,抬头望去,天上的星星已经在眨眼睛,这使他感到有点惶惑起来。"天黑以后,求见陛下,这,这,未免失礼……"他这么想着,仍然向守卫宫门的卫士们走去,口称:

"韩国使臣求见陛下。"

过了好一阵,司马梗走出来。他借着随从们手中的火把,看清了确实是韩非。司马梗施礼说道:

"秦王陛下龙体欠安,不能接见大使大人。"

韩非一听着了急。他一着急,口吃更加严重,而且脸红脖子粗,嗓子也不争气,变得尖细而嘶哑。他说他有极其重要的情况面禀。司马梗说道:

"不论有什么要紧事情,我们也不敢通报。"

韩非不肯罢休,还在结结巴巴地说着什么。

"也罢!"

司马梗断然说道:"那就请大使大人到甘泉宫去向左相大人面禀吧。"

司马梗未等韩非回答,紧接着对身边的卫士们命令道:

"你们两个打火把的在前引路,你们两个在后面跟随,送韩大人到甘泉宫去见左相大人,快去快回。"

韩非一向对什么后妃太监之类不感兴趣,本心不想去甘泉宫,一则司马梗说完一拱手就转身进了咸阳宫,再则卫士们正在催促他上车，而他的驭者也已经举起鞭子，仿佛就要驱车前往的样子，他又想不出有力的推辞，只好爬进了自己的安车。

法家的优秀人物们，不怕大臣，甚至不怕王，他们最怕的是狱卒，其次就是卫士。韩非现在觉得自己就像一个被押上囚车的犯人，心情十分沮丧。如果半路上，韩非要说不想去甘泉宫，要回自己的传舍，这恐怕不行。首先，卫士们就不答应。他们会因此受到上司的批评，说他们没有完成任务。他们接受的命令是送"韩大人"到甘泉宫，至于这是为什么，他们不管。韩非在黑洞洞的安车里坐着，就好像突然落进了陷阱。他在这轰隆震荡的陷阱里，甚至都无法整理自己的思路。他见了秦王陛下可以直截了当地表示自己的忠心，然后把尉缭逃亡的重大事情说出来。但是，如果见了嫪毐，他应该怎么说呢？尉缭逃亡，对嫪毐是有利，是没利？如果尉缭逃亡对嫪毐有利，他韩非却当作反叛来报告，这不是找倒霉吗？至少是多管闲事……事情倒也简单，把它说出来也不难。但是，怎么才能说得巧妙，入情入理，恰到好处，对听者是一片忠心，对自己也十分有利，这就难了。他虽然写过著名的文章《说难》，轮到自己头上却又觉得一筹莫展，难矣哉！

天下没有走不完的路，就像没有受不完的苦一样。正在韩非一边哀叹，一边苦思的时候，他的马车已经开进了甘泉宫。他被人扶着跳下车，又被火把指引着走进一个什么房间。不相识人请他坐下，他就坐下了。他看见这小房子，大概是卫士们休息或者吃饭的地方。他感到疲倦，可是这里连张伏几也没有。他像一个待审的罪犯一样，正在心里匆匆忙忙地准备供词。最后他想起,咸阳传说长安君成蟜在屯留举行起义,打的旗号是诛除。他估计尉缭肯定是去投奔成蟜……尉缭是个军事家,这对嫪毐非常不利。嫪毐肯定会感谢他送来消息,并且可以肯定嫪毐会立刻派兵去追赶尉缭。"我把这难题解决了!"他在心中狂叫着。

聪明人毕竟是不一般。韩非毕竟是个大手笔,他一下笔就不同凡响。他仿佛蛇一样的灵敏柔韧,在毫无空隙的地方,居然能够畅通无阻。说到蛇,韩国有一位大臣名叫韩满,就曾经说过韩非是一条蛇。这当然是一种肆意的诋毁,韩非曾经为此非常气愤。但是现在韩非想起韩满骂他的话来,却默默地微笑了。他在心中说道:"是啊,我就是一条蛇,一条毒蛇。我要把天下的乱臣贼子统统咬死……今天第一个先咬死尉缭。嫪毐肯定满意我的及时报告。我要把事情说得天花乱坠,使他大受感动。我要从屯留兵变说起,从山东六国希望秦国大乱说起……我要大做文章,让天下人都知道我韩非正在咸阳……"

若在平时韩非的这些设想,无疑都会顺利实现,只是今天,他来得不是时候。甘泉宫里有二十多个院落。在前边,也就是南边靠近宫门附近,有两个十分严密的小院落,那是嫪毐的党羽们议事的地方。现在那里正在大摆宴席,人们已经喝得酩酊大醉。

前天下午,太后亲自接见了秦竭选定的第三名刺客公乘獒。太后亲启绛唇发下御旨,说:"成功之后,朕封你关内侯。如果你为国捐躯,朕封你的儿子关内侯。"虽然只说了这么一句话,这却是特殊的恩宠,也足够公乘獒感激涕零了。殿里殿外虽然还有几个宫女,不过除了嫪毒和公乘夑之外,别人不知道太后说的是什么事情。公乘夑退出大殿之后,嫪毒又对他说了几句话,其中公乘夑听得清记得住的只有一句话:"从现在起,不再回家,不再见亲友。一切都要听从秦竭的安排,一切都要照计行事,不得有任何差错。"

这以后就开始了狂淫滥赌和一连串的酗酒。每天都有嫪毒的亲信陪同,就像群星捧月一般。今天太后赐宴,作陪的人是秦竭、徐齐和胡竭。饮酒就像作诗一样,雅人特别雅,俗人特别俗,简直是毫无遮挡。秦竭等人原本是市井无赖,所以三杯下肚,粗话连篇,酒气泛上来,就像暴雨后的臭沟。他们直截了当就把公乘夑当作关内侯,尊之为"君侯"。

"君侯,君侯,君侯! 举起尊爵来吧!"徐齐喊着。

"今天必须一醉,必须醉成一条死狗才是。"胡竭喊着。

"倘若有人不醉,我日他八辈祖宗啦!"秦竭叫道,"今天同君侯共饮,光荣之至,我秦某人若是不醉,让我死在荒山,在我没断气以前乌鸦就吃掉我的眼睛。"

正在喝得高兴时,把守宫门的一位百人长进来报告说:

"秦大人,韩国特使韩非求见左相大人,说有要紧事情面禀。"

"真是败兴的精灵!"秦竭骂着脏话。

"他又憋着什么屁要放了!"胡竭说道,"不过我知道是什么屁,准是个零零碎碎的结巴屁!"

狂笑过后,有一个严肃的声音说道:

"相爷实在是心慈手软,"徐齐解释道,"就凭韩非在陛下面前的那套可恶说词,早就应该除掉他!"

"快去！"胡竭命令那百人长道，"把韩非下油锅炸来下酒！"

那百人长显出为难的样子，因为甘泉宫没有现成的油锅。不过仔细一想，他心里又踏实下来，佐弋将军只是说气话，并不是命令。

既然韩非是求见左相，又是司马梗送来，他们这些人也不宜阻驾。按习惯，应该秦竭去见嫪毐面禀，只是这最近几天来，他着实害怕见嫪毐。自从秦王政与燕太子丹那次宴会之后，嫪毐一见到秦竭就怒不可遏，骂不绝口。"混蛋、笨蛋、王八蛋，连一只螳螂也对付不了，先是拔出宝剑，后来又从宫女身上解带子，笨蛋王八蛋，你从前当小偷的时候也是这么笨手笨脚吗？养兵千日，用兵一时，我养着你们这些王八蛋，着了急不顶用！你们的本性就是贼！我的事情都坏在你们手里了……"秦竭曾经表示："既然如此，相爷放心，我明天就动手。"嫪毐拍案大骂："混蛋！当时一命呜呼，就是燕丹气死的，这是众大臣有目共睹的……自那以后李斯、尉缭寸步不离，樊於期、司马梗昼夜守护。这就叫机不可失时不再来……王八蛋，你笨手笨脚的杀不了人，将来人家杀你可不会这么笨手笨脚……你等着瞧吧！"想起这些辱骂，秦竭不禁胆寒。加以现在已经有几分醉意，弄不好要受相爷责骂。他们一伙中，徐齐最有文化，嫪毐对徐齐比较客气。秦竭沉思片刻，对徐齐说道：

"徐大人，你替在下辛苦一趟。相爷若问，就说我正陪公乘獒饮酒，已经醉了。"

徐齐不好推辞，便命卫士们打起火把，拐弯抹角，颠颠搭

搭,来到甘泉宫后院的一个厅堂,请宫女太监们通报。嫪毐不知出了什么事情,大步从后面走出来,一见徐齐忙问道:

"出了什么事情?"

"没出什么事情。"徐齐急忙施礼。

"秦竭在干什么?"

"正在陪公乘獒饮酒。"

"就知道喝酒。"嫪毐很不高兴地说着,"这次可要布置周密,不得有误。"

"请相爷放心。"徐齐说着,由吕不韦想到秦王政,便说道,"秦将军认为,现在杀掉赵政,还不迟。"

"先等一等吧。"

"是。"徐齐急忙俯身下去。

"齐王建已经到达咸阳,赵王偃正在路上,不日即可进入潼关。冠礼是势在必行了。"

"这会让秦国人大失所望。"

"不然。"嫪毐说道,"除掉一只螳螂不费吹灰之力。不过,这就给成蟜回咸阳制造了借口。成蟜回来更不好对付。以此之故,莫若留着这个哥哥,让哥哥消灭了弟弟,然后再说。"

"相爷真是高瞻远瞩。"

"权衡在我,"嫪毐笑道,"何必迫不及待。"

"是,是,很是。"徐齐点着头,说道,"韩非求见。"

"深更半夜,这该杀的!"嫪毐骂着脏话,毫不掩饰自己心中的怒火。

"干脆现在就把他抓起来,"徐齐附和道,"杀掉完事……"

"既然冠礼势在必行，"嫪毐思量着说道，"无故杀掉一个朝贺冠礼的外国使臣，不大好。他在咱们手心里，不必着急。燕丹不是使臣，先杀燕丹，立即动手。留着这个人十分危险。"

"是，遵命。"

"吕府有什么动静吗？"

"应曜逃亡了。"

"应曜，他是干什么的？"

"他是吕贩的智囊。"

"麃公有下落吗？"

"可能回了吕府。"

"探听清楚，"嫪毐命令道，"然后进吕府抓人！"

"遵命。"

既然没有什么了不起的事情，如此惊动相爷的大驾，徐齐心中觉得很是过意不去。嫪毐说完一挥手，回了后面太后的寝宫。徐齐立即退出，来到甘泉宫大门附近，走进了韩非等着的那间小房。那百人长向韩非通告说：

"中大夫令徐大人来见韩大人。"

韩非一听赶紧跪下来，把自己的袖子摆正，神情肃穆地迎接"中大夫令"。不过，说老实话，这使韩非感到一种说不出的困惑。这甘泉宫乃是太后的住所，从里面走出一个嫪毐来，虽然他是一个人人皆知的假太监，总归还较为自然。如今从太后的寝宫里，走出一个"中大夫令"来，这就使人感到滑稽。韩非特别爱好秩序，哪怕是用屠刀建立起来的秩序，只要是一种严肃的秩序，他就赞不绝口。现在，在天黑以后很久,从太后住所里走出一个"中大夫令"来,这在他看来就是没有秩序,如果引申开来的话,这也就证明秦国没有法治。于是在那"中大夫令"还没有出现之前,他在内心中就产生了一种轻蔑的看法,甚至忽然起了一种奚落人的念头。

徐齐进来拱手说道:

"墨者徐齐,得见先生,幸甚幸甚。"

"墨,墨……"韩非开始了,"非攻的墨,墨者吗?"

"正是。"徐齐笑道,"非攻的墨者。"

"如果,"韩非极力避免口吃,"如果秦国攻打赵赵,赵国,足下非之吗?"

"如果楚国攻打韩国,"徐齐笑着反问道,"先生不非之吗?"

"视,视,视情况而,而定。"

"先生言之有理。"徐齐笑道,"墨者非攻,也是视情况而定。不知先生此来有何见教?"

韩非觉得非常扫兴。他用尽平生之力打的那些腹稿,那些雄辩的生动的言辞,事到临头都没有用上。他说他亲眼看见尉缭逃跑了,他肯定是投奔成蟜去了。这么一句简单话,他把他切成了三十多段,碎得好像昨天剩下的饸饸一样。徐齐费了好大劲,才把韩非的话听明白。他为尉缭亡去从而减少了赵政的左膀右臂而高兴,他巴不得连李斯也跑掉才好。他笑道:

"多谢先生送来了这个消息,不过丞相大人已经知道了。"

"已经知,知道了?"韩非显出无限惊奇的样子。

"是的。"徐齐说道,"昨天就知道了!"

"昨天?"韩非睁大眼睛,"他刚刚,刚刚,刚起身。"

"是啊!"徐齐说道,"事无巨细,都在相爷掌握之中。尉缭一有这个念头,相爷就知道了。"

"噢!"韩非特别崇尚窥伺别人隐私的才能,他张着嘴,惊呼着。仿佛看见神灵显圣一般。

"如果没有别的事情,"徐齐拱手说道,"天时已经不早,就请先生归舍休息了吧。"

于是徐齐恭恭敬敬把韩非送出甘泉宫的大门,敬候韩非上了车,直等马车起动之后,他才回转身来。他对那百人长命令道:

"派几个卫士追上去,以犯夜为由,狠狠把这韩非揍一顿!"

下面的事情就不用细说了。五匹马飞也似的追上去,不由分说把韩非从马车里拖出来,狠狠给了一顿皮鞭。韩非弄得遍体鳞伤。他倒也不怕挨打,只是不满巡夜的骑兵打了他的脸,致使即将参与秦王陛下冠礼大典的韩国使臣的脸上,左一道子,右一道子的都是皮鞭打的血印。这不但证明秦国没有秩序,而且证明秦国没有文化。这也就加强了韩非在秦国做官的决心。他认为,秦国目前正需要他。

第十九章　燕丹亡归

　　世界上容易干的工作就是当皇帝,而最难办的事情,就是当皇帝的老师。所以公子王孙们都争着当皇帝,谁也不争着当皇帝或太子的老师。当皇帝的如果喜欢多管事,大臣们反而觉得他讨厌。换句话说,皇帝的插手,会妨害大臣们的正常工作。如果皇帝任何事都不管,吊儿郎当,吃喝玩乐,大臣们觉得他信任臣子,反而会把事情办好。所以,就是赫赫有名的燕昭王,也并不多管事,整天吃喝玩乐,已经过着神仙的日子,却还要幻想着成为真正的神仙。当皇帝或者太子的师傅的,就不同了。皇帝和太子无论什么事情都问他,他应该无所不知,无所不能。其实天下原本就没有无所不知无所不能的人。所以当师傅的,多半没有好下场。他们经常被搞到计穷力竭,最后就像嚼过的甘蔗一样,不知把他们吐到什么地方去。

燕太子丹的师傅,名叫鞠武,本是燕国的贵族,一位饱学之士。但是,尽管他的知识非常渊博,仍然应付不了燕丹的需求。当樊於期到燕下都去接取燕丹的时候,燕王喜决定让太子的师傅鞠武一同到咸阳。燕王喜认为,这样可以使他的王位继承人得到良好的教育,并且因为鞠武足智多谋,可以在各方面保护燕丹,使他的安全更有保障。谁知燕丹并不喜欢读书,他只是喜欢东拉西扯地提一些没法回答的问题。这使他的老师非常为难。燕丹为人极不成熟,说话不假思索,行动不顾后果,轻举妄动,心血来潮,经常把鞠武搞得焦头烂额。鞠武作为师傅,有权批评太子,甚至可以责罚他。当然,如果要批评燕丹,每天都有许多值得批评的事情。无奈鞠武老成持重,坚持所谓躬自厚而薄责于人的一套。所以鞠武在苦恼之余,就想到回国。他以为,他能够保着燕丹安全地回到武阳去,他的任务就算圆满完成,除此之外,再也不敢更有所求。燕丹一贯对秦国抱有恶感,认为秦国是“虎狼之国”,而且,他一向认为,赵政也不是一个仁义忠厚的人。他一方面屈服于强大的秦国在军事上和外交上的巨大压力,另一方面,又听了蔡泽和樊於期的花言巧语。蔡泽和樊於期转达秦王政的话,说他很想念幼时的小朋友燕丹。当时秦王政确实是这么说的,自然蔡泽和樊於期也只得如此转达。于是,燕丹就来到了咸阳。到了咸阳,燕丹终于了解了秦国,了解了秦王政。他觉得一切情况,都比他原先预想的要坏得多。他没有得到友好的感情,却得到莫名其妙的敌视。所以,燕丹也是盼望回国。他喜欢命歌女们弹唱《黄鸟》。这一点,鞠武也已经觉察到了。鞠武一直在做着逃归的准备。但是,鞠武认为那次在秦王政宴会上,燕丹点了《黄鸟》一事,非常不妥。这不仅会暴露燕丹的真实思想,而且还会影响他的准备工作,会给他带来预想不到的困难。后来,秦宫的乐人错唱了《秦风》的《黄鸟》,他认为这是大幸。

"这是老天在昭示我:积极准备吧,你们一定能够顺利逃归。"鞠武这样默祷着。

有一天,燕丹对鞠武说道:"没想到,赵政这么恨子之。就像子之挖了他们的祖坟一样。"

"是啊。"鞠武说道,"那同挖祖坟是一样的。"

"嫡长之制,起于何时?"燕丹问道。

"起于周公。"

"禅让之制,废于何时?"

"废于夏启。"鞠武又补充道,"不过在弱小的国家,至今也没有废止。"

"怎么知道?"

"至今蛮貊夷貉,依然实行选举。"

"燕国,"燕丹叹道,"不正是弱小国家吗?"

沉默了一阵,鞠武说道:

"一般人民只是看效果。当时如果诸侯不出兵干涉,燕国真正强大起来,包括赵政在内,谁敢非议禅让之制。更何况是古已有之的,古之先辈先贤们所遵循的古礼!"

"诸侯出兵干涉,就是害怕禅让成功。可以这样说吗,老师?"

"可以这样说。"鞠武考虑一下,肯定地说道。

"诸侯害怕燕国强大起来。"

"是的。"鞠武点点头。他虽然这么说，却又不想落一个鼓吹禅让的坏名声，仿佛他想当王似的。便接着说道：

"嫡长之制，自然也难免缺陷。它只是解决了一部分争端，剩下的争端是国君究竟有无能力。不过，这一点可以用招贤纳士来补足。燕国出了子之之乱之后，家国残破，一塌糊涂。昭王励精图治，决心礼贤下士，于是邹衍、乐毅等等相继而往，燕国很快就富强起来。"

"公孙操为什么杀了惠王？"燕丹突然问道。

"这就是因为惠王不能礼贤下士。"鞠武很想把燕国的这一段历史对燕丹讲一讲，便说道，"昭王去世，惠王即位，立即撤了乐毅的职。这就是以私怨而报公德，因小愤而致大忧。乐毅惧诛，逃往赵国。于是士人寒心，纷纷走散，不几年，都走光了，以至于闹到国家事务一片混乱。当此之时，燕国并没有实行禅让之制，结果比子之执政时要乱到一百倍。诸侯们在这时候，谁管燕国。你越乱越好。燕国的有识之士，一再进谏，毫无效果。是在这种情况下，公孙操大怒，杀了惠王[①]。"

"这么说，惠王是咎由自取。"

"身为臣子，而议论先君先王的短长，这是不合适的。"鞠武很谨慎地说着，"老臣只是告诉殿下这些基本的历史事实，至于其中的是非，殿下自己可以判断。"

"惠王遗乐毅书，天下士人不以为是。"燕丹说道，"而乐毅报燕王书，妇孺皆知，人人背诵。请问老师，这是为何？"

---

①见《史记·赵世家》。

"士人已经觉醒。"鞠武说道,"现在的士人,跟从前的士人大不一样了。从前是君择臣而使,现在是臣择君而事了。"

鞠武的话虽然是以非常缓和的口气说出来的,但是它像霹雳一样震动着燕丹的心。燕丹沉默了很久,不再发问。他感觉到,从乐毅报燕王书这里,在士人的社会地位上,仿佛划分了一道线。从前的士人是奴隶,是臣妾,是委质之臣,是同牛马一样任人驱使任人宰割的生物。现在不同了,他们变成了有人格的,有道德的,有主动精神的,自己掌握自己命运的人。他们要"择君而事"了。

"最可怕的是市侩,"鞠武完全是为了打破这种令人不快的沉默,又说道,"市侩们完全依附于权势,他们为有权有势者鼓吹,自然首先是为在位的人鼓吹。于是造成一种假象,仿佛权势是至高无上的,神圣不可侵犯的,永远巩固的。其实,并非如此。看起来,市侩们只是狗仗人势,欺压小民,其实,他们主要是腐蚀了国君的根本利益。他们使真理迷失,使道德沦丧,使国家混乱,使国力削弱,就像蛀虫进了栋梁一样。"

"怎么识别他们?"

"市侩原本来自市井,渐渐混入朝廷,至于怎么识别嘛……"鞠武觉得不好说,想了想说道,"他们就是宣扬王权至上,鼓吹集权和独裁,传播法术势的那一套东西的人们。"

"此所谓势利小人。"燕丹说出自己的看法。

"他们所依靠的唯一的就是权势,所以他们不可能不宣扬权势。"

"韩非一类。"

"对。"韩非就是个市侩小人。

"我的父王是不是已经被市侩们所包围?"

"这,"鞠武又谨慎起来,"臣怎么敢妄言。臣只知道一个乐毅,封为昌国君,二十年来无所事事,最后说了一句正确的话,结果还是不能用。后来乐毅奔赵,又遗之书①……"

"惠王遗乐毅书,丢了人,"燕丹愤愤地说道,"父王又遗乐毅书,如出一辙。"他首先想到的就是:他的父王有被奸臣篡弑的危险。于是,他决心尽快逃回燕国去。

"当然,不过,"鞠武说道,"至于今上遗乐毅书,臣不敢置词。"

"老师可以不说,"燕丹说道,"我不能不考虑。这说明今上不善于礼贤下士。这就埋伏着篡弑的危险。我做儿子的,不能不考虑到这一点。"

"殿下聪明无比。"鞠武拱手说道。

"这是显而易见的。"燕丹说道,"老师虽然不说,我也能够看到。过去,师出无名,乘人之危,吃了大亏。吃了亏不自责怪,倒埋怨乐毅。现在又听剧辛胡说,损兵折将,贻笑他人②。"

鞠武觉得评论燕王喜的短长,十分危险。对着儿子,评论父亲,深了浅了,多有不妥。沉默了一阵便说道:

"燕国强弱死活,诸侯概不过问。但是,一提到子之和公孙操,他们便骂不绝口。殿下可以深究一步,细细思之。"

---

①见《史记·乐毅列传》。
②见《史记·燕世家》。

"这是为什么？"

"这就是因为诸侯为了保持住自己的王位，不仅害怕禅让，而且害怕篡弑。他们只顾自己的利益，只顾保住自己的王位。唯此是图，其他一切不顾。"

"秦国尤其如此。"

"秦国，现在，赵政如果能礼贤下士，他就能存在，如其不然，他很快就完蛋。"

"他不像个礼贤下士的人。"燕丹叹道。

"不像，也得像。"鞠武说道，"一百年来，秦国全凭六国人士。从商鞅开始，张仪、范雎，以至现在的吕不韦，无一不是山东六国人，具体说，都是三晋人。现在赵政所依靠的，依然是山东六国人。李斯是楚人，尉缭是魏人。"

"李斯是个坏东西。"

"殿下怎么知道？"

"我看得出来。"燕丹解释道，"我看嫪毐、尉缭都看不起他。"

"不可小觑。"鞠武担心燕丹会因为嫪毐是个太监，看不起他，或者说出得罪嫪毐的话。"未到秦国，只知秦国是非嫪即吕，非吕即嫪①。到了咸阳才知道，嫪毐的势力大得很。咸阳现在，嫪吕之争日见白热。看起来，嫪毐只不过是想把吕不韦挤垮，其实……"

"老师所见极是。"燕丹说道，"嫪毐非常可能怀有篡弑之心。军中传说，嫪毐和太后生了两个私生子，太后有心废黜

---

①见《战国策·魏策四》。大意如此。

424

赵政,成蟜就是为此起义的。"

"成蟜不可能成功。"鞠武果断地说。

"为什么?"

"他周围没有人才。"

"如果诸侯肯予支持,成蟜就能成功。"

"现在不是齐桓晋文的时候了。"鞠武解释道,"诸侯现在唯恐敌国不乱,越乱越好。现在山东六国都害怕秦国。他们巴不得秦国大乱。他们也好借此机会喘息一下。所以,他们没有力量支援成蟜。"

"别人不支援,燕赵韩魏应该支援。"

"都未必有余力至此。"

"老师,咱们应该赶快回国。"燕丹说着,显出万分焦急的样子。

鞠武没有吭气。

"老师,求你无论如何想办法,越快越好,此地不可久留。"

"那就只好化装逃走。"

"可以。"

"两三千里路,一言一动,谁能保证殿下不露马脚。"

"我可以扮作老师的童子,一个仆人言行越轨,打骂由老师。"

"殿下可要考虑好。"

"除此之外,别无长策,老师快想办法吧。"

燕王喜为人轻佻,遇事不能明断。朝臣们,包括鞠武在内,颇有点不以为然。鞠武虽然不敢明说,言语之间也已经表示出来。燕丹所提到的"乘人之危"的两件事,是指燕国在最近十五年间,两次进攻赵国都遭到惨败的事情。这位燕国的有识之士感到痛心。而燕王喜却满不在乎,以为胜败乃兵家常事。当时的燕国并不是没有人才。有人才不用,无可奈何。燕国只看得见外国的人才。至于本国的,尚未成名的人才,无论如何不能重视。这种情况,后世叫作"远来的和尚会念经"。而在当时,还没有这句话。当时的说法是"近习之臣,奴虏视之",这是标准的奴隶制的传统观念。有名的晋景公病了,召本国的桑田巫来诊视。桑田巫说,不行了。"不食新矣",不等吃新麦就要死了。景公大怒。又请了外国的医缓来诊视,医缓说没法治了。景公却很感谢,赠以厚礼。后来在新麦收下来,晋景公把新麦饭做好,叫桑田巫来看,立刻杀掉了桑田巫,同时晋景公也死在厕所里。一样的事情,一样的结论,外国人说的就感谢之至,本国人说的就恨之入骨。这就是因为桑田巫是奴隶,自然也就奴虏视之,以奴隶对待他。奴隶,只能说假话,说好听的,高喊万岁,匍匐在地;如果说真话,那就要掉脑袋。如此天长日久,就迫使正人君子逃避山林,而使各种各样的市侩小人汇集于庙堂之上。他们虽然得到高官厚禄大腹便便,摇来摆去,骨子里却仍然是一个市侩小人。他们深深知道,自己是靠说假话拍马屁爬上来的,天长日久,他们就认为只有假话才是真理,只有说假话才能存在,习惯成自然,以致永无反悔之日。于是渐渐地,在不知不觉之间,政权变为腐朽,遭到人民唾弃。这就是战国末期各个诸侯王国所面临的社会条件和历史条件。都知道这种社会条件和历史条件是不以人的意志为转移的,这当然是对的。不过也可以有另一种说法,这种社会条件和历史条件正是由一定的意志造成的,即由奴隶主的意志造成的。鞫武虽然是燕太子丹的师傅,那实际的身份,同奴隶也差不多。他是既想尽忠,又怕受罚,具体说就是既想尽桑田巫的责任,又怕得到桑田巫的下场,左右为难。他同燕丹的这一次谈话的内容,是他考虑了很久的,可以说是他长久以来的思想成果。他希望燕丹将来能像燕昭王一样的礼贤下士,发奋图强。燕丹就像一个等待出嫁的少女,不免把婚后的生活想象得十分美好。他对他的父王甚为不满,但是又不敢正面进谏。所以只好自己下定决心,将来自己即位,一定要礼贤下士招揽人才,尽快把燕国建设得更加富强,以便有足够的力量,使燕国得以支持下去。因此,他急于回国。他想道:"身陷于不测之强秦,面对着奸佞之赵政,眼见得危机四伏,不知何时就要无端获罪,危哉,殆矣⋯⋯"燕丹是一个性急如火的人。他听师傅说可以化装为主仆逃走,便以为立刻就可以逃走似的,于是迫不及待地喊着:

"老师,咱们说逃就逃!"

鞫武无可奈何地叹息一声,然后慢慢说道:

"自致者急,载人者缓。"①

燕丹叹口气,用手拍了一下膝头,觉得扫兴异常。

这时仆人禀道:

"樊於期将军求见。"

---

① 意即骑毛驴的着急,毛驴不能着急。《太平御览》引作《太公金匮》。《古诗源》题作"书车"。

燕丹一听说樊於期到了,急忙喊道:

"快请!"

说着燕丹便跳起来穿鞋子,要出去迎接樊於期。

"等一等,殿下。"鞠武制止道,"如果不是樊於期,如何得了。"他急忙抢在燕丹面前,穿好鞋子。"待臣前去迎接。"

不一会儿,鞠武引着樊於期走进厅堂来。一见樊於期,燕丹便喊道:

"为何连日不见将军下顾?"

"庶务缠身。"樊於期施礼答道。

于是二人拉着手进至厅堂的里间,坐下说话。

"真是一日不见如隔三秋啊!"燕丹说着拉樊於期在右边就座。

"臣也是时常思念殿下。"樊於期拱手至额,憨厚地笑着,说道,"只是近来陛下龙体欠佳,时常犯病,仿佛是格外感到孤独,甚至可以说是一种莫名其妙的恐惧……所以陛下令臣昼夜待在御榻前,不准离开。李斯大人也一再嘱咐臣,要臣无论如何不可离开。就这样,把我给拴住了。"

"陛下身体一向不好,着实让人忧虑。"燕丹说道,"将军忠心耿耿,令人钦佩。"

"臣今晚抽身出来,是想告诉殿下一个不好的消息。"

樊於期是向燕丹提供重要情报的唯一的人。燕丹一听樊将军带来的是"不好的消息",立刻脸色都变了。他以为秦王政将要杀害他,急忙问道:

"什么消息?"

"尉缭逃亡了。"

"噢!"燕丹听说只是尉缭的事情,放了心,说道,"不过,我记得,好像,他曾经逃亡过。"

　　"是的。这是第二次逃亡了。"

　　"那么,"燕丹笑道,"既然第一次能追回来,这一次也是可以追回来的。"

　　"我看不可能追回来了。"

　　"怎见得?"

　　"上一次,他或许是嫌官职小,很可能是故作姿态,所以一追就追回来了。这一次不一样。他临走前,对李斯说了许多陛下的坏话。"

　　"愿闻。"

　　"他说陛下是马蜂鼻子,鹞子眼,前鸡胸,后罗锅,说话的声音如同豺叫……这种人刻薄少恩,心如虎狼……这种人不得志时能够低三下四,不择手段,一旦得志,吃人肉喝人血。他还说,假使秦王政得志于天下,天下人都将是他的奴虏……"

　　燕丹听着,微微点着头。

　　在鞫武看来,燕丹毫不掩饰地表示同情尉缭,这是很不合礼仪的,便插嘴说道:

　　"一个臣下,如此肆无忌惮地议论自己的君上,这是很不对的。"

　　"如此说来,尉缭是不打算回来了。"燕丹说着问道,"但不知尉缭的这些话,传没传到陛下的耳朵里?"

　　"李斯都告诉了陛下,原原本本。"樊於期说道。

　　"这就是李斯的不是了。"鞫武说道。

"难怪陛下经常犯病。"燕丹笑道。

战国的人们,毫不掩饰自己对敌国的幸灾乐祸。就是在一般士人中,这种情况也非常普遍,更不要说在一位太子的身上了。这大概是因为国与国之间流血太多的缘故吧,所以燕丹无论如何也掩盖不住自己的高兴的心情。秦国的一位足智多谋的国尉,突然甩袖而去了,并且临去还对秦王政发表了一顿恶评,而且这些评语对燕丹来说真是由衷的同意……怎么能不让他感到高兴呢?他甚至一时之间都不能理解,他的朋友樊於期为什么把这件事情称为"不好的消息"。这时候,一个仆人双手高高擎着一盏青铜的油灯走进来,他把油灯放在主客之间。于是,鞠武便看见了燕丹脸上的鲜明的笑容。鞠武想说一句什么话,诸如对秦王政表示关切的话,以便稍事遮掩。他的话还没有想出来,燕丹已经开了口。

"他既然对陛下是这样的看法,自然是不肯忠于陛下了。他毅然离去,未尝不是好事。"

"殿下有所不知。"樊於期说道,"目下咸阳犹如鼎沸,陛下简直是孤立无援……前线的将士们接连叛变,正在这种危难时机,负责军务的大臣国尉又突然逃亡,这对陛下真是沉重打击。"

"将军估计,尉缭会逃到哪里去?"

"臣听人说,他逃亡之前,曾经见过魏国的特使朱亥。"

"这么说,他有可能逃回大梁去。"

"不过,"樊於期说道,"李斯大人说得十分肯定,他说尉缭肯定是投奔了长安君成蟜。"

"他根据什么这么说?"燕丹的口气仿佛是不希望尉缭投奔成蟜似的。

"不知道。"

"李斯把这话告诉陛下没有?"鞠武问道。

"告诉了。"樊於期答道。

"不应该。"

"陛下登时就发起烧来。"

"李斯还是年轻啊。"鞠武叹息着。

"将军同尉缭有交情吗?"燕丹问道。

"殿下有什么事吗?"樊於期探询着。

"他临走前,既然见过朱亥,"燕丹一边思摸着说道,"我想,他一定是回了大梁。如果将军同他有交情,希望将军劝他到敝邑武阳去。燕国虽然弱小,依旧可以有所作为……"

"可惜臣同尉缭没有很深的交情,"樊於期笑道,"不然,臣到非常愿意这样劝他。"

"我还想通过将军见到一个人。"

"谁?"

"蔡泽。"

"殿下见他何事?"

"他是燕国人,而且做过燕国的丞相。"

"也是要请他回燕国去吗?"樊於期笑问道。

"正是这个意思。"燕丹谦恭地微笑着。

"蔡泽已经不行了。"樊於期叹道,"他得了半身不遂。"

"半身不遂?"燕丹惊讶地张着嘴。

"多亏得了半身不遂,不然早把他送进云阳大狱了。"

"我可以去问候他吗？"

"他的住宅已经被禁卫军看守起来，等于软禁了。殿下不能去见他，就是臣，也无法见到他。"

燕丹低下头，显出非常难过的样子。似乎他在为蔡泽难过，又似乎在为燕国难过。正当燕国决心网罗人才的时候，真正的人才仿佛一下子都不见了，逃亡的，病倒的……

在燕丹沉默的时候，鞠武说道：

"将军公务繁忙，依然抽身惠顾，实在是非常感激。近日来，在下一直盼望见到将军，因为，因为……"

"先生您有什么事吗？"

"事情么，倒也不是什么大不了的事情。"鞠武仿佛在措辞上费了一番周折，最后终于说道，"前日陛下宴请殿下，酒席筵前，极尽欢洽，这就不必说了。当时殿下不晓得陛下还不知道，蒲鹬投降成蟜的事情。又是少年好友，久别重逢，谈兴方浓，也有点耳热乎乎的感觉，便把这陛下尚不知晓的消息，脱口而出了，以致弄得陛下非常难过……连日来，殿下对此事深感歉疚……所以在下很想问问将军……也许陛下对此并未在意吧？"

樊於期现在的样子，就正是所谓唯唯诺诺。他觉得鞠武这位老先生实在是太会说话了。本来是非常严峻非常尖锐的事情，经老先生这轻描淡写地一说，仿佛什么事情都没发生过似的。不过，樊於期不仅是位诚笃君子，而且也直爽得多。既然燕丹是他的朋友，他就应该以实相告。他说道：

"先生就是不提起，臣也要回禀殿下。那天的事情，着实出乎臣的预料。殿下一提到蒲鹬叛变的事，陛下一下子就晕过去了。是臣把陛下抱回后宫的,过了好一会儿,他才苏醒过来。陛下脾气大,说了许多气话。"

"说了些什么?"鞠武问道。

"他不恨蒙蔽他的大臣,却恨将这不幸消息告诉他的人。"

"总有些什么话吧?"鞠武害怕樊於期不说。

"他发誓不让殿下回国。"樊於期终于说了。

"他要加害于我吗?"燕丹激动地跪了起来。

"臣只听清这一句。除非乌头白马生角,不放燕丹归。其他的,嘟嘟囔囔……没有听清。"

"既然如此,"燕丹说道,"我是决定要走了!"

"走?"樊於期惊问道。

"逃走。"

"逃走?"

"是的。"燕丹说着,"我的主意已定。我不能在咸阳等死。"

"怎样逃走?"樊於期问道。

"这自然一定要请将军帮忙。"燕丹说着再次跪下来,拱手至额恳求道,"将军,无论如何您要帮这忙。"

樊於期在未见到燕丹时,他觉得有必要把秦王政的关于乌头白马生角的誓言告诉燕丹,以便使燕丹的言行谨慎一些。谁知燕丹一听决定逃亡,并且要请他帮忙,他作了难。他忽然觉得有些后悔,觉得原本就不应该把陛下的话告诉燕丹。这时候鞠武也像燕丹一样跪下来,恭恭敬敬地向他施礼,说道:

"樊将军，殿下来时靠将军帮忙，走时也还要靠将军帮忙。万一殿下有什么闪失，在下的生死不足虑，将军在燕王陛下面前的承诺，不是就落了空吗！故而，还望将军多多费心。"

"既然殿下执意要走，"樊於期急忙还礼，说道，"也要从长计议，眼下还不宜声张。"

这时，有一个仆人进来禀道：

"有位客人，要求面见殿下。"

"请他进来。"燕丹说道。

"慢着。"鞠武拦住问道，"是什么人？"

"一个年轻人。"

"他有什么事情？"

"他说有要紧事情，一定要见到殿下面禀。"

这时走进来一个年轻的仆人。

"这样，"鞠武对那年轻的仆人说道，"你跟他出去，你就说你是殿下，看他有什么事。"

那通报的仆人，点着一支火把，在前引路。他们走到厅堂门口时，看见来人已经走进院来。没等他们走下台阶，那人已经大踏步来到近前。手擎火把的仆人说道：

"这就是殿下。请问足下有什么事？"

那人也不答话，拔出宝剑向前猛刺。那年轻仆人躲闪不及，宝剑正刺他的肚子。他叫道："我不是——"

另一个仆人惊叫一声，丢掉火把，向里屋跑。

"不好！有贼！！"

听到喊声，樊於期拔出宝剑闪在门后。燕丹也站起来，

434

抓住自己的剑柄。这时那仆人奔进里屋,嘴里喊着"有贼有贼!"刺客追上来,在那仆人的背后刺了一剑。这时樊於期一剑刺进刺客的腋下。与此同时,鞠武举起一个伏几,打在刺客的头上。刺客倒下去。樊於期用宝剑逼着刺客的喉咙,问道:

"你受何人指使?"

"受陛下之命。"刺客说道。

"事成之后呢?"

"放火。"

"给你什么奖赏?"

"官大夫。"

"何人向你传达此令?"

刺客没有吭气。

鞠武把油灯端过来看那刺客,见他已经断气。

燕丹的宝剑到这时候还没有拔出来。不过,"受陛下之命"的话,燕丹却听得真切。他气得浑身颤抖着,咬牙切齿地说道:

"此仇不报,誓不为人!"

三个人面面相觑,未发一言。

鞠武仄着耳朵向外听着,然后慢慢走出厅堂,听了听院里院外,没有动静。他回来,踩灭那仆人丢掉的火把,走进里屋,对樊於期说道:

"樊将军,事已至此,不如将计就计。"

"怎么办?"樊於期问道,"先生快说。"

"今晚就走。"鞠武说道,"我已经办好了出关的符节。"

"多谢师傅。"燕丹突然叩头下去。

"将计就计，如此甚好!"樊於期激动地说道,"请殿下把您的宝剑和金印丢在这刺客身边，然后放一把火……"

"就这么办!"燕丹低声喊着,"赶快收拾东西。"

"还收拾什么!"樊於期说道,"快备马。"

当樊於期回到咸阳宫大门前的时候，他回头向西南一望,只见燕丹的传舍已经升起了熊熊烈火。

第二十章　舌在堂的魔鬼们

"哎呀!"昏暗中一个乞丐惊呼着,"原来是浑沌大哥。多日不见啦。快请进堂。"

这所谓堂,就是"舌在堂",即七十年前秦张仪的住宅。

张仪是魏国人,做了秦惠王的丞相。他和苏秦是同学,都是鬼谷先生的学生。当苏秦组织"合纵",身佩六国相印,联合山东六国共同对抗秦国的时候,张仪着手组织"连横",用以瓦解"合纵",蚕食诸侯。当时的秦国恰好处在商鞅变法之后,正在迅速地强大起来。秦惠王敢于称王,应该看作是张仪的功劳。秦惠王为了奖赏张仪的功劳,在咸阳给他修建了一座雄伟的住宅。这住宅的面积和形制,大大超过了一般君侯的住宅。当时曾经为这住宅引起纷纷议论,秦国大贵族们对此表示了极度的不满,以至张仪拖了好几年不敢住进去。这个时间,张仪奔走于山东六国之间,努力使连横阵线进一步巩固起来。秦国的大贵族们,也就是宗室大臣们,极端缺乏外交能力,却有极大的排外情绪。秦惠王很了解这一点,所以为了压制贵族们的不满,便催促张仪的眷属搬进了新居。搬进去不到三个月,张仪回到秦国,刚进潼关,就听到秦惠王去世的消息。惠王去世,武王即位。武王一向不喜欢张仪,就像当初惠王不喜欢商鞅一样。

秦国对山东六国特别是三晋的客士,一贯是大胆使用——用他们搞内政、办外交,甚至用他们带兵打仗,而在大胆使用的同时,又加以小心控制。谁来控制?这就是排外情绪非常严重的宗室大臣们。他们的控制方法也很简单,就是在山东士人建立丰功伟绩之后,想尽办法谗害他们。就像以前对待商鞅一样,最后来个五马分尸。宗室大臣们知道秦武王不喜欢张仪,于是他们就给张仪起个外号,叫"卖国贩子"。他们异口同声地对秦武王说:"那卖国贩子,朝秦暮楚,左右卖国,吃谁向谁,偷谁恨谁,依靠着强大的秦国,东西弄舌,南北掉鬼,捞取自己的名利……"张仪回到咸阳,心怀恐惧,害怕重蹈商鞅的覆辙。他是个聪明绝顶的人,终于想出一个金蝉脱壳的计策,只身离开咸阳,跑到魏国,一年后死在大梁。他死后,他的妻子儿女立即遭到秦国的驱逐——也总算解了秦国宗室大臣们的气。①

于是,这座房子便空下来,无人居住。秦武王曾经想过将此宅赐给大臣,但因为秦国法令森严,住宅越制是要受处罚的,所以大臣们谁也不敢住。秦武王力气大,喜欢大力士。

---

① 张仪事迹见《史记·秦本纪》和《张仪列传》。

大力士孟说骤然得到高官厚禄,秦武王便把这座住宅赐给了孟说。孟说搬进去不到半年,武王和孟说一起举鼎为戏,武王不胜其鼎,砸断了自己的脚腕,不多几天,一命呜呼。秦国大臣们给孟说判了一个族刑,即全家抄斩事。[①]于是乎咸阳街头就出现了一种说法,说咸阳住宅越制的岂止一家两家,别的人家都不妨主,只有这张仪宅最妨主,最不吉利。他们说,这是因为这座住宅违反了造宅的原则,也就是违反了阴阳五行的原则。后世叫作风水先生的,先秦叫作堪舆家。堪舆家们专管相地卜宅,卜葬地叫作卜阴宅,卜住室叫作卜阳宅。他们有一套非常神秘的理论。这些理论,早已见诸竹帛,所以就更显得神乎其神。曾经有自称是堪舆家的人相看过这座无人居住的张仪宅,说是一座"凶宅"。古代所谓吉凶二字,其义略同于美丑。但是一般小市民们喜欢驰骋想象,尤其喜欢夸大事态,他们往往把"凶宅"看成是"鬼宅"。他们说这座住宅里有鬼。鬼要吃人,孟说一家就是被鬼吃掉的。这种市井之中的无稽之谈,最初并未影响朝廷。所以武王死后,王弟昭王即位,昭王认为这座住宅越制特甚,一般暴发户怎么能享受它? 于是,秦昭王便将这座住宅赐给了他的叔父——秦惠王的弟弟樗里疾。

樗里疾就是号称"智囊"的樗里子,在秦国历史上是个非常著名的人物。他不仅是秦国的大贵族,而且是文武双全。在惠王时代屡立战功,封为严君。武王即位,他做丞相。昭王即位,更加尊崇这位"智囊"。不仅加官晋级,而且把这座

---

①见《史记·秦本纪》。

在咸阳来说,除了王宫属它最好的住宅赐给了樗里严君。樗里子四十年间出将入相,在秦国真是显赫至极。这时候他已经年近古稀。虽然家人们坚决反对搬进这座所谓"凶宅",他却觉得陛下的盛情难却,便毅然决然地搬了进去。当时咸阳的士人们说,就凭他终于决定搬进这所住宅这件事情看,他当时已经是不很清醒了。自从他搬进这所住宅之后,倒霉的事情便接连发生。先是他的侄子犯法,牵连到他的儿子。昭王特下御旨,将他儿子予以开释,紧接着里疾的老伴得病,白日见鬼,夜晚归天。几天以后,樗里疾手里的拐杖绊了自己的脚,跌倒在甬道上,家人将他扶起,早已不省人事。他住进这座住宅不到一年就死了。他死后葬在他的食邑——咸阳西边的樗里,他的儿孙们也都撤回樗里。于是这座可怕的住宅又空了下来。[①]

　　叙述这种事情,容易给人一种印象,仿佛是在宣传迷信。其实,事有凑巧,无处不有偶然。一部二十四史,从头到尾都是宣扬天命,那迷信色彩是再也无法更浓了。中国人在有文字记载的迷信史中挣扎了几千年,若要企图找到一个真正不迷信的人,这就像在沙漠里找一棵大树一样,不敢说绝对没有,只是极难找到罢了。总之这座住宅又闲了若干年。每当咸阳市民们提起这座住宅时,简直都有点心惊胆战的样子。好事者们将狗血涂在这座住宅的前门和后门,说是辟邪,其实是害怕鬼宅里的鬼们出来吃人。有一个小孩子突然得暴病死了,孩子的母亲梦见孩子进了张仪宅,于是张仪宅遭此

---

　　①参阅《史记·樗里子甘茂列传》。

狗血淋头的大难。咸阳曾经有过几处"凶宅",有的已经拆迁,有的已经改建,有的已经被火烧掉。唯独张仪的这座"凶宅",盖得特别结实,从来也不发生火灾。久而久之,它实际上已经成了盗贼的藏身之处。结果前面说的那些话,现在就得推翻。我们不费吹灰之力便找到了不迷信也就是不怕鬼的人。他们是一伙强人,一伙歹徒。他们白天在张仪宅中沉睡或者狂淫滥赌,晚上出去钻墙逾隙,为非作歹,杀人越货,无所不为。维持治安的禁卫军,都不敢进张仪宅去捕捉盗贼。他们说他们曾经进去过,看不见盗贼的踪影,却被恶鬼打得头破血流。甚至有人认为,这种"凶宅"中的恶鬼一向都是害怕盗贼,或者说得确切些,他们乃是盗贼的保护神。但是,不管市井小人们怎样说长道短,秦昭王还是把这座大宅赐给了一位大臣。这就是当时的丞相,下蔡人甘茂。

甘茂犹豫了好几年,最后他听从堪舆家们的建议,把那座住宅进行了一番修整。他把高高的大门拆除,重新造了一座低低的窄窄的刚好一辆马车进出的门。他把东跨院的望台加高,房子也多建了几间……除了一进大门的宽敞的厅堂之外,他做了许多改动。他以为,听从堪舆家们的建议,做了这许多改动之后,凶宅就变成了吉宅。

咸阳市民认为甘茂命大,足以压得住邪魔外道。甘茂一家进去一年多,没有遇见鬼怪,也没有出现不幸事情。只是在第十九个月的时候,甘茂获罪,突然逃亡齐国。那情形和张仪差不多,一年以后甘茂死在大梁。他一死,这座张仪宅又成了凶宅。他的儿孙们立即搬了出来。又隔了八年,或许十年,秦昭王将这座住宅赐给了武安君白起。白起既不敢推辞,也不敢骤然住进去。长平之战胜利之后,白起归自上党。他一到咸阳,百官迎接,民众欢呼。他自以为功高盖世,就此搬进了新居。一年以后,信陵君带领朱亥,椎杀晋鄙,夺军救赵,败秦军于邯郸城下。因为白起曾经坚决反对攻打邯郸,战争失利,失败之余,昭王迁怒于白起,杀白起于杜邮①。从白起搬进这座住宅,到他自杀,不到两年。

从此以后,直到现在,二十多年,这座住宅无人居住,若说绝对无人居住,也不确切,只是没有官宦居住罢了。这座宅子十分宽大。它的东院,因为望台甚高,房舍也好,驻扎了一队维持治安的禁卫军。它的西院,改做了屠宰场。它的后院,被一个皮货商人租去做了货栈。因为,据后来的堪舆家们说,张仪宅最不吉利的建筑是前院的大庭,所以东院、西院、后院都用高高的土墙同这前院隔开,仿佛把这厅堂开除了一样。从正门进去,一个大院子,一个大厅,孤孤零零,仿佛后世的断了香火的破庙。于是,它成了咸阳的乞丐们的最重要的一个寄居之地。

虽然张仪为秦国建立了不朽的功勋,而秦国并不感激他,反而非常憎恨他。张仪一生中,最丢人的事情,就是在楚国挨打的事情。楚国官员认为张仪有盗璧的嫌疑,狠狠打了他一顿。张仪的妻子见到张仪浑身是伤,非常伤心。张仪张口问他妻子说:"我的舌头还在吗?"妻子说:"舌头在。"张仪说:"舌在,这就足够了。"就在张仪身居相位的时候,秦国的老贵族们,在背地里便叫他"舌在先生"。那座凶宅,被称为

---

① 见《史记·白起列传》。

"舌在宫"。现在"舌在宫"已经不复存在。只剩下了一个低低的破旧的大门，一个空旷而荒凉的大院，树木蒿莱随死随生，和一个旧式的傻里傻气的巨大的厅堂。乞丐们既然聚居堂下，便沿用过去的称呼，叫它"舌在堂"。

乞丐之中，各种人物都有，上至公子王孙将军政客，下至屠夫小贩地痞流氓，就是没有奴隶。因为奴隶是奴隶主的财产，他们同牛马一样，根本没有做乞丐的资格。乞丐是垂死的自由民。或者换了一个较为复杂的说法，乞丐是沦落到最底层的士人。而这"舌在堂"，就是行将喂狗的落魄士人们的一个收容所。他们之中，有一半是老年人，而另一半则是残疾人。因为在秦国，只有年老而没有子女的人以及年轻的残疾人——战争中的残疾和犯法被刑的残疾——才能不编入什伍，不交纳赋税，不服兵役和劳役。或者换一个说法，士人只有在残疾以后，或者在年老而没有子女的时候，才能变为自由人——自由的乞丐。如果推究他们为什么会变成残疾和孤苦的老人，那原因却非常的简单明了：战争。秦国的耕战政策在上面和下面，都结出了丰硕的果实。在上面的成果是兼并的赫赫战果，攻城略地，人民妇女，牛羊财宝，史书上都有详细记载。而在下面的成果，就是骸骨遍野和这可怕的拥挤的"舌在堂"。官家所修的史书里，是不兴作记载这些事情的。战国时期，出现过许多反对战争反对兼并的言论，这些言论激烈至极，恶毒至极，例如《孟子》说："善战者服上刑"。这些言论不仅在当时没有引起人们注意，就是在后世，也没有引起足够的注意。如果说也曾经有人注意过，那就是曾经有人不断地对它进行肆意的攻击，甚至破口谩骂。人们在观察历史的时候,就像看别人下棋一样,不知不觉之间就站到了胜利的一方。占统治地位的思想意识,自然就是统治阶级思想意识。这是无可奈何的事情。所有的言论都为权势者服务,都为在战争中获利的人服务,于是反对战争的言论便成了非法的言论。这种情况在秦国尤其严重。在秦国,没有任何人敢于反对战争。虽然"舌在堂"的人们都是战争的受害者,但是就在"舌在堂"内部,也没有人敢于公然反对战争。他们认为,他们之所以沦为乞丐,这是命运在捉弄他们。所以,凡是命运造成的一切,他们都表示厌恶和极度的憎恨。他们几乎是憎恨一切。他们憎恨真理,憎恨人类,憎恨所有美好的东西。这在他们的"君长"身上,表现得最为突出,最为鲜明。

"舌在堂"的乞丐们,把"舌在堂"看作是一个独立的小部落。他们有自己的"君长"。他们的君长姓什么,叫什么,谁也不知道。有人说,那就是从前有名的将军魏章。秦国的史官们,一向是只记载那些他们认为是无上光荣的事迹。就像秦昭王和赵惠文王在渑池会见的情形一样,各自的史官只记载对本国非常光彩的事情。秦昭王时的史官,无法记载魏章的事实,就像现在的史官无法记载嫪毐的事实一样。秦武王是个非常粗暴而又头脑简单的人,将军魏章感到恐惧,便和张仪一起逃亡魏国。①好在秦武王在位只有四年。昭王即位不久,魏章便回到了咸阳。昭王并没有怪罪他,依然任命他为将军。后来有一次他在前线作战不利,传来的消息说魏章

---

①张仪·魏章事见《史记·秦本纪》。

投降了敌人,秦国便杀了魏章的全家。后来魏章回到了咸阳,并且证明自己没有投敌。不过晚了,全家老小已经不能复生。从此,魏章疯疯癫癫,流落街头,变成了乞丐,最后做了"舌在堂"的首领。他现在已经老得不能动了,已经好多年不上街乞讨了。不过他不缺吃,不缺穿,即使病了也由乞丐们伺候。传说乞丐中有几个他从前的部卒,如今做了他的保镖,并且像儿子孝敬父亲一样的侍奉他。他虽然没有力量照顾自己的生活,却有力量骂大街。他每天晚上都要疯疯癫癫地骂一顿,然后才能安歇。他喜欢骂王,捎带着骂丞相。他骂秦武王,骂秦昭王,骂孝文王和庄襄王。他说武王是二百五,是混蛋,骂昭王是狼,是三条腿的拐狼,骂孝文王是臭虫,骂庄襄王是流氓。他还没有骂过秦王政,这大概是怕杀头。他的谩骂虽然粗俗,却非常符合中国的古老的文化传统,即绝不触怒"今上",不敢冒犯当今"至尊"。不可否认,这是他的聪明。他曾经说过:"赵政小子,何足道哉!"所以也有人认为,他之所以不骂秦王政,是他觉得秦王政还不值得一骂。曾经有过考证癖严重的历史学家,认为这乞丐首领并不是魏章。他们说魏章早死了,早已经喂了狗。他们说,算下来魏章现在差不多一百多岁了,怎么能活到今天,但是也有人认为他就是魏章。他们的根据是:第一,他把所有的秦王都骂了,而且经常骂,就是从来不骂惠文王;第二,若要问他姓什么,他说姓鬼,鬼者魏也;第三,最近他听说蒲老官一家被杀,他哭了一场,并且以这个题目骂了好几天,主要是骂嫪毐。人们在分析问题时总是振振有词,而且总是确定无疑。其实,恐怕就是那乞丐首领自己,也不知道自己究竟是谁。至少他从来就不述说自己的过去,或许根本就没有什么值得一提的事迹。他虽然不记得自己的历史,却记得差不多所有常来"舌在堂"的数以百计的乞丐们的历史。他们的姓名、居里、爵级以及他们的战功和光荣历史。这是他的真正的本领。他之所以能够统治"舌在堂",还因为他有一个才华出众的助手,这就是浑沌。浑沌是"君长"的宰臣,是"舌在堂"的执政。

浑沌必须经常来"舌在堂",因为只有到"舌在堂",他才能得到各种各样意想不到的情报。今天,他为了等待甘泉宫的一个重要情报,而那传送情报的乞丐又不知道他还有另外的住处,为了不耽误时间,他只好在"舌在堂"等候。每一个走进"舌在堂"的乞丐,都要先到大厅东边的一个里间去拜望他们的"君长",并且将乞讨来的食物——如果还有剩余的话——作为贡品献上。一个乞丐跨进"舌在堂",别的乞丐可以从他的神情上,看出他今天是吃饱了还是饿肚子,是有贡品还是两手空空。这是一个奇妙的社会,一切都非常肤浅,非常明显,就像一条水清见底而又流动缓慢的小溪,你可以俯视它,静静地观察它,它的一切都非常简单,简单到一目了然。乞丐们中间也分着截然不同的阶级,饱肚子的和饿肚子的,腰中有几个钱的和一文不名的。那些吃得饱并且腰里有两个钱的乞丐,总是显得特别的神气,就好像一个攻城略地大胜而回的将军。看见这样的乞丐进门,知道他就要把吃剩下的食物分赠给身旁的人,正在饿肚子的乞丐们便急急忙忙招呼他,并且给他让地方。那种毕恭毕敬的样子,不亚于一个隶臣妾对待他的主人。不过这种阶级的划分,很不固定。

今天神气活现的人,明天就可能颓唐不堪。只有一个人,永远是兴高采烈的样子,永远有多余的食物分给挨饿的人,这就是浑沌。

当浑沌蓬头垢面,穿着破烂衣裳,一拐一瘸走进"舌在堂"的时候,乞丐们认为,这才是浑沌的本来面目。如果在大街上,乞丐们看见浑沌穿着鲜衣,骑着高头大马而过的话,他们便以为那是浑沌化了装,正在哄骗什么傻老爷。而这种对官僚老爷们的哄骗,会给所有乞丐们带来极大的精神满足和许多的物质利益。所以乞丐们非常赞赏浑沌具有这种天才,公推他为"舌在堂"的执政,实际就是真正的首领。

浑沌今天来得晚些,一进厅堂看见厅燎的火焰已经不很旺了。所谓厅燎,就是设在厅堂中间的一个高高的火盆,木柴的火焰用来照明。官宦人家的厅燎底座大多是带花纹的青砖砌起,上面是铁制的火盆。王宫里的厅燎则更加雕琢,火盆也都是青铜制品。只是近几年王宫里改用青铜制的油灯,这种厅燎已经拆除。"舌在堂"的厅燎很不讲究,只是一个用土坯垒起来的半人多高的土台而已。那样子很像后世卖大饼的炉灶,只是比饼媪的炉灶大得多。天黑以后,厅燎就升起火。最初火苗有三尺多高,照得满堂通红。以后火苗就渐渐变小,到人们入睡的时候,只有一些红色的微光散入大厅。浑沌看见火苗很小,知道自己今天来得太晚了。他想着:"整天也不知道是瞎忙些什么,竟至来晚了,好像我去做了一趟贼似的,不要误了要紧事情。"

他不顾众乞丐们的热情招呼,径直走进东里间去见"君长"。众乞丐们一向称他们的"君长"为"老鬼"。浑沌一走进

里间,一个伺候"老鬼"的乞丐对他说道:

"老鬼睡着了。"

浑沌微笑一下,坐在那乞丐身旁。心想:"睡了也好,免去了许多礼节,也免去了许多询问和许多谩骂王和丞相的不堪入耳的粗话。"浑沌问那个乞丐道:

"今天是骂谁?"

"骂嫪毐。"

"没有生气吗?"

"生了点气。"

"为什么?"

"死了一个老乞丐。"

"谁?"浑沌惊问着。他担心死了的正是他派去探听甘泉宫消息的人。

"一个不知姓名的老乞丐,喝醉了,一进门就乱喊乱骂,后来挤进西里间去赌博,大概是输了,同人斗起来。不知谁用拐杖打了他的头,倒在地上就不出气了。"

"谁打的?"浑沌严肃地问道。

"黑咕隆咚,没人看见。"

"尸体在哪儿?"

"在大厅西边的一棵甘棠树下。"

浑沌担心死者是给他传送消息的人,急忙跳起来,找一个火把,在厅燎上引着,走出大厅直奔那甘棠树下。有三两个腿脚灵活的乞丐,见浑沌急急奔出,也一同跟了出来。浑沌仔细看过,不是他的使者,放了心。他便对跟来的乞丐们说道:

"你们认识他吗？"

"见过面。"一个乞丐喃喃地回答着。

"他叫什么名字？"

"他叫……"另一个乞丐吞吞吐吐地说着，"似乎有个什么马字，一下想不起。"

"有户籍吗？"

"没户籍。"

"有亲戚吗？"

"大概没有。"

"给你们每人两个铜钱，"浑沌说道，"明天早晨，找些草席裹一裹，把他掩埋起来。"

"遵命，遵命。"乞丐们喜笑颜开地赶忙接了钱。

浑沌回到"舌在堂"时，听到北墙根下有一个老乞丐高声叹道：

"三闾大夫，那是三闾大夫，非同小可，他不将就。"

浑沌弯着腰蹭过去，歪在那老乞丐身旁的铺草上。那老乞丐见是浑沌，对他笑一笑，解释道：

"我正在给他讲一个，我见过的，有名的人物。"

"是屈原吗？"浑沌问道。

"正是。"那老乞丐继续说道，"我平生见过许多大人物，其中最伟大、最独特、最令人敬佩的就是屈原了。"

"正欲聆教，请往下讲。"浑沌嘴上这么说着，心里却想道，"我那传送情报的人，或许喝醉了，或许被狗咬伤，正躺在什么地方，或许被秦竭的禁卫军抓起来，或许已经被打死……总之他肯定是遇到了不幸……"

"因为这个世界太污浊了,随波逐流的人太多了,庸俗无聊的习气一代比一代严重,人类正在迅速堕落,天下正在日益糜烂,所以我认为像屈原这样的人,实在是太少了,太珍贵了,他一天比一天变得更加崇高。"

"是啊,先生所言极是。"浑沌频频点着头,表示非常同意。他感觉得出,当他称那老乞丐为"先生"的时候,那老乞丐十分满意。浑沌觉得,今天他选择的这个偃卧之处,比较合适。如果躺在随便什么地方,身旁的乞丐们或者分赃不均,或者互相偷窃,或者斗嘴嚼舌,不知什么时候就会打起来。一旦打起来,他不管也得管。然而在这喜欢高谈阔论的老先生身旁,却没有这种事情。当整个世界混乱不堪的时候,只有高人志士隐居的小山沟里,显得异常清静,这实在是奇妙至极。

"然而在当时,"那乞丐先生继续说道,"就是屈原在江滨同那渔父对话的时候,我是不赞成屈原的。我当时认为屈原太孤傲,太清高,什么'众人皆醉我独醒'太介,太察,太不入时。我赞成那渔父说的,'圣人与世推移'的那一套。那时候,我很年轻,不懂事……"

"当时先生在场?"浑沌问道。

"我给那渔父驾船。"

"驶船生。"

"小后生。"

这时有一个乞丐向浑沌爬过来,说道:

"浑沌大哥,有事情告诉你。"

浑沌赶忙凑过去,嘴对着耳朵,耳朵对着嘴,那乞丐说道:

"燕太子丹逃亡了。"

"什么？"浑沌低声问道，"不是烧死了吗？"

"不，哪里，没烧死，逃亡了。"

"谁见来？"

"我亲眼所见。"

"怎么回事？快告诉我。"浑沌急切地追问道。

"燕丹的邸舍里，有我一个表弟，做看火的小夫。这表弟很疼爱我，那天约好，天黑以后让我进去，给我一条猪腿。我刚进厨房，听到厅堂里一声惨叫，有人喊着："有刺客！"我就抱着猪腿跳出厨房，藏在花丛中看热闹。不一会儿，我看见燕丹和他的师傅改换装束，骑马匆匆走了，紧接着房子就起了火。"

"没看错吧？"

"怎么能呢？"

"肯定是看错人了。"

"肯定不会的。"

"但愿他们能顺利回到燕国去。"浑沌祈祷着。然后问道，"你怎么回来的？"

"我从哪儿进去的，还从哪儿出来。"

"狗窦？"

"这不必明说。"乞丐笑着。

"猪腿呢？"

"自然不敢有失。"

"不愧为舌在堂的老丐。"

"还有一点新鲜事。"

"什么事?"

"燕丹逃亡时,樊於期在场。"

"真的吗?"

"一点不错。"

"没看错人?"

"怎么老是这么问。"

"这话你没对别人讲过吧?"

"你是第一个知道的。"

"这话传出去,"浑沌严肃地说道,"只怕你的脑袋就要搬家。"

"知道。"乞丐点点头。

"既然你对我说过,我又说过这话,那时候,恐怕,我的脑袋也保不住……"

"我一定不说出去就是了,请放心。"

"能发誓吗?"

"我发誓。"

"我相信你。"浑沌很满意地说道,"如果到年底,这事无人知晓,我赏给你十枚铜钱,让你过个好年。"

"太谢谢啦……"乞丐说道,"不过……"

"不过什么?"浑沌不耐烦地斥责道。

"大哥你知道,"乞丐很婉转地说道,"我这人忘性很大。如果到年底,我把这事情忘了,我以什么理由朝大哥要这十枚铜钱呢? 可是,如果我要整天惦记着这事,那就难免说出去,如何得了?"

"你做过说客吗?"浑沌笑道。

"没有。"

"你不妨试试。"

"不敢。"

"你具备这方面的才能。"

"跟大哥说话随便。"那乞丐嘻嘻笑着。

"这是十个铜钱。"浑沌在黑暗中将十枚铜钱放在那乞丐手中,然后严肃地说道:"等我要回讨这十枚铜钱时,你要赔上你的脑袋。"

"知道,知道。"乞丐笑道,"我现在就把那事情忘掉,保准永辈子也想不起来。"

"人到世上来,只有这一遭。"那赞美屈原的依然在发表他的议论,"人一生中把路走直,走正,真是太难了。我走南闯北,转眼七十多年,经见的多了,比过来比过去,还是觉得屈原伟大。宁赴江流,葬身鱼腹,绝不同流合污,绝不随波逐流,绝不妥协投降……所以我赞美屈原,崇拜屈原,怀念屈原。"

浑沌回到先前偃卧的地方,黑影之中摸着一个不知谁人的行李卷。天热了,破皮袍子用不着了,便捆起来撂在墙根。浑沌把它拉过来,将身体斜倚在那行李卷上。他想道:"也许这位老乞丐,就是当年在江滨同屈原对话的渔父吧。是的,差不多,他就是那高唱沧浪之歌的渔父。沧浪之歌非常豁达,清也进,浊也进,忠厚得很。然而,世势无情,难矣哉。他经过四十多年的艰难困苦,才觉悟到屈原是对的。如今他赞美他曾经反对过的人,赞美他的思想、品格和骨气。觉悟了,终于觉悟了,不过已经太晚了。光阴流逝,有如白驹过隙,已经不可能有所作为了。如此说来,燕太子丹是樊於期故意放走的……"

一个乞丐渐渐地靠近浑沌身边,低声说道:

"浑沌大哥,今天可骂了个痛快。"

"谁骂谁?"浑沌问道。

"老鬼今天晚上骂嫪毐,骂得真痛快。"

"骂一骂,才睡得好。"

"舌在堂里里外外,鸦雀无声,都听老鬼的。"

"他该满意了。"

"大家还想听,不巧死了个醉鬼,煞风景。"

"明晚还有,"浑沌笑道,"着什么急。"

"大家是想听他骂。"那乞丐解释道,"什么秦武王,秦昭王……没有人对那些陈年老账感兴趣。"

"我教你个办法。"浑沌笑道,"明天你们可以设法引逗老鬼,引逗他骂。"

"大哥,你不觉得快要出事了吗?"

"出什么事?"

"你感觉不到吗?"

"感觉什么?"

"我也不清楚。"

"什么不清楚?"

"好像是要出事了。"那乞丐叹息着。

现在天气暖和了,许多乞丐可以在外面随便什么地方凑合过夜,而不必走进这拥挤不堪而且吵闹不休的舌在堂。而凡是来的乞丐,就是为了寻求热闹,打听消息,和众乞丐说说话,解解闷。关于太后和嫪毐生了两个私生子的事情,以及长安君成蟜就是为这事举行了屯留起义的消息,刚刚传到社会上来。在许多人都还不知道的时候,乞丐们首先知道了。实在说来,这一情况应该归功于秦国的严刑峻法。正是严刑峻法,使得许多犯有轻微罪行的,甚至完全无罪的士人——无论他们的功劳多大,也不管他们的能力水平多高——成批的变成了乞丐,从而改变了乞丐的成分。从前那种对人世间的一切都漠然视之的,大多信奉老庄的乞丐们,一下子都不见了。在屯留事变发生之后,乞丐们突然变为关心国家大事的人。这是以前想不到的事情。浑沌对于这一情况,感受非常深刻。所以,当听见在距离他不远的地方,两个乞丐的对话时,他一点也不感到奇怪。

"我是一条腿,没法子。如果我有两条腿,我就去刺杀嫪毐。""你这话是什么意思?我虽然有两条腿,又怎么样?我只有一条胳膊。"

"曾经有过一个一条胳膊的刺客。那人十分有名,妇孺皆知。他的名字永远使恶贯满盈的老爷们感到恐惧。"

"我怎么能跟要离比呢?你简直是拿着小草比大树。"

"小草怎么样?大树是从天上掉下来的吗?还不是从幼苗长起来的吗!"

浑沌想:"这是今晚老鬼骂嫪毐骂出来的结果。是啊,应该骂,骂得好。吕相怎么就没想到过这一步棋?也许想到过,只是举棋不定……是的,总在木鞋里这么站着,难道要站到天黑吗?他太危险了。"

大厅里忽然掀起一片笑声,后来紧接着又传来一阵女人的哭声,简直乱作一团。浑沌懒洋洋地躺着,不想过问。

禁卫军的什长、伍长和有钱的军士们,喜欢寻欢作乐,而不喜欢讨厌的差事。该他们夜间巡逻的时候,他们不想去,觉得不如趁此机会去勾搭一个诸如丈夫正在前线的什么女人,更好玩一些。于是他们便花几个钱雇用几个叫花子,替他们去巡逻。这种乞丐,无论他们有什么残疾,只要腿脚灵活,不用人扶可以上得马去,就算够格。因为当巡逻的马队在街上来回走动时,根本就遇不上盗贼,即使遇上,他们从来也不敢追逐,所以这种任务,即使是残疾乞丐,也能圆满完成。这天将要黄昏时,有三十多个乞丐去干这种营生。有一个双目失明的老乞丐,贪财特甚,也想挣这几个钱,非要跟去不可。前半夜,倒也顺利。将近夜半时分,不知从哪里钻出来一个不晓事的百人长,也许是千人长。他出来检查巡逻情况,恰好就碰上了这位倒霉的瞎乞丐。老百长对他说话,指示他到那边有光亮的地方去看看。这瞎子听对了,只是走错了。那老百长大吼一声策马向前,借着火把的光亮,看见他是个瞎子,立刻就扯下马来,狠狠给了一顿皮鞭。当别的乞丐搀扶着那奄奄一息的瞎鬼,走回"舌在堂"的时候,大家一听这情况,突然之间大厅里充满了无法抑制的笑声。

"铜钱没有开下来,皮鞭倒先赏了一顿。"

"悠悠苍天,此何人哉!"

"雨点一般的皮鞭,劈头盖脸下来,没打坏足下的眼睛吗?"

"让那老百长赔你眼睛!"

昏暗中,那笑声真是千奇百怪。尖声的,粗声的,高声的,低声的……有的是实在憋不住猛然喷出来的,有的是很不习惯大笑,不得已硬挤出来的,有的是肚子疼得厉害,手捂着肚子,头顶着铺草,想停止大笑却无论如何不能停止,以至闹到最后竟发出一阵阵痛苦的吼叫……搀扶瞎子回来的那几个乞丐,拼命地添油加醋地表演,厅燎的微光照着他们的滑稽动作。越是庸俗的东西,越是喜欢重复,并且必须等到所有人都感到厌倦而后已。当笑声渐渐平息的时候,西边里间传出了女人的哭喊声,紧接着就有乒乒乓乓的斗殴声音传了过来。

大厅的东西两边也都有许多套间。东边的套间因为有老鬼在,乞丐们一般不敢胡闹。西边的几个套间却大不相同。有一个套间火把照耀,那是有钱的乞丐们正在赌博。只要他们有钱或者有衣物可赌,火把便彻夜通明。这天因为打死一个人,所以赌兴扫尽,早早安歇了。另一个套间里经常是黑洞洞的,女人的哭喊声就是从那里传出来。"舌在堂"只收留男乞丐。虽然咸阳街上的女乞丐也不少,却从来不准她们走进"舌在堂"。从这一点上看,"舌在堂"有点像兵营。也许就是因为这个原因,传说"舌在堂"的"君长"是位将军。在不准女人进的地方,忽然听到女人的哭喊声,并且传来殴斗的声音,浑沌应该点个火把过去看看。但是他不想管。不一会儿,有个拐子一拐一拐地走过来,喊着:

"浑沌大哥,浑沌大哥,你快去管管吧,打起来啦!"

浑沌还没有吭气,他身旁一个老乞丐搭了腔:"打死了没有?"

"还没有。"

"大哥劳累了一天,睡着了。你小声些,不要吵醒他。是从哪里来的女人?"

"好像是外乡的难民。"

"她来干什么?"

"那还用说吗?"

"为什么哭喊,是没给钱吗?"

"谁知道。"

"赶快让那些烂货滚蛋!小心老鬼生了气,打出你们的稀屎来。"

"好吧。"

浑沌听着那拐子回去以后,不久,女人不再哭喊,斗殴的声音也停止下来。他想起这代他回话的老乞丐,就是在大街上同张唐嬉笑的不更老爹。他觉得不更老爹回答得很好,处理也很得当。浑沌想起这位不更老爹,曾经听从张唐的主意,真的去威胁城门司马,居然获得成功,想来颇为可笑。忽然听见那乞丐先生仍然在继续他的高论,仿佛是"舌在堂"里发生的一切都同他们没有关系似的。

"世界上没有什么人都可以。"那乞丐先生愤愤地说道,"没有王,没有将军,没有风骚女人,都没有什么关系,世界照样存在。没有屈原这样的人可不行。没有屈原这样的人,世界就不成其为世界了。呜呼!那将是万古长夜……"

这时,在大厅中央,靠近厅燎的地方,有一个乞丐呜呜咽咽地哭了起来。浑沌对不更说道:

"不更老爹,谁在哭?"

不更侧着耳朵听了一会儿,说道:

"就是不久前在大街上向张唐将军要钱的一只眼。"

"他怎么啦?"浑沌问道,"好像是丢了钱。"

"他说他把钱埋在堂后面的木槿花丛下面,方才他去看过,已经没有了,被黑心贼偷去了。"

"不知他丢了多少钱?"

"怎么? 你想赔他吗?"

"恐怕数目也大不了。"

"难怪人们叫你浑沌,你果然是浑沌得利害。今天他说是木槿花丛,明天他说桃花树下……谁都不会相信他,就是你喜欢上这种当。"

"深更半夜,哭个没完,怎么办?"浑沌这样说着,心里却很满意不更对他的批评。

"他一定是赌输了,不用你管。"

说罢,不更老爹又提高嗓门对那一只眼的乞丐说道:

"一只眼,你听着。今天是因为死了一个人,害得你未能捞回老本来。等明天吧。你想哭,就到外面那甘棠树下去哭!"

不更这么一喊,倒也灵验,那乞丐登时就不哭了。

"浑沌,出了事了!"不更老爹重新歪下身子时,凑近浑沌的耳朵说道,"我以为你睡着了。我上了年纪,睡不着。你年纪轻,怎么也睡不着。要我看是出事了。"

"出了什么事?"

"出了大事了!"不更低声说道,"尉缭逃亡了。"

"他这又不是第一次。他愿意逃,就让他逃吧,有什么要紧?"

"浑沌,你别忘了,他是掌管军务的堂堂国尉。他突然逃亡,一定是出了事了。"

"能出什么事?"

"有人估计,可能是成蟜快要打回咸阳了。"

"不更老爹,"浑沌笑问道,"你认为尉缭是去投奔成蟜吗?"

"难道不可能吗?"不更再靠近些,低声问道,"这么说,你已经知道了? 莫非他不是投奔成蟜吗?"

"不可能。"浑沌说道,"他临走前,去看过朱亥,就是那魏国的特使。"

"听说这人是大梁人,我说的是尉缭。"

"他对朱亥说了陛下许多坏话。他说赵政是蜂嘴豺声,杀人不眨眼,吃人不吐骨头……"

"这么说,那他肯定是投奔成蟜。"不更显出十分兴奋的样子,说道,"王哥王弟大不相同,这是人人皆知的事情。他既然不满于赵政,并且为此逃亡,那他不投奔成蟜,投奔谁呢?"

浑沌对此不加可否,却慢慢说道:

"听说他骂陛下的话,已经传进陛下的耳朵。陛下气愤至极,当着李斯的面,痛骂山东六国的游士。"

"要出事了!"不更叹道,"要出大事了!"

这时有一个乞丐慢慢凑过来。他的胡子都触着浑沌的耳朵了。

他低声说道:

"出了大好事情,浑沌,你知道吗? 你没有听说吗? 有人刺杀嫪毒。"

"成功了吗?"混沌问道。

"惜乎不中。"

"刺客是谁?"

"他叫终黎,是个小太监,已被嫪毒杀掉了。"

"他是刺客?"

"人们都这么说,他武艺很好。"

"你听谁说的?"

"甘泉宫门前的一位上造,他是终黎的朋友,他亲口告诉我的,还能有错。"

"也许不错。睡觉吧。"

"舌在堂"的夜晚是如此混乱,吵架、斗殴、哭喊、笑谑……刚刚平息下去,各种各样难听的呼噜声便爆发起来。仿佛在互相怄气一样,都想用自己的呼噜声压倒别人。正是这此起彼落的呼噜声,衬托出深夜的寂静。

"鲁仲连坚信鲍焦能够从容就死。"那乞丐先生的声音已经放得很低,因为距离近,浑沌依然听得清。"鲍焦实在了不起,一介布衣,一贫如洗,不臣天子,不友诸侯,不求闻达,不务名利,樵采而食,歌哭由己,特立独行,傲视一切。一个死字,对于士人实在是太严肃了。死有鸿毛之轻,有泰山之重。鲍焦立枯而死,宁死不肯向权势低头,宁死不肯向贵人弯腰,宁死不肯玷污自己的人格……"

浑沌想道:"这老家伙说个没完。人老了真讨厌。不过,还真有人听他的。他跟前有两三个年纪轻些的乞丐,不简单。说的人令人敬佩,听的人更令人佩服。"浑沌想抬起头来,看看那老先生跟前的人是谁,只是他已经昏昏欲睡了,懒得动弹。浑沌想起咸阳市民们都说"舌在堂"里有鬼。"我在'舌在堂'里睡了几百个夜晚,从来也没有见过鬼……人世犹如鬼市,人到了成为残疾人、沦为乞丐的时候,才感到安全了些。"

一个乞丐在说梦话,大叫着:

"咸阳大乱了!"

那乞丐先生也突然提高声音说道:

"鲁仲连还活着。"

当呼噜声渐渐和缓下来时,天也就明了。浑沌焦急地等待了一夜,他的传送消息的人却没有回来。他非常担心。他悄悄地走出"舌在堂",他看见了异常惊人的景象。黎明时分,西边天上挂着一轮红红的月亮,好像是初升的太阳。他心中不禁打了个寒战。他想起今天是三月十七日,月亮就应该在那个地方。"不过它那发红的脸色,实在让人感到可怕。"他想道,"即使不会夜观天象的人也会感到天象的异常。是要出事了,各种灾难都有可能突然降临……"他走回来,用破皮袍子盖住自己的头,又沉沉地睡去了。

待他醒来时,太阳已经升到中天,确切地说,这就是古人所说的日之方中。乞丐们都已离开,都去沿街乞讨了。"舌在堂"变得空空荡荡。它仿佛一个巨大的骷髅,被抛在乱草丛中。阳光从这骷髅的空眼眶里射进来,照见厅燎之中尚有一缕青烟。不知道是"舌在堂"的死寂,还是春日的寒冷,使浑沌打了一个寒噤。他揉揉眼睛坐起来,看见身边躺着一个人,正是他所等待的人。那人见浑沌已醒,急忙起身,笑道:

"大哥你睡得真香。"

"有消息吗?"

"宫丞夫人下来了。"那人低声回答道。

"宫丞夫人?"浑沌问道,"她是谁?"

"她就是那两个孩子的保姆。"

"到了咸阳?"

"到了咸阳。"

"有办法吗?"

"有办法。"

"别露了馅。"

"不至于。"

"走!"浑沌站起身来说道,"喝酒去。"

"那疯老头子,昨晚又去夜观天象。"

"又是扫帚星吧?"

"他说咸阳就要大乱了。"

"这还用他说。"浑沌轻蔑地笑着。

"不过他说了一个日子。"

"什么日子?"

"四月二十三日。"

浑沌脸上的笑容渐渐消失,心中闪过不祥的念头:"也许这是吕相的大难之日吧? 宝贵的生命,竟然毁灭在自己的木鞋中,天哪!"

当他们走出"舌在堂"的房门时,正碰见方才说的那位半疯的老乞丐。那老乞丐正卧在北墙根下捉虱子,他一见浑沌便突然怒吼道:

"浑沌！你过来！"

夜晚钻在"舌在堂"的烂草窝里,浑沌从来不大注意乞丐们的脸色。厅燎的微光,也不足以察看人们的颜色。现在已经是日之方中了,又是在厅堂外面的院子里。他突然被人叫住,他不得不停下来走过去,仔细看一下那竟敢对他怒吼的人的模样。他看见老乞丐的脸,好像一小堆晒干的牛粪,头发乱蓬蓬的沾满了碎草叶子……他的眼睛瞪得老大,仿佛鬼怪的眼睛,毫不掩饰地放射着凶光。浑沌忽然想道:"我现在也是衣衫褴褛,蓬头垢面,大概我也像一个鬼怪吧。我既然混迹于'舌在堂',自然也要带一点鬼相。这个夜观天象的老妖怪,也许有什么重要事情要告诉我,不然不会这么神气。我应该对他客气些……也许他知道拔起木鞋的办法。"他把腋下的拐杖挟紧一些,装作颠跛的样子走到那老乞丐跟前施礼。

"浑沌,"那老乞丐说道,"你听着,我告诉你一个伟大的真理。什么尧舜禹汤,他们都是诡计多端的小人,杀人不眨眼的魔王,不仁不义的禽兽……上世真正伟大的帝王是穷奇,知道吗？是穷奇,穷奇！只有他才是一位伟大圣明的先王。他发明了沙禼,发明了长裙,发明了豆腐,发明了饴糖,发明了广柳车,发明了系带子的草鞋……只因为他是战败国,他的子孙们遭到了彻底的屠杀,所以他的光辉业绩也一同遭到了埋没……浑沌,你是个聪明人。你不要听市井小人们的胡说八道,正因为你是个聪明人,是个诚实孩子,我才肯把这伟大的真理告诉你。记住我的话吧,老蒙山疯子的话,记住,你会明白过来的。"

浑沌一直恭恭敬敬地站着,直至把那老乞丐的话听完。他原以为这自称蒙山疯子的老乞丐要告诉他四月二十三日将要发生什么事。他一直等着,那老乞丐没有说。既然他不说,浑沌觉得也不便直问。后来浑沌拱手说道:

"多谢老伯教诲。"便走开了。

浑沌想道:"没有办法,哲学家都没有拔起木鞋的办法,没有办法。若有办法,他们就不做哲学家了。后来转念一想,说的这个穷奇,本是所谓四迦之一,穷凶恶猛……天哪!也许这是一种暗示吧?"走着走着,他突然停住,站了一会儿,最后他叹道:"正人君子,循规蹈矩一辈子,事到临头,想做点恶劣事情,也只怕来不及了。"

第二十一章　眼泪与阴谋

吕不韦哭了。

这件事情虽然不是什么大事，却是迅速传遍了咸阳。因为谁也不知道吕不韦究竟是为什么痛哭，所以谁都想给以适当的推测和正确的说明，结果闹得众说纷纭，七嘴八舌，不一而足。那些说法自然都是无稽之谈，所以这里也无须备录。在咸阳，有一个对任何事物都不表示态度的人，对这件事情却一反常态，说了一句要紧的话。他说："吕不韦十年前就应该痛哭一场。他走得太远了，哭得也太晚了。"这话自然也及时地传遍了咸阳。因此对说这话的人，有必要加以叙述。说这话的人，名叫徐诜。徐诜这话，其含义究竟如何，很难臆断。徐诜是秦国的大贵族。估计这意思可能是指吕不韦编了一部混账至极的书——《吕氏春秋》。因为这部书，曾经悬诸咸阳国门，把秦国的贵族们吓坏了。他们没有想到吕不韦还有这一手。正是从那以后，吕不韦同从前的任何在秦为相的山东人，诸如商鞅、范雎等等有所不同，受到秦国贵族的特别重视，或者叫作特别注意。

当秦国贵族痛恨吕不韦走得太远的时候，吕府的食客们却在埋怨吕不韦走得太慢……事物的丰富多样使得历史成为复杂多变的东西。诗人叫它夏云奇峰，哲人叫它白云苍狗，老百姓则称之为一塌糊涂。然而，吕府的有职务的舍人们，例如司空马一类，无论他们胸中有多少英勇的策略和果敢的计划，他们仍然必须按照吕不韦的命令行事。不管他们乐意还是不乐意，他们必须体会吕不韦的意图，并且要尽全力去实现他的意图。为了查明那两个孩子藏在什么地方，司空马绞尽脑汁，最后还是得麻烦浑沌。浑沌办事非常利索，一下子就查到了。

想打听到一个真正的秘密，简直比登天还难。然而一旦得到它以后又觉得这本来是意料之中的事情，几乎算不得什么秘密。就在一个月前，吕府上下人等谁也不知道太后同嫪毐还有两个私生子。现在不少人已经知道有这么两个私生子的事，却不知道他们藏在什么地方。当司空马在浑沌家里知道这个情况之后，他一拍膝头大喊道：

"我猜想他们就藏在祈年宫。"

"恐怕当初就生在祈年宫。"麃公说着。

"浑沌兄，太感谢您啦！"司空马向浑沌一再顿首，频频致谢，"您又帮了大忙，太感谢啦！应该把这情况告诉相爷。他限我十天，今天是第四天。浑沌兄，全凭您呀！"

"不必着急。"浑沌说道，"司空尚书，您报告了相爷，相爷就可能立即报告陛下。万一消息不确切,不是害了相爷吗?"

"您的意思?"

"先去祈年宫看看。确实不错,然后报告丞相不迟。"

"有理。"麃公说道,"我去! 我和黄羊角一起去祈年宫探明一切。"

黄羊角没说话,浑沌夫人却开了口。

"正在通缉您,"她说道,"您怎么敢抛头露面。"

司空马想到第三名刺客已经选定,不知什么时候就要动手,便说道:

"麃公应该赶快回到吕府,保护相爷。我和黄羊角兄一起去祈年宫。探明这两个孩子的事情,是相爷交给我的任务,我一定及早完成。黄兄,愿意和我一同前往吗?"

"在下姓祁。"黄羊角一拱手说道,"愿意。非常高兴。"

天傍晚时,麃公扮作下等隶臣模样,回到了吕府。当任固见到他时已经认不出来,说了话才知道是麃公回来了。吕不韦听说麃公回来,非常高兴。把麃公叫到跟前,端详了好一阵子,说道:

"你终于活着回来了。麃公,你受委屈了。"说着落下泪来。

"相爷身体可好? 吕姥身体好……"麃公施礼道。

"都好,都好。"

"司空尚书要请两天假,"麃公说道,"去找那两个孩子。"

"有线索了吗?"

"有线索了。"

"在什么地方?"

468

"大概在祈年宫。"

"果然不出所料。"吕不韦笑着,擦擦眼泪,"他们真能办事。是浑沌帮的忙吗?"

"是浑沌。"

"你也认识浑沌吗?"

"新近结识的。"

"确有其人吗?"吕不韦不无惊讶地问道。

"确有其人。"

"是一位侠者吗?"

"是一位侠义之士。"

"有五十多岁吗?"

"不,只有三十来岁。"

"三十来岁?"吕不韦大概经常把三十岁的人当作小孩子,所以才显出这么一种仿佛想不到似的神情。

"三十来岁。"麃公再次证实着。

"天下之大,不乏英杰。"

"是啊。"麃公想把第三名刺客已经选定,并且不日即将光临的消息,告诉吕相。但是又一想,还是不告诉吧,免得相爷担惊受怕。

"你这些日子在哪里来? 快把详细情况告诉老夫。"

"麃某不才,"麃公顿首说道,"遭人绑架,后来虽然侥幸逃出虎口,又怕给相爷惹来麻烦,不敢贸然回来,致使相爷惦念……"

麃公便将他如何被人绑架,受到的各种审问,蒲老官家被害的情形,以及在浑沌家藏匿的情况,从头到尾说了一遍。

吕不韦不停地插话,询问各种细节。他认为这都是屯留兵变引起的。

"这个冒失鬼成蟜,"吕不韦说道,"他把咸阳搅乱了,把天下搅乱了,害得老夫不知如何是好。嫪毐想把屯留兵变说成是受老夫指使,真是枉费心机。只因为他至今没有这种证据,不然,他早就下手了。"

吕不韦又将第一名刺客蒲雕来的情形,以及第二名刺客涉耳死的情形,向麃公述说一遍,然后说道:

"他们散出风来,说涉耳是你杀的,想借此加害于你。这些混账东西。他们封锁前线的重要消息,却又急于惩办蒲鶹的家属,真是鬼魅伎俩。"吕不韦郑重地说道:"你还是丞相府的遏者令! 请把衣服换掉。你就住在后院,不要出大门。任固,麃公回来的消息,不要传出去。"

"遵命。"麃公说道,"相爷,听说燕太子丹的邸舍起火,燕丹被烧死了。"

"老夫也听说了。"吕不韦问道,"这确实吗?"

"灰烬里有燕丹的尸体。"

"尸体?"

"还有燕丹的金印和宝剑。"

"看来是真的遇难了。"吕不韦叹息着。

"听说尉缭又逃亡了。"

"前线的消息被封锁,恐怕连国尉也不知道。这么大的事情,他竟然不知道,他不逃跑还等什么,等着杀头吗?"

"听说他走以前见过朱亥。"麃公忽然想劝说吕不韦。

"那不奇怪。"吕不韦说道,"他原本就是大梁人,见见朱亥,显然是还想回大梁去。"

"听说他对朱亥说过一些有关陛下的话,是一些不太好的评语。"

"怎么说的?"吕不韦问道。

"他说陛下是蜂嘴豺声,吃人不吐骨头。"麃公借着灯光仔细端详吕不韦的表情,然后慢慢说道,"人们估计,他可能是因此而逃亡。"

很明显,麃公是在测量吕不韦对秦王政的看法。因为秦王政和他弟弟成蟜,各个方面都是尖锐的对立着的,所以,吕不韦只要对秦王政稍有恶感的表示,这也就意味着,他将要支持成蟜。然而,麃公所希望的那种表示,并没有表现出来。在麃公看来,应该吕不韦严肃地思考问题时,他却哭丧着脸,渐渐地垂下头,长叹一声说道:

"失望了。年轻人们都失望了! 尉缭失望了! 应曤也失望了! 麃公,你知道吗? 应曤他,舍我而去了!"吕不韦说着,眼泪落向衣襟。

麃公看看任固,任固说道:

"前两天,周术来告诉说应曤走了。怕相爷挽留,也没来辞行。"

吕不韦的哭相很难看。当他用袖子擦眼泪的时候,不知何时鼻涕也流了下来,而且拉了很长很长……最后直闹到襟袖之间一片狼藉。

正在这种艰难时刻,应曤不辞而别,麃公和任固都感到意外,一时也想不出什么足以安慰相爷的话来。他们不知道前几天司空马和应曤等人,曾经跟吕不韦演过一场滑稽戏。

事后吕不韦很生气,认为年轻人们在开他的玩笑。吕不韦不知道事后应曜曾经大哭一场。正像尉缭说了秦王政一些坏话一样,应曜也说了一句很不好的话,他说:"虎皮而羊质,见草而悦,见豺而栗……"他虽然没有提吕不韦的姓名,不过,谁都知道这是在说吕不韦。在重大的历史关头中,重要人物总要受到许多恶评。即使他们终于建立了丰功伟绩,而在当时,那些恶评也是非常难听的。这就像千里马正在奔驰时的情形一样。虽然最终证明了它们果然是不可多得的千里马,而在当时,无情的鞭笞却不停地打在它们的脊背上。明白了这个道理,也就明白了千里马不仅有力量奔驰,而且有力量承受那数不尽的残酷的鞭笞。所以孔子说:"骥不称其力,称其德也。"[1]历史学家们一向都是非常宽厚的。他们只看结果,对那些曾经有过的各种各样的恶评,一概不提。在他们的书里,只有一个得数。这就像账房先生向老板的报告一样,只有一个赔赚的总数。至于其中的加减乘除就无须细说了。对吕不韦的这一恶评,并没有人告诉吕不韦。所以,吕不韦对其中的加减乘除,也不清楚。人们之所以不敢把应曜对他的恶评告诉他,大约是怀疑他根本就不是千里马,至少是怀疑他没有力量承受无情的鞭笞。

吕不韦听说应曜走了,赶紧派人去追。并且他对前往追应曜的人说:"只要应曜肯回来,老夫一切听命。"这时候,吕不韦才认识到,应曜是一个名副其实的"智囊"。甚至他觉得孔门的子贡,号称瑚琏之器,也未必有应曜的才华。这就是

---

①见《论语·宪问》。

所谓跑了的鱼是大的。追应曜的人追到潼关，回来报告说，应曜未出潼关。吕不韦却认为当周术来报告时，或许应曜早已出了潼关。吕不韦连日来如有所失，心神不定。他觉得自己好像在登山，正当他接近绝顶的时候，他脚下的一块石头滚开了，害得他手扒着岩石而两脚却悬在空中。这情形十分可怕。他对他同嫪毐的这场斗争，有必胜的信心。然而正在他接近胜利的时候，他忽然感到他的阵线瓦解了。这就仿佛巨浪汹涌时的堤坝一样，只要没有漏洞，就能够挺得住。而应曜的逃亡，仿佛是一个可怕的信号，一个无情的警告。"大堤决口了！赶快跑吧！"这疯狂的呼喊，正是在漆黑的夜间传来，那情形实在是再可怕也没有了。吕不韦一生中，还从来没有遇到过如此绝望的情况，所以他哭得十分沉痛。

追赶应曜未能追回以后，过了几天，吕不韦把周术叫去，询问应曜临去时的情况。应曜临走前同周术、庾宣明等人辞行，一起喝了酒，并且舞剑歌唱，以至声泪俱下。应曜唱了传说孔子所作歌诗：

> 大道隐兮礼为基，
> 贤人窜兮将待时，
> 天下如一欲何之？[①]

因为"天下如一欲何之"这句话太明确，太悲观刺激人

[①]此诗见于《孔丛子·记问》。"天下如一欲何？"意即天下即使统一了又向哪里去呢？决不肯盲目的无条件的赞美大一统。

了,周术害怕吕不韦接受不了如此公然的打击,所以同"虎皮羊质"的话一样,都没有告诉吕不韦。这些情况,自然任固和麃公也不知道。

"有一次,"吕不韦终于把自己的鼻涕眼泪收拾出一点头绪,然后慢慢对麃公说道,"有一次,老夫请应曜弹琴赋诗。那是在去年,屯留事变发生之前。他欣然从命,唱了《羔裘》的两章。"

吕不韦的嗓子已经沙哑,他依然轻轻吟道:

> 羔裘逍遥,
> 狐裘在朝。
> 岂不尔思,
> 劳心忉忉。

> 羔裘翱翔,
> 狐裘在堂。
> 岂不尔思,
> 我心忧伤。[1]

"在野的士人,最多只有羔裘可穿,而在朝的士人却都穿着狐裘,这种悬殊是很明显的。谁能不知道?谁能不考虑?那么,有些人为什么不去做官?这是因为朝中的事情很难

---

①出自《诗经·桧风·羔裘》。在朝、在堂指为官,逍遥、翱翔指隐退。此诗共三章,第三章赞美逍遥和翱翔即赞美隐退。

办,很叫人劳心,很叫人忧伤。应曜对老夫弹唱了这首诗的前两章,却没有唱第三章。没有唱第三章,说明他并不过分地赞赏隐退,说明虽然有困难,他还是愿意做官的。此所谓赋诗见志。应曜自从来到老夫门下,凡事都是为老夫考虑,为秦国考虑,为天下考虑。他不仅学问过人,文采过人,而且智略过人。正在目前这种万分紧急的情势下,他突然不辞而别,飘然而逝了!他不管老夫了!他抛弃了老夫!"

吕不韦哭得非常伤心。后来忽然抬起他那涕泪交流的脸,说道:

"应曜是在用他的离去向老夫表示,老夫错了!麃公、任固,老夫是错了吗?"

麃公肯定地点点头。

"真的是错了吗?"吕不韦仿佛不相信真的错了似的反问着。

"是错了。"麃公断然答道。

"错了!老夫错了。既贪名,又怕死,又迟钝。嘴上说死生有命富贵在天。……心里想的,老是这富贵是自己奋斗得来的。来之不易,来之不易,这就是腐朽。年轻人们不能忍受腐朽,他们抛弃了老夫。"

"相爷用不着过度悲伤。"任固劝解着。

"一个人不能反躬自问,不敢怀疑自己,这就是老了,不中用了!"吕不韦深深叹息着。"不能反躬,天理灭矣①。"

"应曜虽然离去,其他先生们还都在。"麃公说道,"相爷

———————
①《礼记·学记》。

用不着难过，倒应该及早振作起来，消灭嫪毐，支持成蟜……"

"还能挽回吗？"吕不韦问道。

"当然能挽回！"麃公明确地答道。

"那，那，任固，"吕不韦仿佛终于下了决心，说道，"请你明天告诉庾宣明，就说老夫说的，老夫不需要他撰写什么《吕不韦传略》，倒希望他为将来的《吕不韦传略》做一些实际的事情。"

这些慷慨激昂的话，在麃公、任固两位武士听来，那是好的再也不能更好了。然而，吕不韦将要请庾宣明等人做些什么"实际事情"，他却没有说。所以，吕不韦的这一场痛哭，在较为精明的人看来，可以说毫无意义。或许他曾经一时感到自己真的有些老而不中用了，感到不能真正地把握咸阳的形势，感到他的阵营正在悄悄地瓦解……如果这样发展下去，他有可能一败涂地。任何置身于复杂形势和艰苦斗争之中的人，都会有各种各样的感觉，即使对胜利抱有坚强信心的人，也会随时随地想到失败。这一切，都是很自然的。

但是不管怎么说，吕不韦的这一场痛哭，却引起了预想不到的强烈的反应。吕府的食客、舍人们都觉得相爷终于觉悟了，虽然有些晚，总算觉悟了。咸阳的支持吕相的市民，尤其那些山东六国来的市民们，认为吕相这一哭，预示着他将要采取重大的行动，因此也可以说，嫪毐的末日就要到来了。他们喊着："等着瞧吧！"而支持嫪毐的人们，主要是秦国的排外的贵族们，听说吕不韦痛哭流涕，便很自然地显出一种仿佛心满意足的样子。他们认为吕不韦已经预感到自己的灭

476

亡,所以才痛哭流涕。他们也喊着同样的话:"等着瞧吧!"在咸阳,没有不关心吕嫪斗争的人,就像没人不关心天气一样。即使赶车的同放牛的在路上相遇,也会谈到这个问题。

"今天的天气还算好。"

"今年的天气够糟的。"

"出了扫帚星!"

"庄稼又倒霉啦!"

"山东乞食者没有好东西。"

"嫪毐是你的主人吗?"

"那是我的主人的主人。"

"你不要过分高兴……"

"吕不韦已经哭啦!"

接着,徐诜的话就传遍了咸阳。一切话传来传去,往往变样。徐诜的话传成这样:"吕不韦二十年前就应该痛哭,他就不应该到咸阳来……"

传话的人往往无心,而听话的人却常常有意。就中引起一个后来非常有名而在当时却是默默无闻的人的注意,他叫冯毋择。冯毋择同徐诜沾点亲,朝徐诜叫舅舅;因为政见不同,从不往来。听说徐诜这话之后,冯毋择决定登门造访,去见见这位远房的舅舅,看他近来的政见是否同自己有相同之处。

徐诜是秦国的老贵族。他已经是八十岁的人了,平时万事不关心,仿佛行将就木的样子。然而,在从前,他却曾经是咸阳政界的重要人物。昭王晚年,徐诜是朝中大臣。当蔡泽因为长相不佳而遇到诽谤,为相数月即请求辞职的时候,徐诜就是接替蔡泽为相的人。昭王晚年昏聩无常,徐诜为人老实,没有什么建树,政绩不甚著称。两三年后,秦昭王去世,秦孝文王即位,徐诜依然为丞相。秦孝文王在位不到一年即去世,庄襄王即位。庄襄王任命吕不韦为右丞相,任命徐诜为左丞相。徐诜的本事不大,而排外情绪却非常严重。有人说,庄襄王如果不给吕不韦如此高的待遇,也许秦国贵族的排外情绪会小一些。谁知道。当然,如果庄襄王只给吕不韦一个奴隶的待遇,山东的士人是绝不会涌向咸阳的。而且,以一个奴隶的力量,组织撰写《吕氏春秋》,自然是不可能的。徐诜职位屈居"吕贩"之下——没几个月,他便提出辞职。那一年他六十七岁,早已过了退休年龄。吕不韦不了解秦国的情况,庄襄王却是一清二楚。庄襄王担心秦国的贵族们会因反对吕不韦而兼及赵政,所以在他临死时,他把徐诜召进咸阳宫,当着赵政的面,把赵政托付给徐诜,他说:

"孩子,遇有大事,唯徐相之教是从。"

这件后宫托孤的事情非常稀奇。一般托孤,都是托给朝中掌权的重臣,庄襄王托孤,却是托给一个退休的老人。所以,知道这件事情的人不多,即使知道也都不以为然。当时,若说托孤,在公开的场合是托给吕不韦的,庄襄王命赵政称吕不韦为仲父,朝中一切听命于仲父。所以,在吕不韦知道徐诜进宫之事以后,笑了笑,说:

"那是因为陛下身体不好,而徐诜长于医道的缘故。"

传说在二百年前,扁鹊游咸阳时,死于咸阳。有人说是被当时的太医叫李醯的指使人暗杀的。李醯自以为技术不如扁鹊,于是就采取了这种手段。这个历史传说,非常深刻,发人深省。由此可见,秦国贵族的排外情绪,也是颇有渊源的,发展到现在,真是冰冻三尺,已非一日之寒了。传说扁鹊有肘后禁方失落秦国,后人得之珍如天书秘籍。徐诜的祖父长于医道。有人说扁鹊的禁方辗转到了徐家。这也可能是真有其事,也可能是徐家故神其术而已。不管怎么说,徐诜少有大志,不为良相便为名医。他确实跟他的祖父学习过医道。在他退休以后,经常进咸阳宫去,给秦王政看病。即使现在,秦王政也经常召他进宫,请他诊脉。诊完脉,秦王政难免问东问西,因为一般都是当着人,所以,徐诜什么也不说,装聋作哑,含糊其词,仿佛他什么都不知道,什么都不考虑似的。他只回答有关他自己生活方面的问题:

"老臣爱吃猪蹄。"

"老臣常喝马奶。"

当秦王政问他外面有何新闻时,他说道:

"今年河鱼大上,鱼很便宜,一枚半两铜钱可买十斤鲜鱼。"故而朝中上下无人重视徐诜。都把他当作一具行将入土的僵尸,如此而已。尤其嫪毐,他甚至从不陪徐诜去见陛下。更有甚者,他认为徐诜根本就不会看病。有一次嫪毐感冒,请徐洗诊视。按照徐诜开的方子配制了三剂药,吃了一剂,病得更重了,只好把余下的两剂扔掉。嫪毐生气地说道:

"留着他给陛下看病吧。"

当仆人报告徐诜说"冯毋择求见"的时候,徐诜非常惊奇。他问道:哪个冯毋择?仿佛咸阳有很多冯毋择似的。于是仆人便详加解释,说:"三姑姑家的四妹子的一个小侄子,昭王时候的大庶长,冯将军家的小儿子,后来在杜仓相府中做过什么令史……"徐诜早已回忆起来,所以也就不再作声。

庄襄王即位以后,便杀掉了他的竞争对手公子系。不久,公子系的师傅杜仓自杀。杜仓曾经在昭王时候,做过十多年的丞相,门生食客数以百计,其中颇有几个贤能之士。而这冯毋择就是杜仓门人们的首领。杜仓死时说,天下他最恨的就只有一个人,这就是吕不韦。他说:"秦国必将亡在吕不韦手中。"有人说,杜仓死前曾经同徐诜见过面,并且谈过许多话。徐诜坚决否认。也有人说,徐诜就是因为此事被革职的,等等,大多不足凭信。不过,徐诜在早年,曾经是杜仓的朋友,这却是实实在在的。天下事复杂至极,尤其人和人的关系,千丝万缕,要想把它们彻底搞清,这是不可能的。但是,徐诜后来曾经骂过杜仓。并且同杜仓的门人们没有任何往来,这也是实实在在的。所以,今天冯毋择突然来访,老人确实非常惊奇。仿佛出了什么事似的,老人胆怯地望着门外,感到自己的眼睛也花了,腿脚也不灵了。好像即将到来的是他的仇敌一般。

冯毋择进来施礼,口称舅父大人,然后就问候舅父大人贵体佳善,问候徐诜的儿子、孙子,最后还问候他的小妾……徐诜心想:"几年不见,这冯毋择越发成熟起来了。看他的言谈举止,已经到了从容不迫,和蔼可亲的程度,可见他不是来看望舅舅,而是有所为而来的。"

"毋择,几年不见,也有了白头发啦!"

"光阴似箭,岁月无情啊,舅舅。"

"你今年四十几啦?"

"哎呀舅舅,我今年五十二啦。"

有一点徐诜非常敏感:冯毋择没有问候陛下的健康。徐诜经常给王看病,这是人人皆知的事情,难道冯毋择不知道吗?前来看望徐诜的人,总要问到陛下的健康,而冯毋择却避而不谈……徐诜想道:"杜仓的门客们,时至今日,还在坚持他们从前的目标。十二年过去了,他们还在为自己的目标奋斗着。这是一种崇高的精神,不能不使人敬佩。老夫这满腹经纶的外甥,就是他们的首领。当然,既没有人选举,也没有人任命,而他,正是杜仓门客们的实际上的首领。好一个冯毋择呀,你至少有五年,或者七年没有登过徐诜的门了。真不简单,你还记得一个名叫徐诜的人。看看他将要说什么话吧,他肯定是有所为而来的,不然的话,平白无故的,他来看望一个行将就木的老头子干什么。或许他们分析了现在的形势,他们觉得对他们非常有利,他们决定要行动了。是的,看他这一脸的杀气,就知道了。这就是贵族子弟们的致命弱点,他们不能等待。他们不甘寂寞,不能受穷,不能受冷落。其实都是傻瓜。你们既然已经等待了十二年,难道就不能再等待十二天吗?我要警告他们,让他们不要轻举妄动。这些落魄的公子们,像饿狼一样的贵族少爷们……"

徐诜笑着问候冯毋择的母亲和兄弟,然后就直截了当地问起杜仓的门人们来。

"隗状好吗?王绾好吗?同他们经常见面吗?都是优秀人才呀。冯劫、冯去病好吗?正在读什么书?《庄子》?你们别研究那些东西,你们还是研究法律吧。商鞅才是你们的真正的圣人。你有一个同学,名叫辛腾的,此人近来好吗?不可多得的人才呀！老夫有印象，什么《墨子》，只有像徐齐那样的蠢货，才研读《墨子》。况且就是徐齐，他也早就把他的墨子抛诸脑后了。君子善待时，不要胶柱鼓瑟。不要学习宋人，刻舟求剑……"

"舅舅，"冯毋择笑道，"早已无瑟可鼓，还到哪里去胶什么柱呀！根本就'无剑可求'，何用刻舟为？楚人失之，楚人得之，这就是愚甥的不求之求。"

"多年不见，贤甥你长进多啦。楚人失之，楚人得之，这话好得很。老夫正是这个意思。上了年纪的人，都喜欢叙述自己的经历，仿佛曾经有过一番英雄业绩一般。老夫也不例外。今天贤甥惠顾，老夫给你讲一个亲身经历的故事。昭王二十一年，司马错攻河内，老夫正在军中。四十年前，秦军还是车骑参半，老夫当时做千夫长。三天前，我们从橡里大路上过去，三天后又从原路回来在橡里打了一仗。当时的将军叫屠桓，见是三天前走过的熟路，一声令下，战鼓齐鸣。谁知头一天发了一场山洪，冲断了山前的大路，冲出一条两三丈深、十多丈宽的大沟。车骑人马像刮风的一样冲过去，看着前面的人马落进沟里，后面拥挤着，眼睁睁地往沟里扑。上万人马落入沟中。那惨状，言语所不能形容。贤甥，事隔四十多年，老夫一闭眼，还能看见那情景。"

冯毋择心中充满了怨愤，根本就无心听这老人的说教。他认为老人们都是好为人师，他们若不说教，连一天也活不成。至于现在徐诜说的是什么教，冯毋择根本就没去想它。他想的是这没有心肝的老徐诜。"杜仓死时，曾经托付他照顾我们，他大概早就忘光了。如果不是为了保护我们，杜仓何必自杀。杜仓之所以要保护我们,就是为了让我们同心协力保护公子系的子孙,保护合理合法的五位继承人。以便有朝一日消灭吕不韦,消灭吕不韦一手扶植的非法僭越的秦王政们……你这徐诜,身负重托,却卖身求荣。既然你说了二十年前吕不韦就不应该到咸阳来,说明你对庄襄王即位有了新的看法,我就为这个来的……十二年来,对我们不闻不问,亏你还记得这几个人,还记得有个隗状,有个王绾,有个冯劫,有个辛腾……良心丧尽,只剩了脸皮。"想到这里,冯毋择忽然警惕起来。"这老混蛋,说不定一直在监视着我们吧?居然当面问我们是否经常见面,这不就是审问吗?最近出了一连串不幸的事情,唯一给我们送情报的小太监终黎被嫪毒杀掉了,说不定宫女细姐也已经被害,说不定我们聚会的地方也已经暴露,说不定他们在死前把公子疆的夫人以及那隐藏的孩子也供出来了。越到接近胜利时,越是危险。恐怕最可怕的敌人就是这老徐诜。朝野上下,对我们了解得最清楚的大概就是这老徐诜了。我怎么以前就没有想到先把他除掉呢!"想到这里,冯毋择胆战心惊起来。

"舅舅,"冯毋择说道,"现在秦国真的是山洪暴发啦!"

"是吗?"徐诜笑问道。

"秦国是大难临头啦!"

"何出此言?"

"舅舅。"冯毋择叹口气说道,"天上是扫帚星,频频出现,地上是饥民遍野,群盗满山……前线的军队不停地叛变,朝廷里奸贼弄权,争权夺利,各树党羽,摩拳擦掌,就要火并啦!"

"真的吗?"老徐诜惊奇地问道。

"咸阳就要大乱啦!"冯毋择说着想道,"这老贼只知道监视我们,对咸阳的情况一无所知。今天,你必须明白说出来无条件帮助我们,完成杜仓的遗志,不然,我就首先消灭你这老贼。"

"怎么乱法? 贤甥。可以告诉老夫吗?"

"嫪毐就要暴乱了!"

"他敢吗?"

"怎么不敢! 还有吕不韦,也要暴乱啦!"

"他想当秦国的王吗?"

"有想当的,舅舅别忘了,还有一个成蟜,他既然举行起义,他是非打回咸阳不可了!"

"这倒可能。"徐诜说道,"你们欢迎成蟜吗?"

"我们?"冯毋择嗫嚅着,"成蟜?"

"你们不想动手吗?"徐诜突然问道。

"舅舅这是什么意思?"冯毋择又警觉起来。

"不是这个意思吗?"

"我不懂。"

"是不动手吗?"

"什么? 舅舅? 你把我弄糊涂啦!"冯毋择企图单刀直入,便说道:

"听说吕不韦最近哭啦!"

"他哭什么?"

"听说舅舅对吕不韦的痛哭,说过一句要紧的话。"

"老夫的话?"

"听舅舅说,吕不韦根本就不应该到秦国来。是这么说的吗?"

"不记得。"

"舅舅的意思我能理解。"

"怎么理解?"

"庄襄王即位就是非法的。吕不韦实际是杀嫡立庶的罪人。这一切,都应该算总账啦!"

"他来了这么多年,你们没力量赶走他,现在,你冯毋择能赶走他吗?"

"我手中无权呀,舅舅,如果我手中有权……"

"毋择,你来看我,就是为了说这些话吗?"

"什么话?我说了什么话?"

"似乎是天下大乱,只得大干一场了。"

"谁们?"

"不是你们吗?"

"我说的是嫪吕之间,就要拼命啦。舅舅,你怎么没听清就瞎打岔。什么我们,我们,仿佛我同什么人是一伙群盗似的。告诉舅舅说吧,我就是我,冯毋择,我自己,我同谁也没有瓜葛。我都五十多啦,五十而知天命……我已经与世无争啦。我已经看清了,咸阳即将大乱,我决心进终南山去隐居啦。今天来,就是跟舅舅辞别。只怕今生今世,再也不会相见啦……"

说着,冯毋择用袖子擦擦眼睛。至少在徐诜看来,冯毋择是真的哭了。冯毋择心中确实非常难过。老徐诜究竟是昭王的老臣,是杜仓的朋友,并且是他的远房舅舅,现在迫不得已，要在咸阳大乱之前，首先结果这老贼的性命，他不免有些难过。有一种凄凉的酸辛的忧伤，掠过他的心头，他真的落了泪。他在心中问道："如果不杀徐诜行不行？在嫪毐杀了终黎之后，情势非常紧迫。这老徐诜如果帮助我们，那自然好极，看现在的样子，他不肯帮助我们，倒是一次再次警告我们，不行，必须除掉……"

第二十二章　潜入祈年宫

古语说："勿窥渊之鱼。"这就是说，了解他人的秘密，是非常危险的。如果有意刺探他人的秘密，则尤其危险。如果在刺探他人的秘密的过程中，露了马脚，被人识破，一般说是要丢命的。司空马和黄羊角正是遇上了这种情况。

从雍地的祈年宫，回来了两个宫女和两个太监，进了甘泉宫。他们回来，说了什么，做了什么，外人不得而知。只知道在他们回去的时候，从甘泉宫里派了两名太监，押着一辆马车，给祈年宫送去一些日用的东西，不用说，这是太后的赏赐。这种事情是经常有的。不仅是祈年宫，别的离宫别馆也都住着宫女太监以及宫中的各种执事，负责管理。自然也经常回来人，或者送去什么东西。所谓雍地，就是现在的凤翔，那里除了祈年宫，还有高泉宫和械阳宫，稍远一点，还有羽阳宫、大郑宫和回中宫等等，此外还有各种古庙神祠，岁时必得上供祭祀。所以这些地方经常有人回来,咸阳的宫中也经常有人去。就中尤其祈年宫,往来最为频繁,这是因为太后和嫪毐经常去住的缘故。祈年宫本是秦国君王们举行祈年礼的地方,近几年来,一则因为秦王政尚未冠礼亲政,再则因为祈年宫的路比较远,祈年礼都是由执政的大臣,也就是由嫪毐代行。所以,祈年宫实际上已经变成太后和嫪毐的别馆,别的人极少涉足。所以,祈年宫回来什么人,就直奔甘泉宫,而甘泉宫若派什么人去西方离宫,那准是祈年宫。祈年宫在诸多离宫中居于特殊地位,近几年来,地位更加特殊。

如果你站在咸阳西边渭河北岸的大路上,看见有宫女太监们的车马往来,车轮滚滚,马蹄哒哒,一问是甘泉宫去的,或者是祈年宫来的,你是绝对不会奇怪的。如果你有幸观看祭祀的行列,那就更加令人神往了。他们的人很多,行列很长很长,走的也很慢,大约要三天,才能走到雍地。他们的旗帜上涂着各种图案,有的可怕至极,有的可爱至极,简直令人眼花缭乱。遇上这种神圣的行列,就像遇见了圣驾一般,所有的行旅客商都要给他们让路,都要急忙把自己的车马赶进大路两旁的丛林中去,就像遇见了强盗一样。今天商旅们遇见的这个小小的宫女太监们的行列,因为是司空见惯的,倒也无须躲避。不过,也需要把自己的车马紧紧勒住,停在路旁,恭恭敬敬地看着这些宫女太监们走过去,然后自己再上路。

今天从甘泉宫里派出的两位太监,一位是司空马,一位是黄羊角。他们虽然是太监的打扮,但是,他们不仅腰间佩着宝剑,而且那神气,十分威武,简直就像两位将军。那赶车的是一个宫中的杂役，名叫胥毛头，是浑沌的朋友。胥毛头原是张唐的仆人，几年前因为同什么人有过一次斗殴，判了一个私斗的罪名，罚做宫中杂役。所以有一位先秦的政治家曾经说过："严刑峻法就是财富的来源"，因为他创造了无偿的劳动。胥毛头在头天晚上，经浑沌介绍，同司空马和黄羊角见过面。他一见面就说："我从前在张唐将军家时，就认识司空尚书。"所以，可以说不是外人。胥毛头经常去祈年宫，他几乎认识那里所有的人，自然也认识这次来的两个宫女和两个太监。浑沌觉得把司空马和黄羊角交给胥毛头，比较放心。

大约五更天的时候，他们在甘泉宫门前南街西巷的一个小客栈里聚齐。天蒙蒙亮，城门一开，他们是第一批出城的人。那一天，黎明时分的渭河北岸，是一片肃静。甘棠花已经开放。虽然看不见甘棠树林在什么地方，却能闻到甘棠花的清幽的香气。当太阳出来的时候，谁也没有注意它是怎么出来的，只见眼前西源上的树林一下子变成了金色的，仿佛刚刚擦洗过的铜器一般。路旁的丛林中有各种各样数不尽的山雀。他们忙碌着，发出悦耳的叫声。它们是八百里秦川中，起得最早的生物。它们的歌声伴随着，并且鼓舞着睡意惺忪的旅人们踏上征途。

这个小小的行列是祈年宫的太监在最前面，然后是两个宫女，其后是马车，最后是司空马和黄羊角。他们要走两天才能到达雍地的祈年宫。今天的中午，他们要在一个叫作红棘里的地方打尖，人吃干粮，马添草料，略事休息，然后继续赶路。咸阳周围秦国的离宫别馆非常之多，司空马虽然也去过一些地方,但是却从来没有去过祈年宫。咸阳人喜欢夸大咸阳西边的那些宫苑的雄伟壮丽。这是因为秦民族是由西向东发展的,所以他们喜欢吹嘘西方宫苑的壮美,也就像赞美祖先的伟烈一样。然而在咸阳的六国士人,以及在秦国为奴为婢的六国人,甚至包括六国来的宫女太监和在宫中服役的奴隶们,却不以为然。他们中间的一些聪敏而刻薄的士人,很喜欢嘲笑秦国的宫苑。他们那些讽刺的话,就像暴雨中的冰雹一样,打在秦国人的额头上。在咸阳的街头上,往往发生这种斗嘴,细想起来颇为无聊。其实哪一个国家治理得好坏,是否富强,不在宫室的堂皇与否。然而秦国宗室贵族们的这种想在宫室上压倒山东六国的情绪,非常之严重。自从商鞅建筑咸阳城,"大筑冀阙,营如鲁卫矣"①,就颇有一点要与山东媲美的意思。商鞅以后,一百年来,秦国不停地修筑阿房宫,也应该看作是为了压倒六国。秦始皇兼并六国以后,把六国的宫室拆掉,然后按照原来的图形重新建在咸阳北坂。可见在内心中还是羡慕这些六国的宫室的,不然何苦费此手脚。从这一点上说,秦国始终未能压倒六国,倒应该说是终于认了输。然而谁也没想到秦国人好吹嘘祖先的这种心理,反而使他们在六国人的眼中变得更加渺小。有这种情绪的人地位越低,鄙视别人的情绪越容易流露。

"祁兄,"司空马问道,"以前到过祈年宫吗?"

"没有。"黄羊角反问道,"你呢?"

"我倒有过两次机会,但是不巧,未能成行。"

---

①见《史记·商君列传》。

"未必有什么可观。"

"秦国人喜欢吹嘘他们的祈年宫、大郑宫、高泉宫,甚至西垂宫……"

"井底蛙鸣。"

"他们从未到过邯郸。"

"他们不是不想去。"黄羊角笑道,"为此王陵撤职,白起自杀,也够伤心的了。"

"是啊!"司空马叹道,"打尖的地方到了,红棘里。"

"什么鸟名字。"

"咸阳东边有个黄棘里,这里有个红棘里。"

"难怪诗人长叹:'迷阳迷阳,无伤我足……'"

"迷阳是蒺藜。"

"都是带刺的。"

"到底不一样。"

"蒜是大葱头。"

"足下故乡那些地名也不怎么样,"司空马取笑道,"什么狼孟、大卤、仇犹、娄烦,还有阏与,天哪! 中国字无论如何写不出那些夷狄的名字来。"

"不过,"黄羊角笑道,"总归还是把它们写出来了,并且载入了史册。"

"想不到祁兄如此善于谈吐。"

"想不到尚书这么善于玩笑。"

当他们在红棘里打过尖,继续上路的时候,天气很有点热了。

胥毛头假装小解,故意落在后头,低声对司空马说道:

491

"两位还是少说为佳。"

"怎么?"司空马惊奇地问道。

"那个年纪略大一点的,长得十分端正的宫女,那就是那孩子的奶母。她是祈年宫里的管事人,宫丞夫人,人们称呼她姆姆。她很注意你们俩。问我,你们是何时进甘泉宫,姓什么,叫什么……我说的都是那两位现在客栈里睡大觉的太监的情况。总之一句话,小心为上。"

于是,两人沉默了三五里路,后来司空马低声说道:

"我也发现那女人的眼睛,厉害得很。"

"眼睛怎么?"黄羊角仿佛什么都没注意。

"闪闪发光。"司空马解释道,"你仔细一看就知道了。说得好听点,像两颗珠宝,说得难听些,像两口宝剑。"

"大不了把她杀掉。"

"着了急,可不要让她跑掉。"

"请放心吧,我负责。"

他们过夜的地点,是习惯规定好的地点,那里有专供过往官员和宫女太监们住宿的传舍,一切所需物品都很齐备。传舍的驿丞是个文质彬彬的青年人,对宫丞夫人恭敬至极,对胥毛头也很热情,仿佛是老朋友一般。

当他们走进指定的房间时,黄羊角对司空马说道:

"这个地名不错,杏林驿。"

"总比狼孟、阏与好听一些。"

"足下没有到过代郡,"黄羊角笑道,"那里有飞狐之口,倒马之关,地势险恶至极。"

"无非狼窝虎岭,"那秀丽端庄的宫丞夫人突然走进他们的房间,嬉笑着向他们行礼,嘴里说着,"再险恶猎人们也能去。两位公公辛苦了。"

因为在路上,宫女和太监们都称呼这宫丞夫人为"姆姆",司空马他们也就随着称她"姆姆"。他们一面还礼,急忙答道:

"姆姆辛苦。"

"两位是初次去祈年宫吧?"她笑问道。

"正是。"司空马答道。

"想去那里游玩一回吗?"

"正是。"司空马回答着,心中想着,"这个女人果然厉害,居然只身一人到我们的卧室来刺探实情,胆量不小。"

"祈年宫后面是秦穆公时候的故宫,前面是秦穆公的陵墓,西边不远是高泉宫,相距只有二里,南面不远就是槭阳宫,相距只有五里。其他离宫别馆古庙神祠相望于道里者,数以十计……"

黄羊角心想:"知道就有这一套,说着就来了。这夫人肯定是道地秦人。"

"两位到了祈年宫,"宫丞夫人雍容淡雅的微笑,着实使人喜欢。她继续说道,"可以多住几日,四处走走,不会觉得白来一遭。"

司空马点头赔笑,唯唯称是,心中暗暗想道:"好一个能说会道的女人,就像一条毒蛇。说不定她早就把我们的机关识破了。只要我一摆手,黄羊角的宝剑就会刺进她的胸膛。不过,今晚就杀掉她,为时过早。先见到那两个孩子再说……"

"到了祈年宫，不必客气，有什么需要，只管说话，妾一定帮忙。"

"多谢姆姆。"

"足下是因为犯了法，进的蚕室吗?"她问司空马。

"是的。"

"是杀人越货吗?"她笑着问。

"不错。"司空马点点头，轻声答道。

"足下好像是赵国的俘虏。"她回过头来问黄羊角。

"也是因为杀人越货。"黄羊角拱手作答。

"随太后来咸阳的吧?"

"姆姆简直是算卦先生。"黄羊角嬉笑着说道。

"今天吃好睡好，明天午后就到了。"宫丞夫人亲切地笑道，"到了祈年宫，妾一定好好招待新来的客人，有米酒，有鹿肉，还有上好的黄粱。"

她说完便站起来施礼，退了出去。

"看吧，足下。"黄羊角小声说道，"明天定有好戏看。"

司空马摆一下手，意思是说：她还没有走远。他侧着耳朵向外听了听，然后低声说道：

"这是咱们的福分，有姆姆帮忙，咱们尽情游玩一番，难得这么自由自在。"

"这姆姆真美。"

黄羊角是想说"这姆姆是个好人"，没想到说成了"真美"。这个词颇不雅驯，甚至可以说有点下流。用语言夸奖一个女人的容貌，这就暴露了自己的着眼点，从而也就降低了自己的格调。这就是古语所说"隔着衣裳想象人家的肉"。

这是非常不礼貌的。这样的言辞,若让那宫丞夫人听见,或许会生气,甚至是"何物狂徒"。然而黄羊角又一想,"随她去,这话也是实情"。他很想看看司空马对他这话的反应。司空马正在整理自己的卧榻,仿佛根本就没有听见一样。

古人上路要带着他们的皮袍,就是一种宽大的羊皮大衣。冷了披在身上,热了横在马背,夜晚这就是他们的被褥。若是在冬天,他们睡觉时是将两腿伸进皮袍的袖子里。那袖子比普通裤管窄小,上身就盖着皮袍的衣襟。若是商人,怀里抱着钱袋;若是强盗,怀里抱住长长的匕首。现在天气已经渐渐暖和,司空马他们只是用皮袍盖着自己的下身,宝剑放在枕边,就安然入睡了。他们想,那妖艳的宫丞夫人如果要揭露他们的真相,也不会在半路上。而如果这驿站里埋伏着强盗,那么强盗们的目标应该是宫女和胥毛头看管的东西,他们恐怕根本就不屑于理会这两个腰悬宝剑的太监。所以他们很放心,沉沉地睡去了。然而在睡梦中,司空马却犯了古人最容易犯的通病。古人喜欢在事物的名称中做文章,说得确切些是在事物名称的谐音中引申出拐弯抹角的意义来。司空马梦见有一个声音告诉他:"米酒就是迷魂酒,鹿肉就是露出真相,黄粱就是罗网……她本是太后的心腹……她决心要使你们落入罗网,就如同使两虎落入陷阱一样……"司空马听完这话,突然惊醒了,从此再也无法入睡。这是年岁大的人的一种弱点,越是疲劳越不能入睡,结果精力不能及时恢复。他只好起来,到院里走走。

他看见一轮明月挂在天上,才想起时间过得真快,今天已是三月二十了。这日子,规定着月亮的行程,当它升到头顶时,天就明了。果然,他听见黎鸡打翅的声音,那声音清脆而爽朗。司空马想起路上看见杏子已经有小指头大小,麦子快要吐穗……

"啊,谁?"

司空马一惊,随即答道:

"是我。"

"公公?"那年轻的驿丞身披铠甲手持长矛过来施礼,"公公起得这么早。"

"你是在警戒吗?"司空马问道。

"是的,公公。"

"有盗贼吗?"

"公公住在深宫,不知鄙野情况。"那驿丞叹道,"去年大灾荒,而眼下又正是青黄不接的时候。"

司空马想起秦国人喜欢鼓吹法制,强调治安,而结果是盗贼最多,简直可以说凡有人烟的地方就有盗贼,这真是不可思议[①]。

"不过,"他说道,"天很快就亮了。"

这时候,宫女和太监们都已经起来,稍事梳妆,随即开饭,昧爽时分他们就上了路。那宫丞夫人的清脆的嗓音,呼唤着司空马和黄羊角的假名字,要他们跟紧一点,走快一些,并且她特别关照道:

"前面山高路窄林木丛生,两位公公请多加小心。"

如果司空马是官方的侦探,他肯定会认定她就是强盗的

---

①史称秦国"颓衣塞路,群盗满山"。

同伙。因为，正是在她警告会有强盗出现的地方，可可的就出现了强盗，世界上能有这么巧的事吗。

如果你只是听说过拦路抢劫的强盗，你一定以为他们个个都是青面獠牙，可怕至极。你真的看见过一次，你又会觉得寒心。那些可怕的强盗，一个个蓬头垢面，衣衫褴褛，没有骑马，手里拿的也不是什么龙泉太阿，而是镰刀镢头。他们仿佛没有首领，没有指挥，没有计划……他们好像是正在地里干活的农奴，突然看见东边大路上来了几个宫女和太监，跟随着一辆载满东西的马车。望见在这些宫女太监的前后都没有护卫的军士，于是便起了不良之意。当他们从北边土山上奔下来的时候，呼喊着，怒吼着，发出无法形容的怪叫声。如果只听声音，仿佛有上千人的队伍。仔细一看，才十多个人。

当那些强盗冲到近前的时候，走在前面的一个太监拨转马头急忙往回跑。他慌忙之间离开了大路，驰进了路南的麦地。而另一个太监的马，听到强盗们的呐喊，吓惊了。它把那太监抛在大路上，自己向西冲去。一个宫女吓坏了，尖声叫着，浑身颤抖，虽然她的马很懂事，一动不动站在大路上，她却早已不能自持，从马鞍上滚了下来。那太监是摔昏了，动弹不得。她比太监强得多，她哭着喊着爬进了路旁的杂草丛中。相比之下，胥毛头最有经验，他知道饥饿的人群是来抢东西，不会伤害他。他从马车上跳下来，不慌不忙地离开马车，站在路边观看着，只有那身为宫丞夫人的姆姆勒住自己的马，挥舞着马鞭，大声叫喊着：

"你们要干什么？ 强盗！ 站住，不要拿我的东西！ 放下！"

"这就是强盗，"司空马叹道，"我的天哪！"

"姆姆快回来！到这边来！"黄羊角拔出宝剑策马向前，嘴里喊着，"姆姆退下去，不要拦他们，我来收拾他们！"

有一个强盗挥舞长柄镢头，不知道是在抵挡姆姆的皮鞭，还是有意伤害姆姆，总之他同姆姆纠缠起来了。黄羊角飞奔过去，一剑砍在那强盗的肩头，与此同时，那镢头也打中了姆姆的腿。她叫着，骂着。这时她的马向回一跳，跳到了司空马身后。

"你不要乱闯！"司空马大声斥责她，忽然又觉得这样粗暴太不礼貌，急忙换一种比较温和的口气说道："两腿紧紧夹着马肚子！就站在我身后，不要动！"

司空马已经把宝剑拔出来，却没有挥舞它的意思。

这时候那些强盗已经奔到马车跟前，急急忙忙从车上拿东西，有的仿佛已经抓到些什么东西，立刻跳下马车奔回路北的丛林中去。黄羊角挥舞宝剑，高声叫喊，策马冲过来。他看见这些强盗无非都是一些饥民。想用自己的马去撞他们。手中的宝剑不停地砍下去，只想砍他们的手。他的马撞倒两三人，宝剑也砍伤了两三人。他围着马车转了一圈。当他转第二圈时，那些强盗，无论抢到东西的，还是没抢到的，都跑散了。连受伤的也都钻进了路北土山上的丛林中。黄羊角气愤起来，大骂着、怒吼着，策马向路北的土山冲去。山上突然扔下许多石头和土块来。司空马见此情景，焦急地喊道："黄羊角，快回来！"

那宫丞夫人这时候看见危险已经过去，心情也渐渐平静下来。

"他叫什么？黄羊角？"她问道。

"这是他的外号。"司空马支吾着。

即使司空马是那些乌合之众的强盗们中间的一个，他也未必有现在这么懊丧。他在一急之下，喊出了黄羊角的真名字，这实在是太拙劣了。他活了四十多岁，平生做过许多蠢事，但是，再也没有这一声呐喊更使他脸红了。他把宝剑插回自己的剑鞘，尽力心平气和地说道：

"也可以说这是他的乳名，"他又拙劣的补充道，"只有我知道。"

"足下也带一点邯郸口音。"宫丞夫人说道。

"姆姆到过邯郸？"

"没有。"她看见司空马的脸上忽然红了起来，不禁笑道，"祈年宫有两个宫女是邯郸人。她们说话好听得很，就像唱歌一样。"

"请问姆姆是何处人氏？"司空马拱手道。

"蓝田。"

"好地方。"

"比邯郸差多了。邯郸人都有文化。"

"车里都是什么东西？"

"都是太后的赏赐，"她笑道，"没什么贵重东西。"

这时候，胥毛头走过去，把那跌在路上的太监挽起来，扶到马车跟前，看样子只好请他坐马车了。那跑进麦田的太监，倒也安然无恙，也已经回到马车附近。这时，黄羊角也把那钻进丛林中的宫女找回来。姆姆显出非常高兴的样子，说笑着，催促继续赶路。她说道：

“老天保佑，大家都平安。只是丢了一些东西，没关系，继续赶路吧。”

她笑逐颜开地望着黄羊角，好像他是她的朋友一样，亲切地说道：

“多亏这位公公，英勇善战，一个人击败了一大群强盗。若是在前线，”她对黄羊角说，“你一定会连升三级。妾有心为你请功，你愿意吗？”

“不，首级未得，何以报功。”

她同他并肩走着，她看清楚了，他的不多的胡子，是新近刮掉的。她笑着。她的笑容是，如此明丽，如此的妩媚，如此亲切动人。然而在司空马看来，这笑容里面包含着许多可怕的内容。这些内容，这些明显的现象，司空马认为，黄羊角似乎完全没有注意到。

黄羊角只是看见她不住地向他微笑着，那是温柔的明媚的含情脉脉的笑容。她仿佛早就把方才那惊心动魄的事情忘记了。她甚至公然把她的白嫩的手露出来，向他指点着前面以及左右的山川古迹。

“前面就是岐下，新来的公公，你看见了吗？”她用悦耳的声音述说着，“那山脚下的古城，就是岐下。‘古公亶父，来朝走马。率水西浒，至于岐下。’①这就是宗周的祖先太王建都的地方。一切建筑早已荡然无存，只剩下了一片废墟。北面这座山，你看，高高的，这就是岐山。西周末年大地震，岐山的悬崖崩塌，声震百里。”

---

①见《诗经·大雅·绵》。

"姆姆,"黄羊角关切地问道,"你的腿疼吗?"

"疼,还能不疼,不过不要紧。"她的微笑的眼神里流露着说不尽的感激。

"南面,那座高山就是秦岭。"她继续说道,"渭河边上那个地方,你看看有崖头的地方,那就是有名的钓台,是姜子牙钓鱼的地方。据说,他钓鱼的本领并不怎么高明,呆坐半天,也不一定能钓到一条小鱼。不过,他就是在那里,遇见了周文王,文王后来请他做了军师。"

黄羊角听着她的热情的叙述,看着她的心花怒放的笑脸。他想道:"她或许不到三十岁吧?如此丽人,若在燕赵不算稀罕,她居然出在秦国,着实的令人惊叹。她或许是一位犯罪的公主吧⋯⋯"她只念了"率水西浒,至于岐下",都故意不念下面的"爰及姜女,聿来胥宇①。"这么小心谨慎。黄羊角想到这里,调皮地笑了。

"转过前面那个小山嘴,咱们就到了。祈年宫就在那山嘴西边。"她不停地说着。仿佛她一停止说话,黄羊角就会跑掉似的。

"这北边,"她继续说道,"你往那山崖里看,看见了吗?那是秦国先公先王们的墓地。文公、武公、宁公、灵公、简公,都埋藏在这里。从前人们说,这里的风水好。其实,以姜之见,无所谓风水。因为秦国从襄公时才开始建国。襄公以前,世居西垂,为西垂大夫。襄公之后,才走出陇山,来到岐下一带,建立了国家。这块地方是秦国的发祥地,先公先

---

①胥宇:可以论作视察居处,也可以论作相亲。

王们不往这里埋，能往哪里埋呢？往南看，那山下就是陈仓古城。那里有宝鸡神祠。那就是秦文公得陈宝的地方……"

这在旁人看来，是因为黄羊角今天击退群盗立了功劳，他给姆姆壮了胆，她感激他，所以她才对他这么热情，这么亲近，这么指东画西地说个没完。当然，这一切都是很自然的。难道今天的事情是不值得一提的事情吗？是不值得一个柔弱女人记挂的事情吗？不过，司空马却不这样想。他认为，这一切都是他弄糟的。他的一声呼喊，暴露了黄羊角不是那名叫戎余的太监。这等于是告诉了宫丞夫人："他是假太监。"进而也就等于告诉他："我们是有秘密使命的。"司空马想道："那女人正是因为知道了我们的秘密，她才显得这么开心。所以，她才这么情不自禁地笑着，不住嘴地说着，指东画西地卖弄着。她甚至想尽办法不让黄羊角回到我跟前来。她还说要为黄羊角请功，看吧，是她想领赏了。她或许觉得已经把我们攥在手心了吧……"他忽然有一个想法，想把黄羊角叫住，叫他到后边来同他一起走。然而又一想，如果公然这么办，不仅不礼貌，而且会进一步暴露他们是别有用心的假太监。"如果今天晚上，或者明天早上，这毒蛇一样的女人若往咸阳派人，无论是干什么的，一律杀掉……"司空马叫着自己的名字："司空马，愚蠢的老东西，你干的蠢事太多啦！这是你临死前唯一的大事啦，你要当心！"

临到进入祈年宫的时候，有一段上坡路，于是，各人之间的距离拉开得更远了。姆姆和黄羊角等人已经进到宫门的时候，那马车还在远远的坡下。原来坐在车上的太监，见马车正在艰难地爬坡，便跳下马来。司空马也下马帮助胥毛头推车。他把自己的马缰绳交给那太监,让他在前面走。他在后面和胥毛头一起,慢慢推着马车。

"胥毛头,咱们是老朋友了。"司空马低声说道,"我不仅是张唐的朋友,而且是浑沌的朋友。我们应该是无话不谈。我们不是来这里游山玩水的……"

"知道。"胥毛头说道。

"这事情至关重大,自不待言。"

"是的。"

"现在最危险的是这毒蛇一样的姆姆。"司空马对着胥毛头的耳朵说道,"她也许看出什么蛛丝马迹。"

"你说怎么办吧?"胥毛头问道。

"如果今天晚上,或者明天白天,总之在我们走以前,祈年宫有人回咸阳去,那就是告奸者,就是靠我们的脑袋升官的人。"

"怎么办呢?"

"把他杀掉。"司空马严肃地说道,"发现有人出来,立刻告诉我们,把告奸者杀死在路上。"

"好吧。"胥毛头答应道,"这祈年宫,我很熟。我每次来都是住在一进大门左边的一个房间里。我给你们看大门,只要有人走,我就拦住他。"

"如果跟前有人,不便说话,你就大喊肚子疼。"

"我会肚子疼。我经常肚子疼。"

"啊,胥毛头,咱们三四年不见了。"

"我进宫已经整三年了。"胥毛头很是感伤,抬起头来问道,"张唐将军,他好吗?"

"好，很好。"司空马叹道，"这些年不顺心，他也见老了。"

"张将军命很苦，"胥毛头说着落下泪来。"他是我的好大夫①。"

他们一进入祈年宫的大门，就听见姆姆对黄羊角喊着：

"看见了吗？公公，那受惊的马跑回祈年宫来了！哈哈！好一匹恋栈豆的骏马啊，应该载入史册了！"

她的响亮的语声和咯咯的笑声，就像集合的号角一样，祈年宫的太监们和宫女们，飞也似的跑到祈年宫的前院来，迎接他们的宫丞夫人。她们把她从马上扶下来。她已经不能走路。黄羊角看见她一拐一拐的样子十分可怜，急忙过去说道："姆姆，慢着，你的腿受伤啦。"

于是，她把自己的手放在黄羊角的肩膀上，回过头去对宫女太监们说道：

"快去把车上的东西数数来告诉我。我们在路上遇到了一群强盗。我的腿上挨了一镢头，多亏这位公公武艺高强，一个人打败了一群强盗。"

并且她当着众多的宫女和太监的面，对黄羊角说道：

"多亏你呀，救了我们的性命……是老天派你来搭救我们的……真不知该怎么感激才好……"

她的这一切言谈举止，都非常自然，非常令人信服。于是，黄羊角便在宫女的指引下，肩负着姆姆的温柔秀丽的手，走进了祈年宫的后院，在众多的高楼中间缓缓地前进着，最后走上了一座高楼的第二层，进入了宫丞夫人的房间。

---

①好大夫：即好主人。

这时候，司空马被一个小太监引进给他安排的住房。他看见姆姆把黄羊角带走，心中着实的发起慌来。那种情形就像一只猛虎看见同伴突然落入陷阱，踪影皆无的情形一样。他显出呆滞的神情，仿佛突然麻木了似的，继而显出焦躁不安的神色，恐惧和愤怒一起涌上心头。他卧也不是，坐也不是，忽然站起身来，围着房子转了一圈。然后偷偷向门外看了看，好像给他安排的这间房子就是他的牢狱一样。他看见这祈年宫的空旷的前院静悄悄的。他的马已经拴在马厩中，胥毛头正在给它们添草料。胥毛头咳嗽着，仿佛草料中的尘土把他呛坏了。从里院传来了隐约的人声，似乎还有宫女们的笑声。

"这个黄羊角，原名叫祁砥。"司空马忐忑不安地对自己默默说道，"听说是浑沌的朋友，也是麃公的朋友。他究竟是个什么人，鬼也不知道。也许他根本就不是好东西……完了，他被那漂亮宫女迷住了。迷住了，完全迷住了……他恐怕现在早已忘记他是来干什么的了……既然如此，我只得独自完成使命。如果今晚能查明虚实，我就连夜逃回咸阳。是的，撇开他，这个没把的葫芦。"

一个年轻的太监给他端来了茶饭。他想等黄羊角回来一起吃，但是直到吃完饭，黄羊角也没有回来。他想出去看看，看看那两个孩子的踪迹，也看看黄羊角的下落……然而，宫中规矩极为严格，绝对禁止胡乱走动。如果没有宫人引导，他不敢向后院窥伺。现在他只好歪在自己的皮袍上假寐。忽然他想起一件往事。那年在洛阳被困的时候，在万分紧急的情势下，他派出一名信使，去向蒙骜求救。这信使未派出之前,觉得他很合适,等到信使走后,左思右想觉得他不合适。他烦躁到极点,甚至无故打人骂人。但是在第四天,蒙骜大军终于到来。他才知道那信使身上三处负伤,通过千难万险,终于完成了任务。原来这默默无闻的小将是个足智多谋的勇士。那次洛阳之围能够不声不响地解了围,全凭这位信使。司空马对他的感激到了语言无法形容的程度。他曾经说过:"假若我有一个女儿,我一定将女儿嫁给他。"后来那位小将被提为公乘大夫,隔了几年,在东郡作战时阵亡了。这件事情启发了他。战斗中要相信人,越是紧要情况,越要相信周围的人。他想到这里,心中宽裕多了。正在迷迷糊糊的时候,黄羊角走进来喊道:

"大哥,请到外面走走吧。天还不黑,睡的什么觉?"

司空马坐起来,看看黄羊角,然后说道:

"吃了饭吗? 在哪里吃的? 是跟那女人一起吗?"他见黄羊角笑着,便突然大声吼道,"看你那着迷的样子! 你小心! 不要脑袋了吗?"

"她就在门外等咱们,"黄羊角压低声音叫道,"你怎么这样。"

他们走出房来,向姆姆寒暄施礼的时候,黄羊角看见姆姆嘴角上挂着一丝尚未消失的微笑。他想道:"坏了! 老家伙们爱发脾气,而女人们又爱多心。天哪! 彻底完蛋了。她正在偷笑,正在暗暗欣赏这两个扮演得十分拙劣的假太监。完了! 她大约早已派人报告了嫪毐。我们用不着回咸阳了。我们只有北走匈奴这一条路了。我的天哪! 曲子很好,硬是把他唱坏了!"

暮春的夕阳就像一位风姿艳丽的中年妇人，她的一切都是柔和的，优美的富有魅力的。她知道所有的人都在仰望她，所以她总是微笑着，就像对她心爱的孩子们一样微笑着。她绝没有少女们常常有的那种羞涩的忸怩的态度，但是由于习惯，常常喜欢用随便什么襟袖一类东西，遮着自己的光彩夺目的脸。当她只露着她的眼睛的时候，人们才发现她的眼睛里充满了温柔明媚的光辉。一团又一团彩云，遮住了即将陨落的夕阳，她的光芒透过云层射到山谷，照亮了森林，照亮了岩石，照亮了古老的威严的好像城堡一样的祈年宫。

　　黄羊角正在用心地顺着姆姆的指点，遥望祈年宫上边的高高的地方，四百年前秦穆公所建造的宫殿。那是一些古老的坚固的石头堆起来的建筑群。他们虽然在夕阳下闪耀着光辉，然而已经是大部残破，有的已经坍塌，早已无法居住了。这时候，黄羊角听到司空马同站在大门旁的胥毛头说了几句半带玩笑的话。

　　"没有肚子疼吧？毛头老哥？"司空马问道。

　　"今天还没有。"

　　"放几个屁就好了。"

　　"不是没有屁，是他们还没出来。"

　　"既然有屁，那就不愁它们不出来。"

　　"公公不必操心，这放屁的事，我并不外行。"

　　"这我倒也放心。"

　　黄羊角感觉到他们好像在说黑话，但是不知道这黑话是什么意思。他害怕姆姆多心，特意看了看她的眼睛。她正在对他微笑着，眼睛里闪动着热情的光芒。黄羊角感觉到

她的眼睛里仿佛是在说："听见了,听清了,我都听懂了,你还不懂吗?"然而她嘴里却不紧不慢地说着她正在说着的话:

"秦穆公所造的这些宫殿,没有名字,当时就叫秦宫,后人叫它故宫。这下面的这大片宫殿,才是祈年宫。原来叫作祈年观,规模很小。那旁边的,是秦穆公的陵墓。一百多年前,秦惠王在原来的基础上扩建成为现在的祈年宫。不久以后,相隔二十多年,秦孝公又在那边不到三里远的地方,建造了高泉宫。那边,阳光已经照不到了,那长满黑压压的树木的小山头的下面,离这里不到五里,那是不久前,三十年前,秦昭王建造的避暑宫,叫作棫阳宫……"

一边说着话,不知不觉之间,他们已经跟随姆姆来到了祈年宫非常坚固的围墙之上。

黄羊角看见秦穆公的所谓故宫小得可怜,但是,地势孤高,仿佛一座巨大的壁垒。在它下面的祈年宫,建筑雄伟至极。全部都是三层至四层高大建筑。它们的飞檐高高扬起,好像海鸟扬起了巨大的翅膀。这些建筑互相错落着,又互相联结着,组成许多院落。这些院落,连同周围的平房,以及后面的故宫,都被一道高高的围墙包裹起来。围墙厚得很,上面可以三辆马车并排驰过。这是一座名副其实的城堡。与一般山东的城市不同的,是它里面没有街道,它只有一座大门。那高高的非常坚固的宫门,就坐落在南面的地势比较低的地方。黄羊角想道:"如果在这里发生战斗,这座城堡是很难攻下的。它的弱点在什么地方? 或许是在北面的比较高的地方吧? 那里的围墙比较低,而且相连的建筑有的已经坍塌。"

姆姆因为腿疼，觉得很抱歉，不能陪他们各处走走，只是这样在宫门旁边的围墙上，站着做了这番介绍。好在已经将近黄昏，应该回去休息了。她微笑着。她的美丽明亮的眼睛里闪烁着迷离摇曳的足以令人陶醉的微光。她已经疲倦了。她的带着歉意的笑容仿佛在请求黄羊角将她送回去，也就是送回她的卧室去。黄羊角也仿佛默默地接受了这一项十分荣耀的使命。当她艰难地走下围墙的又高又陡的台阶时，黄羊角不知不觉伸出双手去扶她。她没有伸出手来，却使自己的胳膊落到了黄羊角的手中。这一切，即使是在非常讲究礼仪的古代人的眼里，也算得是十分谨慎，并且是十二分的周到了。

然而这时的司空马却是焦急万分。他觉得他再也不能等闲视之了。他决定同黄羊角一起，把姆姆送回，然后他们再一起回到他们的住处。

"姆姆，"黄羊角说道，"来时左相大人面谕，看望两位公子安康。按礼一到此地，就该请姆姆引见才是。"

"这个自然。"姆姆答应着，"妾现在就引你们去见两位公子。"

司空马没想到，事情这么顺利。他忽然又有一种掉进陷阱的感觉。

只见宫女打着火把在前引路，上了第三进院落的最高的一幢楼的第二层。宫女们把堂前的油灯点着。姆姆命宫女们将两个小男孩抱出来，司空马和黄羊角一见急忙匍匐在地行礼。

两个小男孩见到姆姆非常高兴，一齐扑到姆姆的怀里。姆姆对他们说道：

"甘泉宫的两位公公来拜见你们，还不快请他们平身落座。"

两个男孩见到生人很是胆怯，但是因为他们的姆姆在场，很快就敢说话了。姆姆说道：

"告诉公公，你们叫什么名字。"

"我叫辟疆。"那大的男孩说道。

"我叫无忌。"那小的男孩说道。

"你们几岁啦？"姆姆问道。

"四岁。"大的说道。

"三岁。"小的说道。

"你们长大了做什么？告诉公公。"姆姆问道。

"我长大了做王。"大的说道。

"我长大了也做王。"小的说道。

"你们的父亲是谁？"姆姆问道。

"我的父亲是嫪毐。"两个孩子一同回答道。

"你们的母亲是谁？"姆姆问道。

"我的母亲是太后。"两个孩子又一同答道。

"臣等愿两位公子听姆姆的话。"司空马拱手至额说道，"恭祝两位公子都能当王。"

"宫里人们都习惯称呼我姆姆"，姆姆笑道，"其实，妾有职司。妾是左相大人任命的祈年宫的宫丞，今天太晚了，请两位公公回房安歇了吧。希望您们两位在此盘桓几日。今日暂且安歇，来日承教有时。"

"夫人鞍马劳顿,也请安歇吧。"司空马说着退了出来。

司空马退出来时,手里紧紧扯着黄羊角的袖子。他很害怕这刁钻夫人。他认为,如果姆姆使个眼色,黄羊角就有可能公然留下,那就糟了。当他们走下楼梯时,黄羊角虽然挣脱了他的拉扯,不过,还是跟着他走下楼来。这使司空马感到很满意。

宫丞夫人确实很疲倦了。她命两个宫女打着火把,把司空马他们送出来,一直到前院他们的住房。

他们的房子里没有灯火。他们借宫女的火把,把这空房子照了一下,两只老鼠,从他们的脚下跑过去。老鼠虽然是常见的东西,不过,他们使司空马心中一惊。这使他一下子又恢复了先前曾经发生过的,像掉在陷阱的那种感觉。

宫女走后,他们的房子里一片漆黑。

守卫祈年宫的卫队,住在东边的一个单独的院子里。他们的院子和这边不通,只通着上围墙的路。听说这是左相嫪毐的命令。这样一来,就使这一连串的院落和许多的高大建筑,显得格外清寂,夜幕降临之后,甚至有点阴森可怕。这里面只住着几十个宫女和几十个充做杂役的太监。不过古代的太监,能文能武,不敢忽视。所以司空马一直提心吊胆。

"祁兄。"他低声问道,"你觉得这个女人如何?"

"好人。"

"果然。"司空马无可奈何地叹道。

"什么?"

"你被她迷住了。"

"胡说。"

"为什么这么容易就让我们见到了两个孩子？"司空马非常严肃地问道。

"因为不好回绝我。"黄羊角觉得这是他的功劳。

"不能这么说。"

"或许这原本是甘泉宫来人的习惯。"

"未必。"

"老兄擅长狐疑。"黄羊角说道，"快睡吧。"

"如有不测，如何对付？"

"什么不测？"

"各种危险都存在着……"司空马仿佛要详细分析一下似的。

"我看不出。"黄羊角已经不耐烦说话了。

"比如，"司空马解释道，"她已经看破我们的底细。你们就是来寻找两位公子的，好吧，就让你们看见他们。这就是证明，证明你们是别有用心的人。她不但看破了，而且抓住了把柄。然后，今天夜里下令把我们逮起来，明天送交嫪毐。这不是很简单的事吗。"

"如果我们真是嫪毐的人，"黄羊角说道，"她不是要因此而获罪吗？"

"恰恰相反。"司空马说道，"即使是真的，嫪毐也不会生气，反而会赞许她。"

"为什么？"

"因为我们是第一次来的新人，"司空马认真地说道，"而且一来就急于要见到两位公子。"

"玄想。"

"所以我认为需要采取一些措施。"

"多此一举。"

"你听着，"司空马严肃地说道，"我已经看好。在咱们这所房子的左边和右边，都是空房，没人住，也没有上锁。你我分开，一南一北，钻进去藏着。夜里如有动静，可以互相呼应，互相支援。"

"用得着吗?"黄羊角淡淡地问道。

"如果有什么变故，绝不能束手待擒。"

"真的有什么变故，"黄羊角说道，"难免有一场厮杀。"

"那是自然。"司空马继续说道，"杀得过就夺马而走，杀不过就退到后院公子住的那个楼上去，夹着两个公子，不愁换不出马匹。"

"让你说的，我都有点紧张了。"黄羊角笑道。

"当然希望没事。"

"好吧，就依你。"黄羊角说道，"如果今夜出了事，证明你的估计是对的，以后一切听你的。"

"如果，是什么意思?"

"如果今夜没事，从明天早饭起，都要依我。"

"从明天正午起吧。"

"那就从正午。"

"就这么说定啦!"

他们在黑暗中轻轻地摸出来，一手抱着自己的皮袍，一手提着出鞘的宝剑，离开了指定的住宅。各自钻进了不知底细的房间。

司空马在这房间中倾听了一下，没有声音。便沿着墙根摸进去,找了一片干净的荐席,把皮袍裹在身上,准备睡觉。忽然,他听见一些声音,仿佛是许多老鼠的响动,又像是许多人的响动。他听着,紧张到极点。他希望这是老鼠的声音,后来他终于断定这就是老鼠的声音。后来,他又听见了一种他最害怕的声音——打呼噜的声音。他暗暗叫起苦来。

"这或许就是埋伏下来,准备半夜或者鸡鸣时候逮捕我们的武士吧?我现在就躺在他们的身边。等他们一起来点燃火把,首先就会发现我,发现我已经送上门来。但是如果我现在溜掉,则更是容易被发现。刚才我进来时,他们的伍长一定把我当成小解的武士。如果我要溜掉,他怕我走漏消息,或者说我逃避战斗,肯定要抓住我。不能,不能溜掉。好一个爱开玩笑的老天呀!你把掉进陷阱的捷径指示给我,太感激你啦!你等着吧,今年就要举行报社礼的时候,我一定杀掉一只屎壳郎向你供奉,你这混蛋老天!"

也许老天最害怕无理的谩骂,于是急忙把比较宽慰的念头送进司空马的头脑之中。

"如果这是武士们的潜伏之处,等他们行动时,未必点起火把。如果不点火把,他们无论如何不会发现我。他们刚刚住过的房间,绝不会再次搜索。我虽然睡在他们身旁,其实,也许这样最为有利。如果真是这样,混蛋老天,我将为你杀一头羊。"

忽然他又想到黄羊角。

"也许这调皮的俘虏,早已经溜进姆姆的被窝里去了。我想出这种分开隐藏的办法,实在是弄巧成拙。我司空马活了大半辈子,干了不知多少弄巧成拙的蠢事。我从来不会周密地思考。事先觉得万无一失,事后才知道是一塌糊涂。我是个废物,简直是个废物。什么时候我才能学得稍微聪明一点呢,天哪!"

司空马一夜没睡。等天明的时候,借着晨曦的微光,他才看清,原来睡在他不远处的是胥毛头。这时候他才发现,自己手中一直紧握着宝剑。他感到值得庆幸,没有把宝剑刺进胥毛头的脊背。

早晨起来,当他和黄羊角见面时,黄羊角笑道:

"虽然依了老兄,其实,原本,原本,我也以为你的估计是对的。"

"我并不希望我是对的。"

"不过很快就吃早饭了。"

"说的正午。"司空马严肃地说道,"现在你还得听我的。"

"有何见教?"

"今天一定要回咸阳。"司空马说道,"既然一切顺利,得意之处不可久留,知道吗? 防止夜长梦多……脱身不得……弄巧成拙……"

"就依足下。"黄羊角答应着。

吃罢早饭,黄羊角向宫丞夫人辞行,夫人坚决不允。

"不是说好的,要盘桓数日吗?"夫人显出很不高兴的样子。

"姆姆,"黄羊角拱手说道,"我们必须赶回去。陛下不日即将举行冠礼,这位姓赵的公公(指的是司空马),担负着典礼上的执事,不敢耽误。"

"你那姓赵的公公,古板至极。"夫人忽然转嗔为喜,笑道,"如果他非回去不可,那就让他先回。你就说你病了,在这里吃两剂药,养几天。"

她认为她这个建议,是非常合理的,而且是极容易被接受的。她用她那妩媚的眼睛,使人魂飞魄散的眼睛,紧紧盯着黄羊角的两眼,使黄羊角躲闪不及。

"这个,姆姆,固然非常之好。"黄羊角对这个建议非常满意,但是,他毕竟是有特殊使命的人,他接着说道:"不过,这要让左相大人知道了,可不得了。"

"他怎么能知道?"宫丞夫人反驳着。

"这位古板的赵公公就有可能向左相报告。"

"他图什么?"

"他为了推卸责任,就可能瞎说一气。"

"就算他去报告,"宫丞夫人生了气,"又怎么样。"

"那时候,我的性命难保。"

"你们那位左相,"宫丞夫人突然愤怒起来,"他有什么资格管教别人,他先管教管教他自己吧。"

"话虽这么说,夫人,"黄羊角顿首说道,"臣等却不敢妄为。"

"妾是一个早已死去的人。"夫人沉默了一阵说道,"皇天保佑,没有死了。"

黄羊角听见这无限凄凉的语声,惊奇地抬起头来,看见她的眼里充满了泪水。她那种热泪盈眶的样子,使黄羊角不敢仰视,不知所措。

"来到这监狱一样的深宫……"

她说不下去了。她一低头,泪珠一个紧跟一个滴落在她的前襟。

"多年来，妾没有见到过一个有胆有识的大丈夫……昨天在路上，妾有幸认识了足下。这是苍天有眼，赐给妾这样的机缘……"

她停住说话，慢慢擦掉眼泪，继续说道：

"实有话要对足下说，并且有事请足下帮忙。"她哀求道，"你能答应妾，留下吗？黄羊角。"

黄羊角正要答应的时候，听见夫人低声呼唤他的名字。他惊奇极了。这就仿佛有一无形的大棒，打在他的头顶。他觉得耳边嗡的一声，眼前直冒金星。他在心中暗暗叫着："糟了……连我的名字都知道了。莫非咸阳已经来了人吗？一切都败露了……看来司空马是对的……我们上当了。眼前之计，必须立即动身……"

"夫人。"黄羊角重新跪起拱手至额道，"夫人能够信任在下，这是在下的荣幸。既然夫人已经知道黄羊角的底细，请夫人开恩，放黄羊角暂回咸阳。多者半月，少者十天，黄羊角一定回来，听候夫人驱使，万死不辞。"

"既然如此，妾等着你。"夫人果决地说道，"望你像尾生一样，言而有信。"

黄羊角得到夫人的允许，立即起身跑到前院。他看见司空马已经站在备好的马匹前等他。他想着："快逃跑吧，快，越快越好。"他想告诉司空马。宫丞夫人什么都知道了。但是又一想，用不着多说，赶快脱身要紧。他没有说话，急忙跳上马背。司空马见此情景，飞身上马，大声命令胥毛头道：

"起程啦！"

黄羊角忽然觉得很对不起宫丞夫人。他想道："咸阳来人，不可能这么快。如果不是咸阳来人，她怎么知道我的真名字？或许她这里有蒲老官家的逃奴，或者什么亲戚，曾经到过蒲老官家，故而认出了我。如果是这样，我如此惊慌失措，这何必呢？姆姆既然允许我们回咸阳，这就证明她并不了解我们的秘密使命……"当胥毛头挥动鞭子，马车起动，司空马也提起缰绳，正准备出大门的时候，黄羊角也上了马。他想道："现在的黄羊角已经上了马，眼前即使有千军万马，也无法阻挡我的去路。我要再看夫人一眼。"他把马缰提起，使自己的马在祈年宫的空旷的前院转了一个小圈。他看见宫丞夫人正站在楼上栏杆一端向他招手。他激动异常。他认为：夫人是不愿意让人看见她那泪流满面的样子，才没有出来给他们送行。忽然觉得应该听从夫人的建议，留下来在祈年宫装几天病。他向夫人抬抬手。看见夫人正在擦眼泪。"难道眼泪还有假的吗？不！她是好人，是一个可以信赖的人。我为什么不可以留下？我怕什么？我既不是秦国的官吏，又不是秦国的臣民……我只不过是一个奴隶罢了。夫人说她是已经死了的人……皇天在上，我也是已经死了的人呀！我是一个上了阵亡名单的赵国的将校，不过如此而已。"

黄羊角突然有一个想法，现在就头朝下滚下马鞍，跌到草地，装作突然得病的样子留下来。司空马也未必就能识破……他想着，犹豫着。

"走呀！"司空马突然大声催促着。

"是啊，走，这马……"黄羊角嗫嚅着。

他想起了麃公。"公是我的朋友。我是同意麃公的政治主张的……当然我也就成了吕相一派的人。我这次是有秘密使命的……如果我留下，司空马绝不会允许。他怕我破坏他们的计划……我既然担负了这次的秘密使命，我就不应该让同伴对我产生怀疑……走，还是走……"他策马跟上司空马，迅速出了祈年宫的大门。

　　他忽然想起夫人临别是用了尾生的典故①。再也没有爱情这东西更明净，更灵透了！"我应该留下，"黄羊角想着，"姆姆不仅聪明美丽，而且就其气质来说，她是一个女丈夫。她是绝对可以信赖的……我在祈年宫隐藏起来，然后有朝一日，得到正式符节，扮作客商。大摇大摆混出潼关，回到故国……"

　　当他们走下祈年宫门前左边的大慢坡的时候，黄羊角回头一望，看见宫丞夫人已经跑出大门，正站在那高岗上向他招手。他挥动手里的马鞭，向她招手。他突然下了决心，现在就回去，回到祈年宫去……

　　情人们往往以为周围的人都是傻瓜，什么也看不见，什么也听不到，其实不然。司空马这时大声说道：

　　"祈兄，着鞭吧！三五天我们就回来了！"

　　"能回来吗？"黄羊角像要哭的样子。

　　"现在已经稳操胜券了。"司空马开朗地笑着。

　　然而黄羊角的心，却像一片波涛汹涌的海，一层一层的浪花，迅速地涌现出来，尽力地喧啸着，然后又不知不觉地沦

---

①《战国策·燕策》"信如尾生"，注："尾生与女子期于桥下，女子未到，尾生遇水而死。"

没下去,消失得无影无踪。

"黄羊角啊!"他在心中痛苦地呻吟着。

第二十三章　秦王政的路

　　在中国人看来,所谓历史就是政治。现在的历史,就是过去的政治;现在的政治,就是将来的历史。所以历史学家们除了政治,其他一概不感兴趣。而他们所谓的政治,我们也毋庸讳言,只不过就是宣扬天命,鼓吹集权,赞美独裁而已。他们认为古代历史上最值得赞美的就是秦始皇。对于秦始皇来说,最值得纪念的日子,就是公元前二百三十八年三月二十二日。这一天,他向自己宣布了自己的最后胜利。然而对于吕不韦来说,最值得纪念的日子,是这一年的三月二十五日。这一天,他向自己宣布了自己的彻底失败。二十二日秦王政举行冠礼,二十三日举行祭告,即告天地和告宗庙,二十五日亲政。在此以前,他虽然也过问朝政,但是掣肘过多,不能随心所欲。顿弱曾经讽刺他是一个有名无实的王,就是因为他不能大权独揽,不能左右朝政。[①]只有在冠礼以后,他才能算一个成年男子,才能亲政,才能变成一个名副其实的王,他才能"唯辟作威,唯辟作福,唯辟玉食"[②],才能施展他的雄才大略,在古代历史上写下他的光辉灿烂的伟大篇章。

三月二十二日上午,隆重的冠礼在咸阳宫举行。关于冠礼的时间地点,都由不了秦王政。他要求冠礼在正月举行,结果推到了三月。他对阿房宫有某种说不出的偏爱,他要求冠礼在阿房宫举行。大臣们都不同意,首先是吕不韦。他以长辈的口气说道:

"阿房宫里有一个大殿算是完工了,还算宏伟,其他建筑还没有起来,周围都是空地。冠礼婚礼之中,各种执事人等不计其数。他们没有落脚处,必然引起各种意想不到的混乱,了不得。冠礼婚礼绝不能在阿房宫举行。陛下喜欢阿房宫的大殿,定在二十六日的国宴,就是款待各国群臣的宴会,可以在阿房宫举行。"

秦王政只得依从大臣们,不过心中已经感觉到十二分的不快了。

二十二日清晨,咸阳宫门前就热闹起来了。各国前来贺礼的君臣们陆陆续续奔向咸阳宫大门。先是齐王建及其随从大臣们,然后是赵王偃及其随从大臣们,紧接着就是魏国的特使朱亥,楚国的特使景鲤,韩国的特使韩非,以及燕、卫、

---

①顿弱讽刺秦王政事见《战国策·秦策四》。

②《尚书·洪范》。

安陵的使者们。他们进入咸阳宫时,自然要经过一番检查,不准任何人携带任何武器以及足以代替武器的东西。这种检查非常困难,既不能有任何疏漏,又不敢耽搁过久,使外国君臣们生厌。所以秦竭及其禁卫军将士们,一个个简直就像听到狼叫声的狗一样,耳朵支得高高的,眼睛滴溜乱转,紧张到极点。虽说不敢耽搁过久,其实是颇费周折。从清早开始,将近中午,这些可怜的外国君臣们才算顺利地走进咸阳宫的大门。当他们进得宫门通过广场进入大殿的时候,那种鸦雀无声毕恭毕敬的样子,简直就像一次战争的尾声,就是说,他们都是战败国,好像缴械投降的将士们一样。

在各国使节的后面,首先是秦国的现职的高级官吏。他们早已排成长队恭候检查,然后鱼贯而入。后面是曾经任过高级职务如今依然保有封号的封君们,以及他们的继承人。这里面本应该有刚成君蔡泽,但因为他已经被看管起来,对外的说法是他已身患重病,不能来了。

冠礼由仲父吕不韦主持,由假父嫪毐唱赞,进行得倒也顺利。

当吕不韦把王的冕旒恭恭敬敬戴在秦王政头上以后,吕不韦发现秦王政用白眼珠看了他一眼。

“是啊。”吕不韦想道,“我费尽心血制造出一只狼来,然后再乖乖地让他把我吃掉。‘人之无良,我以为君。’①是这样的,一点不错。我的食客们,一个个说话都很尖刻,虽然如此,他们却没有把这个意思说出来。”这时秦王政从吕不韦手

①《诗经·鄘风·鹑之奔奔》。

中接过一把长长的青铜宝剑,然后由近侍们给他佩戴在腰间。

"是的,一点不错。"吕不韦思索着,"一只头戴冕旒的狼。"

吕不韦想起咸阳许多士人对赵政非常反感。门客们曾经郑重地劝他废掉赵政,迎回成蟜。他不能接受。"由此看来老夫只是一个循规蹈矩的庸人,或者说得好听点,是个顺水推舟的英雄,吃现成饭的农夫。老夫知道前面有个嫪毐,却不防真正的敌人在这里,在自己的背后。人之无良,我以为君。天哪!如今悔之晚矣。"

第二天在婚礼上,吕不韦第一次见到了楚国的送亲特使昌文君,忽然想起了应曜。"他们楚国人都是这种细高个子,瘦瘦的,细皮嫩肉的,两眼炯炯有神。应曜也是这种样子。那是一个天才,一个瑚琏之器,一个圣人苗子。他弃老夫而去了。他已经把这点事情看透了,而老夫却还在睡梦之中。老了,不中用了。我像一段随波逐流的朽木,一会儿撞在这块岩石上,一会儿撞在另一块岩石上。孔子说,鸟能择木,木岂能择鸟①。这意思非常明确,非常果决,只要识字,就不可能理解错。子路甚至向翔而后集的飞禽行礼②。这是多么伟大的原则精神呀!而我,都不敢把这样的话头写进老夫的'春秋'中去。实际是一种懦弱,比孔门师弟们懦弱多了。我在内心深处盼望着成蟜打回咸阳来,消灭嫪毐,废掉赵政。

---

①见《孔子家语》。

②见《论语·乡党》。

就像宾客们说的,用献公的手段达到昭王的目的。心里有这种想法,却不敢说出来。怕遭到后世的非议,不敢越雷池一步,以便将来让人家当奸臣宰杀。"

第三天天气不好,可以说是出现了怪异的气象。还是从清早开始检查进入咸阳宫的外国君臣。秦竭怕出什么差错,检查得更加仔细,结果费去了比前天多一倍的时间。已经过了日中时分,才开始祭告天地,这时忽然天昏地暗起来。那情形仿佛是远处刮起了黄风,抑或飞过来漫天黄云,把个咸阳宫笼罩得黄不黄绿不绿。有人说是日食了,有人说是要下雨了。突然响起几个干雷。一般雷声多是由远渐近,使人有个精神准备。这次不同,突然霹雳大作,好像就在耳边。霹雳之下,好像整个咸阳宫都在颤抖着。人们的脸色大变,好像即将大祸临头。告天之后就是告庙。长长的队伍走出咸阳宫,向太庙走去。当秦王政和各国君臣们走向轩车时,突然落下巨大的雨点来,看上去下的就是红雨。人们走过咸阳宫的大院和回廊时,都抬起头来看天。天空变成了深紫色,就像茄子皮的颜色,这时突然落下了冰雹。小粒的冰雹,噼啪作响,打在人们头上。许多人顾不得仪表,急忙举起袖子掩护头部。那情形很不雅相,简直就是抱头鼠窜的样子。

"上天正在警示下民。"吕不韦想着。

"陛下真是洪福齐天哪!"李斯对秦王政大声喊道,"上帝祝贺吉礼,降下一天珠玉,一天珠玉呀!"

秦王政走着,只看见下了雨,却不知道雨里加着冰雹。起初他以为他的冕旒上的玉球散落地上了,突然愤怒起来,想立即杀掉几个司衣冠的宫中执事。后来才看清冕旒上的玉球都完好无缺，地上跳跃流动的是冰雹。他不禁心中大惊。"怎么这么巧？刚刚告过天地，天就发了怒？岂有此理！莫非太牢不洁吗？莫非斋戒不诚吗？这会不会遭到列国君臣们的耻笑？"于是紧接着这听到了李斯的颂扬之词。他脸上出现了一个非常独特的笑容。那是一个笑的动作，仅仅是一个动作，却没有笑的内容。秦王政的这种笑法，许多人都看见了，都留下了深刻印象，可以说是令人不寒而栗。

"上车！"秦竭喊着。

樊於期挽扶着秦王政钻进了他的銮驾。

祭告的文本是李斯的手笔。他大胆地创造了一种新的文体，四字一句，六句一韵。这种文体非常新鲜，非常别致，宣读起来也非常铿锵有力。这无疑是文学史上的一大贡献。但是，李斯却不敢自居。他说这是陛下的独出心裁，他只是为圣上捉刀而已。

"好个李斯，"嫪毐笑道，"真会做官。"

吕不韦听着宣读这祭告文本，想起方才李斯的"一天珠玉"的话，忽然心绪烦乱起来。"应曜如果在，他会把这充满浮词的文本，骂作狗屁不通。完了，结束了！诸子的时代结束了——今后再也不会出现任何圣哲了——今后只能出现像李斯这样的轻薄文人。他们只会随声附和，阿谀奉承，吹牛拍马，编造种种的无耻谎言。所有圣哲都已退入山林，连应曜也舍我而去了。留在世上的，就只剩这种混饭吃的小丑了。不好，我胃疼得厉害，我病了。"

下午日昃时分，告庙完毕，当秦王政的銮驾从咸阳街上通过的时候,咸阳市民爆发了不可名状的狂欢。他们认为,他们各自都获得了伟大胜利。支持嫪毐的人认为,王冠礼的顺利举行是吕不韦阻挠冠礼的失败,自己终于胜利了! 而支持吕不韦的人认为,王冠礼的顺利举行是嫪毐阻挠冠礼的失败,自己终于胜利了! 就连这种狂欢也带着斗气的性质。你高兴,我比你更高兴……每一方都想用自己的假装的过度的狂欢来证明对方即将完蛋。这种情况非常滑稽,显得不可思议。实在说来这是一种不祥的征兆。狂欢之中,使人感觉到有一种杀气腾腾的气氛。它预示着,有什么极为不幸的事情即将发生。秦王政回到咸阳宫,立即颁发大铺的诏令,即为庆祝冠礼这一划时代的伟大节日,准许全国人民喝酒三天。

疲惫不堪的秦王政,让近侍们帮助他除掉自己的行头,然后便颓然倒在自己的御榻上。按理说,他应该非常高兴,非常满意,因为他盼望已久的冠礼已经举行,从明天开始,他就要亲政,就是说亲手处理朝中的一切政务。当他颓然倒在自己的御榻上时,他才清楚地意识到,他竟然缺乏在这种情况下应有的喜悦心情。他丝毫也不感到满足,甚至丝毫也不感到满意。他所感觉到的,仿佛是剑拔弩张似的,正在面临着一场你死我活的厮杀。他觉得方才的霹雳和冰雹正是上天给他的启示。他应该像霹雳和冰雹一样的振作起来,把一切妨碍他的人,例如吕不韦、嫪毐和成蟜等等,统统彻底消灭掉,就像疯狂的冰雹扫过花池一样。他觉得按理应该感谢吕不韦,"老家伙终于给寡人举行了冠礼。"然而又一想:"这老家伙,是个老无赖,他是山东乞贸者们的首领。韩非说得好,

'儒以文乱法,侠以武犯禁。'①一儒一侠,无父无君的不轨之徒,都在吕府之中。一个小小尉缭,竟敢藐视寡人,在寡人冠礼之前偷偷离去。吕府之中,没有忠臣。包括这个貌似恭顺的李斯。"

"嫪毐手下,都是他的狐朋狗友,没有人才,没有贤良。相比之下,还不如李斯。现在真正靠得住的,就是一个樊於期。靠樊於期,能消灭成蟜吗? 天哪! 蒲鹢叛变,带来了极大的危机……"

秦王政一想到成蟜,立刻便头痛起来。他觉得自己仿佛又要犯病似的……非常恐惧。"如果在冠礼之后,立即犯了病。明天不能亲政,这不是正好给了支持成蟜的人们一个最好的口实吗! 他们会说寡人不堪为王,他们会明目张胆的支持成蟜。"秦王政想到这里,头痛得更加剧烈。他害怕宫中的医士们和太监们,有可能又给他实施什么可怕的治疗。于是急忙传令徐诜进宫。

徐诜虽然是八十岁的老人,耳不聋,眼不花,口齿清楚,脑瓜好用,因为又干又瘦,所以走起路来依然十分的稳健。因为他没有官职,所以没有参加王的冠礼。冠礼以后,立即召见他,知道这是王太累了,感到不舒服,要他进宫去诊脉。他跟随樊於期,来到秦王政的御榻前,倒身下拜,首先恭贺陛下冠礼,说这是秦国之大愿,国家之洪福,等等。他把这几句赞颂的话说完,秦王政说道:

"寡人头痛异常,故而请先生进宫来……"

---

①见《韩非子·五蠹》。

于是徐诜膝行上前,给陛下摸脉。诊完脉,他在樊於期递过来的一个木板上,写下几味药,大多是镇静的药物。然后说道:"没有什么大病,陛下只管放心。"徐诜仔细看看秦王政的面色,见他正在听自己说话,便继续说道,"大夫巫师们,为这次盛典,已经郑重祈祷天地鬼神。对那些卜辞卦相,臣已经详细思索了。在此之前,国事不顺,陛下龙体小有欠佳。从此以后,否极泰来,国事将走上坦途,陛下龙体亦将日益康健。"

"先帝临终前曾经嘱咐寡人,遇有大事,唯徐先生之教是从。"秦王政停一下,看看徐诜,说道,"今天已经冠礼,明天即将亲政。寡人决心有所作为,请问徐先生,从何入手?"

"第一等事是,选贤任能。"

"说得极是。"秦王政问道,"只是不知贤能何在?"

"就,在,秦,国。"徐诜非常肯定的一字一顿地说道。

秦王政笑了。

"陛下欲展宏图,则必得贤臣。"

秦王政轻轻点点头。

"他们应该是,既有才能,又十分忠实。"

秦王政又点点头。

"吕府的人,才能自有,忠实则未必。"

秦王政又点点头。

"嫪府的人,臣不敢讳言,都是无能之辈。"

秦王政又点点头。

"况且现在咸阳,嫪吕之争日见激烈。陛下若用吕府的人,嫪氏说不定敢下毒手。如果陛下用嫪府之人,吕府的不轨之徒,有可能起而作乱,甚至迎接成蟜。"

秦王政深深地点了点头。

"所以,"徐诜的语气异常坚定,"嫪吕两家的人都不宜任用。陛下若选贤任能,必在此两家之外求之。"

"非嫪即吕,非吕即嫪,"秦王政叹道,"先生说的这样的贤能,只怕没有。"

"有。"

"谁?"

"杜仓的门客们。"

秦王政沉思着:"先王曾经担心……"

"先王担心,在当时是对的。"徐诜停了一下继续说道,"陛下思忖,事情已经过了十二年。公子系的子孙已经斩尽杀绝,杜仓也早已自杀,他们还能复辟吗?"

"复辟,"秦王政说道,"不可能了。"

"既然如此,陛下就可以放心。况且,杜仓的这些门客,十多年来,研读经典,闭门思过,陛下一旦起用他们,他们不仅是英才,而且都是忠臣。"

"他们的姓名是……"

"他们的姓名是:隗状、王绾、辛腾、冯劫、冯去疾、冯毋择……"徐诜一个一个地说着。他知道冯毋择是他们的首领,但是,因为他是自己的外甥,所以他把冯毋择的名字列在最后①。

徐诜活了八十岁,这是他最高兴的一天。不仅陛下表示

---

①在《史记·秦始皇本纪》中这几个人的名字是一起突然出现的。

接受他的进言,而且,他觉得很满意的一点是,在他同秦王政谈这些话的时候,跟前只有一个樊於期。他很了解樊於期,这些情况绝对透露不出去。当他坐在自己的安车里回家的时候,他看见雨过天晴,西面天边上,那即将陨落的太阳,放射出耀眼的光芒。他觉得自己就像那无私的夕阳一样,在行将陨落的时候,依然不遗余力地把光明和温暖洒向人间。他觉得十分惬意的是,这一行动竟是一举两得。多年来,他对两个已经死去的人感到内疚。一个是杜仓死时嘱咐他,照顾他的门生宾客们,再即庄襄王死时嘱托他照顾年幼的王赵政。现在,他这一举动,既对先王尽了老臣的忠心,又对杜仓尽了朋友的义务。此时的心情,怡然自得。他的脸色,就像那绚烂的晚霞一样,看上去令人无限喜悦。回到家中,要上厕所。平时上厕所都有人搀扶,今天他精神抖擞,不让人搀扶。厕所上面有一块木板,昏暗中突然掉下来,不偏不倚正好打在他的头顶。可怜的老人,当时就断了气。

这个不幸事件发生以后,徐家有一个仆人失了踪。因而徐家有人推断,这是一次设计精巧的暗杀。徐诜的子孙们忠厚善良,不肯承认自己的老人,一位闲住多年的丞相,在八十岁的高龄又被暗杀而惨死的事情。他们后来对外人只是说,老人因为见到陛下冠礼顺利完成,高兴非常,又遵照陛下大晡之令,喝了一点酒,因为兴奋过度,猝然物故了。外人不知内情,所以有关暗杀的推断,随即也就消弭了。社会上的一般士人,他们只关心街巷哄传的大事。至于徐诜同秦王政的几句谈话,以及厕所上面的一块坏木板之类,有谁肯去注意呢。就是后来的史书,也只是说有过一个叫徐诜的人,做过几年秦国的丞相,如此而已,再无话说。

人们对所有突然出现的完全想不到的新情况,总是显出无限惊讶的样子,并且左思右想,觉得不可思议。于是有些聪明的人,就企图给这些不可思议的事情做出各种各样的解释,以便把它们说成是非常容易理解的。他们的这些说法,只能捉弄那些比较聪明的人,至于那些不大聪明的人,笨拙的甚至愚鲁的人们,就连他们的这些说法,也都认为是不可思议的。总之,最终你必将无条件接受的,就是现实。秦王政就是突然在一夜之间便制造了一个现实,一个令所有人都惊异的现实,迫使人们接受。于是,人们也就无条件地接受下来。虽然他们简直是惊呆了,张着嘴,上牙很久很久找不到下牙,瞪着眼,直勾勾地……不过,他们还是乖乖地接受了,因为这是现实。

三月二十五日早起,天将明未明的时候①,秦王政起身,由宫女太监们侍候着,戴起冕旒,穿起玄服,腰间挂起了他那镶金错玉的青铜宝剑。然后来到咸阳宫前面的大殿里,接受文武百官的朝贺。吕不韦在秦王政右边落座。嫪毐率领百官进见。只见群臣山呼万岁,舞蹈下拜,然后先右后左,陆续上殿面圣,嫪毐大声唱出他们的爵级、职务和姓名。秦王政对他们有的认识,有的根本就没听说过。他既然不加询问,所以,仪式很快就进行完毕。

然后秦王政降旨,诏令下列士人进宫,隗状,王绾,辛腾,冯劫,冯去疾,冯毋择。我们不得不佩服秦王政的好记性。

---

① 古人以十分法计时,把这个时间称作昧爽。

他不仅是六个姓名一字未错，而且这顺序，也完全是按照徐诜的顺序，丝毫都没有改动。后来的历史事实证明，秦王政对他们的使用，也是按照这个顺序的。

平旦时分，也就是太阳刚刚出山的时候①，这六个人，按照宣唱他们名字时的顺序，进了咸阳宫大殿。殿上殿下所有群臣都不知道这是怎么回事。秦王政命他们自唱姓名进至御案近前。他们六个人便按照顺序，自唱姓名，籍贯居里，上前答话。秦王政问他们的年龄，以前的爵级，以及父祖的官职，甚至问到习文习武以及熟悉何种典籍，等等。这时候，一轮旭日已经高高升起。初升的太阳是如此鲜明，如此壮丽。她的脸是圆圆的，深红浅紫，肃穆而柔和。这时候还没有强烈的刺眼的光芒，人们还能够正眼看她，甚至肆意指点她。不过她的光辉已经展现出来，并且射进了咸阳宫。咸阳宫中那些高大古老的松柏，以及宫殿的瓦垄和房脊上，仿佛镶了金边一样，泛着温柔明亮的红光。这时候，秦王政对隗状等六人，宣布一律赐爵五大夫。五大夫是秦国爵制中初级官吏和将领中最高的一级。这样的人，只要再立一次功，就可进入左庶长以上的中级官吏和将领的阶层。如果累建功勋，很快就可以进入少良造以上至彻侯的高级爵位。所以赐爵五大夫，已经是最大的恩宠。然后，秦王政宣布诏令，命他们六个五大夫，从即日起，着手接管三司事务。

吕不韦既听清了，也看清了。毫无疑问，这是一次不折不扣的政变。他是一贯反对政变的，而如今他却眼睁睁看着

---

①古人把这个时间叫作平明或质明。

人家搞了一次政变。当然,这种事,如果是臣干的,就是政变;如果是君干的,就不算政变。在历史上,这种不算政变的政变,实在是太多了。这正是法家尊君抑臣的必然结果。所以吕不韦只能瞠目而视之,不知如何是好。

秦王政的这个诏令,由一名执事太监在殿前高声宣读。所有殿里殿外的群臣,一下子都惊呆了。他们交头接耳,窃窃私语,好像突然天塌地陷了一样。这就像昨天的晴天霹雳,就像有一道看不见的光突然射向这座咸阳宫的大殿,殿里殿外的文武百官就像被雷击中了一般,他们什么也看不见,什么也听不清,头是歪的,眼是斜的,身子是千奇百怪地扭曲着,手指在不住地颤抖。然而不幸的是,他们既没听错,也没有看错,这六条从来不知名姓的汉子,不仅加封了五大夫,大摇大摆进了咸阳官,而且掌起了咸阳宫所有的大权。就中嫪毐像被雷击中以后那样子最惨,他好像一个木头人,已经烧焦变成了一段木炭。吕不韦只感觉胃疼,别的任何事情再也无法感受。他觉得秦王政在他的胃上插了一把刀,这把刀如今正在不停地绞动。他想起秦王政用白眼珠看人的样子。

"我完了! 我彻底失败了!"吕不韦在心中暗暗哀叹道,"我败在我从前的敌人手中了! 立即动手写辞呈吧!"

不到一顿饭的时间,这个特大的新闻就传遍了咸阳街头。但是在这时,关于老徐诜已经在昨晚去世的消息,却还没有人知道,连陛下也不知道。隔了两天,徐家才发表,人们才知道。至于陛下,因为紧接着咸阳发生了虎患,又发生了意想不到的祈年宫的事变,他是在差不多二十天以后,才知道徐诜去世的消息。至于冯毋择，他是在祈年宫被围困的时候，听樊於期说，陛下突然起用他们六个人，是老徐诜向王进言，王才决定下来。冯毋择是在平定嫪毐叛乱，徐诜死后差不多一个月，才去他舅舅的坟上痛哭了一场。他后来虽然奋不顾身屡建殊功，但是他一再地坚决地拒绝受封，拒绝提职晋级。十八年以后，当秦始皇强令封他为武信侯的时候，曾经痛哭流涕一再拒绝。他在内心中认为自己曾经是杜仓门客们的首领，为了生存斗争，曾经做过不少伤天害理的事情，他只应该尽忠秦国，尽忠秦王，他甚至认为自己应该死于非命，而没有资格享受任何奖赏。此是后话，表过不提，且看各种人对秦王政这一决策的反映。

当时头一个感到惊恐万状的，自然是嫪毐。不过当嫪毐回到甘泉宫，平心静气地一想，觉得他原来最担心的事情，并没有发生。他过去最担心的是：秦王政亲政以后，有可能尊崇吕不韦，任用吕府的山东游士们，并且赦免成蟜。有了这三条，就意味着要消灭嫪毐。现在没有这三条，他放了心。因为平时嫪毐对杜仓的门客从不注意，现在突然任用他们，虽然出乎意外，却觉得这些人未必会直接威胁到他。而且觉得，秦王政突然任用他父王的竞争对手公子系遗留下来的政治力量，这正是为了抵制吕不韦。因此，他甚至感到某种宽慰。

当吕不韦回到自己的府邸以后，心情非常沮丧，胃又疼得厉害。他首先想到的是他提出辞职的时机到了，他应该立即提出辞呈。二十年前他吕不韦冲破各种艰难险阻，终于将公子系及其师傅杜仓一股脑打击下去，使庄襄王得以继承王位,使今王得以安坐龙床……他是众所周知的杜仓门客们的最主要的敌人。多年来,吕不韦一直对杜仓的门客非常警惕,害怕他们有朝一日会卷土重来。他知道,他们一旦卷土重来,首先就要对他不利。而且他非常清楚,这些人的水平能力,都在嫪毐一伙之上。现在他们就像埋伏在山脚丛林中的奇兵一样,突然杀声震天,冲了过来。吕不韦有点心神不定,坐卧不宁。他怀疑这是嫪毐玩弄的阴谋。嫪毐为了对付吕不韦,为了彻底消灭吕不韦,暗中拉拢杜仓的门客们,现在终于获得成功。大约是因为吕不韦同嫪毐的斗争时间甚久而且日益激烈的缘故,致使吕不韦除了嫪毐,什么也不能考虑。无论发生什么情况,他首先想到这是嫪毐捣的鬼。所以,杜仓的门客们被任用的事,实实在在地刺激了吕不韦,使吕不韦下定决心,尽快消灭嫪毐。吕不韦把这些杜仓的门客们,想象成同嫪毐是一伙,这是有道理的。证明这一点的事实不久就表现出来。当秦王政在咸阳宫的后宫里同隗状等六人第一次谈话时,隗状等六人所着重攻击的,正是吕不韦,而不是嫪毐,也不是成蟜。

隗状等六人原本是反对庄襄王,并且也是反对秦王政的。但是,当他们在一个早上,一同被召进咸阳宫,赐予爵位,授以官职之后,他们的想法立刻就变了,变成了对秦王政感恩戴德、俯首帖耳的忠臣。这原本是战国的士们的特点,自然也是秦国士们的特点,或叫作特质。这一决定,是由冯毋择做出的。当诏令宣布之后,他们上前谢恩之前,辛腾和冯劫两位武士有点犹豫。冯毋择低声命令道:

"上前谢恩!"

他们谢恩出来,嫪毐宣布散朝,文武百官都纷纷回家去吃早饭。这时候,有一个太监出来对他们说,吃罢早饭六人一同进宫面见陛下。冯毋择说声"遵旨"。他见隗状、辛腾等人有点不知所措的样子,又见咸阳宫空旷的大院子里已经空无一人,便说道:

"陛下特赐恩荣,此乃天赐。天予不取,罪莫大焉。"他接着又低声说道,"过去的一切,你们什么也不知道,请把它们统统忘掉。万一今后有一天,陛下有所觉察,请把一切都推在我身上。我决定:过去的一切,从昨天晚上都已结束;从今天早上开始,我们要尽心竭力,效忠陛下。"

王绾提出,早饭在一起吃。那天的早饭,他们都在隗状家吃。吃饭时,近前没有仆人。各人都说了自己的想法,大体都同意冯毋择的决定。并且他们研究了早饭后进宫面圣时,陛下可能会提出什么问题……他们立即站在秦王政的立场上,通盘考虑秦国朝廷面临的形势。他们决定要明确地反对吕不韦,反对嫪毐,反对成蟜。然而,他们由于习惯的感情上的原因,他们对嫪毐的痛恨远不如对成蟜的痛恨,而对成蟜的痛恨,又远不如对吕不韦的痛恨。所以,他们在同秦王政的对话中,着重地攻击了吕不韦。

秦王政对他们坚决反对吕不韦,反对嫪毐,反对成蟜的态度,很欣赏,而且对他们着重攻击吕不韦这一点,也觉得很满意。只是有一点,他觉得遗憾。这些人就其才智而言,大不如李斯。他甚至想到要任用李斯为丞相。这时他忽然想起,十年前,他曾经想过,将来自己做了王,要用甘罗做丞相。现在,情况不同了。听说甘罗以前是追随吕不韦,现在又追随嫪毐。聪明之士，见风使舵，来回跳，靠不住。不过，原来的杜仓的门客们，现在声言效忠自己，对于这一点，他觉得很满意。于是他想起徐诜：

"这老头子，他的药，远不如他的这个主意，寡人头也不痛了，心情也觉得好多了。"

秦王政突然起用很久以来一直受压制的杜仓的门客们，这一决定非常果断，非常独特，非常英明，仿佛是一个考虑了很久很久的重大决策。究竟是谁的主意，朝野上下无人知晓，于是就把它看作是秦王政自己的决策。因为秦国是以吏为师，所以乡学庠序极不发达，有些年轻人在庠序中读书，也不敢乱说乱动。咸阳的舆论中心是酒店。一些酒徒，黄汤落肚，言所欲言，虽然赶不上邯郸大梁那么肆无忌惮，倒也敢于高一声低一声，喊喊偶语，喳喳私议。

"高绝呀！"

"了不起呀！"

"出手不凡！"

"真是非同小可！"

"这个，"说话的酒客将膝头的右手拇指一摆，"完啦！"

"愿闻。"

"你想啊。他向陛下推荐了一大批文武官吏，陛下一个没用，却用了这几个昭王朝中的贤人告你说吧，陛下不久就要收拾他啦！"

"有理。听说这几个人都是杜门的宾客，他们最恨这个。"他也把右手的拇指摆一下。

"这些山东乞食者们，可恶至极。"

支持吕不韦的人们，也有话说。

"这个，"他们把左手的大拇指一摆，"完了！"

"这下子他彻底完蛋了！"

"朝中大权都在这个手中，"他又把左手的拇指摆了一下，"假若陛下是信任这个，何需一下子起用这六位闲人！肯定是不信任这个，才把这六位闲人一股脑召进宫去。"

"老兄所见极是。"

"往下看吧。有好戏文给你瞧。"

"从前都说陛下这儿，"说话的指一下自己的太阳穴，"有毛病……"

"小声点！"

"说什么发育不良，龙体多病，还说什么疯疯癫癫，不堪其位……现在看来，并非如此。"

"真人异相。"

外国君臣，身在咸阳，上国之事，不敢妄议。只有韩非不甘沉默。他兴高采烈地对夏中期说道：

"陛陛陛下，真是雄雄雄才大略。没想到，秦国非非常复杂，杂的斗争，这么快就就就，就结束了！"

夏中期老头子心绪烦乱，没有吭气。

韩非看见夏中期无精打采的样子，以为他病了，便问道：

"先生贵体不不不，不适吗？"

"不，"夏中期说道，"啊，是，是，颇感不适。"

于是韩非立即告辞，他明确地感觉到，秦王政起用隗状等六人，肯定是对夏中期不利，也就是对嫪毐不利，当初韩非投靠吕不韦不成，投靠了嫪毐。嫪毐对他并不客气。现在看到嫪毐要垮台,便在内心中决定,今后再也不来拜访这老头子了。

"什么夏夏夏中期,一个破破破琴师,我从来就不不不,不认识他。"

当他爬进自己的轩车时,想道:"我应该去拜访隗状,是的,应该同隗状或者王绾尽快结识。我恐怕还得借助李斯。"

在咸阳,对此事反应最强烈的,要算太后了。她听嫪毐说完之后,破口大骂起来:

"好一个卫大,你知道杜仓是什么人吗! 这些家伙都是先王的敌人。先王杀了子系,杀了子系的师傅杜仓,我又杀了子系的儿子和孙子,就是为了根绝这些家伙的希望。我这个贼儿子,竟然起用他父王的敌人……快去请夏中期老头子到甘泉宫来,就说有要事相商。"

夏中期没有来,说是病了。

"这老头子也撒手不管了!"太后大哭起来。

她想到她早就应该听嫪毐的话,垂帘执政,把这贼儿子甩开。现在想到这些也晚了!

"晚了! 晚了! 做梦也没有想到会落到这贼儿子的陷阱里呀!"她哭着,喊着,骂着各种难听的下流话。"我的天哪! 陛下周围都是我的敌人,我还能活命吗! 完了! 完了! 我的死期到了!"

第二十四章　大梁屠户

若要叙述秦王政的思想性格，那是很简单的事情，同时也是很复杂的事情。因为要谈一些显而易见的，一眼可以望穿的，几乎是人人皆知的事情，就像指出太阳是圆的月亮是尖的一样，倒也不会有什么特别的困难。然而，若要仔细地说起来，那些人人皆知的事情，反而不是人们已知的那种样子。于是，这就难免有违众人的意愿，闹得不好，就是所谓冒天下之大不韪。所以，曾经有过勇敢的科学家说出了毋庸置疑的真理，却被判处死刑。这就是天下事显得十分复杂十分困难的原因所在。当然有关秦王政的思想性格的问题，虽然其说不一，却还没有闹到如此严重、如此危险的程度。

当秦王政还是个孩子，也就是在邯郸的时候，因为他的身体瘦弱多病，所以在做游戏的时候，喜欢扮演雷公。古代儿童们的游戏大多取材于古代神话，实际也就是对各种祭祀活动中的舞乐的模仿。而古代神话中的雷神,并不是像后世龙王庙里的雷公,那种尖嘴猴腮像个瘦猴一般的样子。古代神话和壁画中的雷神是一个体魄魁梧肌肉隆起的壮士模样。一个体弱多病的孩子喜欢扮演雷神,也就是喜欢扮演壮士,这是很容易理解的。然而,与其说秦王政喜欢雷神的冠冕,倒不如说他真正喜欢的是雷神手中的大鼓更为确切一些。用力把那巨大的鼓槌打下去,震撼四野的鼓声震撼着所有人的心灵,自然首先也就震撼着自己的心灵。稍稍长大以后秦王政变得酷爱听打雷,最好是暴风雨到来之前的干雷、炸雷,即所谓晴天霹雳。他幻想着,他长大以后要把各种各样难以想象的晴天霹雳打到人间。当那些被打的人还不知道是怎么回事的时候,他们的肉体已经在一刹那间变成了灰烬。这是非常壮观的。这比着观看那些诸如一条大蛇吞吃一只兔子,或者几只老狼撕碎一只绵羊一类的景致,壮观得多了。一个晴天霹雳下去,可以使一座森林燃起熊熊烈火,使整个山谷里的野兽无处逃窜,就像集体屠杀的刑场一样,濒临死亡的野兽们发出悦耳的惨叫,那简直就是一曲雄壮的音乐,使人的情绪感到无限振奋,使人的精神突然高扬。然后,倾盆大雨落在这火焰冲天的山谷之中,雷声雨声火光电光,形成一场真正的厮杀。最后,一切都成为过去,终于归入死一般的沉寂。当冰冷的月亮升到天空的时候,可怕的清光照着这黑色的山谷,黑色的岩石,黑色的烧焦了的光秃秃的树干。这就是世界上最美丽的最动人的图画。这里再也没有野兽们互相吞噬的现象,就是妖魔鬼怪们来到这里,也已经没有它们落脚的地方。

这就是秦王政最喜欢的或者说最着迷的风景。

有一年,听说终南山西边什么地方,出现了这种风景,他非要去看不可。近侍们没有办法,只好把王的安车驱进渭河南岸的泥潭里,许多人滚成泥人,拖了半天,才把那辆安车拖进一座万木丛生的林薄中。这时候,秦王政的肚子饿得已经支持不住,这才下令回了咸阳宫。秦王政对此遗憾到极点,他叹道:

"可惜,未能看到上天所创造的真正的奇观。"

有考证癖的历史学家们曾经援引大量无可置疑的材料,证明那一年秦王政是十六岁,而不是十五岁,或者十七岁。这当然是一项极其重大的发现。因为,无论十五岁抑或十七岁,尤其十六岁,乃是最可怕的年龄。在这个年龄里的青年,不仅充满了幻想,而且充满了胡闹,就像未经压制成豆腐块的浆汤一样,不知会流到哪里去。那一次,秦王政是流到了泥潭中,由于众多的近侍们的英勇作战,终于使他幸免于难,近侍们的英雄行为本应受到嘉奖并载入史册,而史官们却说,若在杀人略地的兼并战争中发生这些英雄行为,自然应该载入史册……这次游玩,言无可取,事无可记,于是左史、右史相顾而罢。

在冠礼举行后的第二天,秦王政起用了隗状等几个新人。这件事情出乎所有人的预料,所以人人感到惊讶,感到迷惑不解,同时也感到秦王政才智非凡,高深莫测。秦王政希望看到由于他的某一举动,使所有的人都显出惊恐万状的样子。这件事情虽然引起很大的震动,但是并没有引起有如森林大火一样的效果。朝中上下的大小臣工因为莫测高深,所以不敢妄议。当然,秦国人也从来没有妄议朝政的习惯。所以秦王政为这件事情虽然已经感到莫大的快乐,但是还不够满足。他还想再制造一些更为意想不到的晴天霹雳。他原打算在他举行冠礼的第三天,也就是设宴款待各国君臣的时候,当众杀掉燕太子丹。后来听说这浮浪子弟不慎失火烧死了,有人说很可能是自杀……随他去吧。于是秦王政就想在冠礼以后的某一天,杀掉吕不韦和嫪毐。从而制造出一场真正的森林大火,使所有的野兽们一起发出悦耳的哀鸣。

既然燕太子丹已经死掉,而吕不韦、嫪毐虽然活着却还没有考虑好让他们什么时候和以什么方式死,所以直到盛大的宴会开始的时候,秦王政还没有想好,今天当着各国君臣的面,他应该打出一个什么样的晴天霹雳。他为此颇有一点惴惴不安。当宫女们侍候他穿起他的宽大的礼服的时候,他感到非常得意,但是想到他今天不能打出什么惊人的晴天霹雳,他忽然觉得人生变得索然无味起来。他就带着这种百无聊赖的心情,乘车来到了阿房宫。

今天的盛大宴会不是在咸阳宫举行,而是遵照陛下的旨意在阿房宫举行。

阿房宫是商鞅主持规划了雄伟的蓝图,在秦惠文王时候开始兴建的。然而一百多年来,阿房宫的建设是时起时辍。东边建一个什么殿堂,西边又建一个什么楼阁。前头建筑起来,二三十年未曾使用,然后又拆除。那里的大树都已经长起来,都到了三人不足以合抱了,而房子却还未能竣工。瓦石木料,横七竖八,到处都是呈现着一派宏雄壮丽的建筑图景。最近几年,由于秦王政的关心,阿房宫的建筑工程进展很快。不仅大殿的扩建已经完工,里面的壁画也已经修整一新。而且,相连的一些长廊、甬道、复道、楼台、池榭等等,也已经初具规模。关于阿房宫的建筑,山东六国的建筑师们曾经扮作商人前来观看过。他们很不礼貌,曾经肆意地嘲笑秦国的建筑,给了三个字的评语,曰:"傻大堆"。秦国只知以大取胜,所以显得傻气,而且建筑群的布局缺乏章法,显得堆砌,呈现出一种浓重的粗劣庸俗的气息。邯郸、大梁的王宫和官邸总是优雅紧凑,给人一种舒适的感觉,并且呈现出繁荣的景象。有人说,阿房宫的建筑经过多年的努力最终落个"傻大堆"的语评,这是因为秦国没有文化却又争强好胜所造成的。然而,秦国虽然没有文化,却有许多偏爱。在阿房宫西边的空旷的野地里,距离大殿不过一里路的地方,建成了一个十分宽大的虎圈。其中有山、有涧、有水池、有树林。站在深涧上面的围栏以外向里观望,只见几十只老虎在里面自由自在地徜徉着,仿佛那就是它们本来的家乡。因为秦王政经常到这里游玩,所以这里的路比较整洁,不像别的地方,乱石杂草,砖瓦木料,没有下脚的地方。

当阿房宫里的盛大宴会即将开始的时候,各国的君臣以及秦国的高爵官宦们都已经提前赶到。他们的车马扈从以及各种杂役等等,就散坐在这大片的堆放着建筑材料的草地上,或者附近的树林中。许多人埋怨着,如果宴会在咸阳宫举行,就不会这样杂乱无章。他们说,这简直像村野的赛社一般。在咸阳宫里,房子非常之多,而且有丞相御史们办公的地方;即使在宫门之外,店铺也非常之多,无论有多少扈从人等,尽有休息的地方。然而,咸阳宫内外只没有这么广阔的树林和草地,所以扈从人等却也觉得蛮开心。树上有各种小鸟叫着,草地上已经有蝴蝶在飞翔,清风徐来,十分凉爽。他们等待着,等待着秦王政到来,等待着宴会开始,等待着宴会结束,默祷着这一天能够平平安安地过去。

秦王政终于出现了。他好像怕冷似的,穿了很厚的衣裳。他戴着冕旒,十分威严。他面前的十二串垂旒,是白玉磨成的圆珠,闪着晶莹的光亮。系冕的丝带是红色的,鲜艳至极。两边那叫作黈纩充耳的,是两个很大的黄色的丝绒球。他的上衣是玄色的龙袍,上面绣着日月星辰等所谓八章。因为上衣很厚很宽大,所以不仔细看就看不出他的鸡胸罗锅。他的下身围着黄裳,上面绣着精确黼黻等所谓四章。他的彩色斑斓的绶带,直垂到地上。他的镶金错玉的长长的佩剑,悬挂在腰间。他手执玉圭南面而站,接受各国君臣们的朝拜,衣裳垂下来,华贵而肃穆。万岁的喊声,由里至外,如雷滚动,直彻云霄。这时候,就连在殿外很远的树林和草地上休息的扈从人等,也都扯着嗓子喊叫起万岁来。

当秦王政落座以后,各国的君臣也都落座。这时候,人们才看见在秦王政后面旁边立着八个人。他们是:李斯、王绾、隗状、冯劫,冯毋择、樊於期、冯去疾和辛腾。秦国朝中的大臣们,已经知道王绾、隗状等起用的消息,脸上尽力不表示出惊奇的颜色。但是,外国的君臣们不知道,难免有些惊奇。他们记得前天举行冠礼时,尚没有这几个峨冠博带的留着各种小胡子的亲近大臣,今天,他们是从哪里突然蹦了出来的?齐王建和赵王偃就问他们座位下首的人。赵王偃下首坐的是魏国的特使朱亥,他端端正正地坐在他的位子上,根本就没有看见出现了什么"新人",所以只好假装没有听见赵王偃的问话。也许朱亥认为这种起用什么人的事,是他们秦国朝廷的事情,根本不值得外国君臣们交头接耳,所以他不屑于回答赵王偃的问话。在大殿外面万岁万岁欢声雷动的时候,里面却开始了喊喊喳喳的所谓窃窃私语。秦王政看见人们以惊奇的眼光注视着他身后的隗状等人,又听人们正在喊喊喳喳地议论,他心中十分得意。

只有,脸色最为难看。他后悔以前没有及时消灭这些杜仓的门人们。

"我是个蠢猪!"嫪毐在心中骂着,"记吃不记打的蠢猪。"

现在所思考的,乃是人类最大的惰性,或叫作劣根性。人类为了生存自然需要首先获得食物。因而人类最容易忘掉历史,忘掉历史的教训,忘掉过去,忘掉过去的艰难困苦。人们总以为已经过去的就永远地过去了,再也不会重新回来。其实,历史的车轮是在不停地反复中前进的,它留下的印迹几乎永远是一样的。所有过去的东西都会重新回来,好像历史从来就没有遗漏过任何东西。杜仓的门人们突然被起用,咸阳一些年岁大的人,包括太后和夏中期在内,感觉仿佛一下子又回到了十五年前,回到了昭王末年的时候,仿佛子楚同子系的斗争又重新开始了。不过这种斗争是在完全崭新的历史条件下重新展开的,不仅具有崭新的外貌,而且具有崭新的实质。只有太后对此最为敏感。嫪毐此时忽然想起太后的尖厉的哭声:"我完了!陛下周围都是我的敌人。我还能活命吗!"她后悔没有垂帘执政陛下年幼的时候,由太后执政,这种事情在战国后期已经是屡见不鲜。齐国有著名的君王后,赵国有赵威后,秦国有昭王的母亲宣太后。在秦王政冠礼以前,甚至冠礼以后,由太后执政,这不仅是可能的,而且是理所当然的事情。这正是长期以来嫪毐所盼望的。他曾经成百次地劝说太后,希望她临朝称制。昨天,太后叹道:"晚了! 现在再做这种梦已经晚了。"

这时候宫女和太监们排成长队,捧着盛满食物的铜器和玉器,在鼓乐声中走进了大殿。他们将食物布满各人面前的长几。至于那些食物无非是熊掌、豹胎、猩唇、驼峰之类,不必细述。

吕不韦看见嫪毐的脸色阴沉,心中反而高兴起来。他知道杜仓的门客们都是他的敌人,可以说是天然的敌人。但是,长期以来,他同嫪毐的敌对情绪,使他的感情专注在嫪毐的动态上,只要嫪毐高兴他就不高兴,反过来说也一样,只要嫪毐不高兴他就高兴。现在他看见嫪毐不高兴,他便替自己寻找应该高兴的理由。他觉得目前他手中没有任何权力,他不怕新人上台。新人上台要夺走谁的权力呢? 那自然不是他吕不韦的权力。所以当韩非问姚贾,而姚贾不认识隗状等人,便问吕不韦的时候,吕不韦微微笑着说道:

"这是陛下新近起用的几位年轻人。那高个子的叫隗状,小个子的叫辛腾……都是年轻有为的人。"

如果仅仅听他的口气,仿佛那些新人和李斯一样,从前都是吕府的舍人似的。姚贾直接问:

"他们从前都是相爷的舍人吗?"

吕不韦摇了摇头,似乎表示不想再谈论这个问题了。

他又一次想起了编撰《吕氏春秋》这件令人十分不愉快

的事情。如果不是编撰这部倒霉的书，他肯定会把这些杜仓的门人们团结到自己的周围来，或者，把他们彻底消灭掉。为了编撰《吕氏春秋》，他闹得大权旁落，眼看着嫪毐像气儿吹得一样膨胀起来。为了编撰《吕氏春秋》，他只团结了一些有学识的，有文采的，有新思想的大半是山东六国的文人。而且为了编书，他忘记了应该由他完成的最重要的事情，这就是瓦解或消灭杜仓遗留下的政治力量。现在，书是编成了，而且他自信是一部好书。但是，成功背后隐藏着失败。他回想自己的一生，几乎从来没有失败过，但是现在，当他行将就木的时候，他看见了自己的失败。

不过吕不韦也同一般文人一样，很擅长在自己的心里打转转，或者说明确一点，就是自己替自己的失败寻找勉强说得通的理由。他找到了自己未能重视杜仓的门人们的理由，这就是因为他们都是秦国人，而且是典型的秦国士人。秦国的士人，粗鲁无文。这是他们最突出的弱点，也是他们最基本的特点。杜仓虽然做过多年丞相，其实也是个孤陋寡闻的人。他的学生们也都是头脑简单的人，仿佛是一些用粗砂石斫制的喂猪槽饮马池一类的石器。他们都具有忠诚勇敢的高贵品质，但是若要让他们写出什么既要充分接受传统意识又要充分反映新思想的文章，这是不可能的。他们做起事来艰苦卓绝，若是写起文章来则无一可观。吕不韦觉得自己以往对他们太轻视了。"不过这一切，都已经过去。"吕不韦想道，"现在已经无法挽回……他们上台以后自然是首先打倒嫪毐，然后就是老夫了。"他紧接着就找到一个对付的办法，这也是先秦的知识分子们最容易找到的办法。"不过我可以早一点提出退休,"他想道,"甚至在嫪毐没倒以前,我就提出退休。是的!退休。就是这个主意,退休。然后,隔岸观火……"

吕不韦于是如释重负似的忽然感到轻松多了。

这时候他才心情宽松地抬起头来。他看见赵王偃仿佛一个小孩子似的,表现出一种轻佻幼稚的样子来。秦王政一直在同齐王建说话,一直也没有扭过脸来同赵王偃搭腔。赵王偃仿佛有点着了急似的,歪过身子去,伸长脖子……不等人家谈话到一段落,他就拱手说话,企图插进去。秦王政没有理他,他却不死心,继续努力着。

吕不韦想起西周时候,徐国的君主有一个名叫偃王的人,都说他是因为患过小儿麻痹症,终身半瘫痪整天偃卧着,所以取名偃。也许这位赵王也有半瘫的症候,所以才取了这个名字。但是在外表上,却也看不出来。也许只是有点瘸,不大显眼罢了。吕不韦因为想到徐偃王的悲惨历史,忽然觉得他自己的一切都错了。他一方面坚信仁者无敌,另一方面也有过一些疑惑。徐偃王实行仁政,最后他遭到灭亡,这是不可言喻的历史的悲哀。后来的宋襄公,也是因为讲求仁义,结果打了败仗,腿上中了一箭,不久便一命呜呼,只落得贻笑后人。完全不讲仁义自然不行,但是专一讲求仁义,看来也不行。吕不韦想起,战国之间所有讲求仁义的伟大学说都产生在山东六国。六国的经济文化都比较发达,但是,就是打败仗,不停地打败仗。直至现在,山东六国已经是苟延残喘不堪一击。山东六国称秦国是虎狼之国。秦国不讲仁义,她既没有这种传统,也未能产生这种学说,但是她兵强马壮,总是打胜仗。现在秦国眼看就要灭掉六国,六国的君王们几乎已经成了秦国的臣子。吕不韦想起方才宴会开始前,各国君臣向秦王政行礼称贺的时候,齐王建和赵王偃那种卑躬屈膝的样子,已经不像大国的君王,倒仿佛他们的王号是秦国封赐的一样。吕不韦在内心中十分憎恨六国的君王们,因为他们都是暴君。但是他也憎恨秦国的暴君。他主张改变秦国的传统政策,实行仁政,用仁义吸引六国的士民,然后在十二分必要的时候,出动义兵去消灭六国的暴君,从而达到统一中国的伟大目标。这就是他所坚持的仁者无敌的原则。但是当他看见秦王政那种傲慢无礼的样子,又看见在秦王政身后的都是杜仓的门客们,他的心绪突然烦乱起来。仁者无敌没有错,但是,谁是仁者,这是个要紧问题。赵政和杜仓的门人们是仁者吗?天哪!老天没有降下仁者来,空谈什么仁者无敌,这不是幻想吗?应曜想到了这一层,老夫却没有想到。现在一切都晚了。察微知著,防患未然,这才是真正的本领,老夫不具备这种本领,难怪年轻人们看不起老夫。他觉得他的一切努力都白费了。包括编那部书在内,一切都是不合时宜的,无济于事。他现在认识到,自己是注定要失败了。他忽然想起自己归根结底是人是山东六国人,说得透彻一点,是个诸侯西来的游士。因此,有关仁义道德一类软弱无力的东西,在他身上是根深蒂固的。他意识到,他同秦国人完全不一样。大概秦国人更了解这一点。所以他的主张,他的建国方略,具体说就是他费尽心血编的那部《吕氏春秋》,秦国人绝对不会接受。所以,他认为,他的失败是注定了。这时他听见秦王政突然狂笑起来,他心里着实不是滋味,好像正是这笑声宣告了他的失败一般。

秦王政在同齐王建谈话时,忽然看见了楚国的特使景鲤。秦王政问景鲤道:

"大使足下曾经是春申君的舍人吗?"

"是的,大王。"

"春申君的近况足下知道吗?"

"启禀大王,春申君近况很好。"景鲤以为秦王政是在问候春申君,便说道,"感谢大王垂问。"

"他已经死掉了!"秦王政大声说道,"足下竟不知道?"

"什么?"景鲤惊奇地张着嘴。

"哈哈! 你果然是不知道。"秦王政突然大笑起来。他看见所有的人都在看着他,于是在笑到适当的时候他便突然地非常威严地停下来,说道:"足下,春申君已经死了!"

景鲤的嘴巴无论如何合不拢来。这时所有的人也都看见了楚国特使的窘迫。秦王政看见所有的人都显出十分惊奇的神色,这就证明所有的人还都不知道这个刚刚传来的消息。于是他对大殿里的所有宾客仍说道:

"他以为他是先朝的老臣……他以为没有人敢奈何他……谁知李园在宫中埋伏了几个武士,不费吹灰之力就把春申君消灭了。他们把他打死,然后大卸八块扔出宫墙。直到第二天,春申君的家人和宾客们才知道春申君早已不在人世。这时候他的尸体,早已被狗吃掉了……"

秦王政张着大嘴哈哈大笑着,他的系冕的丝带几乎就要断绝。或许他觉得这种冠缨欲绝的样子很文雅,他直把这种样子坚持了很久。他的冕旒上的玉珠纷乱的抖动着,发出互相撞击的响声,仿佛它们都要炸裂一般。秦王政的牙齿不但非常之大,而且不甚整齐。他的嘴唇显得既薄且短。他在接受朝贺的时候,庄严地闭着嘴,好像是格外用力才把嘴闭上的。现在一下子把嘴咧开,牙齿们挣脱了嘴唇的牢笼,简直是横冲直撞各显其能,尽力做出各种桀骜不驯的样子来。于是,这就呈现出一种狰狞的笑容。就是这种笑容,使得吕不韦很不舒服。

秦王政所特别点出的"先朝老臣"这句话,在场的许多人都注意到了,尤其魏国特使朱亥。他虽然始终端坐不动声色,但是这"先朝老臣"的话,他听得清清楚楚,他认为这是说给吕不韦听的。吕不韦对这句话应该感到不寒而栗。然而吕不韦在这刺耳的笑声和惊人的笑容面前,竟然没有注意到那蕴意深微的措辞。看见这种不堪入目的帝王威仪,他首先想到的是阿房宫里的壁画。他终于知道了秦王政为什么执意要在阿房宫举行宴会的原因。秦国各个宫里的大殿的墙上都有壁画,大多是古圣先贤们的故事。可以说,一幅壁画,就是一部历史。不过历史是人写下的,而人都是在一定历史条件下生活的人,他们在制作历史时不可能不反映出他们那个时代的思想认识。所以也可以说,一幅壁画就是一部当时的思想认识。吕不韦认为,别的秦宫里的壁画同阿房宫的壁画大不相同。别的宫殿的壁画,显得优美而柔和。那正是古代文化的朴拙浑厚的表现。阿房宫的壁画则不然,它是极力显示出令人感到可怕的样子来,它以引起无限的恐怖为能事。它不仅把上古的帝王画成半神半人的形象,它甚至把秦穆公也画成半神半人的样子。秦穆公的头上长着两只巨大的角,宽大的嘴巴咧开着,露出满嘴的獠牙。他的袒露着的肚皮是层层叠叠的,上面长着令人毛骨悚然的黄色绒毛。秦穆公仿佛从来没有吃饱过,他正在怒吼着,要人们把整只的牛羊抬到他面前。吕不韦认为这简直是瞎胡闹。当秦国一再失败最后终于战胜晋国的崤之役,秦穆公亲至崤山祭奠以前战败时阵亡将士们的时候,他哭道:"古人谋谋,黄发番番,谁能无过……①"为自己的错误向亡灵们赔罪。当此之时,秦穆公怎么能有这种张牙舞爪的样子呢?吕不韦想道:"不仅古代的文化,今人已经不能理解,就连自己祖辈的优良品质,也已经不能充分认识了。兼并战争把人们的头脑搞糊涂了。为了在精神上对敌国产生威慑作用,凭空制造了凶恶的令人望而生畏的自己的祖先。这最终是适得其反……只知道当今争于力气,不知道上古竞于道德,岂不哀哉!"

春申君惨死这件事情,启发了韩非。他觉得他应该把这件生动而尖锐的事例写到他的书里去。而如此深刻的能够说明许多问题的事例,不是任何人而是秦王政向他提供的,他认为他应该为此表示感谢。他跪起来向秦王政祝酒道:

"敬祝大大大,大王万寿寿寿寿无疆。"

这时歌舞正在高潮之中,钟鼓之声加上高亢的歌声,简直充塞整个的大殿。不仅距离较远的秦王政,便是韩非旁边的人,也没有听清他在喃喃什么。

姚贾同韩非十分熟识,而且多年来十分友好,现在又正好坐在他的旁边。姚贾拉一下韩非的袖子,说道:

---

①见《史记·秦本纪》;又见《尚书·秦誓》。大意如此。

554

"足下算啦!"他的这一声关照,正是在歌舞之声出现一刹那,停顿的时候说出的。这时候只有一种非常小的鼓,像炒豆子一样巴巴地响着。韩非听见了姚贾的冰凉的话。他觉得别人也听见了,或者换句话说,他是害怕这冰凉的话被别人听见,于是生了气。

　　"你不要欺欺欺,侮我,口吃。"韩非喊道。

　　"少说点吧,"姚贾说道,"缺乏自知之明。"

　　"何谓自自自……"韩非已经怒不可遏。

　　"大家都在看你,少出点丑吧。"姚贾很不耐烦地说道。

　　"什么是出出出……"韩非的脸憋得通红。

　　姚贾不想再理韩非,转过脸来对吕不韦说道:

　　"听说景鲤是春申君一手提拔起来的。"

　　"可能!"吕不韦随口附和着。

　　"这样一来,他大概不敢再回楚国去了。"

　　"可能。"

　　"相爷您看,"姚贾忽然笑道,"齐王建像个傻瓜,赵王倦像个小丑。"

　　"不好妄议。"吕不韦低声说道。

　　姚贾点点头不敢再多说。他看见陈驰显出十分得意的样子,心中很是不服。秦王政一直在同齐王建说话。因为齐王建是陈驰赴齐游说掇弄来咸阳的,故而陈驰得意非常。姚贾的任务是去大梁游说,企图把魏王增掇弄来咸阳参加秦王政的冠礼,谁知他竟未能成功,魏王不给面子,派来一个大梁屠户朱亥。这使姚贾觉得十分扫兴,也许因为他内心感到扫兴,所以他才劝韩非少说话。谁知韩非竟不能充分体谅他的这番好意,反而一再用愤怒的目光注视着姚贾,好像要把他吃进肚里一般。

秦国对齐国,一向非常客气。君王后在世时,齐国内政稳固而交外谨慎,即使秦国也不敢小瞧。直至秦王政时,秦国对齐国一直不敢轻举妄动。然而秦王政对赵国却十分憎恨。秦王政生在邯郸,并且在邯郸度过了他的童年。然而他对繁华热闹的邯郸缺乏好感。现在他一想起成蟜,首先就想起邯郸,他害怕邯郸支持成蟜。他甚至认为成蟜发动叛乱正好发生在靠近邯郸的屯留,这绝不是偶然的。他或许得到什么情报,证明邯郸有支持成蟜的迹象。所以他坚决要求赵王偃来咸阳参加他的冠礼。为此他派出了老练的外交家顿弱。派别人去,秦王政认为不能担当如此重任,而顿弱已经是年逾古稀。目前顿弱正在紧张地进行活动,以至未能陪着赵王偃一同回咸阳来。赵王偃既然来到咸阳,这就证明赵国已经决定不支持成蟜。秦王政应该对赵王偃非常客气才是,但是他无论如何掩饰不住对赵国的憎恨,所以一直不理睬赵王偃。秦王政甚至想借此机会给赵王偃一点厉害看看。他暂时放下齐王建,回过头来对赵王偃说话。赵王偃显出受宠若惊的样子,不知所措地讪笑着,不住地拱手点头,并且半跪半坐不停地向秦王政的方向移动着。

"廉颇回去了吗?"秦王政虎视眈眈地问道。

"没有,还没有。"赵王偃答道。

"廉颇已经老啦! 不中用啦! 不值得陛下你寄予厚望啦!"

"是,是,是的。"

"李牧在什么地方？"

"在代郡，北边的，代郡。"赵王偃解释道，"抵御匈奴。"

"前几年，陛下你听信狂人的谰言，命庞弛为将，带领四国精锐进攻秦国，你胆子不小啊！"

"陛下息怒，今后秦赵修好，一定修好。"

"看见庞弛攻打燕国取得了胜利，就命他攻秦，结果怎么样？一败涂地……"

"今后一定修好。"

"照这样下去，还有一杯苦酒，给陛下你喝，你知道吗？寡人已经给你准备好了。"

赵王偃不知如何回答是好。他以为秦王政立刻就要命他饮下毒酒，吓得目瞪口呆，满头大汗。

"此次请陛下降趾咸阳，知道是为什么吗？"秦王政问道。

"不，不，我不！"

"听说贵国有人主张支持屯留。"

"不，不，不！"

"请不要忘记长平之战。"秦王政咧开嘴笑一笑说道，"请陛下来咸阳就是为了此事。"

这时秦王政一下看见了魏国特使朱亥。方才大家喊喊喳喳议论王绾、隗状等人时，秦王政就已经注意到，只有朱亥一个不动声色。秦王政喜欢引人瞩目，喜欢让人们突然感到震惊。在这样的情况下，像朱亥那样不动声色，这就足以把他激怒。秦王政在心中骂道："一个卖狗肉的屠户，如今也居然同列国王公大臣们坐在一起……二十年前椎杀晋鄙夺军救赵败秦军于邯郸城下，以致武安君白起自杀的，不就是这个

557

屠户吗！当时本来可以一举消灭赵国,结果堂堂秦国,竟以失败告终……今天寡人如何能放过你……"秦王政感觉到怒火中烧的痛苦。他一张嘴,他自己都感觉到他的嗓子更加沙哑了,变成了近乎鸡叫的声音。

"你有六十吗?"秦王政问朱亥。

朱亥听见了,却没有回答。他觉得如此向一个外国来使发问,不仅突兀,而且失礼。朱亥不作回答,赵王偃却回答道:

"不,不,没有。"

"屠户,"秦王政提高声音说道,"寡人是在问你,有六十吗?"

朱亥还是端坐着,不作回答。

"那卖狗肉的!"秦王政嘶叫起来,"你是个聋子吗!"朱亥依然没有回答,却拿起一个铜制的高高的酒杯来,看了看,却没有喝酒。

秦王政把朱亥这种生了气又故作镇静的动作理解错了。他以为朱亥是企图用铜制酒杯打他,于是他的身体不由自主地向后一闪,方才那种咄咄逼人的胆气,一下子消失得无影无踪。秦王政这种惊慌失措的神情,大家都已看见。不过这种神情很快就成为过去,因为事实上朱亥也只是拿起酒杯看了看又放下了。这时秦王政勃然大怒,便在面前的长几上用力一拍,大喊道:

"大胆! 寡人在同你说话,朱亥!"

歌舞到此突然停止。

朱亥见呼自己的名字,便跪起来,拱手至额说道:

"外臣朱亥在。"

"无礼!"秦王政怒吼着。

周围的秦国大臣们开始喊叫起来。

"朱亥离座!"

"朱亥免冠!"

"朱亥长跪!"

……

这一阵乱喊乱叫之后整个阿房宫的大殿里突然变得鸦雀无声,所有人都屏息静待着。只见朱亥慢慢站起身来,自己摘下皮弁冠拿在左手里,然后整整衣襟,离开自己的座位,来到方才舞女们盘旋的场中,慢慢跪下。

"朱亥!"秦王政叫道。

"臣在。"朱亥顿首应道。

"你到咸阳干什么来了?"

"臣来咸阳,"朱亥的嗓音洪亮,"恭贺大王陛下冠礼。"

秦王政想问:"尉缭逃亡前见过你吗?"又想问:"是你策动尉缭叛逃的吗?"又觉得问这事不合适,容易让人们想起尉缭对自己的恶说,也不足以压服在座的各国君臣。最后他厉声问道:

"当年椎杀晋鄙的是你吗?"

"是臣。"

"椎杀魏国的老将,你不觉得问心有愧吗?"

"魏国老将死活,何有于大王?"

"听说你袖筒里常带着大铁锥,拿出来给众人见识见识。"

559

朝堂规定大臣上殿不准携带武器,包括随身的宝剑在内。秦王政准知道朱亥不敢身藏武器,却要故意这样逼问。

朱亥笑着把自己的袖子晃了晃,表示只有两袖清风,并且说道:

"大王陛下只管放心。"

"听说你从前是大梁的屠户,是吗?"

"是的。"朱亥觉得这样的问题非常无聊。

"宰猪的吗?"

"什么都宰。"

"有六十岁吗?"

"六十一。"

"这么说,"秦王政笑道,"今年是猪年,正是你的本命年。"此时秦王政说不出的高兴。他属虎①,生于壬寅年,现在遇见一个对手,正好属猪,他真是高兴非常。

朱亥不知道这种话需要不需要回答。

"今年你不好过去呀!"秦王政冷笑道。

"年逾花甲的人很多。"朱亥笑道。

"你曾经考虑过,你会怎么死吗?"

"臣应该死在战场上。"

"你没有想到过,你会被老虎吃掉吗?"他再一次想起自己属虎。

朱亥冷笑一声未作回答。

"卫士们过来!"秦王政怒吼道,"把朱亥扔进虎圈。"

---

① 秦始皇生于公元前259年,壬寅。

几个大汉跑进来,抓住朱亥的左右臂膀,把他推出大殿。

"暴虐无道!"朱亥愤怒地狂叫着。

秦王政似乎没有听清朱亥在喊什么,急忙说道:

"把朱亥押回来。"

朱亥又被推回来,被按住跪下。

"你在喊什么?"秦王政尽力做出和颜悦色的样子。

"臣在喊,"朱亥大声说道,"有奸臣不能诛之,有乱党不能平之,却迁怒于外国使臣,暴虐无道,昏庸至极!灭亡有日,屈指可待。"

"快快扔进虎圈!"

那几个大汉又将朱亥推出殿去。朱亥拼命挣扎着叫喊着:

"载笔史官们,请记下朱亥的话!"

朱亥一出大殿,即有三十多名手执长戈大矛的武士们涌上来,戈矛对准朱亥,押他向虎圈走去。

"亥者,猪猪猪,猪也。"韩非说道,"正好喂喂喂喂,喂虎。"韩非大约不知道秦王政属虎,如果他知道秦王政属虎,他肯定有一篇妙篇发表。由此可见,文人们还是少知道些事情为好。

吕不韦觉得秦王政这样很不合适。但是又一想,朱亥也是有些无礼。身为使臣,有辱君命。再一想,现在管事的是嫪毐,他不吭气,别人谁吭气。"不是起用了杜仓的门人们吗?让他们看着办吧。"吕不韦这样想着,等待着嫪毐或者王绾、隗状们出来说话,居然没有人敢出来。吕不韦想道:"这一下好了!秦国的史无前例的新作派开始了。"他忽然想起长安君成蟜,叹道:"那孩子绝不会这样胡闹。"他叹道:"仁者无敌,本是古代成语,恐怕赵政没听说过。'不嗜杀人者能一之',恐怕他连孟轲是何许人都不知道吧。秦国人迷信武力,以为只要有足够的武力,就可以征服天下……人之无良,我以为君。"

这时突然有人喊道:

"陛下,赵王晕过去了!"

"宴会就到此结束了!"吕不韦想道,"简直是滑稽可笑。"

宫中的近侍们和两位赵国来的随从官吏,急忙把赵王偃抬出来寻找他的轩车。这时候,大殿前面树林和草地里的扈从们,已经像一阵风似的向虎圈跑去,看朱亥喂老虎。以致赵王偃在草地上躺了好一阵,他的车马扈从们才被呼唤回来,那时的赵王偃真是可怜至极。好像患了羊角风一般,嘴里吐着白沫。

几千年前,人类就发明了筑城的技术。把外面的土起出来堆到里面,里面的就是城墙,外面的就是城壕。近世以来,城市国家以及郡邑的出现,这种筑城的技术已是日臻完备。现在要建筑虎圈的时候,就把筑城的技术拿来,反其道而用之。即把里面的土起出来堆到外面,外面是城墙,里面是城壕。外面的城墙上再加修半人高的栅栏,里面的城壕里放进三五尺深的水。壕沟里面的空地上再修筑假山、山洞和树林……这就是人类能够想出来的豢养野兽的所在。阿房宫里的虎圈,比一般人想象得要好,要坚固,要完备得多。它的围墙很高,栅栏也很坚固,里面的面积很大,岩穴丛沟也都显得森然可怖,有如深山大壑一般。当人们像一阵风一样跑来

562

看朱亥喂虎的时候，朱亥已经被武士们扔进虎圈。人们的目光首先是找到朱亥，然后是找寻老虎，盼望老虎们早些过来享受它们的美餐。当人们的目光找到朱亥的时候，他已经蹿过那不很深的壕沟，坐在了对过的草地上。

人们倚在栅栏上议论起来。

"一般都是用活猪活羊喂老虎，今天是用大活人喂老虎。这么稀罕的事让咱们遇见啦！"

"哈哈！"

"怎么不把他捆起来？"

"那还有什么意思。"

"嘻嘻！"

"那边有几棵小树，不要让他上了树，那可就麻烦了。"

"那就苦了我们了，得等好长时间。"

"朱亥，你没有什么话要说吗？"

"你不往大梁捎信吗？"

"对你的屠户娘子没什么嘱咐吗？"

"朱亥，你知道暴虎冯河的典故吗？"

"你的大铁锥带来了吗？"

"朱亥，你卖过老虎肉吗？"

"你见过老虎没有？"

"小心，朱亥！老虎过来了！"

栅栏上挤满了人，说什么的都有，却没有人说这是惨无人道。细想起来，这正是小市民的优良品质，正是城市国家得以存在的根源。无论统治者做出什么事情，没有人敢说个不字。毫无疑义，这是法令森严的结果，自然也是秦国强大的原因。

当朱亥被扔进虎圈时,他首先想到的自然是死。不过,他觉得这样死是非常遗憾的,当他坐在虎圈的草地上的时候,他非常后悔,后悔没有及时将那铜制酒杯打过去。当时秦王政距离他不过两丈远近,如果跳起来扑过去,他可以用秦王政佩挂的宝剑刺死秦王政。他甚至觉得用自己的头,也可以把赵政撞死,何况他还有两个拳头。"天哪!"他哀叹道,"有两个拳头,而不知使用,这还叫什么朱亥!当机立断就是在一眨眼的时间之内,认清形势,得出对策,正确无误,而且令人惊异赞叹。不能当机立断还算什么大丈夫。当时考虑,是担心会由于自己的鲁莽行为给魏国带来不利……真是小家子气!也许天下正人君子正盼着这意想不到的突然一击呢!"

人总是对已经失掉的机会再三表示惋惜,总是觉得后悔莫及,这几乎成了人类最不可救药的惰性。但是他们对当前的任何机会,都没有决心,总是犹豫着,犹豫着,幻想着得到更好的机会,更理想的机会。结果所有的机会都一去不返,最后只得到了最坏的机会——进了老虎圈。进了老虎圈还有什么说的,只得等死了。人活百岁,总有一死。同样都是死,至于怎么死法,是死在战场上,死在敌人的戈矛之下,是死在自己家中,死在病榻之上,还是死在虎圈中。死在老虎的爪牙之下,也就无所谓了。

当他听到围墙之上栅栏后面,黑压压的人群,对他高声议论并无情嘲笑的时候,他忽然愤怒起来。他痛恨咸阳人,痛恨小市民,痛恨所有趋炎附势的人类。朱亥一向对秦人缺乏好感。他认为,秦人因为没有文化,所以很容易丧失本性,从而丧失最低限度的道德素质。然而这种憎恨却给了他一种力量。当他听到"暴虎冯河"的典故时,忽然想起"暴虎"就是徒手跟老虎搏斗。那说风凉话的人的意思是劝他不要同猛虎搏斗,徒劳无益,不如俯首就噬的好。然而朱亥想的却是要同猛虎搏斗一下。他想起他临来时,大梁人就说过,此去虎狼之国希望他"宰几只虎来",没想到诸如此类的玩笑话,居然应验了。他真的来到了虎圈,自然是要宰几只老虎给秦国人看看。人生在世,死也要死得轰轰烈烈惊天动地才是。

这时候,他听见有人告他:"老虎过来了。"他四下一望,看见一只老虎正在不慌不忙地向他走过来。未见老虎时,他觉得怨愤而疲倦,既见老虎之后,他突然觉得浑身都是力量。在绝无后退之路的时候,任何动物都要挣扎一番,何况他是人,是朱亥,一个屠户,一个英雄。

所谓猛虎扑食,这是老虎的威风。他见到食物绝不会轻轻走过去,而是跳起来猛扑过去。这老虎第一次扑过去,朱亥一闪身躲开了。第二次扑过去,朱亥又躲开了。老虎愤怒起来,咆哮着,张牙舞爪再一次猛扑过来。朱亥一扭身狠狠给了他一拳。这一下打得很重,老虎扑落下来,滚翻在地。

这时栅栏后面的人群突然叫起好来。这也是小市民们的习性。

因为他们都是懦夫,所以他们总是站在强者一边。如果老虎一口咬死朱亥,他们一定是站在老虎一边,为老虎叫好,对朱亥绝无丝毫怜悯。现在朱亥居然一拳打倒了老虎,他们自然是站在朱亥一边，为朱亥叫好，为朱亥助威，这是毫无疑义的事情。呼呀喊叫的声音像海潮一样突然涌起，像狂风骤雨一样从虎圈上空掠过。这时有人高喊着：

"朱亥，快到假山上去，利用大石作屏障。"

朱亥立即跳起来，躲到假山之后。他忽然看见一段木头，好像是做工的人们抬什么东西丢下的大杠。他拿起这木杠，掂一掂，侧身山石一旁，等待老虎来进攻。

那老虎挨了一拳好像没事似的，又安详地走回来寻找他的攻击目标。它发现朱亥躲在山石背后。这次它学乖了，它不从山下进攻，而是从山石上面向下扑。朱亥一动不动，紧盯着它，当它跳起来以后，朱亥突然向右一闪，抢起大木杠，正好打在老虎身上。只见那老虎嗷叫着，头朝下栽到地上，然后翻滚着，倒在草地上。栅栏后面的人群再次发出疯狂的叫好声，好像海潮又一次涌起，暴风雨又一次掠过。

那老虎倒在地上不动了。

"朱亥，不要过去！"有人高声叫着。

然而朱亥这时已经跳起来向老虎扑去。当朱亥的大杠打下去时，老虎突然跳起，它的头正好碰在朱亥的大杠上。老虎又倒下去。朱亥接连又打了几下，每打一下他都跳起来变换一个方向。那老虎看样子是想跳起来再进行一番挣扎，谁知它跳起来又倒下。当它滚动时，正在四脚朝天的时候朱亥的大杠打在它的腹部，它再也不动了。

朱亥的喊声像雷鸣一样震撼着人们的心弦。人们也报以疯狂的欢呼。这时假山背后又出现了一只老虎，它已经看见正在怒吼的朱亥，它屹立在假山的南处，发出低沉而悠长的吼声。

"朱亥,又来了一只老虎!"

"你一定要休息一下,你上到树上去,再不就站在水里休息。"

"你一定要休息一下喘喘气。"

"屠户万岁!"

"朱亥万岁!"

"英雄万岁!"

"人类万岁!"

一位禁卫军的将军突然跑到栅栏前,他大声喊道:

"闪开! 闪开!"

人们一看是司马梗将军。当年他带领十万大军攻取太原的时候,他的战车和马队进到梗阳地方,陷入了一片泥沼中。他喊着:"这是我的家乡!"士兵们认为将军熟悉这里的地形,便信心百倍地向前跋涉,不久他们终于走上了黄土平岗。其实他根本不是梗阳人,只是取了这么一个名字罢了。他虽然不是梗阳人,但是他的嗓门儿比梗阳人还大。现在他放开嗓子猛叫,人们急忙闪开,让司马梗挤到栅栏前。司马梗看见朱亥已经用木棍打死一只虎,急忙解下自己的宝剑扔给朱亥。他喊道:

"朱亥大哥! 我来了,接住我的宝剑!"

围观的人们突然为司马梗叫好,并且鼓起掌来。此时好像所有的人都已经毫无保留地站在了朱亥一边,为朱亥打气,为朱亥撑腰,为人类能够战胜野兽而欢呼。仿佛什么陛下的命令等等早已抛诸脑后,仿佛世界上从来就没有过什么陛下之类似的。这里只有人和野兽。此时人类的喊声已经超过猛虎的吼叫,简直是山摇地动,就像大地震一样。没有一个人是以正常的姿势站着,也没有一个人是以正常的声调说话。千奇百怪的姿势,千奇百怪的声音。栅栏上下都是人,栅栏的木桩发出吱吱扭扭的响声,只是没有人听见罢了。

当第二只老虎从假山上扑下来的时候,朱亥的宝剑从下面斜着刺穿了它的喉咙。它窜出去很远,翻滚着扑进水沟里。再也没有动。

欢呼的浪潮再一次涌起。

第三只老虎已经腾空而起扑了过来。谁也没有看清它是从哪里出来的,是从山洞里?是从假山背后?还是从树林中?它仿佛是从树梢上飞下来的一般,直扑朱亥的头顶。当人们惊呼的时候,他才看见那老虎已经落下。他躲闪不及,只好后退一步仰卧在草地上,举起他的宝剑刺中了老虎的肚子。朱亥急忙滚到旁边一棵小树下,扶着树身站了起来。他看见那老虎肚子上带着他的宝剑又扑了过来。他一闪身,那老虎擦过小树一头撞在一块岩石上。它疯狂地喘息着,怒吼着,虽然没有死,却也不能动弹。

这时围观的人群发出激昂的欢呼和尖锐的惨叫。人群像瀑布一样从围墙上跌落下来,头朝下栽进壕沟里。人们在水里乱扑腾。溅起来的水花像黄色的云雾一样笼罩着乱喊乱叫的人堆。人们互相抓住,互相踩着,哭着,骂着,然而谁也不知道这是怎么回事。

各国君臣的随从武士,凡携带武器的,一律不准进入阿房宫。所以真正的武士们在宴会进行时,都在阿房宫的宫门之外等待着。朱亥也不例外,他的随从武士们也在宫门之外,他的车马和不带武器的仆从们在阿房宫的大殿旁边的树林里休息。当人们像一阵风似的涌向大殿西边的虎圈去看用活人喂老虎的时候,他的仆从们才知道那被武士们押赴虎圈的正是他们的主人。他们不知如何是好,便急忙跑出宫门去告诉朱亥的随从武士们。朱亥的随从武士共有八名,为首的是侯嬴的小儿子侯爽。侯嬴有两个儿子,大儿子侯丹足智多谋,小儿子侯爽,勇冠三军。他们正在喝酒,听说出了这样的事情,侯爽大喊一声:

"跟我来!"

但是宫门卫士强硬得很,绝对不准他们携带武器进宫,最后没有办法,他们只得把宝剑戈矛之类交出来,空手进了阿房宫。他们在阿房宫这样一个空旷的到处堆放着建筑材料的宫苑里,乱跑一阵,最后根据人群的喊声,他们才找到了虎圈。谁知围观的人群水泄不通,他们不要说救朱亥,连朱亥的身影也望不见。于是侯爽急中生智,他怒吼道:

"都喂了虎吧!"

八位武士一声呐喊,从后面猛推人群,那早已吱呀作响的栅栏登时倾倒,人群像瀑布一样流下去,头朝下栽进了围墙里面的壕沟。这八个武士就像苍鹰搏击一样随着人群跳进虎圈,与此同时他们每人都从禁卫军的卫士手中夺得一件武器。有的是长矛,有的是大戈,有的是离了鞘的宝剑。惊恐万状的落汤鸡似的人群,垂死般地挣扎并发出凄惨的吼叫。他们只怕被老虎吃掉,拼命地往围墙上面爬。所有的人都是紧揪住上面的,死踩着下面的,结果爬上去的又被拖回来。有的说这虎圈里有十五只老虎,有的说是三十只老虎。总之朱亥并没有把它们杀光,还多得很。所以,对老虎的恐惧使人类自己互相践踏。互相残杀,以致血溅围墙,尸横壕沟,惨不忍睹。谁知虎群已经被这鼎沸的人群吓得惊慌至极,它们都躲进假山后面的树林中去了。

这时八位武士已经找到朱亥,他们连背带抬,把朱亥拖上围墙,然后像一阵风似的抬到马车前,马车像飞一样驰出了阿房宫。当时的阿房宫里已经乱作一团,把守宫门的卫士们也不知出了什么事情。他们看见有马车冲出去,丝毫也没有阻拦。他们是只管阻挡进宫门的人,从不阻挡出宫门的人。他们问侯爽道:

"出了什么事情?"

"陛下死了!"侯爽答道。

"是有刺客吗?"他们追着问道。

"让老虎吃了!"侯爽喊道。

这时浑身泥汤一片惨叫的人群,凡活着的都已经陆续爬出虎圈。这夯土的围墙,经过人群的扒抓以及池水的淋漓,已经成了一道斜坡。活着的人群因为害怕老虎,已经迅速跑散。这里突然变成了一片寂静。于是虎群渐渐清醒,慢慢走了过来。它们开始吃那些或伤或亡的躺在黄泥中的人。后来发现它们的牢笼——虎圈,已经出现很大的缺口,便一个跟一个地从那斜坡上跳出了虎圈,进入了咸阳的更加广阔的天地之中。

侯爽的话自然是胡说八道,不过立刻就得到一个有力的佐证。朱亥的马车驰出阿房宫以后,大约就是解个小手再加伸个懒腰的时间,便有三只老虎大摇大摆走出阿房宫的正门。咸阳的禁卫军们见了老百姓如同老虎,见了老虎变成了绵羊。他们一见老虎过来,撒腿就跑,至少有一半人尿了裤子。老虎出去之后,他们的一位百人长突然想起应该关闭宫门。正在关门的时候跑来一位禁卫军的将军,命令他们开大门。

"老虎在宫门外面!"那百人长怒吼着。

"老虎在宫里!混蛋!"那将军暴跳如雷地骂着。

"我亲眼看见它们出去了!"

"我亲眼看见它们还在里面!"

"你胡说!"

"你放屁!"

"你喷粪!"

"我是公大夫!开门!"将军拔出宝剑喊道。

这将军的爵级略高一些,于是宫门最终又被打开。

自从朱亥被押走、赵王偃突然病倒之后,大殿里的宴会上的空气突变。仿佛他们的盘子里放错了佐料一般,感觉不是滋味。君王大臣们都在那里呆坐着,再也没有人举杯,举箸,再也找不出任何令人愉快的话头,仿佛连说话的兴味也都索然。楚国的特使景鲤如同木雕泥塑一般,脸色蜡黄,两眼呆滞。齐王建就像一个等待宣判的囚徒。他觉得朱亥被杀,赵王发病,下一个就该是齐王建了。他临来时就有人劝他不要来,他自己也很犹豫。他的丞相后胜坚决劝他亲至咸阳。他知道后胜同秦国关系密切,他便靠后胜搞好同秦国的外交。后胜保证他平安无事,他就放心地来了咸阳。现在秦王政杀鸡给猴子看，这意思是再明显不过，所以齐王建连呼吸都非常之谨慎，害怕一不小心大祸临头。他听见有人谈论赵王偃的病情，说是老病复发，还有人叹道：

"赵王只怕不久于人世了！"

秦王政原打算把赵王偃扣留咸阳，以此胁迫赵国出兵配合秦军消灭成蟜。他觉得非常扫兴。他想道："既然赵王病了，而且已经是不久于人世了，还留他做甚。万一不愈，死在咸阳。反而会激起赵国人的仇恨。那时候赵国人若公开支持成蟜，可是大为不妙。"

秦王政问李斯，李斯说道：

"不留为好。"

秦王政问王绍，王绍说道：

"放归为上。"

于是秦王政下令准许赵王偃起程回邯郸。

这时卫尉将军秦竭跪奏道：

"启禀陛下，朱亥用拳头打死一只老虎。"

秦王政吃了一惊。这种事太出乎意料了，这怎么可能呢？秦王政受了惊吓，往往要发出颤抖，就像寒热病初起时的情形一样。众人看得清楚，秦王政呆呆地看着卫尉秦竭，脸发白，嘴唇发紫，身上出现颤抖。他的嘴不敢动，不过牙齿相撞的声音已经静静地在大殿里传开。

佐弋将军胡竭跑进来跪禀道：

"启禀陛下，朱亥用宝剑杀死两只老虎！"

"谁……"秦王政嘶哑地吼着。

"魏国特使朱亥。"

"宝剑?"秦王政问胡竭道,"快说!"

"谁给他的宝剑?"嫪毐大喊着。

"司马梗将军。"胡竭答道。

"抓……"秦王政叫着,但是谁也没听清他叫了什么。

"把司马梗抓起来!"嫪毐命令道。

吕不韦觉得支持不住,仿佛是极度疲倦,又仿佛是头疼……他眯着眼,垂着头,好像睡着了似的。不过他能够看见一切,听见一切,而这一切都令他心绪烦乱。他在心里默念着,"人之无良,我以为君"。

韩非这时显得精神抖擞,他高擎酒杯,似乎又要祝酒的样子。他一直想祝酒,但是一直没机会,他觉得现在是个好机会。他只想着这一件祝酒的事情还没有办,于是急着办它,结果忽略了眼前的重大情况。此时姚贾心情非常不好,不过他仍然能够看清眼前的情况。他出于关心老朋友的好意,想劝阻韩非,却不知为什么说了一句不得体的话。

"不要火中取栗。"

"你说什什……什么?"韩非恼怒了。

"也不看这是什么时候。"

"什什什……什么时……"

"陛下正在盛怒,小心脑袋!"姚贾不耐烦地低声警告着。

"谁谁谁……谁的脑袋……"韩非想说"小心你的脑袋吧"。红脖子涨脸,没有说清。

当时姚贾坚决反对派朱亥来咸阳,魏王不听他的劝告。现在证明魏王失策了。姚贾认为,朱亥虽然是个英雄好汉,却是个粗人,怎么能派他来办外交呢?既然来了,就该俯首帖耳,不可亏了礼,结果又故意触怒陛下,因而送命。既然送进虎圈,就该一死了之,也算殉了职,怎么又打起老虎来,真是个冒失鬼,闯祸精。姚贾想道:"如果陛下怪罪下来,说不定要追究我的责任……"他的这种忧虑的心情没有逃出韩非的眼睛。韩非愤怒地把杯子放下以后,忽然向他微笑了一下。只是姚贾完全没有觉察。韩非很希望姚贾能看见他的恶意的微笑,所以看了他很久很久,但是姚贾一直也没有转过脸来。

吕不韦再一次想起成蟜。他决心把成蟜迎回来,消灭嫪毒和杜仓的门客们,并且废黜这个疯子。"真是个疯子。上牙下牙都已经嘚嘚乱响了,还不说罢宴。"

或许为了缓和大殿里这种过度紧张的空气,嫪毐突然喊道:

"歌舞上来!"

歌女们在鼓乐声中走进大殿。她们的歌声弥漫,长袖飘飘。她们唱的是《秦风》中的《蒹葭》。这是一首优美的民歌:

> 蒹葭苍苍,
> 白露为霜。
> 所谓伊人,
> 在水一方。
> 溯洄从之,
> 道阻且长。
> 溯游从之,
> 宛在水中央。

这民歌的曲调虽然优美动听,然而,好像在座的人谁也没有听见似的。整个大殿仿佛是一座严冬时候的平地翻泉,周围结了冰,中间却翻腾着。大殿中央正在演唱秦国最美的歌舞,但是,若看周围人的发呆的脸,却像凝固了一样,没有人说话,没有人祝酒,没有笑脸,没有表情,甚至都一动不动。

秦竭慌慌张张跑进来跪奏道:

"启禀陛下,朱亥杀死三只老虎,围观的人群把栅栏挤塌,好几百人一下子跌进虎圈,死伤无数……"

秦竭的话音没落,樊於期跪禀道:

"陛下,虎圈坍塌,伤亡惨重,老虎们已经冲出虎圈……陛下应该急速回咸阳宫。"

秦王政一听顿时脸像纱一样白。这事情太出乎意料了,简直像晴天霹雳。霹雷打在别人头顶,他感到莫大的愉快。现在出乎意料的霹雷突然打过来,首先让他尝一尝,他害怕了。他的手脚不停地战栗。他想站起来,双手扶着面前的长几,费了好大力气竟未能站起来。樊於期上前搀扶着他,离开了座位,从侧门走出大殿。

秦王政在大殿里,没有人敢动一动,等秦王政离开大殿以后,宫女太监以及歌女们尖声嗷叫着,乱成了一锅。仿佛老虎们已经冲进了阿房宫的大殿一般,人们急忙就近找地方躲藏,后来又觉得不保险,一窝蜂似的向大殿的正门扑过去。各国君臣此时也在人群中向大殿正门涌过去。他们一时找不到自己的鞋子,叫着,骂着。齐王建只穿着袜子,顺台阶滚下去,致使他的随从大臣当时就号啕大哭起来,大概以为他们的王上已经薨驾了。

姚贾想照顾一下韩非，究竟是多年的老友了，谁知却找不到韩非。姚贾想这人说话不利索，腿脚倒还灵活，或许这正是个子瘦小的好处。姚贾看见吕不韦由任固搀扶着，钻进了自己的安车。他听见吕不韦对任固说道：

"荒唐至极，旷古未见。"

"相爷不必惊慌，老虎害怕人声，它们向北边跑了。"任固说着。

"不要进了咸阳宫。"吕不韦好像担心秦王政的安全。

"随它们去吧。"

"如此胡闹，必干天怒。"吕不韦无可奈何地叹道。

"人怒就是天谴啊，相爷。"

"是啊。"

"屯留兵变就是人怒啊。"

"说得好。"吕不韦拍拍任固的手臂，意味深长地说道，"说得好。"

大约有三四只老虎，窜到了咸阳宫门前。它们咬死两名守门卫士，美餐了一顿。在它们美餐的时候，其他卫士们急忙关闭了宫门。等秦王政的安车到达咸阳宫门外时，老虎已经吃饱走开了，两具惨不忍睹的尸体横在门前。大门紧闭，寂无人声。樊於期叫了好一阵，战战兢兢的卫士们才把大门打开，放秦王政进去，然后又急忙关闭。

这些逃窜的老虎，搅乱了整个咸阳城。家家院门紧闭，人人谈虎变色。大街上的店铺都关了门，大白天就像深夜静了街一样。只有甘泉宫里最热闹。甘泉宫的宫门卫士们不敢关门,说是要等待嫪毐。等嫪毐进了甘泉宫以后,他心慌意乱,忘了命令关闭宫门。那些胆小如鼠的卫士们乱躲乱藏,顾头不顾尾。后来秦竭回来,才命令关闭大门。有几个卫士说,他们看见有老虎进了甘泉宫。于是太后和嫪毐慌作一团。尤其太后的表现最为生动。她哭喊着躲进一口很大的衣柜里,命令嫪毐站在柜前。嫪毐下令,召集终南山的猎户们进甘泉宫搜查,这就是历史上有名的大索甘泉宫。折腾了好几天,才有一个宫门卫士说,那天看见的不一定是老虎,可能是一只大黄狗。秦竭不敢把这话禀告嫪毐,他知道嫪毐正在生他的气,他怕嫪毐一怒之下杀他。他只是下命停止搜查,让猎户们回家。

咸阳宫的大门关闭了七天。等到有确实消息,知道那些老虎都上了咸阳北坂,进入丁北峻山的森林。咸阳人这才敢让孩子们在院子里玩耍。不过这是后话,表过不提。

当秦王政仓皇逃出阿房宫的大殿时,朱亥早已回到他的传舍。

他的随从们问道:

"大人没受伤吧?"

"大人洗洗脸。"

"大人的衣裳都撕破了,换一换吧?"

洗脸水端来了,干净衣裳也拿来了,但是朱亥一直不吭气,后来他忽然大喊道:

"拿酒来!"

这时有人把拧干的一块擦脸的麻布巾子递给他,他接在手里,擦了擦脸。酒碗已经斟满,大块牛肉也已经摆下。朱

亥端起酒碗喝着,三碗过后才说道:

"真是名不虚传哪!"

他看见侯爽瞪着询问的眼睛,又说道:

"真是虎狼之国呀! 你们怎么不吃? 快吃。"

侯爽喊道:

"全体开饭!"

平静的咸阳街头渐渐出现了呼喊和骚动。可以听见街上的人声脚步声,车声马声,女人的尖叫声,狗叫声……接着就是关门的声音……

"都吃饱了吗?"朱亥问道。

"吃饱了!"大家齐声答道。

"戈矛刀剑提在手里,上马!"朱亥命令道。

正在咸阳街头骚乱不堪的时候,他们出了咸阳城。

第二天下午他们出了潼关,第四天傍晚,他们到达渑池南的一个小聚落。人困马乏,朱亥决定休息。在这里,他才洗澡,洗头发,换了衣裳。他的眉头渐渐展开了,不过,很快又锁紧起来。

侯爽看见朱亥想说话,便抢先说道:

"咱们这次出使秦国,应该载入史册。"

"谁家的史册?"朱亥笑问道。

"自然是魏国的史册。"

"那是自然。"

"常言说,仁者无敌。秦王政如此昏庸暴虐,绝不会有好下场。"侯爽见朱亥不搭话,又继续说道,"我们魏国应该出兵支持成蟜,消灭赵政。"

"我们错了！"朱亥说道，"错了！"

"什么错了？"

"昨天我们应该从茅津渡过河。"

"去上党支援成蟜吗？我们可以从孟津过河，那是正路。"

"不，傻孩子，"朱亥说道，"回来时，不要走去时的路。"

朱亥本人疲劳至极。他仿佛绷断了的琴弦一般，由过度的紧张一变而为松懈不堪。这种情形是从前天出了潼关以后开始的。他感到自己确实是老了。他的随从之中，有两名武士身带轻伤，另有两名文官得了病，最重要的是马匹，它们已经疲惫不堪。所以朱亥才决定休息。但当他说起"回来时不要走去时的路"的时候，他忽然振奋起来。他决定稍事休息，随即出发。

从渑池往东走就是孟津。这就是武王伐纣的路，是一条胜利的路。从前在这一带丘陵之中，战车可以顺利通过。后来山上的树木不断减少，山下的河沟不断加深，战车也就逐渐被淘汰，变成了骑兵。距离渑池不远的地方，有一片小小的坪坝，弯曲的溪流隐藏在长满野玫瑰的杂树丛中，仿佛是有意给附近的农田让出地方，仿佛是不好意思打扰这小平川的宁静。这里虽然没有坚固的城堡，没有酒店，没有人家，但却是一个史书上记载过的著名的地方。六十年前，秦昭王曾经在这里同赵惠王会晤。秦王命赵王鼓瑟，从而载入秦国的史册；于是蔺相如迫使秦王击缶，从而也载入了赵国的史册。当时这里有不少临时建筑，后来几经战乱以及盗贼纷扰，房子早被烧毁。如今在农田之中，还能看见一片一片的断垣残壁和瓦砾堆,算是历史的一点遗迹。现在农田里的麦子已经长起来,大约有一尺来高。

朱亥一行人进入这个平坝子时,暖洋洋的太阳刚刚升到头顶,溪流轻轻地呜咽着,野玫瑰开放了黄色的小花,蜜蜂们忙碌着。朱亥的随从中有一个文官,用鞭子指一下那些瓦砾,兴高采烈地述说着当年蔺相如的英雄事迹。于是人们便高声地嘲笑秦昭王,仿佛秦昭王只是一个住在他们巷子的蠢婆娘。

突然,前面乱树丛中跳出许多举着戈矛的士兵,在小溪南边出现了一些骑兵。那些骑兵忽然向东奔驰起来,挡住了朱亥他们的路。再往后一看,北山根下开过来一队骑兵。朱亥他们被包围了。朱亥带的人马,连马夫、侍者在内,不足三十人,其中还有四五名负伤和生病的人。而前后堵截的步兵和骑兵,少说也在一百以上。

“大人! 咱们被包围了!”侯爽喊道,“大人你带几个人往东打,不要恋战,夺路而走! 我带几个人往北打,拖住他们。”他大喊着:

“都拿起武器来!”

朱亥见他周围的人们急忙下马,勒紧马肚带,然后上马举起了武器。人们脸上不免有惊慌的神色。朱亥用手遮住阳光前后望望,笑道:

“百八十个人,好对付! 这些秦国的饭桶们,比老虎差多啦!”

南边秦军为首的一个将军,已经驰马来到近前,他向朱亥一拱手说道:

"过来的是朱亥大人吗?"

"在下正是朱亥。"朱亥厉声说道,"你是何人?"

"小将吴蒙等候大人已久了。秦王陛下御旨:取朱大人的首级回咸阳。"

"你听说过朱亥其人吗?"朱亥笑问道。

"久闻大名。"

"那就放马过来吧!"

"既来了,自然要承教了!"

那将军也是一条彪形大汉,他说着举起长矛策马突击过来。朱亥迎上去,才一交手,那人便被朱亥刺中跌下马去。他的长矛到了朱亥手中。

这时北边的秦军,大喊着一齐冲过来。

这几百亩麦田就做了他们的战场。秦军把朱亥的人马团团围着,从四面向里冲杀。最先被屠杀的自然是那几个受伤和生病的人,然后是文职官员。文官们没有战斗经验,只知躲避,结果是最先阵亡。而朱亥和侯爽等武士则不然,他们总是进攻,结果总是把敌人打倒在地。他们向东冲,东边的敌人就后退,他们向西冲,西边的敌人就向后退。这样就使双方的武士们形成一阵旋风,中心是转动的,周围也都转动起来。这巨大的厮杀的旋风,一会儿转到东边,一会儿转到西边。尘土飞扬,杀声震天。朱亥的武士们有如猛虎,他们每人都打死好几个敌人,甚至负了伤以后,还在拼命厮杀。但是他们最终都一个一个地倒下去了。最后,当侯爽倒下去的时候,秦军只剩了三名,朱亥只剩了自己而且他身上已经三处负伤。三个秦国武士一齐向朱亥进攻。朱亥把手中的大铁矛挥舞起来。他的马转着圈跑,三个秦国武士也转着圈追击。朱亥的马每一次回头奔驰,朱亥就刺倒一个敌人。他的马在麦田里的尸体之间转了五六个圈子,最后他把三个敌人全部打倒。

战场上的能站立的活人就只剩了一个朱亥。

他的马向东边大路上奔去。

不一会儿,他又拨转马头回到这小小的战场上来。他想找到侯爽的尸体,他在麦田里巡视着,这时一个垂死的秦国武士挣扎着站起来给了他一戈。朱亥急忙提起缰绳,那一戈砍在他的马身上。朱亥用长矛刺倒那个武士,没等他拔出长矛,他的马突然狂奔起来。他伏在马鞍上向东南的山谷奔去,但是跑了不远,在山路陡峭的地方,他连人带马滚下了山涧,再也没有动弹。

这一切,只有山上一个樵夫看得最清楚。他心惊胆战地看完了这一场战斗,然后又心惊胆战地等待着,那麦田里再没有一个人站起来。

西边山根下有几匹战马,它们的主人已经战死,它们显出无限惆怅的样子,在夕阳之下嘶鸣着。

当樵者下山回家的时候,大群的乌鸦已经飞走,山头上出现了狼群。

第二十五章　咸阳宫里

咸阳虎患过后,韩非造访李斯。李斯不愿见他,让他在门房里等了很久,才请进来。韩非对此很不高兴。他极力回想当初在荀卿门下同学时,自己是否有过得罪李斯的事情,想不起来。于是他就想到,可能是李斯现在得势,他害怕庄周夺了惠施的位置。他暗暗地笑了。等见了面,寒暄几句之后,李斯问道:

"足下以为,吕相,何如人也?"

"不足虑也。"韩非答道。

"何谓?"

"智周乎远远远……则所遗遗遗,在近。"韩非虽然口吃,心里却同明镜一般。这句话在李斯听来,仿佛是经过深思熟虑的。

"愿闻。"李斯催他往下说。

"智虑虑虑……过于于于……迂远……近处处的事,反而没没……没考虑。"

"嗯。"李斯点点头。

"如如如,人之目,远察秋毫毫毫之末,而不见见……见眉睫。"

"有道理。"

"宴会上人情鼎鼎鼎……鼎沸,他睡睡睡……睡着了。"韩非笑着,表示这是最可笑的新闻。

"有见地。"

"老,老了!"韩非说道,"何以见见……见地?"

"吕相府中有一个青年学者,名叫应曜,前不久不辞而别了。传说他进了华山,大概是隐居起来了。他走以前对周术说过几句有关吕相的话,我刚刚听说,故而见教。"

"应应……应曜,是怎么说说……说的?"

"他说吕相是虎皮羊质,见草而悦,见豺而栗。"

"听说尉尉……尉缭走时说说……说陛下,是蜂目目……目而豺声。不知尊尊……尊耳曾未闻闻,闻否?"

"没听说。"李斯很淡漠的样子。

韩非立刻就觉得自己是失败了,就失败在李斯的手中了。这些诽谤陛下的话,是从他韩非嘴里说出的,而李斯坚决否认他听说过。然而韩非听说,尉缭这些话恰恰是对李斯说的。这就说明李斯做官的经验已经很丰富,而韩非现在还是个小学生。韩非忽然觉得气馁至极,好长时间没有说话。李斯也默默地坐着。他倒也不是嫌韩非没有官场经验,而是嫌他既口吃又多话,容易惹人生厌。

后来韩非终于鼓足勇气要求面见陛下。

"是把尉缭的话告诉陛下吗?"李斯问道。

"岂敢。"

"有什么奏章吗?"

"有,有。"

"目前,"李斯考虑一阵说道,"目前虎患未除,等虎患过去,咸阳宫门开放,即奏请陛下召见足下,如何?"

韩非虽然口吃,仍然努力表示了深深的感激之情,接着韩非又表示要请李斯介绍,认识隗状。

"我同隗状,刚刚认识。"李斯说道,"没有深交,不敢贸然介绍。如果足下真是有要紧事,急于见他,径去他府上,想也无妨。"

李斯就这么推托了。韩非只好告辞。

隗状是个典型的秦国士人。秦国一般士人认为,当今最强大的国家是秦国,世界上最好的地方是秦国……所以他们极少出外游学。他们走的路少,自然见闻也就少,故而作为思想的材料比较少,思想进行起来也就比较简单。其实这正是秦国士人的优点,而山东六国士人们却不能充分理解。隗状祖上是秦国的贵族,他父亲做到左庶长。但是因为他父亲死得早,他小时候家境贫寒。他长大做过几年云阳的小吏,后来拜杜仓为师学习法律。昭王末年,他做御史大夫手下的一名掾吏,爵级很低,公大夫。没几年,杜仓自杀以后,他也辞职,在家闲住。秦国的士人一般都老实本分,能够吃苦耐劳,然而以冯毋择为首的杜仓的门客们,只是外表上装作一副老实样子,暗地却一直在从事阴谋活动,企图推翻子楚的儿子赵政,也就是现在的秦王政。杜仓带一点墨者的味道,所以隗状也带一点墨者味道。不过秦国的墨者同中原的墨者相比,大不相同。中原的墨者主张兼爱非攻,不惜摩顶放踵……而秦国的墨者不大讲究什么兼爱非攻之类,他们只有诸如尊天明鬼,以及杀人偿命一类的教条,看上去完全同法家的货色相似。墨者主张游学,而隗状们却死守着家门。他们可以说是艰苦卓绝,每天读书,研究法律,每天劳动,获得吃穿。那情景就像冀缺身处南亩的情形一样。今年隗状四十七岁,出乎意料的突然被起用,被提拔,升为五大夫。

秦国制度严格,什么样的爵级享有什么样的住宅,不能马虎。秦王政封了隗状等人为五大夫之后,新的住宅随即分配下来。隗状是想把新宅好好收拾一下,然后再住进去。正在这时候,韩非来访。隗状不愿意在他这非常寒碜的老住宅里接见外国使臣。但是又一想,这个韩非是陛下非常看重的一位学者,听说已经不准备再回韩国,要在秦国做官,所以也不好推托不见。

他一见韩非,才知道原来是个小个子,瘦瘦的脸上留着黄黄的小胡子。而且这人非常口吃,说起话来容易着急,别人一问,他的脸红红的,显出极不自然的样子。隗状想道:

"又是一个山东乞食者。"

几句客套话之后,隗状直截了当地问韩非有什么事情。韩非说要求面见陛下,说有极重要的事情面禀。隗状说:"可以先告诉在下一二吗?"韩非说是有关姚贾的事情。姚贾是个魏国人,这次又出使魏国,韩非认为他出卖了秦国的利益。隗状一听,有些道理,便答应代他问陛下请求。隗状的考虑很简单,姚贾是山东六国人,韩非也是山东六国人。他们都是所谓山东的游食者。他们互相攻讦,这是好事。所以他就答应了韩非的请求,约好第二天大昕时分,韩非在咸阳宫门静候。

阿房宫的盛大宴会之后,秦王政不仅心情不佳,而且身体也不佳。他觉得一个伟大的君王,咳嗽一声就应该山摇地动。然而在他非常高兴,非常得意的时候,他想杀一个人,居然没有杀了。他想用朱亥的血,来涂刷他的战鼓,以便使他上台之后,一鼓作气消灭成蟜,消灭嫪毐。消灭山东乞食们的首领吕不韦。谁知上天不佑,使他堂堂的赵政丢了人。朱亥不仅手杀三虎,他居然安然逃窜,而且引起咸阳一场虎患,朝廷上下,谈虎色变,言朱咂舌。秦王政又犯了那种很像寒热病一样的老病。他在昏睡之中,不是看见老虎进殿,就是看见朱亥进宫。三更半夜,他失声尖叫着,不穿外衣在寝宫里奔跑着,躲藏着,直至樊於期把他拖住,他才慢慢地安静下来。

巫师们认为陛下是触怒了什么天神人鬼,主张做一次大规模的祈祷。秦国是个尊天明鬼的国度,无人不信这一套。当时左相因为听说老虎进了甘泉宫,一时一刻也不敢离开太后。于是隗状、王绾和李斯做主,批准了这次大规模的祈祷。祈祷时的铙钹之声,祷告之声,一直闹腾了三天三夜,而真正治病的巫师却是隗状。阿房宫的宴会一散,他便听说朱亥已经逃出咸阳,于是他立刻派武士追而杀之。后来终于有消息传来,说朱亥死在渑池东南的一个山涧里。很快,朱亥的首级便送进了咸阳官。这一天,大约是宴会以后的第十天,秦王政才安安静静地睡了一觉。

秦王政醒来时,心情很好,任命樊於期为卫尉副将军,负责咸阳宫的禁卫。后来有人传说,这是李斯的建议,也有人说不是李斯,而是冯劫。总之,樊於期得到信任,而秦竭等于遭了贬斥。当时为此事,在嫪毐一伙里引起许多议论,许多猜测,许多不满。然而这些闲言碎语,没有传进秦王政的耳朵,也没有载入秦国的史册,所以我们也无从细述。当时传进秦王政耳朵的是吕不韦的话,说吕不韦在宴会临散时说过:简直是胡闹,有失体统,等等。秦王政听了这些话,脸色阴沉可怕,却没有说什么。他觉得最令人不能容忍的是这些所谓有功之臣。这些老家伙永远都是一个鸟样子,永远都是牢骚满腹,永远没有他们满意的时候。他们高官厚禄却不能安分守己,一个劲地往屠刀上碰,拦都拦不住。这一天,只有李斯的一席话,使秦王政感到振奋。李斯说:

"成大功者,在因瑕衅而遂忍之①。"

李斯为了进一步阐述他的原则,举了许多历史上的伟大的事例。他证明,凡是历史上成大功享盛名的伟大帝王,在他们一起首的时候,都曾经遇到一连串的内外交困,以至感到一筹莫展。如夏禹,如成汤,如周文王周武王等等,莫不如是。即如周公,成王年幼,周公秉政,谣言四起,内外交攻,最后闹得连召公都不信任他,成王也怀疑他。而在外部,管叔作乱,蔡叔作乱,殷人复起,奄人随之,九夷鼓荡,天下震恐,一时民心莫测,载舟覆舟。然而周公心平气和,困难一个一

---

① 见《史记·李斯列传》。

个地克服,问题一个一个地解决。该杀的绝不留情,该赦的绝不犹豫。管叔虽然是亲兄弟,绝不客气,杀!于是民心有归。商奄翦除,九夷战栗,天下大定。周公乃城雒邑,以收顽民;封建亲戚,以藩屏周……李斯说这些话时,跟前没有第三者,所以可以放开胆子畅所欲言。李斯是个才华横溢的人,文辞清雅,侃侃而谈。秦王政有如久旱逢甘露,和风细雨,点滴入地。他听着每一句话都好,每一句都是至理名言。每一句都深深地印入心田,他感动至极,甚至落下泪来。

秦王政觉得自己太柔弱了,太焦急了,太急躁了。所以不停地发怒,不停地犯病,不停地出丑。他叹道:

"无奈寡人总是犯错误。"

"错误人人难免。"李斯说道,"所谓瑕衅,就是过失。整个历史就是在错误中前进的。想不犯错误,那是不可能的。你也犯错误,他也犯错误;你在错误中生,他在错误中死。谁是胜利者,谁就是对的。你胜利了,把他的错误载入史册;他胜利了,把你的错误载入史册。成功者,众美归之;失败者,众恶归之。如此而已,瑕衅也就是罅隙,就是窟窿,就是漏洞,就是空子。这就是由于自己的错误给了别人以可乘之机。这个不可怕。准知道他要钻这个空子,他有可乘之机,你再随而乘之。躲避错误,也就是躲避成功,那只能是一事无成,坐以待毙。有了困难,有了问题,甚至有了危机,必须能忍。忍之一字,学问深邃,道理玄妙。谁能忍心,谁能忍耐,谁能果敢决断不失时机,谁就是胜利者。这就是成大器者在因瑕衅而遂忍之的含义。"

秦王政完全赞同李斯的一切说法。他觉得李斯说的管叔的例子,实在是太切合当前的实际了。这是明确告诉秦王政,对成蟜不要抱任何幻想,一个字:杀!秦王政连日来吃了多少药,都不济事。他觉得李斯的这一番话,才是一副真正的良药。他觉得自己的身心清爽了许多。首先,他睡觉起来以后,他的食欲大振。当他吃饭的时候,他传呼大臣们向他报告什么情况,或者询问什么事情,或者发出一些什么具体而微的旨令。他这样做并不是为了忙于政务,他的真实的目的是想让人们知道,他的身体已经完全恢复,他已经变成了一个狼吞虎咽的汉子。有人说,秦王政这样做,完全是给太后和嫪毐看的。因为太后和嫪毐总是认为他身体不好,活不了几天了。其实,也未必只是给太后和嫪毐看的,恐怕是给所有的秦国人看的。而李斯对秦王政的这种表现却非常满意。他认为秦王政有毅力,有胆量,有前途。李斯喜欢随时掂量自己的利益。现在他掂量起来,觉得秦王政是这样的状况,自己的利益也有了保障,心中不由得高兴起来。

秦王政听说赵高从云阳监狱回来了,立刻传令让赵高进见。

秦本是造父之后,所以支庶之中姓赵的颇多。秦王政就姓赵氏。从前秦国有著名的儒者赵良,他胆敢公开地反对商鞅。现在显赫非常的内史令赵肆,是嫪毐的心腹。赵高就是这诸赵的庶孽。他最有能力,然而最倒霉。他的父母犯法被刑戮,他的昆弟们皆生于隐宫,在当时的社会上说,这是最卑贱的了。不过在那种封邦建国的奴隶制中,在传嫡传长的礼法之下,庶孽们的命运也就只能如此了。但是赵高却不是凡庸之辈,他虽然出生于监狱,从小担任后宫侍卫,却是精明强干,聪颖出众,一再被秦王政提拔,现在的官爵已经是公乘大夫。秦王政派他去云阳监狱审问几个重要犯人。其中包括韩国来的水利专家郑国和禁卫将军司马梗。

赵高这年已经三十八岁,但是看上去仿佛是二十多的小伙子。他听说陛下传召,急忙快步来到寝宫,脱掉鞋子,匍匐进殿,看见秦王政正在用膳,知道有要紧事情,心中战栗,口呼万岁。

"赵高,"秦王政问道,"叫你审问司马梗,你审问得怎么样? 他招了吗? 没有招吗?"

"启禀陛下:臣遵旨审问司马梗,已经多次用刑,他宁死不招。"

"他怎么说?"

"他承认同朱亥早就认识,但是不承认里通外国。"

"不行,一定要他承认。"秦王政严肃地说道,"赵高,你知道吗? 这不仅是为了处置司马梗,也是为了处置朱亥。"

"臣知道。"赵高笑道,"昨晚臣就亲自审问他,他承认了。"

"承认了什么?"秦王政高兴地问道。

"他承认是魏国的奸细,曾经三次向魏王增写信报告咸阳的情况。"

"都报告了些什么?"

"他在信中造谣说陛下龙体欠佳,并且说咸阳政局不稳,以及太后……"

"怎么? 说下去。"

"他说太后帷薄不谨,诸如此类都是污蔑。"

"真是该杀!"秦王政问道,"郑国如何?"

"启禀陛下,郑国是个无赖。他不承认来秦带有什么使命。"

"有人告发他,"秦王政瞪着两眼喊道,"他还敢抵赖。"

"臣曾经开导他,劝他说实话。他说,说实话是我尽心尽力给秦国筑了一条大渠,使数万亩良田可以灌溉,军粮增产,国力强盛。他说,这就是我的实话。"

"虽然这都是事实,但这都是托词。"秦王政说道,"他是韩国派来的奸细。他们的目的就是用修筑水渠的办法大量消耗秦国的民力,以免秦国干戈东向消灭韩国,使韩国可以苟延残喘。"

"臣正是这样驳斥他的。"

"他怎么说?"

"他说,即使如此,臣为韩国赢得数年之安,却为秦国造就万世之利。"

"这些山东六国西来的士人,无一不是说客。"秦王政大声说道,"赵高,你可不要被他们的说辞所迷惑。"

秦王政的情绪过于高涨,说话容易出现破绽。他忘了在他眼前站着的李斯就是山东六国的士人。不过隗状、王绾等人听了这话却非常高兴,认为秦王政的这种情绪充分地反映着他们的观点。

"你怎么回答他的?"秦王政问道。

"臣自然要痛斥他的这种无耻谰言。臣说,秦国的大渠,没有你郑国,我们秦国人也会修筑起来。而韩国的国运已经完结,犹如风中残烛,命在旦夕,那可是一刻千金。此间的轻重缓急,你清楚,我也清楚。"

"你回答得很有分量。"秦王政笑着表示赞赏,"他怎么说?"

"他无言可对。"赵高继续说道,"后来只得承认他来时见过韩王,韩王亲口告诉他:要想尽办法消耗秦国的国力……"

"你真会办案子。"秦王政说道,"赐你晋爵一级。退下吧!"

"谢陛下,"赵高叩头至地,"陛下万岁万万岁!"

赵高退下之后,隗状跪奏道:

"启禀陛下,韩非求见。"

秦王政一听说韩非求见心中很是高兴。不过他觉得韩非来得晚了一点,他已经吃完饭,未能让韩非看一看他吃饭的样子。他问李斯道:

"韩非此人,究竟如何? 见得吗?"

"外臣求见,"李斯跪下说道,"应该是见得。"

秦王政比较欣赏李斯,尤其他那"在因暇衅而遂忍之"的一番话,秦王政感到极能切中当前形势的要害。秦王政觉得韩非说的那些话也很好,也能切中形势,但是,他说的远不如他写的更好些。秦王政认为韩非的水平不如李斯高,虽然他们都是荀卿的学生,韩非只是一味地鼓吹所谓法术,实际只是个权势而已。其实,各国的王都是有权有势,为什么事情总是办不好? 王之外,朝中大臣以及地方官吏,也都是有权有势,为什么一事无成? 韩非大声疾呼要防止奸臣篡弑,这很对,很好,很重要,但是办法呢? 为什么列国这种事情一再发生,谁也无能为力? 可见韩非也无力解决这种问题。李斯既然是韩非的同学，并且比韩非水平高，这在秦王政看来，知韩非者莫如李斯。看上去秦王政是征得李斯的同意，其实是看李斯对韩非的态度。加之，韩非口吃得厉害，谈话时必须李斯翻译，不然同韩非谈话实在困难至极。

韩非走进寝宫，心中特别高兴。他认为今天秦王陛下不但答应召见他，而且特意在寝宫召见他，这是一种特殊的信任，而且是特殊的恩宠。他一见秦王政，和赵高一样匍匐在地，口称万岁，然后说了一套颂扬的话。这些话是他早就准备好了的，前些时在阿房宫的宴会上他就要说的。那时候他若能当着列国的使臣说出这些风雅藻丽的颂词来，那该多么体面。不过现在也不晚，不仅在寝宫，而且当着诸位大臣。他称赞秦王政是圣主明王，睿智天才，高瞻远瞩，洞察一切，等等，等等。李斯将他这些磕磕绊绊，零零碎碎的话，翻译成顺通易晓的语言。

当秦王政问韩非有什么事情的时候，韩非便滔滔不绝地开始了他的说辞的正文。他说所谓有道之君就是能够用法术督察臣下的奸情，察奸则最首要的是察近臣的奸，而近臣的奸情却最不容易觉察。这就是像人的眼睛一样，能够看见远处的东西，却看不见自己的眉睫。纵使有离娄之明，能够看见百步以外的蚊子是雌是雄，却看不见他的睫毛共有几根。这就需要有镜子，磨光了的铜镜，这就是直言之臣。他就是陛下的镜子，他就是陛下的直言之臣。他今天求见陛下，就是要禀告陛下，陛下危险至极，陛下已经受了奸人的欺骗。这奸人就是姚贾。姚贾是魏国人，这次又出使魏国。他用陛下给他的上万的金钱，胡乱挥霍，甚至贿赂魏国的大臣，完全是为了自己的利益,打算今后要在魏国做官。陛下的意思是要求魏王增来参加陛下一生只有一次的冠礼。魏王增不来,姚贾也不想办法进谏,却一味地顺从魏王。姚贾却掇弄来一个匪徒朱亥,来咸阳参与大典。这是故意用来激怒陛下,结果就发生了咸阳的虎患这样亘古未有的怪事。韩非还说,姚贾这人原本就根底不正。姚贾的祖上世代都是做看守里门的胥吏,就同奴隶一般无二。姚贾长大之后,做过大盗,杀人越货无所不为。后来他做过赵国的小吏,因为行为不正被驱逐出境。像这样的人,陛下怎么能信任他呢?如果用这样的人,共商国家大事,这实在是太危险了。

韩非费了很大力气,才把他要说的话说完,出了满头大汗。李斯给他翻译完,也出了一头汗。李斯见韩非终于把话说完,在心中叫道:"天哪,可完了!"隗状、王绾他们听完韩非的话,也都感到十分疲倦。他们不希望韩非再继续说下去。他们害怕秦王政过度疲劳会重新犯病。所以在韩非说完,秦王政正在皱着眉头思索时,王绾很不客气地问道:

"韩非,你的话,说完了吗?"

"说说说,完了。"

"请退下吧。"秦王政说道。

李斯年轻时候曾经有过仓鼠和厕鼠的说法,那些话是非常著名的,可以说是脍炙人口的,后来就载在《史记·李斯列传》中。那当然是一个年轻人的非常狂妄、非常激烈、非常极端的说法。然而,仔细寻味一番,就可以发现,他的话也是有感而发的,李斯鄙视厕鼠,因而反对出世。这无疑是完全正确的。正当战国之末,天下大乱,列国的满腹经纶才华横溢的仁人志士纷纷退隐山林的时候,李斯敢于鄙视他们,给他们起了个雅号叫厕鼠。这种气概,这种进取精神,这种不避艰险有所作为的思想,应该说是非凡的。李斯所谓的仓鼠,就是身居庙堂之上,陪伴君王之侧,有许多大事要做,有许多大问题要考虑,立大功成显名的机会非常之多,用不着整天为着蝇头小利苦斗于蜗牛之角。李斯在青年时代比较正派,心胸豁达,理想远大,虽然也是很自私。他承认自己同所有人一样,都是有私心的!他认为毫无私心的人是没有的,是假装的。他认为人有大自私,有小自私;大自私以天下为己任,小自私只关心极端的个人利益。他宁肯自称仓鼠,以便区别于极端自私的厕鼠。所以他在内心深处厌恶韩非的这种谗言害人的行径。他认为韩非虽然反对出世,但是极端自私,骨子里依然是一个穷极生疯的厕鼠。也许韩非说的都是事实,但是,又怎么样呢?厕鼠依然是厕鼠。他一边翻译韩非的话,忽然想起《诗经》里的两句诗:"捷捷蟠蟠,谋欲谗言。"他甚至觉得这"捷捷蟠蟠"应该读作结结巴巴。他觉得人世间可笑的事情实在太多了。

"韩非说的这些话都是事实吗?"秦王政问李斯道。

"也是事实,也不是事实。"李斯也不知道自己怎么竟做了这样的回答。

"何谓也?"秦王政问道。

"有的是事实,"李斯说道,"有的则不是事实。"

"哪些不是事实?"

"韩非说姚贾一味顺从魏王,这不是事实。"李斯说道,"姚贾是反对朱亥来咸阳的。"

李斯只是把自己所知道的情况说出来。他并未考虑到这些话将起什么作用。他甚至都不知道自己是为了什么说这些话。他完全没有挽救姚贾的意思，当然也没有谗害韩非的意思，不过，最终他的话起到了这种作用。

"你怎么知道？"秦王政问道。

"姚贾对臣说过。"

"此地无银三百两。"

"非常可能。"李斯说道，"陛下可以传姚贾进见，当面问他，韩非的话是否属实……"

"传姚贾。"秦王政一想起朱亥，简直是怒火万丈，不禁厉声喝道。

姚贾很快就来了。他这几天就一直在心中不安。他去魏国，没有请来魏王增，却请来了一个惹事精朱亥。朱亥是大梁的一个屠户，一个粗汉，怎能办得外交。果然朱亥不仅激怒了秦王陛下，而且引起咸阳的一场虎患……这一切，他姚贾，如何能逃脱责难。他深知准会有人乘他的危难给他进谗言，但是，他万万没想到给他进谗言的竟是他的好朋友韩非。

"姚贾，"秦王政说道，"听说你用寡人的金钱结交诸侯，有这种事吗？"

"有这事，"姚贾沉吟了一下，答道，"有这事。"

"你还有什么面目再见寡人？"秦王政拍了一下长几。

"臣不来见陛下，去见谁呢？"姚贾笑道。

"诸侯各国都有王，还怕找不到主子？"

"天下所有的王，都喜欢忠臣，这就像所有的丈夫都喜欢贞女一样。臣若不忠于陛下,诸侯的王再多,他们要臣何用?"

姚贾的话很简单,很有力。旁边的李斯、隗状、王绾、冯劫、辛腾等人,无不感到惊奇。一个人能够临危不惧,能够冷静地面对一切,能够保持头脑清醒,语言简单明快,而且声音洪亮,态度悠闲,这实在是一种值得赞美的高贵品质。隗状、王绾听了姚贾的话,心中深深叹服,自愧不如。秦王政听了以后,觉得有道理,却没有说话。姚贾见秦王不说话,便接着说道:

"奸臣进谗言都是陷害忠良。臣被谗,臣死有余辜不足惜,只怕今后忠臣都要远走高飞了。"

"你是监门之子吗?"秦王政问道。

"是。"姚贾点头答应着,心中却感到这问题着实唐突,怎么忽然问起这种事情?

"你是梁之大盗吗?"

"是。"

"你是赵之逐臣吗?"

"是。"姚贾回答着。

他的脸色忽然沉了下来。他脸部的肌肉发生过一点微微的颤动,就像一个远方的夜空中的闪电。他从这里便知道了谗害他的人是谁。因为在咸阳没有人知道他的这点不光彩的历史,只有他的好朋友韩非知道。

"你还有什么说的?"秦王政冷冷地问着。

"陛下,"姚贾说道,"出身历史好与不好,并不妨害一个人的忠诚和贤能。太公望是齐之出夫,赵之逐臣,而文王得之遂王天下。管夷吾是齐之贱夫,鲁之死囚,而桓公用之遂霸诸侯。他们虽然出身微贱,名声不佳,遇到圣君明王,终于功成名遂。如果舍此贤良,空有当世之名,纵如伯夷叔齐卞随务光,陛下何所用之?"

李斯想道:"如果要把这些意思说得比姚贾说得再简单,再明确,再透彻,这是不可能的。莫非姚贾早就知道陛下要问这些问题,因而预先准备好了的吗? 不可能。这大概就是一个人的才气,敏捷,准确……"

秦王政突然变成了一个通达明快的人,他笑了,说道:

"倒也有理。"

秦王政脸上的笑容,影响了所有在场的人。

这就好像和暖的阳光照射着雪人一般,隗状等人绷得很紧的面皮,全都一下子松弛开了,舒展开了。

"姚贾,"秦王政问道,"你怎么得罪了韩非?"

"臣同韩非是很要好的朋友,"姚贾已经想出了攻击韩非的办法,"臣想不起有什么事情得罪过他。有了,想起来了。前不久刚见面,发生过一点小分歧,臣骂了他。"

"为什么骂他?"

"臣出使回来,见到了韩非,他说他为了向韩王交差,上书陛下,劝陛下不要进攻韩国。他把稿本让臣看,臣以为其中都是瞎说一气,荒诞无稽。"

"他都说了些什么?"

"他说,兵者凶器也,不可不审。计者定事也,不可不察。攻韩则合纵复起。一战不胜则祸构,一动失计则国危……他认为攻韩是至危至殆……①臣却不以为然。臣认为，合纵之事永远不可能再起，已经没有那种形势了。因为韩非是臣的朋友，所以说话不客气。臣说他胡说八道，荒诞无稽。匆忙之间把荒诞说成了混蛋，他生了气……或者以此见罪，也未可知。"

韩非揭姚贾的短，说的都是事实；姚贾揭韩非的短，说的也都是事实，这正是古人较为忠厚的地方。当然，根据同样的事实，却可以做出截然不同的文章，这也恰恰正是古人较为聪明的地方。他们几乎用不着编造什么瞎话。可见编造瞎话的人，已经是末流之末流了。韩非是一个非常矛盾的人物，这一点姚贾非常了解他。韩非在韩国一筹莫展，没有作为，所以才来到咸阳寻找出路。韩非既然是韩国的诸公子，当然关心韩国的存亡。他此来既然作为韩国的特使，当然也要替韩国说几句好话。然而韩非本人也深深知道，韩国对他够无情的了。所以他便决意在秦国做官，他听说秦王政很赏识他的文章，又见秦王政对他很是尊敬，便朝思暮想地效忠起秦国来。他一来咸阳就送上了他的奏章，嫪毐没有时间看，所以也没有进呈陛下。现在秦王政立即要韩非的奏章，不一会儿内侍便取来呈上。秦王政一看，姚贾说的那些话都有，于是勃然大怒。

"李斯。"秦王政说道，"你是韩非的同门，此人……"

李斯见秦王政生了气，急忙俯身顿首说道：

"韩非本是韩国的诸公子，臣以为，他为韩国的利益考

①见《韩非子·存韩》。

虑,希望秦不伐韩,这是很自然的。"

"韩国当伐不当伐?"秦王政负气问道。

"韩国乃秦国的心腹之疾,必先伐之。"李斯以为秦王政误解了他前面的回答。

"臣听说,"王绾跪奏道,"韩王曾经同韩非一起,共谋弱秦之策……"

在隗状、王绾等人看来,这都是"山东乞食者"们之间的斗争。他们之间,无论谁,只要有人倒下,隗状等人就感到高兴。所以,当秦王政问隗状如何处置韩非的时候,隗状说道:

"该杀。"

于是秦王政下令逮捕韩非①。

这时谒者报告说吕不韦进见,说有要事面禀。

秦王政想起吕不韦在宴会上说的"有失体统"的话,心中余怒未消,便不想见那讨厌的老头子。然而又一想,这老家伙在家装病已经非止一日了,今天突然进宫求见,并说有要事面禀,不知何事,便说道:

"请他进来。"

吕不韦进来跪下,施礼,问安,还没等吕不韦正式开口说话,秦王政已经猜到八九分了。嫪、吕之间势不两立,目前尖锐激烈已经到达顶点。前两年只是冒烟,现在已经是浓烟滚滚,一眨眼就要变成了烈火。这老头子说有要事面禀,那一定就是嫪毐之事无疑。

当秦王政问吕不韦有什么事情时,吕不韦要求屏退左

---

①韩非谮害姚贾,反被姚贾谮害了,详见《战国策·秦策五》。

右。于是李斯、隗状等人一齐退出,就连宫女太监等等也都退至侧门之外。

"仲父,"秦王政说道,"有什么事情,如此小心谨慎?"

"陛下,"吕不韦说道,"咸阳士人一直在传说太后和嫪毐生了两个私生子,不知道陛下可有耳闻?"

"没听说过。"秦王政忽然感觉头疼起来。

"传说之词,不可轻疑,不可轻信。"

"可有此事?"

"确有此事。"吕不韦说道,"陛下近来龙体欠佳,于是便从甘泉宫传出来,说是嫪毐说的,'王即薨,即以吾子为王①。'话究竟是怎么说的,不得而知,不过,事情已经十分明显,嫪毐一党确有篡弑的阴谋活动。这两个私生子,就是明证。"

"这这这……"秦王政突然不由自主地战栗起来,问道,"这两个野孩子,藏在什么地方?"

"藏在祈年宫。"

"仲父你,怎么知道的?"

"有人亲眼看见过。"

"谁?"

"司空马和祁砥。"

"他们现在何处?"

"现在宫门候旨。"

"传他们来见寡人。"

司空马是相府的尚书,所以穿着如同中级官吏,而黄羊

---

①见《说苑》。

角则扮作他的仆从模样。他们施礼以后，秦王说道：

"老马，以前常见面，近来无恙。"

"托福陛下，陛下万岁。"司空马再施一礼。他看见陛下的嘴唇都紫了，"莫非他冷吗?"他想着。

"你到祈年宫去过吗，老马?"

"扮作甘泉宫的太监，混进去看了看。"

"见有，有两个孩子?"

"是有两个孩子。"司空马说道，"大的名叫辟疆，四岁;小的名叫无忌，三岁。臣同他们说过话。臣简直是惊讶不止，他们说他们长大了要当王。"

"外面人，都知道了吗?"秦王政用手按了按自己的太阳穴，他好像已经头疼得不能忍受了。

"一般民众，无从得知。"司空马说道，"咸阳一些士人，只听说有这么两个孩子，却不知道他们藏在什么地方。"

"仲父，"秦王政对吕不韦说道，"仲父……您侦得奸人明谋，立了大功，寡人感激不尽。几年来，寡人一直忧心忡忡，知道有奸，却不知奸在何处，现在一切都清楚了。仲父，请把老马二人留给朕，请仲父歇息去吧。"

至此，吕不韦只得施礼告退。

当他走出寝宫，穿过宫院的时候，樊於期过来向他施礼，问候他的健康。吕不韦同樊於期说了好几句话，却还没有看清是谁。他心里想的是陛下为什么要留下司空马两人。他带他们进宫，只是要他们做个证人而已，想不到陛下却把他们留下了。莫非这疯孩子要把所有知道此事的人，连同那两个孩子，一起杀掉吗? 还是他不相信老夫的话，要亲自拷问司空马和黄羊角吗?

"相爷,"樊於期叹道,"司马梗大概活不成了。"

吕不韦竟听成了"司空马活不成了。"他一下子吓呆了。愣愣怔怔的,不知说什么才好。

"他是为了朋友,"樊於期说道,"竟然送了自己的性命。"

"将军以为,"吕不韦这时才看清面前站着的是樊於期,他低声说道,"陛下会追究老夫吗?"

"追究相爷什么?"

"还要将军多多关照老夫。"

"这个自然。"樊於期并不知道吕不韦是在说什么,却答应道,"相爷只管放心。"

从后宫出来,吕不韦一个人走着,虽然走得很慢,他终于走到了正殿前面的广阔的大院子里。十年前,庄襄王在世时,吕不韦经常出入后宫,这都是非常熟悉的路,而如今却显得生疏了。他的思想也和他的步履一样,虽然走得很慢,却也终于进到了广阔的前院。他想着,即使司空马和黄羊角连同那两个私生子一起被杀,陛下也绝不会饶过嫪毐。既然已经把阴谋揭穿,陛下是绝不会善罢甘休的。这种事情,根本就没有妥协的余地嫪毐。对这一点也很清楚。所有嫪毐一党,包括太后在内,都会突然被消灭。所以,吕不韦认为消灭嫪毐的战斗已经临近结束。他应该考虑上辞呈的事了。

在咸阳宫大门以内,一左一右有两处院落,本是朝中大臣们议事的地方。昭王晚年,军事政治事务繁多,他命左右丞相在这两处院里办公。右边院落是右丞相处理公务的地方,左边是左丞相处理公务的地方。庄襄王死后,今王年幼,国事委诸大臣,吕不韦曾经在右边这个院子里处理公务。后来他忙于编撰他的《吕氏春秋》,国事多由太后和嫪毐处理,实际就是嫪毐以太后的名义处理。嫪毐升任左相以后,自然就在左边的院落里办公。咸阳虎患之后,至今嫪毐还没有走出甘泉宫一步。所以,现在这左右两个院落都是空空的。没有官员,没有政务,也没有出出进进的将军和外国使臣。吕不韦望见这左右两个院落的门前,只有几个禁卫武士,显得十分荒凉。秦国的政治从来没有像现在这样懈怠过,他心中很不好受。他认为这是由于他老而贪名和无端退让造成的。他现在认识到,秦国出了一个奸臣嫪毐,完全是他吕不韦造成的。当宣太后执政的时候,魏丑夫也没有到嫪毐这种大权独揽、爪牙遍地的程度。"可见这个责任就在老夫身上。"他感到内疚。"上天明鉴,老夫是罪有应得呀!"

"相爷,"任固走上前来迎接吕不韦,说道,"相爷疲倦了吧? 请到右相公廨小坐片刻如何?"

"不,"吕不韦想立刻回去写辞职的呈文,并且要反省几年来的不可原谅的过失,说道,"回家。"

"不能就走。"任固坚决给予拦阻,说道,"相爷疲倦了,先进公廨休息片刻……"

"你怎么啦? 任固。"吕不韦见任固的言辞笨拙,而且神色惊慌。

"相爷,"任固凑到吕不韦耳边说道。"第三名刺客正在宫门外面。"

"你怎么知道?"

"浑沌派人来告诉的。"

吕不韦并不觉得心慌意乱,他反而觉得这一切都是很正常的,很自然的。"当战斗临近的时候,"他想道,"人家的战斗也临近结束了。这就是同归于尽……自古以来就是如此,必须如此,必定如此……不如此就不成其为……"

第二十六章　咸阳宫门前

　　容貌姣好而又富于风情的若巳，曾经使许多秦国的官僚垂涎三尺，不过谁也没有弄到手。当她的丈夫在前线"阵亡"以后，好事者们开始替她考虑前途，也就是替她说媒的时候，她便公开了她同赵肆大人的秘密。赵肆是咸阳的内史大人，比她前夫的地位高得多。她觉得如此改换门庭，甚至可以说是十分荣耀的事情。秦国因为连年战争，为了巩固军心，所以特别提倡贞节。不过若巳的丈夫并不是什么为国捐躯的英雄，所以她的改嫁十分顺利，没有遇到什么非难。正是她丈夫在前线"阵亡"的前后，赵肆全家惨遭大头鬼的杀害。这引起嫪毒一党对赵肆的广泛同情。那时候一般人比较迷信，对大头鬼的事情信以为真。但是，迷信对赵肆并不利，人们说这是报应。除了有名的"舌嘴之案"以外，人们并不知道赵肆还有什么别的罪行。但是如今既然见到了报应，人们便极力去猜测他可能有的罪行。于是，人们就想到了他和若已的私通。而在另一方面，无论在什么时代也会有少数不迷信或者不甚迷信的人。这些人对什么大头鬼之类的说法根本就不相信。他们认为蒲老官一家惨遭屠杀，明明是官家干的，街坊四邻听的真切。第二天正是赵肆去处理此案，他硬把如此重大的案情说成是私斗仇杀。于是，蒲雕就回敬他一下，杀了他的全家。只有吕府的人不相信这种说法。他们认为蒲雕既然接受了吕不韦所赠的宝剑，估计他一定出了潼关。后来他们才知道，蒲雕并没有离开咸阳。不过等他们知道实情的时候，咸阳已经大乱，已经没有人注意这些事情了。

赵肆举行婚礼，正在咸阳虎患刚过的那几天。虽说新娘子年轻美貌，赵肆却已经是老大不小了，加之虎患以后人心惶惶，所以婚礼十分草率。嫪毐的党羽们对赵肆的婚事，嘴上没有大加赞赏，行动上却是极力赞助。他们把这件美满的婚姻看作是对赵肆全家被害的一点补偿。虽然太后和嫪毐那几天正在惊慌失措地搜索甘泉宫，却给了赵肆许多赏赐。新婚那天，除嫪毐本人以外，他的党羽们，诸如秦竭、徐齐、胡竭等等，都来登门道贺，也算得热闹非常。新婚的夜晚，若已突然尖叫起来，她说她看见了赵肆前妻的鬼魂。赵肆问她："哪个前妻？"因为赵肆这是第三次结婚了。她却回答不上来。根据这件微不足道的事情，咸阳的小市民们又造出了许多活灵活现的谣言。他们说赵肆的全家被杀，是赵肆自己干的。自从"舌嘴之案"失败以后，他想制造一个真正的大案，以便达到"渭水为赤"的屠杀。与此同时，他还可以顺利地同若已结婚，因为若已不仅容貌出众，而且娘家是咸阳的大贵族。那些原先倾向于蒲雕作案说法的人们,如今特别愿意接受这种谣言。他们的理由是,赵肆全家被害时刚好他不在家,独独剩了他一个。小市民们的想象力是很强的,不过这种想象力就像渭河南岸的晨雾一样,消失得很快。

当第三名刺客选定以后,嫪毐本想把组织这次暗杀活动的任务交给秦竭。但是在招待燕丹的宴会上,秦竭呆笨如牛,嫪毐很生气。于是考虑再三,他把组织这次重大行动的任务交给了赵肆。赵肆非常高兴,他认为这是太后陛下和左相大人对他的信任。鉴于前两次的失败都是计划不周,他认为这次一定要严密组织。他把前两次的失败,归结为"误入吕府"。嫪毐的党徒们现在好像恍然大悟似的认识到,吕府简直是龙潭虎穴。吕府上千名食客中,文人武士颇多奇才,技艺超群,高深莫测。于是他们就决定等待吕不韦走出他的府邸。嫪毐一伙原打算百般阻挠秦王政的冠礼,打算在秦王政未曾冠礼亲政以前就把他废黜。结果不承想皇天不佑,此计未成。在举行冠礼的那些日子里,吕不韦倒是连续出门,主持冠礼,参加宴会,并且参加了许多别的,诸如拜会外国君臣一类的活动。秦竭主张在这个时间动手,嫪毐却又坚决反对。嫪毐认为各国君臣都在咸阳祝贺冠礼,秦国此时突然暗杀一位重臣,无疑会遭到山东六国的蔑视。其实他内心里真正的想法,是害怕"那只螳螂"发起神经病来。"那个畸形儿,生性残忍至极,一旦发起病来,说不定要屠城也未可知。"

在赵肆的新婚宴席上,因为在座的没有外人,赵肆忽然叹了口气,说道:

"前天晚上。"

"什么事情?"徐齐说道,"这么唉声叹气的。"

"前日太后对臣有许多赏赐,真是皇恩浩荡啊。出来时,左相叫住说道:'新婚十分美满,不要忘了大事情,知道吗?杏子都黄了!'弄得我这两天,神魂颠倒。"

"你神魂颠倒是谁弄的? 好个新郎官!"胡竭大笑道。

"快别取笑!"赵肆哭丧着脸说道,"快帮兄弟想个办法吧!"

"杏子才小指头大小,"徐齐说道,"他就说黄了,可见是着了急。"

"是得想个办法,"秦竭说道,"不能这么死等。"

"前些天,那老讨吃鬼,天天出来,左相大人却不让动手。现在虎患刚过,狐狸不出洞,奈何?"胡竭说道。

"想法把他引逗出来。"徐齐说道。

他们中间,秦竭曾经号称"陛下",而且也有韬略。赵肆只好乞求秦竭多多费心,想个什么办法,把那老狐狸引出洞来。

"冠礼已经举行,"胡竭说道,"眼下这势头儿,对我们十分不利。"

"这就看怎么说了,"赵肆反对任何悲观论调,他反驳道,"我以为眼下对我们最为有利。"

"什么地方有利?"胡竭反问道。

"我们就是公开把吕不韦杀掉,连陛下都会赞成,"秦竭说道,"你不相信吗?"

"大人您太乐观了!"

随后,秦竭想出了一个办法。他说道:

"徐大人回去找出几件要紧公事来,游说李斯去请那老讨吃鬼进咸阳宫处理公务,然后等他出来时,在宫门前停放轩车的地方下手。"

"此计甚好。"大家一致拍案叫绝。

这些日子,公乘歜住在甘泉宫,不准同外人接触。甘泉宫虽然有好酒好肉,只是没有女人——伺候他的都是宫门卫士。这样一天一天挨下去,他便有点烦躁起来。赵肆新婚之后,精神格外抖擞。他每天都去甘泉宫见公乘歜一面,报告一些外面的情况,研究一下他们的计划。有一天,公乘歜突然提出要回家去看看,他对赵肆说道:

"大人,家父年事已高,连日来不见儿子在前,又不知去向,一定非常挂念。故而,臣请个假,回家去走走,看看老父亲。"

赵肆一听,出乎意料,扬起手来摸了摸自己的脖后根,好像那里有虱子一般。他有点不知如何是好。他知道,公乘歜并不是一个孝顺儿子。"现在突然提出要请假看望父亲,莫非是要变卦吗?"他想到这里严厉地说道:

"不行!"

公乘歜的父亲名叫公乘西,陇上人,祖辈都是平民,也就是士人,大多是做下级官吏。现在咸阳的一些老年人们,曾经听他们的老人们说过,公乘西原是将梁氏的后代。他们看见过公乘氏的老人们曾经去杜邑地方的将梁氏的祖茔里上过坟。也许这是确实的。这可以看作是战国时期长期动荡的社会生活所遗留下来的历史效果。姓氏混淆了。就像伟大的黄河吞没了数不尽的细流一样,战国的社会生活使那些原来泾渭分明的各种支流小派,一股脑进入了可怕的黄色波涛中。公乘西的高祖,曾经做过公乘大夫,后来以官为姓,姓了公乘。那时正赶上秦国在商鞅变法以后突飞猛进发展。张仪、司马错攻灭蜀国的时候,公乘西的这位高祖,跟随都尉墨从成都下去,一直打到犍为。那一连串的战斗,非常艰苦,整整打了五年。这位高祖不仅升为公乘大夫,而且发了财。然而他的后代却一直没有什么出色的人物。到公乘西,只做到公大夫,公乘鹨是官大夫。在秦国朝廷上下和军队之中,足智多谋而又英勇善战的有文化有技术的文武官员,大多数是山东六国人。史书上有时候把他们写作"秦人",其实这只不过是秦国史官们的"爱国热情"的表现。例如现在有名的大将蒙武,秦国史官就曾经把他写作"秦人"。其实谁都知道,蒙武的父亲是齐国人,名叫蒙骜。蒙武的儿子们后来非常有名,他们就是蒙恬和蒙毅。虽然他们说话的口音和生活习惯也都是地道的咸阳风味,但是,却依然无法改变他们的祖父确是齐人的这一事实。他们纵然勇于自认秦人,而真正的秦国人并不太愿意承认这一点。山东六国人在秦国做官的越多,一般秦国人的排外情绪就越大。这仿佛是一种本能,仿佛完全不是有意识的。只要你感觉身上什么地方有点痛,于是那里的肌肉就红肿起来,甚至结成一个很硬的疙瘩。所以在咸阳街上听到崤山以东的口音,咸阳人就不由自主地把嘴撇一下,好像在说:"又来了一个游食者。"在秦国人来说,他们的打算并不苛刻。他们希望由他们做官掌权,而由山东六国人们给他们卖命,给他们做事情。咸阳人认为这是很公道的,简直是天经地义。因为说到底,秦国毕竟是秦国人的秦国。然而山东六国人却不甘于仅仅做个秦国人的奴隶。于此也可以看出，这些山东六国的乞食者们是多么狂妄，多么恶劣。山东六国士人的精明强干，引起了秦国正直贵族的愤怒，甚至可以说激发了他们的"爱国热情"。因而公乘獒作为一个地道的秦国人，很自然地就站在了嫪毐一边，并且他表现得更为突出一些，更为激烈一些，"爱国热情"也更为深厚一些。

公乘獒在秦竭的禁卫军中做百人长，只是他的品格不大适于带兵。他比较放浪，喜欢吃喝玩乐，无拘无束，他父亲也管不了他。他父亲原在商邑做过县监，后来年老退休在家闲住。父子两个虽然说不到一起，却能做到一起，在"酒色"这两个字上，颇有同好。公乘酉有三个儿子，公乘獒是老三。公乘獒的两个哥哥，比较忠厚老实，目前一个在东郡某县做小吏，一个在南阳地方某县做校尉。所以家中上有老下有小，叽叽喳喳，热闹非常。公乘獒是个不着家的人，他父亲难得见他一面。他喜欢在酒楼上闲坐，或者待在什么女人不大正派的人家。所以他近日来不回家，家里人并不觉得奇怪。

赵肆了解到这些情况以后，就想到弄两个女人来伺候公乘獒，第二天，赵肆去看公乘獒，和颜悦色地对他说道：

"昨天我派人去看望令尊先生，家中一切都好，请放心吧。"接着他又眉飞色舞地说道；"太后陛下特别关心足下，特意挑选了两个宫女，来伺候足下起居。"说着他向房门外面喊道："叫她们进来。"

话音刚落便有两个打扮得花枝招展的年轻女人，迈着盈盈细步走进房来向公乘獒叩头。公乘獒急忙向北，也就是向

宫里叩头,嘴里说道:

"谢太后陛下赏赐,太后陛下万岁,万万岁!"

有考据癖的历史学家们喜欢在细枝末节上争论不休。有的说这两个女人是甘泉宫的下级宫女,理由是:不是宫女很难进入甘泉宫。有的说这两个女人根本不是什么宫女,而是从小巷里雇用来的浪荡女人。他们的理由是,太后本人决不会想出这种主意,而为这种事情即使嫪毐也不敢向太后提出请求,等等,等等。总之,这两个女人的出处很难辄定。但是有一点可以肯定,自从这两个女人来到之后,情况产生了看不见想不到的重大变化。

公乘獒被圈在甘泉宫一进大门西边的一个小小的跨院里。他每天除了吃喝睡觉以外,就是和宫门卫士的赌博,呼呀喊叫,粗犷异常。自从这两个女人来了以后,呼呀喊叫的声音换成了轻歌曼舞和呢喃细语,那情形早已是不堪入目了。

公乘獒在女人面前喜欢吹,高兴起来就说他是个了不起的人物,他将要建立世人难以想象的丰功伟绩,他的名字将要永远地载入秦国的史册,他将要成为子孙后代们引以为荣的也就是最值得纪念的人物,等等,等等。然而在他喝得半醉以后,他在女人面前又容易流露真情。他经常一手举着闪光的金爵,一手抱着半裸的女人,忽然痛哭失声:

"我就要死了! 我的宝贝儿,我就要和人生永诀了! 这就是我的命呀! 我是个苦命人!"

佐弋将军胡竭听说公乘獒是这种样子,曾经对秦竭说:

"武艺高低且不说,黄汤落肚,歌哭呜呜,抱着女人的光腿……不成体统……不要误了大事。"

"赵肆的意思,不过是姿其情性耳,足下不必多虑。"

"专诸、要离,何尝是如此模样。"

"这是什么话?"秦竭很不高兴,问道,"你认识专诸、要离吗? 亲戚故旧? 嗯?"

"将军何必如此。"胡竭冷静地说道,"我虽然不认识专诸、要离,我却到过轵县深井里,人们告诉我,聂政是个孝子。"

"我们需要的不是孝子,将军老爷!"秦竭突然暴怒起来,"我们需要的是肯卖命的人,知道吗? 你能找到一个更好的吗? 找不来,那就别说三道四的,知道吗? 什么抱着女人的光腿,你真说得出口……伯夷、叔齐道德高尚,你用得上吗? 庄周、原宪人品出众,你请得来吗?"

以前伺候公乘燿的是宫门卫士们,他们并不知道留公乘燿住在宫中,并且好吃好喝相待是为了什么。自从这两个女人来到以后,不仅是宫门卫士们,就是杂役小夫乃至担水的城旦、劈柴的鬼薪,嘴上不说,眼里也都看得清是怎么一回事了。从此以后,咸阳大街的酒楼上开始有人谈论公乘燿。

"有几天不见他了。"

"有一个多月不见他了。"

"不,才半个多月。"

"是个好材料。"

"不,是个笨蛋。"

"彗星在头上拖着老长的尾巴……"

"但愿灾星落到坏人头上。"

"上次彗星出现,死了夏太后。"

"是啊!夏太后可不是坏人……"

于是,有些叫花子开始在甘泉宫附近游荡。他们的眼睛,时时注意着甘泉宫的大门。他们甚至注意从甘泉宫里出来的车辆,仿佛他们是国境上的关令一样。他们追着宫里出来的马车要钱,如此常常遭到毒打。从前的乞丐们总是离禁卫军远远的,现在他们很喜欢禁卫军的卫士们,向他们讨钱,讨吃喝,甚至套近乎。因为奴隶没有资格当乞丐,当乞丐的都是沦落的士人。所以有人看到这种情景便叹道:

"士人一天比一天更堕落了!江河日下,无可奈何。"

坐在酒楼上,要一碗酒吃上大半天的士人们,一向是看不起要饭吃的士人们。咸阳有个笑话,说一个被砍头的鬼魂,见了一个乱棍打死的鬼魂,匆忙行礼,口称老爷,过了一会儿,又见到一个五牛分尸的鬼魂,立刻就骄傲起来,人家给他行礼,他睬也不睬,嘴里吐一口说道:"晦气。"

然而今天在酒楼上喝酒的闲人们,忽然脸上显出惊奇的神色。有人匆匆地向外走去。有人高声问着:"出了什么事情?"却没有人回答。人们跑出酒店来到街头,向四下张望着。又有人问道:"怎么回事儿?"依然没有人回答。大街上看不出什么动静,廊檐下的算卦先生安然地闲坐着,远处一个推车卖豆腐的老人在那里呆呆地站着……只是有几个乞丐,低声说着什么,急急忙忙向北街走去。有人吐一口说道:

"到处是这些晦气东西!"

细心的人只要把他们看到的事情说出来,粗心的人也会看到。许多乞丐懒洋洋地躺在街上,只有少数的乞丐向北街奔去。向北街奔去的乞丐都是年轻力壮腿脚灵活的人,他们平时不带打狗棍,今天却人人都提一根酸枣木的棍子。这就说明北街里打起架来了。是乞丐同平民打起来了,还是乞丐同乞丐打起来了?如果是乞丐同平民打起来,等你跑去说不定早已被弹压。如果是乞丐同乞丐打起来,那是不会被弹压的,那才特别有意思。两邦交兵,不打观者。闲着没事的人们,就跟着乞丐们跑到北街来。谁知北街里平安无事。乞丐们放慢脚步,逶逶迤迤来到了咸阳宫门前的小广场上。

咸阳宫的大门,建筑巍峨,戒备森严,除王以外,不经特许,任何人的车马不准进入。相传咸阳宫的大门上装置着磁石,任何武器都不能通过。其实,这只不过是后世的传闻罢了。当时的兵器主要是青铜,磁石如何能发现它们?秦国的规定只是,不经王特许任何人不准乘车进入宫门,上殿参拜时不准携带武器,不过如此而已。车马不准进入宫门,于是在宫门外面就有了一个小小的广场,用来停放本国的大小臣士们以及外国的使节们的车辆。因为每天总有许多车辆停在那里,仿佛集市一样。于是,在停车的小广场周围,便开设了一些小酒店。有的近些,有的远些,拉下总有半里地。进宫参见的各种官僚们的随从侍卫们,就在这些小酒店里等候。宫门里面有左右丞相的公事房,这些小酒店也是左右丞相的驭者们以及爵级在不更以下的侍从们的休息的地方。这些小酒店里的酒保们都很懂事,很机灵。在昭王末年的时候,因为战事多,外事也多,这些小酒店里生意极好,整天热闹非常。近几年他们的生意不够兴隆。不过近几天来,他们的生意突然兴隆起来。这是因为秦王政冠礼以后开始亲政的缘故。

浑沌正歪在街头墙根下聊天捉虱子的时候，一个乞丐告诉他说："看见吕相的马车进了咸阳宫。"他很高兴，知道是向陛下报告那两个私生子的事情去了。他把左手拇指摇一下，淡淡地笑道：

"这个要完蛋了。"

"也该他完蛋了。"混沌身旁一个年老的乞丐说道，"不过，也许会狗急跳墙。"

浑沌心中突然警觉起来。他想道："狗急跳墙，不错，还有一句更好的话：困兽犹斗。"这样想着他便站起身来，装作一拐一拐的样子，向咸阳宫大门走去。"他们既然选好了第三名刺客，肯定是要狗急跳墙的。这些天总也不见公乘羢露面。今天，吕相既然已经出来，这对他们来说，倒是个好机会。"

当他走到咸阳宫大门前的广场上时，正好看见公乘羢同几个禁卫军的卫士一起走进一家小酒店。这就好像从前在战场上，看见敌人的骑兵正在沿着一条丛林隐蔽的小路迅速包抄过来的情形一样，他激动起来，血都涌到头上。

"果然是这样。"他骂着脏话，"选定了今天，并且选定了这个地方……"

他猜想那几个卫士就是公乘羢的眼线和助手。并且他看见同他们一起走进酒店的还有一位级别相当高的禁卫军里的军官老爷。看样子是个五大夫，大概就是具体指挥这次行动的人。浑沌觉得应该过去看看。他看见酒家保们正在热情地接待他们，给他们面前的长几上摆满食物。

那军官老爷看见门外有叫花子探头探脑,立即表现出十分的厌恶,说道:

"哪里来的这么多要饭的?"

"大人,"酒保施礼笑道,"今年是大灾荒,饥民满市,饿殍遍野。"

"把他们赶走!"那军官命令道。

"是,"酒保应道,"遵命。"

酒保出来,高声骂了几句脏话。浑沌走开了,别的乞丐们依然懒洋洋地歪在墙根。那酒保对军官说道:

"大人只要不给他们吃的东西,一会儿就走光了。"

浑沌不知道吕相进宫时带了几个人,估计司空马和黄羊角一定在,后来听说还有任固。他急忙派乞丐去通知吕府,但是没有乞丐能够进得吕府。有两个老乞丐认识张唐,于是浑沌就派他们去求见张唐,把咸阳宫门前的情况告诉他。张唐一听大惊,急忙报告吕姥。吕姥以为这是要有一场战斗了,便派张唐带领二十名武士进了咸阳宫。吕姥后来一想,武士们都是一些粗人,不要把事情闹大,便又派了周术和崔广进宫。后来鹿公知道了,执意要去咸阳宫。吕姥说:"正在通缉你,你如何去得?"鹿公不放心,不一会儿,他扮作一个管文牍的小吏,捧着一捆竹简;后面跟着两名腰横宝剑的武士,一同进了咸阳宫。

张唐进宫把情况告诉任固,任固便将吕不韦迎进了他久别的公事房。

那是一个不大的院子,院门向南开,出门十几步就是宫墙。院子虽小,房子却不少,相连的大小房间有二十多间。

从前吕相在这里办公时,这些房子里进进出出都是人。即使在夜间,他的尚书和谒者们依然在这里值夜。然而近几年权力转移,大小事务都转移到左相的公事房。左相的公事房和右相的公事房相距不远,就在咸阳宫一进大门的左手,相距也就是两箭之地。权力如此转移,在人们眼睛里的区别却很大。六国的客士们认为,秦国的朝廷已经近乎瘫痪,公事不能迅速处理,文牍进宫犹如石沉大海。但是秦国的上层人物们却不这么认识,他们认为终于把吕不韦的权力夺过来了,"让这个老叫花子滚蛋吧!"

当吕不韦走进他从前办公的正房时,他看见房子很干净,很明亮,又看见窗前堆放着许多简牍,忽然心情沉重起来。"这都是老夫应该办的事情。"他在心中叹道,"不来办公,却忙着编一部无聊的书,真是愚蠢啊……"他看见任固随他进房来,便问道:

"为什么不回府去?"

这时候张唐进来施礼禀道:

"启禀相爷,浑沌报告,说第三名刺客眼下就在宫门外广场旁边的白冥氏小酒店里……"

吕不韦一听,心中一愣。他明白了:"当我下手的时候,人家也下手了。这就叫同归于尽。是啊,从来都是如此,两败俱伤,同归于尽……"

他这样想着,却没有说话。

接着,周术和崔广走进来向吕不韦施礼,他们说道:

"恭喜相爷平安无恙。"

"你们来干什么?"吕不韦问道。

"奉吕姥之命前来,听说相爷有危险……"

"她的消息倒挺快。"吕不韦笑道,"是有点危险。据说刺客正在宫门之外等候。他不敢进来,老夫不敢出去。为之奈何?"

"请相爷先到里间休息一下。"任固说道。

吕不韦走进里间以后,任固又对周术等人说道:

"请先生们想出一个万全的计策。"

"刺客是谁?"周术问道。

"他叫公乘鷔。"

"怎么知道他是刺客?"崔广问道。

"这个说来话长。"任固说道,"请先生们到下房里落座。我在此守候。"

"刺客准不敢进来吗?"张唐问道。

"未必不敢。"任固说道,"所以要请先生们尽快想出一个万全之策。情况十分紧急,希望先生们多多在意。"

张唐虽然带过兵,打过仗,他目前却是一个文士,伴随周术、崔广一同来到西厢房落座。三个人愁眉苦脸,六只眼睛相对而视,你看看我,我看看你,不知如何是好。

常言说,三个臭皮匠赛过诸葛亮。其实这话反过来说也可以,三个诸葛亮赛过臭皮匠。这是因为脑力劳动同体力劳动本质上是不一样的,甚至可以说它们恰恰相反。事实上,三个和尚没水吃的事情,是经常发生的。况且,伊尹谋于商则获,谋于夏则否。裨谌谋于野则获,谋于邑则否[①]。这中间

---

①裨谌事见《左传·襄公三十一年》。

的道理不是三言两语所能说得清的。这三个人,虽然都是当今出类拔萃的智者,但是现在,他们伏在各人面前的小几上,头脑里几乎是空空如也。周术扯着自己的小胡子,仿佛他要把它们数清似的。崔广用力抓自己的头皮。张唐把自己的手指捏得咯叭乱响!似乎他就要参加格斗一般。看来对他们很难寄予厚望。如果一定要用讨论的办法解决创造性的课题,那势必最终是迁就了那些水平最低的人。因为最高超的见解和计谋,往往是最没有道理,或者说它们的道理一时极难说清。而最一般的见解和最蠢的办法,它们的道理却是显而易见的。在这三个人之中,张唐读的书最少,最不善于用脑筋,不客气地说,水平最低,结果是他最先提出一个简直不成其为办法的办法。

"既然已经知道刺客的姓名,"张唐在沉默了许久以后,终于胸有成竹地说道,"那就可以把他的乃父请来一坐。就说他的住宅越制,有人告下了,请他做出说明。谈话之间,就可以知道,他儿子替人当刺客这事他是否知底。如果他知底,至少他儿子不敢在他父亲在此时动手。如果他不知底,我们可以同他父亲一起商量,想出一个万全之策。"

这等于说,孩子淘气了,去请他家大人来管教管教。以这种办法应付突然的重大政治事件,是非常可笑的。但是张唐有一句话说动了另外两位智者,"他父亲在这里,他不敢动手。"在更好的办法还未想出来以前,这个办法至少可以拖延时间。于是同意……于是立即派出官员……于是公乘西被请进咸阳宫来。

当公乘西在管邑做县监的时候,耀武扬威到了极点,谁也惹不起他。自从几年前他退休以后，威风陡然扫地，谁也瞧不起他，最后连自己也不把自己当作什么了不起的人了。从前，公乘西是一个今朝有酒今朝醉的标准的秦国官吏；现在，他除了喝酒，也就没有什么事情可做了。不过近几天来，他因为接连见到大头鬼，喝过两次特殊的黄汤——屎汤。咸阳也和六国一样，保持着古老的风俗，凡活见鬼的人都要被灌些"五牲矢"，即牛羊猪狗鸡的屎汤，用为禳解。这中间的道理非常深奥，绝不是现代人所能理解的。公乘西说他晚上在巷子里见到了大头鬼，并且在他家后院见到了女妖，以及其他种种令人惊怖的怪事，所以家里人们认为必须灌以此汤，否则不足以消灾除祸。这种黄汤灌下去，据说会引起轻微的发烧和长时间的昏睡以及别的什么病症。昨天给他灌了"五牲矢"汤，今天他仍然感到非常不适。不过他还是来了。因为去的人说是左相请他，他不敢不来。然而等进了咸阳宫的大门，他却被引进了右相的公事房。他有点不高兴。等见到崔广等人，他才知道是因为住宅越制的问题，有人告了他的状。秦国法令森严，住宅越制是要严厉处罚的，更何况他过去只是一个小小的公大夫，现在是个老百姓呢。当然他也知道，虽说自商鞅变法以来，田宅臣妾衣服都有明令，不得越制，但是一般官宦人家，只要掌点权，越制的现象是很普遍的。

"大夫，"张唐对公乘西说道，"吕相爷早就接到了对足下的控告，一直想请足下来询问此事，现在吕相正在里面处理公务，一会儿他要同足下当面谈，希望足下先对在下说明情况。"

公乘酉也和其他的秦国下级官吏一样,一见了上级就手足无措起来。他左顾右盼地嗫嚅着:

　　"住宅么,是有些越制。"他不自然地微笑一下,汗珠已经从额头上滚了下来,"还望诸位大人,在相爷面前说明。"

　　"商君之法,臣妾衣服田宅以家次,大夫想必是知道的。"崔广说道。

　　"知道,知道。"公乘酉说着。他本想擦擦额上的汗,不过举起袖子来他又停住了。他听到"臣妾衣服",就想仔细看看自己的衣服。平时他喜欢穿一件红色的夹袍,今天听说丞相召见,便急忙换上他的爵级应该穿的黑色的夹袍。他盯着自己的袖子,再三肯定自己没有穿错衣服之后,心里才觉得踏实了些。

　　"在咸阳,"周术说道,"官吏们住宅越制的很不少,所以引起了陛下和相爷的注意。不过大夫也用不着过分担忧,说明一下就行了。"

　　"是的,是的。"公乘酉一再地拱手。他总算找到了一种解释,他继续说道:"在下所住的宅子,乃是先祖所遗。先祖原是公乘大夫。在几十年前,朝廷所规定的公乘大夫的住宅面积,比现在的规定,要大得多……"

　　吕不韦在里面的一间小房子里休息。他伏在小几上,心烦意乱如坐针毡。他是看见什么想什么,真正急需考虑的问题,反而不能深思。他看见墙根处堆着一些简牍,尘封蠹蚀,无人问津,便想到这都是自己不问政事造成的。"现在死到临头了后悔莫及了。"他想道,"嫪毐的党徒们没有办事能力。如果他们得势,秦国的朝政还要瘫痪下去,直到不可收拾。

大概陛下是有鉴于此,才急急忙忙起用了几位杜仓的门人。他们肯定可以在公务上大显身手,不过,若论才干,杜仓也是个庸才,何况他的学生。"他看见门外任固的背影,忽然想到"现在是用武人的时代。等到用他们的时候,才想起他们来,平时对他太冷淡了。"听到窗外有低沉而急促的语声,他才真正意识到他正在生死关头。"暗杀活动实在可怕,防不胜防,躲无处躲。"他想着,"而秦国就时兴这一套。秦国在外交上,一向是黄金在前,匕首随后①。急功近利的人们,容易接受这种恶劣的东西。大约他们意识到自己手中没有正义可言,所以只得采取下策,真是蠢而又蠢。老夫今天是必死无疑了。也许这就是天命……"他希望现在宫里的秦王政在听了司空马的陈述之后,立即下命逮捕嫪毐及其一党。这样也就给他吕不韦解了围。后来他忽然想着,"这古怪而多疑的赵政,说不定对这一情报根本就不相信,或许会从而怀恨老夫,也未可知。"他忽然烦躁起来,嘴里嘟囔着:"靠不住! 靠不住! 天哪! 死到临头了,才知道这畸形儿靠不住,以前是怎么想的? 天哪,人到临死才真正明白过来,只怕已经晚了!"他让任固把周术叫来。当他听说张唐出了这么个主意,心中很是不以为然。这就好像溺水的人,哪怕抓住一根稻草也是好的,所以也就依了他们。吕不韦问道:

"你看那公乘西的神色,他知道不知道。"

"看那神色,好像是不知道。"周术答道。

"是啊。"吕不韦叹道,"我闻有命不可以告人。此等事如

---

① 见《李斯列传》,大意如此。

何敢告乃父。"

"他不知道则有不知道的办法。"

"什么办法?"

"张唐的想法是把公乘酉拖住,待到傍晚时,让他和相爷同车回到相府去。"

"这也是没有办法的办法。"吕不韦叹息着。

"相爷还可以考虑改换一下装束……"

吕不韦仿佛没有听见似的,深深地皱着眉头。他觉得在此以前的人们,仿佛没有遇见过这种情况。古代典籍中没有任何可供借鉴的经验。他忽然想道:"既然这是前所未有的情况,当然可以随机应变,随便采取什么办法都行。"

吕不韦的随从武士们,在任固指挥下,散布在房屋前后和院里院外,直到咸阳宫的大门外面。他们不断地把外面的情况传进来。任固把外面的情况告诉吕不韦。

"秦竭带着一队甘泉宫的卫士,站在咸阳宫门外边不远的路口上。"任固报告着。

"赵肆带着一些武士,站在咸阳宫门正南的路旁小巷里。"任固又报告着。

"秦竭上了马。"任固又报告着。

"这自然是对刺客的一种支援。看来是期在必胜了。"吕不韦对自己说着,"老夫也老了,死也值得了。"

忽然任固又报告说:

"麃公来了。"

"他来干什么?"吕不韦说道,"他正在被缉拿。"

"很可能是吕姥不放心,才派他来的。"周术说道。

"千万不要把事情闹大。"老年人那种谨小慎微的品德不自觉之间又流露出来。

"小大由之吧。"周术说这话时十分冷淡。

"这毕竟是王宫,咸阳宫,"吕不韦皱着眉头嘟囔着,"不妥,不妥……"

"相爷,"周术一拱手说道,"事已至此,无所谓妥不妥了。"

"看来今天要发生一场战斗了。"

"有可能。"

"为了老夫一个人?"吕不韦似乎难过起来,"值得吗?"

这句话使周术很受感动。他以前和应曜一样,对吕不韦的畏首畏尾十分厌恶。

现在看到吕不韦临危不惧的样子,心中很是感动。他拱手说道:

"这不是相爷一个人的事情。"他看看吕不韦的眼睛,像是希望他记住他的话,"这是秦国的大事,这件事情,这个形势,就连街上卖豆腐的,都能看得一清二楚。嫪毐和他的宾客们,知道自己的末日到了,所以不惜孤注一掷。而反对他的人们,包括王在内,也都看清嫪毐一党的末日到了,所以决心起而应战。"

"对,足下说得很对。"吕不韦说道,"不过,在咸阳宫大门前打起来,究竟不妥。"

这时麃公进来见吕不韦。吕不韦显出不高兴的样子说道:

"咱们有约在先,麃公你记得吗?"

"相爷，"麃公施礼说道，"今天非比平常，求相爷恕罪。秦竭亲自带着人马停在西边不远的路口上，赵肆带着人马在路南的小巷里。一眼就看出来，马上就要有一场厮杀。在宫门前，人人都非常紧张，叫花子们都拿着棍棒，就连酒家保的腰里都挂起宝剑来啦！在这种情况下，臣能待在相府吗？那不是贪生怕死吗？"

"那么，"吕不韦问道，"你准备怎么办？"

"启禀相爷，"麃公顿首说道，"现在已经是剑拔弩张了。宫门以里，臣已经布置好了，刺客冲不进来。眼下我们也不能往外冲。等到黄昏时候，臣等保护相爷冲回相府。"

"好吧，就这么办。"吕不韦说道，"记住，一定要后发制人。"

"是。"麃公答应着施礼退出。

吕不韦虽然嘴上说不愿意叫麃公来，而实际上在公到来之后，他心里比以前放心多了。他说道：

"一个是堂堂的卫尉将军，一个是堂堂的内史大人，居然亲自带领人马站在街头上接应一个刺客，真是蠢而又蠢，笨而又笨。老夫感到欣慰的只有这一点，遇到了如此低能的对手。"

"如果从整个民族的利益考虑，这未必是幸事。"周术说道，"毋宁说是很大的不幸。"他发现吕不韦没有听懂他的话，便继续说道："对手的低能，妨害了自己的成长。这是很不幸的。"

吕不韦似乎根本就没有听见周术在说什么。他现在的头脑，同前几年大不相同，对于各种抽象问题，已经极端地缺乏

敏感了。他突然说道:

"周术,过一会儿,嫪毒和太后如果亲自到场,那可说更妙了。"他笑一笑说道,"妙,妙,真是妙不可言了。"

"那就证明他们已经疯狂到完全丧失理性了。"

"周术,这是一场战争。"

周术显得非常严肃,这使吕不韦感到非常意外。

"相爷不要忘记,"周术说道,"这不仅是一场战争,而且是一场大战。咸阳之外,还有成蟜。他正在战斗,那是几十万人的大战。"

"是啊。"吕不韦连连点头,"足下所说极是。"

"这场战争早就开始了。"

"从什么时候?"

"从屯留兵变之日起。"周术说着又补充一句,"就近说,则是从第一名刺客进相府之日起。"

"是的,一点不错。"吕不韦沉思着,"这场战争早就开始了。咱们编撰《吕氏春秋》时,就应该预料到这一点。大概应曜已经预料到了。他走了,舍我而去了。"

吕不韦说到这里,忽然落下泪来。他扯起袖子擦擦眼泪,然后说道:

"周术先生,你不觉得老夫太愚蠢太自私吗?"

"当局者迷,这是难免的。"

"老夫有了名誉,有了地位,有了人生的一切。因此就怕这怕那,'狼跋其胡,载其尾。'归根结底,就是怕死,怕死后留下一个坏名声。"

"在秦国这样的国度里做事,"周术见吕不韦不住地落泪,他也激动起来,"任你功高盖世,谁能留下好名声!"

"周术,你听着。"吕不韦大声说道,"今天老夫死掉也罢,不死也罢,你记下老夫的话,并且告诉你周围的人,就说老夫在死前下了决心要迎回成蟜。你记住! 记住! 老夫完全同意你们的策略:消灭嫪毐,废黜赵政,迎回成蟜。这个国家以及将来的天下,只有他,能够治理好。"

"也只有他,"周术补充道,"能够实践《吕氏春秋》。"

"对,对,是这样,"吕不韦说道,"这一点尤为重要。请周术先生拿过竹帛来,把老夫的话记下。"

"相爷终于醒悟了。"周术十分感动。

"老夫今天说的这些话,任固可以作证。任固,你都听见了吗? 都记清了吗?"

"都听见了,相爷。"站在门口的任固回过头来答道。

吕不韦正襟危坐,然后重新口述他的决定:消灭嫪毐,废黜赵政,迎回成蟜。后面简单地说明了理由,又详细地列举了做法……他认为这是一件非常严肃的事件,这是他的遗嘱。

这时候,吕不韦的随从武士们不断地把外面的情况传进来。说外面的甘泉宫的卫士们喊着要捉拿廆公,后来又有人喊着说那不是廆公,廆公早已跑到楚国去了。又有人报告说,叫花子中间来了一个拄着大拐杖的跛子,蓬头垢面,难看非常。不一会儿,又报告说,那人就是蒲雕。

吕不韦觉得这个名字很熟。

"想起来了,"周术说道,"这就是邯第一名刺客。"

"他来干什么?"

"不知道。"

"不会为害老夫吧?"

"不至于。"

"竟然混迹于乞丐之中?"

"没想到他还一直待在咸阳。"周术说道,"相爷只管放心吧。他的全家被嫪毐杀害,他弟弟蒲鹝已经投降成蟜。相爷只管放心。蒲雕突然露面,肯定是来救相爷来了。"

"有意思,他这一来有意思啦。这才像是一场战争。"

吕不韦说着居然笑出声来。

当他听见自己的笑声时,自己都有些惊异。他意识到,在他把遗嘱写好之后,心里轻松多了。一个人总归是要死的,生病死掉和在斗争中牺牲掉,都是死,无须多虑。人在解决了死的问题之后,心里自然轻松,而且眼睛也觉得明亮多了。他甚至觉得应曤他们想到的事情,他也曾经想到过,只是囿于所谓"礼法"(姑且先这么说吧),他一直下不了这个决心。今天,他一下子看清了整个世界,一下子下了这样的决心。他觉得他是真诚的,因而他觉得自己的笑声也是很自然的。

这时候突然出现了谁也没想到的新情况。陛下突然出了咸阳宫,并且出了咸阳城。就像一阵旋风一样,突然出了咸阳城。这使吕不韦非常着急。他原来曾经对赵政寄有一线希望,希望在他万分危难之时,在陛下已经知道嫪毐的明谋之后,及时下严令逮捕嫪毐及其一党。结果不见任何动静,他却突然出了咸阳。吕不韦首先想到的是,应该同陛下一起走出咸阳宫,然后回吕府去。吕不韦不知道陛下要出门,而陛下也不知道吕不韦一直困在宫里。他烦躁起来,骂赵政是个神经病。

"这个性情古怪的畸形儿,不说赶紧下令逮捕,嫪毐囚禁太后,却突然走掉了。混账东西……"

人们告诉他说,陛下带着不多的随从,慌慌张张奔出了咸阳。有人问后面的骑兵,到哪里去? 说到械阳宫去。

"这是什么时候,去械阳宫干什么,真是荒唐。"

吕不韦愤怒地咆哮着。

接着有人报告说,看见司空马骑着马跟在陛下的轩车后面。

"看清了吗?"吕不韦问道。

"看清了,不会错的。"门外的人答道。

吕不韦忽然显出了高兴的样子,叫道:

"完全清楚了,周术。陛下是去祈年宫看那两个私生子去了。什么械阳宫,这是樊於期的遮人耳目的话。"

"无疑是去祈年宫了。"

"也是个笨人。"

"相爷以为笨,"周术说道,"也许陛下正以为不笨。"

"他不相信老夫。"吕不韦心中感到不平。

"可以这么说。"

"他不相信老夫,必要亲自去看看。"

"躬亲验证。"周术笑道。

"祈年宫在雍地,又不是三步五步,跑去看个究竟。如果告诉那两个孩子在成都,或者在日南,也要亲自跑去看个究竟吗? 秦国就特产这种笨蛋。"

"带点粗石器的风格。"周术笑道。

"周术、任固,告诉武士们,"吕不韦命令道,"做好战斗准备,咱们往外冲吧!"

"先等一等,相爷,"周术说道,"请先等一等。"

"等什么?"

"不是说后发制人吗?"

"陛下已经离开咸阳,樊於期也跟了去,"吕不韦焦急地说道,"你不信就看吧,秦竭马上就要下命进攻咸阳宫了!"

"相爷,即使这样,也应该等待他们先往里冲。"

"不,不,那就为时太晚了,"吕不韦执意要往外冲,"周术,快拔出你的宝剑来吧!"

这时有人报告说,秦竭带着他的人马突然溜掉了。

紧跟着又有人报告说,赵肆和他的人马也不见了。

"没人看见他们是到哪里去了吗?"任固问报信的人。

"不用问,"吕不韦说道,"他们一定是回甘泉宫去了。陛下不在的时候,他们只要得到太后的御旨,就可以进攻咸阳宫。"

"或者只不过是,"周术说道,"去向太后和嫪毐报告陛下出了咸阳。"

"还是做最坏的准备吧,"吕不韦又提高嗓门说道,"准备战斗吧!老夫已经做好准备,决心在格斗中结束此生。"

正在吕不韦十分激动的时候,张唐走了进来。他胳膊上搭着一件黑色的夹袍,站在吕不韦面前。

"张唐将军,"吕不韦问道,"是咱们往外冲的时候了吧?"

"是时候了,太阳快要落山了。"张唐说道,"不过先要请相爷换一下衣服,然后稍加组织,马上就往外冲。"

"好吧!"吕不韦精神抖擞地说道,"就这么办!"

吕不韦说着脱掉自己的红色外衣,接过张唐手里那件黑袍子穿在身上。他抖一抖襟袖,说道:

"张将军,请告诉武士们,就说老夫一切都准备好了。"

"是,相爷。"张唐说着把吕不韦脱下的红色袍子拿起来退了出去。

方才他们在外面厅堂里同公乘酉说了许多闲话,就是说,那些话同住宅越制的事情毫不相干。崔广和张唐总是犹豫着,觉得公乘酉对他儿子的事情毫不知情,那又何必要告诉他呢?不告诉他,不是也一样可以迫使他同吕相坐一辆车回去吗?甚至可以说,这样更好些。当他们同公乘酉闲谈了很久以后,才知道这是一个非常值得同情的老人。他只知道喝酒,别的什么事情也不管,也不考虑。对目前咸阳官场上的各种角逐,仿佛一无所知。他津津乐道的就是咸阳目下到处闹鬼。他谈起什么女妖和大头鬼来,简直是绘声绘色,煞有介事。大约是他的"五牲矢"喝得不合适了,他请崔、张二位大人原谅,他要求"更衣"。

古代的官僚的外衣非常宽大,而且有许多佩戴,若要上厕所则必须把外衣脱掉,于是上厕所又名"更衣"。公乘酉进咸阳官,因为级别很低,不敢带着自己的仆人,所以只好求助于吕府的仆人。历史就是在这种非常微不足道的琐碎事情上,以及那些更加微不足道的人物身上,放射出千奇百怪神鬼莫测的光辉。正当每个在场的人都拿起武器来准备一场厮杀的时候,因为出了公乘酉拉肚子这么点想不到的小事情,整个的形势一下子改变了。这就好像西北天上忽然涌起了满天的乌云,它预示着暴风雨即将来临,但是转眼之间乌云变成了火云,随机烟消云散,最后只刮来了一阵凉爽的清风。

那一位伺候公乘酉上厕所的仆人,才是这出戏里真正的主角。史书上没有记载他的名字,我们也不好杜撰。当他捧着公乘酉的黑色袍子在厕所外面站着的时候,他看到公乘酉个子的高矮,脸庞的肥瘦,白胡子的长短,同吕不韦差不多。于是他产生了一个妙不可言的灵感。虽然真正的灵感几乎是不可言传的,但是,人们在同样的重压之下,心里想着同一个问题时,灵感又特别容易沟通。张唐害怕公乘酉会不辞而别,见他一次"更衣"竟有如此长的时间,便走出来瞧瞧。这时那仆人把手中的黑色夹袍向他一举,他一切都明白了。他立即把那件黑色夹袍接过来,奔进里面去帮助吕不韦把它穿在身上,又把吕不韦的红色夹袍拿出来给那仆人。

那仆人又等一会儿,才见公乘酉从厕所里慢慢走出来。那样子,好像肚子里一直在隐隐作痛似的。仆人帮他把衣服穿好。因为他平时就是穿一件红色夹袍,所以根本也没在意,或许他根本就没有看见自己穿的是什么袍子。

公乘酉重新回到厅堂时,崔广和张唐说道:

"大夫,今天不早啦,就请回府用晚餐吧,改日再叙。"

公乘酉一听这话,就像遇见大赦一样,急忙施礼告辞出来。崔广和张唐恭恭敬敬地送他走出宫门,并且送他上车。

这时候太阳已经落山,黄昏已经到来。

站在宫门口里面的公却看错了。他一挥手,几十名武士蜂拥出来,都以为吕不韦要上车回府了。张唐给麃公使眼色,麃公没看见。崔广大声说道:"大夫,您慢走。"

麃公听见"大夫"二字,急忙奔上前去回头看了看公乘西,这才认清不是吕不韦。他在咸阳宫大门里面停住脚步,但是,他带领的武士们,有多一半已经冲出咸阳宫的大门。他们想驱散门前小广场上的闲杂人等和乞丐们,以便使吕相顺利登车。

当公乘西大摇大摆走出咸阳宫的时候,公乘戭也从那小酒店里奔了出来。公乘西向崔广、张唐拱手作别就要上车时,忽然十几个人跑过来,把张唐、崔广撞倒在地。吕府的武士们呐喊一声,立即发出刀剑相击的声音。武士们围成一圈,把公乘西裹在中间。公乘西不知道这是怎么回事。他以为是醉汉们发生了械斗,他不愿意搅进私斗的事件之中,便极力往圈子外面钻。他刚钻出去,就感到一只手揪住了他的衣领,同时有一把匕首插进了他的胸膛。他回头一看不是别人,正是他的不争气的儿子公乘戭。他气愤地喊道:

"戭!"

公乘戭突然把他抱住。狂叫道:

"你呀!"

"我的好儿子。"公乘西说罢随即断了气,死在他儿子的怀里。

"天哪!"公乘戭一声惨叫,也一同倒了下去。

有人说公乘戭是拔出那只匕首自刭而死的。

有人说是吕府的武士们将他杀死的。

有人说是一个叫花子用酸枣大棒把他打死的。

有人说谁也没有打他，是他一声惨叫吐血而亡的。

也有人说当时咸阳鬼怪甚多，黄昏时候经常出来活动，是鬼怪一下子把父子两个都吃掉了。

总之，当时已是黄昏，加以众说纷纭，一般人都说搞不清。而有识者却说，以上各种说法都是可能的，并且都是真实的，事物本来就是丰富的，历史本来就是复杂的。多亏第二天咸阳就陷于大乱，再也没有人去注意这件公案。不然的话，这么大的事情，人们简直可以喋喋不休地争论两千年。

那一场混战之后，廛公、任固保护着吕不韦从咸阳宫里走出来时，广场上已经空空荡荡。人们已经四散奔逃，广场上只留下了十几具尸体和十几个受伤不能动弹的人。在吕不韦进入东街以后，赵肆亲自带领的巡逻马队包围了咸阳宫大门前的广场。吕不韦顺利地回到了自己的府邸。吕姥感到说不出的庆幸，吕不韦也感到说不出的庆幸。究竟他是怎么回来的，究竟是发生了什么事情，连吕不韦也不知道。又因为秦王政当时不在咸阳，后来也没有人向他报告这件事情，所以历史书上也没有任何记载，只是含含糊糊地写了"事连吕不韦"[①]这么几个莫名其妙的字。不过归根结底，这就是历史。

历史就应该是这种样子，含含糊糊，不知所云。

---

①见《史记·吕不韦列传》。

第二十七章　云阳狱中

韩非突然被逮捕,心中非常奇怪。他怀疑这些近卫军都是盗贼假扮的。他身在咸阳,又是堂堂特使,竟然遭受盗贼绑架,心中非常气愤。他嘴里不住地骂着各种脏话,只是因为他十分口吃,语言不大连贯,近卫军的将士们根本就没有听清,自然也不大在意。后来把他钉入囚车,那叮叮当当震耳欲聋的声音,才使韩非清醒过来,知道这是真的被捕了,心中非常害怕。他想起自己才四十多岁,满腹文章,才学过人,如今未能一展身手就默默死去,心中非常难过,简直都要哭出声来了。囚车开动,既不是奔向王宫,又不是奔向刑场,而是向北走出了咸阳。吱吱扭扭,颠簸摇荡,一直走了好几十里。他想起来这是在向云阳走,是要把他送进云阳监狱,于是他又非常高兴起来。他无法向人表述自己的高兴心情,禁不住哼起一支古老的歌曲。

东门之杨，

其叶黑黑。

昏以为期，

明星煌煌。①

　　这是流传在陈国地方的一支偷情的小调。那曲调轻松欢快，反映着情人们即将会面的心情。

　　"不必唱啦，先生，下车吧。"

　　这一声"先生"，在韩非听来着实有趣。他由"特使"一变而为"先生"，他以为这就是一个值得令人高兴的标志。这说明秦国的这些近卫军的将士们已经不把他当韩国人，而是把他当秦国人了。

　　"多么亲切的称呼啊，"韩非想着，"一向愚昧落后的秦国人，现在居然变得如此有教养。"

　　秦国法律森严，然而它的法律无一不是古代传下来的。自古以来对于犯罪的奴隶，都是"圜土而教之"，轻易是不杀头的。因为奴隶是奴隶主的财产，奴隶主并不高兴屠杀奴隶。秦国法令森严，主要是对自由民的庶民，对他们非常严厉，经常随意把他们变为奴隶，即变为自己的财产。而对于贵族，即对于掌权的奴隶主们，那就更加严厉了，动不动就是"灭家""灭族"，甚至在秦朝还发了"夷三族"，后来又有"夷九族"的名目。这是因为他们拥有财产，拥有包括奴隶在内的

_____

　　①见《诗经·陈风·东门之杨》。

各种动产和不动产。这些被夷灭的家族的财产,或者上交国库,或者分赐功臣,总之,大家有利可图。所以通常一家被灭,多家庆贺,这不仅是朝廷的喜事,而且也是大臣们,尤其新上台的近臣们的喜事。云阳监狱就是监押贵族的监狱,多年掌权的贵族,也就是富足的贵族,一入此狱,绝无生望。只有那些不甚掌权的较小的贵族,他们的财产有限,陛下不看重,大臣不够分,所以他们倒颇有生还的希望,只要他们没有特别严重的罪行,并且没有特别过不去的仇人。韩非是个外国人,孑然一身,没有任何财产,所以他断定自己进了云阳监狱,没有任何危险。他在路上的时候就已经想到了,他在秦王政面前揭了姚贾的老底,姚贾自然也可以反咬他一口。不过他非常坦然,因为他揭发姚贾的问题都是事实,谁在事实面前也没有办法,事实是胜于雄辩的,任他姚贾如簧之舌,也无法否认韩非揭出的那些事实。他没有编造任何东西,甚至也没有添油加醋。他认为,这正是他高明的地方。那么,他为什么终于进了云阳监狱呢?他思来想去这里面的关键,还是秦国的非常愚蠢无知,而且非常排斥山东六国士人的贵族们在作祟。肯定是秦王政要重用他,而这些排外的贵族们害怕他韩非得势,于是摇唇鼓舌拨弄是非,致使他无缘无故蒙此小难。但是,他相信那些进谗言的人,拿不出任何证据确凿的东西,所以他非常放心。他坚信,他不久就会得到秦王政的任命,大约先是客卿,然后是廷尉,爵级总在五大夫之上。所以他高高兴兴地下了车。当他向着狱丞拱手施礼的时候,那笑容可掬的样子,实在可以入得画图。在云阳监狱中,这种雍容大雅的笑容是不多见的,以至使得狱丞和在场的狱卒们感到惊异不止。

云阳监狱的狱丞名叫杨樛,是大将杨端和的从侄,三十多岁年纪,仪表堂堂。他对韩非十分客气,亲自把韩非领到他的号房,并且命人把韩非的饭菜端来。当韩非用饭时,狱丞竟坐在一旁陪着他说话,对他一会儿称先生,一会儿称大人,显得着实殷勤。这一切在韩非看来,都是应该的,都是必然的。

"他们做狱丞的,"韩非想道,"贪赃枉法,滥杀无辜,办起案子来错误百出,要找他们的毛病,一天可以找出一万个。所以,若凭功劳则永无升迁之日,只好凭着巴结一些即将飞黄腾达的临时犯人。认真说来,也够可怜的了。"

韩非这样想着一边吃饭,一边回答杨樛的问话。

"在下是韩韩……韩国人,"韩非说道,"是特特……特使,前来贺贺贺,祝陛下冠冠冠,冠礼。陛下欣欣欣……欣赏我的文章。看重我的才才才才……才华,执意要留留留我做客,我还没有答答答答……答应。陛下待待我,真是恩恩……恩重如山啊。"

"大人。"杨樛说道,"敢问大人犯了什么事情?"

"没有令令……令足下审问问问,我吗?"

"没有。"杨樛摇摇头说道。

"连足下都不不……不知道,"韩非笑道,"我更不不不不……不知道。"

杨樛说的是实话。关于韩非的案子,没有任何简册发来。杨樛正在等待赵高回来。赵高是咸阳宫里派来办案的官员,他仿佛是陛下直接派来的常住云阳的"监察御史",所有案子,他说了算。杨樛以为赵高对韩非的案子知底,谁知不久赵高回到云阳之后，忙着审问郑国和司马梗，对韩非却没有透露一个字。

"大人，"杨樛对赵高说道，"这里还有另一个韩国人，是否也该审问一下。"

"他叫什么？"

"韩非。"

"是那个结巴鬼，听说是谗害别人没有成功，自己先进了监狱。"赵高漫不经心地说，"先放着吧。"

"陛下没有旨意下来？"

"会有的。"

"难道他没有罪行？"

"别着急。"

"大人是何意？"

"还怕找不出他的罪行来。"

"现找？"

"这种搬弄是非的小人，他能够谗害别人，别人也能谗害他。"

"听说陛下对韩非的文章很是欣赏。"

"对，"赵高忽然改变了口气说道，"我也有所耳闻。"

"如果陛下忽然之间回心转意……"

"足下所虑极是。"赵高严肃地问道，"你派谁照料韩非的饭食？照顾好一点。"

"程邈。"杨樛急忙回答以使赵高放心，"错不了。"

"是从南山抓来的那个隐士吗？"

"他是个轻罪犯人，派他暂充杂役。"

"虽说是个轻罪犯人,不过我很讨厌他。"赵高表示出非常鄙夷的神情说道,"天下还有这种人,给他官他倒不肯做,不识抬举!"

"郑国怎么办?"

"杀掉。"

"司马梗怎么办?"

"一样。"

程邈是秦国人,家住下杜,因为家贫无以养母,故而出为县中小吏。这种斗食之吏,仅能糊口,所谓足以代耕耳。后来不久,老母辞世,程邈就连这小吏也不做,躲进深山学道去了。他对文字之学颇有研究。鉴于六国古文丛杂多变,而秦国大篆又盘屈难写,他创造了后来叫作隶书的书体,一共三千字,横平竖直,书写起来简便快当。这种伟大创造,在他来说就像玩耍一般,他自己并不认为这有什么伟大之处。但是后来这种隶书传出去,受到秦王政的赏识。秦王政便下令寻找这个发明人,要请他出来赏他个官做。统治阶级特别迷信权势,在他们心目中最高的奖赏就是升官,殊不知世上还有不肯做官的人,这实在是难以理解。秦国的官吏们终于在终南山的深处把这名叫程邈的人找到了,并且当即就把他押下山来。谁知他执意不肯做官,惹恼了郡县的长官,诬他一个不大不小的罪名,说他咆哮公堂,于是便将他送进了云阳监狱。恰好这云阳狱丞杨樛是他的远亲挚友,见他的案情极为寡淡,便命他担当狱中杂役,出出进进倒也自由。

这一日,他正从廊前走过,只听到了一句:"郑国怎么办?杀掉。"他想道:"郑国何罪之有?"

平时给犯人送饭可以不打开号房,今天晚饭,程邈将郑国的号房打开,当郑国吃饭时,程邈就坐在他面前。程邈说道:

"足下想过没有?"他思索着,斟酌着,"足下费了八年功夫,为秦国修筑了一条大渠,使数万亩隔年一休①的劣地变成了年年征税的良田,这是造福后代的事情,不想秦国却恩将仇报……为之奈何?"

"这事情,正如足下所言,有目共睹。"郑国说道,"我想秦王陛下能够体察得出。"

"如果下毒手,足下怎么办?"

"不会。"郑图沉思着,"我对秦国有功,不升不赏,也就够令人寒心的了。"

"我问你,万一要对足下不利,奈何?"

"不可能。"

"赵高说的。"

"他怎么说?"

"等审完司马梗,就来处置足下。"

郑国已经面对过赵高。他认为赵高这人心术极坏,硬要加他一个奸细的罪名。奸细是来探听情况的,是搞破坏活动的,他郑国是来给秦修筑水渠的,对于政治军事他一向不闻不问。所以他认为赵高是异想天开,从不在意。现在听程邈这么一说,真要诬他一个奸细的罪名,顿时心绪烦乱起来。

这时他们听到另一个小院里,有拷打和惨叫的声音传来。

---

① 休:指休耕制。

"这是在拷打谁?"

"司马梗。"

"他犯了什么罪?"

"祝贺冠礼的宴席上,"程邈说道,"陛下把魏国的使臣扔进虎圈,司马梗同那使臣是朋友,他扔给他一把宝剑。谁知那使臣勇武非常,居然杀死三只猛虎,最后逃出咸阳,走了。虎圈破裂,引起咸阳一场虎患。"

"这使臣叫什么?"

"朱亥。"

"朱亥,听说过。"郑国仿佛忘了自己的生死问题,他向程邈解释道,"他是信陵君的宾客,非常有名,是个英雄。"

郑国关于自身安危的问题,就这么放下了。那想法其实也很简单:不可能的事情真的要发生,谁也没有什么办法,那是天命,天命不可违……所以话题一转,仿佛他对此已经不愿意再谈了。

程邈见郑国不以为自己有罪,根本也没有逃走的打算,所以程邈也不知道怎样帮助他才好。在秦国,无辜的人遭受杀害,这是稀松平常的事。程邈对此一向是非常厌恶,这就是他不愿做官的根本原因。但是他为郑国感到极大的不平。他认为郑国不同于任何无辜被害的平民,郑国是秦国的功臣。秦国人不知感激他,却要谋害他,秦国还能算个国家吗!他为秦国感到羞耻,为郑国难过,以至苦恼至极。

当他把饭菜送给韩非的时候,他发现人和人是大不相同。虽然韩非也是韩国人,同郑国相比,却有天渊之别。韩非虽然口吃,却喜欢滔滔不绝地谈论,就仿佛说话是一种享乐一般。在程邈看来，韩非过于热衷，简直把那客卿、廷尉之类看作是唾手可得的东西。这一天，韩非忽然关心起程邈来，问他为何来到云阳狱中。程邈就将自己创造了一种新书体的事告诉了他。韩非突然大为惊奇。一个乡巴佬，居然谈论字音字义，这就好像看见兔子会驾辕一样的稀奇。他在惊奇之余，脸上不可掩饰地流露出轻蔑的神情。他微笑着，像对小孩子一样的，请程邈在席前的土地上写出几个他发明的文字来。韩非认为，没有师承的人，居然涉足学问，肯定要发生一些令人喷饭的事情。只有像他韩非这样的人，荀卿的学生，或者什么先生的学生，才有资格谈论文字。韩非自认为长于文字之学，他曾经说过"反私为公"的话。早已列入经典，经常被学者们征引。当他滔滔不绝地解释"反私为公"的重大社会历史意义时，程邈却不知道他在说什么。而当程邈写出几个隶字的时候，韩非却大不以为然。他喊着：

"呜呼呀！毛和手，一反反反一正。足下怎么把它们改改改……改为一个三三三横，一个两两两两横！不对不对，不行不行，不不不不不……不敢苟同。"

"正是要取其易于识别。"程邈解释着。

"不不不……不妥。"

"文字只是语言的符号。"

"不不不……不然！"说这话的时候韩非突然沉下脸来，严肃得好像猎人突然发现了狗熊的足迹一样。"我所说说说的，反反反私为公，正是强强强……强公室杜杜杜……杜私门的意思。"

"先生，"程邈也笑了，"公从口。"

646

"何何何……何谓也?"

"就凭足下的一张嘴随便说了。"

"怎么能随……随随随……随便?"

"足下所说的公,其实……"

"其其其……其什么?"

"其实只是公侯们的一己之私而已。"

"简直是大大大……大逆不道!"韩非终于喊起来了。

"先生息怒。"程邈笑着拱拱手。

韩非既已如此愤怒地训斥了程邈,便觉得有关文字学的讨论已经结束,不再说什么。程邈却突然觉得韩非像个好斗的小公鸡似的很好玩。又觉得谈话至此,站起来就走,有点不礼貌,便换个话题,说道:

"多谢教诲了! 先生的意思,我完全听懂了。看来,先生很适合做官。只有在官场上,先生方能大展才学。"他突然想挑逗一下这只小公鸡,接着说道:"只是不适合在秦国做官。"

"为……为什么?"

"先生既反对合纵,又反对连横①,怎么做秦国的官呢?"

"此此……此言差矣。"韩非说道,"一旦做了秦秦秦……秦国的官,自然要连连连,连横。"

程邈是个少言寡语的人,今天他居然说了这么多的话,他有点后悔。回想起来,这是因为他听人说韩非是当今有名的学者,秦王陛下非常敬佩他的才华,他才这么不厌其烦地说了这么多的废话。没想到同这口吃的学者谈论问题,竟是

---

① 详见《韩非子·五蠹》。

如此之难,而真正的难处还不在口吃,而在于韩非的思想竟然是如此的陈腐而顽固。"他好像一个垃圾桶,专门搜集那些过时的恶劣的并且带着难闻气味的东西。"想到这里程邈轻轻地笑了,"大约是因为我离得官场远一些,所以身上的庸俗气味略少一点……杨樛就不然,不过也是新近沾染上的。"

第二天他给韩非送饭的时候,韩非一反昨天的态度,变为对他十分的关心和同情。韩非对他说:

"像足下这样才华过人见识高绝的人,堪称天下之士……"

他这样狠狠吹捧一顿之后,便说到他自己肯定会得到陛下的重用,一旦他走出云阳狱而进入咸阳宫,他一定向陛下进言,召程邈进宫,封以官职。他不仅保证,而且教程邈放心。程邈只好把这算作先生的一片好意,拱手称谢而已。从此以后,韩非就俨然成为程邈的朋友。韩非不仅通过他打听外界的消息,而且役使他,让程邈做这做那,仿佛这位"天下之士"就是他的仆人。韩非每当役使他的时候,总忘不了重复一句要程邈放心,保证陛下会提拔程邈于尘埃之中,并且置之庙堂之上,等等,等等。程邈只得淡淡一笑。"好一个刑名家。"程邈想道,"所谓变法不过就是改变方法而已。对我已经改变了方法,所以我必须接受。"

韩非问他,另一个小院里的拷打声已经停止,想是已经供认不讳。

"死了。"程邈说道,"昨天夜里死的。"

"司马梗?"韩非问道。

"正是他。"

648

"不过。"韩非说道,"此人是死死死……死有余辜,他闯的乱乱乱……乱子可不小,天颜震震震震怒,群臣切切切……切齿。"

程邈想起,司马梗一个字没承认,他不认为自己有罪,反而认为自己有功于陛下,挽救了陛下的过失。他虽然是一条硬汉子,最后还是顶不住,终于死去。赵高见司马梗死了很高兴。他从头编造了司马梗的供词,让司马梗承认了是魏国的奸细……今天一早便回咸阳向陛下报告去了。当程邈听到韩非说司马梗是死有余辜的时候,很想反驳一句,并且把这些情况告诉他。然而又一想,还是少惹麻烦吧,"现在只有杨樛在,我何不找他去谈郑国的事情。"程邈想着就起身要走。

"没没没……没听说,"韩非好像害怕程邈忘掉似的急忙问道:"有关于在下的消消消……消息吗?"

"还没有。"

"还没有?"

"还没有。"

韩非似乎还有话要说,嘴先动起来,脸先红起来。

"先生不必着急。"程邈临走说道,"静待佳音吧。"

程邈和杨樛都是杜邑人,是个姑舅表亲。他们小时候一起玩耍,长大后成为最要好的朋友,气味相投,无话不谈。程邈找到杨樛,见近前没人便说道:

"郑国此人,何罪之有? 为什么要把他杀掉?"

杨樛急忙走到门外,向左右看看,然后回来坐在程邈近前,低声说道:

"赵高这人非同小可,很受陛下器重。他怎么说,我就得怎么办。"

"赵高是什么人,你不知道吗?"

"知道。"杨樛把袖筒在膝头顿一下,"知道又怎么样,我敢不听他的吗! 你不想想。"

"你做的是赵高的官吗?"

"不能这么说。"

"你是秦国的官吏,做的是秦国的官,要对秦国负责。"

"话虽如此……"

"大丈夫立于当世,社稷为重,还管什么赵高不赵高。"

"怎敢公然违抗他。"

"你若能听我的,"程邈严肃地说道。

杨樛两眼直勾勾地瞪着程邈,等着他下面的话。

"就把郑国放走。"

"放走?"杨樛龇牙咧嘴地低声叫道。

"放走!"

"谁敢?"

"你就应该这么办。"

"你是想要我的脑袋吗?"

"要你的良心。"

"良心?"杨樛现出心慌意乱的样子。

"郑国虽是山东人,他为咱们秦国做了好事。他修了一条两百多里的大渠。使数万亩不长庄稼的薄地变成了年年征税的良田。秦国只要还有十户人家,都会感激他,纪念他,就像蜀人对于李冰父子一样。秦国人将来必定要给郑国修庙建祠,把他当神仙敬奉。"

"你说得都很对,不过⋯⋯"

"如果从你手里把他杀掉,你会成为秦国的罪人。"

"是啊⋯⋯可是⋯⋯"

"你的遗像也会进入他的神祠。他受供享,你受唾骂。"

杨樛此时已经是垂头丧气,面如死灰。

"你考虑过吗?"程邈接着说道,"如果真的杀掉郑国,山东将要鄙视秦国,天下将以为秦国无人。"

"无人?"

"没有正人君子。"

"有什么办法⋯⋯"

"办法很简单,放掉他,让他逃回他的故国去。"

"您怎么能⋯⋯"

"就说他越狱逃走了。"

"头一个,赵高就不会相信。这家伙刁钻至极,不好哄骗,可不是闹着玩的。"

"你怕担责任,那么,"程邈说道,"我把他放走,要杀要剐,由我承担。"

"你可千万别胡闹。"杨樛满脸惊惧地哀求道。

"这怎么叫胡闹?"

"这不叫胡闹叫什么?"

"这叫仁义道德⋯⋯"

杨樛不敢再吭气了。他深知程邈这人不爱说话,心里有主意,行动果敢。如果杨樛再反驳,或者推辞,很可能把他激起来,最后激成一场塌天大祸。"这人说得出做得出,不是

要的。我的天哪,得赶快想办法,看紧点……"他心里这么想着,嘴上却说道:

"表兄你别着急,来日方长,容我想个办法,想个妥善办法……一定救他不死就是了。"

古代人,尤其先秦的士人,受着仁义道德的严重束缚,为了仁义道德,往往不顾一切,甚至不顾性命。他们不像后世人把道德看得一钱不值,而把自己猪狗不如的性命看得高于一切。所以后世人比较聪明能干,升官也快,发财也快。相比之下,古人显得非常愚鲁,所以跟头栽得快,脑袋掉得快,甚至他们简直是自找杀头。对于一些非法的特别愚鲁的所谓仁义道德,我们也无法表示赞同。我们对这一类"胡闹",极端缺乏热情,所以只是简单的一叙而已,不耐烦仔细地描写它们。这种"胡闹",史书久已不予记载。因为这种所谓道德,对于后世人已经完全无用。在后世的公堂或监狱里。冤死个把好人,周围的人都认为那是活该,至少是觉得无所谓,就像羊群里有一只羊被拉出去宰掉,别的羊依然安详自得若无其事一样。这也是一种道德,更高级的道德,服从判决的道德。然而在古代却不是这样。古代的中国人,自认为是国家的主人,特别冥顽不灵,说死理,不要命,撞在南墙上不回头。虽然贵族老爷们对他们这种倔强的个性非常讨厌,想尽办法打击他们,蹂躏他们,但是他们却依然如故。没有什么道理可以劝说他们回头,就像杨樛无法规劝程邈一样。

正在杨樛准备加强警戒防止事故的时候,程邈先走了一步。这情形就和下棋一样,抢先一步就可以取胜,落后一步就要输棋。因为秦王政到了祈年宫,赵高未能面见陛下因而也未能及时赶回云阳。赵高在咸阳住了几天,史无明文,我们也不好妄断。总之正是在这个空隙之中,云阳监狱里出了一件令人不快的事情。这件事情有人说是好事,有人说是坏事,已经载入秦国的史册,后来又被什么人删除。所以读历史的读到这里就觉得糊里糊涂,不明不白,仿佛一个算错了豆腐账的老太太一样。

这一天程邈出外买东西,回来已经是太阳偏西的时候了。他把每个犯人的饭菜都送去,最后送郑国的。郑国吃饭时,他坐在旁边,说道:

"在云阳监狱东边,出大门往东走,三里路,一直的路,非常好找,有一个小里弄。这小里弄就在你修的大渠的南边,叫作沙蓬里。那是从咸阳通上郡的大路,沙蓬里就在大路边上。那里有一个小客栈,住着五六个韩国的客人。我问他们:'认识郑国吗?'他们说:'认识,我们的治水都尉。'我说:'他受难了!'他们似乎也有所耳闻。我说:'他为秦国谋了福利,现在秦国的奸臣却要谋害他。他想回故国去,却连个搭伴的人也没有。'他们说很愿意帮你这个忙,我说:'那太感谢你们了!'他们问我是什么人,我说我是韩国大王派来搭救郑国的将军。他们一听很高兴,说:'买卖不做了,要干这件正经事。'说好,天黑以后郑国本人赶到他们的客栈,然后立即起身出关回国。"

郑国一边吃饭,心不在焉地听着。程邈说的这个沙蓬里他很清楚。他在这一带施工八年,一草一木都非常熟悉。他曾经在沙蓬里住过,那小客栈他也去过多次。就是把他的眼睛蒙住,他也能摸到那小客栈的土炕上。但是他不知道程邈不紧不慢地说这些话是要干什么,后来他听说是让他逃走,他笑了。

"程邈兄,实在太感谢你了。"郑国说道,"我穿着这囚犯的赦衣,如何能走出监狱的大门? 高墙上的军士仍看见我,就要用箭射我,这不是找死吗。"

"有办法。"程邈说道,"我都考虑好了。"

"即使我混出监狱大门,他们见少了一个犯人,势必立刻就派骑兵四出追亡,我还不是照样被抓回。说不定那时候我的手脚都要加上桎梏,那就更苦了。"

"听我说,"程邈说道,"你把我的衣服穿上,袖子里有我出入的符节,把你的赦衣留给我。门外有个大篮子,你提着篮子走出大门,现在已经是黄昏时候,他们会以为是程邈。你没有任何危险,可以平安到达沙蓬里的小客栈。我穿上你的囚衣坐在这里,三天不吭气,你们就出了崤山。"

"这怎么可以!"

"你为秦国建立了功勋,秦国人应该报答你。"

"不行!"

"不然天下人将要耻笑我们秦国,说我们秦国无人。"

"万万使不得。"

"没有仗义之人,还能算个国家吗!"

"那就苦了你了!"

"我相信,罪不至死!"

"秦法特严,不敢!"

"郑国,"程邈极其严厉地说道,"话已至此,你听也罢不听也罢,必须按我说的办! 我不是为你,我是为秦国尽义务。"

牢房里没有灯火。他们交头接耳低声说话时,借着黄昏的微光,还能看清对方的脸。程邈把衣服脱下来交给郑国时,郑国已经是泪流满面泣不成声了。等把衣服换好,郑国哭着说道:

"程兄请上受我一拜。"

程邈一把抱住他,低声说道:

"士卒们很快就要点起火把,快走!"

郑国一步跨出牢房,程邈低声嘱咐道:

"沉住气,把我的牢门锁上。"

云阳监狱的牢房,大多数是单间。前面是粗大的橡木桩子,后面只有一个人立着可以站起,躺下可以伸直腿的那么一点地方。郑国走后,程邈吃了他剩下的饭菜,然后就躺在铺草上,不一会儿就睡着了。查牢房的士卒,都是在睡觉前打着火把照看一遍,见郑国在他的号房中睡着了,也没有惊动他。

第二天不见了程邈,士卒报告狱丞说:

"昨天傍黑时出去的,一夜未归。"

"什么?"杨樛惊问道,"郑国可在?"

"郑国在。"

杨樛来到郑国的号房前,昏暗中看见郑国面朝里正睡着。他有点纳闷:"他要我放走郑国,郑国在,他却逃走了。或许他是到了咸阳,去找朋友们商量释放郑国的办法去了。希望他能够成功。那么,是派兵追他还是不追呢?还是不追为好。走了一个充任杂役的轻罪犯人,随他去吧。也许他两三天后就回来了。”

等了三天。不见程邈回来，杨樛着了急。

“他要我放走郑国，我没有同意，他生我的气了。”杨樛想道，“他是生气走了。他永远不再见我了。他认为我是一个没出息的人，不配做他的朋友，这么说，他是回南山去了。”

程邈得到自由，杨樛很高兴，但是程邈是生了他的气走的，这又使杨樛很难过。他想起他们小时候在一起玩耍的情形，如今好像历历在目。那时候，没有忧虑，没有各种各样的难题，也没有讨厌的王法和更加讨厌的道德。那种日子一去不返了。

夜晚，杨樛在睡梦中呼喊着：“我听你的就是了，我一定把郑国放走，只求你不要抛弃我，好表兄，好朋友，我明天就放走郑国……”他从梦中惊醒来，伤心至极，落了泪。“这是怎么啦！擦眼抹泪，难怪程邈看不起我，像个妇道人家。明天就着手安排放走郑国，说干就干，不能让至亲好友看不起。”他忽然想起，“程邈也是个犯人，虽然是个轻罪犯人，总归也是个犯人。如果赵高回来，朝我要程邈，我怎么办？”想到这里，他的眼泪才止住。他焦急起来，后来他突然说道：“别说要人，就是要脑袋，还有我的脑袋在，怕什么！两个都是我放走的，要杀要剐随便吧！这鸟狱丞不干了！”

有一种比较心细的人，他们下决心需要反复的考虑，做事情需要周密的安排。即如现在的杨樛，他下了决心要放走郑国，但是需要时间，要物色人，要寻找借口，要创造条件……这就耽搁了一整天。

就在这天晚上，赵高和他的随从们回到了云阳监狱。他

们像落难的公子一样,慌慌张张,狼狈不堪。赵高从马背上滚下来,气喘吁吁地对杨樛说道:

"不好啦! 出事啦!"

杨樛以为赵高抓住了程邈,心慌意乱,不敢答话,急忙随着赵高进入他的房间。

"杨丞,咸阳出乱子啦!"

"怎么回事?"

"打起来啦!"

"谁跟谁打?"

"自然是嫪吕两家,还有谁。"

"陛下何在?"

"这个鸟陛下,"赵高拍着膝头大骂道,"偷偷跑掉啦!"

"嫪吕争斗,已非一日,"杨樛问道,"陛下何至于逃亡?"

"这个鸟陛下,是个疯子。这个螳螂! 大概是害怕了!"

"怎么会到这一步田地!"

说罢杨樛深深地叹息着。虽然叹息,心中却非常高兴,程邈至少目前安然无恙。甚至希望这是一次改朝换代才好。一切过去的都过去了,都不算数了! 程邈的事也可以不告诉赵高。谁也不必告诉,都成为过去了,都成为历史的陈迹了。让历史学家们或许什么诗人们去慢慢回味吧。人们永远也不知道程邈究竟是怎么逃定的。他没有罪,给他官他不做,这算什么罪。新王一定会给予公断,说不定新王即位还要举行大赦。肯定是要大赦的,这是确定不疑的。我今天夜里就把郑国放走,没关系,等待大赦吧。

"杨兄,"赵高一边用饭,一边说道,"你想想,两派对立,日甚一日,最后不打起来还等什么！这是非打不可,这叫势所必然。这就像一加一等于二一样,谁都能看清,每个咸阳人都能看清,连过路人都能看清。"

"莫非陛下是故意……"

"你怎么知道?"

"不然为什么他偏偏在这时候离开咸阳?"

"故意躲出去?"赵高思索着。

"应该怎么理解呢?"

"这只螳螂必有这种聪明。"

"莫非有个兔子把他引走了?"

"恐怕连个兔子也没有。"

"着了邪啦?"

"许是中了邪了。"赵高带着鄙夷的神气说道,"他本来就有邪病。"

"他为了什么?"杨樛沉思着。

"有道理。"赵高忽然高声说道,"有道理！你说得有道理。他为什么不往东跑,却往西跑? 他完啦！东边有个成蟜,他害怕成蟜,所以他往西跑,一点也不错,他最害怕成蟜。这孩子胆小如鼠。这是个病孩子。他逃命去了。"

"大人把这形势看得很透彻。"

"你见过陛下吗?"

"没有。"

"那仪表很够你瞧的。"赵高尽情地说着,"鹰鼻鹞眼,尖嘴猴腮,前鸡胸后罗锅,不像个君王的样子。好在这一下他完了,完了！"

"看来是没有信心了。"

"他害怕他弟弟,急忙往西跑。他跑了,他弟弟还没有来。瞅这个空子,嫪吕两家打起来了。这两家是非要见个高低不可。"

"依大人看。"杨樛问道,"嫪吕两家谁能取胜?"

赵高已经吃完饭,一边说着"我今天喝多了",一边剔着牙,慢慢给杨樛分析目前的局势:

"从两家势力来说,自然是嫪毐的人多势众。吕不韦是个书呆子,没有什么韬略,手下都是文人,成不了什么大势。对了,我忘记对你说,听说吕不韦已经被杀。就在咸阳宫大门前发生了一场混战,死了好几个人,伤的不计其数。吕不韦就死在那次混战之中。也是该他倒霉,两派械斗,你老大年纪往里掺和什么!吕不韦此人缺心眼儿。山东的游士,油嘴滑舌,实际上没本事。他们都是这种货色,也是咎由自取。杨兄,你不知道,我是比较倾向嫪毐的。我是秦国的同姓,生在秦国,长在秦国,我对山东乞食者们一向抱有反感。杨兄你也是秦国人,想必也是和我抱有同感。"

"是的。"

"不过成蟜起义,声势浩大,扬言要打回咸阳,消灭嫪毐。吕不韦既然已经死掉,嫪毐也不会有好下场。"

"陛下还能回咸阳吗?"

"他回咸阳干什么?谁欢迎他?"

"这么说,将来的王就是成蟜了。"

"这是一定的。"

"他会用谁来做丞相呢?"

"吕不韦活着自然是吕不韦。吕不韦既然已经死了,这就肯定是蔡泽。"

"听说蔡泽是个圣贤。"

"也是个山东乞食者。"

"山东也有好人……"

"听说……"

赵高说着话就打起呼噜来。杨樛见此情景说道:

"大人安歇吧。"

他一挥手,让打火把的仆人也一同出来。他急忙退出赵高的房间。他想尽快采取措施,让郑国今天夜里就逃走,以便完成朋友的意愿。当他走到院子里抬头一望,看见三星已在西南,知道天就要亮了。他想道:"今天已经无法行动,只好等明天夜里了。"

这一天,是杨樛最忙碌的一天。他先给郑国预备一身下级官吏们常穿的黑色夹袍子,还有皮弁冠,以及麻鞋等等。他给他预备好马匹,还有正式的符节。他还物色了两位武义高强的士卒,跟他们谈好,护送郑国出关,各升一级,休假半年,另有黄金十镒的赏赐。两个士卒很愿意接受这个任务。一切都准备好之后,就等天黑了,可是天总也不黑。

下午,将近晚饭时,赵高也睡足了,思想也稳定了,忽然对杨樛说道:

"杨兄,我已经反复考虑过了。"

"愿闻。"杨樛拱拱手说道。

"咸阳乱了,就让他们乱去吧。"

"是的,大人。"

"无论嫪吕两家谁胜谁败,反正他们两家谁也不会做王。"

"那是自然。"

"将来的王,自然还是秦国人来做。"

"当然。"

"秦国人自然还要维护秦国的利益。"

"那还用说。"

"所以谁胜谁败,都同咱们没关系。"

"是这样。"

"谁当王也得用咱们办案子。"

"是的,大人。"

"故而案子还得接着办,郑国还得审问,还得让他承认是韩国的奸细。"

"这……自然。"

"好吧,带郑国!"赵高喊道。

"带郑国。"杨樛随附和道。

等把郑国带来,杨樛一看,惊呆了,探身哆嗦着,上牙找不到下牙,舌头打不了弯,他喃喃着:

"你,你……"

"你是谁?"赵高问道。

"我叫程邈。"

"你怎么钻进郑国的号房?"赵高问道。

"是你送饭时他把你打昏抢了你的衣服吗?"杨樛怒吼着,"你快说,你这笨蛋!我要活扒你的皮!我让你做杂役,我真是瞎了眼!你就这么报答我,看我把你剁成肉酱……"

赵高向杨樛一挥手,然后问程邈道:

"郑国何在?"

"他跑了。"程邈平心静气地答道。

"他抢走你的衣服你为什么不呐喊!"杨樛喊着。

"哪天跑的?"赵高问道。

"前三天。"程邈答道。

"哪个方向?"赵高问道。

"不知道。"程邈答道。

"你身上有伤吗?"赵高问道。

"没有。"程邈答道。

赵高气愤已极,跳起来打了程邈两个耳光。然后咆哮道:

"是你放走了郑国!"

"大人息怒。"程邈说道,"我能喊谁?谁能救我?我也不是犯人吗?我穿囚衣住号房不应该吗?我能做杂役他不能做杂役吗?我有什么权力看管住他?再说,我怎么知道他要逃跑?"

"好一个程邈!"赵高吼叫着,"你聪明得过了分啦!你以为,这监狱里是耍嘴皮子的地方吗!犯人和法官是妯娌拌嘴吗!真是蠢不可言。你既然放走了郑国,穿上他的囚衣住进了他的号房,那也好,告诉你吧,郑国是韩国派来的奸细,口供都预备好了,你现在就替郑国画押!"

杨樛此时也平静了些,他想不到程邈会用这种办法放走郑国,他实在是佩服极了。程邈面对赵高,竟能如此冷静,对答得如此之好,那种临危不惧的样子着实令杨樛惊叹不已。

心想,我有这样的至亲好友,真是值得骄傲。更使他惊奇不已的是,赵高居然早已预备好了郑国的所谓口供,是今天早上预备的吗? 他可算得是一个能人。当要程邈画押时,程邈便真的画了押。然后赵高一挥手说道:"拉出去,杀掉!"

"大人,"杨樛说道。"以臣之见,大人处置得非常公允。程邈既然穿了郑国的囚衣,住了郑国的号房,并且现在又替郑国的爰书上画了押,自然就应该替郑国挨这一刀。这都没说的,完全正确,合情合理。不过……"

"不过什么?"赵高说道,"说呀。"

"不过程邈这小子可恶至极。他自己的案情还未了结,臣已经探听到一些重要线索,程邈在南山隐居时,曾经同南山的群盗有来往。待臣把这些情节审问清楚,然后处斩如何?"

"可以,就交给你啦。"赵高见天已经黑了,一挥手,示意他们退下。

当时在云阳狱中,有一些陈年老案,无人过问。有一个洛邑的官吏,仗着他武艺好,欺压良民,鱼肉乡里,身为官吏,同时又干着杀人越货的勾当。这个犯人早该处斩。但是秦国的政治习惯永远是忙于眼前的事务。越是陈年老案,越是无人问津。于是,这天夜里,杨樛把程邈藏起来,命几个亲信拷打那洛邑的官吏。呼呀喊叫,拷打之声直冲九霄。赵高在睡梦之中都被这种叫声吵醒过来。等到天明时,这官吏已经是血肉模糊、早已断气。杨樛把情况报告赵高,赵高命令扔出去喂了野狗。于是程邈一案和郑国一案同时都予了结。

第二十八章　攻打祈年宫①

　　秦王政非常欣赏李斯说的那一段话:"成大功者,在因瑕衅而遂忍之。"这一名言,就记载在《史记·李斯列传》里。因为《史记》没有记述李斯本人的解释,后世的注释家们只是瞎猜一气,所以读者不大理解,也就没有引起足够的注意。这些话,正像历史上所有的名言一样,它不仅反映着一个人的非凡的才华和超人的智慧,而且反映着一个历史时期的难以

---

①《史记·秦始皇本纪》:"九年……四月,上宿雍,己酉,王冠,带剑。长信侯毐作乱而觉,矫王御玺,及太后玺以发县卒及卫卒、官骑,戎翟君公、舍人,将欲攻祈年宫为乱。王知之,令相国、昌平君、昌文君发卒攻毐。战咸阳,斩首数百,皆拜爵,及宦者皆在战中,亦拜爵一级。毐等败走。"此章标题《攻打祈年宫》及下章标题《战咸阳》皆取本纪原文。另,郭沫若认为昌文君即吕不韦之误,本书遵之。

用三言两语加以概述的历史特征。一句名言,就像一首诗歌,一支乐曲,一座铜像,它确定了一种个性,确定了一种道德,确定了一个时代。因而可以流传久远,永不泯灭。也不管它是被后人理解或不被后人理解,还是根本就被后人理解错了。这都没有关系。它即使被埋没,也没有关系。它迟早总会被人发掘出来。它一旦被发掘出来,人们将会清理它,洗刷它,并且长时间地反复的抚摸它,认识它。这时候它就像一颗夜明珠,它的光芒照亮了整个历史的一个横断面。所有在这个历史断面中的人物和事件,都接受了它的光亮和色调,而且极力反映着它的光亮和色调,就像彩霞笼罩的山谷。然而,古代许多深刻而精微的箴言,就像医道高手开出的方子。它绝不是对任何时代的任何个人都适用的百病都治的万灵药方。它只是对一个人具有神奇般的特效。李斯的这段话就只对一个人具有特效,这个人就是秦王政,也就是后来的秦始皇。这一句话的神奇般的功效照亮了秦王政的心,同时也照亮了那一个时代。这情形就像彩霞笼罩的山谷一样,仿佛这山谷中的一切,连同天上的彩霞,都是同时生成的,而且是为着同一目的出现的。这种奇景的时间虽然不长,却代表着一个时代,正像一朵鲜花代表着整个绿丛一样。虽然秦王政后来很想成为神仙,但是他毕竟不是神仙。他不仅不是神仙,在他举行冠礼的那个时间,他只是一个幼稚的、有病的、充满胡思乱想的孩子。在他以前的燕昭王,以及在他以后的汉武帝,都曾经妄想成为神仙。这完全是由他们周围的大臣们造成的。大臣们希望他们的主子成为神仙,他们作为鸡犬,不是也就可以升天了吗?王宫里也是一个社会,大臣们就是这个社会里的市侩。看上去,他们似乎因为是整个社会的精华,才被提拔到王宫里来。其实,他们进入王宫时,如果先迈左腿,左腿就最先改变颜色;如果先迈右腿,右腿就最先改变颜色。这就像走进彩霞笼罩的山谷一样。实在说来,同宫墙外面市井之中的市侩相比,他们往往要等而下之。这就是韩非所鼓吹的权势造成的结果。权势太重要了,太尊贵了。它像庞然大物,无边无际,覆盖一切。人们只能感受它的威严残暴,却无法认识它的实质。权势成了真正的天神,人们只能适应它,别无他法。李斯非凡的才华和超人的智慧,只是找到了新的适应方法。他不仅能够充分地适应它,而且及时地指导它。相比之下,当时所有的人都是一隅之见,因而都不够清醒。只有李斯是清醒的,他看透了整个的形势,并且把他的观察分析凝练为一种独特的结晶体——一句铿锵作响的语言。

秦王政很欣赏李斯说的这些话:"错误人人难免,历史就是在错误中前进的。"这些话就像专为秦王政创造出来的,就像照着他的身体定做的衣服一样。秦王政从小十分气馁,最怕说错话,做错事,结果越怕越灵,他总是说错话,做错事,就像恶鬼缠身一样。每一遇到这种情况,他就感到丢人败兴,觉得自己是一个不够格的王,是一个活该受人鄙视的残疾人,是一个奸臣篡弑的对象,于是就犯病。犯病就发烧,发烧就胡思乱想,把现实歪曲为古怪的神话,说出话来都是可怕的梦呓。

由于诸侯日益腐败,大权旁落,知识下移,公室衰微,私门强横,以及民主的说教和禅让的蛊惑,等等原因,秦王政内心中十分讨厌山东六国的文人,那些游说之士,那些以口舌换取斗米的"山东乞食者"们……然而对李斯却又十二分地感激。他甚至因此认为秦国的那些忠诚有余而财力不足的文人们,永远也不会发明出这样深沉精到的思想。当他在自己的安车里颠簸着奔向祈年宫的时候。他反复地思索它们,体味它们,甚至尽自己的能力把它们引申开来。他一会儿觉得自己已经理解了,一会儿又觉得似乎尚未理解。他多年来一直是在努力避免错误,现在李斯既然说错误难免,言外之意也就是不必在乎。"宁犯错误,绝不留情。宁留骂名,绝不失败。"他的胆量突然大起来,甚至他自己都感觉到自己的胆量大得惊人,昨天尚且不敢干的事情,他今天就干出来了。他这样想着,就体味到李斯所说的"瑕衅",乃是一个非常广泛的概念,它比罅隙所包含的内容要广泛、深远、丰富、复杂得多了。一时之间,许多问题浮现在脑际,他觉得有许多问题需要同李斯探讨。于是他后悔没有把李斯带来。如果他把李斯带来,他将要他再进一步讲解"乃因瑕衅而遂忍之"的道理。秦王政觉得战国以来,诸子蜂起,百家争鸣,他们讲了很多话,著了许多书,虽然都是替主人献策,然而可惜的是,都是迂腐而不切实际。只有韩非没有迂远的毛病,他总是单刀直入,一针见血。但是,韩非只是一个异常精明的观察家,他的犀利的目光射透了奸贼的隐秘。这就如同医生一样,韩非只善于诊脉,善于确定病症,而他的处方却总是对任何人都适用的成药。既然对所有的人都适用,实际上就是对所有的人都不灵。韩非和李斯开的都是毒药,烈性的毒药,但是,只有李斯是对症下药,最适合秦王政的具体情况。所以秦王政认为,十个韩非也顶不住一个李斯。只有李斯,才是人类智慧的精英。他想到这里,更加懊悔起来。如果他出咸阳宫的时候,不是那样焦躁匆忙,稍微考虑一下,他肯定首先就会想到此行要带李斯。"这就是错误。"秦王政想道,"我的任何过失都会给别人留下空子,使我的敌人有可乘之机,然后我才有准确的情报并有以乘之。"在这个时间,他还没有意识到,他的错误将使他灭亡。他的错误不是未带李斯,而是根本就不应该离开咸阳宫。他虽然思索了很多很多,但是无济于事。他一生中所犯的一连串错误,造成了秦国的灭亡。这是他永远思索不到的。后来他叹道:

"在错误中前进吧!除此之外,还有什么办法。"

在咸阳宫里,秦王政对司空马稍加询问之后,突然决定亲去祈年宫看个究竟。如果有这两个私生子,他立刻下令消灭嫪毐一党。如果事实同司空马说的有出入,他立刻就消灭吕不韦一党,包括司空马和这个从来没听说过的黄羊角,以及所有的"山东乞食者"们。秦王政心中充满了愤怒和仇恨。只想着消灭嫪毐,消灭吕不韦,消灭太后,消灭成蟜,消灭一切迫害他、阻碍他的人。

当时因为吕不韦请求屏退左右,大臣们都不在跟前。秦王政突然决定出发,这时樊於期才想起应该带几位文臣。"如果只有我和司空马,怎么敢把王弄出咸阳宫?万一陛下问这问那,我怎么能回答?"想到这里,樊於期便对秦王政说:

"陛下,如果是离开咸阳,臣请求带上两三位大臣。"

"立即出发!"秦王政怒吼着,"不准告诉太后和嫪毐。别人需要去的,你就喊他们。"

当时李斯和隗状正在旁边小院里休息,他们大约是商讨着什么事情。跟前只有王绾、冯劫和冯毋择,樊於期向他们一拱手,说道:"请大人们快上车。"

这时徐齐从侧门进来,听见了樊於期的话,并且看见了他的张皇神色,心中不知道出了什么事,便也跟在冯毋择身后,钻进一了辆轩车。樊於期看见徐齐上了车,心想:"他是嫪毒的人,如果赶他下车,他立即就会去报告嫪毒以至太后。不如让他一同去,省得他通风报信。"

于是,人马奔出了咸阳宫。前面是一百多名禁卫军的武士开路,后面是一百名武士殿军。车辚辚,马萧萧,浩浩荡荡出了咸阳城。这时正是日之方中。武士们一个个精神抖擞,面孔严肃,谁也不知道是去执行什么任务。只有走在最前面的那位百人长,知道是往哪里去,其他一概不知。

"今天这是要到哪里去?"徐齐掀开轩车的黑色帐幕问御者道。

"听说是到棫阳宫。"

"不对吧。"徐齐自言自语着。

"前面有带路的,大人不必费心啦。"

"如果真的是棫阳宫,"徐齐心中想着,"出咸阳往西走不远,就该往南,过渭河,这才对。为什么端端往西急驰?这是为什么?是往祈年宫走吗?是发现了太后和左相的秘密了吗?老天保佑,我多亏来了。"

"在前面引路的是谁?"徐齐问道,"你知道吗?你能望得见吗?"

"听说是禁卫军的一个百人长。"御者答道。

天黑时候,他们到达了红棘里。樊於期下马跑到秦王政的轩车前顿首说道:

"启禀陛下:已经到达红棘里。"

"继续赶路。"秦王政命令道。

"卫士们肚子饿了,可以在红棘里打尖吗?"

"到了祈年宫再吃饭。"

樊於期口称"遵命",心中想道:"祈年宫距离咸阳有一百多里,饿着肚子往前走,只怕卫士们受不住。"他策马向前,赶上前面的百人长,向他传达了秦王政的命令。然后樊於期勒马站在路边的土坝上,大声喊道:

"卫士们听着,陛下有令,继续赶路,一伍一什要跟紧,一名落伍,全伍杀掉。"

武士们这时都已清楚是在向祈年宫进发,互相低声取笑着:

"把裤带勒紧点吧!"

"祈年宫正在杀猪宰羊等着我们哪!"

徐齐早已完全看清是要到祈年宫,并且也看清了秦王政的意图。他低声对御者说:"我是中大夫令徐齐,你认识我吗?"

"认识。"御者答道。

"我这里有黄金十两,赠给足下。"徐齐把自己的钱袋塞进御者手中,"回到咸阳赠足下黄金百两。"

"大人您要臣下干什么?"御者问道。

"我要你把车开进一个泥沟里,等所有的武士都过去之后,你把车赶回咸阳。"

“大人急着回咸阳？”

“有要紧事情。”

“好吧。大人您坐稳了。”

那天有月亮，路看得很清。那御者看见左前方有一大片麦地，月光下麦穗闪着碧色的微光。在麦田尽头有一个土沟，看着黑黑的仿佛是一个灌溉的垄沟。他抖动缰绳，把车赶进了那泥坑。这时樊於期看见有马车驰进泥坑，急忙策马过来责问道：

“你是怎么赶的？平平的路怎么给冲下去啦！”

“大人，马太累啦。”那御者说道。

“赶快把车子赶回大路上来！”樊於期命令道。

“不行啦！马没有力量啦！”御者说。

“既然如此，”樊於期命令道，“御者跪在路旁！徐大人请下车，同冯大人挤到一辆车上。过来两位武士，把那御者的头砍下来，用长矛挑着他的头，站在前面路边示众。”

一个武士把那御者的头砍下来，另一个武士把人头挑在长矛上，驱马向前，从最前面的，直到最后面的，所有的人都借着月光看见了那御者的人头。这时队伍肃静得很。没有人说话，没有人咳嗽，只听见马蹄声，车轮声，以及鞭子打在马屁股上的声音。整个队伍是两路纵队。在月光下好像一条巨大的黑色爬虫，蜿蜒着，向前飞奔。

同上次司空马去祈年宫时的情况非常相似，差不多是在同一地段上，秦王政也遇到了强盗。不过司空马遇到的是乌合之众，是农奴，而秦王政遇到的却是真正的军队，戎族人的强悍的骑兵。

在岐山以北的广阔的山地和高原地区,从前是丛林和牧场,现在已经开辟出许多耕地。这可以看作是秦国辟草莱的政策获得的一些成果。这里居住着许多各种各样的穴居的半穴居的和不穴居的居民。他们属于不同的种族,组成各不相同的部落。当时的秦人就把他们统称为戎族。有人说,这些秦人所谓的戎人,就是《诗经》中所谓的猃狁。其实也无论所谓猃狁,还是所谓戎狄,都是统称,其中分着许多莫名其妙的部落或说部族。自从秦穆公以后,他们渐渐地归顺了秦国。秦国在这些地区设立了郡县,居民都编为什伍,但同时他们也拥有他们原有的部族的组织。县公之外,还有君长。县公只管征兵征粮,其他政务都归君长。在秦王政举行冠礼前的这段时间,由于秦国政务荒芜,统治松弛,这一带各个部族都非常活跃。其中有一位老君长,突然得了一种奇怪的病症。巫师们说这是泾水之神作祟,需要用一名秦国武士来祭祀泾神。这种事情,从前也发生过,所以戎族人认为是理所当然的。我们可以把这种习俗,看作是戎族和秦族多年来相互敌视的一种证据,一种古老的遗存。当然同时也可以看作是秦国内部混乱不堪,戎人蠢蠢欲动的一种征兆。

总之,他们出动人马,来到咸阳附近,伺机俘获秦国武士。他们忽然得到消息,说咸阳出来了一队武士,正在向祈年宫进发。他们估计这就是太后和嫪毐,或者是什么宫中执事之类。他们认为这是俘获秦国武士的好机会。于是他们就在咸阳至雍地之间的丘陵地带设下埋伏,等待抓到一名活着的完整的秦国武士。他们根据习惯,估计太后的武士们要到第二天上午才能到达他们埋伏的地点。谁知正在他们熟睡的时候,他们所等待的人马车辆轰轰隆隆地过去了。于是他们急忙集合人马,向西追杀。四更以后,他们追上了秦王政的人马。秦王政和樊於期认为这是嫪毐派兵追出了咸阳。秦王政当即下令迎战。樊於期便派后面的百人长亲带十五人,截击追兵。只听得后面杀声大震。月光下,可以望见东边不远的路上,已经变成了战场。樊於期又命前面的百人长带领十五人停下,作为第二道截击的预备队。他把这个预备队放在面前正在激战的地方西边十五里的一个山口处,以防万一。他命令司空马和黄羊角在前面引路。这样一来,卫士们已经忘掉了饥饿和疲劳,人马车辆急速奔驰起来。天明时,他们过了杏林驿,将近正午时,他们到达了祈年宫。

司空马和黄羊角走在最前面。当他们已经望见祈年宫的时候,司空马说道:

"祁兄,如果那两个孩子在,我们不是造谣,自然有功。"

"如果他们不在,"黄羊角也意识到情况严重。

"如果他们不在,我们两人的脑袋登时就要落地。"

"那,司空尚书,你说怎么办?"

"樊将军命我们引路,"司空马说道,"现在已经望见祈年宫,路是不会走错了。我们二人立即冲进祈年宫,先把那两个孩子抓到手,省得有人把他们藏起来。如此,我们的脑袋就算保住了。"

"说得有理!"黄羊角策马向前飞奔起来。

"记住,祁兄,"司空马喊道,"不要说后面来的是陛下。"

"说是谁?"

"说是太后。"

当他们冲进祈年宫时,把守宫门的卫士认识他们,向他们施礼,说道:

"两位公公辛苦了。"

"赶快告诉,所有人都出来,迎接太后!快!"司空马气喘吁吁地喊着。

他们把马一直驱到那两个孩子所住的楼前,才下马。这时候黄羊角听见楼上的宫女一声尖叫,他们以为出了什么事情,急忙跑上楼去。看见一切都很平静,那两个孩子正在窗前戏耍。只是旁边站着几个宫女,她们的脸上呈现出惊慌的神色。

司空马上得楼来,看见那两个孩子依然健在,心中非常高兴。他看见宫女们惊恐万状的样子,对黄羊角说道:

"把他们撵走!"

黄羊角拔出宝剑,喝道:

"都滚开!"

宫女们急忙提起裙子向外跑,有的向楼下跑,有的向楼上跑。黄羊角收起宝剑,一步两级跑到楼上"姆姆"的房间,房里静悄悄的,空无一人。他轻轻喊道:

"姆姆。"

窗前的长几上放着一张古琴。这说明方才是有人弹奏它来,弹到曲中,人却不见了。黄羊角走出房间,看见走廊的那一头有几个宫女挤在一起。他问道:

"姆姆何在?"

宫女们互相看看,不作声。

"我问宫丞夫人,她到哪里去了?"

宫女们依然默不作声。黄羊角急躁起来,再次拔出他的宝剑,跳到宫女们跟前,剑锋对准一个宫女的胸膛。喊道:

"她在哪里?说不说?"

"她不在,她出去了,出去了。"那宫女浑身战栗着回答道。

"她到哪里去了?"

"到高泉宫去了。"那宫女说着,向后边退着。"一会儿就回来。"

黄羊角再次将他的宝剑插进剑鞘。沉思着,迟疑着,终于说道:

"你是伺候宫丞夫人的吗?"

"是。"那宫女点一点头。

"你过来。"

他把她领回宫丞夫人的房间,低声对她说道:

"你现在赶紧跑出祈年宫,还来得及,去告诉姆姆,千万不要回来,这里出大事了。"他压低声音对着她的耳朵说道,"来的是秦王政。"

那宫女会意,点点头,转身跑开了。

在祈年宫里,包括宫女、太监、杂役和东院的卫士们,大约有一百多人,其中知道宫中藏两个私生子的事情的,不足半数。这里许多人都是太后的亲信,包括那聪明美丽的宫丞夫人。太后每次来,都带着嫪毐。嫪毐很讲究排场,他命文武官员作为先导,然后才是浩浩荡荡的禁卫军。当太后从咸阳一出发,这里人们就知道了。直到第二天临到达时,每时每刻都有情报传来。"已经从杏林驿出发了。""已经到岐山脚下了。""离祈年宫只有二十里了。""只有十里了。"等等。宫女太监们可以从容地准备一切，不要说扫房子，扫院子，擦抹家具，就是发猩唇，炖熊掌都来得及。而今天太后陛下圣驾降临，竟然如此仓皇，以至宫女太监们列队恭迎都来不及。更奇怪的是，那位宫丞夫人也突然不见了。当人们从楼上或是后面的平房中走出来，到前院列队的时候，互相看着对方惊恐的脸色。人们不禁想起今年彗星频频出现的事情。前年彗星出现，死了夏太后。她是夏中期的姐姐，秦王政的祖母，太后的亲姑。今年彗星又频频地出现，它的长长的尾巴，长时间停留在天空。这种异常的天象，人人都能看到，自然人们也会有各种各样的想法。于是人们想道：如果现在来的不是太后，恐怕太后已经死了。如果现在来的真是太后，她如此仓皇逃窜，大概离死也不远了。当秦王政的安车驰进祈年宫时，她们跪在院子的两边，深深地低着头。祈求上苍保佑，这次彗星带来的灾难不要降临到她们的头上。

秦王政的安车驰进祈年宫，一直进到楼前的台阶上才停住。冯劫上前禀道：

"启禀陛下，已到祈年宫。"

樊於期打开车门，秦王政先把一条腿伸出来，樊於期扶他慢慢下车。谁知他的腿一着地，就像糯米面捏的一样软弱。他像瘫了一样，从樊於期的手中溜下去，坐在了地上。这时，不仅祈年宫的太监宫女们感到不可言喻的惊奇，就是同来的禁卫军的武士们也都感到说不出来的惊奇。前者是因为万万想不到来的是王；后者是没想到他们的王竟是一个矮小的畸形的生着病的几乎不能站立的孩子。

樊於期急忙抱起秦王政,说道:

"陛下,到了。"

"那两个孩子在哪里?"秦王政以他特有的沙哑声音喊着。

王绾、冯劫、冯毋择向四下望着。

"司空马何在?"他们喊道。

"在楼上。"黄羊角上前一步答道。

"那两个孩子呢?"

"也在楼上。"

"带路!"

"上楼!"

"快!"

"腿,寡人的腿,"秦王政低声对樊於期说道,"麻木……"

樊於期抱着秦王政,一边一个亲信太监,后面是王绾、冯劫、冯毋择,跟着黄羊角来到楼上。他们看见司空马正在同那两个孩子说话。

司空马看见秦王政到来,急忙施礼,说道:

"陛下,这就是那两个孩子。"

樊於期见窗前有一个长几,便把秦王政放在那长几后面坐好。秦王政的两腿麻木不仁,无法像平时一样的起坐,只好把两腿伸直,靠在一个太监的背上。他把手一扬,对那两个孩子喊道:

"过来!"

"过来,"司空马招着手哄那两个孩子过来,说道,"不怕,不怕,快过来,不要怕。"

"你们是谁家的孩子?"秦王政吼道。

两个孩子吓得目瞪口呆。

"你们是哪里来的杂种!"秦王政拍着长几骂道,"快说!"

"陛下问你们,你们怎么不说话?"

冯劫对那两个孩子说道:"陛下问你们,是谁的孩子?"

司空马膝行向前对那两个孩子说道:

"不要怕,告诉他们,你们的妈妈是谁?"

"妈妈是太后。"两个孩子一同答道。

"你们的爸爸是谁?"司空马问道。

"是左相。"两个孩子又一同答道。

"你叫什么名字?"司空马问那大的。

"我叫辟疆。"

"你叫什么名字?"司空马又问那小的。

"我叫无忌。"

"你们长大以后做什么?"司空马问道。

"我长大了做王。"那大的答道。

"我也做王。"那小的也答道。

司空马很满意。他心里有点如释重负的感觉。心想:"吕相交给的任务,总算完成了。"忽然他觉得有点蹊跷。这两个孩子所说的话,同上次他们来时说的一模一样。他觉得这是有人特意教给他们的。"难道是那宫丞夫人干的吗?"司空马看见秦王政的脸已经变为青色的,牙齿咬得乱响,浑身哆嗦着。看上去,秦王政像得了寒热病一般。那样子非常难看,非常可怜。

"狗杂种!"秦王政的声音沙哑而又颤抖,"拖出去杀掉!"

冯毋择上前叩头,说道:

"请求陛下,待臣仔细问过,再杀。"

王绾也上前叩头,说道:

"请求陛下恕臣冒昧,待臣考问祈年宫的宫女太监,问明之后,确系嫪毐的私生子,然后……"

樊於期也叩头说道:

"陛下,两位大人说得有理,祈求陛下垂允。"

秦王政两眼看着司空马。司空马连忙施礼,说道:

"两位大人说得极是,敬祈陛下垂允。"

"臣请陛下先在这里休息。"樊於期说道,"先把这两个孩子交给冯大人。"

"这不是寡人休息的地方。"秦王政恶狠狠地说道。

于是,樊於期又把秦王政抱上,下了这个楼,上了西边的一个小楼。这里靠北墙根,有一个柔软的睡榻。秦王政倒在上面,闭着眼睛,握着拳头,急促地喘息着。

"要他们快些审问明白。"

"是。"

樊於期回答着,轻轻退出房间。樊於期带领卫士,搜查了这座小楼。楼上前后走廊布置了十名武士,楼下布置了二十名武士。他命令道:

"准备御膳。"

樊於期随即带领什长伍长来到祈年宫的围墙上转了一圈。他先命令东院的卫士们上围墙严密防守,新来的禁卫军武士们先吃饭,吃过饭也上围墙警戒。

这时御膳端来。樊於期命一名太监和一名卫士先尝过,然后再端上楼去。秦王政一觉醒来,见长几上已经摆好他的御膳。也是饿得很了,狼吞虎咽,甚至不知道嘴里吃的是什么东西。他忽然想起齐桓公和易牙的故事。易牙曾经把自己的三岁的儿子杀死,做了肉羹给齐桓公吃,齐桓公食之美极,以为易牙最忠。秦王政忽然想到用这两个私生子做肉羹。他放下筷子,说道:

"我也要吃肉羹!"

跪在跟前的太监,大概是由于饥饿和疲劳的缘故,没有听见这句话里面的也字。他们向外传呼着:

"进肉羹。"

这时王绾和冯毋择在走廊里脱掉鞋子,弯着腰走进来叩头说道:

"启禀陛下,这两个孩子果然是嫪毐的私生子。"

"你们两位已经仔细审问过了吗?"

"审问过了。"冯毋择二人答道。

"确实无误吗?"

"确实无误。"

"立即行刑!"秦王政命令道。

"遵命!"王绾、冯毋择答应着退出去。

秦王政要亲眼看着把那两个孩子杀死。为此,冯毋择请秦王站在楼上的栏杆后,在他看清是那两个孩子之后,再令武士们将他们杀死。武士们嘴上不说,却迟迟不肯动手。冯劫看出武士们是不肯对小孩子使用手中的武器。他想出一个办法,把那两个小孩当着秦王政的面,装在一个麻袋里,然后命武士们用棍棒打那麻袋。起初那两个孩子又哭又叫,等棍棒一下去就没有声音了。院子里远远站着许多人,都是宫女、太监和卫士们。人们鸦雀无声,呆呆地站着,静静地听着棍棒椎打麻袋的沉闷的响声。

秦王政扶着栏杆看着这一切,心中感到非常满意。他想到不久前听到的一句闲话。有人告诉他说,太后说过:"陛下有病怕什么,他死了就让我的小儿子即位。"当时秦王政以为这"小儿子"是指成蟜。但是在屯留兵变的消息传来以后,因为成蟜声言要讨伐嫪毐,所以看不出太后有一点支持成蟜的意思。现在秦王政才知道,这"小儿子"就是指的这两个私生子。所以秦王政在愤怒之余,觉得非常满意。他认为这一次亲自到祈年宫没有白来,彻底粉碎了一次政变的阴谋。他走回来重新坐在几前,继续吃饭。忽然他对一个太监说道:

"把他们都叫来。"

王绾、冯劫、冯毋择、樊於期、司空马、黄羊角一同进来,跪在秦王政用作餐桌的长几前。秦王政一边吃着饭,说道:

"樊於期。"

"臣在。"樊於期向前膝行一步答应着。

"寡人封你为右庶长,任命你为卫尉将军,接替叛党秦竭。"

"谢陛下。"

"司空马。"秦王政看着司空马说道。

"臣在。"司空马膝行一步答应道。

"寡人封你为五大夫。"

"谢陛下。"

"黄羊角。"

"臣在。"

"寡人封你为公大夫。"

"谢陛下。"

"王绾、冯劫、冯毋择，"秦王政用筷子指一指楼外，说道，"还有方才行刑的两位武士，各晋爵一级。"

这时楼下忽然有人惨叫起来。樊於期和黄羊角奔下楼去，不一会儿。樊於期上楼来报告说：

"肉羹里下了毒，尝御膳的太监和卫士死了。"

"王绾、冯劫、冯毋择，"秦王政命令道，"你们去处置。寡人困顿至极，都请退下。"

说罢，秦王政倒在睡榻上，合了眼睛，嘴里却像在喃喃自语着。他心想："刚说要吃人肉羹，肉羹里就下了毒。一个忍字，谈何容易。

然而，毒药下在御膳里，想不忍也不行。你不忍人，人将忍你。我宁肯做个忍人。这肉羹是非吃不可。我不吃人，人将吃我。不行，不行！我要吃嫪毒的肉羹，吃吕不韦的肉羹。吃太后，吃成蟜，吃掉六国诸侯，连同那些鼓吹民主和禅让的无耻文人们……"

众人一齐退出，冯毋择在最后。他听见秦王政正在喃喃自语，不知道是应该走开，还是应该听下去。他只听清了"肉羹""吃人"等等几个含糊词句。他以为陛下是因为听说肉羹里下了毒，心中害怕，故而又犯了神志不清的毛病。他觉得陛下身体虚弱，浑身是病，而且秦国朝廷之内如此一塌糊涂，所以他非常同情秦王政。

王绾等人开始审问下毒的案子。经过试验，毒是下在肉羹里。经过审问,这肉羹是一个姓曹的厨师做的,厨师也承认:是一个姓骆的宫女端过来的,宫女也承认。再没有经过第三个人的手。审问这两个人,两个人却不承认下过毒。于是冯毋择下令杀掉这两个人,希望在他们的人头落地之前,他们能够供出真相。谁知这两个人被绑起来,跪在刚才打死那两个孩子的地方,刀放在他们脖子上,问他们,他们还是不说。黄羊角看见那宫女正是他刚来时,让她跑出去"告诉宫丞夫人不要回来"的那个宫女,心想"原来她没有去。"他急忙上前去,问那宫女道:

"究竟是怎么回事?死到临头了还不赶快说。"

那宫女看了一眼不远地方的浸满血渍的麻袋,那里面装的是那两个孩子的尸体。她突然愤怒地喊道:

"不知道!"

冯毋择同几位大臣商量了一下,然后对樊於期说道:

"杀掉!"

樊於期一挥手,卫士们手起刀落,就把两个人杀掉了。黄羊角就站在跟前,也没有敢问一下,她是去了已经回来,还是根本就没有去。他看着地上滚落的那宫女的人头,心绪纷乱已极。"她竟这样愤怒,是为这两个孩子吗?她肯定是太后的亲信。可怜的宫女……她根本就没有去高泉宫,她不可能这么快就回来……但愿姆姆能听到这里的消息,及时得知突然事变,不要回来,千万不要回来……好在天已经黑下来了。"

黄羊角这样想着心事的时候,有两名卫士向樊於期报告说:

"徐大人逃跑了!"

"什么徐大人?"王绾问道。

"徐齐大人。"

"徐齐?"

"他既然来了,"冯毋择喊道,"就应该控制住他,怎么能让他跑掉!"

"他一来就钻进厨房找东西吃。"那两个武士说道,"吃饱了,休息了一会儿,刚才牵了一匹马,骑上就走。"

"你们没有看错吗?"冯毋择问道。

"没看错,是他。"

"我去!"黄羊角说道,"我去把他抓回来。"

卫士牵来一匹马。黄羊角见樊於期向他点头,他飞身上马。

"再去两个武士吧?"樊於期问着。

"不用,"黄羊角说,"我一个就足够了。"

樊於期命令开门,让黄羊角出祈年宫去追赶徐齐。

黄羊角策马出宫,来到大路上,看见天色已黑,山野之间苍茫一片。他根本就没有考虑徐齐的事情。如果他一出祈年宫就看见徐齐躺在路边,那他一定会觉得扫兴。他考虑的是宫丞夫人,她现在在高泉宫。他曾经让那宫女前去给夫人报信,事实证明她根本就没有去。或许是因为祈年宫的大门紧闭,她不得脱身。万一宫丞夫人,不了解祈年宫的事变,贸然回来,她作为那两个孩子的姆姆和祈年宫的宫丞夫人,那是必死无疑。高泉宫离此只有三四里路,黄羊角觉得自己应该前去报信。这正是他自告奋勇追赶徐齐的原因。他没有去过高泉宫,但是上次来时,宫丞夫人站在围墙上曾经指给他看,南面不远的地方就是高泉宫。他同时也想起了她那清俊优雅的笑容,和那向他指示方向的柔美纤细的手。他于是策马奔向高泉宫。

月亮还没有升起,天上是滚动的浮云。古代的耕地,不但可以给夜间走路的行人指示方向,而且提供道路。然而这里耕地极少,到处是长满绿叶的丛林。所幸他的马居然能够找到路,并且大体上没有走错,直截了当就来到了高泉宫。黄羊心中非常感激这匹祈年宫的马。他高兴地拍着它的脖子说道:

"好马,多好的马呀!"

他来到高泉宫的大门前高声问道:

"请问,这是高泉宫吗?"

宫门早已关闭,门楼上有人探出头来答话:

"是高泉宫。你是迷路的吗?"

"不是迷路的。"黄羊角说道,"我是禁卫军的公大夫唐蒙,太后派我前来寻找姆姆,就是祈年宫的宫丞夫人,听说她来到高泉宫来了。"

"没有呀,她没有来呀。"

"足下确知她没有来吗?"

"没有来,根本没来。她有三个月没来高泉宫了。"

"那好吧,多谢足下了。"

"请问,祈年宫今天来的是太后,还是秦王政?"

"足下听到了什么吗?"

"听说来的是秦王政。"

"听说了，就不必再问。再会啦！"

"再会。"

黄羊角沿着原路，迅速回到祈年宫以东的大路上。这时候他才想起他的任务是追赶那留着三绺小胡子的徐齐。这时候他倒希望徐齐已经摔下马来，倒在路旁呻吟不止，可惜这是不可能的。说不定徐齐现在早已过了岐下，正在奔向咸阳。黄羊角突然想到，在这样的黑夜里，他独自一人驱着马飞奔，这是很危险的。前面路上横拦上一条绳子，就可以使他落马束手受缚。于是他缓缓地向东走着。他想起宫丞夫人或许就在祈年宫藏着，好在那里的人们已经知道来的是秦王政。她肯定今天夜里就要出发，到械阳宫、大郑宫或者西垂宫去，或者她根本就不再到什么宫，而是远走高飞。"我知道再也不会见到她了！优美高雅的宫丞夫人哟。"他忽然感到一种不可名状的凄凉。他想道："我这是在干什么？我既不是秦国人，又不想在秦国做官，我这是为什么？为了什么？为了朋友吗？为了爱情吗？他们在哪里？"黄羊角想到这里，几乎落下泪来。麃公和司空马曾经同他多次长谈，黄羊角自认为已经深深了解他们的想法。他们是想让秦国走上正道。他们认为这是同天下人民攸关的大事。黄羊角在感受了极度的凄凉之后，忽然认识道，麃公们的想法根本就是幻想。虽然他们做了许多惊人的努力，而实际上都是徒劳。人就像黄河上漂着的一片树叶一样，它只能随波逐流，还能做什么？如果它宣称改变黄河的故道，这不是做梦吗？他想起他的父母妻儿，他们现在怎么样？"我是个英雄吗？"他想道，"如果是个英雄，就应该单枪匹马冲出潼关，回我的故国去。"

他终于哭了。忽然,他听见了东边大路上传来了马蹄声、人语声,渐渐地,越走越近了。黄羊角勒住大声喊道:

"你们是什么人?"

"我们是咸阳宫的禁卫军。"

"你是姓王的老百长吗?"黄羊角说道。

"正是。你是谁?"

"我是同你们一起来的,和司空尚书一块的黄羊角。"

"原来是足下。"

"你们饿坏了吧?"

"还不至于。我们拖来一匹中箭的马,大家剥开就吃。"

"生吃吗?"黄羊角笑道,"如狼似虎?"

"不敢生火。"武士们来到跟前,七嘴八舌地说着,"黄先生打过仗吗? 难道没有生吃过带血的马肉吗?"

"我除了马蹄铁,什么都吃过。"黄羊角说笑着。

"告诉你,黄先生——"

"不幸得很,"黄羊角说道,"今天傍晚,陛下封在下为公大夫。"

"恭喜你啦,黄大人。"

那老百长走到近前向黄羊角拱手,然后说道:

"昨夜打了半宿,到天明才知道,不是咸阳的追兵。"

"不是秦竭吗?"

"不是。是戎兵。"老百长兴奋起来,说道,"杀得难解难分,双方死伤不少人。天哪! 这些无知的戎狄,简直就像野兽一般。"

"你们还剩多少人?"黄羊角问道。

"还剩三十多人。是樊将军派你来找我们的吗?"

"樊将军派我追赶徐齐。"

"徐大人吗?"老百长说道,"追赶他干什么? 不是陛下派他回咸阳的吗?"

"他是逃跑的。"黄羊角说道,"樊将军派我把他抓回去。"

"不行啦,已经跑远啦。"老百长说道,"他说是陛下派他回咸阳有紧急公事。他的马鞭子像打鼓一样打在他的马屁股上。连一句话也跟他说不成,他一阵风就冲过去了。"

"那是一个不要命的大人。"

"我看他是想投降戎兵。"

"仿佛他有心病,狂病。"

"着了邪!"

武士们乱嚷嚷,黄羊角喊道:

"他要跑就由他跑去吧! 大家快进祈年宫去吧,它就在眼前,宫里大酒大肉正在等着众位呐!"

徐齐最初是庆幸自己一同来了,"多亏我来了,不然这帮混蛋,哄着这只螳螂搞什么鬼名堂,太后和左相如何得知!"后来在那御者被杀之后,他知道已经无法脱身,索性就一同到了祈年宫,准备看个究竟。他希望陛下根本就不知道他也一同来的事。他在厨房里吃饱以后,就在厨房后面柴草棚里打了一个盹。当他醒来时,他听说已经将那俩孩子杀害了。这两个孩子是嫪毐的命根子。"王既薨,即以吾子代之。"这话是太后说的。然而这话嫪毐也说过①。

---

①此话见《史记·吕不韦列传》。

他对徐齐就说过不止一次。这两个孩子在党中的重要性，是不言而喻的。徐齐听说那两个孩子已遭杀害，心中非常难过，不住地痛骂秦王政："好一个天不佑的赵政啊！这个无耻的螳螂！无论如何，他们也是你的同母弟。而且三五岁无知的孩子，他们有什么罪？他们是无辜的，无辜的！囊扑二弟，真是无耻之尤，残忍至极！恶有恶报，善有善报！赵政，你的报应就在眼前。"他进而又想到："既然太后和左相的一切阴谋都已败露，他们今天晚上就会对我非刑拷打，要我说出这一切阴谋的各种详情。然后再把我圜而示众，五牛分尸。我与其死在拷打之下，不如死在搏斗之中；与其死在祈年宫，不如死在逃归的路上；与其死在路上，不如死在咸阳，不如死在两党决一雌雄的战斗中。"

无论古代的圣贤们读过多少精微而深觉的道理，只有一个字他们无论如何攻不破，这个字就是"死"。这个字太庄严，太无情，太高深莫测了。后来这些圣贤们终于发现，只有这个字最威严，最可怕，最能制服人。它不仅能够制服所有的人，而且能够激发所有的人，使他们在必死无疑的时候寻找出一条生路来。只有死到临头的时候，人才能真正觉悟。换一个说法也行，思索死的时候，人才能看清周围的一切。所以在秦王政忙于审问厨师和宫女的时候，徐齐抱着必死的决心，不慌不忙地从祈年宫的马厩里拉出一匹马来，备好马鞍，挂好宝剑，假借王的名义叫开大门，顺利地驰出了祈年宫。踏上了直奔咸阳的大路。当他在黄昏之中，回头遥望祈年宫的山影时，他叹道：

"古老的祈年宫哟！你放掉我，我可不能放掉你，知道吗？我将要把你烧光踏平,连同那螳螂的尸骨!"

徐齐以为在逃归的过程中,最危险的莫过于穿过撤下来的禁卫军的行列。他口中大喊着:"陛下命我回咸阳有紧急的公事! 你们闪开! 陛下的命令! 请闪开!"卫士们听见喊声急忙闪开。有卫士喊道:"徐大人,停一下。""徐大人您站着!""徐大人⋯⋯"徐齐怎么能停下。他像一条逃命的毒蛇,闪电一般穿过了疲惫不堪,七零八落的武士的行列。然后武士们狂笑着大声嘲弄他:

"这个老傻瓜!"

"他完蛋啦!"

"像个小偷!"

徐齐毫不掩饰他的高兴,他回头笑道:

"这群傻瓜。"

"哈哈,陛下命令!"武士们嘲笑着。

"陛下命令他当俘虏!"

"他像一条鱼,硬往开水锅里跳。"

徐齐已经离开卫士们很远,但是话还听得见,他回头骂道:"你们完蛋啦! 祈年宫才是个开水锅!"

徐齐在嫪毐的一伙里,文化程度最高。他曾经是已故的墨者禽归的弟子。禽归是个身体力行的禁欲主义者,那真是摩顶放踵无所不至。然而他的命运不佳,始终没有得到统治者的赏识。这是因为,一则秦国在昭王时期连年攻战,根本顾不得什么"兼爱""非攻"的墨学;再者,这恐怕是主要的一点,禽归本人只是墨守墨学,而没有实际的能力。禽归教了徐齐一些"子墨子"的道理,徐齐只是似懂非懂。他真正懂得的只是终日在田间劳作。他像一个佣耕之士,在禽归门下辛苦了七年。因为大灾荒,禽归饿死了。徐齐流落民间,最后做了嫪毐一伙流氓无赖们的"先生"。徐齐比他的老师命运好得多,他不仅混进了咸阳宫,而且做了中大夫令。这是在他以前的所有墨者们做梦都想不到的事情。不过,许多人不承认他是真正的墨者,就像不承认终日在孔子门前执帚的杂役是儒者一样。也有人说,他之所以能够飞黄腾达,正是因为他彻底抛弃了墨学的缘故。总之,古代历史之不容易搞清,也就同现代历史之不容易搞清一样。这一切都无须乎我们煞费苦心。在这里,我们急于要写出的,是他的形象。在他的消瘦的面颊下面,留着三绺黄黄的小胡子。他的白眼珠显得略微大些。使人感觉到有一种阴冷的表情,永远停留在他眼里。他的鼻子窝里和眼角里,有一种嘲弄人的神态。这种神态使老实人感到有点高深莫测,而不太老实的人却感到那只是一种浅薄的匪气。他就带着这种神态出入咸阳宫,竟达五年之久。在尉缭、李斯进宫之前,几乎所有的诏书旨令都出自他的手笔。人们把他看作是咸阳宫的"学者"。他的学识不仅受到过太后的称赞,而且据说还受到过夏中期老头子的夸奖。这就像人在非常饥饿的时候,很容易赞美随便什么不堪入口的食物一样。当徐齐不断受到赞扬以后,他鼻子窝里和眼角里那种高深莫测的嘲弄一切的神态也就日益严重起来。这就像不爱洗脸的人,在鼻子窝和眼角里很容易积起多年的泥垢一样。这种神情在他脸上积累起来,最后升华为他独特的个性。只有在一种情况下,这种神态能够暂时离开他的脸,这就是在嫪毐骂他的时候。不过嫪毐骂他的时候并不多,大约一个月里只有两三次,每次时间不过一顿饭的三分之一。当他穷困潦倒走投无路的时候,他曾经以为普天之下任何人都比他强,都比他有本事。而在他得以大摇大摆的出入咸阳宫以后,他便以为普天之下所有的人都是粪土。无论太后、陛下,无论文武大臣,也无论各国的诸侯及其使节,都是粪土。在这广大无边的粪土堆上只有一颗明珠,这就是左相嫪毐。当他拼命向咸阳飞奔的时候,他心里只想着嫪毐,只想着尽快见到嫪毐,尽快把祈年宫的突然事变报告左相,并且建议左相亲率大军踏平祈年宫。不料他在黑暗中飞奔时,遇到了黄羊角曾经想到的事情:绳索绊倒了他的马,他被甩出去很远。然后有人七手八脚地把他捆绑起来,就像捉一只小鸡一样的,把他提到一位首领跟前。

“我是徐齐!”徐齐气喘吁吁地喊着,“把卫尉将军请来,我要见他! 听见了吗?”

“是武士吗?”在黑暗中,那首领模样的人问道。

“我是徐齐!”徐齐咆哮着。

“是疯子吗?”那人又问道。

“混蛋! 快把卫尉将军叫来! 我有要紧事情告诉他!”

“你这奴虏,竟敢骂人!”

那人说着从身旁护卫们手中夺过来一柄长矛,用长矛的木柄打徐齐。第一下打在徐齐的肩膀上,第二下打中他的头上,他昏倒了。后来又挨了几下,可惜他已经不知道了。等他醒来时,他看见月亮已经出来,他却平平展展地躺在草地上。他听见离他不远的地方,有人在说话。

“没想到一个鸟太后出门,竟然带着这么多武士。”

"可惜我们连死带伤三四十人,才换了这么一个瘦鬼。"

"我看见他连一百斤都没有。"

这时徐齐借着月光才看清了他所遇见的并不是秦竭带领的追击赵政的禁卫军,而是身穿皮衣的操着崆峒山民口音的戎族的人马。他惊呆了,他预感到他的死期就在眼前。"想不到,想不到,我没有死在政敌的手中,却死在这些顽民的刀下。太离奇啦!我的天呀!"

徐齐想起前年同戎族发生过一次小小的战争,其原因就是操着崆峒山民口音的戎人的什么部落,为了得到一名秦国武士做祭品。"这些戎狄,早就应该彻底歼灭,每逢咸阳有个风吹草动,他们没有不捣乱的时候。这些愚昧落后的野蛮人!"他听见这些戎人们正在议论他,完全把他当作一头即将宰杀的牲畜,于是他决心逃跑。他先坐起,借着月光向四下望着。然后他猫着腰站起来,刚走了两三步,便有几个戎兵跳过来,将他按倒在地,把他的手脚捆绑得紧紧的。他喊着:

"我不是武士!不是武士!我是中大夫令徐齐!混蛋!听见了吗!御史大夫,混蛋!蠢猪!"

为了不使他胡喊乱骂,有人用刀割下来一块带毛的羊皮塞住了他的嘴。

至此,徐齐觉得一切都完了。已经没有任何反抗的余地,他一点办法也没有了。他只好任人摆布,任人宰割。他不能说话,不能动弹,只能在心中祈求上苍垂怜。

打完仗,有两件事情最要紧:第一是找个干燥向阳之处掩埋战死者的尸体;第二是找个低凹背风之处埋锅造饭。戎兵们在冷清的月光之下,为战死者们举行了凄凉的丧礼。他们在墓前哭一阵,唱一阵,又跳了一阵,然后出发。他们把徐齐捆结实。徐齐觉得难受至极,好在没走多远就停下了。徐齐看见这是大路北边的一个山沟。洪水冲出来的黄土沟,两边是高高的土坎。在大沟拐弯的地方,已经升起火来,人们正在围着火堆烤马肉吃。这些戎兵对待俘虏很客气。他们把徐齐卸下来,拉到一堆火旁,松开他的双手,掏出嘴里塞的东西,给他一块肉,并且把装酒的葫芦放在他的面前。

徐齐感到幸运的,既不是酒,也不是肉,而是他的舌头可以自由活动了。他想起张仪的故事,认识到舌头的重要性,并且觉悟到应该如何正确有效地使用自己的舌头。他不再生气,不再骂人,平心静气地说道:

"难道你们戎人都是傻瓜吗?就没有一个人懂得我的话吗?"

"有酒有肉,还絮叨什么?"终于有一个戎兵搭了腔。

"我不是武士,听见了吗?我是中大夫令。"

"什么令?这是什么东西?"

戎兵们嘴里都塞满了东西,几乎没有人说话。自然也没有人耐烦理会徐齐。徐齐无可奈何地叹息着,举起酒葫芦来喝酒。他一仰头,看见高高的土岸上有个人影。起初他以为那是戎人的哨兵,后来仔细一看人影渐渐多起来,并且都骑着马。突然戎兵喊叫起来:

"我们被包围了!"

"我们被包围了!"

戎兵们丢下食物,狂奔着寻找自己的马。他们呼喊着,互相推撞着,乱作一团。徐齐看见有两人已经上了马,已经

拔出刀来,仿佛立即要发起冲锋的样子。这时,高高的土岸上有人大声喊道:

"樊於期,你听着! 你们已经被包围了! 樊於期你赶快俯首就擒,不然乱箭下去,就地活埋。这是你们最好的葬身之地。樊於期你怎么不说话? 是老鹰叼走了你的舌头吗?"

徐齐把大腿一拍,叫道:

"妙极! 这正是我等待的秦竭!"

在秦竭喊话时,戎兵们鸦雀无声。有两三个戎兵过来,又要捆绑徐齐的手脚。徐齐推拒着,喊着:

"快把你们的首领叫来,你们已经被包围,只有死路一条了! 快把首领叫来,我有办法,快!"

戎兵们叫来他们的首领。那首领本是一位年轻的君长,英勇异常,现在看见自己被包围,心里有点着急,连忙向徐齐行礼,说道:

"请问,这来的是什么人?"

"这就是我方才所问的卫尉将军秦竭。"

"他要干什么?"

"他要消灭你们。"

"他有多少人?"那年轻的君长抚摸着自己的剑柄。

"他是咸阳禁卫军的长官,他手下有五万人。"

"……"

"君长您听在下的话,在下可以请他饶恕你们,并且送你们一名秦国的武士。"

"这,自然甚好。请问足下是什么人?"

"我是中大夫令徐齐。"

"徐大人可以发誓吗？"

"我发誓。"

"多谢徐大人。"那年轻的君长再施一礼，说道，"请徐大人上前回话。"

于是徐齐大声向土岸上喊道：

"秦将军，我是徐齐。"

"徐大人，"秦竭喊道，"陛下和樊於期都在这里吗？"

"他们已经到了祈年宫。"徐齐喊道，"这里是戎人的什么部族，他们想打劫一名秦国武士，把我抓住了。我是从祈年宫偷跑出来的，我正要赶回咸阳去见左相和将军您，有重要情况向你们报告。

秦将军，您能答应送他们一名秦国武士，他们不仅可以放掉我，而且可以随您去祈年宫作战。您同意吗？"

"我同意。"秦竭回答道。

过了一会儿，秦竭带着卫士们从沟口进入了沟里，见到了徐齐和那位年轻的君长。双方在火堆前叙礼落座。秦竭把一方帛书交给那位君长。帛书上写着对咸阳周围各县郡的命令，命令他们立即召集人马，服从秦竭的指挥，全力以赴，剿灭叛贼。那君长看见帛书上盖着王和太后的御玺，于是毫不迟疑地答应服从秦将军的指挥。

秦竭首先要求释放徐大人，并且答应战斗结束后送给戎人一名秦国武士，为此歃血定盟，双方都非常高兴。这时候，戎兵们把残余的酒肉吃掉，一齐上马，向西奔驰，天明前包围了祈年宫。

秦竭并不知道徐齐也随陛下一起来到祈年宫，所以，他遇见徐齐,觉得很高兴,认为这是好兆头。在路上,徐齐向他报告了祈年宫里所发生的事情,又大骂了一顿无耻之尤、可恶至极的赵政。秦竭说道:

"这都是预料中的事情。听说陛下出了咸阳,向西直奔,知道是去祈年宫,太后哭起来,要自杀。左相大人简直是凉水浇头,惊呆了,不知如何是好。我和赵肆、胡竭急忙赶到甘泉宫。大家商议,这是夷三族的罪过,逃也逃不脱。与其等死,不如决一死战,趁乱杀掉赵政,另立昭王子孙,或者还能苟延时日,也未可知。所以左相大人命我立即带领三千名禁卫军,追赶赵政,务必杀之,以绝后患……樊於期带了多少人?"

"我看不足三百人。"徐齐答道。

"加上祈年宫的卫士,太监和宫女,里面不足三百人。"

"踏平祈年宫,不在话下。"

"太阳一出来,就开始进攻,我发誓,不等太阳落山,我就要踏平祈年宫里面的活人,一个不留。"

有权有势的人们,为了巩固他们的权势所进行的阴谋活动,远比着没有权势的人们为了获得权势而进行的阴谋活动要多很多,而且要更加卑鄙、更加无耻。这是一个普遍的规律。嫪毐一伙认为他们无论做什么都是应该的,合理合法的。即使搞各种各样的阴谋活动,包括杀人放火在内,也都是正当的,理所当然的,无可非议的。嫪毐一伙是经过多年努力才进入宫廷掌握大权的,自然也是来之不易。所以为了巩固他们的权势,他们自然不惜一切代价。现在他们面临着覆没的危险,为了保住自己的要领,自然要决一死战。这都是不言而喻的。如果他们的地位非常稳固，一切都非常顺利，也许他们的计划就会慢慢地，或者说扎扎实实地进行。然而如果一旦败露，面临灭顶之灾，他们就用不着考虑了，因为已经没有考虑的余地。所以一说下手，立即行动，几乎都用不着什么研究决定。以前他们的想法是首先消灭吕不韦，消灭一切追随吕不韦的六国客士。后来在屯留兵变，成蟜举行起义以后，他们就只好消灭成蟜。现在赵政突然跳出来，自然就变成了首先消灭赵政。反正无论豆腐无论肉，先吃谁都行，无所谓。不过，他们没有想到：对付吕不韦，只是两派之间的争权夺利；对付成蟜，还可以勉强称为"平叛"；而消灭秦王政，则是一次真正的政变，一次地地道道的叛乱。以前，嫪毐一伙在对付吕不韦时，遇事都同以夏中期为首的老贵族们商量。这些孤陋寡闻而又利欲熏心的老贵族们，多年来坚决反对朝廷依靠山东六国的客士们，所以他们积极支持嫪毐排挤吕不韦。想一想当年张禄①入秦的危险情形，读者可以充分认识秦国老贵族们的思想感情。但是，在祈年宫里藏着两个私生子，这件事情夏中期等人根本不知道。所以当政变一开始，以夏中期为代表的老头子们瞪了眼，不知道发生了什么事情。他们那种迷惑不解的样子，简直超过了面临灭亡的秦王政。

秦王政简直就像一碗过水面。他在开水锅里翻腾了很久，现在突然又被放进了凉水盆里。他在开水锅里的时候，只感到仇恨、愤怒，只想到残忍再残忍，满腔热血都已沸腾。

---

①张禄即范雎。

现在进了凉水盆,他才知道自己一切都完了,他的死期已到,他的历史已经结束。他像一个孤儿一样,被历史抛弃了。

秦王政杀掉那两个私生子以后。立即就论功行赏,提拔了樊於期等人。他以为这一切就算完事大吉。"我封了他们,一个个加官晋爵,皆大欢喜,他们就会效忠于我,我就可以高枕无忧了。"他这样想着,便沉沉睡去。大约是过于疲劳的缘故,他一直睡到第二天的清晨。虽然睡的时间不短,睡得却不安稳,这也许是因为换了睡觉的地方的缘故。他又做了那个他经常做的噩梦:他来到一个高大无比的宫殿里,四面墙壁上都画着可怕的图画。那些裸体的和半裸体的面目狰狞的怪物,据说都是上古的帝王和秦国的先王。他们见了他就突然高兴起来,跳着、唱着、四肢像烧伤的蛇一样地扭动着,嘴里发出啾啾唧唧的声音。他们的一切动作都使他感到胆战心惊,而最使他恐怖的是他们居然还要拥抱他、亲吻他,像野兽玩弄猎物一样地折磨他。他喘不过气来,像梦魇一样的四肢不能动弹。他拼命地吼叫,但是发不出声音,自己都听不见自己的声音。最后他终于听见了自己的呻吟声,于是他醒来,浑身冒汗,不住地颤抖着。

他不知道自己睡在什么地方,窗户这样小,月亮这样近。他以为自己是在牢房中,刚刚受过非刑拷打,浑身疼痛,仿佛连骨头都碎了。隔了好一阵儿,他才想起这是在祈年宫。想起他曾经匆忙地赶到祈年宫,为了查明嫪毐的私生子。现在他觉得十分惬意的是,不仅已经非常顺利证实了这两个私生子的事情,而且他已经非常迅速地,简直是迅雷不及掩耳一样地把他们杀掉了。他又一次成功地使他周围的人们感到了无可名状的震惊。然而,当他翻了几次身,看见东边窗户上清冷的晨曦慢慢变作热烈的朝霞的时候,他的思想也渐渐地清醒过来。在他还没有亲自查明并亲手消灭这两个私生子的时候,他是多么焦急,简直是一刻都不能等待,以为这是生死攸关的大事。而在他非常顺利地把这一切事情眨眼之间都做完以后,他却觉得这一切原本就没有什么特别的困难,也不具备什么特别重要的意义。他甚至觉得自己根本就无须这么奔波劳苦,他在咸阳宫里等着,派个随便什么人就可以把这两个小杂种抓回咸阳。这点任务司空马就可以完成。他既然是揭发的人,他也就有责任证实他的揭发。如若不然,可以杀他的头。这就是帝王之术的头一条,叫作循名责实,也就是督责之术。

我虽然很欣赏韩非的理论,看来我还不会运用它。它在我头脑里还只是一般的知识,最多只是僵死的教条。我这样不辞辛苦,跑了三百里路,来证实别人的说法。我真是个蠢人。我不仅是身体有残疾,我的思想也有残疾。我是个畸形低能的遭人藐视的人。我不仅遭到燕丹的藐视,而且遭到我的大臣们的藐视。我这样轻率地离开咸阳⋯⋯

想到这里,他突然坐起来,沉默了一下又突然跳起来。太监们看见陛下已经起来,赶紧奔过去提起陛下的衣服想给他披在身上,也就是要伺候他穿衣。谁知秦王政一跳起来就抓住他的宝剑,哗啷一声就把宝剑抽出鞘来,吓得太监们拖着龙袍踉踉跄跄逃到户外。走廊上的武士们不知道出了什么事,一霎时乱作了一团。樊於期和冯毋择听说是陛下"撒癔症",急忙进来看。只见秦王政手执宝剑,颓然坐在当地。

樊於期上前叩头,说道:

"陛下醒啦,请穿衣吧。"

"陛下,御膳已经准备好,请进早餐吧。"冯毋择说道。

"两位,"秦王政突然喊道,"立即传令,立即出发,立即回咸阳!"

樊於期和冯毋择见陛下不像"撒癔症",便赶紧答应道:

"遵命。"

这时候楼下有人大喊道:

"樊将军,不好了!"

樊於期和冯毋择急忙跑下楼去。不一会儿,他们同冯劫、王绾、司空马和黄羊角一同回来,一同给秦王政叩头。

"怎么不说话?"秦王政瞪着眼睛问道,"是成蟜回了咸阳吗?"

"不是。"王绾答道。

"是太后宣布废黜我吗?"

"不是。"

"是嫪毐进了祈年宫吗?"

"也不是。"王绾又答道。

"出了什么事情,你们这样惊慌失措,吞吞吐吐!"

"秦竭带兵包围了祈年宫。"王绾说道。

秦王政沉默着。

"祈年宫的围墙不次于咸阳的城墙,陛下可以放心。"冯劫说道。

"祈年宫现在有兵有将,可保无虞。"王绾说道。

"秦竭是个草包,陛下不必担心。"冯毋择说道。

"臣等杀开一条血路，"樊於期说道，"一定保护陛下回到咸阳宫。"

这时秦王政忽然抬起头来，对樊於期说道：

"将军努力！"

众人一齐退出来，急忙去部署防务。祈年宫里突然紧张起来。

秦王政觉得自己长这么大，从来也没有现在这么清醒。他把一切都看清了：他完了！他彻底失败了！他的死期就在眼前。

"什么在因瑕衅而遂忍之，什么错误人人难免，什么历史就是在错误中前进……见鬼去吧！我的错误就是不应该离开咸阳宫。这可不是人人难免的一般的错误。这个错误将使我彻底灭亡。当我出咸阳宫的时候，没有一个人劝阻。可见这些王八蛋们都是奸臣，都是奸臣！说不定三天之内成蛟就会回到咸阳，太后为了掩盖她的丑事，立刻就会废黜我而指定成蛟即位。那时候，眼前这几个王八蛋就是动手杀我的人。他们需要我的人头，好去邀功。我完了！我不能哭泣，不能喊叫，老天保佑我不要犯病。我要像英雄一样地死去，我就用这把宝剑自刎。"

他这样想着，两眼滞呆呆的，早餐摆在他的面前，竟然未曾举箸。当他听见秦竭的叫骂声时，他才意识到目下还没有到他自杀的时候，他还有挣扎的时间。他听见秦竭指名道姓的叫他"赵政"，他突然站起来。这个姓名，自从离开邯郸以后再也没有人敢叫过。所以他一向把邯郸当作他的受辱之地。同时把"赵政"这两个字当作他的耻辱的记号。他想到自己身为王,竟然受大臣们的欺凌,心中的怒火燃烧起来,口干舌燥,嗓子眼里都冒了烟。他不要人帮助,自己把宝剑挂在腰间,大步走出房来。当他下楼梯时,他才感觉到自己确实是个不争气的残疾人。他的两腿颤抖着,好像痉挛一样无法控制,如果不是太监急忙搀扶,他早已滚下楼梯。

这时樊於期已经走上围墙,企图与秦竭对话。秦竭骂道:

"樊於期,你没有资格同我说话。你不是还有一个陛下吗?快把赵政请出来吧,我要同你的陛下说话!"

徐齐鼓动禁卫军的将士们乱喊起来:

"赵政,你已经被废黜了!"

"赵政,你完蛋了!"

"赵政,你快出来!"

"赵政,你快自杀吧!"

"赵政,你想螳臂当车吗!"

王绾气愤至极,从围墙的垛口中间探出头来喊道:

"秦竭!你这叛党,你知道你犯了什么罪吗?你已经不是卫尉将军了!陛下已经任命樊於期为卫尉将军……"

"王绾你少放屁!"秦竭骂道,"你算个什么东西!你才吃了几天饱饭,三天不拉绿屎,你的鼻子就朝了天了。你王绾有种,就把赵政从围墙上扔下来,我饶你不死。"

王绾不想同秦竭对骂,便大声喊道:

"禁卫军的将士们,你们听着,秦竭是叛党,陛下已经撤了他的职。你们的新卫尉将军是樊於期,你们应该听他的指挥。你们赶快动手把秦竭捆起来,献给陛下来请赏!"

禁卫军的将士们不仅是秦竭挑选吸收来的,而且许多将领是他一手提拔的。樊於期升任副将不久,几乎没有什么亲信。所以他出咸阳宫时,只召集来二百人。现在王绾这么喊着,一点作用不起。因为在禁卫军中很久以来就散布着太后要废黜赵政的流言,现在秦竭这么说,将士们都信以为真。他们回答王绾道:

"王大人,我是奉太后之命来的!"

"王大人,你们杀了太后的两个儿子,实在是死有余辜啊!"

"太后有令,消灭你们这些奸党!"

"王大人,你也是奸党,不必啰唆啦,赶快自杀吧!"

秦王政实在不能忍受,要上围墙去同秦竭对话。冯毋择跪禀道:

"不可,万万不可。君臣之间对垒,国君亲自上阵,要臣等何用!"

秦王政不听冯毋择的劝阻,一边一个太监搀扶着,毅然从他下榻的那座小楼上走下来,到了前院。冯劫跪在他面前,说道:

"两军对垒,弓上弦刀出鞘,还望陛下三思。"

这时候司空马和黄羊角都在西边的围墙上。他们看见冯劫未能拦住秦王政。秦王政被太监搀扶着,登上了南面门楼以西的围墙,那正是他们上次来时,宫丞夫人引他们登上围墙四下眺望的地方。黄羊角对司空马说道:

"看这样子,身体虽然不算好,倒也有些胆量。"

"身体既然不算好! 胆量又能够有多大?"

"下面嚷嚷,王被废黜了,这可能吗?"

"也可能。但是,不可能。"

"什么意思?"

"真那样,或许更好些。"司空马说道,"足下最好声音小一点。不要那么煞有介事的瞪着眼睛。"

司空马想起在咸阳宫里秦王政称呼他"老马"的事情,"老马识途"本是管夷吾的话,"殊不知我就是管夷吾,可惜你不识货。"司空马曾经这样想过。然而,秦王政总算没有白叫他"老马",他终究是给他引了一段路,从咸阳宫到祈年宫的路。前些年,司空马同秦王政经常见面,可以说是很熟悉的。但是司空马总觉得赵政不可亲近,因而他对赵政缺乏好感。他认为赵政精神不正常。相比之下,他仍然是喜欢聪明俊秀的成蟜。就是在现在,他看见秦王政一步一步艰难地登上围墙,以至黄羊角不禁对陛下的胆量所赞许的时候,他依然是觉得成蟜要更好一些,依然对赵政缺乏信心。他甚至觉得这样甘冒矢石登上围墙来,同自己的卫尉将军对话,这本身就是愚蠢的,简直不可思议。

"他一上来,能吓退秦竭吗?"黄羊角低声问道。

"未必。"

"他仿佛很有信心。"

"孩子气。"

"秦竭能攻进来吗?"

"可能。"

"那,"黄羊角觉得很扫兴,问道,"我们怎么办?"

"找个空子,溜回咸阳。"

"大概咸阳已经乱成一锅粥了。"

"我很惦记咸阳的事态,我也惦记吕相的安全。越到最后,他越危险。这里的事情,我们已经办完了。"

"不要忘记足下是五大夫。"黄羊角笑道。

"十年前我就是五大夫。"司空马用下巴指一下秦王政,说道:

"他大概是忘了。那时候我是洛阳县长,管理吕相封邑的十万户。后来为了帮助吕相编辑《吕氏春秋》,我才把县长辞掉。"

"如果像徐齐一样跑掉,现在已经不可能。大门紧闭,外面有几千人团团围住……插翅难飞。"

"昨天我听说你自告奋勇去追徐齐,我高兴至极。"司空马说道,"我肯定你是乘机跑回咸阳去向吕相报告这里的情况去了。没想到你又回来……"

"我是个呆板之人,就没有想到这一层。"黄羊角解释道,"再说,丢下您怎么办?况且没有您,我怎么能见到吕相?更何况……"

这时秦王政已经和秦竭搭上腔。秦王政怒吼道:

"秦竭,你这个无耻叛党!你知道你犯的是什么罪吗?"

秦竭站在西南方向几十步远的一个土坎上。他向秦王政施礼,然后大声说道:"赵政,你囊扑二弟,昏庸无道,秽乱宫闱,豺狼成性,丧心病狂,你这个螳螂,已经恶贯满盈!我奉太后之命,前来取你的首级!你这无耻的畸形儿,你根本就不是庄襄王的儿子。你听着,今天就是你的死期!"

"秦竭!"秦王政的嗓子哑得就连围墙上面的人也几乎听

不清,"你就不怕寡人夷你的三族吗?"

　　这时秦竭一摆手,弓弩齐发,十几支箭集中对准秦王政站立的垛口。有一支箭射中冯劫的左肩,伤得不重。一支箭射中樊於期的头盔,没有受伤。还有一支箭射中秦王政的王冠,穿透王冠停在他的发髻上,刚刚擦着肉皮,也没有受伤。秦王政只觉得什么东西当的一声击中了他的头顶。他能够想到的是后边有什么人要暗杀他,当时眼冒金星,腿一软就倒在地上。

　　下面的禁卫军将士们突然爆发出一阵雷鸣般的欢呼声:

　　"射中了! 射中了!"

　　"螳螂完蛋了!"

　　"太后万岁!"

　　"左相万岁!"

　　樊於期急忙搀扶秦王政。他看见秦王政没有受伤,便拔出那支箭,并且摘下了秦王政的王冠。秦王政此时已经是半昏迷状态,他不知道究竟发生了什么事情,也不知道自己是否还活着。冯毋择见樊於期正在脱着秦王政的红色的龙袍,又看见冯劫的血流在地上,以为是秦王政负了伤,便跳过来帮助樊於期。他喊道:

　　"赶快抬下去!"

　　王绾、冯毋择搀扶着秦王政往围墙下面走。樊於期随手抓住一个小太监,见他身个儿同秦王政差不多,便将王冠扣在他头上,把那红色的龙袍披在他身上,用手拉着他在几个垛口前走了走。

　　"秦竭! 你这奴虏!"樊於期的声音洪亮得很,他大喊道,

"陛下不屑于再同你说话。陛下命令夷你的三族！你听着，除非你上天入地，否则我樊於期一定要拿你归案正法。"

樊於期的办法很灵。下面鼓噪成一片的卫士们，看见秦王政安然无恙，都安静下来，交头接耳道：

"没有射中。"

"他呀！看见射中了，竟然没有。"

"呸！真晦气！"

"又困又饿，实在支持不住啦！"

这时围墙上面的卫士们一齐放箭，秦竭急忙俯下身去。围绕他的卫士们也都纷纷退下躲进那土坎后面的灌木丛中。

秦竭果然不具备作战经验。黎明时分他来到祈年宫前的时候，曾经有一位年轻的百人长向他建议：用一千人围住祈年宫，其余人去高泉宫吃饭、睡觉、喂马，然后准备攻城的器械。那百人长并且说："包围祈年宫也用不着把人们堆在宫墙之下。少数人上西山，监视宫里的动静。其余人散在东面和南面，先躺在地上休息。"秦竭不放心，说道："樊於期好对付，那王绾、冯劫、冯毋择可是足智多谋。万一这只螳螂逃回咸阳怎么办？怎么向太后、左相交代？"那百人长说："祈年宫是秦国的故宫，历史上曾经发生过许多次战斗，很难攻下来。他们人少，我们人多。他们舍坚城不保，出来同我们野战，这等于找死。他们只要敢出来，我们横冲直撞，杀个落花流水，谁能逃脱那只螳螂也逃不脱。"秦竭不能采纳。他求胜心切，把这三千人像赶羊一样赶到祈年宫周围的乱石丛沟之中。看上去是旌旗招展，听着是嘈杂一片，实际上至少有一半人躺在丛中早已睡着了。

秦竭寄希望于偶然。他以为他的义正词严的一顿责难，就可以打消祈年宫里面人们的勇气，再加上一箭，射穿赵政的喉咙，里面的人们就只好乖乖地投降。谁知樊於期的一阵乱箭，迫使他的人纷纷后退，连他本人也躲进灌木丛中。他裹着自己的皮袍子，躺在一个长满杂草的斜坡上。有一位小校向他报告什么情况，他听着听着就睡着了。这时候徐齐指挥进攻。他组织卫士们抬着大木撞击祈年宫的大门。里面的卫士们用许多大木顶住大门，并且运来石头土块堵塞门洞。门楼上的卫士们用石头向下打，伤了不少人，致使很长的大木没人抬，而前面门洞之下却挤成人堆。中午过后，大门没有撞开。外面的卫士们扫兴之余，躺在树丛中同围墙上的卫士们斗嘴，互相辱骂。下面的骂赵政，上面的就骂嫪毐……双方所使用的言词都不见于辞书。等秦竭醒来，他首先是要水喝，然后要酒，要肉，要饭吃。等他吃饱喝足，听完徐齐报告的情况，他立即命令砍树木作云梯。虽然将士们已经疲惫不堪，但是，不久九架云梯已经绑好。

　　天刚过午，秦竭指挥发起了第三次攻击。这些云梯，都是按正规作战的规格做成的，做得很结实，只是长的长，短的短。这倒也不奇怪。祈年宫原是坐落在山崖之中的丘陵上，有的地方围墙高些，有的地方围墙低些。如果把长的云梯运往围墙高的地方使用，反之，短的云梯运往围墙低的地方使用，倒也无妨。谁知这些事情，无论秦竭，无论徐齐，也无论禁卫军的将校们，都没想到。秦竭见说云梯已经做好，一声令下，开始进攻，像蝗群一样的乱箭射上围墙。与此同时，抬着云梯的将士们像冻僵了的蜈蚣一样，爬向围墙。云梯短的,够不着墙头,干着急。上面的碎石烂砖雨点般打下来,下面的卫士们只好抱头鼠窜。云梯长的,一靠上围墙,墙上的人们就集中过去,用长矛大戈把那云梯推倒,连同梯子上爬满的武士,一下子都摔在乱石之中。这种长云梯只要摔不断,还可以二次使用。黄羊角想出一个办法,用一个长长的木杆,前面绑个横木。看见云梯靠稳,立即将木杆对准云梯,许多人用力猛推,云梯便再次摔下去。只有一架云梯不长不短,秦竭的卫士们上了围墙。于是樊於期在左,冯毋择在右,带领卫士们拼杀过来,把上来的卫士们全部消灭。黄羊角用一柄大戈从侧面钩住那云梯,终于把它拽倒,围墙上卫士们像山崩一样地为黄羊角叫好。这时候,日头偏西,天已向晚,而且,西北上乌云密布,雷声隐隐,看看就要落雨了。

当战斗最激烈的时候,秦王政发起烧来,嘴里不住地说着胡话。他在睡梦之中还在狠狠地痛骂李斯:"狗屁,狗屁,狗屁!⋯⋯一个错误就葬送了终身,我完了!⋯⋯前边是猛虎后边是豺狼⋯⋯好兄弟,你快回去吧!我完了,我要死了!杀掉他们,不要留情!天崩地裂了⋯⋯什么混账话,在因瑕衅⋯⋯唉⋯⋯"守在跟前的只有冯毋择,他不知道李斯的名言,因而也就听不懂这些不连贯的胡话。他只觉得秦王政非常可怜,身体有病,处境艰难,梦中还在不住地呻吟。

战斗打了一天,进攻的一方伤亡很大,防守的一方略有伤亡。樊於期命令把晚饭送到围墙上,他本人也同将士们一起进餐。一则因为今天打了胜仗,再则,这或许是主要的原因:陛下已经冠礼亲政,并且陛下现在就在他们身后,所以,他们一下子都变成了"王党"。他们嘲笑那草包将军秦竭,辱骂那假太监嫪毐。他们使用着最不堪入耳的言辞,仿佛他们很了解嫪毐的根底,把嫪毐说得狗屎不如。

樊於期很看重黄羊角,他对黄羊角说道:

"黄兄看见了吗?东北角的围墙低些,在下想烦请黄兄到那边围墙上过夜,要多加小心,提防秦竭偷袭。"

黄羊角来到围墙的东北角,看见围墙果然比较低。将士们吃过晚饭,都裹着自己的羊皮袍子,靠在垛口墙根下眯着眼睛休息。他想道:"秦竭身为卫尉将军,都舍不得亲自围绕祈年宫走一圈,难怪人们骂他草包。嫪毐是肯定要失败的,虽然号称爪牙遍地,实际上没有一个是人才。没有人才,绝不可能成事,不亡何待。"

他看见西北上的乌云,正在向他头顶上移动着,汹涌着,不停地变幻着,不一会儿就布满了天空。低低的云脚首先降落在西北的山头,转眼之间,稀疏的、巨大的雨点就打进了祈年宫。当雨点打在楼阁的瓦板上的时候,噼噼啪啪,激烈异常,就像突然发生了新的格斗一样,令人胆战心惊。

看见狂风暴雨袭来,黄羊角想起一件往事。有一年夏秋之际,那是在代郡,他带领一队人马穿过一个山谷。突然雷雨大作,整个山谷变为一片漆黑。他借着闪电,仰望着高高的悬崖,仿佛即将崩塌。这就好像整个世界突然崩塌了一样。山洪怒吼着奔下山来。巨大的石块,扭动着、翻滚着,互相撞击着。他们简直是无处躲藏。这时有一个老兵大喊着:"将军,快下马!快上山!跟我来!"那老兵引导他们爬上一个窄窄的草坡,来到一座黄崖之下。等大雨过后,山洪退下的时候,他们才慢慢从那黄崖下走出来。只见他们原来所遵循的羊肠小道,早已消失得无影无踪。不到两个时辰,人生的变故竟有如此之大,以至他们感到恐惧,感到茫然。他们在狭窄的山谷中跋涉着,脚下是方才还在滚动的山石和泥沙。那是一次终生难忘的行军。不过走了不久,他们就走出了那可怕的山谷。明亮的山口外,竟是一片秀丽的平川,仿佛到了另一个世界。

这时,天已黑下来,雨也下大了。呼雷闪电,照亮了眼前跳动的雨点。黄羊角借着闪电,看见有一个女人站在他面前。她下面穿着蓝色的细麻布长裙,上面用黑色麻布包着头,只露着两只眼睛。然而这是黄羊角熟悉的两只明亮的眼睛。

"姆姆!"他突然喊着,急忙跳起来用自己的羊皮袍子包裹住她,"是你吗? 原来你没有走。"

她在皮袍的包裹下,紧紧地抱住他。

"我一直在打听你,姆姆。"他也紧紧抱住她的已经湿透的肩头。

"黄羊角,你居然没有失信。"她在他耳边低声说道。

"我是专为你来的呀!"他在她耳边大声喊着。

"我一直在盼着你,黄羊角。"

"我一直在想着你,姆姆。"

"走,到我的房里去。"

他们消失在大雨滂沱的黑暗中。

这场大雨把秦竭的将士们浇得受不住,许多人策马驰入高泉宫去避雨。秦竭制止不住,最后连他本人也进了高泉宫。于是,秦竭派出信使回咸阳,要求派兵来增援。冯毋择和王绾向秦王政进言,派人回咸阳去,命令吕不韦指挥王翦、桓齮和杨端和,消灭嫪毐之党,并来祈年宫救驾。秦王政用自己的私玺签署了给吕相的命令。后来冯劫感到不妥,心想万一吕不韦不听指挥如何是好。于是他建议受权人第一名改为昌文君,第二名才是吕不韦。秦王政接受了冯劫的建议,重新写好诏令,便立即派王绾、司空马和两个亲信太监一同回咸阳。司空马寻找黄羊角,找不到,在大雨中呼喊黄羊角,不见回音,无可奈何。他们一行四人在大雨中从东边缒城,走了。

修订珍藏版

咸阳宫

林鹏◎著

山西出版传媒集团　北岳文艺出版社
BEIYUE LITERATURE & ART PUBLISHING HOUSE

·太原·

目　录

第二十九章　战咸阳

"全体宾客、舍人们都武装起来!"

"全体仆人都武装起来!"

"男女老少都武装起来!"

"赶快武装起来,要打仗了!"

"嫪毐暴乱了!"

"赶快武装起来,保护住宅,保护孩子们!"

"嫪毐暴乱了!"

吕不韦安全回到自己的府邸,一进大门,就让任固、鹿公、周术、张唐等这样大喊起来,整个吕府号称食客三千,家童万人,咸阳东门以内路北里,整个一条街以及左右相连的两三道巷子,都是吕府人的住宅。听到如此喊声,所有人都紧张起来。

吕府上下人等,近日来一出门就有可能受到莫名其妙的污辱和挑衅。咸阳街头的市民们不仅骂他们是"山东乞食者",而且他们经常遭到打劫,甚至无缘无故发生殴斗。只要吕府有人出去,走不远就会遇到一个或几个人,在你面前伸出右手的大拇指说道:"这个完蛋啦!"如果你不理他们,还要好些;如果理他们,这就难免有一场拳打脚踢。一些浅见的平民们,认为陛下终于举行了冠礼,这就是吕不韦的失败。当然还有人认为这是嫪毐的失败。但是,这些人不敢跳出来拦截嫪府的人。所以,在吕府人们的感受中,几乎整个咸阳都是同他们相反对的。因此他们感到受了压制,胸中有一股恶气,就像上了弦的箭一样,一撒手就会飞出去。现在,当着吕相的面,麃公、任固等如此大喊,这自然毋庸置疑。于是人们立即武装起来。男人们大多数都有一把宝剑,甚至一柄长矛;女人们也都有镢头、斧头、菜刀、甚至匕首,一霎时,男的编成了什伍,女的也编成了什伍,指定了伍长、什长、百长等等。

当吕不韦坐在自己的餐几前的时候,吕姥坐在一旁,问这问那,他就像没有听见一样。他喃喃自语着:

"老夫以为今天是必死无疑了,谁知居然又得生还。"

在死亡面前,他忽然把以往的艰难困苦以及已经取得的伟大成就,等等等等,都抛到九霄云外去了。他觉得在应该死掉的时候,却没有死掉。这使他重新获得了生存的欲望、斗争的动力和决战的勇气。他决心斗争下去,决不屈服。首先是不向命运屈服,不向秦国的传统势力屈服,不向杜仓的门人们屈服。秦王政突然起用了杜仓的门人们,这在秦王政来说,自然是英明决策。吕不韦提防杜仓的门人们,就像太后提防公子系的子孙一样。所不同的是,太后把公子系的子孙们都杀光了,而他吕不韦却一直没有想出消灭杜仓门人的办法。现在秦王政出人意料地突然起用了杜仓的门人们,这对吕不韦来说,就像追踪了很久的几只狗熊,早已杳无踪迹,突然在傍晚时候,在打猎归来的路上,在窄窄的山路拐弯的地方,同这几只狗熊遭遇了。狗熊们仿佛早有准备,至少他们一点也不显得惊讶。而吕不韦,却很有点张皇失措。失措这一词用在目前的吕不韦的头上,是再合适也没有了。这实际上是促使他下决心迎回成蟜的真正原因。他没有这么说,但是他确实这样想过:将来若是由杜仓的门人们撰写他吕不韦的传记,那还能有一句好话吗!他回想起方才在右相公廨里对周术和任固等人说的话,他现在依然认为那是正确的,是自己的心里话。以前他之所以不能决断,是因为他把自己的生命,自己的地位,自己已经取得的成就,看得太重了。"老子曰:'美与丑相去几何?'完全正确,忠于奸之间只隔着一张窗纱。"吕不韦想道,"成大事者在于决断。"

"这就到了最后决一死战的时候了。"吕不韦对吕姥说道,"陛下出了咸阳,听说是到祈年宫,去看那两个私生子去啦。嫪毐一伙为非作歹,已经恶贯满盈。他们企图篡弑的阴谋,已经完全败露。王饶不了他们,他们也不甘心失败。王不在咸阳,他们必然找我决一雌雄。所以咸阳就要大乱。我考虑,你们应该立即起程,到洛阳去。"

"谁们?"吕姥故意问道。

"你,两个儿媳,两个孩子和两个孙女。"

"你不走?"

"我怎么能走?"吕不韦喊道,"你想挟带老夫逃跑吗?"

"你不走,我怎么能走?"吕姥顶撞着。

"咸阳即将大乱,很危险。"吕不韦用筷子比画着,说明情况是多么严重。他想说:"这就像当年邯郸围困的时候。"然而一想到那一次自己和子楚逃出邯郸,却将自己的老伴丢在围城之中,心中不大好受。于是他的话改成了:"这就像西周末年镐京的暴乱一样。"

吕姥不听。最后决定吕姥留下,其他家人,儿媳们和孙子们,还有十几个男女仆人,立即起程赴洛阳。吕姥起身去催促他们收拾行装。

虽然是自己脱口而出的仿佛是未加思索的话,却往往使自己感到震惊。西周末年都城的暴乱,乃是一次国人的革命,最后导致了西周的灭亡。吕不韦在自己的脱口而出的这句话里,不无惊异地看清了自己的思想的真实。原来他是一直在盼望着国人的觉醒。如果国人真正觉醒,要求民主、自由,反对暴君、暴政,并为此爆发一次真正的革命,这样一来,所有难题就迎刃而解了。然而吕不韦的真实思想又非常曲折,至少比着一般简单明了的语言,要曲折复杂得多。正因为他想到了西周末年的国人革命最后导致了西周的灭亡,他忽然烦恼起来。他想道:"咸阳的国人暴乱,会不会导致秦国的灭亡?如果秦国随之灭亡,我辛苦半生是为了什么?在秦亡以后,人们将要如何评价我吕不韦呢?"这个问题使他非常苦恼,但是,窗外磨刀砺剑的声音,前院食客奴仆们编为什伍以后点名的喊声,以及咸阳大街上可怕的凄厉的狗叫声,促使他的思想产生了他自己都莫名其妙的飞跃。"这有什么难处!"他想道,"正是我吕不韦提出了并一天下的战略口号,我并且已经将它付诸实践。我是为了并一天下而致太平。是为了天下苍生,而不是为了一家一姓一国一城。我一生中囿于传统习惯,个人名利以及一家一姓一国一城的观念太重了。编辑《吕氏春秋》的时候,就争论过这个问题。虽然写下了'天下者天下人之天下也'等等话头,我的思想是不甚明确的。这或许就是应曜看不起我的原因。"

吕不韦唤来了崔广、绮里季,对他们说道:

"咸阳就要大乱了。"

"终于乱了,相爷。"崔广说道。

"其实,从嫪毐一上台,就已经大乱了。"绮里季说道。

"老夫想请崔先生辛苦一趟。"

"愿为相爷效劳,万死不辞。"崔广说道。

"老夫派你前去赵国,想方设法使赵国支持成蟜。"

"顿弱在赵国。"崔广说道。

"可以除掉他。"吕不韦说道。

"遵命。"崔广顿首答道。

"老夫派绮里季先生前去屯留。"吕不韦对绮里季说道,"老夫盼望长安君早日回咸阳。"

"遵命。"绮里季顿首答道。

"绮里季在军事上是个行家,希望先生这次大显身手。大军要迅速进入临晋关,兵贵神速,越快越好。那里已有秦壁、蒲鹬、泄钧和朱英,愿你们同心协力,生死与共。老夫盼望长安君来做新的秦献公。"

吕不韦以为他的这句话足以使崔广、绮里季表现出极大

的震惊。谁知他们没有任何惊奇的神色,只是满意地微微一笑。吕不韦继续说道:

"自从秦献公之后,秦国改变了政策,所以才能迅速强大起来。现在又到了非改变政策不可的时候了。不改变政策则不足以并一天下,不足以致太平,甚至要生灵涂炭,不堪设想。秦国人囿于陋俗,顽固得很。嫪毐早有篡弑之心,赵政生死难保。国人寄希望于成蟜,这是很自然的,顺理成章的事情。秦国历史上,昭王时期最为强盛,而昭王就是继承他哥哥的。这一切,绮里季先生是很清楚的。"

"相爷所说极是,臣一定尽力。"绮里季答应着同时问道,"蒙武拥兵驻在东郡,他如果干涉怎么办?"

"老夫派人去劝说他,要求他至少隔岸观火,如若不然……"

"那就消灭他。"

"这是自然。"吕不韦说道,"有你绮里季,不愁对付不了蒙武。"

崔广和绮里季告辞出来以后,吕不韦又传见了陈驰等人。他派陈驰赴齐,派段干越人赴魏,派段产赴楚,派苏涓赴燕,去劝说各国支持成蟜。直截了当说就是支持成蟜做秦王。

假若司空马在场,他一定会非常激动。这个老人,终于觉悟了。

那天晚上,咸阳的城门未关闭之前,从城里走出了许多人,其中就包括吕不韦的儿媳和孙子们,以及吕府奴仆,还有崔广、陈驰等人。他们在月光之下,浩浩荡荡向东走去。猛然一看,他们就好像天天都有的难民群一样。这一年秦国闹灾荒,难民们轻车重马向东进发,以便就食于关东。

与此同时,在城门关闭以前,也有一些人进城。这是从渭河南面的军营中赶来的几位将军。他们是王翦、桓齮、杨端和和蒙恬。现在虽然是农忙时节,但是秦王政还是下了征兵的命令。这是在蒲鹫的军队倒戈以后,所采取的紧急措施。成蟜兵变是十万人,蒲鹫带领的又是十万人,所以在渭南军营里集中起二十余万人,目前正在整装出发。天黑的时候,王翦等人的马车停在吕府门前,他们很恭敬地通报以后,走进了吕府。

他们见到吕不韦,施礼、落座。寒暄了几句之后,吕不韦对他们说道:

"老夫受命向各位将军通报:今天中午,陛下出了咸阳,到祈年宫去了。陛下听说那里藏着嫪毐的两个私生子,所以陛下亲去祈年宫,查明虚实。因此在陛下没有回来之前,任何人以任何名义向你们下达命令,或者调动你们的军队,你们都不要执行。老夫的话诸位都听清楚了吗?大印虎符都藏在内府,而宫中是嫪毐掌权。为了防止不测,所以老夫受命通告诸位将军得知。陛下离开咸阳,咸阳可能大乱。无论发生什么情况,渭南的军营不可轻举妄动。希望诸位将军多多留意。"

十年前,在吕不韦尚未编辑《吕氏春秋》以前,吕不韦曾经亲自指挥军队消灭了东周。并且击退了信陵君带领的五国联军的进攻。在那几次战役中,桓齮、王翦、杨端和等人都是吕不韦手下的青年将领。那时候,大将蒙骜还在世。蒙骜是吕不韦的好友,而这些将军都是吕不韦和蒙骜提拔起来的。在近几年的嫪吕之争中,军队处于中间状态,态度不甚明确。然而,外籍的将军们,如桓齮、杨端和等人,在感情上是同情吕不韦的。而秦籍的将军,如王翦,则略有不同。王翦不支持吕不韦,但也不支持嫪毐。这是因为一伙为人不正,根底不正。嫪毐身为太监,窃居相位,爪牙遍地而喜欢为非作歹,这就使得秦籍将军如王翦一类人不满。加之嫪毐只顾培养亲信,而不问才德,越级提拔了徐齐、秦竭、赵肆、胡竭等人。这就使如王翦一类有战功的将军们极为不满。其中最为不满的是蒙骜的儿子蒙武。正像吕不韦是蒙骜的好友一样,蒙武是王翦、桓齮、杨端和的好友,蒙武的儿子蒙恬又是王翦手下的青年将军。于是,这就使得表面上态度暧昧的将军们,实际具有了某种尚未明确表示出来的态度。尤其蒙武,他和桓齮等人一样,曾经明确表示,自己是客籍将军。因为蒙骜是齐国人,蒙武生在齐国。蒙武的儿子蒙恬生在咸阳,虽然一切生活习惯都同秦人一样,但是在语言之中依然带着一点齐国的音调。蒙恬和所有的将军一样,忠于秦王政。军队只听秦王政的命令,他们是秦王政的工具。在吕之争中,秦王政没有明确的态度,将军们自然也不敢有明确的态度。现在秦王政既然亲到祈年宫去查明嫪毐的私生子的问题,这就意味着秦王政已经有了明确的态度,这就是决心要消灭嫪毐的原因。所以在听了吕不韦的这一段话之后,将军们都表示一定听从吕相的吩咐。

然后又说了几句闲话,几位将军便告辞出来,叫开城门,回了渭南。嫪毐并不像秦竭对徐齐所说的那样,看见太后哭就没了主意。他在他们一伙中,是头脑最清醒,最有主见的人。他只是因为讨厌太后的哭闹,才故意装作好像是危难万分,束手无策的样子。他这样做是想让太后亲口说出来:废黜赵政。太后果然就这样说了。于是就派秦竭带领三千禁卫军追赶秦王政,不惜一切代价,直至把他消灭为止。

这是当天夜里发生的事情。

这一夜,太后没睡,嫪毐也没睡。太后不住地痛骂吕不韦,于是嫪毐命令内史令赵肆带领人马包围吕不韦的府邸。赵肆是个酒色之徒。当他接到命令的时候,他怀里正抱着那个名叫若巳的漂亮女人,若巳现在已经成了他的妻子。他的这个妻子,同前两个妻子大不一样。她要求首先把她放在一个保险地方,然后她才能放赵肆出门。赵肆鉴于以前的一系列可怕的事故,他决定遵从夫人的意志,把她送进甘泉宫,然后再投入战斗。这夫人一进甘泉宫,就要求面见太后,仿佛她是太后的朋友一般。太后只好答应了。太后想的是,如此正好,赵肆夫人进宫来可以作为人质,不怕赵肆怀有二心。谁知这位夫人进得宫来,却起了任何宫女太监都不能起的作用。她为了巴结太后,不仅百般解劝,而且出了一个再好不过的主意。她说道:

"既然太后无端遭此大难,那就要快快地拿个大主意,一下子绝了他们的希望,断了他们的后路,让他们干瞪眼,没法子。"

"你说的是?"太后好像猜不出她的意思似的问道。

"不如赶紧立一个昭王的子孙,随便什么人都行,免得群龙无首。"

夜里太后和嫪毐曾经想到过这一层，只是没有适合的人选。现在赵肆夫人这么一提，太后很感兴趣，便说道：

"公子系这一支最有资格继承，我怕有什么后患，早已把他们杀光了。现在稍远一点的，公子错、公子卯、公子围、公子蠢，他们的子孙很多，但是都不合适。"

"如果太后陛下恕妾冒昧，妾倒有个主意在此。"

"你说说看。"太后此时就像落水的人一样，急于要抓到点什么。

"妾以为目前之计莫若立新王，而立新王不宜立年岁大的，十岁以上的都不好，最好立一个三五岁的小王。"

听到这里，太后想起祈年宫里的两个小儿子，眼泪就像瓦垄里的雨水一样，直泻下来。

"刚才太后说的公子围，有一个孙子，刚刚五岁。太后不如就把他收为孙子，立他为王。这是真正的昭王子孙，谁也放不出个屁来。"

太后一听，心中大喜。她是一个心急火燎的人。立刻传令进见。把这个主意告诉嫪毐。嫪毐不反对。因为目前情况紧急，就是从街上随便抱了个孩子，也比赵政和成蟜好。嫪毐一首肯，太后就命他立即把孩子接进宫来。那孩子名叫缺齿。由他的生身之母抱着进了宫。参见太后，当时就认作孙子，住在了甘泉宫。这时候太后才知道缺齿的生身母亲正是这赵肆夫人的亲姐姐。虽然知道了这一层，太后依然不后悔，决定立这缺齿为王。这一切，当时外人不得而知，但是秦国史官却把缺齿之名正式载入史册。只是后来一再修改和删除，这正是史官之难做，史书之难读的根本原因。

赵肆带领禁卫军包围吕府时，天还未明。天一亮，他的军士们就喊叫起来："奉太后之命，捉拿奸党吕不韦！"

"吕不韦，快开门！"

"吕不韦，你出来！"

这就不像是执行"太后之命"的人，仿佛是一伙打群架的。咸阳的居民，窃窃私语，甚至公然嘲笑赵肆"是个窝囊废"。有一个卖豆腐的老汉，向禁卫军将士们喊道：

"喂！姓吕的不在家，到南街酒楼上赌博去了。"

这话引起围观的居民们一阵哄笑。

夏中期老头子登上他家临街的楼台，远远望见这些情景，对茅焦说道："靠这些流氓无赖，一事无成。"

"请放宽心吧。"茅焦说道，"吕府不堪一击。"

"我错了！"夏中期叹道。"错了！"

其实吕府的大门只是虚掩着。赵肆的将士们既没有人上前敲门，也没有人前去推门。大门虽是虚掩着，直到正午，赵肆的人马也未能进入吕府，只是在院墙外面乱喊乱叫，虚张声势。

嫪毐一伙在朝中掌权的人，以及秦国上层的比较顽固落后的贵族们，所以猛烈地反对吕不韦，是因为他们一向认为吕不韦的宾客们文才出众，武略非凡。当时在齐楚三晋，公子王孙招致宾客，朝中权臣豢养谋士，动辄三千，习以为常。而在秦国，这种事情极少。秦国的贵族只需要隶臣隶妾，终日耕织，担负杂役，纵有食客，不过三五人而已，而且很快就给他们安排职务，领取俸禄。像吕不韦这样，食客三千，并且还要编什么书，这不就等于图谋不轨吗。秦国保守的贵族们看不惯吕不韦的所作所为,并且认为吕不韦现在的力量,足以篡夺秦国的政权,甚至劫略秦国的土地。加之,三名刺客都是人所共知的武艺高强,然而都没有成功。于是他们就把吕府看成是龙潭虎穴,深不可测。这就是赵肆为什么不命令他的将士上前打门并发起冲锋的原因。所以待到正午时分,嫪毐就把赵肆叫去狠狠骂了一顿。

"好一个口打贼的英雄,原来是个泥捏的狗熊。你说吕不韦是你的死敌,一天之内你骂他一千遍。现在太后命你去捉拿吕不韦,你竟连吕不韦的门都不敢进!你算什么内史令?你不害臊吗?你娘生下你来就是专为给秦国人丢脸吗?你听着,天黑以前把吕不韦捉来!无论是死是活,天黑以前把吕不韦送到甘泉宫。如果天黑捉不到吕不韦,你就在吕不韦门前自刭。"

赵肆一怒之下,挥军前进,一窝蜂地冲进了吕府的大门。

当禁卫军将士们一拥而上,推门而进的时候,心中着实惊奇,原来吕府的门只是虚掩着的,没有想到这么容易就进了吕府。他们没有想到吕府的大门是两层的。在门洞里面还有一道门,是用一尺厚的橡木板做成的,高高地悬在上面。这道闸门一样的小门,平时是从不关闭的。赵肆的人马一拥而进,前面是步兵,后面是骑兵。吕府的人看见有几个身披铠甲头戴金盔的将军骑着马冲了进来,以为其中有赵肆,便把那橡木大闸门哗啦一声放了下来。冲进来的人,大约有两百多人。他们见后路已经被切断,心里着了慌。突然,从房上、楼上、望台上一阵乱箭射下来。这时,吕府的人从两厢、两边跨院和里院里冲出来,宽敞的前院就成了战场。刀剑齐鸣,杀声震天。

吕不韦的住宅,从前是魏冉的住宅。前门后门都临着大街,左右围墙以外都是小巷。赵肆的人马只包围了吕不韦的住宅,却没有想到这些大街小巷里住的都是吕府的宾客和奴仆。上午,赵肆的禁卫军在这些大街小巷里摇旗呐喊的时候,周围都是静悄悄的。远处的街口和楼上有不少围观的人,在近处却无人围观。等到下午,吕府前院杀声大震的时候,这些大街小巷的房上一下子都站满了人,不仅弓弩齐发,而且砖头、石块、猪槽、马杠、破烂牛车,甚至燃烧着的束薪,冒烟的劈柴,一齐飞到街上,打在禁卫军的人群中。一眨眼工夫,赵肆的人马乱喊乱骂乱冲乱撞乱作了一团。赵肆腿上中了一箭,头上挨了一棒。急忙策马飞奔冲出重围。他的马至少踩伤了五名他自己的军士,不过,他本人总算逃了活命。两边的街道拥挤不堪,禁卫军的许多将士向南跑去。等到吕不韦住宅周围的禁卫军跑光以后,吕府前院的战斗很快也就结束了。二百多人大部分被打死,余下的缴械了事。

吕府的武士们自然也有不少伤亡,所以他们毫不客气,完全按照战争中的规矩,不论敌方军士是死是活,一律按敌兵对待:死了的割下左耳,活着的反剪穿鼻,并且高唱数字,逐级上报,以便论功行赏。这些俘虏被驱赶到西边跨院里,关进一间大房子。他们的手脚被紧紧地捆绑着。麻绳穿过鼻子,鲜血流到胸前。旁边有一人动,他们就嗷叫起来。吕府有人向他们大声宣布道:

"你们听着,你们是俘虏,是奴隶,不要悲伤,不要着急,等嫪毒叛乱平息以后,就将你们拉到市上去卖掉。那时候,你们的主人就会解开你们的手脚,剪断鼻子上的麻绳。"

这些情形,就和战争中一般无二。

这些禁卫军的将士们,每逢抄家或捕人,他们都是争先恐后。

参与这种差事,不但可以过杀人打人的瘾,而且可以奸淫妇女、打劫财物。就像在蒲老官家遇到的那样的抵抗,都是极少见的。现在吕府之中竟然像两国交兵一样。这是禁卫军的将士们绝对没有想到的。他们绝大部分是没有到过前线的人,但是,他们哭泣的时候却很悲壮,叫人可怜。当时咸阳人还不知道秦竭攻打祈年宫的事情。所以,秦国上层的贵族们就认为这是吕不韦在暴乱。吕不韦竟敢违抗太后御旨,竟敢攻打禁卫军。这不是暴乱是什么?夏中期听说赵肆打了败仗,起初非常气愤,后来他笑了。他对茅焦说道:

"这就证明太后的决断是英明的。吕不韦早已怀有篡弑之心。可惜太后的决断太晚了。"

夏中期到此时也不知道秦王政到祈年宫是干什么去了。因为有秦竭攻打祈年宫箭射秦王政的事情,所以秦国的史官也无法祖护,只得把这次暴乱写成"嫪毐暴乱",但是在后面又挂一笔,"事连吕不韦"。其实,暴乱同任何人都有相连,首先相连的是秦王政。所以说历史的本来面目究竟是什么样子,鬼也不知道。

吕府的武士和仆人们,把禁卫军留下的尸体都抬出去扔到大街上。在街上住的吕府的食客和奴仆们,又把这些尸体连同在巷战中打死的禁卫军的尸体,通通抬到西边大街上去。不知是什么人的主意,他们用这些尸体在街口上堆成了两道墙,仿佛是路障一样。这一下启发所有的居民。他们把狗窝、鸡架和不能用的破车、烂筐,都搬到街头来,搭成了真正的路障。与此同时,有人开始在自家的小巷口上筑起土墙。一个照着一个学,于是打夯的声音像刮风,像滚雷,像黄河的怒涛,轰轰隆隆,响成了一片。这种墙,不过一人高。人能从旁边的空隙侧着身子过来,马却不能通过。土墙里面是取土的深沟,夜晚生人从此走过,是非常危险的。

傍晚时候,吕不韦听见隐隐约约轰轰隆隆,不知是什么声音。问周术,周术也不知道。于是他们登上望台向下张望。只见整个咸阳城都紧张地行动起来了。这使人想起三十多年前同义渠戎作战的情形。不过那时候是城门紧闭,现在是城门大开。呈现在眼前的是一片内战的景象。这又一次使吕不韦联想到西周末年镐京的暴乱。那时候,褒姒逞威,幽王昏聩,石甫专权,加以大水灾,大地震,大灾荒,国人走投无路,所以爆发了革命。现在秦国也是大灾荒,而且彗星频频出现,人情汹汹,好像即将冲破堤岸的洪水。吕不韦不住地叹息着,深深感觉到自己正处在历史的转折关头。

"民众起来了!"周术说道,"民众觉悟了!"

"老夫不曾带兵进攻任何人。"吕不韦说道,"是嫪毐命赵肆带兵来进攻老夫。老夫手中没有一兵一卒,整个禁卫军都在他们手中。咸阳的市民筑起街垒,搭起路障,难道是防备老夫吗?可见市民是看清了,觉悟了。"

"咸阳真的大乱了。"任固说道。

"真的大乱了吗?周先生。"吕不韦的口气里仿佛他唯恐这不是真正的暴乱似的。接着他又叹道:"吾辈生当乱世,奈何?"

"贤主秀士之忧黔首者,"周术说道,"必于乱世,方有可为。相爷忘了,这是《吕氏春秋》中明白写着的话呀!"

"是啊!"吕不韦好像刚刚想起他的书中的话,说道,"方今周室既灭,而世无天子,不肖在上,贤者在下,强者凌弱,众者暴寡,以兵相残,不得休息,天下之民疲惫已极。老夫必于此乱世,并一天下而致太平。唯愿国人鉴察,苍天鉴察。"

那一夜,更夫们也没有上街打更。一则街上到处是路障、土墙和深沟,无法通过;再则大街的十字路口上堆放着许多尸体,着实怕人。然而那一夜一点也不宁静。不知道是有坏人趁火打劫还是怎么回事,街巷里不住地有人惊呼嗷叫。一惊一乍,此起彼伏,仿佛咸阳的市民那一夜根本就没有睡似的。只有乞丐们最为快活。他们想到哪里去,就到哪里去,想在哪里睡,就在哪里睡,没有人驱赶他们,没有人当他们蜷曲在街头入睡的时候踢他们的脊背。他们虽然没有资格带剑行走,但是他们的腰里都有一把小小匕首,说起来叫作狗肉小刀,而且手里还有一根结结实实的枣木棍子。这种打狗棒,足以对付长矛大戈。这天夜里,他们在街上徜徉着,用他们的枣木棍子敲打着当作路障的破烂家什,发出奇怪的零乱的莫名其妙的响声。他们就随着这种节拍,唱着自己随口吟哦的歌:

> 北风烈烈兮破衣烂裳,
> 河水荡荡兮饥荒肚肠。
> 路逢野狗兮饿眼如狼,

你我谁吃谁兮莫问上苍。

这种低沉的嘶哑的歌声，使人听着不寒而栗。这情形就好像有疯狗突然跳进了闹市，它龇着牙，瞪着眼，很难断定它究竟是想咬死谁。乞丐们这种令人心绪烦乱的歌声，懒洋洋地一直唱到天明。

咸阳的夜晚凄凉而恐怖，而当白日来临之后更显得恐怖而凄凉。所有的酒家和商店都不开门，就连一文不名的算卦先生也不出来摆摊。听说六国来的客商们前天晚上未闭城门的时候，就仓皇逃出了咸阳。他们宁肯扔掉他们的货物，也不愿在秦国的内战中丧生。那些推小车卖狗肉、卖豆浆、卖烧饼的小贩们，看见街上没人，也不肯出来。到正午过后，有一个卖狗肉的汉子和一个卖豆浆的老汉推出了自己的小车。立刻就有一群乞丐围上来，起初是讨要，后来就抢夺。那卖狗肉的汉子拿起匕首乱砍，砍伤了两三个乞丐。他头上也挨了几下枣木棍子，弄得头破血流，歪在墙根。那卖豆浆的老汉冷静得多，也达观得多。当乞丐们抢喝豆浆时，他见势不妙，自己也抢喝起来。喝光之后，乞丐们跑了，他也跟随着乞丐们跑了。

禁卫军的骑兵敲着鼓从街上走过，他们大喊着，命令市民们拆除路障和土墙。市民们站在自家门前或爬在墙头上，望着骑兵们走过，就像看热闹的一般。他们笑着，讽嘲着，指着大街上的尸体喊道：

"快把那些死狗搬走吧！"

进了咸阳宫，他俨然是一位王，由佐戈将军胡竭陪着，由

731

上千名禁卫军的武士们卫护着,登上了咸阳宫的大殿。那就是秦王政宴请燕太子丹的地方,本是朝会的所在。嫪毐就在当时秦王政落座的几前南面而坐,传令召集朝中大小官员进见。朝中大臣有许多不在咸阳,而李斯和隗状又不肯奉诏,所以召集来的都是级别较低而又年纪较轻的文武官员。其中就有后来有名的蒙毅和赵高。蒙毅当时只有三十多岁,不过已经留了长长的胡须。他们匍匐在地,谛听宣布太后的御旨。

"太后御旨:废黜赵政,更立新王。"

"太后御旨:罢黜奸党吕不韦并叛处夷族之刑。"

"太后御旨:委派蒙毅为传令特使,命令王翦、桓齮率领大军进入咸阳,消灭奸党吕不韦,恢复治安,辅立新王。"

"太后御旨:朝中文武大小官员,要同心协力辅立新王,即位之日各有升赏。"

"太后御旨:……"

太后还有许多别的紧急措施,都由嫪毐之口加以宣布。殿上殿下,庄严肃静,鸦雀无声。

众官退出以后,嫪毐又把蒙毅唤到近前,仔细叮咛一番。

"足下此去,使命重大。"嫪毐说道,"务必劝说王翦将军,遵从太后御旨,带兵进城来,服从佐戈将军的指挥,消灭吕党,建立功勋。"

"请相爷放心,"蒙毅顿首说道,"王翦一日不发兵,臣一日不回来。"

"告诉你哥哥,你们的祖母、母亲和妻儿,可都在咸阳城里。"这话里有明显的威胁的意思,不过他又添了一句:"咸阳城里百姓,盼望大军早日进城,消灭吕党,恢复太平。"

这天夜里,没有月亮,街上没有乞丐们的歌声,狂风带来了瓢泼大雨。咸阳人叫这是磨刀的雨,洗尸的雨,洗刷血迹的雨。霹雷打下来,仿佛就打在自家的房檐前。那强大的光亮和巨大的响声,撞击着人们的心。人们感觉天崩地裂了,天翻地覆了。咸阳就要崩溃了。

这一天,嫪毐等待王翦的大军等不着,便以太后和王的名义发布命令。征调咸阳附近的兵民,由各县的县尉率领,开进咸阳,消灭吕党。

同时,胡竭下令拆除咸阳街上的路障和土墙,并命令禁卫军用马车拉走街上的尸体。当马车走过时,市民们在墙头上喊着:

"洗干净啦! 可以下锅啦!"

至于拆除路障和土墙的事,丝毫未见成效。按理说是谁搭的,由谁拆。谁搭的? 不知道。骑马的禁卫军在街上乱喊,没人理。后来总算想出了一个好办法,禁卫军把三老、里长、什长、伍长请出来,下令由他们负责拆除事宜。禁卫军的将士们大喊着:

"再不拆除,重重责罚!"

不过等这一道严令传达下去,天又黑了。这两天,嫪毐对等人来说,过得太快;对吕不韦及其舍人来说,又过得太慢;而对咸阳街上的市民来说,最没意思,想做买卖没做成,想看打仗没看上。

傍晚时分,传来了各种各样的消息。说秦王政杀了他的两个小兄弟;太后听说登时就昏倒在地;自杀未遂;太后宣布废黜赵政,立长安君成蟜为秦王;秦王政服毒自杀身死;成蟜率领大军进了临晋关;蒙武在东郡发生兵变;赵国出兵攻打晋阳;赵将李牧由北向南长驱直入,已经占领上郡;魏国特使朱亥没有死,他要誓死报仇,已经带兵打到崤关;齐国发生政变,田角杀死后胜,齐王建逃亡在外,不知下落;楚国的大夫景鲤发动政变,李园被杀,太后和小王逃亡吴越……十之八九都是谣言,然而在当时咸阳的大街上,人人信以为真。

胆战心惊的咸阳,就像驱到悬崖上的一辆破车,刹也刹不住,退也退不回,哭天不应,叫地不灵。夜深以后,咸阳可怕至极,无街不闹鬼,无巷不闹贼。妇女们躺在自家的睡榻上,怀里搂着孩子,手里握着菜刀。男人们一惊一乍,一会儿上房,一会儿上墙,困极了却无法睡觉,深感防贼不如做贼。不知谁家的一头黑白相间小花牛,趁着人心惶惶的时候,它跑出来玩耍。当它钻进路障时,一个没底的箩筐戴在它头上,它想甩掉却甩不掉。那箩筐上补缀着一块破芦席,当它跳跃的时候,那芦席不住地挥动着,招展着,飘扬着。于是人们就发现月光下有一个魔鬼在跳舞。这是亲眼所见,有目共睹,毫不含糊。就连胆子最大的乞丐们也都吓坏了。竟然发生了世界上最离奇的事情:有两个乞丐钻进了人家的狗窝。而这些已经没有人势可仗的狗们,只能心慌意乱的狂吠。真可谓一犬吠影,百犬吠声。整个咸阳就像一个柴垛正在冒烟,浓烟笼罩,人鬼莫辨,也许转眼之间就会变成一场大火,烈焰飞腾,烧毁一切。

有人将前述的一些谣言告诉吕不韦的时候,他笑了。

"这些谣言本身没有任何意义。"周术说道,"根据这些谣言,得不出任何正确的结论。但是——"

"怎么样?"吕不韦问道。

"但是,这些谣言充分反映着秦国人的心理。"

"什么心理?"

"秦国人最害怕赵国进攻晋阳和上郡,最害怕朱亥还活着,最害怕齐相后胜死掉,最害怕楚国有坚强的君臣,希望赵政死掉,国人希望成蟜回来做秦王,以便彻底消灭嫪毐乱党。"

"陛下未必自杀。"

"自杀不自杀都一样。"周术继续说道,"国人痛恨嫪毐,而消灭嫪毐是成蟜提出来的,是从屯留兵变开始的。陛下知道嫪毐是奸臣,却迟迟不动手。待到动手时,又慌慌张张驾幸雍地,滞留在那里,至今不回来。不知道是缺心眼儿,还是心眼太多。这就是使国人失望的原因。"

吕不韦微微点头,继续沉思着。

"如今遭到废黜,不亦宜乎。"

"是啊。"吕不韦忽然问道,"蒙毅已经去了渭南军营中。周先生判断,蒙毅能完成他的使命吗?"

"不能。"周术说得十分肯定。

"为什么?"

"嫪毐犯了两个错误。"周术解释道,"第一是派错了人。他如果派赵高去,要比蒙毅合适得多。赵高虽然不是嫪毐的亲信,可是思想感情上都是同情嫪毐的。赵高去,无论成功与否,他总要尽力。蒙毅则不然。蒙毅是蒙武的儿子,蒙武自认为是客籍。所以蒙毅是不会完成嫪毐的使命的。"

"请往下说。"

"第二个错误是嫪毐在命令上盖的是秦王政的御玺。相爷已经通告王翦等人得知,秦王政不在咸阳。秦王政不在咸阳,从咸阳宫里却出来了盖着秦王政御玺的命令,这不明明是矫诏吗?矫诏就是犯罪。渭南军营中的任何将军都不会跟着嫪毐犯罪,他们也不敢。再说,既然已经宣布了废黜赵政,在新王未立之前就不应该使用秦王政的御玺。"

"嫪毐也是聪明一世糊涂一时。"吕不韦笑道。

"愚蠢是无法医治的。"

在这天早上,佐戈将军胡竭带领禁卫军的骑兵,从咸阳宫开出来,向吕府进发。这才发现路障不但没有拆除,反而加固了。各巷口的土墙不但没有铲平,反而增高了。胡竭勃然大怒,命令武士们下马,分头去拆除路障和土墙。在拆除的过程中,禁卫军的将士们不停地受到狙击。市民们把砖头石块从院子里或是房上扔出来,往往会落到武士们的头上。禁卫军的武士们大多数是没有实战经验的人,胆子特别小,脾气特别大。他们不善于打仗,却善于欺辱小市民。市民中也有男人。他们的武艺并不比禁卫军的武士们差,更何况他们都是从战场上回来的老兵。狙击禁卫军武士们,因而引起的小型战斗时有发生。在这种战斗中禁卫军武士们占不到便宜,只是仗着人多,也吃不着大亏。于是就发生了一件非常偶然的、非常不幸的事情:公大夫赵婴的妻子和三岁的女儿被禁卫军的武士们打死了。

秦本造父之后,所以秦国姓赵的很多。见于史册的,前有赵良,后有赵亥、赵高。这赵婴就是秦国诸赵的子孙。论起来,他是赵良的玄孙。赵良是一位儒者。他厌恶商鞅,当面批评商鞅之法是"左建外易",骂商鞅是"人而无礼,胡不遄死"[①]。赵良在秦国,是一位非常独特的人物。有人说:"秦无儒者[②]。"这是不对的。秦国有的是儒者,只是在朝中做大官的没有儒者,不过如此而已。这赵婴也是个文人,年轻时候在军队服务,以战功升至公大夫,后来在河东夏邑做过两年狱吏。因为老母病重,辞官回来,在家闲住。他虽然是个文人,却是一贯不问政治。他既不同情左相,也不同情右相。在嫪吕之争中,他是中立的,也就是被两派所遗弃的。当禁卫军在街上拆除路障时,有人扔下石块,打伤了武士。武士们看见房上扔石块的人向赵婴家房屋爬过去,便冲进赵婴家捉拿"盗贼"。赵婴家的狗厉害,咬了一个武士的腿。赵婴的老婆一手抱着个孩子,一手拿着根棍子,出来打狗。那武士愤怒已极,以为那妇人来打他,便挥舞长戈,一下就砍死了她怀里的孩子。妇人见孩子死了,怒吼一声扑过去,正好撞在那同一柄长戈上,当时就死了。武士们见那所谓的"盗贼"早已从房上跑得无影无踪,又见惹了祸,便急忙跑开。这时候,赵婴才从他的蜗室中走出来。他站在妻子和小女儿的尸体跟前愣着,愣了很久。忽然他抱起自己的小女儿,奔出家门,来到咸阳大街上,他喊道:

"你们为什么杀我的妻子?为什么杀我的小女儿?她才三岁呀!她是吕党吗?她是山东乞食者吗?为什么?为什

---

①见《史记·商君列传》。

②见《荀子》。

么杀她？我是赵婴！我祖辈都是秦国人！我立过战功！我的三岁的小女儿她犯了什么罪？你们为什么杀死她？……"

禁卫军的下级军官们，有一个是懂事的，也应该出来安抚赵婴，但是没人管。他们就这样看着赵婴从大街上慢慢走着，任他这么高声嘶叫着。这就是工具的缺陷。禁卫军是掌权者或叫作统治者的工具。他们只知道执行命令，却不会处理任何未经明令的问题。旁观者可以根据这件事认定禁卫军是反对嫪毒的，虽然他们正坚决执行的命令。任何统治者都希望得到世上最驯服的统治工具，但是他们从来也没有想到过，越是驯服工具，越容易把事情办糟。越是有力的拳头，越是容易打了自己的眼睛。后来当全城的市民都起来反对的时候，还以为长安君回到了咸阳。有人告诉他：

"长安君并没有回来，是赵婴把咸阳搅乱了。"这时候，嫪毒才知道出了这么一件糟糕的事情。他临出咸阳城的时候说道：

"不如当时就把赵婴杀掉！"

认真说来，杀掉赵婴也是个办法，虽然不是好办法。不过统治者毕竟是统治者，他们的思路本身就有缺陷。他们总是沿着权势考虑问题。就像蚂蚁沿着草棍过河一样。尤其秦国的统治者，特别迷信权势。他们认为只要自己不失掉权势，无论做什么都是对的。其实权势最终是要失掉的，退一步说，人还能永远不死吗？死了还有权势吗？所以他们最终都要想到长生不死的事情。奴隶是奴隶主的财产，奴隶不敢藐视奴隶主的权势，所以奴隶在内战外战中都是紧跟奴隶主的。敢于藐视权势的是自由民，城市的市民，主要是士人们，这就是国人。就是上至公大夫赵婴一类,下至小贩、手艺人和乞丐们。这些人是内战中变幻莫测的未知数,他们往往是起决定作用的因素。

赵婴是一个慎言慎行的忠厚老实的秦国士人。他怀里抱着自己的已经死去的小女儿,腰间拖着长长的宝剑。他嘶叫着,怒吼着,好像一只发疯的猛虎。禁卫军的将士们听说这赵婴武艺高强,况且现在他又在盛怒之下,所以谁也不敢走近他。他的魁梧的身影和洪亮而嘶哑的声音,从正午出现在咸阳街头,直到天黑以后,他的几位朋友才把他劝走,更确切地说是把他拖走。那拖走他的人里,有一个身材同他一样魁梧,下巴上留着络腮胡子,有人说那就是早已无影无踪的蒲雕。

"天哪!听说那是蒲雕。"一个老乞丐对扮作乞丐躺在街头的浑沌低声说道。

"希望明天是个好天气。"浑沌说道。

"错不了。"那老乞丐不住地叹息着。

"他们进了谁家?"浑沌问道。

"管先生家。"老乞丐低声答道。

浑沌没有说话,而月光却照亮了他脸上的微笑。

魏国特使朱亥来到咸阳以后,曾经向司马梗打听一下叫作管鼻的人。说是他的朋友,他的恩人。司马梗好容易才打听到这个管鼻,他劝管鼻去见朱亥,管鼻却拒绝了。第二天,司马梗还没有来得及把这件事情告诉朱亥,就发生了虎圈的悲剧。司马梗当天入狱,朱亥当天出了咸阳城。这管鼻曾在魏国做官,后来退居林下,寻找儿子,来到咸阳。他儿子名叫管贲。一般人都不知道管贲父亲的名字,当面称他为管先生,背地里叫他贲屠老爹。管贲四十多岁,中等身材,方头大耳,海口短髭,精明强干,又识几个字。二十多年前,因为抱打不平,误伤人命,害怕官府追究,偷跑来到咸阳,以卖狗肉为业,人称贲屠。因为管鼻拒绝去见朱亥,管贲很不理解,认为这是故意拿捏人。他说道:

"既然是朋友,大人何必这样。"

"傻孩子,你知道什么。"管鼻对儿子解释道,"我很想念朱亥,当然也想见到他,同他叙叙旧……只是一见他,他必然要劝你我回大梁去,我怎么说? 如果我拒绝,我的话就会传到大梁,我又何必得罪那里的老朋友呢? 我对魏国早已失望。有人不用,有材无成。上层日益昏聩,下层日益庸俗。魏国连信陵君都不能容,何况我小小的管鼻。"

因为管贲讨的老婆是咸阳人,加之他的口音也已经彻底改变,咸阳人并不把管贲当作外来户,所以管家的人也从来不公开地谩骂嫪毐。但是自从虎圈悲剧发生以后,不久又传来了朱亥被害的消息,管先生沉默了好几天。以致他儿子、媳妇以为他病了。从这时他儿子及其朋友们一高兴就谩骂嫪毐。而管先生不张嘴则罢,一张嘴就骂秦王政。秦国人很不习惯骂秦王政。听起来觉得有点耳生。老人说道:

"天下干戈相扰已经非止一日了。斗来斗去必然归于一统,就像夏商周三代都曾经归于一统一样。当今战国七雄,最强莫过于秦国,就连三尺童子,也能看清这个大势,天下必然归一于秦。秦国应该有一个圣明之主,应该有能力实施天下坚凝,循大道而致太平。这个鸟赵政,何物小子! 豺狼成性,狗屎不如。凭他,能成一统？能致太平？当代最有见识的就是鲁仲连。他说秦能为帝,我就蹈东海而死。他蹈东海我上南山。赵政若能成就帝业,我将跳崖而死。"

当管先生发这一套宏论的时候,蒲雕就在房后窗下听着,心中感动异常。

管老人知道家中藏着什么人。他看见他儿子做买卖回来,就钻到后院去,总是待很久很久才出来。吃饭时,儿媳总要把一钵子饭端到后院去。这是再清楚不过了。但是,管老人相信儿子,从来不问。管贲同蒲雕是朋友。若论友情,也只一般。自从蒲雕拒绝嫪毐之命不杀吕不韦之后,管贲就非常敬重蒲雕。后来听说蒲鹬叛变,投降了长安君,管贲认为蒲鹬做得对,非常赞赏。而在蒲老官全家被杀之后,管贲更是十分同情,万分痛心。从此以后,决心不避嫌疑,窝藏要犯……而他们之间的友谊也就与日俱增,竟成刎颈之交。

当赵婴抱着死孩子在咸阳大街游行嗷叫的时候,他的朋友们怕他遇到危险,偷偷跑来劝他,他不听。管贲去劝他,他也不听。后来天黑下来了,蒲雕去劝他。他一见蒲雕,大哭起来。蒲雕不仅是他的朋友,而且是患难之交。赵婴的哭声难听至极,有如垂死的狼在吼叫。那可怕的豪壮的哭声,震撼着咸阳的街道,震撼着咸阳市民的心。那天夜里,刮起了北风,咸阳突然变得寒冷起来。听见赵婴的猛烈的哭声,仿佛人们的血都凝结起来,整个咸阳都在战栗。夜深以后,北风的阵阵吼声之外,又传来了乞丐们的不成曲调的歌声。

那歌声是凄凉的,尖利的,而且是颤抖的。

北风烈烈兮破衣烂裳，

河水荡荡兮饥荒肚肠。

路逢野狗兮饿眼如狼，

你我谁吃谁兮莫问上苍。

　　小市民是非常可怜的。统治着一切的意识，就是统治者的意识。所以小市民迷信权势，崇拜权势。那是因为他们生活在强权之下，不得不低头弯腰，不得不趋炎附势。于是久而久之，这便成了他们的本质。这就好像悬崖上的松柏，并不是他们不想挺直腰杆，是因为风狂雨暴，使他们直不起腰来。与其说这是它们的本质，倒不如说这正是他们的理智。小市民们也是人，他们在理智之外，还有感情。他们的脊背挨过谁的皮鞭？他们的面颊挨过谁的耳光？谁拿走了他们的布帛？谁向他们摊派各种杂税？他们心中最怕的是什么人？他们违心地赞美的是什么人？是谁给了这些坏人这么大的权威？这些狗屎不如的人是仗着谁的权势？等等，等等，这就是感性拼命否定理性的问题。所以在市井小民之中，隐藏着真正的英雄。统治者害怕这些英雄，就像害怕烈火一样，能利用尽量利用，不能利用则尽快杀掉。经过两千多年的屠杀，市井之中的人们忙于寻找食物，已经没有什么真正的英雄了，简直是寥如星辰。然而在战国末期，市井之中各种各样的英雄，就是韩非所极端痛恨的不臣天子不友诸侯的特立独行的不臣之臣，比后来要多得多，简直可以说是茂若丛林。古代的城邑里，耕地甚多。居民的宅院里都种着各种农作物。这就是自由民赖以苟活的"五亩之宅"。他们宁肯饿死不犯法,宁肯穷死不欠债。一不犯法,二不欠债,他们就永远是自由人。他们有自己的姓,自己的名,有的是朋友,而且有文化,有武艺,有谋生的技术。顶不及,他们可以去做佣工、酒家保、食客、舍人、仆人,最没出息的还可以去垄上佣耕,就像陈胜吴广一样。统治者为了压制他们,就只有一个办法,把法令定得严而又严,酷而又酷,设下各种政治陷阱,使他们无缘无故变为罪犯,从而变为奴隶。等这些有名有姓的自由民,纷纷倒下变为奴隶的时候,奴隶制也就崩溃了。奴隶制的贵族老爷们,最终都要葬送在他们手中。那时候,他们便按照自耕农的理想,创立一个新社会。关于这一点,所有的鼓吹宗庙之灵的奴隶主贵族们[①],谁也没想到。在他们被彻底消灭的时候,他们只是哀号着:"天丧我也!"可见他们对这一切,根本就没看见。所有的圣人都曾经企图预见历史的发展,但是谁也没猜着。所以说,历史一直是在黑暗中发展着,谁也不要夸说自己看到了什么。就连你经历过的,你都没有看清,没看透,还奢谈什么未来的事情呢?当"战咸阳"的时候,人人都是弓上弦刀出鞘,但是谁也不能确知事态会怎么发展。不知道,吕不韦也不知道,成不知道,秦王政更不知道。事态的发展出乎他们所有人的意料之外,仿佛他们都只是历史的玩偶。而市井小民们,只是想发泄他们的怨恨,多杀几个仗势欺人的猪狗,至于事态究竟会怎么发展,他们根本就不想知道。

事态怎么发展,他们也当不了王,他们也不想当什么将

---

①秦始皇一类。

相,他们没有那种命。他们是自食其力的劳动者,他们是自由人,他们没有什么奢望,他们经常自称"群氓"。他们不知道自己会起什么历史作用,也不知道自己的行动会造成什么政治后果。他们不管这些,他们像所有的英雄一样,只管杀人。先秦的可敬的圣人们也曾经妄想安排历史的发展,也曾经企图摆脱"群氓"们的盲目性,指导他们,掌握他们,控制他们,但是都没有成功。

第二天命令胡竭全力进攻吕府,如果攻不下来就放火烧掉吕府。因为吕府在东城,下令关闭咸阳城的东门和南门,以防吕不韦逃跑。当胡竭指挥禁卫军的骑兵和步兵,一边拆除路障和土墙,艰难地向吕府推进的时候,从西边大街小巷里涌出来无数愤怒的庶民。他们举着镢头和铁铲,挥舞着宝剑和匕首,疯狂地叫喊着,奔跑着。这情景听着像狂风,看着像怒潮。胡竭起初还以为是嫪毐下令征集的近县兵民们进了城。禁卫军的将士们惊呼着:

"那是赵婴!"

"那是贲屠!"

"哎呀,天哪,那不是蒲雕吗?"

"快跑!"

禁卫军的骑兵们下了马正在拆除路障。胡竭骑在马上站在将士们的身后,现在他突然变成了前锋,他急忙策马向东跑、大喊着:"禁卫军快上马!"

这时候赵婴带领的庶民已经冲到跟前。禁卫军的将士们用手里的铁铲迎接庶民们的铁铲,叮当乱响,打成一片。街道两旁的房上,忽然出现了很多人,碎石烂砖像冰雹一样打在禁卫军武士们的头上。房上的女人们尖声呐喊着：

"为三岁的小女子报仇呀！"

"为匹夫匹妇报仇呀！"

"为冤死的人们报仇呀！"

"报仇呀！"

"报仇！"

冲在最前面的禁卫军们，连马都上不去就被砍死了。没有死的，见势不好抱头鼠窜。没想到他们正在拆除的路障给他们帮了忙，延缓了庶民们的进攻速度。这时候胡竭已经把拥挤在北街的禁卫军的骑兵调过来，他们挥舞着长矛大戈扑向庶民们。庶民们一面迎战，一面后退，最后退进了蔡泽府邸附近的杏树林。禁卫军的骑兵无法进入杏树林，便把那一片树林包围起来。这时候，蒲雕骑在马上，带领一队骑兵冲过来。于是在蔡泽住宅西边的空地上展开了一场激烈的厮杀。蒲雕的骑兵，绝大部分是退休的武士，其中至少有三分之一是退休的大夫。他们数量不多，但是武艺好，只见禁卫军的骑兵纷纷倒下。后来胡竭带着一队骑兵冲过来，蒲雕顶不住，他们向南撤，退入了阿房宫的空旷的建筑场地。这时候隐藏在杏树林中的庶民们，重新组织起来，在赵婴的率领下冲出树林，在一条小巷里，消灭了一队禁卫军的骑兵。这些骑兵企图穿过这个小巷去截击蒲雕。他们遇到了土墙和深沟。他们拥挤着，叫骂着，没等他们掉转马头，房上的庶民向下打，后面的庶民往前涌，禁卫军的武士们被打倒在地。与此同时，庶民们杀死了看守蔡泽府邸的禁卫军武士。他们喊着：

"刚成君你快逃吧！"

"咸阳大乱啦，你快逃跑吧！"

"我们把禁卫军杀了，你们快逃！"

"逃到吕府去吧！"

蔡泽家的男女仆人一下子都武装起来，要保护主人逃走。蔡夫人去劝蔡泽逃走，蔡泽摇头。蔡夫人本心是想趁乱逃走，只是拿不定主意。她让女儿蔡嫈去劝父亲。蔡嫈走进蔡泽的卧室，说道：

"爸爸，咸阳大乱啦，外面的人们喊叫，要我们逃走。"

"不走。"蔡泽说道。

蔡嫈惊奇得不知如何是好，她两手拄着席子，膝行向前，爬到蔡泽跟前，惊呼道：

"爸爸，你会说话啦！"

"小声！"蔡泽低声说道，"我原本就会说话。你能听我的话吗？"

"听，听，听。"蔡嫈扑上去抱住蔡泽一只胳膊。

"他们叫喊让我们逃，是想趁乱把我们杀死。"

"他们说是让我们逃到吕府去。"

"吕相为何不派司空马来？"

"爸爸说得很是，我明白了。"蔡嫈忽然哭起来，"我真高兴！我太高兴啦！"

"不要告诉任何人。"

蔡嫈一边擦着眼泪，一边频频点头。

这时蔡夫人正在同骆媪商量。骆媪说：

"不能走。"

746

"为什么?"

"夫人,如果应该走,就会有人来告诉我。"

蔡夫人惊奇地望着骆媪。她想起骆媪就是吕府派来的人,她完全相信她。

蔡嫈同她的女仆一起,兴高采烈地跑上楼去向四下张望。只见整个咸阳都沸腾起来了,到处是人,到处是杀声,楼上、房上,都是正在狂呼的人。

吕不韦听见大街上乱喊乱叫,知道今天定有一场恶战。他平时不带宝剑,现在他把他的宝剑挂在腰间,好像他要亲自厮杀一样,为了看清街巷中的战况,吕不韦登上了他家的望台。他看见周围的房上,楼上到处都是人,远处街巷之中,杀声一片,尘土飞扬。

"相爷,"任固说道,"禁卫军同市民们打起来了。"

"相爷,"周术说道,"庶民暴乱了。"

吕不韦听见大街上有妇女高喊着:"为匹夫匹妇报仇!"读书人习惯于把现实生活的活生生的事例硬往书本上拉扯,这才是他们的功夫。吕不韦忽然想起《孟子》书中的有关匹夫匹妇的话,于是他激动万分地说道:

"救民于水火之中,此其时也!"

吕不韦走下望台,把张唐和麃公叫到跟前说道:

"二位将军,老夫把这长戈大矛授给将军们,命你们带领武士们冲出去,救援庶民消灭嫪党!"

麃公、张唐施礼接过戈矛,带领吕府的临时组织起来的上千名骑兵和步兵,涌出了吕府大门。

退到阿房宫建筑场地的蒲雕,在虎圈周围,在树林左右,

在大殿前后,同胡竭的骑兵周旋。最后蒲雕带领的骑兵伤亡
很大,正在危难之际,麃公率领的骑兵冲过来。禁卫军一见
吕府的骑兵,立刻就乱了。胡竭抵挡不住麃公,急忙挥军向
北退,一直退到甘泉宫门前。许多禁卫军的骑兵为了逃避麃
公,跑进了甘泉宫。嫪毐一见大怒,亲自上马,出来督战。胡
竭远远望见嫪毐站在甘泉宫大门外,不敢进甘泉宫,急忙向
东奔驰。这时赵婴和贾屠也冲到大街上来,于是就在咸阳大
街上,双方拉起锯来。骑兵越来越少。奔跑的马匹对人群危
险极大。庶民们用弓弩和长矛,首先消灭奔跑的马匹。街巷
中的战斗,涌过来涌过去,最后双方都变成了徒步。这时的
厮杀短兵相接,转眼变为白热。激烈的战斗一会儿在东街,
一会儿在西街,一会儿在南街,一会儿在北街。

　　张唐从吕不韦手中接过长矛的时候,那种兴高采烈的样
子对所有在场的人都是一种极大的鼓舞。他对这次内战抱
有必胜的信心,而且他坚信这一斗争的胜利可以解决秦国积
压了多年的各种问题。他上马的时候,人们看见他那宽袍大
袖的文士服装不适于战斗,有人喊道:

　　"张将军,还是披上头盔铠甲吧!"

　　他笑了。当他策马跑出吕府大门的时候,他的夹袍的两
只袖子已经脱掉,就像西山的牧马人一样,把两只袖子紧紧
地扎在腰间充作大带。

　　他带领人马冲到大街上,那正是拉锯的时候。张唐真是
威风不减当年,横冲直撞,所向披靡。他看见禁卫军的将士
们已经失掉指挥,正在四散溃逃。他的人马在前面冲杀,后
面跟着望不到头的庶民。愤怒的庶民杀声震天。张唐在西

街和北街追杀禁卫军的武士们,他忽然觉得这没有意义。他大喊道:

"去攻打甘泉宫呀!"

疯狂的庶民怒吼起来:

"杀死嫪毐!"

"要嫪毐偿命!"

"冲啊!"

"冲进甘泉宫就发财啦!"

这时人们看见张唐头上的白巾早已不翼而飞了,只剩下束发的黑带子和绾发的玉簪。庶民们不认识张唐,更不知道他曾经做过将军。他们把他当作吕府的文士,他们喊着:

"跟着那光膀子的秀才,冲啊!"

张唐听见人们喊他"秀才",心中十分惬意。他转过街口,远远望见甘泉宫大门的时候,他身后的武士大喊:

"张将军——"

"没听见人们喊我'秀才'吗!"他打趣道。

"嫪毐,"那武士叫道,"看见了吗? 宫门前马上那个胖子就是嫪毐!"

张唐策马向前,大声吼道:

"休走! 留下你的人头!"

张唐冲过去的时候,身后只有三五名骑马的武士跟着。甘泉宫门前站着许多禁卫军的骑兵,他们立即迎上来同张唐交锋。等张唐击退禁卫军,进到甘泉宫大门前的时候,嫪毐早已逃进宫里,宫门也已经紧紧关闭。宫门上面的禁卫军乱箭齐发,张唐拨马回头时连中三箭,跌下马来。后面骑士和庶民们涌上来,抱走了张唐的尸体。

有人喊着:

"那秀才还活着吗?"

有人大声答道:

"还活着!"

当时咸阳的庶民们普遍认为,如果那秀才不死,肯定能够攻进甘泉宫,不仅能够杀死嫪毐,而且那歌妓出身的臭婆娘也必将死在庶民们的乱棍之下。但是,后来的历史学家们却说:"多亏张唐没有攻进甘泉宫;如果他不幸攻进了甘泉宫,秦国的史官就有根据把这次嫪毐暴乱直截了当写成吕不韦暴乱,写成吕不韦犯上作乱。"这种说法或许有道理,谁知道呢。道理到处都是,一伸手就抓它十条八条。不过那又有什么用呢? 愤怒的人群里没什么道理可言。当时未能攻进甘泉宫,只因为嫪毐动作迅速,大门关得快,而庶民们又没有攻城的器械。庶民们在甘泉宫前丢下数十具尸体,而秦国的史官们对于这种琐事从来不予记载。那些尚未断气的庶民,呻吟着,乞求禁卫军的将士们再给他们补一刀,他们的这些要求都得到了满足,也算得是慈悲为怀了。

庄严肃穆的咸阳大街上,洒满了鲜血,布满了尸体。在西街的激战中,管赍身负多处创伤,终于死去。他的老父亲从家里冲出来,抱着儿子的尸体狂呼。转眼之间禁卫军再次冲过来,管老人也中剑身亡,倒在他儿子身边。他说要跳崖,没等他跳崖,便死在了咸阳街头。到下午,咸阳的妇女们也参加了战斗。她们的疯狂的叫喊声,震天动地,可怕之极。

"杀死那歌妓太后!"

"杀死那大鸡巴嫪毐!"

"冲进甘泉宫去!"

"把那假太监的鸡巴割下来!"

赵婴带领庶民们冲过一个街口时,禁卫军的一支长戈钩住了他的肩头。他倒在墙根。他想挣扎起来继续战斗。庶民们叫喊着冲过去以后,有一个妇人把赵婴抱进了自己的家。

从前,在南边小巷里放着两个巨大的榆树根。它们差不多有马车的车身那么大,劈又劈不开,锯又锯不成,只好弃置路旁。后来人们就把它拿来做了路障。当下午战斗激烈之时,不知道谁的主意,把这两个榆木根抬上了东街的酒楼的房顶。每当禁卫军的武士们蜂拥而过的时候,这两个榆木根就从楼顶上滚落下来,落在禁卫军的人群中。一个下午,它们从那酒楼上掉下来三次,每次都砸死了几个武士,有一次差点砸住胡竭。胡竭大怒,下令放火烧掉这个酒楼。傍晚时候,火焰冲天而起。从甘泉宫望着,好像是吕府起火了。

嫪毐高兴异常。太后也登上楼台观望。她对嫪毐说道:

"庄襄王一死,我就应该杀掉吕不韦。"

"那就省事多了。"嫪毐已经望见那起火的地方并不是吕府。"祈年宫还没有攻下来吗?"

"秦竭要求援兵。"

"这个笨蛋! 命令他也用这个法子,把祈年宫烧掉。"

"遵旨!"

"办事情要快。"太后焦急地说道,"三五天内我就要立缺齿为王。"

"遵旨！"

当夜幕降临的时候,听说禁卫军伤亡惨重,胡竭受伤,退回了咸阳宫。

嫪毐下令把李斯和隗状抓来,命令他们去吕府劝降。

这时街巷之中的战斗已经停止,出现了战后的令人窒息的可怕的宁静。当李斯、隗状一行人打着火把从大街上走过时,街上满布死人死马,几乎已经没有下脚的地方。吕不韦听说是李斯叫门,便命令开门放他进来。

李斯在前,隗状在后,进到厅堂,拜见吕不韦。李斯说明来意,吕不韦说道:

"那假太监命令你们做什么？你们就做什么。你们腰间是何物？为何不自刭？"

"相爷息怒,"李斯说道,"左相以太后名义命臣等来,臣等不敢不来。"

"今日一战,双方死伤数以千计。"隗状说道,"咸阳已经是血流成河了。臣以为,相爷一定不会坐视生灵涂炭,故而冒死前来,乞请相爷休战。"

"隗状,"吕不韦说道,"老夫并没有派兵去攻打那假太监,是那假太监派兵来攻打老夫。怎么杜仓的学生,一个比一个糊涂。现在老夫劝两位自杀,你们能同意吗？"

"我们没理由自杀。"隗状说道。

吕不韦把手一扬,武士们架着李斯和隗状,来到东跨院的一个小房间中。周术走进来一拱手,对他们说道:

"现在两家交战,杀得血流成河,尸骨如山,你们竟敢替嫪毐来劝降。嫪毐是什么人,你们一点都不知道吗？嫪毐失败,你们肯定活不成。即使嫪毐胜利,你们现在吕相手中,你们也活不成。赵政已经被废黜,纵然他能活着回来,你们也活不成。即使长安君回来,他也不会饶过嫪毐,你们也还是活不成。一个人活在世上,名节是头等大事。所以吕相劝足下自杀,以保全足下的名节。"

周术说的这些话都很在理,而李斯想的正好相反。他认为这四个方面,无论谁胜利,他李斯也没有死罪。隗状考虑得比较简单,他断然拒绝自杀。他说道:

"周先生,我既然来了,就不怕死。要我自杀,不行。"

周术不达目的决不罢休,这样劝来劝去一直劝到天明。天明情况突变,王翦指挥大军开进了咸阳城。王翦是根据谁的命令进了咸阳,他是要消灭吕不韦,还是要消灭嫪毐?关于这一点,吕不韦也不知道,也不知道。因此,听说王翦带大军进了咸阳,吕不韦也高兴,嫪毐也高兴。

第三十章　攻打甘泉宫

司空马呼喊黄羊角,不见答应,心中非常恼丧。王绾催促道:

"司空尚书,咱们走吧。"

雨夜缒城,这是很危险的。

他们一行四人上了祈年宫东面的围墙。这时候雨已经渐渐小了些。他们向外张望,一团漆黑,伸手不见五指。远处雷电的闪光,使他们看见了围墙的边沿,而且使他们仿佛看见了围墙下面是一片空旷的乱石草丛。于是他们开始缒城。根据经验,缒城的地点,白天就应该选择好。落地之处应该便于厮杀,并且便于逃走。这一点他们几乎毫无准备。第二,器具要仔细检查,而且应该经过试验。这一点,因为仓促,也没有做到。结果,第一名下去的是秦王政的亲信太监狄弥,因为没有经验,不抓住绳子,只抓住筐子,筐子一歪,他

754

倒栽葱下去,当时就昏厥了。第二名是司空马,他的脚站在筐子里,手抓住绳子,他安全着地。他的脚几乎踩着狄弥的脖子。这时他才知道狄弥是跌下来的。另一个年轻太监名叫苟遗。他着地之后,和司空马一起,才把狄弥轻轻唤醒。这时王绾也已顺利着地。司空马低声对他说:

"王大人,狄弥跌坏了,不能走路,是否可以把他提上围墙去?""不,不!"狄弥说道,"我能走,请放心。"

于是王绾在前,司空马等紧紧跟随,向南奔去,然后向西拐……

"王大人请等一等,"司空马说道,"咱们应该往东走。"

"不要说话,"王绾低声说道,"跟我走。"

秦王政的诏令带在王绾身上,如果不是这样,司空马绝不会跟他走。司空马的心情此时更加恼丧起来。他知道王绾是杜仓的门人,而且是杜仓的门人中最古板、最保守、最冥顽不灵的一位。十多年来,他们是敌对的,从不来往,但是互相都知道。

司空马甚至觉得这王绾是支持嫪毐的。他仿佛听谁说过,说王绾是个嫪毐党,只是一时想不起来。司空马心想,像王绾这样的秦国老贵族们,不是嫪党的极少。司空马忽然想起前天在祈年宫里吃饭时的一次令人不快的谈话。王绾突如其来地问司空马道:

"听说足下十分敬仰屈原,是真的吗?"

司空马是吕府的尚书,对于这一类问话,他也无法含糊其辞。他冷冷地笑道:

"如此说来,足下是敬仰渔父的了。"

屈原已经死了四十多年,但是一般秦国人不知道世界上有《离骚》等伟大作品。屈原的作品只有一篇《渔父词》传到咸阳,而一般秦国贵族子弟们倒是赞成渔父的。在秦国贵族子弟的眼里,屈原是褊狭执拗的失败者,是个感情冲动的政治家,并且是一个失宠以后心怀不满的破落贵族。在咸阳,只有极少数来自三晋的客士们喜欢摇头晃脑地吟诵屈原的、在秦国人听来非常绕嘴的诗句。秦国人认为,凡是对现政权及其政策心怀不满的人,都应该杀掉。不言而喻,这也就是六国为什么打不过秦国的原因。回想起来,这是在嫪吕之争明朗以前的那段时间里,咸阳士人们表现在言论上的两种不可调和的观点。一种是秦国人,赞成渔父而鄙视屈原;另一种是六国来的"山东乞食者"们,赞扬屈原而鄙视渔父。这就像泾渭一样,界限分明。于是,思想上的分歧终于找到了政治上的表现形式——嫪吕之争很快就热闹起来了。所以当司空马指王绾为渔父的时候,也就等于指出王绾是嫪党。

　　"司空尚书,"王绾笑道,"我对足下仰慕已久,愿为挚友也非止一日了。三闾大夫算得了什么,不就是一个才管三个闾的破大夫吗?现在陛下已经封足下为五大夫……听说足下从前做过五大夫,是吗?那现在陛下已经给足下官复原职了。足下应该感恩戴德才是啊。"

　　司空马听着这些话,既听不出究竟是什么意思,当然也就无从反驳。他觉得如果渔父在朝中为官,自然也是迫害屈原的人,至少是个帮凶。这些人犹如粗糙笨重的铁锤,而屈原一类人则是精美的玉器。用铁锤打击玉器,日复一日,年复一年,不知止息。这就是道德沦丧,文化衰败,民族羸弱的

756

原因。

现在,走在黑暗的路上,他想道:这回上天算是给我安排好了,去掉了一个最好的助手黄羊角,增加了一个顽固的敌人王绾。我忙得跑断腿,累断腰,结果是给赵政帮了忙。没想到,真是没想到啊!吕相在自己的木鞋里站得太久了。我是干着急,没办法。结果倒好,我也站到木鞋里去了。我好像正在帮他站着,岂不怪哉!年轻时候,我自认为是个干才,现在我才认识了自己,原来是个蠢材。

这时候,雨已经停止,山野间乌云密布,丛林中可怕至极。山溪水涨,呜咽喘息。不远的山崖里,狼群正在嗷叫,说明他们已经闻到了死尸的气味。司空马一面走着,极力想辨别出他们来到了什么地方。最后他终于看出,实际是猜出,他们来到了高泉宫附近。

高泉宫与祈年宫相比,其建筑规模要小得多。大雨降临时,秦竭的禁卫军们跑开避雨,大部分人马进了宫。后面跑来的人,人进了宫,马却被迫留在宫墙之外。王绾站着,对司空马等人说道:

"看见了吗?司空尚书,这就是高泉宫。"他指一下右边的树林继续说道,"听见吗?拴马的地方。我们过去一人劫一匹马。不然,两条腿,何时走到渭南?"然后他又厉声问道:"狄弥怎么样?"

"我很好,王大人。"

"能骑马吗?"

"能!"

"不能就说话,不准落伍。听见了吗?"

"是!"

司空马听王缩的口气,好像如果狄弥不能骑马,或者落伍,他绝不能把活着的狄弥留给秦竭。

"听着!"王缩命令道,"每人劫一匹马,然后迅速离开,从这里向东,过渭河,走渭河南岸的大路,一直向东。听清了吗?绝不能走渭河北岸通咸阳的大路,危险。"

"听清了。"狄弥答应道。

"上马以后,我在前面,每人相距不可超过十步。"

"是。"

劫马的时候非常顺利。马的辔环,马蹄子,都不停地发出响动,还有马吃草的声音,喷鼻子的声音,等等,通报着马群的所在。他们轻轻地摸过去,就像是牵自己的马一样,顺利地弄到了马匹。马背上不仅有现成的马鞍,而且有弓箭、短刀以及装着肉干的皮袋之类。

"喂! 干什么的?"丛林中有人问道。

"找马匹的。"王缩答道。

"哪一伍的?"

"三十六伍的。"

"在东边。"

这时候他们已经牵着马正在寻找路口,他们看见脚下仿佛是一条路。于是他们飞身上马,疾驰而去。他们以高泉宫的灯火判断方向,背对它们向东南奔驰。他们大体上是沿着一条河谷的西侧走着。在后半夜,古人称这一段时间为"夜向晨",他们来到渭河的北岸。黑色的河水浩浩荡荡,泛着可怕的微光,发出低沉的微响。

"司空尚书,"王绾说道,"这一段河面很宽,咱们就在这里过渡吧?你说怎么样?雨下得不小,渭河的水涨得倒不多。狄弥,你会泅渡吗?苟遗,你怎么样?抓住马鬃,抱住马脖子。这里水不深,我在这里渡过,不要怕。我的马背上有个刁斗,过去以后,听我的刁斗声音集合。"

从渭河北岸的农奴的庐舍里传来了几声鸡唱。

"已经是鸡唱时候了!"司空马在心中叹道。

"听这鸡唱的声音,那就是虢西亭。"王绾说道。

司空马只听说冯毋择是杜仓门人的首领,现在他觉得冯毋择未必有王绾这么练达。"这王绾喜欢装出一种胸有成竹的样子。他既不是这一方的人氏,他怎么知道那一定就是虢西亭呢?"司空马想道,"况且是根据鸡唱的声音,莫非虢西亭的鸡唱起来与别的地方的鸡有所不同吗?奇怪!这家伙貌似忠厚老实,实际是个奸诈小人。秦国的贵族子弟无一不是这种货色,我要注意,不要让他把我甩掉,然后加我一个罪名。天哪!"他忽然惊叹道,"难道我就不能甩掉他吗?陛下的诏令在他身上。真是个蠢人!难道我就不能杀掉他,把那诏令夺过来吗?编了几年什么春秋,我们都垮了,我是实实在在的迂腐不堪了。我变成了一个书呆子,比吕不韦还要呆气十足。"

四个人一齐下水,向着南岸游去。王绾、司空马、苟遗三个人同时爬上对岸,相距也不远。王绾还没有敲打刁斗,稍一招呼就靠拢到一起了。虽然如此,王绾还是敲起刁斗来,牵着马向下游走着,希望找到狄弥。后来苟遗说道:

"他的胳膊断了,不敢说。"

"是吗?"司空马惊问着。

王绾不吭气,一直敲打刁斗,敲了很久,不见狄弥上岸。

"也罢!"王绾说道,"天快明了,我们赶路吧!"

黎明对于行路人是可怕的。

在渭河南岸,耕地甚多,但都在塬上。而在靠近河边的低地里,到处都是望不到边的林莽。各种各样的乔木和灌木,让它们随便生长。它们为了争夺空间,把道路盖得严严实实的。大雨之后,林中的道路满是泥泞。道路是由三条泥沟组成的,一条是马蹄出来的,另外两条是马车轮轧出来的。夜间的行人就像钻进了山洞,就像钻进了魔窟。路上有马粪马尿的味道,马们就沿着这种味道前进。骑在马上的人,不担心脚下的泥泞,只担心头上的树枝。他们低低地伏在鞍鞯上,刚说要直一下腰,树枝就扫着他们的皮弁冠。好在古人的皮弁冠,下面都有一条丝带,结在下巴上。这是行劫最好的场所。载着贵重物品的商旅们,白天从这里通过都战战兢兢,更不要说夜间了。现在又是黎明前的行路人最难熬的时刻。他们昏昏欲睡,摇摇晃晃,仿佛早就进入了梦乡。

"除了杀掉王绾,我还有什么别的办法吗?"司空马想道,"如果没有别的办法,那么,这里就是最适合杀人的地方。我可以尽量靠近他,然后突然跳到他的马背上去,用匕首杀死他。然后拿到陛下的诏令,调动军队去消灭嫪毐,并且趁势迎回长安君成蟜。如果要留着这个王绾,他一定要坚持去祈年宫救赵政,那就麻烦了。其实,这帮杜仓的门人们,原本都是反对赵政的。不仅反对赵政,而且反对赵政的父亲庄襄王。现在赵政起用了他们,他们一变而为忠于赵政了。这些庸俗而无耻的秦国士人，最容易收买，就像市场上的奴隶一样。"

"是个狼！"苟遗说道。

"不，是个狐狸。"王绾说着，"看他的眼睛就知道。"

"我如果靠近他，"司空马想道，"会引起他的警惕。出了鞘的宝剑就提在他的手里。我可以假装跌下马去，等待他来搀扶我，然后趁势给他一剑。苟遗若问，就说有盗贼。如果他不来搀扶我，而是让苟遗搀扶我，我怎么办？如果杀掉王绾之后，我拿不到诏令，怎么办？如果那装诏令的小皮袋，掉在泥泞中，我到哪里去摸它？不行了，我老了！我把这事情考虑来考虑去，不能决断，不能行动，这就证明我老了。我已经不是当年的司空马了！黄羊角没有同我一起来，如果有他，这一切就变得非常容易，非常简单，简直是易如反掌。"

林中的小鸟开始跳动，接着就发出清脆悦耳的叫声。仿佛它们已经醒来，正在互相呼喊："天明了！天明了！噩梦过去了！"东方显出鱼肚白的时候，他们才看清笼罩在他们头上的丛林是如此密集。黑色的树枝在他们头上，就像一张密网，他们在这张恼人的网里奔波着，跋涉着，不知何时才能出头。这简直就像人生一样。

太阳出来以后，王绾命令司空马和苟遗停在路上，他自己到右边的塬上去张望。不一会儿，他回来对他们说道：

"往前走，右手，不远处，有一个里弄，可能是个驿站。咱们奔那里。"

"如果不是驿站，"司空马说道，"让嫪党发现我们，如何是好？"

"是不是驿站,到跟前一看便知。"王绾不耐烦地说道,"也不是到处都有嫪党。服从命令!"

王绾后面的口气,有点不大客气,以至司空马想借此发作起来。但是他又一想,如果发作起来,对骂几句然后杀掉王绾,有苟遗在场,这就是典型的"私斗"。在秦国,私斗是要受重处的。但是,不发作,这种态度又非常不好接受。王绾是前天秦王政给他晋一级由五大夫升为左庶长的,而司空马是个五大夫。这就是官大一级压死人。一般说,这本是秦国的老传统,老习惯,不过对司空马来说,却是不甚习惯,虽然他来秦国已经整整二十年。司空马是赵国人。赵国在当时七国之中是最讲民主的。其实这正是赵国日渐衰落的原因。司空马伏在鞍鞒上愁眉苦脸地沉思着。他想道:"不仅是赵国打不过秦国,就是六国联合在一起,也打不过秦国了。我斗不过这个王绾,恐怕成蟜也斗不过赵政。成蟜太善良,太正直,因而也就太没出息了。正直善良的人们永远也斗不过不正直不善良的人们。这是永恒的定理。三晋的民主思想斗不过秦国的专制主义。这是肯定的。嫪毐算什么东西,狗屎不如,然而他敢同吕相斗,可见这股势力是多么雄厚,多么凶猛,多么肆无忌惮。所有三晋来的客士们企图扭转秦国的大势,企图借此机会改变秦国的传统,改变秦国的政策。这脉是摸清了,病是看透了,只是治好病的可能性不大,或者不如干脆说不可能。应曜等人,把成蟜想象得太好了。即使成蟜做了王,又怎么样呢?这是秦国,不是任何别的国家。他能改变这一切吗?我现在有点怀疑了。我怀疑我们以前想的是否对。"

他们走近来一看,那果然是一个驿站。

王绾让司空马和苟遗在路上等着。他一个人进了驿站。大约有一顿饭的时间,王绾在前,驿丞和驿卒们在后,牵来了六匹马。马背上有干粮袋和水袋,一切齐备。他们把自己的马交给驿卒们,王绾命令上马,向那驿丞一拱手,说声多谢,便急驰而去。

"因为我缺乏行动的勇气,"司空马想道,"所以我也就缺乏足够的信心。不行,这样软弱可不行! 在到达渭南军营之前,我一定要杀掉王绾。"

如果人的精神状况是可以计算的话,王绾的警惕至少要超过司空马的勇气十倍。他命令司空马在他前面,苟遗在他后面,每人相距五十步,遇见盗贼互相支援,否则不许靠近。他们把马打得飞快,跑一阵,走一阵。他们在马背上吃干粮喝水,然后继续跑。马跑得不能再跑了,就把它扔掉,换上另一匹马继续飞奔。秦王政的诏令是给吕不韦和昌文君的。按理说,他们不应直奔渭南军营,这自然是王绾的决策。他们日夜兼程,在第二天的晚上。他们进了王翦的军营。

王翦立刻召集诸将来,他说道:

"诸位将军,现在同时传来了两道陛下的诏令。一道是蒙毅带来的,要我们出兵去消灭吕不韦。一道是王绾、司空马带来的,要我们出兵去消灭嫪毐。诸位将军,诸位传令使大人们,怎么办?"

王翦身为大将,在处理外部战争问题上非常果断,而在处理内部政治问题时却非常狡猾。几天前,吕相已经向他们通报过,陛下已不在咸阳宫,现在居然从咸阳宫传来了陛下的诏令,自然是矫诏无疑。他的将领们,桓齮、杨端和、蒙恬等对此非常清楚。蒙毅前天就已经到达渭南军营,他早已向王翦说明情况,他证明这是矫诏。现在真的诏令来了,他却又故意把那假诏令摆出来,意思是让蒙毅当众说明情况。这一情况出乎司空马的意料。他听说嫪毐也派来了使者,也以王的名义下了命令,要王翦带兵进咸阳去消灭吕不韦。他非常着急。他急忙跪起来,拱拱手,要说话。这时候蒙毅说道:

"启禀将军,臣带来的诏令是假的。"

"何以见得?"王翦十分严肃地问道。

"陛下目前不在咸阳。"蒙毅说道,"这诏令是嫪毐交给臣的。嫪毐以杀害祖母、母亲相威胁……臣不敢不来。"

"启禀将军,"王绾说道,"陛下目前在祈年宫,这位太监名叫苟遗,他可以证明。臣和司空马带来的诏令,虽然封泥只压着陛下的私玺,这却是陛下亲手签封的诏令,请将军勿疑。"

"将军毋庸置疑。"司空马说道,"就请将军把那假太监的矫令当众烧掉吧,以免给将军遗羞。"

王翦又问了一些陛下为什么到祈年宫去,以及两个私生子的详细情况。他又把苟遗叫到近前,问陛下的龙体如何,何时到达祈年宫,吃的什么饭,喝的什么汤,等等,等等,看上去都是一些闲文,然而对渭南军营中的将军们却是至关重要。将军们都说了话,一致认为应该服从王绾、司空马带来的诏令。于是王翦命令将蒙毅带来的诏令当众烧毁,他向诸将宣读了王绾、司空马带来的诏令:

"诏令丞相吕不韦、昌文君发渭南王翦军消灭嫪毐。"

诸将都匍匐听令,山呼万岁。

王翦说道:

"诸位将军听我的命令:桓齮进北门,包围咸阳宫;杨端和进西门,攻占甘泉宫;蒙恬进南门,攻占阿房宫。"

众将答应着。

"我进东门,"王翦继续说道,"去见吕相和昌文君。立即出发,天明进咸阳城。命令禁卫军一律缴械投降,不投降者一律斩首。捉住嫪毐,不论死活,皆有重赏。"

众将走后,王翦对王绾、司空马说道:

"两位大人请同我一起出发,一起去见吕相。"迟疑一下,又问道:"这昌文君是谁?认识吗?"

王绾、司空马答道:"不认识。"

"蒙毅,"王翦喊道,"你过来。诏令上这个昌文君,你认识吗?他是什么人?"

"将军,"蒙毅拱手答道,"昌文君就是楚公子熊奭。"

"干什么的?"王翦粗鲁地问道。

"庄襄王嫡母华阳夫人是楚国人,今陛下遵照华阳夫人遗命,娶楚国王族之女为后,现在的王后就是华阳夫人的侄孙女。一年前陛下就应该举行冠礼、婚礼,太后和嫪毐一直无故拖延。一年前,楚国就将王后送来咸阳,送亲的人就是王后的亲哥哥,名叫熊奭,楚国封为昌文君。陛下不想让他回国,想请他在秦国做丞相,他不答应。"

秦国崇尚权势,对不肯做官的人不理解。王翦问道:

"为什么不答应?"

"他说他身体不佳,不耐烦劳,还说德才有限,不能胜任,等等。"

"你见过这位昌文君吗？"

"见过。"蒙毅形容道，"瘦瘦的，好像秸秆插的一个人，文质彬彬，待人谦和，像个文人。"

"蒙毅，上马，同我一起出发。"王翦命令道，"进城以后引我去见这昌文君。"

咸阳东街的几家紧密相连的酒楼，因为无人救火，火势越烧越大，至天明时，依然是火光冲天。从城东大路上望着，仿佛咸阳已经完了，大约已经化为一片灰烬。将士们衔枚疾驰，心情都非常紧张。越往前走，司空马越着急。他望着起火的地方，就在吕府，就在他家。他恨不得立刻就到城中，心中惊叹道，"好一场内乱啊！"他已经好几天没有睡觉了，但是他一点也不困。他觉得仿佛已经到了生命的尽头……成蟜能否回来？嫪毐能否消灭，吕相的性命能否保住……这一切，他都顾不得了。

秦国一向着眼于东方，近百年来向东方用兵不止，故而咸阳的东门，建筑特别雄伟。这东门是一百一十七年前，商鞅任大良造修建咸阳时修建的。这就是他本人所津津乐道的"大筑翼阙，营如鲁卫矣"的咸阳东门。其实这巍峨壮观的咸阳东门，早已超过鲁卫多多矣。鲁卫小国，哪有这么大的民力和财力呢？也许商鞅所说的"如鲁卫"，只是说的悬像设教一类文化政教的设施。不过，翼阙既为悬像设教之处，别的国家都是设在王宫外面，而秦国却设在咸阳城的东门。这反映着秦国贵族们的一种信念：秦国是诸侯的首领，是中国的首都，而咸阳城则是首都的宫苑。所以把翼阙建在咸阳城的东门,这就表明所悬之像是为诸侯而悬,所设之教是为诸侯而设,直截了当说就是要号令诸侯的意思。虽然这么做说起来确实有点霸道,但是诸侯也奈何他不得。

此时的王翦和蒙武已经是秦国级别最高的将军。当王翦到达咸阳东门的时候,天还没有亮。王翦上前叫门。那守门的司马将军,从前是王翦部下的小将。他急忙向前问道:

"王将军是要进城吗?"这是客气的说法,本意是"将军进城何干?"

"覃司马,"王翦勒马答道,"我奉陛下的诏令,进城去见吕相和相,调解他们的纠纷。诏令在此,请开门吧。"

王翦既然带着大军,若不说出身奉诏令,这城门司马未必敢开门。现在既已说清,城门司马便兴高采烈地说道:

"将军来得正是时候,这可是大好事,我这就去开门,就去开门。"

一进东门,司空马就放了心,看见起火的只是两三家酒楼。他引领向吕府望去,那边仿佛安然无恙。当他们向吕府奔去的时候,在晨曦之中他望见了王绾。司空马想道:"一路上我曾经几次想杀掉他,而终于没有杀掉。咳!想杀掉他,说明我是一个奸诈小人,而终于没有杀掉他,说明我是一个无能之辈。这两头,我都占全了。这个心事,可不敢透露给别人。这是我一生中最没出息的事情了。司空马大不如从前了。但愿一切事情都顺利,纵然没有杀掉王绾,也不碍大局,这就好了。只要吕相有主意,坚决迎回成蟜,至死不发兵去祈年宫救驾,不出十天,饿也把赵政饿死……"

王翦见到吕不韦,躬身施礼,将诏令呈上,又将传令特使王绾等三人引至跟前。吕不韦一见司空马掉下泪来。说道：

"老马,你平安地回来了!"

然后吕不韦询问陛下的身体、饮食、病情以及祈年宫的战况,王绾、司空马和苟遗都一一做了回答。

吕不韦对王翦说道：

"这几天,咸阳大乱。昨天一天,战斗最为激烈。庶民们和嫪毐的禁卫军打起来了,双方伤亡惨重,死尸遍街,血流成河啦!嫪毐现在甘泉宫,还有内史赵肆,佐弋将军胡竭,大约都在甘泉宫。将军要迅速保卫并占领甘泉宫,迫令嫪毐等人投降。大军进城以后要紧闭城门,防止嫪毐党徒逃窜乡间。将军并且要立刻昭告庶民:大军进城是消灭嫪毐乱党,为嫪毐庶民报仇。在嫪毐未获之前,街上要戒严,庶民不准走出巷口。全体禁卫军要立刻缴械投降,然后一律处斩,绝不宽贷。"

"遵命。"王翦拱手答道。

"相爷,"王绾上前一步顿首说道,"隗状、李斯现在府中关押,乞相爷开恩把他们释放了吧。"

"哎哟!"吕不韦说道,"足下说得太晚了,他们已经死了。"

"没有。"王绾说道,"他们还活着。请求相爷开恩。"

"这是嫪毐派来的劝老夫投降的使者。"吕不韦对王翦说道,"老夫既然不能遵命,所以就命他们自杀了。"

"相爷,相爷,"王绾膝行向前,喊着,"请相爷开恩饶恕他们吧!饶恕吧,相爷,饶恕吧……"

"王大人请休息去吧。"吕不韦一挥手说道。

王绾还想说什么,任固、公同时说道:

"请王大人退下。"

王翦目送王绾和苟遗退出厅堂之后,拱手对吕不韦说道:

"如果隗状、李斯还活着,私心以为还是释放为宜,相爷思之。"

司空马看见吕不韦现出犹豫不决的样子,便想起自己未曾杀掉王绾的事情。司空马觉得自己就够没出息的了,吕不韦则更有甚者。他想道:"听说这是昨天晚上的事情。如果昨天晚上就把他们杀掉,他们的血肉,现在已经变成了狗屎,还有什么说的,还用得着这么多的考虑吗?大概吕相是心疼李斯,李斯曾经做过吕府的舍人,就这么一点感情,感情……君子之不足以成事,由来已久,何苦总是埋怨小人得势?呜呼哀哉!吕相完了! 没什么指望了。人类为自己的美德所付出的代价,真是太多太多了!"

这时只见吕不韦说道:

"那就依将军,把他们放掉吧。"

"完了!"司空马在心中喊道,"又增加了两个忠心辅佐赵政的人。"

这时王翦施礼告退。

吕不韦对司空马说道:

"嫪毐的难题就此宣告解决了,解决得好。曾几何时,猖狂到极点,一下子跌下来,要领不保,狗屎不如。老马,你在这一场激烈的搏斗中立了大功,老夫要赏赐你,提拔你。老马,你睡着了吗? 看上去困顿至极,就请休息去吧。"

周术在一旁仔细听着,至于赏赐什么,提拔什么,吕不韦都没有说,大概是还没有考虑好。

　　"多谢相爷,"司空马觉得自己并没有睡着,不过已经有点迷糊。他问道,"相爷,庾宣明是病好了吗?希望相爷派他去屯留,越快越好,迎回成蟜。这是天赐良机呀!"

　　"老夫已经派人去了。"

　　"抓住嫪毐以后,王绾、隗状,还有李斯,肯定要催促相爷发兵祈年宫救驾,相爷如何答复他们?"

　　"老夫要求必先捉住嫪毐,然后才可发兵祈年宫。"

　　"万一他们把捉住以后,"司空马问道,"相爷将要怎样说?"

　　"放心吧,老马。"吕不韦笑了。

　　"方才浑沌派人报告,"周术对司空马说道:"嫪毐得知大军进城,他已经缒城逃走了。"

　　"只要相爷有主意,"司空马拱手道,"这就是秦国之福,天下之福。"

　　"陛下身体,"吕不韦问道,"真的健康吗?"

　　"不停地犯病,"司空马答道,"健康什么。"

　　"樊於期能守住祈年宫吗?"吕不韦又问道。

　　"未必。"司空马答道。

　　"秦竭带去多少人马?"

　　"有三四千人。屯留有消息吗?"

　　"没有。祈年宫有粮草吗?"

　　"没有。"

　　"老马。"吕不韦沉思片刻以后说道,"你累极了,快去休息吧。"

王绾急于要见到昌文君熊瘐。他命蒙毅带路,来到了昌文君的府邸。这所谓府邸,实际是传舍。因为他坚决拒绝做秦国的丞相,所以他没有正式的府邸。不过,他虽然住在传舍,由于陛下和王后的照顾,他的排场却远远超过了一般外国使臣。王翦看见门洞里面有几名卫士,只好向他们一举手,要求他们通报。那为首的卫士,大约有三十多岁,看着像禁卫军的一个什长,头上戴着弁冠,腰间带着长剑,留着两撇小胡子。他故意做出急忙施礼的样子,嘴上却盘问着:

"将军是从渭南军营中来的吗?"

"正是。"王翦说道,"我已经说过,就说王翦求见。"

"看见满街的尸体了吗?"

"看见啦。"

"咸阳大乱啦!"

"是啊。"

"胡竭、赵肆都负伤啦!"

"是吗?"

"这个,"那卫士什长伸一下右拇指,"逃跑啦!"

"不知道。"

"这个,"那什长伸一下左手的拇指,"也死啦!"

"足下好像很难过,"王翦笑问道,"是为左相难过吗?"

"是啊,是啊,秦国完啦! 这太让人伤心啦!"

"杀掉!"王翦的命令刚出口,他身后带来的武士们的长矛就刺穿了那什长的胸膛。

"将军,我这就给你通报。"那卫士临倒下时嗫嚅着。

"不用啦!"王翦说着大步走进去。

出乎王翦的意料,这熊襄看上去简直就是一个病人。这几天咸阳特别冷。熊襄穿着宽大的皮装,缩头缩脑,缩手缩脚,就连说话的声音都有点发颤。他完全赞成陛下的诏令,也表示愿意为平定嫪毐叛乱出力,只是犬马之病缠身,无奈力不从心啊……他当时就拜托王翦将军多多费心,多多努力。他说道:

"将军带领大军进入咸阳,使咸阳百姓免遭涂炭,此功此德,必将不朽。"他说着又给将军施礼,说道,"消灭嫪毐,迎回陛下,保江山定社稷,就靠将军了。"

"老爷,"王翦说道,"府上的卫士们,都是秦竭派来的,他们都是党,请命令他们缴械投降,我另派军队保护老爷的府邸。"

"好吧,好吧,"昌文君说道,"一切都听将军的。"

当王翦从庭堂里走出来的时候,院子里十几名原来的禁卫军卫士,已经被捆绑起来。

跟随王翦的一位小将向王翦报告道:

"桓将军已经包围了咸阳宫。蒙将军已经占领了阿房宫。杨将军正在攻打甘泉宫,战斗十分激烈。太后发了怒,正在破口大骂。"

"她骂谁?"

"骂将军您。"

"骂我什么?"

"都是粗话。"

"她应该骂嫪毐,骂我顶什么用。"

"军士们很气愤。"

"走,"王翦向跟随他的将士们一挥手,"咱们看看去。"

这时被绑的卫士中间有人突然喊道:

"我不是嫪党,为什么绑我!"

王翦停住脚步,看了那人一眼,说道:

"杀掉!"他又补充一句,"其他听候处理。"

禁卫军的武士们究竟是训练有素的,要他们对付刚刚召集不久的军队,还绰绰有余的。然而所有秦国的战略家们以及后来的历史学家们,谁也说不清为什么训练有素的禁卫军却打不过咸阳街头的乌合之众……这样的问题太深刻了,超乎他们的理解力之外,或者换一个说法也行,这样的问题太无聊了,根本不在他们的考虑之内。直到二十八年以后,陈胜吴广暴动的时候,这样的问题才被正式提出来。虽然提出来了,却没有得到解决,以至浑浑噩噩地过了两千年。

昨天,禁卫军在咸阳街头遭到了惨败,今天他们拿进城的军队出气,更何况他们身后有太后做主。所以在杨端和对甘泉宫发起冲锋的时候,禁卫军的将士们弓箭齐发,杀伤了许多"吕不韦的走狗"。他们骂着各种不堪入耳的话,说王翦带来的平叛的军队是"山东六国的奸细""山东乞食者们的帮凶""吕不韦的臣妾""秦国的叛徒""废王的鹰犬""送死的傻瓜"等等,等等嫪毒。不过杨端和也不是好对付的。他坚决执行王的命令,决心要捉拿。甘泉宫的宫墙并不甚高,也不甚坚固。杨端和指挥军队从四面八方进攻,钩锁云梯一齐上,而且有些什伍已经拥到宫墙下面去掏洞。秦国军队从来不训练防守,他们只善于进攻,尤其善于攻城。他们呐喊着,说笑着,同宫墙上面的禁卫军对骂着。

"你们这些公驴的臣仆,母狗的侍从,你们已经没命啦!快把那大鸡巴太监交出来吧!"

到正午时候,他们已经攻进了甘泉宫。甘泉宫的大门一破,里面就乱了套。甘泉宫里面分着许多院落,每攻进一处院落,都遇到顽强的抵抗。等他们进到太后的寝宫前面的院子时,太后出来了。军士们从来没有见过太后,没想到原来是个泼妇。她披头散发,破口大骂,指着名字骂王翦,要王翦那王八蛋来见他。军士们着了慌,而禁卫军的武士们胆子却壮起来。他们站在太后的身前背后,不住地乱喊乱叫,就像一群看见豹子的狗一样,这时杨端和来到太后面前,站得远远的,向太后施礼,说明他不敢惹太后生气,他奉陛下之命,捉拿嫪毐。

太后一听,跳着脚骂起来。

杨端和一见这种样子,心想:"堂堂太后,原来是这么个东西。她这么着急,这么大火气,大概嫪毐、胡竭、赵肆他们就藏在这个后院。所有的宫苑都占领了,没有抓到这三个人。只有这个后院,还在太后的翅膀之下,他们不在这里,难道上了天不成。这个养汉婆娘,她的私生子已经被陛下杀掉,陛下能饶了她吗?她能废掉陛下,陛下就不能废掉她吗?"

"太后陛下息怒。"杨端和提着宝剑再次拱手说道,"今日之事,太后有所不知。是这么回事,太后大概还不知道,这里有件东西,请太后看一下。"

他在自己的怀里摸了摸,怀里什么也没有。然后转身退到自己带领的军士们中间。他在军士们中间转了一圈,命令军士们准备厮杀。这时他从一个军士的衣袋里摸到一块包脚布。他双手捧着这块包脚布,恭恭敬敬地向太后走去。太后站在院门前的台阶上。杨端和走过来,突然一跳,跳上台阶揪住太后的衣服,一把把她拉了下来。这时军士们蜂拥而上,同禁卫军的武士们厮杀起来。

太后已经落在杨端和手中,嘴里还在不停地骂着。杨端和先是打了她几个嘴巴,接着又踢了她一脚。他怒吼道:

"捆起来!"

太后终于老实下来。

大概是军士们的长矛大戈的木柄,曾经几次打到她的腿或者什么地方,致使可怜的太后不能站立。当她被捆绑起来推到前边一个小院时,她只能歪着身子躺在墙根。

王翦赶到时,甘泉宫已经被全部占领。杨端和向他报告说没有抓到嫪毐等人。王翦命令道:

"仔细搜!"

"抓到一个漂亮小妞,说是内史赵肆的夫人。"

"让她说出赵肆和嫪毐他们藏在什么地方。"

"她说不知道。"

"那就杀掉。"

"还有她的姐姐,怀里抱着一个小孩,听说这就是太后准备立为新王的缺齿。"

"杀掉。"

"母子二人都杀掉吗?"杨端和好像没听清。

"你想留一个吗?"王翦笑问道。

"遵命！"杨端和大声回答着。

王翦来见太后，命令松绑。他就把太后安置在这个小院中。看样子这像宫中杂役们住的小院，简陋至极。王翦命几个宫女搀扶太后进入正房，然后王翦躬身施礼说道：

"启禀太后，祈年宫的两个孩子，陛下已经发现。当此之时，若欲陛下不加追究，这是不可能的。咸阳大乱，已经打了好几天，尸体满街，血流漂杵。陛下命臣带兵进入咸阳平息叛乱。当此之时，臣若是不奉陛下的诏令，这也是不可能的。军队已经开进咸阳，陛下命令必得嫪毐，捉不住嫪毐，臣怎么回复陛下？所以还要请太后提示，现在何处？"

"我不知道！"太后虽然已不再哭闹，但似乎余怒未消。

"臣启太后，"王翦再施一礼说道，"陛下诏令，谁敢不从。一日不得，一日不能罢手。当此之时，太后自顾而不暇，还顾得了那个假太监吗？臣若将太后的气话回复陛下，陛下必然大怒，那后果是不堪设想的，臣请太后三思。"

沉默了很久，太后说道：

"昨天晚上，他和我一起睡下，半夜里宫人通报有紧急事情，他便披衣出去，从此再也没有回来，这是实情。"

王翦愁容满面地从那小院里出来时，迎面走来杨端和，他问道：

"抓到没有？"

"没有。"

"再搜！"

当王翦骑马在街上经过时，庶民们从窗口和墙头上向他欢呼：

"将军万岁!"

"王翦万岁!"

市井之中,充满了贤(闲)人。他们的消息传得特别快。狗屠、赌棍以及引车卖浆者之流中间有些人的眼光,往往比朝中的官员敏锐得多。他们就在这时得出断言:"杨端和要倒霉了","王翦要飞黄腾达了"。

杨端和是个能征惯战的宿将。只是因为爱耍小聪明,后来受人陷害竟遭杀身之祸。当时他若挥军前进,杀死太后在所不惜,他肯定要受到奖励,至少不致后来遭受太后的谗言。他玩弄手段,打了太后,还把她捆绑起来,又让王翦把她放开。他不知道吕不韦极端痛恨太后,庶民也痛恨太后,都希望太后死在乱军之中。他也不知道秦王政目下的心情,至少在现在,秦王政对他母亲的痛恨,绝不下于吕不韦。所以杨端和如果是在战斗中打死太后,还比较容易遮掩,有罪也不至一死。结果是聪明人做了傻事,打了两个嘴巴,然后捆起来,冷眼人一看,仿佛他在极力保护太后似的。这个消息传到吕府,周术说:

"太后曾经有恩于杨端和吗?"

"留下这个婆娘,"司空马说,"后患无穷。"

下午,王翦来到吕府,报告说甘泉宫已经攻下来,只是没有抓住嫪毐。吕不韦命令继续搜查,并且清理街上的尸体。第二天还是没捉住嫪毐,吕不韦命令搜查咸阳宫和阿房宫。搜了一天,毫无踪影。第三天,吕不韦命令全城大搜查,下午搜出了负伤的赵肆和胡竭。吕不韦命令连夜拷问,要他们说出嫪毐藏在什么地方。

吕府的人们，司空马、周术、麃公、任固等，仿佛对咸阳的事情已经不感兴趣，昼夜盼望着屯留方面的消息。这天夜里有消息传来，说成蟜军已经进到翼城。他们欢欣鼓舞，等待着上天给他们派一个圣明之主来。

　　第四天晌午，王翦到吕府。他向吕相报告说，赵肆、胡竭已经血肉模糊，死去活来，坚称不知嫪毐下落。

　　"既然如此，"他说道，"请相爷指示，是否可以解除戒严？"

　　"可以。"吕不韦说道。

　　"大军进城，叛乱已经平息，现在是第四天，"王翦仔细察看着吕不韦的脸色，慢慢说道，"相爷应该发兵祈年宫，消灭嫪毐死党秦竭，迎接陛下回咸阳。"

　　"这可不行。"吕不韦说道。

　　王翦不敢说什么，只是两只眼紧盯着吕不韦。

　　"陛下的诏令，是消灭嫪毐。"吕不韦问道，"嫪毐消灭了吗？"

　　"叛乱已经平息。"

　　"老夫说的是嫪毐，他在哪里？"

　　"秦竭正在攻打祈年宫，"王翦嘟嘟囔囔地说着，"臣以为，当务之急，是救驾要紧。"

　　"陛下的玉玺找到了吗？"

　　"没有。"

　　"嫪毐未得，玉玺未获，将军，"吕不韦严厉地说道，"你考虑过吗？如果大军西进，嫪毐突然出来称王于咸阳，为之奈何？"

王翦不能回答。

　　后世的历史学家们曾经以十分晦涩以至难以捉摸的语言,谈论过暴乱这个对秦国甚至对整个中国来说都是十分关键的事件。他们强调天时地利人和,于是他们得出结论说,如果当时统帅渭南的将军不是王翦而是蒙武,那么,吕不韦的阴谋就可能得逞,并且很可能非常顺利。那样一来,秦国的政治以及中国的历史就要变成另一种样子。历史在这里,就好像是昆仑山上的一条小溪,由于非常偶然的原因,它向南流去,结果便流进了长江;如果有同样偶然的原因促使它向北流,那就流进了黄河。这些所谓偶然因素,就是人,具体的人,抱有各种各样的思想观点的人。历史学家指出,蒙武是齐人,在秦国是所谓客籍将军。而蒙武的父亲蒙骜是吕不韦的好友,他们是患难之交。而王翦则完全不同。他是秦国人,而且是标准的盲目服从的秦国将军。他永远忠于在位的王,即使他是个很坏的王。当时在山东六国——主要是三晋——非常活跃的民主思想,或叫平等观念,诸如君可择臣而使,臣也可择君而事的思想,在王翦一类秦国将军的头脑中是绝对没有。所以王翦是盲目的。他在这个时间的表现,说明他是极端脱离政治的,他在政治斗争中只是别人手中的工具。所以史书上说王翦之辈是"豺狼之徒①。"

　　正在吕不韦及其宾客们焦急地等待着成蟜西进的消息的时候。在咸阳宫里形成了一股新的小小的几乎不起眼的政治势力。这就是王绾、隗状、李斯等一批文官,其中包括蒙

①见《汉书·刑法志》。

毅和赵高。以赵高而论,虽然嫪毒失败了——这是意料之中的——吕不韦胜利了,但是他却不会投靠吕不韦,因为他厌恶"山东乞食者"们。蒙毅的祖上是齐国人,他倒不至于像赵高一样对"山东乞食者"们抱有厌恶之感,但是他是一个聪明绝顶的人。他感觉到吕不韦迟迟不发兵去祈年宫救驾,可能是在等待成蟜打回咸阳。在当时,他的这种看法是绝对不敢说出口的。虽然不能说出口,看法却已经形成。他认为这是极端错误的,有悖于为臣之道。他认为,只要赵政还活着,成蟜就不可能即位;只要成蟜尚未即位,他做臣下的,就应该竭诚效忠赵政。王绾、隗状几乎没有选择的余地。秦王政刚刚起用他们,他们只有依靠秦王政,如果秦王政死掉或被废黜,他们的一切梦想都将化为泡影。所以他们两位是这股政治势力的真正中坚。因为他们知道秦王政最信任李斯,所以他们非常尊重李斯,把李斯当作头面人物,虽然他们对"山东乞食者"们深恶痛绝。这就是俗语说的,"明知不是伴,事急且相随"。他们聚会的地方就是咸阳宫。现在的咸阳宫由桓的军队把守,李斯为首的大小官吏以及他们的随从仆役都可以随便出出进进。李斯和王绾就住在咸阳宫,利用原有的办事机构,随时可以得到情报,随时可以讨论问题。王翦和吕不韦谈话之后,当天下午他们就得知全部的谈话内容。从而王绾等便彻底识破了吕不韦的阴谋。王绾和隗状焦急万分。他们提出,大家一同去见吕不韦。李斯说道:

"王将军尚且劝他不动,我们去,无济于事。"

王绾、隗状一听此话,显出颓然无奈的样子。沉默了一阵,蒙毅突然说道:

"现在只有一个人,有这个资格,有这个能力,也肯出力。"

"谁?"王绾等惊奇地问道。

"昌文君。"蒙毅说道。

"好主意!"隗状拍手叫道。

"走,"王绾说道,"咱们一起去见昌文君。"他看见李斯不动声色,便问道:"李大人,您以为如何?"

"去了怎么说?"李斯问道。

"就请他去劝说吕不韦发兵救驾。"王绾说道。

"况且,李大人。"隗状补充道,"昌文君同吕不韦一样,是陛下诏令上的受权人。"

"知道。"李斯说道,"这都不足以动摇吕不韦。"

蒙毅提出昌文君时,大家那种兴奋的样子,就像初学狩猎的小孩子们看见一个兔子落了网一样,欢呼雀跃,激动异常,不知如何是好。王绾已经跪起来,隗状甚至已经提起一条腿,听了李斯的话以后,"不足以动摇吕不韦,"他们又嗒然坐下,重新坐在自己的支得高高的脚后跟上。大家都眉头紧锁,望着李斯那紧锁的眉头。后来,李斯终于说了话:

"我们需要一个人。"

"什么人?"王绾追问道。

"最好是一个禁卫军的军官,或者是一个跟随的太监也行。"

"干什么?"隗状问道。

"他们现在已经死到临头,"李斯说道,"我们饶他一死,只要他说一句瞎话。"

"什么瞎话?"大家问道。

"就说,"李斯压低声音,"嫪毐逃到祈年宫去了。"

王绾、隗状狠狠拍着自己的大腿,低声叫道:

"哎呀! 高明!"

"这样的人,"赵高说道,"大人,一顿饭的工夫,臣就可以把他找出来,并且交到大人手中。"

昌文君熊奰或许是因为身体不好的缘故,总是显出一种与世无争的样子。外界的情况,他也知道一些,但却不详细,也不加考虑。例如屯留兵变啦,尉缭逃回大梁没有得到重用啦,后胜专权遭到暗算啦,等等,等等,他都知道一点,但都不假思索。他只考虑楚国的事情:春申君被害以后李园做了宰相,会怎么样呢? 景鲤回国以后被贬为庶民,他现在还活着吗? 等等。虽说考虑,也不过就是考虑考虑而已。至于秦国的事情,直到咸阳街上打起来,他才知道出了事而陛下却不在咸阳。当禁卫军的骑兵呐喊着从他传舍的门前蜂拥而过的时候,他的仆人们都上房去观看。昌文君知道以后,叫他们下来。后来有一个仆人告诉他,禁卫军的骑兵把马匹丢掉,徒步退下来了。他问那仆人:"你的哥哥当着禁卫军吗?"仆人答道:"不,禁卫军大多是乡下人。"昌文君对他说:"既然战斗同你没有关系,你不要再看,也不要乱打听,也用不着来告我。"王翦进城的前一天,整个咸阳都沸腾了,一阵阵呐喊的声音,像沉雷,像飓风,像龙门的波涛。全咸阳城只有一个人是冷静的,这就是昌文君。他正襟危坐,翻看着面前小几上的竹简。到傍晚时,他饿了,命令开饭,才知道仆人们激动万分,竟致忘了做饭。厨师匍匐告罪。昌文君说:"现在做,也不晚。"那厨师却说道："老爷，东街起火啦！好像是吕府。咸阳人都疯啦！是！是！我这就去做饭。"

不过，昌文君毕竟也是一个吃饭喝水的有血有肉的活人。王翦进城，叛乱得到平息，三天之内王后三次来看她的哥哥，当然嘴上说的是惦记哥哥的起居饮食等等。当时的王后还是个少女，大约只有十六七岁的样子。她不参与政治，她什么也不知道，甚至也不敢问。她来看哥哥只是关心哥哥，并不存有从哥哥那里打听点什么的奢望。但是，她终于流露出惦记陛下的意思，并且很委婉地提出请求，请求昌文君想办法迎秦王政回咸阳来。这一切都很自然，都很合情合理，而且当她禁不住落下泪来的时候，昌文君觉得这一切都很值得同情。

"哥哥，"王后擦着眼泪说道，"小妹不幸，遇到如此巨大的变故。上天有眼，使哥哥留在咸阳，同妹妹在一起，这不就是老天对妹妹的佑护吗？"

"放心吧，"昌文君淡淡地说道，"不值得焦虑。"

李斯、王绾、隗状来见昌文君。李斯说道：

"咸阳不幸，遭此大难。"

"那是贵国的事情。"昌文君十分淡漠地说道，"与臣何干？"

"虽与阁下无关，"李斯考虑到昌文君是楚国的封君，为了客气，不称足下，也不称老爷，而称阁下，"与令妹却关系莫大。王翦不进城，叛乱不平息，陛下早已被黜，令妹只怕早已降为庶人。"

"嗯，"昌文君点了点头。

"所以,维护令妹的地位和前途,阁下身为兄长,该是义不容辞吧。"

"不知先生,欲教臣在何处效力?"

"咸阳叛乱平息以后,今天是第四天,吕不韦迟迟不发兵祈年宫救驾,足见他心怀叵测。"

"臣未曾考虑这一层。"昌文君问道,"不过,教臣如何?"

"阁下应该督促吕不韦立刻发兵祈年宫,迎接陛下回咸阳。"

"他若不听,奈何?"

"阁下就是陛下调令上的受权人,阁下就可以下令。"

"不,"昌文君说道,"吕不韦是贵国的右相,臣怎么敢越过他,指挥军队?"

"权者,权也。"李斯解释着,"不知权变,何以为权。"

李斯这些话虽然说得很好,很有力量,但是在王绾、隗状看来,这种不着边际的空论乃是山东游食者们的一大特长。秦国人厌恶文化,厌恶理论,他们随时随地都流露着这种情绪,并且以此为美德。

"不。"昌文君沉思片刻说道,"臣去见吕相。"

李斯见已经成功,便又说了很多话,嘱咐昌文君如何如何,吕不韦可能怎么说,他应该怎么说,等等等等。在说客充斥的战国后期,人们不仅善于辞令,而且考虑周密,料事如神。李斯滔滔不绝,头头是道的这些话,实际上是这个集团三天来苦思冥想的结晶。昌文君听着,一一点头。这时候王绾、隗状才模模糊糊地感觉到,这些"山东乞食者"们果然是思想明快,语言精练,考虑周详,滴水不漏。"虽然如此,"王绾心里说道,"他们仍然打不过秦国。"

当晚昌文君来见吕不韦,吕不韦惊奇得很。因为昌文君一向不出门,不拜客,没有任何交游。他今天突然登门造访,使吕不韦有点不知所措。双方相见,施礼,落座,说了许多客套话,然后昌文君说道:

"相爷,嫪毐叛乱已经平息,现在已经是第四天了。相爷不肯发兵祈年宫救驾,莫非相爷您……"

"足下想说什么?"吕不韦仿佛有点茫然。

"国不可一日无主,相爷考虑,当此之际,不如取而代之……"

"这话从何说起!"吕不韦生气了。

"外间有些议论。"

"无稽之谈。"

"想是因为相爷不肯发兵救驾的缘故。"

"那是因为嫪毐未获。"

"相爷,"昌文君说到这里觉得一切都在李斯意料之中,便说道,"嫪毐已有下落。"

"在哪里?"

"在祈年宫外秦竭的禁卫军中。"

吕不韦不说话了。他好像中了埋伏一样。

"看样子,"昌文君继续说道,"嫪毐是非弑君不可了。所以外间议论,"昌文君故意压低声音,"相爷是想等嫪毐杀君以后,再发兵消灭,然后迎回成蟜……"

"都是无稽之谈。"吕不韦真的生气了。

秀才之所以不足成事,就是因为他们无力担当任何罪名。他们尤其害怕"外间议论"这样的空中武器。虽然他们自己经常使用"外间议论"这种气吹的武器打击对手。但是他们本身却禁不住谎话的轰击。现在的吕不韦经昌文君这么轻轻一点,果然点到痛处,一下子就暴露了秀才的本质。他脸红脖子粗,竟至气喘吁吁,表面是愤怒已极,内心里是惶恐万状,好像一个被抓住的小偷。他骂道:

"真,真是岂有此理!"

在场的人谁也不知道他是说谁。是说外间议论吗?是说昌文君吗?还是说他自己?莫名其妙。

"怎么知道,嫪毐去了祈年宫?"周术问道。

昌文君便呼喊廊下他的随从们,不一会儿带上来一个禁卫军千人长。那人有五十岁的样子,头发都斑白了。他向吕不韦说明自己的身份,然后报告说,嫪毐去了祈年宫。

司空马将他叫下来,把他带到东院,周术、廛公等共同审问他,并且拷打他,他坚称嫪毐去了祈年宫。当时吕府的这些人只知道已经缒城逃跑,却不知到了何处。所以只好信以为真,并且报告了吕不韦。吕不韦无话可说了,只好答应发兵祈年宫救驾。吕府的人们,实在说来都是书生气十足,他们不善于怀疑。既然不敢怀疑真实的东西,自然也就无从识破虚假的东西。他们根本就没有想到这是个假情报。其实就算是个真情报,又怎么样呢?既然有人能够把假的说成真的,那么,同时也就应该有人能够把真的说成假的。这就是应变能力。缺乏应变能力,就是书呆子。这些书呆子们对这一手毫无准备,事到临头竟然一筹莫展。

昌文君对吕不韦说道:

"臣是外国客人,不愿跻身贵国事务。秦国大政,只待相爷一言而定。相爷既已决定,就请命令王翦立即出发。"

吕不韦恼丧到极点,愁眉苦脸,言语支吾。

"臣以为,"昌文君继续说道,"为了使陛下高兴,相爷应该同王翦一起西征。相爷是贵国的重臣,犹如伊周,此番亲至雍地,消灭嫪毐,迎回陛下,这将成为秦国史记中最光辉的篇章。臣代相爷留守咸阳。留下蒙恬,足以治安。臣静候陛下和相爷胜利归来。"

此时吕不韦,方寸已乱。他已经不知如何是好,既然不知如何是好,那就是怎么都好。

于是王翦下令,军队半夜开拔,直奔祈年宫。他只带走了两三千人和将军杨端和。他把蒙恬和桓齮及二十万大军留给了昌文君。第二天上午吕不韦出发西进以后,李斯建议,昌文君下令,十五万大军由蒙恬率领,隗状监军,即刻东进,去消灭成蟜。第五天,蒙恬的大军出临晋关,进驻安邑、夏县一带,准备迎击成蟜。

在吕不韦手下,又出了"不使之臣"。他出发西进时只带走了司空马、麃公和任固。他想带着周术同去,周术却不见了。吕不韦出发以后,周术对病中的庾宣明说道:

"我们的事情已经办完了,咱们走吧。"

"走吧。"庾宣明说道,"现在还不算太晚。"

周术此时的心情非常愉快,至少不应像应曜临走时那种声泪俱下的样子。他吟道:

有鸟高飞,

亦傅于天①。

他们一同进了商山。那时的商山已经是繁花铺路,黄鸟鸣幽,山民们甚至不知道吕不韦、嫪毐是何许人也。

---

①出自《诗经·小雅·菀柳》。

第三十一章　四月雪①

　　黄羊角遇到了他认为最奇特的人,最后终于出现了想不到的事情。

　　古人对于男女私情并不十分看重,既没有人着意地赞美它,也没有人特别地反对它。只是由于战争连年不断,人们才重视女人的贞操。据说越王勾践把战死者的遗孀们集中起来加以看管,不准她们再嫁人。他用这个办法来安慰烈士们的英灵,鼓舞将士们的斗志。在秦国,人们对于女人贞操的重视,远远超过山东六国。这是因为近百年来秦国是进攻者,它的将士们积年累月在数千里之外作战,如果家中的妻子随便胡搞,这对士气是不利的。虽然这么说,秦国人对女

---

　　①《秦始皇本纪》:"九年,四月……是月寒冻,有死者……"本章标题据此。

人贞操的重视,同理学产生以后的情况,仍然是不可同日而语。不过这也只是就一般庶民而言。至于上层统治者,官僚贵族们,情况又有所不同。他们的权利越是巩固,他们的生活则越是糜烂。所以在他们中间,男女私情时有发生,不以为耻,反以为荣。当宣太后迷恋魏丑夫的时候,朝中上下任何人都不敢非议。但是到秦王政的母太后同嫪毐姘居的时候,人们就胆敢非议了,甚至可以说遭到了普遍的谴责。这也可以看作是社会的进步,或者说庶民的觉醒。不过也有人说这只是因为宣太后临朝称制而赵政母后手中无权的缘故。于是太后就拼命地提拔嫪毐,使他具有最大的权威,以便镇服各种可能的非难。迷信权势的人们,一向都是用这种办法解决问题的。虽然太后受到了各种非难,但是当时咸阳的一般士人,仍然认为这不是什么了不起的事情。他们认为:假若他们没有生下两个私生子,没有篡弑的阴谋,没有发动暴乱,他们或许根本就不可能受到如此激烈的反对。应该说,这种看法是很实在的,也是比较公允的。所以当宫中一个级别较低的女官"宫丞夫人",在距离咸阳三百里的祈年宫里,手拉着一个赵国的俘虏——虽然他刚刚被提拔为公大夫——摸黑走进自己的房间时,他们只是满心高兴,仿佛双方都得到贵重的礼物一般。他们还没有后世人们在这种情况下常常有的那种类乎犯罪的感觉。

黄羊角不愧是个赵国人,他兴奋至极,以至于情不自禁地吟哦起《绸缪》之第三章来:

绸缪束楚,

三星在户。

今夕何夕，

见此粲者。

子兮子兮，

如此粲者何！ ①

宫丞夫人不仅十分热情，而且十分放达。她在他耳边低声问道：

"原籍何处？"

"狼孟。"

"官居何职？"

"枭骑。"

"在何处被俘？"

"阏与。"

她笑道："贵国事物中还有好听些的名词吗？"

"都是历史陈迹，"黄羊角说道，"无可奈何。"

"喜欢秦国吗？"

"厌恶至极。"

"赵国人都是这么粗暴吗？"

黄羊角笑了。他紧紧抱住她，说道：

"是夫人问得不对。你应该问：高兴吗？ 满意吗？ 你还饿吗？ 还想吃点什么吗？'子兮子兮，如此良人啊！''子兮子兮，如此邂逅啊！'我实在是太高兴了。这样的欢快，平生还

----

①《诗经·国风·绸缪》。

是第一次。这简直是奇遇，可以载入神仙故事，可惜不能载入赵国的史记。"

"虽然，假若苍天有眼，它却可以载入秦国的史记。"

黄羊角又笑了。他说载入赵国的史记，这只是玩笑。若说载入秦国的史记，这不就是对秦国的嘲弄吗？秦国那些势利史官，怎么敢记载这些猥亵琐闻呢？

"不过，也很难说。"黄羊角转念一想，说道，"如果夫人做了太后，在下的贱名就有可能进入秦国的史册。"

"黄羊角，"宫丞夫人声音沉重地说道，"我能活着，能活到今天，就是等待着，等待着……"

"等待什么？"

"等待天翻地覆。"

"天翻地覆？"

"黄羊角，好孩子，快睡吧。"夫人笑道，"我刨根问底，你很不耐烦，现在你也想刨根问底了。"

"夫人——"

"我只能告诉你，这一天即将来临。我希望，有一天，我能把所有的详情都告诉你，告诉我钟爱的英雄。现在，黄羊角，安安静静地睡吧。"

黑暗过后，光明就降临了人间。太阳已经一竿高了，黄羊角看见夫人依然沉静地睡着。他便轻轻起来，穿好衣服，挂好宝剑。这时夫人睁开眼睛，轻轻说道：

"你不要离开这个房间，让他们以为你已经阵亡。"

黄羊角看见夫人醒来，一个热情的微笑浮上他的脸庞。等他终于听清夫人的忠告以后，他的脸色慢慢沉下来了。看来这个忠告必须遵守。

"不过,"黄羊角沉默一阵说道,"至少应该告诉司空尚书一下。"

"不用。"夫人说道,"司空马昨晚已经缒城走了,可能是征调军队去了。临走时曾经喊叫你的名字。"

夫人见黄羊角神情沮丧地坐下,继续说道:"其实这样更好,樊於期他们以为你已经走了。"

"我这么一条汉子,怎么藏得住? 在宫女们中间,荒唐,真是荒唐。"

"放心吧,我这里藏得下千军万马。"

黄羊角是如此达观。他看见宫丞夫人已经起身,披好衣服,端端坐着,便轻声唱道:

> 有美一人,
> 宛如清扬。
> 邂逅相遇,
> 与子偕臧①。

宫丞夫人听见他把"臧"字明白无误地读为"藏"字,她笑了。朝阳辉映之下,她的笑容是如此明媚,如此清雅,如此夺人魂魄。她也轻轻唱道:

> 絷之维之,

①见《诗经·国风·野有蔓草》。

以永今朝。

所谓伊人,

于焉逍遥①。

　　黄羊角惊奇得像突然发现了一个秘密珍藏的珠宝库一样,夫人不仅有红润的仿佛半透明的脸庞,有热情明丽的着实迷人的笑容,而且有如此优美高雅的嗓音。人们喜欢用黄莺的啼啭来形容女人的悦耳的声音。清明以后,高柳之间出现了新来的黄莺,它们的叫声优美动人。然而在黄羊角看来,那声音与夫人的歌喉相比,差远了。黄莺的声音只是一般凡间的琴瑟,虽然悦耳,却不如夫人的歌喉有如仙乐一般沁人肺腑。

　　"夫人——"

　　夫人的眼睛里闪动着热烈的光辉,仿佛是在说:"你想说什么?"

　　因为当面夸奖一个女人的嗓音,就像当面夸奖她的容貌一样,这是不大庄重的。但是,夫人正在期待着他说下去。黄羊角只好丢掉一切涌上心头的美丽辞藻,羞涩地说道:

　　"嗓音真好。"

　　"如果你喜欢,我可以给你弹琴,给你歌唱。只要你守在我的身边,做我的情人,做我的卫士。我需要你呀!"

　　夫人脸上的微笑突然消失得无影无踪。她静静地注视黄羊角的眼睛。看到了忠实的回答。她说道:

　　―――――――――――

　　①见《诗经·国风·白驹》。

"让我们在放浪欢娱之中，度过这最后的艰难时刻。"

因为夫人最后的这句话，说得非常严肃，黄羊角觉得几乎没有考虑的余地，只好点头表示遵命。

黄羊角逐渐地看清了他们躲藏的这个地方。

这是祈年宫许多高楼中间的一座最破旧的楼。传说是秦穆公建筑的，秦献公曾经在这楼上居住过。当年秦昭王到这里来举行祈年礼的时候，进这座楼要向穆公的木主行大礼，所以后来的秦王都不进这座楼。他们不进这座楼或许还有不肯说出口的理由，这座楼太破旧了，令人望而生畏。昨天晚上，黄羊角在宫丞夫人的带领下，摸黑走了很久，拐弯抹角，上来下去，仿佛越过崎岖的山路，最后爬上悬崖峭壁，钻进了一个山洞一样。现在他仔细察看过，才知道这是这座楼的最高层，一连五间，十分宽敞。而窗户却非常之低，窗外也没有栏杆。这样从外面看起来，它不能算一层，只是楼顶间罢了。在这一连五间的最东头，有一块活动地板。拿开它，下面有一个长梯。而平时，那长梯却倒在远远的墙根下。楼上是空无一人，楼下只有第一层住着从前面楼上撵出来的宫女们。黄羊角认为，这是一个处心积虑的人所设计的秘密巢穴。黄羊角从矮窗中望出去，向南可以看见最前面大院的一角，向后可以望见东北角的一段院墙。那正是黄羊角守卫的一段围墙。眼睛能接触的除了楼房以外，还有许多古老高大的树木。其中有几株松柏，高处的枝干已经枯槁，怀里又长出茂密的新枝，猛然看去，它们好像愤怒的武士，高举着裸露的健壮的臂膀，腰里围着他们的宽大的皮袍。黄羊角听见女人说话的声音，知道是楼下住的宫女们。他想道：不用问，这些宫女都是宫丞夫人的亲信。因为这座楼比较低，又不在边沿，战斗时这里最为安静，只是有时听到隐约的呐喊声。黄羊角看见楼上有足够的食物和水，他想道："如果樊於期发现了宫丞夫人，并发起进攻，他一个人完全可以抵挡。只有一点使人焦虑：'火'。"

当夫人穿衣梳洗的时候，黄羊角仔细向外面观察着。他想道：

"我如果是一个秦国人，一个军官，自然不敢丢弃王命于不顾。可惜我是一个赵国人，直截了当说，是一个秦国的敌人。或许正是因为这个缘故，夫人才选中了我。"黄羊角忽然觉得有一种无限感伤的情绪掠过心头。"我曾经三次负伤，两次大病，几乎死去。我身为将军，做了俘虏，被人在市场上拍卖，只值四十枚秦国的像榆钱一样的半两铜钱，比一匹马还便宜。只是因为蒲老官家人们对我很好，我才没有自杀，没有逃亡。我无须乎再战斗了，就这样听凭上苍的摆布吧。宫丞夫人不仅优美高雅，为人正派，而且是个颇有心计的人，我愿意为她牺牲一切，包括我的已经丢过多次的性命。"

黄羊角曾经认为宫丞夫人是嫪党无疑。她负责抚养严密隐藏着嫪毐的两个私生子，并且指使人向陛下的肉羹投毒，这自然是嫪党。她应该是太后的亲信。但是黄羊角又想起一些重要情节，夫人在提到那两个孩子的死时，丝毫没有悲伤的样子。她曾经问过黄羊角："陛下临出咸阳时，为什么不先杀掉太后？"她流露出对太后极端痛恨的情绪："那万恶的骚婆娘，早就该杀。"她很擅长弹琴。在当时的咸阳，琴筝之间是尖锐对立的，甚至是势不两立。如果说她是吕党，吕相早就应该知道这两个私生子的秘密,为什么又让我们反复侦察呢?黄羊角提到司空马时,夫人的言词毫不客气:"你那司空尚书,是吕不韦的忠实走狗。上次你们来,我一眼就看出你们是假太监。因为他不认识我,我才让你们进入祈年宫。你们急于要见到那两个孩子,我就断定你们是吕府的人。吕不韦这无耻的商贩,坏得很,罪大恶极⋯⋯你不要再为他卖命了!"

她既不是嫪党,又不是吕党,那么,她是什么人呢?黄羊角感到困惑不解,而在困惑之余,忽然又觉得十分好笑。他发现秦国人最大的特点,就是把丰富多彩的世界看成是简单的,平面的,甚至是死板的。他们只有正反、阴阳这样简单的概念。对于咸阳的政治,咸阳人认为只有两股势力,一个左拇指,一个右拇指;一个琴,一个筝;非嫪即吕,非吕即嫪。黄羊角也受了这种思想方式的影响。但是他同真正的咸阳人有所不同,他不仅是个山东六国人,而且是个赵国人。所以任何有关阴阳、正反的说教,束缚不了他的思想。正是在这种地方,他觉得秦国十分可笑。他们只知道有两股的绳子,却不知道还有三股、四股的绳子。这些可笑的咸阳人,说什么非嫪即吕,非吕即嫪,秦王政就是既反对吕,又反对。现在,黄羊角又不无惊奇地发现,这聪明美丽的宫丞夫人,是既反对吕,又反对,而且激烈地反对秦王政。公然明确地表示仇视在位的王,这在秦国是极少见的。这事情太严重了,太独特了,太了不起了。或许正是这个原因,黄羊角在内心深处,对宫丞夫人产生了不可言喻的尊敬。

他想道:"是嫪党,还是吕党,是王党,还是后党,这同我有什么关系？我什么党也不是,我何必管他们的闲账!"他深情地抚摸着她的光洁细腻的皮肤时,他这样想着:"我爱她,这就是一切。她也爱我,这就是上天赐给我的一切。"

当时已经有了"增一分则太长,减一分则太短,傅粉则太白,涂朱则太赤"的说法。黄羊角对于这种空洞抽象的描写并不十分喜欢,觉得不可捉摸,觉得不如古老民歌更为形象鲜明:"巧笑倩兮,美目盼兮,绚以为烂兮。"黄羊角亲眼看到了这样的美好形象,并且说来稀奇,他有幸不分昼夜寸步不离地陪伴着这样的美人,这好像是一个痴情的梦。黄羊角端详宫丞夫人的时候,他觉得夫人从头到脚每一个地方都长得非常适度,非常优美,非常雅致,仿佛是专门请高手设计出来的一般。他惊奇地发现,官丞夫人每天早晨起来只是用一块麻布简单地擦一擦脸,用一把木梳简单地梳一梳头。她没有首饰,不施脂粉,衣着也非常的朴素。然而她的皮肤却是这样白嫩,而且仪态端庄,神情淡雅。他想她一定是个贵族夫人,或者同自己一样是个山东俘虏。他曾经几次想盘问她的身世,她都微笑着回避了。她可以允许他尽情地享受她的肉体,却不肯透露自己的过去。这使黄羊角感觉到她的过去一定非常痛苦,她曾经遭受过极大的不幸。

秦竭休整了两三天以后,又重新发起了猛烈的进攻。有一个宫女在楼下告诉夫人说:

"听说是来了援兵。"

"莫不是胡竭来了吧?"夫人问道。

"不知道。"那宫女摇摇头说着。

"那螳螂还活着吗?"

"睡着呢。"

"来多少,也是草包。"夫人自言自语道,"连只螳螂也对付不了,无能之辈,都是无能之辈。"

黄羊角看见前院弥漫着浓烟。大概是因为他身处木楼的高层,所以对火特别敏感。他低声惊叫道:

"呀,火!"

"哪里起火?"夫人走过来笑问道。

"火攻!"黄羊角解释道,"这是正在用火攻的办法攻打宫门。"

"我原来预料的,"夫人说道,"比这激烈得多,也迅速得多。"

祈年宫的大门是用很厚的楸木板做的。外面的禁卫军在门洞里燃起火来,里面的禁卫军们在门洞里堆积土石。土石堵住了下面,而火焰却是向上烧。烧到下午,厚重的门板已经烧坏。秦竭下令把火熄灭,灰烬上压满柴草,然后用大木撞击门板的上部,居然被他们撞开了一个洞。二十名武士像破网而出的鱼一样,钻进了祈年宫的前院。于是前院就变成了战场。樊於期请冯毋择和受伤的冯劫带领十几名武士守卫秦王政下榻的小楼,他自己带领几十名武士跑到前院,同冲进祈年宫的武士们格斗。

黄羊角听见前院杀声震天。他从小窗里可以望见前院的一角,那是偏东的一角。他看见原来站在围墙上守卫的东院的卫队,从围墙上跑下来,同冲进祈年宫的秦竭禁卫军厮杀。

"冲进来了!"黄羊角激动地说道。

"看来火攻还是厉害。"夫人也看到了。

"看,前院打起来了!"

"我希望那小楼快些着起火来!"

"樊於期,看,"黄羊角指给夫人看,"看见了吗?樊於期真厉害,真是英雄!"

"他为谁卖命……"

"真带劲!真痛快!好一场厮杀呀!"黄羊角仿佛根本就没有听见夫人的话。宫丞夫人看见黄羊角的手摸着自己的剑柄,她以为他要去参加战斗,便急忙抱住他,热烈地亲吻他。黄羊角不能再观察战况了,终于回过头来,扭过身来,抱住了夫人。夫人将黄羊角从窗口拉回他们的卧榻,她嬉笑着倒在他的怀里。

"大概祈年宫有史以来,还没有被攻破过。"黄羊角说道。

"就像吕不韦的阴谋从来没有破产过一样。"夫人说道。

"这回攻破了。"

"这回!"夫人笑道,"终于破产了。"

"我听不懂你的话。"黄羊角注视她的眼睛。

"你会懂的,你很快就会懂得这一切。"

事情并没有按宫丞夫人的预料发展。秦竭的禁卫军将士们粗疏之至。他们企图用一些柴草压灭大门洞里的灰烬,结果不巧,死灰复燃,门洞里升起了浓烟。前头冲进来二十多个武士,浓烟升起,后继无人,不久浓烟又变成了火焰。于是不到一顿饭工夫,樊於期消灭了冲进祈年宫的武士们,立即命令全体动手,用土石、什物以及敌人的尸体彻底堵塞了大门洞。

宫丞夫人抱着黄羊角在卧榻上亲吻着,嬉笑着,滚动着。

忽然,她觉得前院的杀声喊声渐渐停了下来,好像釜底抽薪以后,沸腾的锅里渐渐变为平静一样。

"那小楼没有起火?"她惊问道。

"好像没有。"黄羊角答道。

"冲进来的武士们哪里去了? 都死啦!"

"大概是。"

"那螳螂还活着?"

"似乎——"

"似乎什么?"

"似乎还活着。"

"还活着,天哪!"夫人喊着,"他还活着。"

黄羊角现在非常明确地认识到,夫人的真正敌人是秦王政。

"夫人,"黄羊角问道,"你是希望赵政死吗? 说呀!"

"你,"夫人见黄羊角扣剑在手,惊异地问道,"你要干什么?"

"如果夫人是希望赵政死,请赶快说。"

"怎么样?"

"要我的宝剑何用?"

"怕你不是樊於期的对手。"

"不必多虑。"

"还有冯毋择。"

"不在话下。"

"你不了解,"夫人慢慢说道,"冯毋择武艺高强。他是个工于心计的人,藏而不露,也许他有什么打算。黄羊角,你坐下,容我考虑一下,也许事情正在顺利地进行。"

这几天,祈年宫的粮食已经用完。武士们吃不饱饭,开始厌倦起来。外面秦竭的禁卫军,每天只是摇旗呐喊,不能采取有效的攻击。也许他们知道祈年宫里已经没有粮食,他们便采取这样围困的办法,等待赵政一伙饿死,或者投降。祈年宫里面的武士们,也没有任何行动,每天只是靠在垛口旁边懒洋洋地休息。黄羊角看见前院的武士们正在杀马,知道宫中粮食已经告罄。

宫丞夫人告诉楼下的宫女说:

"樊将军说,东院的卫队有粮食,不肯交出来共享,所以他决定明天杀掉东院的百人长,就是那姓赵的老百长,好分享东院的粮食。你们把这话传给东院的卫队知道,请他们及早采取行动。"

黄羊角听得出来,宫丞夫人是希望东院的卫队暴动。到了第二天,樊於期也没有杀那姓赵的百人长,东院的卫队也没有暴动。宫丞夫人觉得自己的计划又落了空,心情沮丧,精神颓唐,不说不笑,只是呆呆地坐着,两眼盯着一个地方,不知在想什么。黄羊角也想不出什么新鲜话对她说,也只能这么呆呆地陪伴着。

忽然,夫人走到东头长梯口那里,对楼下的一个宫女说道:

"到前院去望望,望见冯毋择,冯大人,请他到我这里来一趟。"

已经两天没有吃饭,那宫女都走不动了。不过,她很能干,终于把冯毋择请来了。

宫丞夫人看见冯毋择跟随那个宫女大踏步向这座楼走过来,便对黄羊角说道:

　　"我同他谈话时,请你到东头守卫着那个长梯口,防止有人来袭击我们,多加小心。"

　　"为什么要见冯大人?"黄羊角问道。

　　"他在那一伙里,是个领头的。"

　　"这里只留下你一个……"

　　"请放心。"夫人微笑着说道。

　　"如有不测,你就喊我!"

　　"好吧!"

　　黄羊角觉得夫人的微笑简直不可捉摸。身为一个小小的宫丞,竟能随意召唤朝中的大臣,就像呼唤她家一个老仆一样。黄羊角疑惑起来,于是想到,自己终归是个局外人。

　　当他走到东间长梯口的时候,正好冯毋择从下面钻上来。冯毋择一见黄羊角,很有点惊异的样子。

　　"嗯! 先生在这里。"

　　"大人,"黄羊角说道,"请把宝剑留下!"

　　冯毋择犹豫了一下,动手把自己腰间的宝剑解下来,交给黄羊角,黄羊角向里间一指,说道:

　　"她在里间最西头,请吧。"

　　黄羊角现在觉得自己既不了解宫丞夫人,也不了解秦国的异常复杂的政治事务。正在目前这种躲藏不迭的危机情况下,她却敢抛头露面,会见朝中的大臣。而这位大臣更是莫名其妙,简直是招之即来。不知道究竟是什么关系,莫非他是她的从前的丈夫或姘夫吗? 黄羊角蹲在那长梯口旁,这样胡思乱想着。他是一个忠实可靠的人,他忠于自己的职守。夫人让他守卫这长梯口,他就死死地守在这只有簸箕大的地方。他静静地听着楼下的动静,他等待着众多的急促的脚步声从楼下传来。听了许久,没有任何动静。这时他想到,夫人让他守卫长梯口,只怕还有另一层意思,即不让他偷听他们的谈话。假若这次谈话只有三言两语,黄羊角是绝不会偷听的。这次谈话时间很长,黄羊角便轻轻走过去,听他们在谈些什么,或者说,听他在干什么。他听见宫丞夫人说:

"太后嫪毐完了,你同意吗?"

"同意。"冯毋择答道。

"吕不韦很快也要完蛋,你同意吗?"

"同意。"

"如此说来,整个事情进行得非常顺利,你也是这么看的吗?"

"是的。"

"既然如此,我要求你杀掉他,这不是顺理成章的事吗?这在你来说不费吹灰之力,难道你不了解尉缭给他的评语吗?"

"夫人不必说了。"冯毋择推诿着。

"你怕担个弑君的罪名吗?"夫人喊道,"我现在就预先赦免你!"

"此事万万不能从命。"冯毋择坚决地说道。

"你们不要错打了算盘!"夫人愤怒地喊着,"不要以为我没有你们就办不了事情。"

"我们只希望夫人多多保重,平安无恙。"

"呸!你忘了吗?先夫去世后那双胞胎生下来,是你和隗状的主意,隐藏起一个儿子,你们愿做赵氏孤儿的程婴,忘了吗?变了心吗?上面没有皇天,下面没有后土了吗?"

"夫人,隗状没有告诉夫人吗?那孩子已经夭折了。"

"什么!"夫人大叫道,"卖主求荣的猪狗们,你们把我的儿子害死啦?"

"天花。"冯毋择急忙解释道,"夫人息怒,是得了天花呀!"

"放狗屁!"夫人拍着长几狂叫道,"你就是凶手,你是主谋!天理难容啊!……"

"夫人,夫人……"

"滚!"

黄羊角听到这里,以为冯毋择要出来,便急忙轻轻退出来,回到东头长梯口处。但是,他等待着,又过了好一阵,冯毋择还没有出来。黄羊角在自己思想里整理偷听来的那些话。"她要求冯毋择杀掉的,自然就是现在祈年宫不停地犯病的秦王政。她曾经有过丈夫,并且生过孩子,一对双胞胎两个儿子。现在都死了,她非常伤心。她既然骂冯毋择卖主求荣,就证明她曾经是冯毋择的主人。她究竟是什么人呢?秦国非常强大,山东六国都骂秦国是虎狼之国,而在咸阳,却是一个复杂纷乱简直无法理解的社会,离奇古怪的事情都出在这里了。这里是一个深渊,这里是一个火坑……"

忽然,冯毋择走了出来,当冯毋择向他伸手时,黄羊角才想起是在讨他的宝剑。黄羊角把宝剑双手呈上。冯毋择一边往腰里挂宝剑，一边低声说道：

"黄兄，虽然认识不久，大家都是朋友。请多多照顾夫人，请多费心。因为足下，活不见人，死不见尸，陛下以为投降了秦竭，所以免了足下的公大夫。请足下和夫人不要离开这个楼顶间，不要走出这座楼。否则对夫人非常不利，对足下也不利，将按照逃亡奴隶对待，请多多在意。不出此楼，则保证你们的安全，我保证。一俟战斗结束，足下乐意的话，可以陪着夫人到任何安全的地方去。这一切，都由我安排，请放心。"

冯毋择说完，不等黄羊角回答，扬手致意就匆匆下了长梯。黄羊角看着宫女们把长梯抬走，他把那块地板盖好。他想道：

"安全地方，大概是指墓地吧。"

黄羊角急忙走进西间去看望宫丞夫人。只见夫人躺在地上，脸白得像块浆洗过的素绢。黄羊角以为宫丞夫人被冯毋择杀死了。他惊呼着跳过去将夫人抱起，放在睡榻上。

"夫人！夫人！"黄羊角喊着，"你怎么啦？你还活着吗？你怎么不说话？"

"不要喊叫。我心里乱得很。我要休息一下。"

黄羊角俯下身去，把耳朵贴在她的嘴边，才能勉强听到她微弱的有如叹息一般的语声。黄羊角感到非常不安。他从夫人的好像十分遥远的叹息声中，感觉到夫人的生命即将结束了。她已经崩溃，已经坍塌，她赖以生存的精神支柱已经垮台。黄羊角紧锁双眉坐在她的身边，看着她仿佛已经入睡，又仿佛在噩梦中挣扎。

黄羊角想道:"如果以她的语言,推测她的人生……她所说的天翻地覆,依她说,即将到来……而她现在却一下子倒下去了,就像被雷电击倒的大树一样……如此说来,她赖以生存的,支持她的精神支柱,既不是打倒嫪毐,也不是打倒吕不韦,既不是打倒太后,也不是打倒秦王政,而是她的儿子。现在她听说儿子已经死去,她一下子就倒下了,像一棵开满鲜花的树被连根拔掉一样。她倒下去了,或许她永远也不会再站起来。"

当黄羊角从沉思默想中猛然抬起头来时,才发现天已经完全黑了。这两天连续刮着寒冷的北风。此时仿佛北风已经停止,楼外悄悄的,只有偶然暴发的口令声:"谁?"院子里几乎无人走动,只有守卫在围墙上的武士,偶然发出跺脚的声音。有人长叹着:

"真冷啊!"

"下雪了!"

这一声"下雪了",惊醒了呆呆坐着的黄羊角。他突然打个寒噤,感到果然冷极了,并且仿佛听见了轻微的雪片落地的沙沙声。

黄羊角想起廘公和司空马们的一些谈话,似乎他们吕府的人并不赞成秦王政。嫪毐不用说,太后一直在考虑废黜秦王政。这位宫丞夫人,更是痛恨秦王政,蓄意要杀掉他。"难矣哉!"黄羊角叹道,"太难啦! 做一个秦王。几方面的力量都在反对他,都想打倒他,杀掉他,太难了,太危险了! 前几天,如果夫人说一句'黄羊角,我的英雄,你去把赵政杀掉!'我会毫不犹豫,冲上那座小楼,结果了他的性命。一个病弱不堪的秦国狼崽子,不需怜悯。什么樊於期、冯毋择,不在话下。他们舞弄宝剑就像农夫挥舞锄头一样,他们连最基本的初级训练都没有完成。不错,秦国军队能打胜仗,不过都是人多势众的事情,拿人往上填,本质上还是打群架的把式。秦国没有打过一次以少胜多的漂亮仗。秦国人,单个说,没有什么胆量可言,六国人一向是这么看待他们的。自然樊於期和冯毋择也不例外。不过现在要我上那小楼行刺,我就要考虑一下了。人们为什么这么恨他?这问题太深刻了,我无法回答。不仅我,恐怕所有的人,包括宫丞夫人,也无法回答。他们无法给我这局外人——一个山东六国的士人——个令人信服的回答。雪下大了,冷极了!”

他把自己的皮袍拉过来,想把它盖在夫人身上。当他摸到夫人的脸时,他觉得夫人正在发烧,简直烫手。夫人醒来,紧紧抱住黄羊角。她在不出声音地哭泣着。

“当人间的事物混乱不堪的时候,”黄羊角思索着,“就连天气,也出现许多奇怪的现象。早已经是春暖花开了,麦子快要吐穗了,突然又来一场大雪。这是一场落了伍的错过宿头的大雪,要人命的大雪。这就像严冬的一次想不到的回光返照。这一下子就把所有的青枝绿叶红花黄果都打碎了。它就好像是春天的仇敌,好像是万物的屠夫……”黄羊角不能入睡,只好这样无可奈何地沉思着。“山东六国尤其三晋的非常活跃非常独特的新人物新思想都垮了。他们就像现在的红花绿叶一样,在秦国的像凛冽的风雪一样的打击之下凋零陨落,消失在无边无际的风尘之中。与此同时,秦国自己也经受着不寻常的苦难。秦王政简直是可怜至极。大家都想杀掉他,只有几个新投靠他的如冯毋择之流是忠实于他的。像冯毋择这样的人是可靠的吗? 很难说,天知道。赵政能够活下来,算是命大。他还是个孩子,而且是个体弱多病的孩子。他在厄运中生下来,在极端困难极端危险的条件下成长起来,他如果不是诡计多端的恶棍,那就是天命保佑的神人,或者二者兼而有之。他要么就不可能活下去,如果活下去,对秦国来说,也未必是一颗吉星。我作为一个仇恨秦国的赵国人,我倒希望他活下去。活下去吧! 希望你变成一个彻底葬送秦国的恶魔。"黄羊角突然转念想到冯毋择:"好一个聪明绝顶的冯毋择,简直聪明得过了分,达到愚蠢非凡的地步了。他怕我会受夫人的指使去刺杀秦王政,赶紧编了免去公大夫的瞎话。他在接他的宝剑时,双手明显的颤抖了一下。他害怕我,这个懦夫。秦国人,即使是英雄,也带着懦夫的性质。他们的骨髓里就生成着懦夫的血。这就是他们缺乏道德,骨子里非常卑鄙的原因。越是懦夫,越喜欢暗算人。秦国一贯的采取暗杀手段,特别偏爱搞暗杀活动,所谓'黄金在前,匕首在后'。但是,秦国却没有出过一个有名的刺客。秦国人没有思想,没有个性,因而也没有真正的英雄。如果我有机会,我第一个要杀掉的就是这冯毋择。我先把他送到'安全地方'去。大概他们现在已经有准备了。越是卑鄙小人,越擅长加强防卫。"

黄羊角怀里紧紧抱着宫丞夫人。他知道她根本没有睡。她一阵一阵抽泣的时候,他没有任何语言可以安慰她。他既不能盘问,也不能解劝。于是,就只剩了沉默。看得出来,夫人也希望他沉默。

"如果,"黄羊角终于开了口,"如果当时你允许我去那小楼,我早已结果了那厮,连同这冯毋择在内。"

"我错了。"夫人也终于打破沉默,说道,"我自己破坏了我的计划。我把冯毋择他们看错了,我没有想到他们这么卑劣。黄羊角,我的英雄,你应该已经把这一切都看清了。是我自己,破坏了我的计划。"

"夫人,我不知道你说的是什么。"

按理,黄羊角既然这么说,宫丞夫人就应该从头说起,至少把一些十分重要的背景告诉黄羊角,最低限度也应该简略地把她的"计划"告诉黄羊角。使黄羊角失望的是,夫人沿着自己的思路说下去,而不管别人是否能懂。

"危急关头,人总是首先想到自己的安全,自己的生命。这是很自然的,任何人都难免的。所以这也是最容易犯的错误,并且是最大的错误。这种生的欲望,使人犯下各种不可饶恕的错误,使人忘掉最重要的东西,最重要的事情,并不是自己的生命。其实,许多事情远比自己的生命更为重要,重要到不知几千倍。这没有办法。黄羊角,这没有办法。这是上天的安排。黄羊角,现在已经不需要你刺杀任何人,只希望在必要的时候……"

"说呀。"

"杀掉我。"

"胡说。"

"不。"夫人的声音听起来十分平静,"不,黄羊角,我说的是真心话,如果你不忍心,我请求你最后做一件事情。"

"什么事?"

"请你亲手把我埋葬在我死的地方。"

"万一不幸——"

"多谢啦。"夫人哭了,"黄羊角。我的身体,除了我的丈夫和你,再没有第三个人摸过,所以我恳求你做最后的这件事情。"

"夫人不应该过度悲伤。"

"不要把你爱抚过的肉体暴露在荒郊野外。"

"夫人何苦这么折磨自己。"

"我知道有过不少奸尸的事情……"

"这究竟是为什么?"

"算啦,不说啦。黄羊角,把我的瑶琴拿过来,我给你唱歌。"

黄羊角摸黑过去,把一张瑶琴连同一个长几抱过来,放在夫人面前。这时夫人已经披着皮裘坐好。黄羊角说道:

"夫人,不怕外面的人们听见吗?"

"黄羊角,"夫人说道,"如果现在派你下楼去刺杀他们的陛下,这已经不可能了。冯毋择已经想到这一点,他已经有了准备。但是,如果把那螳螂的卫士们引得来,这却是有好处的。那只螳螂如果发现我是谁,那么,所有冯毋择等等就都完蛋。你知道吗?我现在巴不得他们的陛下发现我。我要首先惩罚冯毋择他们这帮无耻之徒。只怕冯毋择不肯让他们的陛下发现我。你放心吧。黄羊角,我愿为你纵情一歌。"

夫人调好琴弦,然后唱道:

民之无良，
相怨一方。
受爵不让，
至于己斯亡。

毋教猱升木，
如涂涂附。
君子有徽猷，
小人与属。①

　　黄羊角想道："夫人这是怨恨冯毋择等人，骂他们'无良'。这怨恨之深，好像是在国破家亡之后，铭心刻骨，已经是无以复加了。"

　　在古代，人们对于《诗经》的熟悉，就如同一个寂寞的牧羊女对民歌小调的熟悉一样。只是对于《诗经》的解释，因人而异，各取所需，而且往往是断章取义。黄羊角不仅是偎依这位美貌的宫丞夫人，而且又偷听了一点她同冯毋择的谈话的片段，所以，虽说对她一无所知，却也能够推测出一个大概的轮廓。他现在对夫人的认识，就好像面对着一座云雾之中

────────────

　　①《诗经·小雅·角弓》。徽猷可以译作美德或理想。宫丞夫人吟诵此诗，充分表达了她的悔恨与愤怨。诗的大意是：人们一旦没有良心，也就没有了理想。只知道争权夺利，最后是互相诽谤。如此下去，以至于国破家亡。(不要用私利引导人们，)这就好比教猴子爬树上房，就像把黄泥涂上土墙。君子真正有美德，有理想，小人自然就会效法，就会跟上。

的山。他脚下是古老的坚硬的岩石，这自然就是山脚。而在云雾之上，微微显露着一些峰峦。云雾在飘荡着，仿佛山峰也在摇晃似的，时隐时现不可捉摸。他细细体味她的唱词，从而感到夫人的反省。"是的。她正在反省着，她已经反省到最深的一层。她这是在述说：君子要用伟大的理想和实际的政治吸引众人，从而给他们力量，给他们胆略，给他们足够的智慧。千万不要用功名利禄吸引他们呀！那样，他们从别处也可以得到功名利禄。这就像教导猴子爬树一样，一教就会，一会儿就跑走了。这就像把泥涂在泥上一样，自私和自私，庸俗和庸俗，极容易同流合污，因为它们原本就是一样的货色。就像'如涂涂附'一样。"

黄羊角突然想道：如果陛下或者樊於期听见琴声，或者有人报告他们，他们肯定要派武士来搜索，说不定将要有一场战斗。虽说夫人预料他们不会来，我却不得不防！万一他们来了！我可不能束手被擒，我要战斗！他引颈向楼外望着，其实什么也望不见。

"雪下大了！没有皮袍的武士们，蜷伏在围墙之上，怕已经冻僵了吧！"黄羊角说着。

这时夫人继续唱下去，那唱词正是唱的雪：

雨雪瀌瀌，
见晛曰消。
莫肯下遗，
式居娄骄。
雨雪浮浮，

见日流。

如蛮如髦，

我是用忧。①

　　黄羊角感觉夫人太悲伤，太绝望了。她的唱词表明她的伟大事业，或者按她自己的说法是她的"计划"，就像纯洁高尚的雪一样，将在阳光下消融。正人君子即将销声匿迹，流氓无赖即将飞黄腾达。如此下去，她的国家将要变为蛮夷，所以她说不出的悲伤。是的，是这样……"我将她的真实思想翻译成我的语言，自信是不会错的。因为我爱她，我从第一次见到她，就爱上了她，至今依然爱着。我将永远爱她。"

　　黄羊角突然想道：樊於期也许早已派他的武士们包围了这座破旧的小楼。他听着夫人睡下以后，他却穿戴起来，并且仗剑在手，准备到长梯口那里去守卫。他来到窗前张望，他看见天已经大明了。整个的祈年宫被大雪覆盖着，就像睡熟的人身上盖着一张绵羊皮一样。雪已经停止，院子里空无一人，整个祈年宫和整个山谷，充满了死一样的宁静。眼睛望得见的到处都是厚厚的雪，雪上闪烁着微微发蓝的光芒，这就是黎明正在到来的晨光。雪后的晨光最强烈，最耀眼，最令人难忘。而在这时最令黄羊角难忘的是突然有人

---

　　①《诗经·小雅·角弓》。睍是太阳的暖气，下遗是谦卑，娄骄是骄傲，蛮、髦指尚未开化的野蛮人。诗的大意是：春天的雪下得再大，见了太阳就会溶化。没有德行的人怎能谦和，没有理想的人最爱矜夸。春天的雪下得再久，见了太阳就会流走。人们都成了没有文化的野蛮人，这使我心中充满无限忧愁。

高喊道：

"王翦将军来了！"

这一声呐喊使所有的人都苏醒过来。所有的人都跳起来了。前面院子里以及后面的楼前楼后，突然充满了人声。他们的语声欢愉至极，就连他们在雪地里走路的咯吱咯吱的声音也呈现着无限欢快的节奏。

围墙上的武士们，用他们干哑的如同豺狼一样的嗓音狂叫着：

"我们胜利了！"

"胜利了！"

"王党胜利了！"

"正义胜利了！"

楼前楼后楼上楼下的宫女们太监们也失声叫着：

"我们得救了！"

"苍天有眼哪！"

"老天保佑啊！"

黄羊角想把这个消息告诉宫丞夫人。没等他开口，夫人睁开眼睛向他说道：

"我疲倦至极，我想睡一会儿。"

前楼的新情况不断地传来。宫女们在长梯口下及时把消息告诉黄羊角，要他把情况转告夫人。夫人不听。

"包围祈年宫的叛党们，一见王翦就缴械投降了。"

"王翦将军第一个踩着绳套从围墙上爬进祈年宫来。到西边小楼上面见陛下去了。"

"王翦的大军已经包围了高泉宫和棫阳宫。"

"人们正在忙着清除大门洞里的砖瓦石块。"

将近正午时,宫女们报告说:

"粮食运到了,所有人都吃了一顿饱饭。"

"樊於期从楼梯上滚下来了,说是走着路睡着啦!"

"大门洞清理出来,第一辆马车进来,下车的是个白胡子老头,说是吕相爷。所有的将士和官吏们,一见吕相爷,都跪倒在雪地,向他行礼。将军们搀扶着这白胡子老头,上了陛下那座小楼。现在他坐在陛下的卧榻前,正在向陛下报告咸阳的情况。"

紧跟着又传来:

"徐齐和胡竭都被活捉了。他们从大门进来了。陛下命令杀掉他们。看,杀掉了。"

"有个宫女过去问樊於期将军,说我们可以吃他们的肉吗? 樊将军说,可以,那左胳膊受伤的冯大人说:就赏给你们吧。"

"听说吕相爷请求陛下赦免一个叫赵友的人。陛下不答应。吕相爷很不高兴。后来他又请求陛下赦免长安君成蟜,陛下一听就答应了,当即下了赦免令,交给了相爷。"

宫女们议论着:

"人家高兴时,他什么也不答应。人家不高兴了,他什么都答应。"

"听说那叫赵友的是长安君的一个将军。怪没意思的,大头儿倒免了,揪住小头儿不放……"

一会儿又传来:

"陛下很高兴,有说有笑,正在同吕相爷吃饭,说吃罢饭,就起程回咸阳,马车都已经备好了。"

黄羊角看见夫人睡得很香。他深思道:

"想不到最倒霉的人胜利了。也许是老天可怜他,也许是进一步的惩罚,鬼知道……"

"听说,"宫女传来,"吕相爷要求陛下下令:所有参加叛乱的将士一律处斩;所有参加平叛的,不分军民,每人晋爵一级。"

"听说,"宫女们就像穿梭的信使一样传着,"听说吕相爷请求陛下起用一个姓赵的和一个姓蒲的人,封他们官职,赏他们爵禄。陛下都答应了。"

"听说,"宫女们传道,"吕相爷请求陛下准许他退休,说是年老体弱,不堪重任了。陛下没有答应。"

黄羊角不知道宫女们传的这些话是真是假,"如果是真的,这吕不韦倒也算得是个人物。好像他不大喜欢争权夺利,现在又表示急流勇退。听说他编了一部书,看来是个文人。从前赵国有个虞卿,现在邯郸有个公孙龙……文人们都有点莫名其妙,不可思议。不过,无论如何总比市侩们强得多。秦国没有文人。战国诸子蜂起,百家争鸣。秦国没有一家一子。秦国只有文武官员,大小官吏。这是个官吏的社会,官吏的乐园。秦国不会长久。我不能在秦国逗留,我要设法回到赵国去……"

太阳偏西的时候,吕不韦陪着秦王政,后面跟着王翦、樊於期、冯毋择、冯劫等等,起程回咸阳去了。祈年宫渐渐地变得安静下来,几乎都显得冷清了。这是战后的令人胆战心惊的宁静,是散发着尸体臭味的和平。幸好有一场铺天盖地的大雪,不然祈年宫将无法居住。不过宫女太监们以及东院的卫士们,都感到由衷的喜悦,他们经过这一场灾难能够活下来,实在值得庆幸。

傍晚时候,宫丞夫人醒来了。她简单地梳洗一下,吃了点东西,便在宫女太监们的众目睽睽之下,挽着黄羊角的胳膊,回到了她原来的卧室。那里,宫女们已经给她打扫干净,完全按照原来的样子布置停当。就连置瑶琴的地方,也同原来一样。她看到这一切,非常高兴,嘴角上浮现出淡淡的微笑。

黄羊角看见那美丽的微笑,心中泛着说不尽的倾慕之情。

"天晴了。"他对夫人说道。

"是啊,天晴了,一切都过去了。"

陡然之间,归隐山林的念头又在黄羊角心中涌起。"既然夫人说一切都过去了,这也就意味着,她的过去的一切,全都就此结束了。如此说来,我们想到一起去了。她很有可能同我一起远走高飞,或者换一个说法,允许我陪着她一同远走高飞,就像从前的公申巫臣带着夏姬,逃亡异国他乡一样。宫丞夫人的容貌足以敌得过有名的美女夏姬,而且她比夏姬要年轻得多。她的过去,大概是太惨了。我将永远陪伴着她,使她后半生获得真正的幸福。我不出潼关,也不出临晋关,我将北走上郡,或者南出武关。奇怪,山东六国莫非都睡着了吗?有屯留兵变这样的大好机会,为什么不重新发动合纵,大举西进,从而真正遏制住虎狼之秦?怪哉!不过,我也是莫名其妙,既然决心归隐山林,还管他娘六国做甚。"

一夜欢愉非常,不必细说。

第二天早上,吃罢早饭,夫人说:

"咱们走吧。"

"走吧。"黄羊角答应着。

黄羊角认为只能这样回答。如果说:"到哪里去?"这就是有条件的了。黄羊角是无条件的,夫人说走他就走,夫人到哪里,他就到哪里。

院里已经备好两匹马。

"把我的宝剑拿来。"夫人命令道。

当山东六国的成年士人,到处都已经带剑行走的时候,秦国不准带剑。秦国只准官吏带剑。也就是说,无论什么情况下,只有官吏有使用宝剑的权利,一般庶民没有这个权利。近三十年来,秦国抵抗不住六国,尤其是三晋的不良影响,逐渐地成年士人们也都腰悬宝剑。宗室大臣们觉得这些年轻人实在难看至极。这都是那些身上穿着破旧的本色麻布长衫,脚下蹬着一文不值的破草鞋的,诸侯西来的游食者们,带来的不良习气。但是不管怎么说,秦国成年士人现在大部分也都带剑行走了。但是,妇人出外带宝剑是没有的。现在宫丞夫人临出门,大声嚷嚷着要她的宝剑,说来有点好笑。一个宫女捧来了她的宝剑,并且帮她挂在腰间。这时候并没有人笑,却有宫女掉下泪来。

黄羊角将要上马时,有一个年纪大些的宫女跑过来,把一个匣子塞进黄羊角的马鞍后面的皮袋里。她低声对黄羊角说:

"这是夫人最喜爱的几件首饰,你替她带着吧。不会回来啦！我看得出来,不会回来啦。我从她眼神里看出来,不回来啦。您替她带着吧。希望你好好照顾夫人。愿上天佑护你们,一路平安。"

这时候宫丞夫人已经在鞍鞯上坐稳。这年纪大的宫女早已是泪流满面,急忙跑过去给夫人行礼,那情形就像永诀一样。所有的宫女都哭了。黄羊角看见夫人脸上神情肃穆,后来她有点忍不住了,急忙向黄羊角一招手,二人并辔出了祈年宫。

太阳升到中天,大雪开始融化。春天毕竟是春天,纵然下了大雪,很快就消融了。赵国人自武灵王以后一向藐视秦国,黄羊角也不例外。在他看来秦国的强大是外强中干,实际虚弱得很,就像这春天的风雪一样。山东的仁人志士都是这么认识的,倒也不只是一个黄羊角。

同第一次来祈年宫的情形差不多,走在路上,夫人不住地侃侃而谈,就好像他们是久别重逢的老友一样。所不同的是,上次夫人所指点的、所谈论的,是山川的美好和宫苑的壮丽,而这一次所谈论的却仅仅是这令人讨厌的战争。他们在路上看见许多尸体。夫人惊讶地发现,这些尸体都是戎兵尸体。

"我看王翦来时遇到了顽强的抵抗,这些自然是嫪毐征集来的戎兵。黄羊角,你注意到那穿着服饰吗？毫无例外都是戎兵。王翦肯定伤亡不少,只是他把他的阵亡将士的尸体运回了咸阳,丢下的只是这些没人管的戎兵。他们是战败者,是政治阴谋的牺牲品。黄羊角,你注意到了吗？他们在这里打仗时还没有下雪。你看,雪上也没有战斗的痕迹,地上的雪均匀地覆盖着。尸体下面没有,雪在上面。可见战斗是在下雪前进行的。王翦给赵政出了大力,赵政一定会将他视为肱股。"

黄羊角听着夫人优雅的语声,看着夫人那雍容的态度,心中不住地回想起第一次见到夫人时,令人难忘的感受。与此同时,黄羊角心中又强烈地感到一种哀伤。他最初不知道自己为什么突然感到一种说不出的哀伤,后来他终于明白了这深深的哀伤是怎么回事。他看到夫人经过这一场巨大痛苦的打击,忽然变得老多了。她的脸庞依然还是从前那样秀丽白嫩,但是失掉了往日的光彩,仿佛长了一层薄薄的锈一样。她的语声还是那样悦耳。好像她身上什么地方正在剧烈地疼痛,她只是忍着痛,勉强地说话而已。

下午,他们离开大路,向北走上一个山冈。

"这是一个好地方。"夫人伸出手指着东方,说道,"这里可以望见咸阳。"

"啊!"黄羊角心事重重地附和着,"离咸阳很近了。"

"黄羊角,你还记得前天晚上的诺言吗?"

黄羊角望着夫人,看见她天真地微笑着。他没有想起是什么诺言,先点了点头,夫人继续说道:

"这里不仅可以望见咸阳,而且对咸阳来说,是一个值得纪念的地方。昭王时期,同义渠戎作战,这里曾经是战场。你可以看见,在东北方向,那一层黄土漫山,曾经是激烈的战场。后来这里变成了杀害同胞的屠场。流的都是鲜红的热血,所不同的是,后来流的只是自己祖宗的血……"

黄羊角向东北方向望去,山冈下面有许多坟丘,这一带荒凉的丘陵,正好做各种各样牺牲者们的茔地。他的目光沿着起伏的丘陵向正东延伸出去,望见在白雪的尽头,烟雾弥漫之处,依稀之间便是咸阳的城墙。他忽然听见宝剑落地的声音,猛一回头,看见夫人已经自刎,倒在山岩下一个低低的坟丘上。

他狂叫着跳过去抱起夫人,希望还能救活她,但是已经晚了。

"血,又是血,无谓的血!"

他低低地垂着头跪坐在夫人的尸体旁,不知道这是一场可怕的噩梦,还是丑恶的现实生活。他对这一切都觉得无法理解,好像都想到过,又觉得非常的意外。他既不能感受,也不能思索。他既没有力气哭泣,也没有力气站起来。他像一座顽石一样呆在那里。他觉得自己的血液已经凝结,好像被雷电击中了一样,好像已经死了,觉得自己的生命已经结束。

他这样呆了多久,他不知道。直到司空马和廉公喊着他的名字奔到他跟前,他才慢慢清醒过来。

"祁兄,让我们好找呀!"司空马气喘吁吁地说道,"有人看见你到这里了,我们便急忙跑了来。"

"黄羊角,"廉公说道,"相爷派咱们俩到邯郸去,走吧,回你的祖国。"

他们见此情景,突然愣住了。他们急忙把黄羊角扶起来。司空马问道:

"这是怎么回事?"

黄羊角看见他的朋友们,这才从天上的梦境里坠落到人间的生活中来。他慢慢地说道:

"你不认识她？这是姆姆，那个宫丞夫人。她，自刭了。"

"姆姆？"司空马惊奇地说道，"她为什么自刭？是怕陛下追究她的罪行吗？什么？她要求你把她埋在她死的地方？她为什么一定要死在这里？她是什么人？你一点都不知道吗？等一等。"

司空马说着，跳到那坟丘后面的岩石前，大喊道：

"这里有一行字！呀！'公子疆之墓'。如此说来，她是公子疆的夫人，是公子系的儿媳，是孝文王的孙媳。天哪，她一直活着，并且做了祈年宫的宫丞夫人。"

"怎么回事？"公问道。

"真想不到，"司空马说道，"听说她们全家都已经死光了，怎么她竟然活到现在？"

司空马向麃公，黄羊角解释道：

"庄襄王能够继承王位，全靠吕相游说。当时真正有资格承继的是公子系。庄襄王即位，杀了公子系，今王陛下即位以后，太后害怕公子系的子孙复辟，下令杀了公子系的儿子公子疆，以及公子疆刚生下来不久的一个儿子。"

"她生的是双胞胎，两个儿子。"黄羊角说道。

"什么？"司空马惊问道，"两个？还活着一个？"

"现在都死了。"黄羊角无精打采地说着。

"天哪！怪不得杜仓的门人们如此团结，如此坚韧不拔，原来有一个昭王的子孙在他们手里……她是嫪党吗？"

"她当然希望暴乱成功。这还用问。"黄羊角说道。

"他们支持，成功以后再消灭。天哪！"司空马叫道，"吕相做梦也没想到这一层。"

"可怕!"厐公叹道,"太可怕啦!"

"回赵国去?"无精打采的黄羊角漫不经心地问着。

"是的。"厐公说道,"吕相的命令,虽然晚了,还有一线希望。"

"大路上那些人马是干什么的?"黄羊角说道。

南边大路上过来一队人马。前面是一队骑兵,旌旗招展,后面一队骑兵,中间有十多辆马车,缓缓向西而进。

"那是太后,"厐公说道,"陛下要杀掉他亲娘,大臣们爱管闲事,百般劝谏,所以陛下下令太后迁居阳宫,永远不准回咸阳。"

山冈下面有几个农奴在田间呆呆地站着叹气。司空马把他们呼唤来,帮助埋葬公子疆的夫人。他们动手在公子疆的墓旁边挖了一个很深的坑,都几乎接触到公子疆的棺枢。

"老爷,"一个农奴说道,"灾荒把秦国害苦了。"

"去年是大灾荒,"另一个农奴说道,"前头旱,后头涝,羊浮水,鱼上树,饿死不少人。难民成群,轻车重马东就食。今年是四月下雪,杏子黄了冻死人。"

"会死的先死,不会死的后死。"

"会死的自刭,不会死的等着人家来砍头。"

下葬时没有棺枢,只用两三件皮袍子裹着尸体。黄羊角坚持要把首饰匣子放在夫人怀里,司空马瞟了一眼农奴,说这样做会给夫人惹来麻烦。

埋葬完毕,黄羊角伤心地跪下一条腿,说道:

"我终于认识了你,理解了你,只是你已经不在人世了!"

司空马拿起夫人自刭的那把宝剑,叹道:

824

"好剑啊，昭王的宝剑。"

麃公急忙来看。

"你看，"司空马说道，"这里有几个很小的字，'秦王稷之剑'。"他对黄羊角说道，"这剑理应归你，做个纪念吧。"

"司空尚书您留着吧。"黄羊角说。

"我怎么敢佩带它？"司空马郑重地把宝剑交给黄羊角，然后他大声说道：

"上马！出发！再见了！祝你们马到成功！"

他们的任务是，去邯郸暗杀顿弱。

顿弱在邯郸的使命，是威胁赵国，不要支持成蟜，以便孤立并最后消灭成蟜。这一年顿弱七十六岁，满头白发，骨瘦如柴，走路不拄拐杖，上下台阶要两个人搀扶。此人老奸巨猾，最怕有人暗算他。他的护卫们竟有二百人之多。正因为人多，所以很容易往里混。加之，秦国的武士们很听话，很愚蠢，可以说百分之百的听话，百分之一百二十分的愚蠢。麃公和黄羊角扮作顿弱的卫士，早已把顿弱的心脏刺穿，其他的卫士还不知道是怎么回事，他们以为是老家伙不小心自己摔倒了。麃公和黄羊角往外冲的时候，才真正交手打起来。麃公交战，负了重伤。黄羊角背上他，黄昏时分，趁乱逃出了邯郸城。借着蒙蒙月光，黄羊角往西跑了二十里，也许有三十里，鬼也无法计算清楚，最后进了一个小山庄。

在路上，麃公还能说话。他说："扔下我，你快逃活命！扔下我，混蛋！……"

那是一个十来户的小山庄。黄羊角一见前面有灯光，高兴非常，他向麃公说，"古语说，十室之邑，可以逃难，百室之邑,可以隐死①。没听说过吗?你要挺住,挺住……我会找到医生。你不要忘记,我是赵国人……"

当他把麃公放在一家农户的绳床上时,才发现麃公早已停止了呼吸。

几年后,秦威赵,邯郸迁到屠城。黄羊角化名鲁勾践②,隐居在邯郸的西山深处。所谓勾践,就是立志报仇雪恨的勾践,鲁也者,较越王勾践为鲁莽也。鲁勾践即鲁莽的复仇者。

荆轲刺秦的事件发生以后,他感到很振奋,又感到很遗憾。他认为,荆轲的失败,在于剑术不佳。他的话,就载在《史记·刺客列传》中。

他曾经是著名剑术师盖聂的学生,自以为剑术比荆轲高明。他决心步荆轲的后尘,为天下被秦屠杀的人,特别是为邯郸大批坑杀的无辜民众报仇雪恨。在他将近五十岁的时候,他指着秦昭王的宝剑,转身进入蔺池宫,刺杀秦始皇。这就是《史记·秦始皇本纪》中记载的"蔺池遇盗"的重大而神秘的事件。那一次,秦始皇命大,身受重伤却没有死掉。《史记》不肯明言,只说是"见窘"。一方面说,"武士击杀盗",另一方面又说,"关中大索十日"。

黄羊角(鲁勾践)负了伤,此后不久,他平静地死在长安,也就是成的封地中的一所茅屋中。那是一个宁静的夜晚,一对年老的农民夫妇守着他。他说道:

"为什么?这是为什么?为什么恶人总是胜,善人总会

---

①见《春秋榖梁传·庄公九年》。
②姓名见于《史记·刺客列传》。

失败,这是为什么？ ……"那一对老夫妇,只是沉默着。他又说道:"仁者无敌是真的吗？ 回答我……"那老夫妇沉默了许久才说话了,"是真的。这是一句古话,很古很古的,不会错的。"这时候,他们发现黄羊角早已经停止呼吸。

第三十二章　天上有二十八宿[①]

　　只要是一个真正的胜利,它就不是轻易得来的,因而,所有胜利以后的喜悦,都不是单纯的喜悦。这种喜悦,往往从外表上看去并不像是喜悦,倒像是一种新的痛苦。当秦王政困在祈年宫的时候,他觉得自己犯了不可饶恕的错误,以为自己是必死无疑了,永远也回不了咸阳宫了。后来忽然之间天开云雾,仿佛是一场噩梦,危机过去,胜利到来。上天把胜利给了他,就像母亲把一块饴糖塞进儿子的嘴里一样。好像这一切都是理所当然的事情,不过如此而已。此所谓"终逾绝险,曾是不意[②]"。于是,掩盖起恐惧,便成了勇士。秦王政

---

　　①见《说苑》卷九:"第焦曰,臣闻之,天有二十八宿,今死者已有二十七人矣,臣所以来者,欲满其数耳。"此章题目缘此。

　　②《诗·小雅·正月》。大意是:出乎意料地闯过了大难,事后却以为是理所当然。

的思想和语言，一下子变得简单明了起来，最后只剩了一个字：杀——！

古人比较迷信，一遇到危险和困难就想起鬼神，祈求鬼神保佑，而在顺利地通过难关之后，就把这一切归功于鬼神，归功于天命。像秦王政这样体弱多病的人，自然更是常常想到鬼神。至于自己的胜利，当然也要归功于鬼神，归功于天命，也就是说，他的天命就应当如此。经过嫪毐叛乱之后，尤其经过被困祈年宫的极端危机极端绝望的事变之后，秦王政在思想性格上出人意料地坚强起来了。他觉得这是一次测验，他测验了自己的天命，从而他仿佛证明了上帝的真实意图。他深信上天是无条件佑护他的。既已证明则无须顾虑，他决定大刀阔斧，为所欲为。

他回到咸阳就杀掉了赵肆、胡竭等二十人，并宣布消灭以嫪毐为首的包括秦竭、徐齐、赵肆、胡竭在内死嫪毐党共二十人的三族。所谓三族，即父族、母族和妻族。古人讲究宗法，族人一般都是很多的。二十人的三族，连同奴仆，数以万计，全都抓了起来。当时嫪毐还没有捉住，秦王政下令有生得嫪毐者赐钱百万，死的赐钱五十万。他下令查明嫪毐的真实姓名，虽然很容易查清，但是却说没有查清。只说嫪毐是个光棍、无赖汉、流浪汉，没有族人，只有一些朋友和食客。于是秦王政下令逮捕嫪毐等二十人的朋友和食客。这应该看作是秦王政的发明创造。十年以后荆轲刺秦失败，他曾下令搜捕燕太子丹的食客和朋友，以及荆轲的朋友，高渐离的朋友，最后还有朋友的朋友。嫪毐确实养着许多食客，当然也可以叫作朋友，这些人中有很多都在朝中或地方官府中担任一定的官职,此令一下,咸阳大乱,鸡犬不宁,人人自危。不知谁用手一指:"他是嫪毐的朋友",或者"他是赵肆的朋友",立刻就要锒铛入狱,其实他只是用手指了自己的仇人。这就引起了许多人的忧虑。于是有胆子大的便上朝进谏,企图阻止秦王政滥杀无辜。然而这些进谏的人,言词笨拙,不明事理,这也是秦国人不善言谈之一证。他们大多是嫪毐党的支持者或者就是嫪毐党的朋友,面对着必死的命运,胆量是足够的,只是一张嘴就替嫪毐辩护,秦王政一听,怒火中烧,立即下令杀掉他们。其实秦王政如果能仔细听听,他们说的颇有道理,而且都是实情。他们认为嫪吕之争实际是主客之争。秦国人抵制山东六国的游说之士,抵制山东六国的尤其三晋的民主思想,已经是盖有年矣了。这次"战咸阳"的不幸事件正是主客之间尖锐矛盾的大暴露,大较量。没想到客人战胜了主人,左相遭到了毁灭。他们说,如此下去秦国将不成其为秦国,伯益之后将遭到夷灭,秦国先人将无以血食。他们深信秦王政会同意他们,所以敢于冒死陈词。但是他们看见吕不韦还在台上,不敢指名道姓,只是含含糊糊,嘴里总是不停地述说左相的好处。他们的话还没有说完,秦王政早已勃然大怒,于是人头落地。

秦王政决心要杀掉太后,大臣们拼命谏阻,于是改为逐出咸阳,迁居椷阳宫,永远不准回咸阳。太后既然已经同嫪毐姘居,不仅生子二人,且有篡弑的阴谋活动,最后又派兵攻打祈年宫,宣布废黜秦王政,并且企图杀死秦王政,这在礼法上说已经是恩断义绝,就是杀掉太后也是无可厚非的。而大臣们照顾影响,大不以为然。虽然秦王政接受了大臣们的谏阻,但是,他内心里早已把这些大臣们看透。他认为这些大臣们,包括王绾、隗状在内,都是愚昧无知的小人。他们既不知道什么是天命,也不知道什么是历史。历史上子弑父、臣杀君、朋友相欺、兄弟相残的事情比比皆是,书不胜书,举不胜举,而这些蠢人竟然视而不见。所以秦王政虽然依了大臣们,饶太后一死,从中却是着实的不痛快,就像吃了苍蝇一样,感到反胃,感到厌恶,甚至感到一种不可名状的屈辱。"当寡人在祈年宫的时候,寡人危在旦夕的时候,你们有过这么多的说辞吗?如果寡人被秦竭捉住,你们的说词能使他不杀掉寡人吗?当太后宣布废黜寡人的时候,曾经有过一个人敢向那臭婆娘进谏吗?他们干的都是附和秦国的利益、附和秦国的道德的吗?你们就看着寡人好欺侮吗?……"这样想过来想过去,秦王政愤怒至极。

他不能吃饭,不能睡觉,浑身烧得滚烫,仿佛正在垂死挣扎。他躺在他的柔软的御榻上,那种样子可怜至极,就像已经绑住手脚即将五牛分尸的惨相。这就是他已经获得决定性的伟大胜利之后的情形。其实,他把太后一杀也就没有事了,谁想进谏也都无济于事了。认真说来,他的内心深处也是怕担什么罪名。不过,他有足够的聪明,使他认清他的状况。他自己已经感觉到,他还远没有达到李斯的要求:忍。他在梦中呼喊着:"忍之一字,何其难也!"

他把太后逐出咸阳,这就给了人们一个进谏的题目。既然太后还活着,她就有可能回来。如果经什么人一说,太后居然回到咸阳来,这不仅封官有望,而且肯定要青史留名。只要太后能够回到咸阳来,太后自己就会洗刷自己,而且可以洗刷嫪毐以及嫪党的二十人，也就可以停止大搜捕，甚至有希望释放已经被抓的人，从而免去几千个家庭的厄运。此事关系重大已是不言而喻。至于主客方面的斗争，关系着秦国的存亡，这也是有目共睹的。于是就连嫪党以外的忧国忧民的志士仁人们，也有许多人挺身而出，豁出一死，上朝进谏。他们不敢歌颂嫪毐，却敢歌颂太后，请求陛下像郑庄公一样的，唱着"大隧之中，其乐融融"的歌子[①]，把太后迎回咸阳来。他们都非常激动，仿佛义愤填膺的样子。秦国贵族一般都没有文化，知识浅陋。他们总是就近取譬，一张嘴就是秦昭王母宣太后的例子。他们说宣太后不仅私昵魏丑夫，而且同义渠王生子二人。他们忘了最重要的情况，宣太后虽然放荡，却没有篡弑的阴谋。这和秦王政母太后的问题有本质的不同。这也是当局者迷，无可奈何。因为他们陈事不明，比喻失当，特别提到生子二人，秦王政就想起祈年宫那两个"长大要当王"的私生子……秦王政于是顿发雷霆之怒，进谏人也就立遭闪电之诛。十天之内，杀了二十六人。第十一天，来了一个有名的青年人，他的名字叫甘罗。

甘罗这年十九岁。他十二岁时就当说客，出使赵国，赵王郊迎。吕不韦当时很看重他，希望他能继承他祖父甘茂的遗业。秦王政在未冠礼亲政以前曾经考虑过：将来寡人亲政，必使甘罗为相。甘罗是个聪明绝顶的人，他身处嫪吕之争的极其复杂的政治形势之下，对各方面的力量对比进行过反复的权衡。他认为，要想出人头地，绝不能依靠客籍的吕

---

①郑庄公事见《左传·隐公元年》。

氏集团,只有依靠秦国的宗室大臣,才能卓有成效,于是他成了嫪党。他经过好友赵亥的介绍,做了大贵族公孙消的舍人。公孙消是支持的嫪毐,只是不甚明显。赵亥是嫪党,几天前已经被抓起来。甘罗作为赵亥的朋友,处境是很危险的。但是作为公孙消的舍人,似乎眼前还没事。因为有着这些休戚相关的情况,所以甘罗也到了无法逃避的境地,说好听点,就是到了义不容辞的地步。但是因为他是支持嫪毐的,所以不可避免地带着当局者迷的问题,换句话说,就是不够清醒。他自己不够清醒自己不觉得,却认为秦王政不清醒。他想使秦王政清醒过来,便给秦王政派了几个吓人的罪名。他说的罪名第一是放逐亲母;第二是夷族"假父";第三是囊扑二弟;第四是滥杀大臣……他说的"假父",就是嫪毐。秦王政对这种称呼特别反感。什么"假父"!什么"二弟"!所以在甘罗摆开阵势滔滔不绝的论说时,秦王政却一言不发。

秦王政想道:"甘茂的子孙,自然也是山东六国游士的派头。这是必然的,他不可能是另一种样子。寡人曾经想过,一旦亲政就命甘罗为相。王年轻,相年轻,蒙恬等众将年轻,我们年轻人将干出一番惊天动地的大事业。我们要混一天下,东南西北,号令出自一人,人迹所至,无不臣者[1]。现在看来这都是一厢情愿的事情。依靠山东游食者以及他们的子孙,寡人将一事无成。即以甘罗来说,他以为天下事就由他这一张嘴了,他说啥就是啥。他还没有做丞相就给寡人派了

---

①见《史记·秦始皇本纪》。

这么多罪名,如果真的做了丞相,他恐怕也是一个阴谋篡弑的匪类。当寡人在祈年宫受难之时,他甘罗到哪里去了?太后宣布废黜寡人的时候,你不在咸阳吗?你为何不向太后进谏,为寡人争出个是非来。现在看见寡人平安回来了,你倒有这么多的罪名见赐寡人。可恶的东西!"

等甘罗说完以后,秦王政问道:

"甘罗,你说完了吗?"

"还望陛下三思。"甘罗顿首说道。

"你说完了吗?"秦王政厉声问道。

"说完了。"甘罗忽然觉得有点不知所措。

"你既然说完了,"秦王政一挥手,命令道,"来人! 推出去! 杀掉!"

杀掉甘罗,秦国不少人感到可惜。心中横着一个"忍"字的人,是不好对付的。这或许就是某些人能够成为大人物的关键。这也就证明儒家的所谓仁。"仁者爱人","恻隐之心人皆有之"的那一套成不了什么大事。战国当时还没有"外儒内道"的提法,自然也还没有这种做法,所以说,战国人还是比较真诚的。总之,甘罗的死,秦国人十分惋惜。

我们可以把甘罗的死,看作是战国游说之士以及他们的事业的结束。从此以后再也没有游说这回事了。换句话说,天下大事再也不靠游说了。有人曾经把李斯看作是战国游说之士的最后一人。李斯说过:"此布衣驰骛之时而游说者之秋也[1]。"看上去李斯像个游说之士,其实他在秦王政面前

---

[1] 见《史记》本传。

除了谏逐客令一事之外,他是再也不敢游说,再也不敢谏争,只是一味地阿谀求容而已。我们甚至可以说,战国游说之士就是消灭在李斯手里,消灭在他的这个"忍"字里了。当然也正是在这个"忍"字之下,发生了震惊世人的焚书坑儒。

不过在甘罗之后也并非后继无人。在第十二天的上午,咸阳宫大门外,走过来一个瘦高个儿的白胡子老头。他要求面见陛下,口称有重大谏言上达天听,并且高声喊叫着:

"如此昏王,桀纣不如,死到临头,尚不醒悟!"

把守宫门的卫士们一听,又来了一个不怕死的调舌鬼。再仔细一看这老头子的穿着打扮,更是让人讨厌至极。这老者,头上戴着破旧的儒冠。这是一种方不方正不正的硬壳帽子。这就是不久以后刘邦说要用来做尿罐的东西。秦国人,尤其武人,对这种帽子反感至极,认为它是亡国灭种的象征。他身上穿着麻布长衫,古时候叫作"襜褕"。看那样子原本可能是染成了绛紫色,现在颜色已经褪尽,同本色麻布相比显得发污发黄,好像落在泥里的干树叶子。他腰间系着一条丝带,丝缕儿已经磨损松开,结扎的地方垂下来的丝带,好像是两条青灰色的毛毛虫。他的襜褕有点短小,下面露出小腿上裹着的"邪幅"。这东西古人叫行滕,今人叫裹腿。他这"邪幅"倒是正经绛紫,只是尘土特厚。再往下看,便看到他脚上穿的麻履了。这东西足以激起秦国人的无比仇恨。秦国人男人一般穿革履,女人一般穿丝履,穷的自有轻轻赤脚,富的尚可重重皮袜。只有山东六国人,尤其是齐国人和赵国人,才穿这种穷嫌富不爱的麻履,实际就是用很细的麻绳编织的鞋子。

走过来一个官吏模样的人,大约是一位谒者,把这白胡子老头上下打量一番,问道:

"齐国人?"

"正是。"老者一拱手答道,"齐人茅焦求见。"

"有何进言?"

"自然是太后嫪毐之事。"茅焦笑道。

"陛下有令,"那官吏厉声说道,"有言太后嫪毐之事者。"

"在下就是。"

"先请他看看宫门前面广场上的。"

"看过啦!"茅焦拱手至额说道。

"那二十七具尸体。"

"只有二十七具。"

"你嫌少吗!"

"不敢嫌少,只是不够。"

"什么不够……"

"天上有二十八宿,这还不够数儿。"

"我看缺你不够数儿。"

"老臣就是来把这个数儿凑齐。"

"什么数儿?"

"二十八宿之数。"

"我看你是老寿星上吊。"

"不敢。"

"活得不耐烦啦!"

"冒死进言。"

"山东特产。"

"忠臣不怕死。"

"游说之士。"

"见义勇为。"

"请站在阶前！"那人一挥手呵斥道，"那边！远点！等着！"

那谒者模样的官吏进宫禀报的时候，宫门卫士们窃窃私语着。

"什么游说之士，"一个卫士对他的同伴说道，"我认识，那是个算卦先生。"

"大概他已经算出，今天是他的忌日。"另一个答道。

"一会儿斩令下来，交给我。"第三个卫士说道，"我三个指头捏着佩刀，就可以削掉他的头颅。"

"少说大话，这种蔫皮细脖颈最难斩断。"

"像鸡脖颈。"

"不容易弄利索。"

茅焦先生因为无端遭受一群乞丐的毒打，所以毅然放弃了为人算命的惨淡生涯，住进了夏中期的府邸。在"战咸阳"的可怕日子里，他就住在十分安全的夏府。在战斗最激烈的那一天，他陪着夏中期一起登上望台，去观看街市上的战斗。他们看到拥挤的人群像蝌蚪在垄沟里游动一样，一会儿拥过来一会儿拥过去，杀声喊声，简直就像开了锅。他们预言："这一下好了！吕不韦彻底完蛋了！"傍晚时分，酒楼起火，他们以为那是吕府起了火，高兴非常。夏中期老人走下望台，并且提议喝三杯,用为庆祝。谁知家人仆夫们看到的情形,同这两对老花眼看见的情形完全相反。不是吕不韦打败了,而是嫪毐打败了。两位老人酒后感到十分震惊。他们认为这是不可能的。按理说,秦国上下支持嫪毐的人多得很,为什么会失败了呢?他们思来想去找到了一些以前从未想到的原因。他们想起支持嫪毐的人都在上层,而市井小民之中,真正支持嫪毐的不多。这是因为市井小民,尤其各种手艺人和小商贩们,都是山东六国逃亡来的流民。他们忽然想起,秦国正是吃了"徕民"的亏①。如果把全国的户籍固定下来,永远不准迁移,要迁移只能去边远地方垦荒,不准进入城市,这问题就解决了。可惜已经晚了。想不到这些山东流民,竟然影响了秦国的政治。正在他们连连叹息的时候,王翦的军队进了城。他们觉得不可思议的是王翦不是山东六国人,为何也帮助吕不韦?这简直是百思不解的怪事。后来陛下回到咸阳,他们又高兴起来,说:"这下好了,陛下回宫自有公断。"夏中期认为,陛下绝不会对山东乞食者们留情。因为茅焦是齐国人,夏中期便只是痛骂了一顿"三晋的乞食者"们。他说道:

"一百年以来,秦国的政权握在三晋人手里。伯益的子孙何在?

秦国的脸面何在!"

对于这种高尚的爱国热情,茅焦先生能够充分地理解。他也站在秦国贵族的立场上跟着痛骂了一顿"山东乞食者"

---

①见《商君书》有《徕民》篇。

们。茅焦所骂的山东就是崤山以东的六国,包括齐国。因为他是齐国人,所以他特别憎恨齐国。他说道:

"三百年来,齐鲁不仅产生了孔孟,而且孕育了百家。这是一个荒谬的海洋,盗贼的渊薮。"他的话不仅很认真,而且很严肃,夏中期频频地点头。

当大搜捕开始以后,夏中期府中人人自危,有如热锅上的蚂蚁。夏中期是嫪毐的实际上的老师,只是因为他是陛下的舅爷,一时尚未对他下手,不过这只是时间问题,一旦有人对陛下提到夏中期,秦王政是褊狭多疑而且怒火中烧的人,连他母亲他都想杀掉,他怎么能惋惜他的舅爷呢?所以危机迫在眉睫的时候,夏中期想不出别的办法,为了保全家人和门庭,只有自杀。这个决定是很英明的,就连茅焦先生也表示同意。夏中期临死前对茅焦说道:

"老夫已经年逾七十,死而无憾了,只有一事未成。这就要茅先生相助一臂之力。请茅先生面见陛下,冒死进言,一定促使陛下迎回太后,驱逐客士,消灭蠹贼吕不韦。茅先生您能答应老夫吗?"

"好吧,"茅焦答道,"我答应。"

"如此,"夏中期哭道,"为弟虽在九泉之下,也将感恩戴德。"

于是,当着茅焦的面,夏中期老人上了吊。

当时,夏中期的儿孙们都已经四散逃亡。其实,他们即使不逃亡,依靠这些纨绔子弟们也做不成什么事情。在跟前的人,只是一些奴仆臣妾。在这些奴仆臣妾们的一片哭叫声中,茅焦没有哭叫,没有眼泪,他在夏中期遗体前行了大礼,感谢夏老人的知遇之恩,表示决心完成夏老人的嘱托。

近几天来,茅焦仔细研究了前面二十七个人的说辞,他拍案叫道:

"鄙哉,说词。完全不得要领。"

正在这时候,夏府的一个仆人告诉他,那被通缉的杀人犯嫪公,被吕不韦派到邯郸去了。茅焦一听,拍案而起,大笑道:

"哈哈! 我本想造个谣言。我的谣言哪能编造得如此之好! 我现在就进咸阳宫,面见陛下,完成夏老先生的嘱托。夏老先生有灵,一定保佑我!"

夏府的仆人们要给他备车。茅焦说道:

"不必。我将徒步而去,车马而归。"

古人云:"真人无梦。"秦王政只要一夜无梦,他就能休息好,第二天精神就特别愉快。战国后期由于老庄哲学的传播,这一类的说法非常普及,几乎是家喻户晓。秦王政对"真人无梦"的说法着实信服。大约正是由于这个原因,后来在他统一中国做了皇帝之后,他曾经自称"真人",而不称"朕"。关于秦王政的身体和病症,后来的历史学家们曾经有过许许多多各种各样的记载和推测,有的说是神经官能症,有的说是精神分裂症,有的说是羊角风……说先天不足的也有,说后天失调的也有,总之都是瞎说。因为其说不一,后人也就无所适从。但据李斯观察,秦王政的身体同天气有关系。天气好时身体便好,天气不好时身体便不佳,情绪也不稳定,易怒,易哀伤,做事也缺乏信心。李斯只看到了现象,不了解其中底蕴。这就是天气好时秦王政能睡好,而天气不好时噩梦

840

特多,醒来身上不舒服,情绪也就不正常。

这几天,大雪过后,南风徐来,融化的雪水四下流溢,田野里又出现了一派生机。麦子虽然已经损失,谷子尚可播种。农奴们正在忙着播种,老爷们正在虔诚地祈祷。在咸阳城里,许多人家都忙着在宅院里耕种。年轻的人们已经脱掉羊皮袍子,只穿一件麻布单衣。劳作的人们已经是光着膀子,把单衣也围在腰间。因为大搜捕搞得人心惶恐不安,所以又传出谣言,说长安君成蟜已经南渡茅津,已经到了函谷关前。有人在大街喊着:

"长安君本性仁厚,正是有道之君,还是准备迎接长安君吧!"

动乱的年代,群众的情绪有如白云苍狗,变幻莫测。而在古代的城市里,有人在街上振臂一呼,只要他是有身份的人,并且他的主张正好适应群众的愿望,这就可能酿成大乱。所以这件事立刻传进了咸阳宫,秦王政感到惊慌,下令捉拿这个在大街上大喊大叫的人。秦王政认为这肯定是个嫪毐党,是个死有余辜的人。新组织起来的禁卫军的马队在咸阳大街上像刮风一样地跑过来跑过去。他们气势汹汹,比从前秦竭的禁卫军有过之而无不及。他们撞伤一些人,打伤一些人,却没有抓到那大喊大叫的人。问街上的人,谁也没看见,谁也没听见,自然谁也不知道他是什么人。一方面,实实在在;另一方面,杳无踪迹。这就是统治者与被统治者之间的距离。

"成大功者,在因瑕衅而遂忍之。"秦王政思索道,"话是不错,意思也很好。这个忍字,除了忍耐,不是也有残忍的意思在吗？秦国老早就创制了三族之刑,寡人要夷这些嫪党的三族,难道不对吗？难道他们公然发动暴乱,图谋弑君篡位,还不够罪大恶极吗？寡人未亲政时,凡事都不准寡人过问,现在寡人已经亲政,凡事都来干涉、议论、指责。这些愚蠢的臣民,简直是可恶到极点。寡人杀了几个蠢货,有人竟敢公然叫喊迎回长安君,寡人一定要把这个混蛋抓住！杀,绝不留情。这自然是个嫪党无疑。不过,且慢,替长安君请求赦免令的可是吕不韦。这个老东西……"

因为睡得好,早饭也吃得多。吃饭时他命乐师给他弹奏筑,而且是他最喜欢听的古曲。总之,今天是下雪以后天气最好的一天,秦王政的心情也是最好的一天。这时,谒者报告说：

"齐人茅焦求见。"

"他有什么事?"陛下问道。

"为太后嫪毐之事进谏。"

"竟然杀不退。"秦王政厌恶地说,"请!"

不一时,茅焦进来行礼,口称大王万岁。秦王政一看,原来是一个白胡子老头,大约有七十多岁了。他在心中想道："他大概是活够了。但不知寡人能否活到七十岁。"

"足下面见寡人,是要说太后之事吗?"秦王政问道。

这时候茅焦若说"是",不等他说出第二个字来,就会推出去砍头。茅焦说道：

"草野之臣,一片忠心,不远千里,来见陛下。"

"你究竟有何见教?"秦王政逼问道。

"陛下已是危如叠卵了!"

"胡说八道!"

"内有权奸,外有大盗。"

"危言耸听。"

"死到临头,尚不醒悟。"

"游说伎俩。"

"祈年宫解围,嫪党扑灭,陛下就觉得高枕无忧了吗!"

"足下不高兴吗?"

"其实更大的篡弑阴谋还在积极进行中。"

"你怎么知道?"

"大街上高喊迎回长安君,难道陛下不知道吗?"

秦王政仿佛泄了气一样,驼背明显地高起来,两只胳膊肘伏在面前的长几上,慢慢问道:

"你说的外有大盗是谁?"

"就是长安君。"

"他是寡人的亲弟弟,你说话要小心。"

"屯留兵变,打的旗号是消灭嫪毐。现在嫪毐已经被消灭,他为什么不缴械投降?可见他抱有狼子野心,企图取而代之。所谓消灭嫪毐只不过是他的借口而已。"

秦王政皱着眉头沉思着,这其实就是同意了。然后他又问道:

"你说的内有权奸是谁?"

"吕,不,韦!"茅焦说出这三个字时,顿了三次。

"吕不韦是寡人的仲父,保先王有功,你怎么敢……"

"吕不韦身为人臣,招致宾客,培植党羽,豢养勇士,私著《春秋》,早有篡弑之心。咸阳暴乱平定之后,他迟迟不发兵去祈年宫解围。陛下回咸阳之后,他又私派特使,联结诸侯,企图胁迫各国支持成蟜。"

秦王政双手拄着长几跪起来,低声叫道:

"你说什么!竟有这等事?请先生仔细讲来。"

"吕不韦在最近几天,派应曜去了楚国,派周术去了齐国,派公去了赵国,派庾宣明去了燕国,派张唐去了魏国,派陈驰去了韩国,胁迫六国支持成蟜,并且要求赵国和魏国立即出兵,帮助成打回咸阳。"

这就是干大事的不拘小节,作大文章的不顾琐碎。如果仔细一问,应曜早已不辞而去,周术也已经不告而亡,张唐已经在"战咸阳"中英勇牺牲,等等,无须细述。然而,若要说茅焦说的根本就不正确,也不对。他是抓住问题了,只是不占有材料,仿佛是在胡说,其实,从总体上看却是真实可信的。

"请往下说。"秦王政命令着。

"吕不韦骗取了陛下的赦免令,他不派特使去见成蟜,命他立即缴械投降,却把赦免令交给刚成君蔡泽,令蔡泽前往上党。这实际上是给成蟜派去一个谋士。成蟜现在如虎添翼,越战越强……"

"先生说的什么《春秋》?"

"吕不韦伙同他的宾客们,都是山东六国的游食者们,编撰了一部大书,命曰《吕氏春秋》,曾经悬诸国门,有能易其一字者赐千金。"

"没听说过。"秦王政喃喃着。

"臣住北海之滨,一生好学不倦。闻说秦国丞相吕不韦编撰了一部大书。臣骑上一头毛驴,带上一袋炒米,跋涉三千里,前来咸阳抄录这部《吕氏春秋》。待抄完以后,臣禁不住义愤填膺。简直是荒谬绝伦,并且包藏着祸心。"

"为什么?"

"他不但教训陛下,而且事事反对陛下。陛下要冠礼,他反对冠礼;陛下要亲政,他反对亲政;陛下要并一天下,他反对并一天下……"

"他怎么说?"

"他说天下者非一人之天下,天下之天下也。天下既然是天下人的天下,那韩国是韩国人的韩国,楚国是楚国人的楚国,南阳是南阳人的南阳,晋阳是晋阳人的晋阳,根本就不属于陛下一人,陛下还有什么权力去合并它们呢?"

秦王政早已是怒不可遏,突然大喊道:

"叫王绾来!"

王绾不知出了什么事,战战兢兢匍匐而进。

"王绾,吕不韦是编了一部大书,叫作什么《吕氏春秋》吗?"

"是。"王绾答道。

"里面是有这样的话吗? 天下者非一人之天下,天下之天下也。"

"有。"

"把《吕氏春秋》拿来,寡人要看。"

"遵命。"王绾说着急忙退出,去寻找《吕氏春秋》。

"先生,"秦王政对茅焦说道,"茅老先生,请先生给寡人讲解《吕氏春秋》如何? 寡人才质薄劣,敬祈先生傅之。"

茅焦看到自己已经成功,心中说不出的高兴,当即答应做秦王政的太傅。

一句话,至少可以有十种解释。此所谓仁者见仁,智者见智,忠者得忠,奸者得奸。更何况是一部大书,可以正解,可以反解,可以曲解,可以误解,可以引申,可以猜测,还可以强不解以为解。如茅焦一类有知有识而心术不良的人,一旦翻开书本,如鱼得水,如虎归山,如蛆虫之进茅厕。总之,茅焦得到了圆满的成功,比他所希望的还要好出十倍。他被秦王政留在咸阳宫,一面讲解《吕氏春秋》,一面痛骂"山东乞食者们"。

茅焦进宫的当天下午,从宫里传出命令:捉拿齐人华无伤[①]。据说这就是在大街上喊"迎回长安君"的人,茅焦亲眼看见的。

第二天,秦王政下令免去吕不韦右丞相之职,任命王绾为左丞相,任命茅焦为太傅。听说茅焦固辞,只是没有获准。

第三天,下令停止大搜捕。派出仪仗队迎接太后回咸阳,仍居甘泉宫。

第四天,下令王翦率领大军开赴屯留消灭成蟜。诏令成蟜自杀;诏令秦璧、蒲鹬车裂以殉。

第五天,下令释放嫪毐等二十人的疏远亲属及宾客友人,其直接亲属和亲信党徒共五千余家,免去死罪,谪居蜀地。

第六天,下令"逐客"[②],凡在秦国做官的山东六国人,一

---

①华无伤姓名见《史记》卷九四及卷九五。
②见《史记·秦始皇本纪》和《李斯列传》。

律驱逐出境。令左丞相王绾速造客籍官员名单,限期出境。

第七天,太后回到甘泉宫,太后御旨:逐客令不包括茅焦,她说:"请求陛下留下我的颍考叔①。"

---

① 见《左传·隐公元年》。

第三十三章　李斯的性格

　　人常常因为形势的不利而遇到挫折，或者因"政策"的变化而遭受磨难。这是最痛苦的事情，一筹莫展，无可奈何。以李斯而论，他干得很好，没有任何过失，没有受到任何谗言。他得到秦王政的信任，受到同僚们的仰慕。应该说他很顺利，并且得到了成功。他是个很乖的人，适应能力很强，年轻时候学习很努力，后来出外做事，忠实可靠，认真负责。他本来可以青云直上，只因为他是山东六国人，他在被逐的客士名单中，突然之间被无端驱逐出境。限他五天之内离开咸阳，七天之内出潼关，十天之内出崤关……他是下蔡人，他只有回故乡下蔡去了。

　　当时的山东六国非常软弱，主要是上层腐败至极。王族早已腐败透顶，公卿大夫们也跟着腐败。亲戚们拼命地往上爬，爬上去不是为国家民族，而是为个人利益，直截了当地说,就是自己尽快地腐败。这一情况使广大的有志之士感到失望。他们宁肯出世,不肯入世,换句话说,宁肯饿死山林,不愿到腐朽透顶的官僚行列中去谋取一点残羹剩饭。当时六国的士人,都把秦国看成是"虎狼之国"。这是因为秦国近百年来一直向东发展,蚕食诸侯,侵略四方,贪得无厌,不顾仁义。然而《孟子》说:"霸必大国。"要统一中国,必须有实力,无论实行王道抑或霸道,必须是大国。所以有志之士纷纷西上入秦。正是有鉴于此,当年在荀卿门下时,同学们争论出世入世的问题,李斯才说了有关仓鼠和厕鼠的那一段话①。那一段话非常有名,只是过于激愤。从此以后,李斯得了一个"仓鼠"的雅号。认真说来,李斯的意思完全是正确的。学了知识,有了本领,不去用它,却躲进深山,说什么清静无为,修身养性;说什么等待尧舜再世,等待太平到来,等待黄河澄清……李斯反对这种做法,这是正确的。此所谓来世不可待,往事不可追。大丈夫生于当世,既然学了知识,有了本领,就要有所作为。即使虎狼之国也要去,尽自己的力量,起一定的作用。

然而,真正要有所作为,又谈何容易。逐客令就像晴天霹雳,并且不偏不倚打到自己头顶。事先既不能防备,事后也无法挽救,无可奈何。司空马说:"人生活在世界上,就像黄河里漂流的一片树叶。"李斯难过至极,他想道:我恐怕只是那树叶上爬着的一只蚂蚁。当王绾向李斯宣布逐客令,要他立即收拾行李的时候,李斯掉了眼泪。

①详见《史记·李斯列传》。

"怎么?"王绾问道,"先生莫非反对逐客令吗?"

"不,不!"李斯急忙答道,"怎敢。"

李斯知道,如果稍有反对逐客令的表示,王绾就可以立刻把他送进云阳监狱。李斯知道王绾是积极主张逐客的。况且,他们认识不久,任何话都不敢说。李斯很想找人帮忙,找谁呢? 举目无亲。他来秦十年,在吕府待了八年,所认识的都是吕府的人,都在被逐之列。同李斯比较谈得来的,如尉缭、应曜、周术、绮里季等人,都已经不辞而别了。当尉缭、应曜亡归的时候,李斯心中很是不以为然。现在他才醒悟到,他们的见识比他李斯高得多。李斯因为自视才高,不免傲视一切,现在好了,他也不免流落风尘,去做一个食不洁的厕鼠了。

他一面收拾行装,一面苦思冥想,突然他拍案大叫道:

"不! 与其无所作为,毋宁死!"

他的仆人听他大喊,过来问道:

"大人将何以处之?"

"与其归隐,不如速死;与其后退,不如前进。既然连死都不怕,还怕什么云阳监狱! 快,拿刀笔竹简来。"

李斯曾经多次同秦王政谈过,李斯认为秦王政能思索,能倾听,即使艰深的道理,也能理解。这种印象,鼓励着李斯。这一年,李斯三十六岁,血气方刚,文思正猛。到天黑时候,命仆人打着火把,他写完了他那皇皇巨文《谏逐客令》。强大的秦朝,因为时间过短,简直就是昙花一现,它给后人留下的值得纪念的东西,只有暴力,没有文化。所以李斯的《谏逐客令》就成了秦文中最优秀的篇章。其实这堂堂秦文,却出自楚人手笔。后人不暇思之,正如后人不暇哀之一样。这篇文章,受到后人的推崇。冬烘先生们摇头晃脑而诵,只觉得意味无穷。其实,它同战国诸子的论述和策士们的谈话相比,真是小巫见大巫。

如果仔细一读,就可以发现李斯并不反对逐客,只是不赞成不分好坏一律逐之的做法。这同秦国的贵族们,所谓"宗室大臣们"的想法,颇有相通之处。秦国贵族们并不反对享用外国的珍奇异宝,这个道理不用同他们讲,他们也知道。秦国贵族们也不反对使用六国尤其是三晋的才人学士。在秦国做过宰相,立过大功的人,像有名的百里奚、商鞅、张仪、范雎,包括吕不韦,秦国贵族们知道他们曾经有功于秦。在战国末期,山东六国尤其三晋,政治经济和学术思想比较先进。秦国贵族看到近十年来,尤其自吕不韦编撰什么《春秋》以来,山东士人像潮水一般涌向咸阳。吕不韦就像一摊臭狗屎,招惹着大大小小的各种各样的苍蝇。这些夸夸其谈的客士们,不可避免地会把六国已经普遍存在的民主思想偷运到咸阳来,从而不可避免地会改变秦国原有的传统意识和传统政策。当时的说法是王道与霸道之争。秦国的贵族,"宗室大臣们",坚持霸道。他们认为,六国西来的客士们,出身微贱,思想荒谬,大多数都是自由民,甚至是自耕农,自然要拥护他们自己胡乱解释的无父无君的所谓王道。秦国贵族们像害怕鼠疫一样,害怕山东六国的客士们带进咸阳来的民主思想。秦王政深深懂得这一点。正在这种紧要关头,茅焦做了秦国贵族的代言人。王绾、冯劫、冯毋择等人是完全赞成逐客的,只是他们拙嘴笨舌说不清道不明,而且也缺乏足够的胆量。茅焦一说,他们拍手称快,积极附和。这就是促成逐客令的根本原因。李斯对这种背景,非常了解,所以他不反对逐客,只是不赞成"不问可否,不论曲直,非秦者去,为客者逐①"的做法。这也是秦国人粗糙的地方。他们越是着急,那就越是粗糙。他们以为"一切逐客",才干脆,才痛快。没想到倒脏水时,把孩子也泼出去了。

秦王政遇到第一个难题,就是秦国贵族的代言人茅焦。秦王政刚刚任命茅焦为太傅,立刻就要驱逐出境。这实在太令人难堪了。接着,太后发来了御旨,要求把她"颍考叔"留下。茅焦自己倒也无所谓,他根本就不打算在秦国为官。他来咸阳,另有原因,况且他已经是七十多岁的人了。他听到逐客令下,心中非常高兴,收拾行装,准备即行出关。如果仅仅是一个茅焦的问题,去也罢,留也罢,倒也无足轻重。正在秦王政闷闷不乐的时候,樊於期报告说:

"启禀陛下,蒙毅正在收拾行装。"

"他要干什么?"

"他说,他也是客籍。"

"名单上没有他。"

"他说,他估计会有他。"

一百年来,在秦国立过大功的山东六国士人,包括商鞅、范雎在内,在秦国没有留下子孙,更没有在秦国做官的子孙。只有吕不韦的朋友、大将蒙骜留下了子孙。蒙骜是齐国人,他儿子蒙武生在齐国,孙子蒙恬、蒙毅生在咸阳。秦国人一

---

①见李斯《谏逐客令书》。

向把他们当作客籍对待。虽然他们一切生活习惯同咸阳人一模一样，但是，他们说起话来，仍然带着山东口音。当世来的算客籍，上世来的算不算客籍？这个界限，很不容易划开。如果出生在咸阳的就不算客籍，那么，许多人家就是只驱逐老子，不驱逐儿子。这就是当时的，也就是秦王政的难处。

在秦王政的心目中，最严重的危机是长安君成蟜的叛乱，河东的战斗正在激烈地进行。在西面抵抗成蟜的是蒙恬，在东面，带领大军驻在东郡的是他老子蒙武。目前蒙武具有无可比拟的战略意义。他用大军压境的形势造成秦国外交上的胜利，迫使齐国和赵国绝交，从而使赵国不敢出兵支持成蟜。如果咸阳在这种时候下令驱逐他的老婆孩子和老母亲，他就不可能再执行他的任务，不再威胁邯郸，甚至有可能同赵国一起支持成蟜。如果蒙武支持成蟜，他儿子蒙恬绝不会同自己的老子作战。那时候，蒙恬就是成蟜的开路先锋。这太可怕了！即使名单上没有这种半客籍的将军也不好办，消息传到前线，足以动摇军心。前面已经有过蒲鹬的倒戈，后面不能再有个蒙恬倒戈。秦王政睡了一宿起来，他拍着自己的大腿叫道：

"错了！错了！又错了！"

这时候，丞相王绾呈进一册竹简，这就是李斯的上书：《谏逐客令》。

秦王政读到"不问可否，不论曲直，非秦者逐"，拍案叫道：

"对呀！对呀！"

秦王政完全能够充分理解李斯的话。那话的实际含义就是："如果吕不韦有什么阴谋或不轨,可以下令驱逐吕不韦及其一伙,为什么要驱逐我李斯呢?"

只有像秦王政这样,有足够的勇气,能够立即纠正自己的错误的人,才是历史上真正强有力的人。不过秦王政一生中,也就只有这么一次。可惜这难能可贵的一次抉择,历史学家们只是一笔带过,并且糊里糊涂地只归功于李斯。这在秦王政来说,只是顺手人情,接到李斯的上书,立即废除了逐客令。这件事给王绾等人极为深刻的记忆。人们虽然极端痛恨山东六国的乞食者们,但是他们知道秦王政十分信任李斯,所以他们终生都不敢同李斯较量,即使他们的官职比李斯高得多的时候。

废除逐客令的圣旨宣布之日,已是逐客令下达的第四天,李斯已经出了咸阳。

走在咸阳以东平坦的大道上,李斯的心情凄凉痛楚。古人往往以吟诵代替哭泣,他高声吟道:

> 踧踧周道,
> 鞠为茂草。
> 我心忧伤,
> 惄焉如捣[1]。

---

[1] 见《诗经·小雅·小弁》一章。其大意是:原本是一条平平展展的大道,却突然长满了荆棘杂草。我心中的忧伤让人知晓,我伤痛万分,心如椎捣。

路旁田垄上躺着一个农奴,他对李斯说道:

"老爷是被驱逐的客士吧?"

李斯见那人黑得像紫铜一样,四肢裸露,腰里围着一块破羊皮,脖子上戴着个大铁索。其人声音洪亮,带着浓重的大梁口音。

"是的。"李斯答道。

"他们怎么只驱逐当官的,而不驱逐奴隶呢?"那农奴扬起手来大声喊道:

"希望他们开恩,把山东六国的奴隶都驱逐出境。"

"足下是大梁的俘虏吗?"李斯问道。

"酸枣一战,不幸被俘①。"

"五年啦?"

"五年啦!"那奴隶叹口气说道。"五年之内,逃跑五次,都未成功。大夫无可奈何,花钱从南阳买来这个。"他指指自己脖子上的铁锁,"赏赐给我,终生享用。"

大风大雪之中,麦子都已冻死。雪化以后,风吹日晒,麦子已经枯干。只好把它们割掉,随便堆放在路旁的田垄上。那农奴就躺在半干的麦草堆上,仰着头同马上的李斯说话,仿佛他们是老朋友一般。

"其实先生不必悲伤,他们驱逐你,你正好走路。就是他们不驱逐你,你也无须在此停留。秦本虎狼之国,何必为他们卖力。犯不着! 堂堂丈夫,齐楚赵魏,所到之处,皆有可为。我吗? 你不必担心。我们一共五个奴隶,大夫花钱雇了

---

①酸枣之战发生在魏景王元年,秦王政五年,公元前242年。

两个监工,手里提着皮鞭,游来晃去。现在监工累了,到那边邮亭里喝水去了。另外四个奴隶正在劳动。看看那边,他们都是好隶臣,我不然,我是戴铁锁的狂奴。我可以休息休息。监工的来了,也不敢怎么样我,打起来,我一个人对付他们俩。还是方才的话,先生如果能听刍荛之言,还是高高兴兴地走路。是楚国人吗?"

"是的。"李斯觉得他说的都是好话,心情稍微愉快了一些,说道,"上蔡人氏。"

"先生如果不回上蔡,请到大梁去吧。信陵君死后,魏国已经涣散。虽然如此,魏国的仁人志士多如牛毛。先生去了一定能有所作为。"

李斯点了点头。

这时,落在后面的李斯的仆人,已经赶上来。李斯向那奴隶一拱手,说道:

"足下保重,再会。"

正走之间,李斯看见禁卫军的将士们押着任固迎面过来。李斯想起任固是吕不韦的亲信,赵国人,担任着丞相府谒者令的官职,这次也在被逐之列,只听任固喊着:

"我不是华无伤,我是任固!"

禁卫军的一位年轻的将军,用长戈的木柄敲打任固的头。任固看见李斯,突然喊道:

"李大人,可以证明我是谁。"

那年轻将军过来给李斯施礼,说道:

"陛下命令抓一名盗贼,我们费了九牛二虎之力好容易把他抓住了。他不承认是盗贼,说是丞相府的谒者令,叫任固,烦请大人看一看,他是任固吗?"李斯在吕府担任舍人多年,与这任固是同事,当然认识。但是李斯又一想,"我现在已经不是秦国的官员,我已经没有任何责任,我也不应该平白招惹是非。况且这任固是吕不韦的卫士。吕不韦有种种阴谋活动,或许陛下已经有所察觉。包括这个任固,他们的案情重大。我李斯就要离开秦国,前往中原,漂流南北,管他们的闲事何为!"

这时任固对李斯说道:

"李大人,请你帮个忙。他们要抓一名盗贼,说是叫华无伤。什么华无伤,我从来就没有听说过。请李大人证明一下,证明我是任固。"

"李大人,"那年轻的将军见李斯迟疑着,便问道,"您认识他吗?"

"不认识。"李斯说道。

"走!"那年轻的将军大声命令道。

禁卫军的将士们簇拥着任固,朝咸阳的方向奔去。

"仲山甫既明且哲,以保其身①,"李斯走在路上反复想着,"况且我李斯落到这种地步,自顾而不暇,还管什么别人的真真假假,是是非非。"

李斯看见渭河的水,清如蓝染,泾河的水则黄如泥汤,当它们汇合以后,好像在赌气,一边是清如蓝染,一边是黄如泥汤。李斯想道:"清的又怎么样? 浊的又怎么样? 前面不远就是浑浊的黄河。它们都要流进那浑浊的黄河,然后浩浩荡

---

①见《诗经·大雅·烝民》。

荡奔入藏污纳垢的大海。我李斯苦读半生,辛苦半生,挣扎半生,跟着吕相,忠于吕相;跟着秦王,忠于秦王。自视多才,自诩清高,又怎么样? 如今只落得生不如徒贩,死不如隶臣。"他想到这里,潸然泪下。

"老爷,"仆人说道,"后面有人喊您。"

"李大人慢走,李大人,请等一等。"

李斯回头一看,只见有人高喊着飞马而来。李斯已经认出他是御史府的郎中王戊。李斯对仆人喊道:

"快走!"

李斯骑的马是一匹不值钱的老马,鞭子频频打下去,无奈它腿脚不灵活。这时,气喘吁吁的王戊已经追了上来。他见李斯不住地打马,便急忙越过李斯,将自己的马横在当路,说道:

"李大人,陛下,有诏,特命大人,回去。"王戊喘了一口气,又补充说道,"陛下特命王戊,追赶。"

"足下追赶何人?"李斯问道。

"追赶大人呀!"

"什么大人? 姓甚名谁?"

"李斯大人!"王戊惊讶地说道,"您怎么啦?"

"我不是李斯。"李斯用鞭一指说道,"请让开路。"

"李大人,这是什么意思?"

"是要追捕李斯吗?"

"您这是说的什么话?"王戊喊着。

"不然为什么特命御史追赶?"

"因为我们熟识。故而陛下特命王戊前来,请勿多疑。"

"李斯已经出了蓝田关,我叫张腾。请让开路。"

"李大人,"王戊喊道,"请让王戊把话说完。李大人的上书,陛下看过了。那上书真是精彩至极,亘古未有之奇文呀!陛下为之击节叹赏,当即下令废除逐客令。所有的客士都要请回,官复原职,绝无歧视。陛下思念贤才,如饥似渴,尤其思念李大人。现在陛下正等着会见李大人,大人务必请回。也使王戊的光荣使命得以完成。"

李斯听罢,心中大喜,但是勒马道左,紧锁双眉,依然迟疑着。

"老爷,"李斯的仆人说道,"既然陛下有诏,老爷理当奉诏。"

李斯看着王戊,将马鞭向西一指。王戊笑道:

"多谢大人。"

"王兄,"李斯说道,"在下这条命就交在你手了。"

"是何言哉!"王戊一拱手笑道,"大人飞腾有日,王戊愿追随左右,侍奉大人。"

二人并辔走着。只见太阳像一颗火晶柿子一样,悬挂西天。咸阳城阙已经隐在一片炊烟之下了。

突然,李斯看见任固躺在道旁,跟前站着几个禁卫军的武士。

李斯暗暗惊叫道:

"死啦!"

"这是怎么一回事?"王戊上前问道。

"这是陛下命令捉拿的一个盗贼,他叫华无伤。"一个武士答道。

"这家伙实在太坏了！正走之间,他突然动起手来。这家伙武艺很好,打死我们三名武士,打伤四名,我们的将军也负伤了。这强盗,也死了!"

李斯下马,垂着头站在任固的尸体跟前。他站了很久,只听得晚鸦阵阵,心中无限凄凉。

"任兄,你不要恨我。秦国的事情,复杂得很。我的处境也是危难万分。我们都是软弱的,犹如虫豸。即使我能证明你是任固,他们要害你,还是一样的害你。我李斯骄傲半世,实则软弱至极。我不可能成为仲山甫。我只好'柔则茹之,刚则吐之①'。呜呼哀哉,无可奈何。"

他在心中默默地悼念着任固,实则,他自己也很清楚,他是在悼念自己,是在向从前的李斯告别。"我今后要谨小慎微,见机行事。不可暴虎,不可冯河。如临深渊,如履薄冰。"

正像秦王政经过祈年宫被困之后,形成了他的性格一样,李斯经过被逐之后,也形成了自己的性格。秦国正在面临着巨大的突变,整个中国都在面临着巨大的突变,人们都不自觉地为着迎接这巨变做着各种准备,准备了这一巨变所需要的各种各样的思想性格。这就像暴风雨到来之前,各种飞禽走兽都找到了自己的避难所一样。暴风雨即将来临了!给它领路的冷风,已经吹到每个人的脸上。

只见那已经受伤的年轻的将军,引着茅焦匆匆到来,茅焦跳下马,奔到任固尸体前,端详了一阵,说道:

"不对呀,将军,他不是华无伤。"

---

① 见《诗经·大雅·烝民》。

李斯跳上马,向王戊一摆手,他们一起向咸阳奔去。

"茅焦硬说在大街上喊叫迎回长安君的人,即叫华无伤。"王戊说道。

"他见了?"李斯说道。

"他说他见了。"

"他为什么不抓住他?"

"大人明鉴,"王戊说道,"可能是借刀杀人。"

"这只能证明,茅焦有一个仇人,名叫华无伤。"

"而且此人现在咸阳。"

"往下看吧!"李斯笑道。

今天曙光降临的时候,李斯心中没有任何感觉,然而,暮色降临时,李斯却感到无限的压抑,甚至有点凄凉。按理说,奉诏回宫,心情应该无限振奋,至少不应该如此栖栖惶惶,连李斯自己也不知道这究竟是为什么。

在昏暗的暮色中,他们的马匹垂着头,迈着疲倦的步子,慢慢地走进了黑暗的咸阳城。

第三十四章　屯留卒[①]

　　民族问题,永远是历史的难题。所谓世界史,不过就是民族斗争史。而在中国古代,民族之多,号称万国。民族之间,婚姻币帛,亲睦九族,载歌载舞,这样的太平时候很少。更多的情况是你想吃掉我,我想吃掉你,杀过来,杀过去,你死我活,借助战争手段达到民族融合。究竟什么政策是正确的? 不知道。古代的民族,能够站住脚跟,延续下去,不知流了多少鲜血。在他们居住的地方,每一寸土地都浸透着他们的汗水和血液;每一座山,每一道水,都有过许多美好的传说。古人认为,他们能够生存,全凭山川之神和祖先之鬼的

_____

　　①《史记·秦始皇本纪》:"八年,王弟长安君成蟜将军击赵,反,死屯留,军吏皆斩死,迁其民于临洮,将军壁死,卒屯留,蒲鹤反,戮其尸。"史家一向认为"此篇文字最难解"。"卒屯留"不词。梁玉绳认为:"乃屯留之士卒从成蟜而反。"(见梁玉绳著《史记志疑》)本章标题源自此。

佑护。所以他们对于自己的故国,怀有无法形容的眷恋。如果一定要他们离开自己的故国,那就如同落叶辞枝,他们就要枯萎,就要丧失生气,就要飘零沦落,不知所终。这就是从事农业的早已定居的民族部落的顽固习性。常言说,"国之大事,在祀与戎①。"你可以对此做出许多种解释,但是,归根结底,所有的祭祀和战争都是为了维护山川之神和祖家之鬼。这就是全部的道德准则和生活意义。除此之外,古代的中国人再也没有别的信仰。在古代,有远见的政治家们,深深了解这一点。所以,晋国消灭了北狄的一些小国家之后,并不强迫他们离开自己的故乡,也不侵犯普通庶民的利益,只是体国经野,设官分职,征收租税而已。《山海经》有"留水""留利之国",留水中有一种鱼,名叫"鲐父之鱼","鱼首彘身,食之已呕"。《春秋经传》有"留吁国",属于赤狄之别种。宣公十六年,晋国随会带兵消灭了留吁之国。当时的晋国,人称"善人在上,群盗奔秦"。留吁之民仍居纯留,后来写作屯留。上党这块地方的许多小国,虽然亡了国,并入了晋国,但是,他们仍然居住在自己的故乡,仍然保持着自己的风俗习惯。每到节日,他们穿起花衣,打着花脸,或者戴着可怕的面具,吹吹打打,载歌载舞,祭祀自己的祖先,祭祀自己的山川。一年之间,大小祭祀二十多次,这就是他们的信仰,他们的生活,他们的交游,他们的节日。只有在他们的节日里,在他们的欢乐中,他们才是他们自己——他们才意识到自己的存在,认识到自己的历史,感受到自己的文化,并且延续自己的

---

① 《左传·文公二年》。

风俗习惯。他们极力保持那些同别的民族不相同的东西，哪怕在别人看来是愚昧落后的东西。他们的穿着有特色，他们的歌舞有特色。只有那些独特的东西，才是他们自己的。正是根据这些独特东西，使他们在荒原之上或者广众之中，很容易地认出谁是他们的兄弟，谁是他们的姻亲。他们走出十里八里甚至一百里，不感到害怕，不感到孤单，因为所到之处，都有他们的兄弟和亲戚。他们虽然居住在穷苦的山地，他们却认为自己的故国比任何地方都好。这里有先人的陵墓，先人的鬼魂保佑着他们。这里的一山一水对他们都是亲近的。就像《山海经》里记述的那样，他们崇拜自己的独特的图腾。他们的图腾可怕至极，足以吓退敌人，吓退妖怪，吓退各种各样的疾病。他们的山，统称太行；他们的水，统称衡漳。太行乃是天下之脊，中原之背，而清漳和浊漳乃是中国最甜最美的水。"美不美，家乡水。""宁饮故乡一杯水，不吃异国三斗酢。"古人祭祀，崇尚玄酒，玄酒就是凉水。凉入于府，尊于五齐，载在《周礼》。《吕氏春秋·古乐篇》记载着："大飨之礼，上玄尊而俎生鱼。"这玄尊就是玄酒，即凉水。可见鬼神也是喜欢喝家乡的水。祭祀既然是古代的盛典，凉水在供，敬而奉之，这就表明对故乡的热爱。这就是向自己的祖先们报告说："请你们首先引用家乡的水吧，你们的子孙们至今依然守卫在你们开辟出来的故土上。请你们放心，你们的子孙将一如既往，永远地守卫下去。"古代的祭祀活动，是非常庄严的，它的一切都是意味深长的。所以古代的思想家和艺术家们，总是极力赞美那些古老的淳朴的风俗习惯，极力巩固血缘纽带，鼓吹孝悌，提倡亲亲。战国时期比较开明的政治家们,想尽办法使人民安居乐业。他们认为,普通庶民有了恒居、恒产,才能有恒心。正像《孟子》所说的一样,这所谓恒心,也就是对君上的忠心。这里所谓的恒居,就鲜明地表示出对故国的眷恋。所以古语说:"狐死首丘,仁也①。"对先人陵墓的眷恋之情,这种根深蒂固的感情,在古人看来就是仁的根本。故武王伐纣,天下大定,不以殷都封周之臣,而封殷人后代武庚,此之谓仁政。

吕不韦是三晋人,自幼在三晋活动,当然不可避免地要接受一些三晋特有的熔儒道法名为一炉的那种思想。他坚信"仁者无敌"。他主张王道,主张爱民、利民,主张新型的禅让和封建,主张天下为公,认为战争是为了除暴安民,得到土地应该封天下之贤者,等等,等等。他因为长期受到三晋的民主思想的熏陶,所以喜欢说一些违背当时统治阶级利益的话。他说:"辱莫大于不义","迫生不如死②。"翻译成现代话就是:忍受不义的东西是最大的耻辱;在压迫下苟活,不如死。他甚至把如此激烈的言论,写进他的书中,著之竹帛,悬之国门,公之人世。如果没有具体的事情,谁也无法分析它,认识它,现在既然有了这样的事情,谁都可以分析它,认识它,评价它,并且进而决定是拥护它,还是反对它。不容否认,这标志着士人的觉醒。士人的觉醒带来了对士人的同情和尊重,这自然也包括对那些已经灭亡的小国的士人们的同情和尊重。庄襄王元年,吕不韦任丞相,"大赦罪人,修先王

①见《礼记·檀弓》。
②见《吕氏春秋》。

功能,施德厚骨肉而布惠于民"。吕不韦消灭了东周,却"不绝其祀,以阳人地赐周君,奉其祭祀[①]"。在吕不韦掌权的时间,秦国没有发生对新占领地区的居民强令迁徙的事情。他的这些做法,曾经受到当时的有识之士的赏识。但是,他的做法却违背了秦国的传统政策。他的做法曾经受到秦国贵族们所为"宗室大臣"们的坚决反对。他如果能够一直牢固的掌握着秦国的大权,秦国的贵族们自然也奈何他不得。不过,这是不可能的。有人埋怨他,说他如果不编什么《吕氏春秋》,他就不会丢掉大权。其实,这只是一面之词。纵然他不编书,他也不能永远掌权。任何一个山东六国人,都不可能长期在秦国掌权,这是不可能的。秦国人,不承认吕不韦说的"天下者,天下之天下也",但是却认为,"秦国者,秦国人之天下也"。秦国的政权怎么能长期让别国的人掌握呢!无论吕不韦多么不赞成迁民的政策,秦国的贵族却深深懂得迁民的重大意义。据说当一个人被扒光衣服的时候,就失去了反抗力,他绝不敢同穿着衣服的人较量。那薄薄的一层麻布的或者羊皮的衣服,在心理上就如同铠甲一样重要。这是一个很微细的差别,然而却是一个根本的差别。迁徙到新地的居民,被编进完全不相识的什伍,他们不仅不敢反抗,就连一句不满的话也不敢说。他们丢掉了兄弟和亲戚,丢掉了自己固有的文化和风俗习惯,甚至丢掉了自己原有的说起来非常方便听起来非常顺耳的土语方言……总之,他们丢掉了故国的一切。他们变成了"迁虏",变成了"罪犯",变成了奴隶。他

---

①均见《史记·秦本纪》。

们如果坚持自己的风俗习惯,在遥远的异乡祭祀自己的祖先,祭祀自己的望不见的山川,这会受到别人的嘲笑,自己也觉得羞愧,恐怕他们先人的游魂也要为之落泪。这是最悲惨不过的事情,就像一棵树被人连根拔掉了一样。如果他们胆敢把不同什伍的自己的兄弟们召集起来,做一次遥祭或野祭,这就是犯法,这就是奸。奸字原本就是三个以上的奴隶在一起聚会的意思。对战败国全体居民实行迁徙,是对战败国的最严厉的惩罚。然而这个做法却是古已有之的。在商奄暴乱被击败以后,周公曾将殷之顽民迁往洛邑。那是历史上第二次的惩罚性的大迁徙。应该说这是最为毒辣的一着。此后的殷民再也没有力量发动暴乱。既然是古已有之的,并且是周公发明的,所以秦国的贵族们便坚持这一政策,坚信这是行之有效的好办法。秦国每占一地,必迁其民。远也罢,近也罢,必须迁徙。一俟条件成熟,坚决迁徙,毫不犹豫。这就是引起上党一带,包括屯留在内的十七座城邑的人民,坚决反秦的原因。

上党一带的居民,憎恨秦国的迁徙政策,几十年前就开始了。战国时期,这一带地方原属于韩国。秦国从西向东蚕食,在占领了太行、王屋以南黄河以北的河中地区以后,切断了韩国同上党的联系。韩国弱小可欺,惹不起秦国,便把上党一带十七座城邑献给了秦国。天下人不愿做秦民久矣。于是,上党的居民就鼓动当时的郡守冯亭做出决策:不归秦而归赵。赵国自赵武灵王以后,十分强大。当时在山东六国之中,只有赵国敢于同秦国抗衡。事实上,在战国后期的一百年间,不断同秦国交锋的,也就只有一个赵国。所以,上党的居民就鼓动太守冯亭归赵，企图借助赵国的军力，避免秦国的奴役。于是就引起了著名的大战——长平之战。愚蠢的赵王，中了秦国的奸计，派纸上谈兵的青年将军赵括去接替老将廉颇，致使战斗失利，四十余万军队缴械投降，全部被白起活埋。然后秦军进围邯郸，引起诸侯出兵救赵。信陵君椎杀晋鄙，夺军救赵，就发生在这个时间。这是二十年前的事情。二十年，虽然时间不短，人们却依旧记忆犹新，因为这是一连串惊天动地的大事件。当时上党的士卒凡在赵军中的也被坑，然而活下来的还是多数。那时候二十多岁的，现在四十多岁，那时候三十多岁的，现在五十多岁的，还都在服役的年龄之内。可以这样说，现在屯留士卒，都是从血泊中长大的，深深地痛恨秦国。当时，秦国恼恨上党居民。白起曾经宣布，要把屯留一带居民迁徙到秦国最远最远的西疆——临洮地方去。因为不久秦军在邯郸城下遭到惨败，退回了河东，上党一带又属了赵国，加之不久秦将白起自杀于杜邮，所以这一项迁徙的命令未能实行。然而屯留的居民们却都记得它，他们一想到"临洮"这个地名，就心乱如麻，这成了他们的一块心病。

"临洮在哪里？三千里吗？五千里吗？天哪！苍天保佑我们吧！"屯留人在睡梦中依然这么呼喊着，祈祷着，哭泣着！

他们就像曾经被判处死刑，后来却侥幸活下来的人一样，他们害怕重新宣判的到来。庄襄王三年，王再次攻占上党，而与此同时，信陵君率五国联军破秦军于河外，乘胜逐秦军至函谷关，秦兵不敢出。当时的情况，对秦国很不利。上党虽然重新占领，尚不稳固，迁徙的命令，仍未执行。历史学家们认为,最重要的原因是吕不韦掌权,他不作兴大迁徙。后来,在吕不韦渐渐失掉权利之后,屯留的士卒又害怕起来。正在他们的恐惧日甚一日的时候,来了一个想不到的人物——长安君成蟜。屯留的士卒们,听到过许多成蟜的传说,其中真假参半。他们听说这个长安君成蟜,不赞成秦国原有的迁徙政策,而赞成仿佛儒家的安居乐业、恒产恒心的那一套,还听说这成蟜和赵政有矛盾,赵政是旧派,这成蟜是新派;还听说成蟜是吕不韦的学生,并且是吕不韦的女婿,并且是吕不韦的义子;并且特别津津乐道的传说着:成蟜生在邯郸,说起话来还带一点邯郸口音。他们不是仅仅限于听取这些传说,他们还积极地想法接触成蟜。上至郡县的令长,下至三老啬夫,不停地要求成蟜接见。他们接触的结果,对成蟜印象非常之好。甚至对成蟜的相貌,也出现了许多传说。说他的脸是圆圆的,额头是宽宽的,两只眼睛好像明星,鼻子是高高的,端端正正的,等等,等等。不要忘记,那是一个迷信相术的时代。这使屯留一带的居民,再次产生了侥幸的心理,好像溺水的人抱住了一段木头一般。他们把成蟜看作是希望,看作是救星,看作是上天赐给他们的最好的君王。所以,声言其目的是要打倒嫪毐的兵变,不是发生在任何地方,却发生在屯留。这就像火镰的边缘终于撞击到燧石的边缘一样,爆发了人们等待已久的火花,引燃了柔弱无力的被人随意捏弄了很久的火绒。参加兵变的屯留士卒,无一不是兴高采烈。他们仿佛等待兵变,已经等了很久。和平幸福的人民,不会盼望地震发生,也不会等待洪水到来,这是不可能的。然而,长期忍受屈辱和压迫的人们,已经走投无路的没有指望的人们，却盼望着天塌地陷的突然事变发生，这就是所谓"天下大乱，匹夫之幸也"。桀纣的臣民曾经谩骂天地，盼望着"时日曷丧，予与汝偕亡！"古代哲学家们曾经指出：匹夫匹妇的冤愤可以上达天听，可以造成乱亡，可以引发各种突然事变，致使朝中上下，无从措其手足。更何况在屯留的士卒之中，又有许多值得一提的特殊的情况。他们出生在战事频繁的上党，他们中年纪稍大一些的老百长、老什长们，都曾经身经百战，他们曾经是廉颇的部卒，曾经跟着信陵君作战，曾经打败过白起和蒙骜。如果谈到文化素养，他们中间许多人曾经见过邹衍、孔穿和公孙龙。如果他们见到文化很高的楚国人，因为楚国人敬仰荀卿，他们就会首先声称："在下是荀卿的同乡。"这些老百长们，身躯魁梧，声音洪亮，目光敏锐，语言精练，受到士卒们的尊敬。现在他们又以曾经见到长安君成蟜，而感到莫大荣光。他们高声宣布道：

"孩子们！好孩子们！听我的话吧！这长安君简直就是信陵君再世！"

参加兵变的秦军将士们，完全是出于忠君报国。他们听说嫪毐和太后有了私生子，图谋废黜赵政而立他们的私生子为秦王，他们为此义愤填膺。然而，他们却不知道，他们为什么不在渭南兵营中举行兵变，为什么不在河东举行兵变，偏偏是到了前线，到了上党地方的屯留，一下子举行了兵变，甚至没有一个秦军的士卒认为这是不对的。如果非使用比喻不可的话，我们可以把秦军的士卒比作干柴，把上党地方比作火盆，这是再合适不过了。那些投入火盆的干柴，很快就发出噼啪爆裂的声响。它们发出的光焰，照亮了周围的深沉可怕的黑暗。

　　然而成蟜的思想却非常的简单,而且也非常的明快。他得知嫪毐的阴谋以后,几乎没有任何选择的余地。如果不幸,赵政被废黜,继承王位的是嫪毐的私生子,这根本就不是昭王的子孙。毫无疑义,这是异姓篡弑。任何忠臣孝子都不能允许这种阴谋得逞,何况他是王弟成蟜。即使在咸阳,他虽然是一个年轻的封君,对嫪毐的阴谋他也有可能组织有效的反抗。更何况他现在是在前线,是统兵的将军,有军队在手,这正是他有所作为的大好时机,正是他捍卫昭王子孙权利的大好时机。"舍我其谁!"他的目标很简单,很明确:粉碎嫪毐的阴谋,保卫他哥哥的王位。他的这些想法是天经地义,正大光明的,任何人都应该理解他,也能够理解他。这一年,他只有十九岁。他的思想,他的英勇和果断,在他这种年龄,是非常自然、非常真诚的。然而当兵变开始以后,渐渐地,他就感到无法控制,甚至都无法向咸阳表明他的忠诚无私。他就像泅渡黄河的人一样,可怕的浪涛压着他,卷着他,冲击着他,看上去他不是在横渡,而是在顺水漂流。当兵变一开始时,成蟜的果断是惊人的,足以证明他已经成熟;然而当遇到一系列的复杂情况之后,他没了主意,说明他毕竟还是一个少年。

　　起义军中发生了一件小事情。一个屯留士卒逃亡被抓回来,将军秦璧决定斩首示众,长安君成蟜知道后,他要问一问那逃亡的士卒,为什么逃亡。他当时考虑,是不是这个士卒,不赞成他宣布起义。那屯留士卒同他的年纪相仿,是个上造,被五花大绑着推进帐来,跪在他面前,他说道:

"你是不赞成这次起义吗?"

"臣赞成起义。"

"你是害怕了吗?"

"不,臣不害怕。"

"为什么逃亡?"

"听说老母病重,回去看一眼,死也甘心。"

成蟜非常感动。他赦免了那个士卒,况且赐给三天假回去探望母亲。那士卒非常感激,第三天晚上按时回到军营。这件小事情,受到士卒们的普遍赞扬,他们说:"长安君是仁德之君。"然而,将军秦璧却不以为然。他说:"这是妇人之仁。"言外之意就是成不了大事。

历史是复杂多变的,仿佛是魔鬼把持的险滩。当你驾着小舟从这里通过的时候,很难说究竟是偏左一点好,还是偏右一点好,而且你永远也找不到那不偏不倚的正确路线。这种东西根本就不存在。无论如何,你能通过,就是高手。如果你侥幸顺利通过,也不要宣传你的经验。那所谓经验,对别人没有任何价值。而不幸覆舟的人,也用不着懊丧,你不是第一个,也不是最后的一个。无论多么高深玄妙的哲学,都不足以解决具体的历史难题。中国的哲学,再也没有战国时期更发达了。它的高深玄妙的程度,至今都代表着人类智慧的高峰。然而,它却没有给屯留兵变提供任何有效的指导,虽然成蟜周围不缺少优秀的学者和杰出的将才。这些优秀的杰出的人才,一旦突然遇到了从来没有遇到过的崭新的历史课题时,如同进入了魔鬼险滩一般,他们那种束手无策的样子,同普通人也差不多。有一位历史学家说,成蟜决定起义以后,就应该立即向西进军。而当阻击成的蒲鹅带领的大军从蒲津东渡的时候,成蟜军可以乘机从河津西渡,然后直趋咸阳。其实,这位历史学家也只是说说现成话而已。如果他身处其间,也未必具有清醒的头脑。不过,军事上讲究兵贵神速。一切聪明才智都是为了争取时间。时间,最重要的是时间。所以在古代,聪明才智是按里数来计算的。例如某甲同某乙相比,相差三十里,就是指走三十里路的时间。世间一去不返的就是时间,丢掉的时间,永远也不可能再找回来。成蟜大军浪费了时间,丧失了机会,所以遇到了一连串的困难。当成蟜军慢慢吞吞渡过沁水越过太岳山的时候,前来阻击它的蒲鹅军已经进到曲沃。双方在翼城的丘陵地带相遇。双方都是十来万人,秦璧觉得没有必胜的把握,不敢发动进攻,而蒲鹅也不发动进攻,他等待成蟜进攻。他对将士们说道:

"成蟜的目的是消灭,他的目标是打回咸阳。我们的任务就是挡住他回咸阳的路。我们做好准备,他肯定是要进攻的。"

这时,朱英和泄钧来到长安君帐下。战国的谋士们,一旦见到主君,首先就要驰骋他们的辩才,先进一套大而又大、空而又空的说词。只要你有耐心听,他们可以说上半个月。泄钧把司空马的话记错了,自然也就理解错了。他滔滔不绝地阐述一个道理,仿佛只有不同蒲鹅交锋,才能取得彻底胜利。他提出"四国为一,联合攻秦"的战略。在屯留起义之初,成蟜即派出使节去邯郸,希望取得赵国的支持。赵国君臣慑于秦国的威力,拒绝出兵支援;然而又说,如果成蟜投降赵国,赵国封他为饶阳君。不过史书对此说法不一,没有成为现实,所以无关宏旨。成蟜对此非常气愤。泄钧说,他在赵国颇有几个朋友,愿意亲赴邯郸,面见赵王,以赵国为首,促成四国联合的局面。于是不久,泄钧带着成蟜的信件,直奔邯郸而去。而在翼城一带的山地中,两军相距不过三十里,旌旗相望,鼓角相闻,却没有发生任何战事。这就像两头乘凉的耕牛一样,人们希望它们跳起来,顶撞起来,出乎意料,它们只是懒洋洋的,昏昏迷迷的,仿佛就要入睡的样子。两军之间的亲友,许多都在私下里见过面,并且传出了许多的谣言。光阴似箭,日月如梭。时间对于中国人虽然不值钱,日子过得却很快。转眼之间春暖花开,眼前便呈现着万紫千红的景象。它使人们猛然意识到无情的时间的可怕的流逝。蒲鹖接到咸阳的命令,实际是嫪毐的命令,要他迅速前进,消灭成蟜。蒲鹖挥军前进,秦璧便指挥撤退。于是,他们来到了沁水两岸。蒲鹖不敢长驱直入,害怕上了秦璧的当。但是,如果不同成蟜交锋,又怕秦璧暗中偷渡茅津,突然转到他背后去,不仅抄了他的后路,而且可以直逼咸阳。蒲鹖想采取包抄的办法,不过在太岳山以南的这种山地里,把十万大军包围起来,这是很困难的,而且他的兵力也不足。这一大片山地,在二百年前,战车可以驰骋。后来山上的森林遭到破坏,致使洪水年年泛滥,举眼望去,到处都是黄土大沟。不要说战车,就是骑兵都已经很难顺利通过了。这一带山地,不仅不适合作战,而且也不适合驻军,往山里运送粮草,就是极大的困难。所以,双方虽然未曾发生激战,却都处在极端的困难之中。正在这时,朱英请求只身进入蒲鹖的壁垒,去游说蒲鹬归顺长安君。

朱英不愧是个英雄。他在进入蒲鹬的帐篷时,蒲鹬的卫士要求他放下腰间的宝剑。他笑一笑,解下自己的宝剑交给自己的唯一的仆人周兰,并让周兰在帐外等候。

观津人朱英是一表人才。那天他穿着一件旧夹缯袍,头上戴着靛青色的发巾,绾着碧玉簪,而且加了绛紫色的抹额。朱英不是武将,但是长安君刚刚赐爵公乘大夫,所以他加了这绛紫色的抹额。除了这抹额以外,他身上没有任何东西可以标志他的身份。如果在酒楼上遇见他,你会以为他是一个正在谋求官职的文士。他的脸瘦瘦的,稍微显得有点瘦长。他的鼻子细高,很好看。相比之下,眼窝略深了些,眼睛里闪动着令人惊异的光芒。战国人迷信相术。战国末期,有名的相士,竟有两三打之多。朱英的朋友曾经劝他去看相士,预卜一下自己的命运,他笑着拒绝了。他说了一句有名的话:"事在人为。"他对蒲鹬的一席话,如果记录下来,不仅深刻动人,而且文辞优雅,只是我们无须乎这样做。一则他的谈话滔滔不绝,一口气就是数万言,再则,两千年以后的人未必感兴趣。总之,他把蒲鹬深深地打动了。蒲鹬想不到长安君帐下竟有如此优秀的人才,他不仅佩服,而且由衷地高兴。朱英要求蒲鹬投降长安君,蒲鹬点了头。但是蒲鹬提出了最最刻薄的条件,即要求成蟜做秦献公。他的理由是赵政发育不全,残疾特甚,思想也带有畸形,所以难当重任。再者,伟大的昭王就是兄终弟及,他希望成蟜做第二个秦昭王。朱英对蒲鹬的这一要求表示非常同情,但是他无法保证。他说道:

"以臣从旁观察,长安君有这个意思,只是嘴上还没有说出来罢了。将军一旦归顺长安君,长安君必然恭听将军指教。将军可以劝说长安君,臣等一定从旁相助。臣以为,此乃势所必然。"

"不行!"蒲鹄斩钉截铁地说道,"我拙嘴笨舌,说他不动。我要求足下给我保证,保证去说长安君,而且保证说成。"

"如果,"朱英笑道,"臣不成功……"

"我取足下的人头。"蒲鹄严肃地说道。

朱英不敢再笑,定睛看着蒲鹄,然后问道:

"多长时间?"

"三天。"

"只怕不好办。"朱英搓着手说道。

"十天。"

"这是一件重大的事情。"朱英思索着,"要具备必要的条件,而且应该提出一些完全正当的理由。"

"这些都由足下筹办。"蒲鹄拍一下长几,说道,"最多一个月。从今天起,第三十天太阳落山时,就是最后期限。"

"也罢!"朱英拱手至额说道,"臣保证。"

出乎所有人的意料之外,朱英带着蒲鹄来见长安君成。成蟜喜出望外,下令给蒲鹄军每人晋爵一级。

成蟜屯留兵变,这是历史上没有先例的事情,人们已经是惊异至极。而前去镇压成蟜的蒲鹄军,又突然之间全军归顺了成蟜。这在当时是震动列国的大事。咸阳曾经为之战栗不已。嫪毐是极力封锁这个消息,后来无可奈何只得发动暴乱。当时的山东六国,虽然腐败无能,但是,他们看到秦国已经大乱,曾经有一度出现了合纵的局面。可惜的是这种局面刚刚出现便随即消失。如果在蒲鹖归顺以后，成蟜立即挥军西进，直取咸阳。咸阳当时毫无戒备，可以说马到成功。他们忽然觉得需要遵循古训，结果是扭扭捏捏，拖拖拉拉，在岳阳南边沁水两岸耽误了两三个月。这实际上是一种不可饶恕的自杀行为。这一片山地，不适合大军久留，自不待言。战国的军队，地域观念特重。索性在家门口作战，保家卫国，也能英勇牺牲；索性就走得远远的，逃亡都没法逃亡，这也能同生死共患难。如果成蟜一声令下：西进咸阳。人心思归，如箭离弦，如鸟投林，那必然有一种势如破竹的景象。但是，军事上的行家里手们，不肯如此行动，却提出要整编。把老弱病残和独生子们淘汰下来，选出精兵，然后再西进。好像他们不是打回自己的故国，而是要深入龙潭虎穴，要破釜沉舟决一死战的样子。其实，被淘汰下来的老弱和独生子们，也不能把他们扔在这荒山中，最终还得跟着大军西进。不但没有使大军变为精锐，反而增加了负担。时间被白白浪费掉，而军队的战斗力丝毫未见提高。再则，如果兵分三路，或者两路，不但行动方便，而且多方钳制敌人，使咸阳不知道他们从哪个方向来，防不胜防。这种新组织起来的军队，在未成事之前，吉凶未卜，不敢分开，只好抱作一团。他们以为，成蟜如果胜利，紧紧跟随他的人肯定要讨便宜，所以便拥挤在他身边。成蟜年轻，考虑不到这些。朱英曾经建议分路前进，未被采纳。大概不是不想采纳，而是无法采纳：一个秦璧，一个蒲鹖，让谁离开成蟜？

后来历史学家们发现，成蟜军在沁水西岸耽误太久的原因，是成蟜正在等待山东六国诸侯对他的支援，即四国为一或五国为一的合纵抗秦新局面,具体说就是等待泄钧的好消息。这种局面有可能出现,而且即将出现,所以成蟜就这样傻等。等了两三个月,看看已经没有指望。最后消息传来,泄钧已经被赵国的奸臣郭开当作奸细杀掉。赵国的王在参加秦王政的冠礼时遇到虎患以后,吓出一身病来,回到邯郸一病不起,一切都听从郭开,所以形势急转直下。直到此时,成蟜才死了心,再也不依靠列国,决心靠自己的力量向西挺进。

还有一些历史学家们发现另一些极为重要的情况。成蟜大军在岳阳南边的荒山中耽误这么久,原来是朱英为首的将士们正在劝说成蟜以秦献公的手段达到做秦昭王的目的。许多将士们都已经看清了当时战国的大势,希望秦国能有一个圣明的君王,而且希望秦国能有一套新的符合人民利益的政策。当成蟜最后终于答应的时候,朱英的心情激动万分。他年轻时游学四方,见过许多当时有名的人物。有名的四公子他见过三位:平原君、信陵君和春申君;六国的王,他见过三位:赵王、魏王和楚王;他在大梁时,见过当时的丞相薛公和正在穷愁著书的虞卿等等。只有信陵君,曾经令他倾倒,再即现在眼前的这位十九岁的青年——长安君成蟜,他甚至觉得长安君各方面都在信陵君之上。信陵君是一位英雄,而长安君却是一位圣人。那天长安君穿着酱紫色的便服,腰间系着那位小将从咸阳带来的说是蔡儒子的玉佩。朱英甚至清楚地看见长安君在说话前,曾经下意识地摸了摸那个玉佩。他已经考虑再三,说道:

"寡人连日来听取先生和将军们的谆谆教诲。"他看看朱英,看看蒲鶡和秦璧,继续说道,"真是不胜感激。咱们秦国人,从前偏居西陲,孤陋寡闻,夷狄之教。后来,襄公立国,缪公开地,孝公变法,昭王称帝,从此雄视诸侯,有吞并天下之意。然而,咱们秦国人,武官只读兵书,文官只读法令,武官只知杀戮,文官只知苛刑,至今依然是夷狄习气。关于革命的道理,几乎无人知晓。寡人所说的革命,就是汤武革命,寡人所说的革命道理,就是关于逆取顺守的道理。这个道理,是从《吕氏春秋》公布以后,秦国人才第一次听说。诸位希望寡人做秦王。如果我哥哥活着,我自然不能有这种非分之想。如果不幸,我哥哥被嫪毐杀害,自然我要做秦王。不论寡人做不做秦王,寡人将不遗余力,使秦国有一套新的主张,新的政策。现在山东六国已经腐败至极,秦国应该高举义兵的旗帜,出兵不为攻城略地,而是为了除暴安民。得地不必私县,而以封天下之贤者。就像武王伐纣胜利之后问政于民一样,充分采取列国好的受人民拥护的政策。现在,咸阳已经大乱,我们应该迅速西进,占领咸阳,除暴安良。"

朱英认为,长安君的这一番话,应该载入史册,使后人知道,在混乱不堪的战国之末,曾经出现过这么一位圣明之君。在长安君下令西进之后,大军立即开拔。这时,咸阳已经迅速平定了嫪毐之乱。秦王政回到咸阳宫之后,听说茅津、崤关一带毫无动静,便下令王翦带领现在渭南军营的二十万大军,迅速东渡黄河,并且下令在大军东渡之后,把昭王晚年在蒲津关修建的黄河木桥拆除。当成蟜军进至翼城时,蒙恬的军队已经到达夏邑。

由于绮里季的到来,朱英得知咸阳已经大乱。而且也是从绮里季口中,朱英得知春申君被李园杀害的消息。朱英不仅是个英雄,而且是典型的英雄。换句话说,在他的大无畏的英雄主义里面,还包含着一些明显的顽固的悲观主义情绪。他听说春申君惨遭杀害,这虽然是他早已预料到的事情,他依然十分难过。他抑制不住自己的幽愤哀伤,泪珠落满胸前。他想哭,然而古人无论如何不肯哭泣,以为呜呜咽咽的是小女子习气。

他高声唱道:

念彼远方,
何其塞矣。
仁人绌约,
暴人衍矣。
忠臣危殆,
谗人般矣。
旋玉瑶珠,
不知佩也。
杂布与锦,
不知异也。
闾娵子奢,
莫之媒也。
嫫母刁妇,
是之喜也。
以盲为明,
以聋为聪。

以危为安，

以吉为凶。

呜呼上天，

曷维其同。

他一面弹琴，一面歌哭，悲伤至极。

人的悲伤，也和人的欢乐一样，其原因并不是简单的。虽然朱英还没有明确地意识到，他的悲伤并不完全是为了春申君，其中有很大的成分是为了长安君成蟜。聪敏过人的人，往往是先有一种预感，然后才慢慢形成一种意识。当预感产生时，它就像神灵的启示一样，它是模糊的，无法把握的，自然也无法用语言加以表述。但是，预感已经实实在在地形成了，于是，从心灵深处不由自主地流露出一种想不到的情绪。就连他自己，也不知道这是怎么一回事。

这一天傍晚，西山上光辉璀璨的晚霞渐渐暗淡下去，东山上一轮明月早已升到当空。军营中一片寂静，将士们坐在帐外的草地上，鸦雀无声，倾听着朱英的悲歌，许多人都落了泪。只见蒲鹊走进朱英的帐篷。他先对新来的绮里季先生施礼，然后对朱英施礼，说道：

"朱大人，大军正在顺利前进，如此哀伤的歌曲，惹得将士们都落下泪来……祈请大人，再唱一支欢乐的鼓舞人心的歌。"

"是啊。"绮里季说道，"蒲将军所言，非常有理。请朱大人唱一支鼓舞人心的歌。"

朱英听从他们的劝告，再理琴弦，重新唱道：

天下不治,

请陈佹诗。

天地易位,

四时易乡。

列星陨坠,

旦暮晦盲。

幽暗登昭,

日月下藏。

公正无私,

反见从横。

志爱公利,

重楼疏堂。

无私罪人,

憼革二兵。

道德纯备,

谗口将将。

仁人绌约,

敖暴擅强。

天下幽险,

恐失世英。

螭龙为蝘蜓,

鸱枭为凤凰。

比干见刳,

孔子拘匡。

882

暗暗乎天下之晦盲也。

拂拂乎其遇时之不祥也。

昭昭乎其知之明也。

郁郁乎其欲礼义之大行。

皓天不复，

幽无疆也。

千秋必反，

古之常也。

子弟勉之，

天不忘也。

圣人共乎，

时几将矣。①

　　这歌词的意思是说，现在的世界颠倒淆乱，已经达到顶点，已经到了物极必反的时候了。如果世界往而不复，那我们就只能忧伤终老无可奈何了！物极必反，才是正理。现在就到了不反也得反的时候了。过去是天下晦盲，我们是时遇不祥。现在不同了，昭昭明智，礼义就要大行……共手即拱手，就是垂衣裳而治。朱英指出：现在圣人拱手，天下太平的时期即将到来。圣人，自然就是指长安君成蟜。古人对乡亲或者将士们，亲切地称为"子弟"。朱英指出现在正是扭转乾

─────────

　　①载《荀子》，题曰《诗》。又见于朱熹《楚辞集注》，相传为荀卿所作。"昭昭乎"以上四句，从朱熹之读而略有更动。此诗通俗易懂，无须详释。

坤的关键时刻,他并且勉励将士们奋勇向前。

因为这首诗优美动人,所以它不胫而走,很快就传之遥远。传诵的人们不知道朱英是何许人也,只知道他是从楚国来的,况且歌词的前一段又是痛哭春申君的,所以久而久之就把这首诗按到荀卿头上。荀卿晚年穷愁潦倒,客死兰陵,从没有遇到过"圣人拱手,时几将矣"的情况。所以后来,大约在西汉初年,有一位退隐山林的历史学家曾经指出,战国末期,古代民主思想即所谓王道思想,只有过一次闪现出强烈的光芒,这就是屯留兵变。遗憾的是它的光芒很快就熄灭了。留在人间的只有这么一支动人的歌。

朱英在成蟜军中是一位独特人物。他不仅只身一人进入蒲鹝军营,拉过来十万大军,为这次起义立了大功,而且,他的诗歌在成军中广为传诵。这首诗歌,就像无形的飓风,鼓荡着山川,激励着将士们。诗中把成蟜看作圣人,将士们身处乱世,久已盼望出现圣人,于是也就把成视为圣人。据说,周文王在年纪很小的时候,就表现出仁人圣者的高贵品质。古代人对小孩子的观察是非常细微的,尤其是对王子王孙。所以军中传说着许多对赵政颇有贬义的传闻,而同时也传说着许多对长安君特别赞美的故事。究竟长安君为人如何,一般将士并不甚清楚。但是,多年处于战乱饥荒之中的人们,热切盼望出现明君圣王,于是他们便用自己的想象,来补充客观事物,使之尽量附和自己的愿望。将士们在谈论长安君的时候,不可否认是带有这种情绪。而当他们看到长安君的时候,他们那种欢呼跳跃激动万分的样子,简直非语言所能形容。将士们看见成蟜果然生得面如傅粉,神采奕奕。他的额头宽阔而饱满,他的眼睛明亮而富有表情,他的面颊方圆适度,他的嘴上还没有长出胡须,但是他那唇红齿白的样子十分精彩。最后我们再说那最重要的地方——鼻子。战国人迷信相术,特别赞美"隆准",就是高高的鼻子。当将士们看到成蛟的正面时,他们已经是欢声雷动。不过他们盼望他扭过脸去,因为他们想仔细地看到他的鼻子。果然在成扭过脸去的时候,万岁之声突然响彻云霄。将士们把成蛟看作天神。成蛟骑在一匹白马上,头上戴着金光闪闪的兜鍪,脑后拖着长长的红缨;身上穿着犀甲,金色的锁扣在阳光下闪耀着;斜披一件宽大的绛红色战袍,春风鼓荡着身后的衣襟,好像战旗在招展;宝剑斜挎在腰间,剑鞘上镶满了晶莹的珠玉。他的卫士们簇拥着他,在将士们潮水般的欢呼声中驰过,后面紧紧跟着的是秦璧、蒲鹠、朱英、绮里季等人。

"白马!"士卒中有人说道,"不好。"

"那是一匹千里马。"

"不,"那人低声说道,"战斗中,白马容易识别。"

"长安君万岁!"

"万岁!"

成蛟起义,在外部缺乏外交方面的有力的支持,而在内部,缺乏正确及时的情报。人们习惯于依靠自己的想象,补充事物的不足。当时军中谣传,秦王政已经死掉,说祈年宫已经夷为平地,说秦王政杀掉了嫪毐的私生子,然后嫪毐又杀掉了秦王政。太后勃然大怒,于是嫪毐又杀死了太后。说得有声有色仿佛真的一样。这一切都是可能的,但却不是事实。最重要的是事实,是及时摸清事实真相。然而当时成蛟军中,不具备这种力量。秦国的军官,自以为是军事上的行家里手,却不以情报为意。他们一向认为,搞情报是政界的事情,所以他们一向是依靠朝廷供给情报,就像依靠朝廷供给粮草一样。他们认为,自己的任务就是牢牢地掌握着军队。一句话,成蟜军是盲目的。它像一条巨大的恐龙,在太曛山的林莽中蠕动着。正曛因为没有正确的情报,所以人们把形势想象得非常之好。军中将士普遍认为,胜利在握,好像他们只要走到咸阳,成蟜就可以继承王位,他们人人都可以得到封赏,就如同武王伐纣胜利之后所有参战的将士人人都得到书社一样。甚至他们已经开始盘算,在他们得到封赏之后,将要如何生活。有一位百人长,是个官大夫。他声称,如果是连升三级,人就是五大夫。他将获得三百家农奴[①],他将要娶五个小妻,买十五名女奴,盖一所在咸阳来说是头等的住宅,然后他就告老还乡了,享他的清福去了。人们听着他的话,眉开眼笑,乐不可支。

绮里季并不做如此之想。他认为前途是艰难的。他明确告诉朱英,告诉秦壁和蒲鹋,甚至当面告诫长安君,应该准备艰苦而激烈的战斗。他并且向成蟜建议,兵分三路,迂回王翦的渭南军,直取咸阳。他要求给他三万人马,他可以南渡茅津,进入潼关。他并且希望给朱英三万人马,令朱英西渡禹门,然后向南攻打咸阳。这一切建议,长安君都认为不必要,不同意。不知道是诸将不肯分开,还是长安君舍不得分开,总之绮里季的建议未被采纳。绮里季不是能将就的人。

①见《商君书·境内》。

886

他当天夜里就不辞而别,谁也不知道他到哪里去了。他的这种行径,非常令人愤恨。然而仔细想来,这正是战国末期山东士人已经觉醒的一种表现。他们已经不是二百年前,那种立过卖身契(所谓委质为臣)的奴才士人了。他们现在已经有了自己的思想意志,自己的人格尊严,一句话自己的取舍留去的自由。如果这样想,则觉得自我意识浓厚的如绮里季一类人,又颇值得人敬重。绮里季的不辞而别,很使人们感到意外,感到不快,至少是不理解。但是,因为大军正处在胜利的西进之中,所以,人们都没在意。就连成蟜,也没在意,也未感到有什么需要猛醒的地方。只有朱英觉得不对劲,心里充满了悲凉。

朱英是个歌哭无常的人。他不知道为什么绮里季会突然离去。他同绮里季以前不认识,只是因为绮里季是司空马的朋友,所以他们也做了朋友。他同绮里季没有深交,但是,他认为绮里季是一个值得深交的人。所以当绮里季不辞而别的以后,他觉得仿佛失掉了什么,心中十分凄凉,而且觉得深深的不安。一个朋友突然离去,使他感到好像来到了森林,周围没有人声,没有道路,甚至都不辨东西南北。他感到一种莫名其妙的恐惧。他不知道为什么别人对这件事情都漠然无视之,而自己却着实地难过。他想哭,想唱,想怒吼。

这天晚上,他独自一人走出营帐,来到斜月照着的林边。高大的橡树簇拥着排列在高高的黄土塬上,显得威严雄壮。河水把黄土刮走,留下了深深的大沟。沟底没有河水,只有许多乱石,在凄凉的月光之下,好像战后遗留下的横七竖八的尸体。朱英就在这些乱石之中徜徉着。一弯明月渐渐升到中天，山中是一片寂静。突然，仿佛有千军万马杀过来一般，树林里传来了刮风的声音，令人毛骨悚然。朱英虽然不了解绮里季不辞而别的原因，不过，他也有了一些感觉。他认为自己不是做官的材料。他觉得自己尤其不能做秦国的官。他眼前的这些将军们，都是标准的秦国军官，他同他们合不来。秦国军官，没有文化，没有头脑，只顾眼前，不思后果，只知杀戮，不知其他。这在朱英看来是非常危险的。虽然朱英知道长安君对他非常敬佩，非常器重，他还是决定，一到咸阳，他就辞官归里。他决心退居林下，终此余生。战国时期，战场上的厮杀越是激烈，官场上的争斗越是尖锐，寂寞的山林对于仁人志士的诱惑力也就越是强大。这种情况发展到战国末期，优秀的人物大都远离人间，避入了人迹罕至的深山。他们宁做野人，不做忠良。一些功名利禄之心较重的志士，投身于神鬼莫测的斗争之中，转眼之间就身败名裂了。所以，到朱英这个时间，各国腐败到极点，朝中上下都是自私自利的小丑，正人君子几乎已经绝迹。朱英为此曾经叹息不已，但是毫无办法，时势使然，莫可如何。

他这样沉思默想着，在林边的河谷中踱来踱去，一直到新月西斜，晨鸡报晓。这时，他才发现他的仆人，一直坐在距离他不远的一块大石上，默默地守卫着他。

朱英的仆人周兰，不到三十岁，原来是楚国的平民，因为犯法沦为奴隶，朱英见他憨直诚朴，便花了几个钱把他赎出来，做了自己的仆人。周兰为人沉默寡言，三天说不了五句话。朱英见他大胆而心细，所以把他当作自己的学生看待。

"你一直在这里？"朱英问道，"怎么还不睡？"

"老爷也该睡了。"周兰说道,"敢问老爷是有什么心事吗?"

"我在想,我大概不是做官的材料。"

"不在材料,"周兰说道,"在运气。"

"运气么,"朱英叹道,"生当乱世,还谈得上什么运气。"

"老爷,"周兰吞吞吐吐地说道,"听人说,从此往北,有个地方叫作鬼谷。"

"妙哉,周兰,"朱英笑道,"你可谓深得我心。"

"听说在那里,白天可以看见星星。"

"啊!万古长夜……"朱英心中重新泛起无限的凄凉,"看到星星,就已经深感安慰了。"

朱英同他的仆人周兰一起走回自己的帐篷,这时已经用不着点起火把,蔚蓝的晨曦已经照亮了一切。

"周兰,一夜之间,我来了三趟,朱大人回来了吗?"

朱英看见走进来一个人,这就是原先秦璧派往咸阳的那位小将。当时他不肯暴露自己的真实姓名,后来他同朱英、泄钧一路同行回到上党,才知道他叫骆甲。

骆甲来告诉朱英一连串非常不好的消息:秦王政没有死,嫪毐已经被消灭,秦王政回到了咸阳宫,并且命令王翦带领大军进入河东消灭成蟜。这些消息同先前传来的谣言正好相反。如果是原先的那样,秦王政已经死掉,即位的自然是成。现在证明秦王政并没有死,而嫪毐却已经被消灭,这就使成蟜变得出师无名了。屯留兵变打的旗号是消灭嫪毐。如果在嫪毐死后而秦王政依然健在的情况下,成蟜继续挥军西进,这就是要篡夺王位,这就没理了。而在这种情况下,成蟜军如果缴械投降，就此罢休，这事情几乎是不可能的。秦王政既然已经命令王翦大军东渡黄河消灭成蟜军，王翦们为了立功受奖是绝不会允许成蟜投降的。这就是被后人吹得天花乱坠的秦国的首级制度造成的。如果把成军消灭，所有杀戮都记入首功之簿，各级军官都有奖赏，"三十三盈论"①，而且越往上奖赏越重。所谓耕战政策，就是在战场上所获之首级，有如耕耘之收获一样，大至富贵尊容，小至吃喝穿用，都在其中。但是，如果允许成蟜军投降，这既没有首功之奖，又不能把这些秦国人赶到大街上的牛马栏中，当着他们的父母亲友，把他们当作奴隶卖掉。事到其间，肯定有人说情，弄得不好，秦王政很可能下令赦免他们，或者让他们去戴罪立功。这就如同辛苦耕耘一场，最后鸡飞蛋打毫无所获。不但如此，这些活下去的秦国人会成为你的仇敌，至死不忘报仇雪恨。尤其成蟜，更是绝对不能留。所以，只要有力量，那是必至全歼而后已。

骆甲告诉朱英的这些消息，很快就在成蟜军中传开，全军上下，人心恐慌。古书上说王翦是"豺狼之徒"这是有根据的②。他和所有的秦国将军一样，只知道杀戮，不知其他。其实，这不是由个人的思想品质或者说道德素养造成的，而是由秦国的制度造成的。王翦虽然已经是屡立战功，但是，带兵去消灭秦国的军队，这还是第一次。王翦是在秦国的耕战政策中成长起来的将领，他深深懂得耕战政策的真正的精神

①见《汉书·刑法志》。
②见《汉书·刑法志》。

890

实质。所以他这一次表现出非凡的迅猛,独特果敢,并且表现出令人惊异的熟练。王翦命杨端和带五万人,从孟津河,进驻长平以南的丹水之上,挡住成蟜军向南逃窜的去路。又命蒙恬带十万人,从龙门渡河,直趋翼城。王翦本人则带领大军,从临晋关渡河。当王翦进至夏邑的时候,他接到报告说蒙恬已经到达汾阴皮氏,而成军还在太瞭山中跋涉,他高兴地大喊着:

"上天保佑,他们还在自己的木鞋里发呆哪! 子弟们,前进吧!"

及时而正确的情报,是任何一种军事、政治行动的最重要的先决条件。当时在成蟜军中,只知道嫪毐被消灭了,便以为嫪毐已经死掉。他们不知道还活着,还没有被抓获这个极为重要的事实。况且陛下的御玺,至今还在手中。这一点,成蟜军中无人知晓。按理说,他们应该看出一些端倪,因为有秦王政的悬赏令在:"有生得嫪毐者赐钱百万,死的五十万。"或者他们只是没有注意到,因此没有从中得到灵感。因为他们原来听到的谣言是秦王政已经死掉,所以把一切都想象得非常简单,非常容易,非常美好。等到听说秦王政还活着,并且派来了王翦的大军,要消灭他们,所有的人都惊呆了! 都吓傻了! 仿佛突然落进了陷阱,他们的头脑已经停止活动,当然也就无从得到什么灵感。其实,王翦的大军数量虽多,却都是刚刚征集来的青少年,其素质远不如成蟜军。王翦是不难瓦解的。只要说,"陛下受着太后的控制,而太后依然窝藏着,篡弑的阴谋仍然在进行着,甚至比以前更加危险,所以捍卫昭王子孙的权利,为了捍卫陛下的王位,成蟜有权利有义务打回咸阳去,活捉嫪毐,肃清朝政。"王翦带的命令,只钤着赵政的私玺,这一点,在王翦军中,不仅一般军官知道,士卒中也有不少人知道。两军阵前,成蟜如果这样说话,纵然不能瓦解王翦军,至少还可以保持刚刚兵变时的形势,鲜明的义旗依然可以高高举起;纵然不能打败王翦军,至少可以团结巩固自己的阵营,不至一败涂地。后来的历史学家们为成蟜感到惋惜,惋惜他缺乏足够的聪敏,却有许多不必要的诚实。

第一次战斗发生在翼城东边的山地之中。两军阵前,蒲鹖不能打出任何有力的旗号,只是不停地骂秦王政杀了他的全家,骂王翦是豺狼成性,为虎作伥,等等,等等。这不仅不能压倒敌人,反而瓦解了自己的士气。这一仗打了三天,前锋全部损失,蒲鹖战死,成蟜军又返回了屯留一带。

成蟜军向哪里退都可以,就是不应该退回屯留。因为成蟜军中有大批的屯留士卒,战斗失利,归心似箭。他们还是非往屯留退不可。然而一到屯留,这些屯留卒就会立刻涣散,就像土偶滚进了池塘一样。成蟜军中发生了严重的逃亡。这不仅是战斗失利造成的。首级制度规定一伍之中有一人逃亡,其他四人则判处杀头[1]。所以,不逃则已,若要逃亡,大家一起逃亡。屯留士卒无处可逃,大部分逃往赵国的阏与和橑阳两县。到第二年,王翦和杨端和攻打阏与和橑阳的时候,秦军大喊着:"不服从迁徙的屯留的逃奴们,快投降吧!""逃亡的奴虏们,你们的死期到了!"严重的逃亡不仅发

---

[1] 见《商君书·境内》。

生在屯留士卒中,而且也发生秦军的什伍之中,因为士卒们已经看清,只有逃亡,才能活命。

第二次战斗发生在屯留西边的丘陵地带。这里的山上是茂密的丛林,山下是起伏不平的耕地。在耕地的边沿有农奴的庐舍,耕种和收获季节,农奴们到这里来住,平时则住在叫作邑的聚落之中。当时在邯郸周围,已经是万家之邑相望于道了。在屯留西边的丘陵地带,虽然还没有万家之邑,但是三五百户的聚落却已不少。这一次战斗,就发生在两三个百户以上的聚落之间。起伏不定的耕地上,已经长起半尺高的黍稷。不过他们丝毫不妨害战马的奔腾,却提供了最好的饲料。战斗之前,双方都占据着耕地的高冈,中间是一条弯曲的没有水只有黄沙的宽宽的干河槽。东西相望,旗鼓相对,不过二三里。在这种情况下,谁先发起攻击谁吃亏。一则因为一鼓作气再鼓而衰;首先发起攻击的骑兵,转瞬之间就会冲过河槽,冲上对面不利于己的大慢坡。这时候,敌方的地势高,我方的地势低。不仅马匹奔跑的速度、力量非常悬殊,就是长矛大戈向上勾刺和向下勾刺,那力量也是非常悬殊的。成蟜年幼,没有战斗经验。而朱英说话,秦璧不爱听。这或许是因为朱英在成蟜军中威望特高,长安君对朱英特别敬重的缘故。秦璧认为这次起义他是元勋,不愿意有人超过他。有人分析,当时如果朱英不多嘴,秦璧肯定会考虑到这一点,结果朱英一多嘴,反而把事情弄糟了。很可能秦璧是故意同朱英作对,慌忙之中主动发起了攻击。对面山冈上是蒙恬,他等到秦璧带领的骑兵,像潮水一样呐喊着冲入河槽的时候,才擂起冲锋的战鼓。于是,对方的骑兵就在蒙恬前面不到二百步的大漫坡上厮杀起来。成蟜军顽强至极,秦璧本人也非常勇敢。他们虽然处于不利的地形,但是毫不后退。双方杀得难解难分的时候,蒙恬亲自带领两万骑兵,从西边的山冈上压下来。这时候,南边五六里远的丛林边沿上出现了王翦的旗帜。他们的人声马声和尘土飞扬的样子,就像飓风一样,转眼之间就冲上了成蟜本人所在的东边的山冈。战斗从午前开始,在太阳偏西时基本结束。秦璧和五万多名骑兵全部战死。朱英保着成蛟急忙向北撤退,来到了屯留西北的一座山前。

就在战斗发生的这一天,蒙武已经到达屯留。秦王政在宣布废除逐客令以后,还不放心,没几天又晋封蒙武为彻侯,任命蒙武为国尉。国尉相当统帅,以前都是任用深通兵法的文官,自从尉缭逃亡以后,秦王政厌恶文官,国尉改用武人。经过这一番嘉奖和鼓励之后,蒙武认识到秦王政的目的是要消灭成蟜。十天前,蒙武放弃对齐国的威胁,进军来到邯郸城下。赵国的君臣吓破了胆。郭开当即同意蒙武的军队越过赵国的国土,开进上党去消灭成蟜。于是蒙武卷甲突进,这天上午到达屯留。蒙武已经五十九岁了。按照秦国的规定,五十六岁退休。蒙武觉得自己不可能久处战场了。他希望他的儿子们迅速成长起来。他如此主动地参与消灭成军的战斗,实际是对他儿子蒙恬的支援。蒙恬的级别,比王翦低三级。蒙武希望经过这一仗,他儿子蒙恬能连升三级。

斥堠们报告成蟜说,他们亲眼看见蒙武的军队已经开进屯留。成蟜叹道:

"天哪!我们已经三面被围了!"

"北面过山就是晋阳，"朱英说道，"长安君可以直取晋阳。"

这时朱英发现他的仆人冷冷地看了他一眼。

朱英想道："我说错了吗？"周兰极为诚朴，他大概认为现在已经死到临头，何为还骗这可怜的孩子。也许周兰是对的。蒙武是久经战阵的老将，他不把北去的大路切断，是不会占领屯留的。我们恐怕是四面被围了。然而，当务之急依然是上北山，夺路而进，或者还有生的希望。

这时天已黄昏，前面是几间无人居住的田间庐舍。精疲力竭的成蟜已经滚鞍下马，呻吟着，喘息着，钻进庐舍，并且命令他的卫士们打火做饭。卫士拉过来一捆茅草，长安君倒身在草捆上。他的手碰到了自己腰间的玉佩，他忽然想起了蔡孺子，心中激动而又悲伤，他叹道：

"对不住呀！孺子，真对不住啊！"那卫士以为长安君是在同他说话，是在向他道歉，他急忙跪下施礼。这时他听到长安君像呻吟一样的鼾声。

朱英这时也已经疲惫不堪。他看见长安君下马，自己也下了马。后来看见长安君走进庐舍，他就歪在那庐舍前的一堵土墙下，立刻就睡着了。等他醒来时，周围的黑暗的世界已经变得无法理解。他仿佛在做梦，神情恍惚地伏在马鞍上在荒原上奔驰着，似乎是在逃命，似乎是楚王派出武士们正在追捕他，就像围猎的勇士们正在追逐一头可怜的小鹿一般……周围是一片黑暗，而且是风雨交加……他的双手拼命抓住缰绳，而那缰绳竟是如此的柔滑细腻以至软弱无力，简直就像抓住一把苔藓一样……实际上他紧紧抓住的只是周兰的衣领,他在半醒半睡的状态中,听见有如暴风骤雨一般的马蹄声和千奇百怪的怒吼声。他觉得这种可怕的声音就在周围,就在身后……当这种声音渐渐消失的时候,他也渐渐地清醒过来了,山林中松枝和青草的气息,使他意识到自己还活着,并且感到是有人背着他,正在艰难地跋涉着。

"你是谁?"朱英问道。

"周兰。"

"你站住!"朱英气愤地喊着,"你要把我弄到哪里去?"

"就到这里。"周兰说着把朱英放下。

"这是什么地方?"朱英觉得自己已是坐在林中的草地上,骂道,"这不是临阵脱逃吗?"

"我只管老爷的死活,不管其他。"周兰小声嗫嚅着。

"我死也应该同长安君死在一起。"

"无济于事。"

"胡说!"朱英喊道,"命中注定,管什么济事不济事!"

"老爷您碰上我,"周兰说道,"这也是命中注定。"

"放屁!"朱英怒吼着,"你怎么能决定我的命运! 不行! ……我要下山去!"

"已经晚了,老爷,咱们离开那座庐舍已经有十里路了。"

朱英抱头痛哭起来。周兰并不解劝,他躺在草丛中,仰面望着天上的星星。后来朱英哭道:

"长安君是个好人。"

"这个世界上,"周兰淡淡地说道,"不需要好人。"

"长安君善良、仁慈、忠贞、正直。"

"这都是缺陷。"

"是一位有道明君。他能礼贤下士,是一位圣人。他肯定能改变政策,能致太平……"

"老爷,"周兰斩钉截铁地说道,"您也不用难过,也不用哭。列国的王族早已腐败透顶,怎么能产生圣人呢?"

"难道当今世上就不能产生圣人吗?"

"布衣之中,或有一二。"

"你从哪里学了这么多胡说八道!"朱英怒斥着,"从现在起,我和你断绝一切关系,我既不是你的主人,也不是你的老师。你走吧!"

周兰突然跳起来,大喊道:

"我不同意!"

朱英见此情景,不敢再说什么。两人沉默着。沉默了很久,周兰见朱英不再吭气,他喘息着,重新又躺在草地上。然后,他轻声说道:

"老爷,您累了,您睡一会儿吧。"

正是中原的古老的文化传统,那种带有浓厚的古代民主性质的思想,在平民中生了根,才培育出这种独特的英雄性格。一个奴仆,在生死攸关的紧要关头敢于教训他的主人。这就像一位老臣,敢于在国家危难之时,教训他的君王一样,这是十分伟大的。而能够接受这种教训,也需要许多的优良品质。周兰既然姓周,他肯定是楚国梁邑的人。他的祖先应该是周朝的王族,或许是王族的庶孽。到他这里,很自然地便成了平民。因为他年轻,又不爱说话,平时只是倾听朱英给他讲解各种大道理。朱英并没有测验过他,根本不知道他究竟具有何种水平。周兰在倾听朱英的谈论时,常常满心怀有对朱英的感激，尊敬和爱戴的心情，而对他的谈论却未能首肯。周兰后来是项羽部下的一员名将，这是朱英所始料不及的。他们的年龄相差十七岁，这就形成了一条鸿沟。在鸿沟这边的人，无论如何，也无法理解鸿沟那边的人。朱英一向认为自己是真正的英雄，经过这一次同周兰争辩之后，或者说得更确切一些是经过成蟜军的彻底被歼之后，他才意识到自己只是一个旧式的英雄。同周兰相比，他感到自己古板愚鲁多了。

周兰让他睡觉，他怎么能睡得着。他忽然想起一件微不足道的往事来。前些时，当唱出那支优美的诗歌之后，他曾经不无得意地问过周兰："如何？"周兰却说了一句不相干的傻话："从前楚国曾经出过一个白公胜……"

周兰的话仿佛还没有说完，朱英已经掉头而去。他当时以为周兰真的有点傻，倒也没在意。现在忽然想起来，觉得这或许是周兰对成蟜的一种看法。在这寂静的山林中，被可怕的黑暗包围着，身体蜷伏在草丛里，闻着腐叶和青草的气味，听着山泉的呜咽，朱英觉得已经清醒起来。他仿佛有所领悟一样，他甚至觉得自己现在能够把当时周兰想说的而没有说的话替他说出来。朱英知道周兰下边的话是："孔子见过白公胜，并未大加赞许。"他想道："好个周兰，他多亏没有把这话说出来，如果真的说出来，我肯定会发怒的。"

借着晨曦的微光，周兰在山岩上找到一个小山洞。他把朱英引到那里躲藏，自己则在洞口外的丛木中隐藏起来。

朱英遥望这山林景色。山林之中颇有许多不可思议的现象。山前的较低的丘陵上，到处是细腻的黄土，却只长着茂密得透不过气来的丛木。那些灌木们好像在极力争夺空间，其实不见一棵成材的树木。而在山的高处，在巨大的裸露的岩石旁边，却生长着高大的松林。他们的枝延伸向天空，堂堂正正，仪态大方。山前丘陵上是洪水滔天时代漂来的厚厚的黄土，而在高山上则是本地原有的自己生成的黑土层。这一切，竟是如此的耐人寻味。然而更有令人惊异的事情。有一棵大树被砍断了，却没有倒下，它斜倚着别的大树们，依然挺立在那里。"多么威武啊！"朱英想道，"至死不肯倒下。"当然，林中也有倒下的树木，它们是被砍倒了，却没有运走。它们的枝干已经腐朽，粗大的树干上长满了青苔。那外表，同林中的巨石一模一样。清晨的阳光射进林中，青苔上反映出五颜六色的光辉，宛如神仙故事中的情景。

朱英忽然想起周兰说的鬼谷这个地名。他在心中说道："我一向自负，其实，或许，只不过是那丘陵上的丛木而已。我老了！我的精力已经在长期的漂泊困苦中耗尽。大概我早已变为长满苔藓的朽木。周兰虽然年轻，却是饱经风霜，希望他成为这山中的大木。对于我，一切都成为过去，像黄河的波涛一样，瞬息万变，匆匆千里，去而不返了！"他救过周兰，周兰对他永远感激不尽。现在周兰救了他，他不但不感激，反而觉得十分遗憾。他认为，应当死的时候就要视死如归，义无反顾。如果不然，苟且偷生，这就是极大的耻辱。战国末期，从前那种迂腐的忠君观点，在人们的心目中已经淡薄了，尤其在一般受压迫的士人中间，是非常明显的淡薄了。朱英虽然确实有过以身殉长安君的决心，但是由于偶然的机缘，此时他已经远离战场，已经脱离危险，这种决心便从根本上动摇了。他自己还没有充分地意识到,他的从前非常强烈的忠君观念,现在也已经相当淡薄。当他在这小小的岩洞里蜷伏着的时候,他反复地想着自己,哀叹着自己,这实际就已经证明了忠君观念的淡薄。周兰比他更进一步。他以周王族的后裔,而痛恨腐败已极的诸侯王公们。这是很自然的,而朱英却觉得无法理解。

周兰爬到前面的山梁上去遥望山前的动静。傍晚他回到朱英的山洞中,带来了一包松子和一葫芦水。

"能看见山前的情况吗?"朱英问道。

"远处乌烟瘴气,什么也看不清。"周兰说道,"近处没有人。这林子里好像人倒不少,大概都是逃亡的屯留士卒们。"

"你见到他们了吗?"

"远远看见有个人影,转眼就不见了。"

"他们不会怨恨我们吧?"

"命中注定,谁怨谁。"

这时,有一件东西落在他们洞口。周兰拔出宝剑,慢慢探出头去,见是一个用藤条捆着的茅草包。他把它拉过来,解开一看,原来是一条烤得半生不熟的鹿腿。

二人大喜,立即吃了起来。

"屯留士卒是善良的,"朱英感慨地说道,"他们对我们依然是友好的呀!"

天黑以后,有人在洞口外面的草丛中说道:

"朱大人,您在这里藏不住,还是走吧。"说话的人见朱英不搭腔,又继续说道:"我们给大人预备了马匹。"停了一阵又说道:"从这里往东北,过了漳水二百里,就是赵国的橑阳、阏与。"过了一会儿又说道："大人不认路，我们有人给大人引路。"最后那人又说道；"到了那里，大人可以扮作商旅，然后投亲靠友，远走高飞。"

"完全是好意，"周兰说道，"应该感激。"

朱英非常激动，钻出洞口，向黑暗中施礼，说道：

"多谢父老。"

这时从草丛中站出来三四个人，都是屯留士卒。他们引朱英、周兰下山。在沟底的小溪边，有几十个人和几十匹马在等待他们。朱英和周兰每人得到一匹马。这时，一个军官模样的人喊道：

"按照方才编的什伍，排列开，听我的指挥，保护朱大人过漳水，奔橑阳，不准落伍，立即出发！"

第三十五章　成蟜之死

　　感情这东西,在历史上起过好作用,也起过坏作用。当它起好作用的时候,这就是诗篇,美无伦比;当它起坏作用的时候,这就是政治,恶劣异常。所以古代的哲人们或痛骂感情,或赞美感情,都有道理,都没道理,信不信由你。秦国人有感情,但是从来不一任感情的驱使。三晋人就不同了,把感情看得非常重,所以经常打败仗,处处碰钉子。赵国出过丢却相印甘陪朋友亡命的事情。诚挚的感情发展为崇高的道德。这种东西受到后人的赞美,这是很自然。但是仔细想来虞卿的逃亡究竟有什么意义呢?对自己,对朋友,对国家,对民族,可以说毫无意义。这就是三晋的英雄多如牛毛,而在战略上却总是步步后退,算起来总觉得虽有英雄却无济于事的根本原因。呜呼! 岂不哀哉。然而各种各样的感情作用,直到今天依然处处都是,仿佛苍蝇蚊子一样,不知它们是从哪里来的,多得令人厌恶。非有冷酷的严冬,不足以肃清此类。

在祈年宫,吕不韦得到了秦王政给成蟜的赦免令,当即交给司空马,令他派人迅速送往河东。司空马上马飞奔咸阳。他觉得此事应该首先告诉蔡泽一家。于是他一进咸阳西门,就先到了刚成君蔡泽的府邸。那情景是非常激动人心的。蔡孺子感动得放声大哭,她要亲自给纲成君送去。她命仆人备马,而且不梳妆,不打扮,只用一块深蓝色的丝帛包住她的头发,立即对着她的父母跪倒在地,说道:

"爸爸妈妈,两位大人多多保重,女儿这就起程。"

所有在场的人都非常感动,司空马和骆媪也落下泪来。蔡泽见女儿要走,如何能放心。一把拉住孺子,指指自己的鼻子,指指遥远的东方,那意思是说:

"我同你一起去。"

骆媪低声对蔡夫人说道:

"全家都去,立即起程,借此机会,脱离虎口。"

"好主意。"夫人拭泪说道,"只是离开你,我的恩人……"

"我也去。"

"真的?"夫人抓起骆媪的手。

"赶快收拾东西。"

傍晚时分,蔡泽一家人和十几个男女奴仆以及骆媪主仆二人,还有司空马派的一名公大夫,名叫桓婴的和他带的六名武士,总共是七辆马车,三十多匹马,轰轰隆隆出了咸阳城。

他们采取的路线是出潼关,过洛阳,渡孟津,越王屋,进入上党一带,再寻找成蟜军的驻地。他们到达洛阳时,听说成蟜军在屯留一带山地;等他们越过王屋山以后,又听说成蟜军正在向西移动,已经渡过沁水,进入翼城以东的太岳山。于是他们决定往西北走,走了两三天,山路崎岖,野林蔽日,况且他们又是行囊包裹,女人小孩,无法迅速前进。这时又听说成蟜军退回了屯留。于是他们便改变方向,向东北走,来到了长平附近。这时,蔡夫人病倒了。

蔡泽一家,最数夫人身体好。她简直就像一个铁打的,从早到晚,操持家务,从事纺织,从来没灾没病。现在,正在这艰苦的征途之中,谁也没病,偏偏是她病倒了。蔡泽守候在夫人身边,不停地说着安慰的话。

"刚成君会说话了!"

这消息传开,家人奴仆无不眉开眼笑。这件大喜事,似乎早在夫人意料之内,夫人倒也不甚惊奇。骆媪却显出十分高兴的样子,给夫人诊脉,配置药饵,忙作一团。

他们在长平地方耽误了好几天。夫人说道:

"这长平地方,二十多年前是一个大战场,四十多万赵国的降卒,葬身于此。其中或许有我认识的人,也未可知。既然来到此地,我不祭奠他们,怎能过得去。"

蔡孺子急忙命人买来一只羊和一只猪,这就是所谓少牢,宰杀洗净,蒸煮半熟,在野外点起火把,望空而祭。

虽然经过了这么许多周折,蔡夫人的病仍不见好转。蔡夫人说道:

"既然如此,骆媪留下陪我,再留两三个仆人,刚成君陪着孺子赶紧北上,尽快把陛下的诏令送到长安君手中。如此,我才能放心。"

蔡孺子听母亲这么说,落下泪来。她是心急如焚,但是又不愿撇下母亲。刚成君同意这么办,蔡孺子却坚决反对。夫人见此情景,说道;

"也罢!那就请即刻起程。我躺在马车里,谅也不致一死。"

大战过后的第七天,他们来到了屯留西北的高山脚下,找到了长安君成蟜的坟墓。他们好像是正赶到第七天的日子,来为死者吊孝的一般。那情景真是凄凉万分,惨不忍睹。

按理说,成蟜兵变是因为发觉嫪毐有篡弑的阴谋,嫪毐最后终于暴乱,这就证明成蟜是对的。既然如此,秦王政应该感激成蟜的先见之明,没有必要下这样的毒手。成蟜并没有自立为王,传说他投降了赵国,最后证明也不是事实。若说成蟜有过即位的想法,这并不足为怪。如果真的像传说的那样,秦王政已经死掉,有资格继承王位的,除了成蟜还有谁。茅焦说的仿佛有道理,其实是有意挑拨。刚刚在咸阳消灭了嫪毐,立刻就要求在千里之外的大军放下武器,在古代的通信条件下,这是不可能的,而且也是不合情理的。三个月之后,确知成蟜已经知道赵政还活着而嫪毐已被消灭,他仍然不放弃战斗,这时候,还应该再次派出使者,向其说明情况。一切努力都无效,再下毒手也不为晚。因为面对着的是同胞亲弟,并且他带领的也都是秦国子弟。这就是古代人所说的仁义。如果违背仁义,不讲道理,迫不及待,心毒手黑,这就是古人所说的禽兽。当然,在王位继承的问题上,兄弟子侄之间永远是天然的死敌,手疾眼快,决不含糊。赵政从祈年宫回到咸阳宫,思想性格大不比从前,侥幸活下来的人,才真正认识了生命的可贵。赵政曾经被废黜,失而复得的王位,在他看来比以前更贵重一千倍。再遇茅焦一激,于是派出了王翦大军,风驰电掣,迅雷不及掩耳,必置成蟜于死地而后快。

对于王翦、蒙恬来说,这是一不做二不休的事情。要么他们根本就不来,既然来了则必需杀死成蟜。他们如果把成蟜的军队消灭掉,只留下一个成蟜,谁都知道老天爷是个醉汉,万一不巧,成蟜在无论什么时候继承了王位,夷三族的刑罚正在等候着他们。都说"除恶务尽",实际上除善也是要务尽的。只要是"除",那就是必尽而后已。所以当大战激烈进行时,王翦所担心的就是成蟜跑掉。他或投赵,或投燕,或者北走匈奴,总之他肯定有一天会回来。庄襄王的儿子只有两个,众所周知赵政体弱多病,如有不测,赵政死而无后,成蟜就会堂堂正正的回来做秦王。

所以,王翦命蒙恬紧追成蟜。当成蟜精疲力竭,倒在那一处田间的空庐舍的时候,蒙恬的骑兵已经追上来,立即包围了那座小小的庐舍。他们的包围圈渐渐缩小,兵力也渐渐集中,蒙恬本人也渐渐接近那庐舍。这就如猎人已经看见老虎进入他的木栅的情形一样,他不担心别的,只担心那木栅不够结实。所以蒙恬不急于突击,却不停地调集人马。他用三万人包围了那一片丘陵,尤其在东边,集中了一万多人,防止成蟜突围。为了稳妥,他不在夜间突击,以免成蟜在乱中逃脱。等到天明,蒙恬站在高冈上一望,在那一处田间庐舍周围,横躺竖卧,零零散散,至多只有三五百人。

成蟜的卫士们看见四面山上都是秦军,知道已经无法逃脱,就想交出成蟜换取自己的性命。他们已经丧失了战斗力,并且已经拒绝战斗。蒙恬派出使来到庐舍,面见成蟜,命令他投降。成蟜见事已至此,答应投降。接着蒙恬本人进入庐舍,向成蟜宣读了秦王陛下的诏令:命长安君成蟜自杀。成蟜听罢早已心慌意乱,他当然想不起要过那诏令来看一看。那诏令上没有盖着秦王政的玉玺,只钤着一方小而又小的赵政的私印。历史永远都是粗枝大叶的,而那些生动微妙的东西多半都是事后文章,也就是说,任意编造的东西。有一些察今知古,也就是以己度人的历史学家们,在这种地方特别喜欢发表宏论。说什么如果蔡夫人不在途中得病,蔡泽一行人如果早几天到达屯留,把那护身符一样的赦免令交到成蟜手中,成蟜也许不至于一死了之。其实这都是没边没沿的胡扯。究竟他们想说明什么,他们自己也不清楚。在秦王政命令王翦出征时,就已经告诉他:吕不韦曾经要挟他发出过一道赦免令,那是违心的,他现在要求王翦必须把成蟜的首级带回咸阳,否则重责不贷。这些情况,蒙恬自然都清楚。所以说,莫说是一简空文,就是千军万马,也保不住成蟜的头颅。

成蟜沉默了许久,说道:

"陛下命我带兵攻打赵国,这是对我的信任。我发觉嫪毐有篡弑的阴谋,毅然决然举起义旗,讨伐嫪毐。这是我对陛下的忠诚。既然嫪毐已经叛乱,说明我有先见之明。陛下不予褒奖,反予无名之诛。明君之道,不杀无罪,不罚无辜,唯将军留意。"

"我不听你这些!"蒙恬怒吼着,"请快动手吧!"

听到蒙恬怒吼,他的数十名卫士手执宝剑冲进庐舍,剑锋对准成蟜的前心后心和喉咙。

"成蟜无意逃死!"成蟜喊道,"只请将军把我的话转达陛下。"

"陛下没有给我这个使命。"蒙恬冷冷地说道。

成蟜拔剑自刎。

蒙恬的卫士们取下他的首级带走了。

成蟜的卫士们为了发泄怨气,把成蟜的尸体剁成了碎块。他们想用这种行动讨好蒙恬,其实无济于事。蒙恬命令成蟜的卫队缴械投降。这时蒙恬的军队已经云集这庐舍周围。蒙恬命令成蟜的卫士们以及残存的将士们,脱掉上衣,反剪双手,一律砍头。他们排成长队,一个挨一个地走上前去,把自己的脸贴在大木砧上。巨大的长柄铁斧,吆喝着抡起来,吆喝着砍下去。数百人无一幸免,直到下午才砍完。在这种地方,历史学家们也喜欢发表一些纯属无谓的议论。他们说,二十多年以后,秦二世赐蒙恬自杀于阳周,正是屯留之报。有关报应的各种各样的理论都是荒谬的,可以凭信的只有事实。真正的历史学家,不关注理论,只关注事实。事实是蒙恬后来也是被诏自杀的。只是那情形还不如成蟜,他完全没有成蟜这种大义凛然的气概。

在屠杀成蟜的卫队的同时,王翦下令戮尸。就是把战场上所有被打死的成蟜军将士们的尸体,重新竖立起来,再用长矛大戈补击一下,然后割下人头,以便使身首异处。这就是古代对战败者或罪犯的一种精神上的惩罚。所谓戮者,辱也①。然后王翦下令,迁屯留士民於临洮。这次迁徙,比较顺利,没有任何反抗。因为除了战死者和逃亡者之外,都是老弱妇孺,没有反抗能力。王翦命令,三天之内全部走完。迁房的队伍,扶老携幼,哭哭啼啼,一直向西。他们走的道路,正是成蟜军战斗过的地方,那是血迹斑斑的路,血迹之上如今又落下了泪珠。

因为在这一带丘陵之中,包括许多乡亭和聚落里,没有粮食,所以王翦大军都涌进了屯留、长子等等许多县邑。等大军走后,躲藏在山林中的屯留士卒们,才慢慢从岩洞中走出来。他们来到那一处小小的田间庐舍,根据服饰,认出了长安君成蟜的早已破碎的尸体。他们把这些碎块收集起来,掩埋在那山根下的树林边。他们不去首先掩埋自己的父兄们的尸体,而是首先来掩埋一个秦国的封君。这是因为成蟜对他们来说是无比的珍贵。在那虎狼之国里,竟有一个不同意秦国现行政策的人,而且是一个英勇果断的年轻人。

大战过后的战场,是荒凉的,凄惨的,可怕的。青青的黍稷幼苗,已经被马蹄踩烂。凡是马队驰过的地方,黄土翻起来,青苗已经所剩无几。有几匹死马,躺在它们曾经奔驰的地方。它们身上落满了乌鸦。战死者的尸体,已经被掩埋,只是埋得太浅,狼群又把他们拉出来分享。大白天,狼群在战场上自由地威武地游弋着,并且发出欢乐的嗷叫。在这阴

---

①钱穆著《国史大纲》第八四三页:"戮死,惟秦时成蟜军反,其军吏皆斩戮死,见于《史记·秦始皇本纪》。此外,历代刑制俱无此法。"录此供读者参考。

惨恐怖的战场,方圆数十里,连一个人影也没有。当蔡泽一行人走来时,狼群毫无畏惧。它们停止扒食,抬起头来望着他们,望着他们走过来,再望着他们走过去。

有一个六十多岁的屯留老兵,给蔡泽他们引路。他虽然早已退伍,但是他的姓名却在迁民的名册上。所以他急忙改换姓名,逃进了深山。掩埋成蟜时,他就在场,他把他见到的情形,详细告诉蔡泽。然后他说道:

"好人,不含糊,屯留人忘不了他。"

在路上,听说长安君已经壮烈牺牲,蔡泽在车中早已是泣不成声。蔡孺子决定要到长安君的坟前祭奠,蔡泽这才亲去探查成蟜的坟墓。第二天早上一起来,蔡孺子梳洗打扮停当,怀里藏了一把匕首,决心在长安君墓前自杀。她穿着下摆不缘边的白色麻布的孝衣,满面泪痕走过来。骆媪推开女仆,自己挽着蔡孺子的手臂。根据那老兵的指点,她们来到山脚下树林边一个孤零零的坟丘之前。骆媪看见蔡孺子的脸,白得像新浆洗的细帛一样,眼睛里没有泪水,只有怒火,她浑身颤抖着,跪在坟前,垂着头。她想说话,可是好像无话可说。骆媪说道:

"长安君,蔡孺子来祭奠你了。"她又对蔡孺子说道:"孺子,你说话呀!你哭吧,好孩子,你哭吧!"

蔡孺子想哭,只是哭不出来。骆媪又接着说道:

"长安君,你是秦国的精英,秦国的光荣,秦国的骄傲。你的聪明才智,果敢忠诚,仁慈宽厚,超过了一切人。那有名的四公子①同你相比,只不过是市井凡庸。你本来可以做出一番伟大事业,想不到就此夭亡,遗恨无穷。蔡孺子不远千里,亲送诏书,不意赵政竟是反复小人,下此毒手,枉为人兄。"

骆媪继而高声吟道:

唯此良人,
弗求弗迪。
维彼忍心,
是顾是复。
民之贪乱,
宁为荼毒②?

"多谢骆媪。"蔡孺子哭道。"始赋《关雎》,终赋《葛生》,长安君,妾随你去了!"

蔡孺子说着掏出匕首对准自己的心窝。骆媪好像早已知道她带着匕首似的,紧紧握着她的手臂。她喊道:

"不能!万万不能!孺子,孺子,把你的父母交给谁?不能!无益死者,有损生人,孺子……"

骆媪是个善于按摩的医生,她的手劲不亚于男人。蔡孺子的手就像被铁箍夹住一样,丝毫动弹不得。

---

①四公子即信陵君、平原君、春申君、孟尝君。
②《诗经·大雅·桑柔》。其大意是:只有你是真正优秀的人,不贪富贵而忧国忧民。竟有他这样忍心的人,反复无常人面兽心。民众从此将要暴乱不止,彻底消灭世间的恶君。

蔡泽站在一旁,见此情形,只觉得头晕,眼冒金星,两条腿颤抖起来,突然一阵酸软,站立不稳,身不由己仿佛要蹲下去的样子。这一蹲,一条腿在前,一条腿在后,后边这条腿最不争气,膝盖着了地。这时骆温猛然大喊道:

"孺子快看! 你爸爸给你跪下了!"

蔡孺子仿佛惊醒过来一样,扔掉匕首,匍匐到蔡泽跟前,倒在她父亲的怀里,父女二人哭作一团。

所有在场的人都成了泪人。那老兵也哭了。这老兵是个很有见识的人。他对蔡泽说道:

"老爷,恕臣多嘴。既然事已到此,老爷您不宜再回咸阳。"蔡泽点点头。

"天下之大,何处不能驻足。唯有秦国,法令森严,察察之明,无处藏身。"

"我本是燕人。"蔡泽说道。

"老爷若是回燕国,则近在咫尺。"老兵指一指山林说道:"从这里往东北,不远就是燎阳,乃是赵国地面。老爷从那里,出井陉,一直的官道,沿路没有战争,行人如蚁。"

蔡泽向那老兵一拱手,说声:

"多谢指点,"立刻命令出发。

桓婴决定护送蔡泽一家到燎阳。

蔡孺子昏昏沉沉躺在马车上,忽然对骆媪说道:

"骆媪,我想回去,把长安君的坟扒开,再看他一眼。"

"不可! 绝对不可! 那是对死者的不敬。"骆媪说道,"你应该把最美好的回忆,深深保藏在自己心中。"

蔡孺子没有说话,好像没有听见,又好像没有听懂。

"自古圣贤多出于忧患之中。"骆媪久久地叹息着。后来她说道:"在这个战场上,我也有一个亲人需要祭奠。"说着落下泪来。

"骆媪,你怎么不说?"蔡孺子看见别人忍着悲痛劝慰自己,心中非常感动。"因为当着桓婴他们,当着秦国的军人,我不敢说。等到了橑阳,他们回去,我再告诉你。"

将近橑阳时,桓婴和他带的武士们就告辞回咸阳去了。

蔡夫人的病已经好些。她想问问骆媪:"我们要回燕国去了。你呢? 你怎么办?"话还没有出口,骆媪拿出一个小小木匣,交给蔡泽,说道:

"老爷,临出咸阳时,司空马尚书交给妾这个小小木匣,要妾在路上,进呈刚成君。"

蔡泽把木匣打开,见有两三支竹简,上写着:

"侠者蒲雕,乃吕相恩人。此蒲雕妻也,姓骆氏,马白。"

蔡夫人听见蔡泽这么说,在病榻上挣扎着要起来与骆媪见礼,说道:

"原来是蒲夫人,多有怠慢。"

大家客气一番,接着就谈到去向,骆媪说道:

"妾全家被害,只剩了妾和这个女仆。"说着痛哭失声。后来她接着说道:"妾已是无家可归了! 既然到了这里,妾决意随刚成君、夫人和孺子一同去燕国。"

"蒲雕现在何处?"蔡夫人问道。

"不知道。"骆温答道,"大概还在咸阳。他决心杀死嫪毐。"

"夫人同我们一起去燕国,固然甚好。"蔡泽说道,"蒲雕

913

怎么办？”

"他只要活着，会找来的。"

蔡泽想道："她不是在做梦吧，如此长途跋涉，转眼之间早已千里之外，蒲雕怎么能够找来？不可思议。"转念一想："她长于医道，又救了我女儿的命，算得是我们家的恩人。"然后他对骆媪说道：

"蒲夫人决意同我们一同去燕国，蔡夫人和孺子都非常高兴。我已经老了，不准备做官了，决意进入燕山隐居。蒲夫人若是愿意一同进燕山隐居，我一定照顾蒲夫人的生活，直至蒲雕归来。"

"多谢老爷。"骆媪施礼答道。

蔡泽当时刚过六十岁，本来还可以在燕国做官，但是他已经心灰意懒。当时天下到处烽烟，只有燕山比较安静，所以他决心入燕山隐居。他在赵国改名换姓，换了符节，然后进入燕国，过武阳，过上都，进入了燕山。当时燕太子丹住在武阳，即燕下都。他听说蔡泽逃出了咸阳，到燕国来了，非常高兴。燕丹在易水之畔，给蔡泽准备了幽雅而豪华的府邸，决意尊蔡泽为上宾，请他相助谋秦。谁知越等越没有消息，等了一年才打听清楚，说蔡泽已经越过燕山到辽东去了。

其实蔡泽没有去辽东。他在进入燕山之后，看见山清水秀的地方，叹道：

"穷乡僻壤，不值得暴主争夺；山清水秀，足可以贤士藏身。"

第三十六章　茅焦之死

逐客令一下来,被驱逐的客士名单一宣布,所有客籍的大小官员都感到惊奇,出乎意外,甚至感到莫大的屈辱。主客之间的斗争已经持续了许多年,如今终于把嫪毐除掉,客士们眉开眼笑心花怒放,那种轻松愉快,非语言所能道之。没想到在除掉嫪毐之后,紧跟着就来了个逐客令。这对客士们来说,一夜之间,彻底胜利变成了彻底失败。从前的人们习惯于把无论什么事情都归咎于个人,于是乎他们不约而同地痛恨茅焦。他们四处打听茅焦是何许人,后来终于调查清楚,茅焦是齐国人,一名游说之士,但是谁也想不通,茅焦如此进言是为了什么。后来逐客令宣布废除,客籍官员们觉得好像自己又胜利了。老天保佑,真是绝处逢生。所有被逐的官员,都非常感激李斯,认为李斯的数尺竹简挽救了他们的命运。他们把李斯吹捧得天花乱坠,好像李斯不日就可以代替吕不韦,跃登右相之位似的。然而任固的死给人们留下了最不愉快的印象。有人说,这是李斯害死了任固。这种说法立即遭到了所有客士们的批驳。他们愤怒地叫喊着:"李圣人挽救了所有的客士们,怎么能偏偏害死一个任固呢? 这不可能,不可能! 无稽之甚,荒诞之甚!"

人类若得到真正的清醒,这是非常困难的,更何况目前的咸阳正处在激烈的动荡之中。而当客士们弹琴饮酒,庆贺逐客令的废除的时候,他们的妻子儿女们却抱怨秦国无情无义。"虎狼之国","不如归去"!

司空马的夫人,态度最为强烈。她甚至公然谩骂秦王政。

"那小罗锅子,小时候,我就不喜欢他。身体不好,心眼又坏,不是东西。有一回他倒在脏水沟里……邯郸那种倒脏水的小沟很窄,那小罗锅子侧着身子倒下去,就像被夹住的老鼠一样,吱吱乱叫,就是爬不起来。我在楼上看得清楚,远处走来一个孩子,可怜他,把他从脏水沟里拖出来。结果,因为人家看他那可笑的样子实在憋不住,笑了起来。那小罗锅子恼羞成怒,骂了人家,打了人家,还说是人家把他推下脏水沟里的。那孩子比他大一点,一生气打了他两个耳光,他骂得更凶了。那孩子把他推倒,他又躺在那脏水沟里了。当时我们笑得直不起腰来。一个有残疾的孩子,大家都同情他,他却忌恨所有的人。像这么一个国家,再有这么一个君王,还能干出什么好事。你听着,老东西,"她对司空马怒吼着,"你不要跟李斯学,你学不了他。那李斯比鸡蛋还圆,比抹了油的还光。他为了出人头地,不惜一切,卖爹卖娘他都干。

现在人们叫他李圣人……多亏老娘见过你们的李圣人。女人的眼睛,比你们男人的眼睛管用。你们男人们长的是两只猪眼,记吃不记打。"

如果没有人截住她,一任她这么说下去,她可以一口气说到天黑。仆人们自然是不敢截,司空马若要截,必得想出一个巧妙的理由,不然一个不巧,就有可能惹出一场哭闹。

现在司空马正在绞尽脑汁思索一件奇怪事情。他听说任固被打死,是因为禁卫军认错了人,把他当作一个姓华的什么人。他想道:"从来没有听说过一个叫华无伤的人。禁卫军既然把任固错认作华无伤,可见任固的年龄、相貌和这姓华的颇有相似之处。并且可以肯定,这姓华的就在咸阳。这是个什么人呢?他既然是支持成蟜的,我们怎么就不知道他?他现在哪里躲藏?是否需要帮助?这事情一定要找浑沌问一问,看他知道不知道这个名叫华无伤的人。"他对老婆说道:

"你说了这么老半天,是想离开咸阳吗?"

"对,就是这个意思。"他老婆气哼哼地说道。

"既然逐客令还会重新颁下来,这离开咸阳的事就不用着急了。"

"我怕你舍不得咸阳。"

"到那时,你不走也不行,还有什么舍得不舍得。"

"我只怕事到其间,你想走都走不脱。"

"为什么?"

"没看见任固吗?"

"你不清楚,听说是认错人了。"

"放他娘的屁!"

"真的。"

"真屁!"

"这是一件奇怪事情。"

"奇怪屁!"

"我想去打听打听。"

"不用打听,"司空夫人说道,"我就知道。"

"怎么回事?"

"他得罪了人。"

"谁?"

"任固。"

"老太婆,"司空马笑道,"说的是华无伤。"

当司空马系鞋带时,他自己甚至都不清楚,究竟是为了打听华无伤的事情,还是为了暂时离开这喋喋不休的老伴,才到浑沌家里去。

浑沌的家庭是幸福的家庭,永远是宁静的、幽雅的,夫妻之间相敬如宾。当浑沌引导司空马进入他家的厅堂时,浑沌夫人也走出来,显出十分高兴的样子,向司空马行礼。浑沌说道:

"连日来尚书可好。吕相爷好吧? 有嫪毐的下落吗?"

"没有。"司空马问道,"你没有听到什么消息吗?"

"不在咸阳,"浑沌笑道,"我就无能为力了。"

"他不可能跑到山东六国去吧?"

"不可能。"

"浑沌兄,既然他还在秦国,那就离咸阳远不了。他不可能同咸阳没有任何联系,你仔细着些,注意起来吧。"

"有道理。"

"嫪毐跟别人不一样,"司空马分析道,"他只要活着,必定卷土重来。他要卷土重来,必须依靠太后。太后现在仍居甘泉宫,嫪毐必定会同甘泉宫取得联系。希望足下多多留意。"

"如果太后改变主意呢?"浑沌夫人说道。

"绝对不会。"司空马说道,"你想想,这逐客令就如同是嫪毐的主意一模一样。"

浑沌一直在沉思着,他的夫人只好随便拣句现成话说一说。她说道:

"按理说,嫪毐被铲除,咸阳人心大快,陛下更应该信任吕相才是,想不到免了吕相不算,又来了一道逐客令。不过逐客令总算又收回了,不然,太让人扫兴啦。"

"目前陛下自以为他的地位日见稳固,往后扫兴的事情还多着呢。"司空马问浑沌道,"任固被禁卫军打死了,你听说了吗?"

"听说了。"

"听说是认错人了。"

"听说是。"

"听说是把任固当成了一个名叫华无伤的人。"

"听说是这样。"浑沌说着,看看他的妻子。

"你认识这个叫华无伤的人吗?"司空马问道。

"不认识。"

"听说过吗?"

"没听说过。"

"能打听打听吗?"

"打听他干什么?"浑沌冷冷地说道。

"这究竟是个什么人?"

"茅焦说他就是在大街上喊迎回长安君的人。"

"浑沌兄,"司空马说道,"请你务必留心打听打听,这华无伤是何许人。咱们应该知道他,了解他,并且保护他。"

"是吕相问过吗?"

"是的,问过。谁也不知道。"

"这如何能打听出来?"浑沌夫人说道,"在这以前,都没人知道他,在这以后,他肯定藏得严严的,连人也不见了,向谁去打听。"

"是啊。"浑沌说道,"善藏者,藏石于山,藏水于河。"

"不然。"司空马说道,"詹何可以得之;易牙可以尝之。"

"他不见易牙的面,"浑沌夫人笑道,"易牙怎么能尝出来。"

"咱们就可以推测他。"司空马说道。

"请尚书推测一下,我听听。"浑沌笑问道。

"第一,他的年龄、相貌和任固非常相似。"司空马推测道。

"嗯。"浑沌点头。

"再者,他是山东六国人,也在被逐之列。"

"嗯,请往下说。第三呢?"

"第三么,别人不认识他,茅焦却认识他。"

"司空尚书,高见,推测得都不错。"

"他是茅焦的仇人,茅焦想除掉他。"

"这是肯定的。"

"肯定的,他也想除掉茅焦。"

"这也不会错。"

"那么,听我说,浑沌兄。"司空马说,"既然是这样,我们就应该尽全力帮助他达到他的目的。"

"什么目的?"浑沌追问着。

"除掉茅焦。"司空马郑重地回答着。

"说得好!"浑沌拍手叫道。

"也许这只是茅焦为了邀功,胡说了这么一个人名字。"浑沌夫人说道。

浑沌仿佛根本没有听见他夫人的话一样,显出非常激动的样子,说道:

"现在所有客士都痛恨茅焦,除掉茅焦是应该的。只是这老家伙狡兔三窟。"

"听说多数时间是在原来胡竭的府邸。"

"你能见到他吗?"

"如果有事,自然可以求见。"司空马笑道,"你是想让我去杀那老家伙吗?"

"如果有这个必要……"

司空马这时无意间看了浑沌夫人一眼。他发现她的脸像黄蜡捏成的一样,黄白透明,毫无血色,两只眼睛里表现出惊恐不安的神色。司空马不知道出了什么事情,急忙向四下望望,又看看浑沌。浑沌的脸色平静得很。然后他回过头来再看浑沌夫人,这时候夫人的脸上已经泛起深深的红晕,好像朝霞一样。

"你们这是商量的什么事情。"她的话刚一出口,似乎觉得不合适,又急忙打住,笑容可掬地说道:"他既然是茅焦的仇人,你们怎能向茅焦去打听他的情况?这不是白日做梦吗?也许根本就没有这么一个叫华无伤的人。什么在大街上喊迎回长安君,谁敢?都是胡说八道。给你们个棒槌你们就认了针。"

司空马看见浑沌紧紧地皱着眉头,不理睬他的夫人。

"既然是吕相爷问下来,"浑沌夫人继续说道,"司空尚书胡乱编个瞎话回了他不就完事了吗?就说这华无伤是个游士,在逐客令下来之前,就已经出了潼关,早已不知去向。妾以为这都是情理之中的事,并且,妾以为这么回相爷,是最恰当不过。"

浑沌夫人看见两个人都不说话,便又继续说道:"今年咸阳大乱,人情汹汹……逐客令对所有的客士们,简直是一闷棍,虽说逐客令收回了,客士们依然还在惊悸之中。他们现在是头蒙脑胀,耳鸣呜呜,简直是不知东西南北。嫪毐没倒以前,客士们觉得可恶至极,团结一致,信心百倍,以为嫪毐一倒,他们就可以扬眉吐气。万万没想到,嫪毐倒了以后,客士们的处境更加艰难。前门赶走了一条狼,后门窜进来一只虎。即使嫪毐掌大权的时候,也未必就敢下逐客令。"

她的这些话是断断续续地说出来的,好像原来就没有打算说什么,只是因为司空马和浑沌都不开口,她才这么絮絮叨叨说了许多话。这就像前一道菜已经吃罢,后一道菜还没有上来时的那情形一样,人们只是用筷子随便拣点什么小菜

922

占着嘴似的。她的话虽然很在理,司空马因为近来对这一类的言论听得太多了,所以根本没在意。他发现浑沌根本就没有听,仿佛不想听。浑沌的表情,使司空马觉得他好像有什么心事。司空马想起方才浑沌夫人那种变颜变色的样子,心中疑惑起来。他觉得近来咸阳风云变幻,正像夫人说的人情汹汹,尤其客士们都好像心事重重的样,仿佛霜打了一般。他仔细端详浑沌和他夫人一阵,断定他们家里或许是出了点什么不愉快的事情。人家既然不说,他也不便多问,于是,他决定装作什么都没有觉察的样子,像往常一样,说几句亲亲热热的闲话,然后告辞。

司空马走时,浑沌夫人让浑浊躺下休息,她亲自送司空尚书出门。她向司空尚书解释着,说浑沌近来身体有病,气色不佳,已经好多天不出门了,一直在家中偃卧,她就忙着侍奉汤药等等,等等。司空马说,希望浑沌好好治病,多养几日……二人在门口施礼告别。

浑沌夫人回到房中,看见浑沌袖着手伏在小几上发呆。她坐下慢慢说道:

"你总是把事情看得很简单,结果总是把事情越闹越大。打发几个乞丐,把他打一顿,以为这就完事了。结果怎么样?你以为他肯定已经离开咸阳,结果他倒在秦国兴风作浪起来,直闹得大鱼小鱼无处藏身。如果在战咸阳的时候,知道他还在咸阳,胡乱打死,就像打死一只老鼠一样,扔到街上完事。一切机会都已错过,到了现在,不说思想一个上上良策,却想用自己的脑袋去撞人家的屁股。你死可以,你就不怕姜遭连坐吗！就算你做个聂政,你就不怕妾做个聂嫈吗①!"

夫人说到这,禁不住抽抽搭搭哭了起来。

"不必哭啦。"浑沌说道,"听你的就是了。"

他看着夫人擦干眼泪,然后说道:

"心里要平静下来,不要有任何焦急或者迷惘,沿着正确的思路考虑下去,我相信,会想出一个上好的办法来。"

浑沌夫人嫣然一笑,说道:

"妾给夫子弹琴,好吗?"

夫人调好琴弦,然后弹唱道:

无日不显,

莫予云觏。

神之格思,

不可度思,

矧可射思。②

很明显,这是夫人在告诫浑沌。

"矧可射思,妙极!"浑沌笑道,"妙极! 妙极! 吾将射之。"

"夫子何谓?"夫人问道。

"水激则高,箭激则远。吾激之,则犹射之也。"

---

①见《史记·刺客列传》。

②出自《诗经·大雅·抑》。大意是:你不要以为你不露形迹。别人就看不透你的底细。神明是无所不在的呀! 世间多少不可思议的事体,聪明人是依靠灵感解决难题。

"以弓箭吗?"

"不。"浑沌沉思着。

"以劲弩?"

"不。"浑沌笑道,"以樊於期。"

"愿闻其详。"

浑沌紧锁眉头沉默了很久,直等他把自己的思路整理好以后,他解释道:

"说来也很简单。有一个乞丐的亲戚在燕太子丹的邸舍中做伙夫。"

"怎么样?"夫人问道。

"有一次他无意中告诉我,燕太子丹逃亡那天晚上,樊於期在燕丹的邸舍。"

"借刀杀人?"夫人笑问道。

"正是。"

"如果樊於期不吃这一套,怎么办?"

"樊於期是个粗人,目前正在青云直上,春风得意……我考虑,可以成功。"

"夫子亲自出面去游说?"

"谁去说,这倒需要考虑。"

计策就像婴儿一样,只有在他生下来以后,你才能仔细地端详他。当天夜里,夫妻二人核对各种事实,各种利弊关系,然后确定了一个行动方案。计策只要一进行,就可以逐渐测知它的可行性究竟有多大。不过,越是进行得顺利,危险性越大。这就像在一望无际的沼泽中跋涉一样,走得越远,越可怕。一旦走不通,连退回来的路也找不到了。战国人特别懂得这一点。他们有一句格言:机事不密则害成。这里的"密",不仅是保密,首先是周密。浑沌这一次的计划,严密至极,精确至极。就连被他利用的司空马,也不知道他的底细。司空马只知道这是要除掉茅焦,这是为任固报仇,为所有的客士们报仇,为逐客令的屈辱报仇。因此,司空马很乐意在这一行动中担当一个角色。他的任务是去见樊於期。

樊於期现在忙得很。他虽然有卫尉将军的府邸,那里只住着他的父母妻儿以及家人的奴仆等等,他自己却是昼夜都在咸阳宫侍卫。他得到秦王政的信任,秦王政并且任命他兼任中车府令。他身兼数职,公务繁忙,自不待言。不过,还不错,他听说司空马求见,立刻就请司空马进了咸阳宫。这也许是因为有过在祈年宫那一段共患难的交情吧。

俩人相见,施礼落座,司空马笑道:

"祈年宫一战,将军首功,陛下倚重,堪称股肱,可喜可贺。"

"唉,宫中的事,十分难办。"樊於期叹息一声然后问道,"先生是有事吗?"

"知道将军公务繁重,没有事,不敢来打搅。"

"有何见教?"

"将军知道嫪毐的下落吗?"

"不知道。"樊於期立刻显出十分警惕的样子,问道:"先生有什么消息吗?"

"陛下悬了重赏,"司空马说道,"却迟迟不见动静。"

"这是为什么?"

"嫪毐曾经是爪牙遍地,那些大小爪牙,如今就盼着嫪毐卷土重来。"

　　"这是意料中的。"

　　"道路传言,说嫪毐已经回到咸阳。"

　　"真的吗?"樊於期惊奇地问着。

　　"将军且不可把这种道路传言禀告陛下。"

　　"为什么?"

　　"如果陛下限期命将军捉拿嫪毐,将军能办到吗?"

　　"只怕不容易。"

　　"所以这种道路传言,目下还不敢禀报。"

　　"以先生看,怎样才能探明嫪毐的踪迹?"

　　"将军考虑,嫪毐若回来,他会投奔谁?"

　　"先生以为谁?"樊於期盯着司空马的眼睛问道。

　　"茅焦。"司空马也看着樊於期的眼睛答道。

　　"为什么?"

　　"嫪毐是夏中期的学生,茅焦是夏中期的好友。"

　　"不错,是这样。"

　　"况且,茅焦目下正红,不仅受到陛下的信任,而且受到
太后的恩宠。"

　　"先生你是想除掉这茅老头吗?"樊於期忽然笑道。"你们
客士们现在对这茅老头是恨之入骨呀。"

　　"将军这是什么意思?"司空马严肃地问道。

　　"客士们都希望除掉这个茅老头……"

　　"这么说,"司空马板起面孔说道,"将军是以为,在下来
见将军,是为了借用将军的大力,替客士们报仇吗?"

　　"难道,"樊於期笑道,"是为在下吗?"

"完全是，为了将军！"司空马用手指着天，仿佛是在发誓一样，把这几个字一字一顿地说出来。

"怎么说？"

"从前，"司空马仔细向四下看看，又仄着耳朵听听，见四周毫无动静，然后凑近樊於期的耳朵，低声说道，"从前在燕太子丹的邸舍里担水烧火的一个小夫，如今在夏中期府里做仆人。"

"怎么样？"樊於期脸上连一点微笑的影子也没有了，他追问道，"往下说。"

"这小夫告诉茅焦一些什么事，外人不得而知。但是，茅焦的仆人最近对人说过这样的话，他说，茅太傅说啦，他不日就要上朝面圣，非要樊於期的命不可。"

樊於期皱着眉头，低头不语。

"究竟是什么事情，外人不得端倪，不便猜测。因为提到将军的大名，这是千真万确，明白无误。在下一听说，急忙赶来，报告将军。如果没有什么了不起的事情，那就可以不必理会；如果有事情，则望将军迅速采取措施，不能让这老家伙得逞。"

樊於期仍然低头不语。

"将军，"司空马继续说道，"消灭嫪毐，将军功劳最大，升得也最高。嫪毐最恨的是谁？是将军。现在如果嫪毐要害将军，他将假手何人？可能是这茅老头。当此之际，千钧一发。将军如果不采取紧急措施，断然处之，后果是什么，那就不堪设想了。"

说到这里，司空马突然停住，沉默了一下，然后说道：

"臣来见将军，就为此事。话已说完，即请告辞。"

"等一下。"樊於期说道，"先生能助我一臂之力吗？"

"何处着力？"

"足下能把那黄鼠狼引来，在下就有办法处置他。"

"唯将军之命。"司空马拱手至额说道。

"事不宜迟，"樊於期说道，"今天正午，足下想办法把那茅老头请到咸阳宫旁边的小酒店里，我在那里见见他，并且结果他。"

"臣一定尽力。"

"最好把那小夫也叫来。"

"不过……"

"害怕了吗？"樊於期不耐烦地问着。

"不过将军必须换换衣装。"

"知道。"樊於期一挥手，说道，"赶快准备，我正午到。"

在咸阳人看来，茅焦是个怪人。秦国是权势至上，所以要出人头地必须当官。你只要是个官员，是个什么令长，哪怕小到不能再小的亭长、里长，也会受到众人的尊敬。茅焦从一个布衣，平步青云，一跃而为太傅，这就是所谓一步登天，国人仰之，如在云端。

然而这茅老头，却出乎常情之外，仿佛不大愿意做官。秦王政留他住在咸阳宫，这简直是一种特殊的照顾，他却死活不肯。他从咸阳宫出来，如果再回夏中期的府邸，这就会给人一种印象，仿佛他是嫪毐死党似的。没处投奔，他便走进了一家小旅店。这时，夏中期府上派来了十名仆人，三辆马车，供他使用。与此同时，秦王政命令把佐弋将军胡竭的府邸给了茅太傅。陛下并且命蒙毅和辛腾前来小旅店,敦请太傅即日住进原来的胡府,现在的茅府。无可奈何,茅焦便住进了胡府。

此后茅焦连日给陛下讲解《吕氏春秋》,所以也常常住在咸阳宫。在陛下忙于别的公务或者身体不佳时,茅焦就从咸阳宫出来,住到胡府,或者那小旅店,或者夏府,或者什么朋友家。这人心眼特多,就是他的仆人,也不知道他今天的晚饭吃在哪里,夜晚睡在哪里。问也不说,大约连他自己也不知道。他像一个惯于捉迷藏的人,喜欢捉弄他周围的人。尤其当陛下召唤太傅的时候,上至樊於期,下至奴仆,全体出动。四处奔忙,就像搜索一名逃犯。不仅是樊於期,就是茅焦的臣妾,没有不骂的。因为茅焦为人古怪,长得又干又瘦,尖嘴猴腮,喜欢挤眉弄眼,人们给他起个外号,叫作黄鼠狼。

黄鼠狼有黄鼠狼的想法,他认为他不能整天围着秦王政转。他必须有足够的休息时间和静静的思索问题的时间。并且,他认为现在的他,急需要研究秦国的传统政策和传统理论,也就是商鞅的理论。需要把这些东西在自己的头脑中思索得透彻而且纯熟,以便用这个武器来批判吕不韦的所作所为以及《吕氏春秋》。这都需要时间,需要安静。他必须做到每次面见陛下,都有崭新的非同凡响的言谈,极力避免秦王政已经听得不爱听的陈词滥调,并且尽可能避免重复自己曾经讲解过的东西。而这一切,都需要沉下心来,静静地思索。所以茅焦只要离开秦王政,就急忙找个无人的地方,翻翻竹简,或者就只是孤孤单单地发呆发愣。古人偏爱寂静,以为寂静可以通神。

这两天,茅焦也听说有潜回咸阳的谣言。谣言之所以可怕,是因为乍一听立刻知道这是谣言,但是细一想,又觉得也有可能,于是不禁心动。乱世之中,人心浮动,大半都是谣言的功效。茅焦思索的结果是嫪毐不可能回来;如果回来,也未必为害他茅焦。他甚至认为嫪毐果真能够回来,对他茅焦来说或许更为有利。茅焦认为,真的嫪毐新执政,那么,嫪毐即使杀掉赵政,随便立个昭王的什么子孙,逐客令却有可能坚决贯彻执行。如果真的出现这种局面,王绾、隗状等等原来杜仓的门人们同样可以吃得开,并且可以肯定,他们都将变成嫪的亲信和坚强支柱。茅焦清楚地看到,秦王政杀掉他弟弟长安君成蟜,是极大的错误,是自己绝了庄襄王的后,是给嫪毐以及王绾、隗状等人做了一件极大的好事。即使目前嫪毐并没有回咸阳来,他听到成蟜被消灭的消息,也会非常高兴。茅焦认为,目前秦国上下,真正高兴的是王绾一伙人。

正在他静静地思索这些秦国的复杂的状况时,他的仆人送进来几支密封的竹简。他打开来看,见上面写着一些祈求一叙的话头,下款落着"夏中期先生的友人"。

茅焦心中一动,暗暗叫道:

"真的回来啦!"他愣了很久以后,叹道:"天哪!秦国的事情果然是复杂多变,犹如夏云,犹如漩涡,犹如蛆虫翻滚的茅坑。"

来人是夏府的仆人,茅焦认识,夏府的马车就在门外等候。于是,茅焦就穿衣服,系鞋带,然后夏府那个仆人搀扶他上了车,径直向咸阳宫附近那小酒店驰去。

这小酒店,已经不像从前那么热闹。一则咸阳日下已经没有所谓的"左""右"之争,各种官员们不必再到这里来搜集情报研究形势。再者,这是最主要的,老一茬的朝中官员们仆从甚众,耳目甚多,他们需要休息,需要吃喝,需要打听各种事态。而如今新提拔起来的朝中官员,都是暴发的新贵,他们的职务虽然很高,级别却很低。例如王绾,虽然升任了左丞相,爵级才只是一个右庶长。他们的仆从甚少,几乎没有耳目。而且找他们的仆从们说情的也非常之少。当然,也可能是那些爱说情的人们,目前还未识得门径何在。总之,这小酒店同以前相比,显得冷清多了。

茅焦下了车,夏府那个仆人在前引路,走进那小酒店的一个小跨院里。步入厅堂,茅焦看见这里非常幽静,心想:这倒是一个说话的好地方。他坐下之后,看见方几上酒菜都已摆好,而邀请他的人却还没有到达。

他静静地思索着:"无论邀请我的人是谁,都充分证明:秦国人对赵政没有信心,不认为他能够长久在位……所以我决意不在秦国做官,一俟找到华无伤之后,我就回齐国去。"这时门外有人说话。

"来了吗?"

"正在上房恭候。"

"把闲人都赶开。"

"知道了。"

这时茅焦看见走进来一条大汉。那人头上戴着半旧的黑色冠帻,仿佛是借来的,宽大的护耳遮着多半个脸。他身上穿着深蓝色丝绸的单袍,披着厚重的宽大的黑色麻布的斗篷。腰间带着宝剑,脚下穿着武官们常穿的皮靴。古人进门都要脱掉鞋子,而此人竟敢穿着皮靴走进房里来,好像是因公务走进一个犯人的家一样。这是非常不礼貌的。

茅焦一见这情景,有点生气,心想:"一个粗汉!"

那人进房来站在茅焦面前一动不动,茅焦不客气地问道:

"足下是何人?"

"没想到吧?"樊於期解开斗篷,掀起冠帧的护耳,露出自己的脸,说道,"不认识吗?"

"噢,樊将军。"茅焦这么淡淡地说着,并不以为邀请他的人就是樊於期。他说道,"将军来此有何公干?"

"奉陛下之命,"樊於期拔出宝剑对准茅焦的心窝,说道,"来结果你的性命。"

宝剑紧顶着自己的肚皮,茅焦却不动声色,说道:

"我对陛下没有不忠之处,何以见杀?"

茅焦嘴上这么说着,心里却禁不住嘀咕起来。"莫非嫪毐回到咸阳,并且邀我来此相会的事,赵政已经知道啦? 不大可能。沉住气,看这跋扈将军说什么。"

"茅先生,你说吧。"樊於期跪下一条腿,手中的宝剑依然紧顶着茅焦的前胸。他问道:"你到秦国来是为了什么?"

如果樊於期问:"你到这酒店来是同谁相会?"茅焦立刻就会晕倒。结果茅焦见第一句问的是十分遥远十分渺茫,同秦国事务没有关于的事情,他放了心。他转念一想,也许赵政听到什么闲言碎语,想摸摸我的底细,既是这样,我干脆直说。他说道:

"为了寻找一个人。"

"什么人？"

"华无伤。"

"找他做甚？"樊於期自己也觉察到，问得没劲。

"把他杀掉。"

"为什么？"

"他是田假的爪牙。田假企图杀掉后胜，然后篡位。他派这华无伤暗杀后胜，没有成功，他跑到了咸阳。"

"这么说，你是后胜派来的奸细。"

"我是忠于秦国，忠于陛下的。"

"为什么不派年轻力壮的人来，单派你这么个老头子？"樊於期深深感到自己从来没有审问过什么人，真是不知问什么好。

"前面派了三个人来，都被华无伤害死了，最后，我亲自来了。"

"你找到他了吗？"

"没有。"

"你为什么仇视吕相？为什么一到咸阳就支持嫪毐？"

"因为嫪毐手下没有山东六国人，一切客士都在吕相手下，所以我断定华无伤一定在吕府做事，故而决定打击吕相。"

"华无伤在吕府吗？"

"不知道。"

"你说在大街上喊迎回长安君的人就是华无伤，你为什么不当场抓住他？"

"那是我胡说的。我是想借陛下的手，杀掉华无伤。"

"你也是山东六国人，为什么主张逐客？"

"我不想在秦国做官。齐国有我的禄位。因为我的事情进行得顺利，正好可以应合秦国人的排外情绪。我想一不做二不休，干脆来个竭泽而渔，想借逐客令，把一直找不到的华无伤，逼出咸阳。"

"你不认为这是损害秦国的利益吗？"

"将军指的是什么？"

"我指的是逐客令。"

"不用客士，自然对秦国不利，不过我认为陛下并不这样想。"

"你见过太后吗？"

"没有。"

"见过嫪毐吗？"

"见过。"

"在哪里？"

"在夏中期先生府上。"

"你同夏中期是什么关系？"

"朋友。"

"夏中期自杀时，你在场吗？"

"在场。"

"他临终说了些什么？"

"他要我替他报仇。"

"向谁？"

"向吕不韦。"

"嫪毐企图篡弑，是夏中期指使的吗？"

935

"不是。"

"胡说!"

"他不知道。"

"胡说八道!"

这样的审问,简直可以叫作闲扯。樊於期自己也不知道为什么要同茅焦来这一番闲扯,仿佛若是不聊一聊就把茅焦一刀杀死,未免有点太草率了。其实,只有樊於期才能做出这种事情:细微的粗活。

"我说的都是实情,"茅焦说道,"如果将军不嫌老朽絮叨,还有一句肺腑之言禀告将军。"

"什么事?"樊於期冷冷地问道。

"将军危在旦夕。"

"你今天见过陛下吗?"

"没有。"

"你昨天见过陛下吗?"

"也没有。"

"你怎么知道我危在旦夕? 是想让我求你帮忙吗?"

"将军危在旦夕,这是有目共睹的。我一定使将军摆脱困境,我能够,我有把握!"

"我的危险就在这里!"

樊於期把他的宝剑向前推,茅焦急忙向后退,退到了墙根。他大喊着:

"将军慢动手! 难道将军就不考虑自己的安危吗? 你已经死到临头了!"

茅焦在说最后的话时,宝剑已经深深刺进他的腹中。

樊於期见茅焦已经垂下头，便伸手拉过自己的斗篷来，让茅焦倒在斗篷上，才慢慢拔出宝剑。他用斗篷的一角，揩净自己的宝剑，然后安安稳稳坐下，自斟自饮起来。他一面饮酒，叹道：

"好一个逐客令，说山东的客士都是奸细，把所有的客士都赶走，却留下一个真正的奸细。老天爷是个醉汉，陛下是个疯子……"

樊於期走后，几个装扮成夏府仆人的乞丐，抱持着茅焦出门上了车。店家问时，只说"吃醉了"！马车从咸阳大街上缓缓走过，不回胡府，却出了咸阳城。天黑时，他们来到郊外的一片荒林中。他们把茅焦的衣服脱光，打火烧掉。挖了一个小坑，把茅焦的尸体埋起来。那个真正的夏府里的仆人，从来也没有在燕丹邸舍做过事，如今自然不敢回咸阳，哭了一场，在那树林里上了吊。

第二天，樊於期命人把司空马请到咸阳宫。樊於期见到司空马，笑了笑，说道：

"总算给你们出了气。"

"将军差矣，"司空马笑道，"他威胁不到在下。"

"夏府那个小夫怎么办？"

"已经上了吊。"司空马说道，"可以放心了。"

樊於期送走司空马回来，就听说西门外小树林里，有人上吊死了。经查明是夏中期府里的一个仆人。樊於期放了心。

当秦王政传令茅太傅进宫时，樊於期不再着急。虽然不着急，却仍旧派人四处去找那黄鼠狼。哪里找得到？这时恐怕早已被野狗扒出来吃光了。

　　找了三天找不到这茅太傅。于是,秦王政大怒。李斯侍侧说道:

　　"陛下何不命人查明太傅下落。"李斯想起秦王政曾经多次夸奖赵高善于办案,便补充道:"赵高可以担当此任。"

　　秦王政立即命赵高前去查明茅焦的下落。赵高带着人来到原来的胡府,盘问茅焦的家人。然后来到那小酒店里,在小跨院的正房里,看见席子上有血迹。赵高便断定茅焦已经被害。他又听说那个时间樊於期曾经到过现场。赵高认定是樊於期杀了茅焦。于是,秦王政下令逮捕樊於期。

　　当天夜里,樊於期被送进了云阳监狱。

第三十七章　韩非之死

赵高对所有的犯人——也不论他们犯的什么罪，为什么犯罪，以至是否有罪，都抱有一种天然的仇恨，而其中特别对于贵族，尤其恨之入骨。樊於期是个贵族，从前一直是吃不开。秦国以官职量人，而樊於期的官职甚低，不被人重视。在消灭嫪毐的过程中，樊於期腾空而起，灿若明星。这就难免招来许多忌恨，尤其那些在内心中支持嫪毐的人，包括赵高在内，他们叫他"马屁泡"。在大搜捕中，樊於期指挥的新禁卫军，如狼似虎，若盗若贼，抄了上万户人家。虽然说有陛下的命令，不过秦国人从来不敢反对秦王政，所有民愤一向都是记在执行者的账上。所以，一听说逮捕樊於期，咸阳人拍手称快，叫樊於期是"现世报"。上个月的"马屁泡"，这个月的"现世报"，从中可以看出咸阳的动荡有多么激烈。对樊於期这种人，赵高丝毫不掩饰自己的极端痛恨。当他押着樊於期奔向云阳监狱的时候,他命令武士们脱掉樊於期的上衣,反剪双手,双脚紧绑在马镫上,长矛大戈的木柄不断打在他的背上,走了四十里,打了四十里。等走到云阳监狱时,樊於期的头上隆起大包,血流满面,整个肩头脊背就好像高粱面蒸饼一样。樊於期是一条好汉,当武士们从马上把他拖下来以后,出乎人们的意料,他依然挺立着。这时已经将近午夜。赵高见他威风不倒,连夜审问。樊於期的嗓音不改,对答如流。

"樊於期,你为何杀害茅太傅?"赵高问道。

"你怎么知道茅太傅死了?"

樊於期不会审问人,却很会回答人。他的这一句回答,完全抓住了要害,足可以使所有办案的人停手。但是,赵高却不是一般的办案官员,他不肯停手,并且要一直干下去。他说道:

"酒店的座席上有血迹。"

这句话其实根本就不应该说。樊於期答道:

"你怎么知道那是茅太傅的血迹? 茅太傅何处受了伤?"

"樊於期,"赵高怒吼道,"你不要抵赖,你的死期到了!"

像这种混账话,只有赵高能说出来。以致旁边站着的杨樛等人,都认为这是赵高公报私仇。

"这是因为我打倒了嫪毐,我杀了秦竭、徐齐,所以,赵高,你就想方设法陷害我。你是嫪党,这谁都知道。"

"放屁!"

"你可以骂人。"

"动刑!"

"你可以打人。"

"我要你的命!"

"要命有一条,要口供,没有。"

于是,疯狂的拷问就此开始,樊於期再没有说一个字。

樊於期说赵高是嫪党,这是有根据的。赵高自己也清楚。他是同情嫪毒并且支持嫪毒的。当大搜捕开始时,樊於期若把赵高全家抓起来,谁也不会认为没有理由。那时他没抓赵高,错过了机会,现在落在赵高手里,只能算他倒霉。现在再说他是嫪党,他一点也不着急。因为大搜捕早已停止,而且,被株连的嫪党以及被谪迁的五千户已经平反召回。赵高心里清楚的,还有一层情况。当他在小酒店发现血迹,并且得知樊於期当时在现场时,他心里说不出来的高兴。大搜捕的时候,他整天简直是心惊肉跳。现在他抓住了樊於期,那种感觉,就好像在自己还没有被毒蛇发现的时候,便一下子抓住了毒蛇一样。他觉得他能够亲手把这"马屁泡"变成"现世报",不仅觉得痛快之至,而且觉得荣耀至极。不过,这中间有很大的冒险性,赵高也清楚。一则,茅焦的尸体未曾找到,如果在逮捕了樊於期之后,那神出鬼没的黄鼠狼又摇摇摆摆地进了咸阳宫,赵高的脑袋就可能丢掉。这时候赵高的心情是急于想找到那茅老头,然后把他杀掉,然后安在樊於期头上。再者,一两点血迹,也不足以证明杀人的罪行。任何人鼻子破了,也会留下一两点血迹。没有任何旁证,人命关天,不好武断。然而,这中间有一点非常关键的问题,是历史学家们从来没有注意过的。当大搜捕的时候,樊於期占有主动,而他是一种愚忠愚孝,对秦王政过度的忠诚,对陛下周围的人,迟迟不肯动手,仿佛不忍心的样子。而赵高则不然,他同樊於期恰恰相反,一有机会,便先从陛下周围的人下手。这才是真正的水平,真正的本事。所以赵高虽然明明知道此事极为危险,仍然冒险一干。这正是他的真正的超人的才气。当然,正人君子们可以把这叫作毒辣,或者什么别的不太雅的名称。不过,名称是次要的,那只是后人的说法,它同真实的历史无关。

当时因为发现夏府的一个仆人上了吊,许多人便认为这仆人是凶手,只是找不出作案的理由。赵高既没有详细审问夏府和茅府的奴仆们,也没有详细审问小酒店主人。他当时的心情是急于逮捕樊於期,然后再去审问上述的人们。他觉得无论什么案子都不难取得证据。然而,在当时他取得的旁证却都是对樊於期有利的。例如酒保们证明当时茅太傅只是喝醉了,并没有死。再如,茅府的奴仆们只说太傅是被夏府的人接走的,来的人他们并不认识,无所指名。等等,等等。赵高并没有把这些情况报告陛下,所以秦王政完全相信了赵高,相信了赵高的武断。因为秦王政是一个急如星火迫不及待的人,就是说,是一个病态的人。他特别容易相信片面的武断的东西,这就像水往低处流,火往高处升一样。其实,众所周知,那黄鼠狼狡兔三窟,行踪诡秘,如果真的是喝醉了,钻到什么神不知鬼不觉的地方睡上几天觉,这都是非常可能的。估计赵高如此冒险的采取如此重大的动作,也许是受到什么人的唆使,或者就是受到嫪党余孽的唆使,也未可知。

赵高的父母因犯法长期住在监狱,赵高兄弟们都在监狱出生。或许就因为出生在监狱,赵高自小就憎恨所有的犯人。长大以后进入社会,赵高憎恨所有自由民,尤其憎恨有权有势的贵族。他虽然对上司和同僚们毕恭毕敬,内心里却充满了无可名状的憎恨。这种思想感情在他的脸上留下了明显的特征。他的负责微笑的那几块肌肉,显得特别灵活。需要笑的时候,它们一下子都跳起来,显出一种极为和蔼极为乖巧献媚的笑容。这种笑容可以突然消失得无影无踪,仿佛他从来就不会笑一样。这时候,在他的白眼珠里,人们才看到了真正的赵高,在仇恨中浸泡了三十五年的赵高。

拷打一个不说话的犯人,一直拷打了半宿,这是令人沮丧的事情,赵高对杨樛说道:

"先把樊於期交给你,要严加看管。"

"是,大人。"杨樛答道。

"韩非怎么样?"

"还那样。"

"还发议论吗?"

"发议论,"杨樛笑道,"怎么能不发议论。"

"明天先拷问韩非。要他承认是韩国的细。"

"是。"

"如此,"赵高自言自语地说道,"也说不定逐客令还有可能颁下来。"

"不过,大人,"杨樛说道,"天已经大明了。"

杨樛看见赵高合上眼睛睡去,便悄悄退出来。

杨樛知道樊於期,却不认识。但是,听赵高的那点情况,他认为樊於期不是凶手。又见樊於期是一条好汉,引起了杨樛的同情。杨樛想道:"既然他把樊於期交给我,我就有权照管他的一切。"他决定先给樊於期治好创伤,然后再细研他的案情不迟。

当他走进自己的卧室,正准备休息时,咸阳宫来的传令使者,进了云阳监狱的大门。他们一进门就喊着要见杨樛,杨樛一听急忙出来迎接。那使者是蒙毅。他一见杨樛便大喊道:

"陛下有令,任命程邈为咸阳宫尚书令。"

"谁?"杨樛急得耳朵嗡嗡直响,"任命了谁?"

"程邈。"蒙毅说道,"没有听清吗? 任命程邈为咸阳宫尚书令。"

"听清啦,听清啦,遵命,遵命……"

"赵高呢?"

"刚睡下。"

"叫他来。"

赵高急忙赶来,睡眼惺忪地向蒙毅行礼。

"陛下任命程邈为咸阳宫尚书令,"蒙毅对赵高说道,"陛下命令赵高三日内送程邈进咸阳宫,等待陛下召见。"

"遵旨!"赵高顿首答道。

"蒙大人,请吃了饭再走。"杨樛见蒙毅要走,急忙说道。

"不必啦。"蒙毅说着上了马,同他的随行卫士们一起,驰出了云阳监狱的大门。

赵高在地上跪着,一动不动,仿佛僵死了一般。杨樛见此情景,搀扶赵高起身,回到他的房中。

"怎么办? 杨兄。"赵高哭丧着脸说道,"逐客令就是为了郑国闹起来的。郑国逃亡,我们未敢报告。程邈是替郑国死了,我们报告说郑国已经瘐死。现在再改为郑国已经逃亡,程邈已经瘐死,这不是要我的脑袋吗!程邈既未报死,也未报亡,现在陛下突然任命了尚书令。这个鸟陛下,简直是个疯子,神鬼莫测,什么人能伺候得了!让我到哪里去找个程邈来!杨兄,怎么办?不然咱们一起自杀吧!再不然咱们一起逃亡,进山为群盗去吧!你说,怎么办?"

"也不用自杀,"杨樛慢慢说道,"也不用进山为群盗。"

"等着来砍头吗?"

"也不至于。"

"怎么办?"

"大人,你累了,一宿没睡,你先休息吧。"

"这是什么话?"赵高喊着,"大难临头,如何能睡?"

"总有办法。"

"或者就这样办,"赵高说道,"找一个相貌相似程邈的人,假称程邈,去面见陛下。"

"谁有程邈的学问?谁能冒充得了?"

"就说程邈不愿做官,在狱中闷闷不乐,得了抽风,变傻了。"

"大人,"杨樛说道,"这能瞒得过陛下吗?"

"陛下并不认识程邈。"

"陛下周围就没有人吗?咸阳城里认识程邈的人甚多,万一被人揭发出来,大人不怕夷三族吗?"

赵高沉默着,忽然笑道:

"有办法了。咱们二人今天一起去见陛下。"

"大人，"杨樛严肃地说道，"您的办法不灵。"

"怎么不灵？"

"您想说，程邈是我杨樛拷打致死的。"

"难道不是这样吗？"

"我是奉大人之命打死他的。"杨樛又补充道，"就是我死了，也代替不了大人。"

赵高又沉默起来。

"现在，"杨樛沉默了许久以后说道，"需要问明，这任命是不是真的？"

"废话！蒙毅亲自来宣令，还能有假？"

"那就好。"

"好什么？"

"大人能原谅卑职的欺蒙之罪吗？"

"什么？"赵高一听，向前爬着喊道，"你说什么？你能救我的命，我什么都能原谅。"

"能发个誓吗？"

"我发誓！"

"这就好，太感谢啦。"杨樛说道，"卑职还大人一个活的程邈。"

赵高听罢跳起来抱住杨樛，说不尽感激的话。

于是，杨樛就把那天拷打程邈的实情告诉了赵高。赵高脸上的笑容，一闪一闪的，仿佛夜晚窗棂上映出的闪电。等杨樛把实情说完，匍匐在地，请求他恕罪的时候，赵高沉下脸来，慢慢说道："杨樛，你的罪过，可不轻，足够弃市而有余。不过咱二人相处甚久了，这一次又救了我的急，我饶恕你。"

说着,赵高把杨樛搀起来,笑道:

"这或者就是天命。让你碰上了我,让我碰上了你,让程邈碰上了咱俩。天命,这真是天命。"

"多谢大人。杨樛感恩不尽。"杨樛说道,"杨樛要永远忠于大人,誓死无他。"

"快请尚书令程大人来见。"赵高命令道。

当咸阳宫的传令使者进入云阳监狱的大门时,韩非听说了,高兴得手之舞之足之蹈之,他喊道:

"天哪! 可等来啦! 这是陛下来令召见见见见……见我的。"

后来有人告诉他说:"是任命程邈为尚书令。"

"不不不……不会,绝对不不……不会。程邈已经死死死……死掉。这是任任任……任命我韩非非非非的,怎么能是那那那……那大逆不道的程程程……程邈呢!"

那天犯人放风时,赵高已经陪着程邈起程去了咸阳。韩非走到杨跟前,施礼说道:

"狱丞大人,陛下的御御御……御旨,大人看看看……看过吗?"

"怎么?"杨樛说道,"你不放心吗?"

"没有差差差……差错吗?"

"怎么会呢?"

"臣以为,不不不……不对。"

"什么不对?"

"姓姓姓……姓名不对。"

"你怎么知道姓名不对?"

"那是给我……我我我……我的诏令。"

"可笑之甚!"杨樛觉得十分可笑。

"狱丞大人,你你你……你不忠。"韩非瞪着眼喊道。

"何出此言?"

"程邈死死死……死掉了,你为何说说说……说没死?"

"他本来就没死么。"

"怎么?他本本本……本来?那死死死……死的是谁?"

"这不关你的事!"杨樛不耐烦了。

"我正在问问……问你!"韩非喊道,"你不怕我在陛陛陛……陛下面前,控告,告告告……告你吗?"

杨樛真的是无言答对了。不过狱丞对犯人,什么都好说。

"你知道你是什么人吗?"杨樛真的生气了,骂道。"你一个犯罪的囚徒,你也来免管的太宽了!等你做了廷尉大人再说这话吧,混账东西,罚你三天不吃饭。"

秦国的监狱特别多,这正是秦国的真正的特质。每一个县邑都有一所乃至数所监狱,大的可以容纳上千犯人。所有住监狱的犯人,昼夜都在不停地劳动,直至筋骨累断为止。只有云阳监狱,犯人既少,又不劳动。因为这是贵族和高级官吏们的监狱。从这里出去砍头的人,甚至夷三族的人固然不少,但是从这里接受诏令,走马上任的人也不少。韩非对这一点非常清楚,所以他对自己的官运抱有极大的信心。正因为这,他才敢于质问狱丞。也正因为这,杨樛才不敢认真生气,只是轻轻地给韩非一点小处分:三天不给吃饭。三天不吃饭,饿不死人。况且他只要有钱,随时可以换到吃的东西,虽然价钱昂贵一些。

程邈若是一个平常人,他的心情一定非常好。因为他靠朋友的帮忙,终于死里逃生,并且如今又得到陛下的信任,走出监狱,步入王宫,做了咸阳宫的尚书令。

但是当杨樛把这喜讯告诉他时,程邈却说道:

"表弟,程邈犯了死罪,侥幸活下来,这条性命本是表弟所赐,程邈感激不尽。如今突然奉诏,要进宫去,做什么尚书令,此非程邈本心。程邈决意拒不奉诏,但求生归南山,于愿足矣。"

杨樛一听,扑通跪在地上,哭道:

"好我的表兄,我的好表兄,陛下的诏书已经到了前院,谁敢抗拒,表兄你若不奉诏,杨樛只有一死了之。"

程邈迟疑着,杨樛跪着不起。杨樛又说道:

"目前之计,表兄权且奉诏进宫,过些时再伪托有病,再辞官,归去也不为晚。表兄一定要听表弟一句,先顾眼前要紧。"

于是程邈同赵高一起,上了去咸阳的路。

然而,他在赵高看来是个怪人,更确切地说,是一个没有感情,没有血性的人。一路上,赵高不知对他说了多少非常动听的客气话,程邈像一块木头,竟然没有任何表示,甚至没有任何表情。赵高有生以来这是第一次遇到这种人。这使他感到惊奇,感到愤怒。赵高在心中默默地说道:

"这大概就是所谓圣人了! 有朝一日我一定把你杀掉,我对天盟誓!"

程邈一进咸阳宫,秦王政立即召见他,说道:

"寡人仰慕先生久矣,盼望承教久矣。寡人命先生为咸阳宫尚书令,赐先生爵为五大夫,望先生恪尽职守,勿使寡人失望。"

"谢陛下。"程邈叩头说道,"陛下万岁!"

然后秦王政问赵高道:

"樊於期承认了吗?赵高。"

"启禀陛下",赵高顿首答道,"他承认了。"

"承认了杀害茅太傅吗?"

"是的,他都承认了。"赵高再次肯定禀告着。

"启禀陛下,"程邈顿首说道,"赵高欺蒙陛下,臣望陛下详察。"

"什么事情?"

"启禀陛下,樊於期并没有承认杀害茅太傅,赵高却说他承认了。这不是欺蒙陛下吗?司马梗什么也没有承认,被赵高活活打死,然后他编了一套假供词,欺蒙陛下。郑国逃亡,回了韩国,赵高却说郑国瘐死狱中。这不是欺蒙吗?郑国的供词是赵高编好,逼令臣画押的。不信,陛下可查阅。"

赵高向前膝行一步,想要说话,秦王政一扬手,说道:

"等一等,把郑国的供词拿来。"

王绾立刻把郑国的供词拿来呈上。秦王政一看,果然是程邈画押,而且写的是程邈所发明的一种叫作隶书的简体字。秦王政大怒,喊道:

"把赵高押下去!"

秦王政一扭脸,看见蒙毅站在旁边,便说道:

"蒙毅,命你即刻审讯赵高,审清以后把详情报来。"

当天晚上,蒙毅就把赵高案情审问清楚,定了死罪,报告了秦王政。犯人押进云阳监狱,等待陛下判决。

第二天,程邈升为御史。

这时候,有一个叫花子,救了赵高的命。

依靠乞丐们可以办许多大事,但是,也免不了坏事。他们一方面是不要命的人,另一方面又是好吃懒做的人。他们很容易接受最残忍的任务,同时也最容易叛卖。参与暗杀茅焦的乞丐中,有一个名叫胡基的人,为了得到夏府的十万赏钱,把事情的真相说了出去。于是,王绾把这一情况立刻报告了秦王政。秦王政正考虑要判赵高死刑的时候,忽然觉得赵高无论如何还算有眼力。在没有什么足够证据的时候,他就能断定樊於期是凶手,这眼光是非常敏锐的。于是,秦王政赦了赵高,官复原职,仍由他审讯樊於期。

这个赦免令,相隔了好几天才下来。它不仅出乎程邈和蒙毅的意料,而且也出乎正在云阳监狱里痛哭流涕的赵高的意料。在赵高的赦免令下达的前一天,乞丐胡基失踪了,后来查明是在郊外什么地方的田间农舍里上了吊。夏中期的儿子们以及夏府的奴仆们没有料到这一着,致使案情再也无法追究下去。这一切仿佛是一个泡影,转眼之间就已彻底迷失,仿佛只是那胡基的酒后狂言,又仿佛只是夏中期的儿子捣的一个鬼似的。与此同时,咸阳大街上散布着各种谣言,其中之一是说有人看见茅焦骑着毛驴出了武关。在蓝田山中有一个樵夫,他不仅见过这姓茅的白胡子老头,而且还同他说话,他们一起谈论过《鹖冠子》……诸如此类不一而足,然而,却没有人将这些谣言报告秦王陛下。

不过赦免赵高的诏令已经下达，赵高已经重新开始调查樊於期的案件。这次他不再从樊於期身上下功夫，他在外部进行周密调查。经过一番努力，他调查出一些诸如"剑履上殿""挟持陛下""强扯龙袍""手摘王冠"一类所谓大逆不道死有余辜的罪行。在宴请燕太子丹的时候，樊於期曾经"剑履上殿""挟持陛下"。在祈年宫的战斗中，他曾经"手摘王冠""强扯龙袍"。这都是当时在场的人有目共睹的事实。不过，从前人们说这是樊於期的功劳，现在人们又说这是樊於期的罪恶。这就是到什么时候说什么话，此一时也彼一时也。这都是时势使然，也就是所谓时势造英雄。激烈动荡的时势，造就了反复无常的英雄。历史上这种事情屡见不鲜，几乎随时都在出现，随处都在重复。咸阳人从来也不以为这有什么奇怪。并且，咸阳人一向认为，只有后边说的这些才是真理。至于前边说过的，一般都不再提起，万一非提不可，也只说那是被迫的、违心的、不真实的。这是一个极为深刻的哲学命题，即只有现在是真实的。它也是一个非常实用的政治原则：只有眼前利益是实在的。过去的不用提，将来的不必想，一切为了眼前，存在就是真理，保住腰领就是好汉，脑袋掉了一切全完。从前的历史学家说秦国人是今朝有酒今朝醉。他们的主要根据是《诗经·秦风·车邻》："既见君子，并坐鼓簧。今者不乐，逝者其亡。"至于这种及时行乐吃光喝净的思想状态是怎么来的，历史学家们至今无暇思之。

当赵高把前述的樊於期的四项罪行郑重地写进爱书，准备进呈御览的时候。他问杨樛"如何"，杨樛说"很好"。不过杨樛忽然想起一点小问题，虽然不敢说，心里却不停地思索着。这就是现在的爱书中,关于茅焦之死,一字未提。杨樛想道:"逮捕樊於期理由是杀害茅焦,而如今对此却只字不提,这能交代过去吗?陛下如果还有点记性的话,他如果想起茅焦的事,如果问下来,赵高将以何言答对呢?"不过,杨樛见赵高如此认真办案,心中确实非常佩服。他想起前几天赵高被押回云阳监狱下在牢中的情形。那时候赵高哭成了一个鼻涕人。他哭得着实痛苦,惹人同情。后来赦免的诏令下来,赵高笑得特别甜美,实在招人喜欢。而当赵高和同僚们接触时,那种争风吃醋、精打细算的样子,实在让人讨厌。如果见到犯人,或是办理案件,赵高那种铁面无私心毒手黑的样子,实在是可怕至极。杨樛认为,这是世界上感情状态最丰富的人,苦辣酸甜各种滋味都挂在脸上。他在心中对赵高真是敬服之至。不过,虽然是敬服之至,却依然觉得关于茅焦之死,应该有两三句话交代一下。他说道:

"茅太傅是死是活,要不要提一下?"他的话一出口,心里就后悔了。他害怕这会触怒赵高,一时不知如何是好。

"不必啦。"赵高微笑着说道,"那黄鼠狼原本就是山东六国的游说之士,咸阳人现在谁还记得他!"

"万一陛下……"

"绝对不会。"赵高说道,"陛下绝对不会惋惜一个山东乞食者。"

"大人有把握?"

"放心吧,"赵高说道,"天不早了,睡吧,明天我就进咸阳宫。"

杨樛认为,现在列入爱书的樊於期的罪行,虽然堂而皇之,其实未必能置樊於期于死地。赵高也是聪明人办糊涂事,弄不好还要砸锅。他这样想着站起身来要回自己房中安歇。这时没想到,樊於期自己跑来给赵高帮了大忙。樊於期手执宝剑来杀赵高。他大喊道:

"赵高,狗日的,快来受死!"

韩国有一位贵公子,名叫张良。此人后来着实有名,史称汉初三杰之首。然而在他年轻时,却是一条鲁莽汉子。这一年他二十四岁,就像所有二十四的青年人一样,容易异想天开,把一切都看得非常简单。他的祖父两代五世相韩,他自己也准备做韩国的宰相。只是因为他的祖父母和父母亲相继去世,他一直是孝服在身,所以未曾出仕。他听说秦王政准备任用韩非,知道韩非是个人才,便准备把韩非劫回韩国去。不久前,他见到郑国以后,知道韩非正在云阳狱中,又担心秦王政会杀害韩非,更增加劫回韩非的决心。他从郑国口中,了解到云阳监狱的各种情况,他认为云阳监狱不难攻取。他家非常富有。他不费吹灰之力便召集到六十多名武士,扮作客商,来到了沙蓬里。不到三天时间,他就收买了云阳狱中几名狱卒和卫士。这天夜晚,张良带领武士们冲进了云阳监狱,打开了数十间牢房。他打开了樊於期的牢房,并且顺利地找到了韩非。

没想到韩非坚决拒绝越狱。

"不不不! 我不不不……不走!"韩非斩钉截铁地叫着。

"韩国要强盛,非君莫属。"张良拱手说道,"先生不可迟疑,赶快随我们回韩国去,以便实现先生的伟大抱负。"

"不不不!"韩非说道,"公子你,不要再做做做梦了! 韩国弱小,不堪一击。我回去也无无无无……无所作为。'霸必有大大大,大国。'公子难道不不不……不知道? 我只有依靠秦秦秦……秦国,才能有所作作……作为。"

"先生既反对合纵,又反对连横,怎么能在秦国有所作为?"张良着起急来,严厉地斥责着。

"公子还在梦梦梦……梦中,合纵连横的时代已已已已经一去不不不……不返了!"

韩非说合纵连横的时代已经过去,张良在当时根本就不能理解。张良喊道:

"秦国一向仇视客士,已经下过一次逐客令,难道先生不知道吗?"

"公子差矣!"韩非只要打嘴仗,从来不认输,"逐客令已已已……已经收回。秦国不依靠客士,能有什么作作……作为?"

"听说秦王政心黑手辣,他就要杀害先生了。"张良这样说,当然是瞎说,不过是为了吓唬韩非罢了。

"就是死,我也不不不……不离开秦国。"

"今日之事,千难万险,"张良真的急了,喊道,"先生走也得走,不走也得走!"

"你杀了我,我我我……"

"背上他!"张良命令武士背起韩非就往外跑。

张良的武士在找到韩非以后,仍然一个接一个地打开牢房,是为了找到程邈。这是郑国一再嘱咐的,"务必劫出程邈,那是一位学者,又是我的救命恩人。"武士们喊程邈的名字,没有人答应。这时樊於期走来,说道:

"程邈已经进了咸阳宫,升为御史了。"

他请求道:"请给我一柄宝剑,我要杀掉赵高,然后同你们一起走。"

樊於期的剑伤已经治好。他拿到宝剑立刻就奔向赵高的住室。赵高听见樊於期在喊他的名字,急忙钻入里间的家什后面。樊於期同杨樛撞了个满怀。杨大喝一声:

"樊於期,你要造反吗!"说着拔出宝剑刺过去。

"我要杀赵高!"樊於期喊着,抵挡着杨樛的宝剑。

在宝剑撞击声中,杨樛说道:

"赵高回咸阳去了! 这里只有一个杨樛,你要杀就来杀我吧! 你这犯上作乱的盗贼! 来吧!"

樊於期听见这话,急忙退出来,拱手说道:

"多有得罪。杨狱丞,再会。"说罢消失在黑暗中。

站在高高的望台上的卫士们,不敢下来。月黑风高,弓箭不能施展。而睡在房里的卫士们,手忙脚乱,滚作一团,连自己的裤褂鞋帽都摸不到手。这时监狱的马厩已经被打开,全部马匹都被赶出来。张良指挥武士们飞身上马,驰出了大门。

韩非被人抬上马背,驰出大门以后,他又从马背上滚落下来,飞快地跑回监狱里面。

这次劫狱非常顺利。人马驰出二三里路以后,张良才知道韩非又跑回监狱去了。这时再二次冲进监狱,已经是不可能。他心中非常惋惜,但是已经无可奈何。

事情过去以后,赵高请杨樛上坐,对他深深叩头,说道:

"杨兄,这次又救赵高一命,赵高铭心刻骨,没齿不忘。"

"大人快快请起，卑职不敢当此大礼。"杨樛把赵高扶起以后，叹口气说道，"云阳狱出了这么大的事故，陛下必定震怒，想我杨樛，此命休矣。"

"不怕。"赵高说道，"杨兄不必烦恼，一切有我担待。"

"不怕陛下怪罪吗？"

"不怕！"赵高仿佛早有成竹在胸的样子，说道，"来的是韩国扮作客商的武士，又不是秦国的什么盗贼，我们如何防得住。但是，杨兄你听着，韩国人是为了劫走韩非，而韩非依然健在。这真是天助我也。明日就去咸阳宫报告，就说韩国人劫狱的目的是企图劫走韩非，经我们奋力拼杀，使他们未能得逞。死伤一些狱卒卫士，这是必然的。这正好证明我们经过了一场恶战，还应该给我们晋爵才是。乱杀乱砍之中，趁乱跑了几个犯人，没有什么要犯，只有一个樊於期。这也是天助我也。这一下，樊於期的案子就算定案了。他未必能跑掉，还有他的妻儿老小……"

杨樛听罢放了心，十分感激赵高。他想道："无论遇到什么不利的情况，立刻就想出最周密最妥善的办法，并且有一套巧妙的说辞，说出话来天衣无缝。这实在是一种天才。"杨樛自叹不如。杨樛是一个很本分的人。他进而想道："论耿直，论品德，我不如程邈；论才干，论练达，我不如赵高。如此说来，我还是回家去，做一个老实庶民吧。不然，在这宦海波涛之中，说不定，天长日久，稍不注意，只怕有什么闪失。我母亲年纪大了，不敢在她晚年，使她遇到不幸……"

第二天，赵高和杨樛进咸阳宫，将劫狱的经过向秦王政报告一遍。秦王政赐每个参加战斗的卫士和狱卒晋爵一级，包括伤者和死者,给赵高和杨樛各晋爵两级。赵高由廷尉监郎中升为侍御史。

"事变以前,"秦王政说的"事变"就是嫪毐叛乱的事变。"寡人仿佛记得是要杀掉韩非,怎么他还活在世上?多亏云阳的将士们用心尽力,未曾让韩国劫回,不然岂不要闹个大笑话吗!"秦王政突然喊道:

"李斯,命你带着鸩酒亲去云阳狱中,令韩非自杀。"

李斯的胆子是越来越小了。他所鼓吹的强权终于战胜了他自己,把他压碎,使他变形,甚至他自己也不知道这是怎么回事。派他去云阳监狱杀害韩非,他认为这是秦王政对他的信任。他甚至忘了韩非是他的老同学。当他突然想起这种关系时,他害怕起来,他怕这是秦王政对他的考验。逐客令是一场噩梦。当噩梦过后清醒过来时,才感到自己的身体已经软弱至极,甚至连意志也都丧失了。这情形就像一个人孤孤单单地在荒原里跋涉一样,疲惫至极,痛苦至极,绝望至极,但是不敢停步,以为一旦停下来就要倒下,一旦倒下就永远也起不来了。

"呀呀老兄,姗姗姗姗……姗来迟。"韩非一见李斯走进他的牢房,非常高兴,急忙说道,"足下带来了,陛陛陛下的诏诏诏……诏令吗?"

"是的。"李斯冷淡地说道。

"小弟就盼盼盼,盼着这一天呐!"韩非见李斯满面阴云,自己心里怦怦直跳。问道:"陛下命命……命我为何官,何职?说呀!是客客客卿吗?是御御御史……史大夫吗?"

"陛下命臣带来了鸩酒。"李斯终于说出了自己的使命。

韩非一听,睁大眼睛,呆了好久,说道:

"胡说!"

李斯没有说话。

韩非脸色煞白,像死掉了一样。他浑身颤抖着跌坐在草席上。

"陛下命臣前来,臣只得尽命。"

"胡说! 不不不……不可能!"韩非的嗓子像冒了火一样,他尖声嘶叫着,"是足下进了谗谗谗谗……谗言吗?"

"臣不敢。"

"不! 不! 不!"韩非喊叫着,"我要等待后后后……后命!"

"不可能有后命啦!"李斯厉声说道。

"这就证明,是足下谗谗谗谗……谗害了我!"

"陛下既然派臣前来,臣不敢等待后命。"

"这就是证明! 我要变作厉厉厉厉……厉鬼,叫你五马分尸!"

李斯见韩非破口大骂,便命令随从武士们道:

"灌!"

这是很简单的事情。武士们上前扭住韩非的双手,然后揪住耳朵,捏着鼻子,用匕首撬开牙齿,把鸩酒往嘴里一倒,就算了事,他们撒开手时,韩非已经软软地倒在地上,不一刻就停止了呼吸。

史书上记载着,秦王政在杀掉韩非之后,有点后悔。这事情只有赵高清楚。

赵高被任命为侍御史,就可以随时见到秦王政。当李斯

同杨樛一起去云阳监狱以后,秦王政忽然对赵高说道:

"赵高,你以为,韩非为人如何?"

"一个山东游说之士而已。"赵高顿首答道,"他们多得像苍蝇一样。"

"他的文章还是很好的。"

"能说会道的人,未必能干什么事情。"

"寡人想赦免他。"

"只怕来不及了。"

"寡人就派你前去赦免他。"

"臣正有要紧情况向陛下禀报。"

"什么事情?"

"韩国的武士们劫狱的时候,高喊着程邈的名字。"

"喊他做甚?"

"他们说一定要把程邈带走。"

"里通外国?"

"臣以为,正是这样。"赵高顿首答道。

"王绾,"秦王政叫道:"叫冯毋择来。"

冯毋择进殿叩头。秦王政说道:

"寡人派你去云阳狱中,调查一件事情。据说韩国歹徒来劫狱时,曾喊着程邈的名字,企图把他带走。是否喊过程邈的名字,你要调查清楚,速速报来。赵高同你一同前往,他带着赦免令,去赦免韩非。"

赵高虽说不是嫪毐死党,却是极端痛恨山东乞食者们。他对赦免韩非很不积极。他慢慢吞吞从咸阳宫里走出来,回到府上吃点东西,然后上了马车,并且告诉驭夫说:"我喝醉了,请走慢些,让我在车上睡一觉。天哪！这几天把我累坏了！我的骨头都散架啦!"

冯毋择比他的职务低得多,自然不敢吭气。他们走到半路上,遇见了李斯。赵高假装在车上睡觉,听见冯毋择问李斯道:

"李大人,韩非如何？后命到了。"

"真的吗?"李斯惊问道,"晚了。"

这时赵高探出头问李斯道:

"韩非死了没有?"

"已经死了。"

"冯大人,"赵高对冯毋择说道,"我带来的后命已经没用,我就不必再前去了。你一个人前去调查程邈的事情吧。"

赵高知道杨樛是程邈的朋友,而杨樛又是自己的救命恩人。如果杨樛对他谗害程邈提出批评,他觉得无言答对。所以左思右想,自己还是不去为好。现在他已是侍御史,云阳监狱他最好不要再涉足。

冯毋择的任务很简单,也很顺利。他到了云阳监狱,一问便知。听到韩国武士们喊程邈名字的人不是一个。杨樛同冯毋择素不相识,他只说自己没有听到喊程邈的名字,但是也无法否定别人曾经听到过。

冯毋择将调查结果如实的报告了秦王政。秦王政当即下令杀掉了程邈。

程邈进咸阳宫以后,秦王政便催他写出他所创制的新字体——隶书。他计划写出两千个字,并且加以注音释义。因为他在任时间太短,他只写出了三百多字,其中只有一百多字写出了注音释义,他就被杀害了。

历史学家们在评论秦王政的时候,说他有办法保护坏人,却没有办法保护好人。他有办法保护赵高,却没有办法保护程邈。秦王政虽然躬亲执政,事无巨细,包揽无遗,其实也只是悬在空中而已。他到死也不知道郑国是怎么逃亡的,韩国的武士们为什么喊程邈的名字。有关云阳狱中的这些小插曲,被秦国的忠君爱国的史官们删来改去,已经所剩无几,后世的读者连当时的影子也无从窥见。反映在史书中的,只是在《史记·蒙恬列传》中,对赵高犯罪被蒙毅判处死刑的事提了一笔,也只是作为赵高后来杀害蒙氏一族的伏笔。至于赵高究竟犯了什么罪,为何判处死刑等等情节,竟至一字未提。只有一个人对此说过几句尖锐深刻的话,他的名字叫羊千。羊千当时是秦国的博士,知道一些真实情况。他说,赵高在秦二世时族灭蒙氏和李斯,是嫪毐宗旨的继续,是逐客令的最后完成。从此以后,秦国朝廷里的高级官员中,再也没有一个山东六国的士人。羊千并且说,正因如此,秦朝也就迅速灭亡了。羊千的书就是《羊子》,其残篇断简收录在《上古轶文录》中。

第三十八章　嫪毐之死

　　一个女人一旦失掉丈夫，不惹是非，是非也会找上门来。市井之间不乏无赖，他们会找上门来惹是生非，甚至嘴上明说，今晚要来同你睡觉。所以留给寡妇们的路只有一条——再嫁。管贲父子死后不久，就有人找上门来给贲屠老婆提亲，贲屠老婆登时就答应了。因为她有一个三岁的小儿子，她要生活，要抚养孩子，没有丈夫是不行的，何况她还年轻。不久，她就嫁给了夏中期的三儿子夏无且的一个舍人，名叫牛随。夏无且是个嫪党。他本是一个纨绔子弟，只知吃喝玩乐，人称夏季无良。自从夏中期上吊自杀以后，夏无且决心要替父报仇。他不顾两个哥哥的劝阻，决心要把嫪毐找回来。他认为，只要嫪毐回来，藏进甘泉宫，就能够以太后为首，重新聚集起一股势力，影响秦王政，彻底消灭以吕不韦为首的山东乞食者。其实，这是不现实的。秦王政对太后是严

963

密监视的,太后此时已经无能为力。但是道可道非常道,说出口来的并非起初的想法。夏季无良们的起初想法,是以太后为首组织一股势力,以便打倒秦王政。

在茅焦进言成功以后,咸阳好像整个翻了过来,尤其上层的宗室大臣们积极展开活动,那整个气氛同"战咸阳"的时候正好相反。在逐客令下达以后,这些宗室大臣们,甚至连同他们的奴仆臣妾们,都在高呼陛下万岁,简直就是一片狂欢。后来逐客令虽然收回,而党被株连而迁蜀的五千余家却被明令召回咸阳。他们有的刚到成都。有的还在半路上,就接到了这一喜讯。当他们陆续回到咸阳时,咸阳沸腾起来,就好像他们终于取得了最后的胜利,好像连嫪毐都是冤枉的,都应该平反,好像他们正在准备迎接嫪毐回来似的。这就是茅焦死前传说嫪毐已经潜回咸阳的社会情绪。当秦王政从祈年宫回到咸阳宫的时候,他曾经宣布给"战咸阳"时参战的庶民们每人晋爵一级,战死者当然也晋爵一级。不过这都是空的,尤其对于死者来说更是如此。对死者还应该有一些实际的封赏和抚恤,可惜这些都没有来得及办理,形势便出现了急骤的意想不到的变化。这就是促使寡妇们迅速改嫁的原因。

赍屠老婆同牛随结婚以后,按理应该住进牛随的家。但是,她对丈夫说道:

"夫子你是个客人,住的是主人的房子,不如这房子,是妾自己的宅田。你随时可以来,相距又不远。夫子若是盼望妾搬过去一起住,等妾把这宅田卖掉,然后再搬,如何?"

她说得很在理,牛随自然完全同意。

但是,她迟迟不卖掉管赍的房子,那真正的原因只有她自己知道。这是因为,她只有住在这所房子里,她才有可能见到管赍的好友蒲雕。

"战咸阳"之后,秦王政奖励有功的庶民,只奖励了赵婴,封他为公乘大夫,其他人则未曾过问。因为秦王政存心消灭成蟜,对叛变的蒲雕极为痛恨,所以他依然坚持嫪毐的命令:通缉蒲雕,通缉麃公。至于蒲雕和麃公同屯留兵变有什么关系,尤其蒲雕的具体案情,秦王政至死也没有细问过。所以自古以来,依靠帝王们的金口玉言来办案子,案子永远也办不清,而且越办越不清。咸阳形势急骤恶化,蒲雕没有藏身之处,只好躲到郊外的荒林之中。赍屠老婆认为,万一蒲雕潜回咸阳,他没有别的地方藏身,只有回到赍屠家后院来。所以她留着令人伤心的老巢,预备接待往日的亲朋。

她没有失望。一天夜里,蒲雕来到她家后院。第二天上午牛随走后,她来到后院,哭道:

"你已经知道了吧?"

"知道了。"蒲雕知道她说的是再嫁的事,便这样答道。

"我又嫁人了。"女人伤心地哭着,"嫁给了赍屠的敌人,夏府的一个舍人。"

"虽然如此,"蒲雕说道,"听说他倒是个好人。"

"你都知道了,还敢回来,说明你信得过我。"她擦擦眼泪说道,"要按自己的想法,我倒愿意嫁给你。一则你的妻子还在世,再者,你现在的情形也无法结婚。"

"你说得很是。"蒲雕叹道。

"你像一个野狗一样,四处游荡。你的鼻子再尖,也未必能找到你要找的人。"

"是啊。"

"你哪里也不要去,就在这里藏着。"

"不怕受连累吗?"

"你和管贲,不是一般的朋友。他虽说不在世了,还和他在世一样。"女人禁不住又落下泪来。

"谢谢啦。"蒲雕拱手说道。

"牛随的主人,夏无且,就是那夏季无良,他们正在寻找你要找的人。"

"有消息吗?"蒲雕问道。

"有了消息,就来告你。"她说道,"吃好,睡好,养精蓄锐,守株待兔。"

隔了几天,女人给蒲雕送饭时说道:

"找到啦。"

"嗯?!"

"山上下来人啦。"

"能详细点告诉我吗?"

"你说过,"女人慢慢说道,"牛随是个好人。是这么说过吧?"她看见蒲雕点点头,继续说道:"你答应不伤害牛随,我才能告诉你。"

"这个自然。"蒲雕说道,"我答应,绝不伤害他。"

"我一个女人家,这话得说在前头。"她抽抽搭搭哭起来。好一阵喘不过气来。"他现在,是我的丈夫啊!"

"不必哭啦。"蒲雕说道,"放心吧,我发誓!"

"今晚夜向明,"女人低声说道,"牛随跟山上下来的人一起,过渭桥,进南山,去见那人。你尾随着他们,自然就找到了。"

秦昭王喜欢修桥铺路。他不仅在咸阳城南的渭河上修了一座大桥,而且他晚年在蒲津关地方修了一座黄河大桥。这工程在当时,令人惊讶不止。是为了阻止成蟜军回咸阳,秦王政才下令把黄河大桥拆毁的。这渭河大桥,工程虽然比不上黄河大桥,却也坚固雄伟,颇为壮观。秦王政十几岁的时候,经常来这渭河桥上玩耍。这大桥引起他许多遐想。他对长安君成蟜说,他将来要把这渭河桥重新修筑,并且要把秦国的宫殿从北坂一直建向南山。现代人只是把语言文字看作是交流思想的工具,在古代则大为不然。古代人把语言和文字看成是神圣的甚至是神秘的东西,它不仅反映人的思想意识,而且它有似纤纬图录一样,预卜着个人的乃至国家民族的未来。秦王政的这些豪言壮语传到了民间,老百姓不认为是福音,反而认为是昏话。蒲雕也知道秦王政的这些昏话。当时蒲老官就曾经为此骂过赵政,说他是"大话迷",是"狂徒",是"亡国之主"。如果要推究各种事变的各种原因的话,那原因是很多很多,多到简直无法查明。对秦王政的这种认识,或者就是促成蒲雕叛变的原因之一。蒲雕最后敢于拒绝嫪毐之命,不肯杀害支持成蟜的吕不韦,也不能说同这种对秦王政的认识无关。在黎明前的黑暗里,蒲雕牵着马站在渭河桥的桥头上,想起了这些从前的父子之间的谈论,想起了惨死的老父亲,老母亲,以及自己刚刚三岁的儿子⋯⋯黑暗中,他任凭自己的眼泪流下来。他没有高官厚禄,没有显赫的名声,自然没有资格进入史册,所以,他的眼泪对人类

历史毫无意义。虽然他的眼泪流进渭河,混进那靛蓝色的波
涛之中,后世的人们也想不到那清澈的碧波里,曾经有过一
个草莽英雄的无限辛酸的泪。这一切是如此的平淡无奇,如
此的司空见惯,又如此的令人感伤。

　　不过,牛随和一个不相识的小伙子,终于走来了。以至
蒲雕对牛随颇有感激之情。因为牛随如果再不来,他或者就
要放声痛哭起来了。牛随不认识蒲雕,蒲雕却熟识牛随。他
在墙缝里已经端详他好几天了。

　　天明时,牛随和那人已经驰进丛林,将近正午时,他们终
于进了终南山。蒲雕紧紧跟着。他虽然非常警惕,却依然中
了牛随的埋伏。他的马,被那小伙子用绳索绊倒,他滚在地
上。那小伙子灵敏异常,扑上来同他交锋。如果牛随不从身
后攻击他,他也不会着急。他一急,刺死了那小伙子,返身同
牛随交锋。他打掉了牛随手中的宝剑,把牛随逼到一棵大树
的裸露的树根前。

　　"无冤无仇,为何袭击我?"蒲雕用剑尖逼着牛随的咽喉
问道。

　　"你是什么人?"牛随反问道。

　　"猎人。"

　　"胡说!"牛随气愤地骂着。

　　"实情。"

　　"为什么跟着我们?"

　　"打猎。"

　　"一派胡言!"牛随自以为必死无疑了,抗声骂着,"你杀
了我吧!

怎么不动手!"

"用得着你。"

"你是陛下派来的?"

"不。"蒲雕把宝剑插入鞘中,说道,"我同你们的陛下没有关系。"

"那你是吕相派来的?"

"不是。"

"莫非你是太后派来的吗?"牛随坐起来,追问道。

"你不要胡猜,你猜不着。"蒲雕笑道。

"你的目的何在? 难道是为了打劫钱财吗? 我们又不是商旅,又没有钱财。你说吧,你要干什么?"

蒲雕思量一下,然后说道:

"我想见到嫪毐。"

"你是什么人? 为什么要见他?"

"我是……"蒲雕慢慢说道,"茅太傅死后,齐国的丞相后胜,派我来咸阳,打听嫪毐的下落。"

"什么目的?"

"齐国希望嫪毐重新执政。"

牛随对蒲雕说的这些背景,因为一无所知,所以也就无从考虑,自然也就无从怀疑。但是他依然追问道:

"你怎么知道我们是去见他?"

"这些,你不必多问。"蒲雕也坐下来,随手扯了一根草枝,在嘴里嚼着,说道,"问得多了,对你也不好。"

牛随沉默着。

"怎么不说话?"蒲雕说道,"既然问完了,快起来赶路吧。"

"到哪里去?"

"去见你们的左相呀!"

"他在哪里?"

"这要问你了。"

"我怎么知道!"牛随沮丧地狂叫道,"这小伙子就是我的引路人。"

"他是什么人?"

"我怎么知道!"牛随喊着,几乎要哭了。

两个人都沉默起来。

"你索性把我杀掉,倒也干净!"牛随说道。

"一点办法也没有啦?"

"一点办法也没有了。"

两个人又沉默起来。

"你不像齐国人。"牛随说道。

"我原本就是秦国人。"

"何必编这一套瞎话!"

"丞相后胜,只能派一个秦国人来,只能派我来。"蒲雕解释道,"如果派一个齐国人来,一张嘴,口音不对,北海咸鱼味,怎么能打听事情。"

牛随斜着眼睛,仔细端详蒲雕:

"你要见左相,有何凭据?"

"不用凭据。"蒲雕说道,"我们很熟识。"

"什么时候认识的?"

"小时候就认识。"蒲雕问道:"你见过左相吗?"

"没有。"

"原来你们不认识。放心,我给你介绍。"

牛随见如此说,便信以为真。他说道:

"现在若回咸阳,也没有别的线索。"

"仔细想想看,"蒲雕说道,"总有个什么办法吧。"

"现在只有一条路。"

"请快说,在下一定从命。"

"这小伙子的老母亲知道上山的路。听说左相住的就是他家的老房子。"

"怎么才能找到这老太婆?"蒲雕感到振奋。

"那就请上马,试试咱们的运气吧。"

牛随认识这死去的小伙子才两天。从闲谈中,他知道这人的老母亲住在深山中,仿佛就是这同一道山沟,一直往里钻,左手一个小山洼里。山中的路,容易识别,只要有路,就往前走好了。往前走,马已经不能骑,只好牵着马往上爬。还算幸运,傍晚时候,他们找到那位老太婆。她大约有六十多岁,白发苍苍,满面皱纹。她坚决拒绝给他们引路。她大骂嫪毐,稍带也骂她的儿子,说他们都是匪类。这老太婆脾气很大,非但不带路,连口水也不让喝。蒲雕和牛随只好就着泉水吃他们带来的干粮。好在他们的干粮非常相似,竟像是同一个女人准备的一般。

"老太太,"蒲雕见牛随百般劝说不济事,便说道,"你这么恨嫪毐他们,你就不想把他们除掉吗?"

"可惜我没有这个力量。"

"你现在就有这个力量。"蒲雕说道,"你把我们带去,我们替你除掉他们。"

"他们人多。"老太太说道,"你别吹这个牛。"

"他们有多少人?"

"少说也有三四十人。"

"千军万马咱都不怕,"蒲雕笑道,"三四十人算得了什么。"

牛随看不清的事情,这老太太却看清了。她走过来仔细端详蒲雕,然后问道:

"你是谁?"

"我么,"蒲雕说道,"曾经做过齐国的将军。"

"你们能打过他们吗?"

"你能领我们去,我们就能打过他们。"

"那我就引你们去!"老太太说着抓起一根拐杖就走。

"离此地不远,"老太太命令道,"不能骑马。马就丢在这里吧,没人偷。"

他们在黑暗中,走过一段极其危险的山路。一会儿茂林蔽天,一会儿身在悬崖,一会儿钻过石隙,一会儿爬上石梯。忽然望见了火光,有人喝道:

"谁?"

"去咸阳的人回来啦。"老太太答道。

"你儿子怎么不来?"

"他病啦。"老太太随口答道。

"咸阳来的是谁?"

"我是咸阳来的。"牛随说道,"我叫牛随,是夏府的舍人。"

"几个人?"

"两个。"牛随答道,"一共三个。"

"上来吧。"

老太太在前,蒲雕在最后,他们揪着一条绳子,爬上一段陡峭的石壁。这时,借着草房里的火光,才看清这是一处宽大的院落。三面环山,前面是峭壁悬崖。蒲雕想道:"与其说是猎人的宅院,不如说是盗贼的巢穴。如果带兵来攻打,这是不可能的,有千军万马,无用武之地。"

方才问话的卫士,让他们站在院墙根下,等候他先去通报。这时蒲雕对牛随低声说道:

"既然到了这里,足下要听我的,不然你一命休矣!"

"听你什么?"

"你陪这老太太,在这墙根下蹲着,不准动!"

"什么意思?"

"如果动一动,小心丢命!"

"你究竟是什么人?"

"现在来不及细说,一会儿告诉你。"蒲雕严厉地说道,"你也是有家室的人,到了这里,你要慎重!"

那通报的卫士,从草房里走出来,说道:

"相爷命你们进去。"

"你们稍候,"蒲雕说道,"我先进去。"

蒲雕走进那草房,见里面很是宽敞。周围是睡人的草席,中间生着一堆火,代替厅燎。蒲雕见嫪毐箕坐在火堆对面的草席上,他依然还是从前的样子,胖大身材,白净面皮,只是嘴角上多了几根短髭。嫪毐的两眼紧盯着走进来的人,问道：

"是夏府的人吗？你叫什么？怎么不说话？"

"不认识啦！"蒲雕笑一笑拔出了宝剑。

"蒲雕！"嫪毒大喊一声向后一倒。

这时蒲雕已经跳过火堆，宝剑刺中嫪毒的腿部。嫪毒一滚，伸手要拔他的宝剑，蒲雕一砍，击中他的臂膀。

"快动手！"嫪毒大喊着。

蒲雕飞起一脚踢中嫪毒，嫪毒趁势滚到草房里面的墙角。

这时嫪毒的卫士们一齐拔出宝剑逼近蒲雕。蒲雕看见周围人影晃动，他估摸也就是十几个人。蒲雕这时也退到里面的墙角，嫪毒就躺在他的脚边。有一个卫士用脚往火堆上踢过去许多柴草，顿时火焰腾起，照亮了整个房子。这样一来，他们看清了蒲雕，蒲雕也看清了他们。一个手持铁矛的卫士，自恃武器长些，首先冲上来同蒲雕交锋。蒲雕躲过他一下猛刺，宝剑刺进了他的胸膛。接着有三个卫士冲上来。他们背对着火堆，自己的身影挡住自己的视线，很快都被蒲雕刺倒。又上来几个，又被蒲雕击中。这时卫士们才觉察到不能背对着火堆，于是纷纷退下。蒲雕拣起那柄铁矛。这支铁矛的木柄很结实，比平常的铁矛要短得多，但是比宝剑却长得多。蒲雕挥舞这根铁矛，围着火堆，追逐那些卫士们，接连刺倒好几个。

"一齐动手，不要管我！"嫪毒命令道。

"用绳索绊住他的腿！"嫪毒喊着。

"用绳网盖他的头！"嫪毒喊着。

"前后夹击他！"嫪毐嘶叫着。

嫪毐的办法都未能用上。他看见他的卫士们接连倒下，又大喊道：

"放火烧掉这座房子！堵住门口！不要让这贼跑掉！"

这命令一出口，剩下的几个卫士急忙涌出门外。于是转眼之间，房屋前后都点起火来，茅草房子，见火就着，烈火熊熊，噼啪乱响。

蒲雕知道门口有卫士埋伏，不能往外冲。他借着火光环视房里躺着的卫士们，大约有十多个，多半都死了。他走到嫪毐跟前，问道："陛下的御玺在哪里？"

"在这儿。"嫪毐一指自己腰间。

"你的私钵在哪里？"

"也在这儿。"

"我本来想得百万赏钱，现在只好得五十万了。"

说罢他把铁矛深深刺进嫪毐的胸膛。他抽出铁矛，再看看嫪毐，见他已经断气。他先解下嫪毐的宝剑，结在自己腰间。然后解下嫪毐腰间的两颗金印，也结在自己腰间。他看见嫪毐穿的是红袍，自己身上是蓝色短衣，灵机一动，把那红袍扒下来穿在自己身上。这时房子整个燃烧起来，外面火光冲天，里面烟气充塞，已经令人感到窒息。蒲雕看见房子开始摇晃，就要坍塌了。他估计这时门外旁边已经无法站人，便拔出宝剑，抱起嫪毐滚出门去。门前有一个不大的斜坡，他一直滚下斜坡，来到宽敞的院子里，才放下嫪毐，自己又滚了几下，滚到了院墙边。

院子里站着的几个卫士，借着大火的光亮，一切看得清楚。他们见滚出来的两个人，便一齐都跳到嫪毐尸体前，用宝剑向嫪毐猛刺。他们以为已经将蒲雕杀死，便奔过来看这穿红袍的人。他们喊着：

"相爷，相爷……"

蒲雕一开始最先刺死了一个最殷勤的卫士，然后他猛然跳起，同另外三个卫士交锋。不几下，他就结果了他们。

这时房子已经坍塌。那声音好像刮来一阵大风，夹杂着一阵噼啪乱响，火光中好像砖头石块都在跳动。蒲雕站在院子中央，只觉脸上烤得发痛。他突然喊道：

"牛随！"

"我在这里。"牛随答应着站起来。

"有跑掉的吗？"蒲雕大声问道。

"没有。"牛随战战兢兢地答道。

"你不要动！"蒲雕疯狂地喊道，"把你的宝剑解下扔过来！"

牛随按蒲雕的命令做了，他的宝剑落在蒲雕脚边。

"壮士，"那老太太说道，"你真英雄！你是好人。"

蒲雕双手扶着宝剑站在院子中央，仿佛他已经疲惫已极，不小心就会倒下的样子。他问老太太道：

"老妈妈，你认识我吗？"

"不认识。"老太太说道；"你杀的都是坏人，你自然是好人，这不是很清楚的吗？壮士，我能做你的妈妈吗？"

"做得。"蒲雕说道，"理应如此。"

"我愿意做你的妈妈。有你这么个儿子，我最满意。我不会拖累你。我会纺麻线，会鞣皮革，会做饭，会缝衣裳……"

"那太好啦!"蒲雕说道,"不过,妈妈,我不会在此久留。"

"你走到哪里,我跟到哪里。"

"那就更好啦!"蒲雕说道,"我们走吧,妈妈。"

"快天明了,"老太太说道,"天明再走。"

"我想问一句话,可以吗?"牛随说道。

"说吧。"蒲雕说道。

"能将足下的大名,告诉我吗?"

"我的名字,对你没用。"蒲雕这时已经不再喘息,他笑道,"我把对你有用的东西,送给你。"

蒲雕已经休息过来。他走过去,把嫪毐的人头割下,脱下自己身上的红袍,把嫪毐的人头、两颗金印和的上面刻着嫪毐的官职名讳的宝剑,都包起来。蒲雕说道:

"牛随,你过来。我送给你这些东西,你去领赏吧。这里面是的人头,他的宝剑、私钵和陛下的御玺,用他的朝服包着。秦王有过明令,有生得嫪毐者赐钱百万,死的赐钱五十万。这件礼物,就值五十万。你也不枉来这一趟。"

"壮士,"牛随顿首说道,"多谢你的好意啦。"

"怎么? 你拒绝?"蒲雕惊问道。

"夏无且给我的使命,不是这样的。"

"你这人,太忠实啦。"蒲雕说道,"这倒也好! 你不要再投靠你那夏无且啦! 你干脆去投靠王绾,他现在是左丞相。"

"我不认识王绾。谁给我介绍?"

"好说。你去找赵婴,请他给你介绍。"

"我也不认识赵婴。"

"你就说是我让你找他的,他绝不会拒绝。"

牛随笑了。蒲雕也笑了。

"别着急,有办法。"蒲雕思索一下,说道,"我的宝剑丢在房里烧了。这是我的剑鞘。你就拿着它去见赵婴。这是赵婴赠我的,一看便知。"

这时天已大明。他们走下山来,找到他们的马匹,然后出发。

第三天上午,有两辆马车,有四名骑马的武士护送,出了潼关。前面车上坐的是蒲雕,他像一个出国的特使,后面车上是一个老太太。车上除了简单的行李和少量食物之外,还有几十捆竹简。他们的符节上盖着秦王的御玺,就连这些竹简结扎处的封泥上也盖着秦王的御玺。这些竹简运到燕山之后,蔡泽打开来一看,才发现这是一部完整的《吕氏春秋》。

第三十九章　吕不韦之死

　　历史就像浑浊的黄河一样,昼夜不停地向前奔流着。它发出深沉的响声,泛起耀眼的波光。它的浩渺使人眩晕。当我们站在岸上观赏汹涌澎湃的黄河时,我们感到可怕,感到孤独,感到自己是如此的藐小。在这种情况下,如果我们高唱起来,或者痛哭失声,这都是很自然的。我们中华民族是如此的灾难深重,我们光荣而悠久的充满灿烂文化的历史,竟至如此的浑浊而浩瀚,就像这浑浊的黄河一样。我们能说些什么呢?最后留在我们心中的没有任何语言,只有一声深深的叹息。

　　经过这一场巨大的斗争,就好像经过一场狂风暴雨一样,一切可惊可怖可歌可泣的事情都已过去了,咸阳又恢复了往日的常态。人们夜以继日地忙碌着,谋取吃穿,适应生活,闲时到街上走走,男人们走进酒楼,女人们来到算卦先生跟前。女人们就像平静的水面,反映出周围的事物。当"战咸阳"的时候,她们痛恨嫪毐,痛恨禁卫军。她们站在房上呐喊,甚至拿起武器冲上街头。当管贲跟随蒲雕在大街上战斗的时候,他老婆兴奋至极。那情景仿佛街上的战斗就如同她家里的私事一样,关系重大,不容马虎,无论如何不能退让。管贲父子死在街巷战斗中,她为此感到悲伤,感到愤恨,同时也感到无比的光荣。但在这一切事件过去之后,她变成了牛随的妻子,变成了一个排外情绪很大的秦国官吏的夫人。

牛随听了蒲雕的话,找到赵婴,投靠王绾,然后献上嫪毐的人头、私玺和秦王政的御玺。于是他得到了五十万赏钱,并赐爵公乘大夫。赵婴没有告诉他,那宝剑鞘的主人是谁。现在的赵婴是极力想把"战咸阳"的那一段经历忘掉,同时也想借此避免想起他的妻子和小女儿。当然牛随的老婆更是不肯把蒲雕的名字说出来。她甚至渐渐地把他忘了,就像极力忘掉管贲父子一样。在咸阳唯一记得蒲雕的是牛随。他感激他,敬佩他,常常想到他,并且说话中间常常提到他。但是,他是谁?他叫什么名字?他却不知道。他认为他是山中的强盗,一位了不起的绿林豪杰。

"战咸阳",对于咸阳的广大庶民来说,就像一场噩梦,就像一个幻影,就像一个旁不相干的故事。过不了多久,人们就把它忘了。那些尚未忘光的人们,偶然不小心提起"战咸阳"的事情来,别人会把他当作痴人。

"傻瓜!还提那些做什么。"

这一场大斗争,谁是胜利者?谁是失败者?仔细想来,都是胜利者,同时又似乎都是失败者。命运胜利了,个性失败了……杜仓的门人们,紧密团结,处心积虑,斗争了十几年,最后他们终于认了输,终于向命运低了头。当他们低下头来的时候,他们这才看清,真正的胜利者原来是他们。客士们也觉得自己是胜利者,因为可怕的逐客令毕竟是废除了。吕不韦等等被驱逐,那是罪有应得,以李斯为首的客士们依然受到重用。这就是事实,而且是不容置疑的胜利的事实。嫪毐的党人们也胜利了。迁蜀的五千余家,毕竟都已光荣地回到咸阳。这不是伟大胜利是什么呢? 至于嫪毐等二十人被杀,那是他们应得的报应。其实,这早已是意料中的事情。本来么,一个假太监,能成什么势? 他们遭受夷灭,乃是理所当然的事情。

仔细想来,也可以说都失败了。嫪吕两派,杜仓的门人和成蟜,这四个方面都失败了。只有秦王政居然大获全胜,这简直出乎所有人的预料。在"战咸阳"以前以及"战咸阳"当中,最危险的就是秦王政。嫪毐对于秦王政特别轻藐,以为消灭秦王政不费吹灰之力。而吕党对于秦王政特别反感,以为迎回成蟜是理所当然。若按实力来说,任何一方都比秦王政实力雄厚。秦王政所有的只是一个王位。无怪乎古代圣哲们说:"圣人之大宝曰位。"位者势也,势者位也。这就是韩非学说的真谛。他的学说胜利了,他本人却失败了。他死得连狗都不如。他的尸体被扔到荒郊,三天后连一块骨头也找不到了。有权有势的贵族胜利了,无权无势的庶民失败了。权势的胜利使人们日益崇拜权势,迷信权势,想尽办法适应权势。权势的极致就是暴政。在暴政之下,人们只能顺从暴政,甚至歌颂暴政,赞美暴政,就像死囚恭维刽子手一样。《吕氏春秋》所最担心的局面出现了:"暴君幸矣,民绝望矣①。"

从此,古代的民主思想被一刀两断。它好像被连根拔掉了一样,被彻底地摧毁了。最后自然而然地就出现了焚书坑儒,以及数不尽的千奇百怪的文字狱。权势胜利的标志就是不久以后秦王政兼并天下号称皇帝。自从有了皇帝以后,两千年来,小人得志,则非当皇帝不可。庶民在暴政之下,被压得粉碎,他们丧失了一切。他们丧失了自由,丧失了个性,丧失了尊严,丧失了道德,丧失了一切生动活泼的东西。一切属于个人的东西都遗失了,都彻底地泯灭了。战国结束,英雄时代也随之而结束,并且是永远地结束了。此后的历史索然无味,令人不能卒读,庸俗透顶,无聊至极。此后的历史再也无法产生出真正的英雄和伟大的圣哲,只能产生各种各样的小丑。人们只能把各种各样的小丑当作英雄,就像把玻璃球当作宝石一样。那堂堂的吞并八荒的秦朝,竟至没有一个正人君子,没有一个忠臣烈士,没有一个敢于放个响屁的人。如果要追究中华民族变为愚昧落后是从什么时候开始的,看起来这样的问题非常深沉,回答起来非常困难,其实一语道破,倒也非常简单:这就是从有了皇帝开始的。自从有了皇帝,再也没有人敢于反对皇帝。唯辟作威,唯辟作福。宋江不反皇帝,《水浒》只骂高俅;闯王不反皇帝,《檄文》仅斥明臣。从此,一个伟大的民族,就像一头雄狮一样,沉沉地睡去了。马可·波罗说:当商旅们越过大沙漠时,晚上睡觉前要放一个标记,指出明天前进的方向。只有如此,沙漠才能顺利

---

①见《吕氏春秋·功名》。

通过,不然,荒漠可以吞没一切,千军万马都无济于事。一个人口众多的伟大民族在沉睡了许多年以后,忽然醒来,却找不到昨晚放的标记。是忘记放标记了吗?是被外人偷走了吗?是自己人破坏了吗?这太可怕了!如果我们寻找这个标记,就得极力回想昨晚的情形。这就首先需要找出第一个皇帝来。这就是秦始皇。我们这个故事发生时,他还没有称皇称帝,所以我们只能叫他秦王政。

秦王政的学业,客观的说是比较差劲的。《诗经》没有学完,他的老师犯法被杀。如今请茅焦给他讲解《吕氏春秋》,虽然只是曲解,也没有曲解完,茅焦又不幸遇害。秦王政为茅焦的死非常难过。他认为樊於期是个粗人,没有城府,缺乏韬略,他不可能平白无故地杀死一个新任的太傅。赵高虽是久管牢城而善于办案,却未能问出樊於期的口供,就是说没有搞清他的指使人。于是,秦王政迁怒于吕不韦,下令吕不韦迁居洛阳,三日之内离开咸阳。他狂怒地喊叫着:

"让那老狗滚蛋!"

吕不韦的宾客们已经走光了,剩下的就只有一个司空马和寥寥几个无名之辈。当吕不韦及其家人们出咸阳东门的时候,被放逐蜀地的嫪党们蒙赦回来,正好开进咸阳的西门。这一天回到咸阳的是赵成、赵亥兄弟二人。他们先前曾是高陵君的食客和公孙消的门人,后来是秦竭、徐齐的好友。此次被株连,迁居成都,今天下午刚好赶回咸阳。这赵家兄弟骑着高头大马,意气洋洋,走在前面,后面跟着他们的妻儿老小,奴仆臣妾以及食客和亲友们。大约有三百多辆马车,一千多匹骏马,徒步的也有两千多人。街道两旁挤得满满的,有前来欢迎的亲友,也有看热闹的闲人。赵家兄弟频频向咸阳父老们拱手施礼,激动万分竟至落下泪来。他们的奴隶和食客们兴奋至极,拿起随便什么东西胡乱敲打起来。铜釜铜钵瓦罐一起发出嘈杂的轰响。人群中的欢呼像猛烈的湖水打在岸边的岩石上。那场面着实令人激动不已。

"陛下万岁!"

"圣明的君主万岁!"

相比之下,吕不韦真是大势已去。他只有七辆马车,十几匹马,二十多个食客和奴仆。吕不韦出咸阳东门的时候,城门司马还亲自走过来察看一下,以示负责。出了城门,吕不韦下了马车,站在城门前的高岸上向四下望着。他想起一些往事。他第一次来咸阳,是随乃父来咸阳做珠宝生意。那一年,他三十四岁。他觉得咸阳人倒也诚实可交。那一次他在咸阳住了三个月,买卖还顺利。他第二次来咸阳,是在他四十八岁那年。他来为异人活动继承权。他住了五个月,居然大获成功。后来在信陵君夺军救赵那一年,秦昭王五十年,公元前257年,吕不韦,他同异人逃归咸阳,一住就是二十年。这一次,他才真正认识了咸阳人,从而认识了人世和人生。如今他已经彻底失败,自然没有什么好说。古人在极度伤心难过时,眼泪已经流下来,却不肯做小女子态放声一哭,而是唱歌。这就是所谓高歌可以当泣。吕不韦唱道:

> 城阙崔巍兮水东流,
> 夕阳西下兮我心忧,
> 垂老东归兮吾复何求。

"啊,这就是浑沌!"吕不韦惊叹着拱手说道,"老夫仰慕足下大名! 今日相见,深感荣幸。"接着又叹道,"呀! 居然如此年轻,如此英俊。"

浑沌笑着深深施礼,说道:

"臣送相爷出潼关。"

"太感激啦!"吕不韦拱手说道,"足下给老夫帮过许多忙,非常感激,只是老夫未能报答万一,只好等待来生再补了。"

说着,吕不韦抑制不住,竟然呜呜地哭了起来。以至司空马和浑沌说了许多安慰的话,他甚至都没有听清。

"老夫仰慕久矣,只是一直未能赐面。今日总算见到啦,亦可稍慰情怀,敢问足下真实姓名?"

"回禀相爷,"浑沌拱手答道,"臣就是,华无伤。"

不仅吕不韦,就连司空马也显出无限惊奇的样子。吕不韦紧紧抓住浑沌的双手,不住地叹息着。司空马警惕地向四下张望着。吕不韦说道:

"请上马,路上说话。"

吕不韦坐在马车里,司空马和浑沌骑在马上,紧傍马车行进。吕不韦探出头来,大声问浑沌道:

"贵氏是源于宋国的华氏吗?"

"是,相爷。"浑沌答道。

"那么,是华元之后了?"

"正是,相爷。"

"请问足下,浑沌之名,何所取义?"

"回禀相爷,原是鸿雁的鸿,屯集的屯。"浑沌笑道,"叫白了。"

"噢!有意思。"吕不韦说道,"远方的客人,来咸阳聚会。是这样吗?"

"相爷说得一点不错。"浑沌想起一般人都不大容易猜出这两个字的含义,而吕不韦是如此的深通典籍,他非常佩服。他继续说道,"数十年来,天下有道之士,以及各色人等,纷纷前来咸阳……"

"嗯。"吕不韦连连点头,心想,"这其中自然也包括老夫。"

"都想来看看形势,看看天下大势,谋取个人出路,促成天下太平。"

"是啊!"吕不韦想说,"老夫也是这样。"只是没有说出口。

"眼下看来,咸阳已经无事可做。"浑沌叹道。

"嗯。"吕不韦点点头,但是不肯说泄气话,他说道,"老夫老了! 往后就看你们年轻人的啦! 你们来日方长,不可限量。"

"相爷,"浑沌断然说道,"只好准备打仗啦!"

"为统一吗?"

"不,为王道……"

去年秦国闹灾荒,春天大旱,地里冒火,秋天大水,鱼上树。今年四月下大雪,冻死人,麦子全部损失。成群结队的难民向东奔去,所谓轻车重马东就食,向洛阳附近的三川郡流去。现在到了秋天,到了收割大秋作物的时候,难民们又成群结队的向西流,奔回关中平原。猛然一看,吕不韦一行人也好像逃难的一般。所不同的,他们是往东走,奔向洛阳。相比之下,他们还不如归来的难民。难民们一路走着,有说有笑。女人们和孩子们指着西方喊着:"快走吧,到家啦!"听了这话,足以让吕不韦落泪。什么地方是他的家呢?

妇人们总是有先见之明。吕姥认为:相爷若是在早些时候听了她的话,主动辞掉官职,回到自己的封地洛阳去,至少要比这罢官放逐强得多。如今一家人仓皇奔向洛阳,而洛阳又并非他们的家。既然是身被谗言落难东归,洛阳的封地随时可以被剥夺,儿子们的县令、郡守的官职也可以随时被免除。此去洛阳,等于被地方官吏监管起来,只是比起监狱来略微松散一些罢了。吕姥是个深通世故的人。她觉得吕不韦缺乏远见,缺乏果断。人无远虑,必有近忧。她认为:比起先贤,吕相不如孙叔敖,若比眼前,吕相不如蔡泽。孙叔敖自择穷僻之乡以为封地,子孙得以永保寝丘。蔡泽为相数月即毅然辞职,身为封君,长住咸阳。而吕不韦却得了洛阳十万户的封地,谁不眼红?身居相位十多年而不思退让。一旦身遭贬斥,有家难奔,有国难投,岂不哀哉。既然她有了这些想法,就憋不住要说出来。对谁说?自然不敢对相爷说,于是就只好对司空马夫人说。

"如今相爷的下场还不如虞卿。"吕姥对司空马夫人说道。言外之意,列国所有做过宰相的人,最属虞卿没出息了。"虞卿虽说是老来穷愁著书,却落了个义气美名。咱们相爷,落了个什么?铲除嫪毐,仿佛是相爷的胜利。其实还不如嫪毐在时。早知如此,还不如留着嫪毐。辛辛苦苦,二十五年,好大的家私都赔进去了,最后落得人不人,鬼不鬼,官不官,民不民。现在就是再想过从前邯郸的那种日子也过不上了……"吕姥说着落下泪来。

司空马夫人想起她骂司空马时,远比这厉害得多。不过现在面对愁苦难言的吕姥,她既不能气愤也不敢埋怨,只得搜索枯肠,找几句公允的话出来说一说。她说道:

"既然到了现在,吕姥倒应该看得开些。咱们相爷,功比伊吕,无人可及。秦国的宗室大臣们就是为这才恨相爷。吕姥应该放心,秦国也有正人君子,他们迟早要站出来替相爷说话。堂堂秦国,若连一个正人君子都没有,它还算一个国家吗?放心吧。"可惜这预言最终也没有实现。

将近潼关时,浑沌的朋友们正在路边等着他。他们跟前放着一个大木箱。

"马兄,"浑沌对司空马笑道,"有一事相求。"他看看木箱说道,"帮忙带出潼关。"

"你的私货?"司空马笑问道。

"一个青年人。"浑沌低声说道。

"什么人?"司空马知道是要紧人,并不惊奇,只是随口问问罢了。

"韩国的贵公子,张开的孙子,张平的儿子,名叫张良。"

"怎么回事?"

"他们前来云阳劫狱,想把韩非劫回,未能成功。后来被打散,他亡匿重泉……思来想去,只有这个办法,烦请大哥,多多费心,带出潼关。"

"劫略云阳监狱的原来是他!"司空马说道,"一定遵命。你们怎么认识?"

"前几年，在薛城。"

"如此说来，是个侠者。"

"豪侠之士，"浑沌说道，"心胸、品格、才智、韬略，无人可及。"

"既然如此，请放心，一定尽力。"

潼关倒也很好通过。

守关的将士们听说吕不韦被遣回洛阳，都出来看吕不韦。他们原以为吕不韦一定是个伟岸丈夫，并且应该生有异相，谁知原来是个中等身材的白胡子老头，相貌十分平常，就跟普通的穷困潦倒的文士一般无二。这很有点使他们感到失望。他们原以为吕不韦在秦为相十多年，此番东归封地，那气魄绝不会亚于诸侯，一定是后车数百乘，家童数千人，珍奇无数，美姜成群。现在他们看到的，吕不韦的行囊人马，还不如一个最小的商队。所以他们在检查吕不韦那点一眼可以望穿的行李时，表现出一种很不耐烦的样子，仿佛在说："这有什么可检查的。"

在守关的将军和官吏宣布"可以通过"以后，浑沌才向吕不韦、司空马告别。吕不韦握着浑沌的手，说道：

"足下如果路过洛阳，一定来下顾老夫，慰我怀思。"吕不韦说着举起袖子擦眼睛。

"一定，一定。相爷多多保重，一路平安。"浑沌说着深深施礼，拭泪而别。

出了崤关，宿在一个驿站，司空马才引张良来见吕不韦。张良叩谢救命之恩，吕不韦还不知道是怎么回事。司空马便把浑沌的嘱托以及张良是何许人向吕不韦说了一遍。吕不韦问道：

"足下是已故韩相张平的长子吗？老夫有幸见过令尊大人。这是二十多年前的事情了。公子今年几岁？二十四岁？老夫会见令尊时，足下刚刚降临人间。"

说了一会儿话，吕不韦对张良颇有好感。第二天，一路走一路谈。到了洛阳，吕不韦一定要挽留张良多住几日再回韩国。吕不韦觉得这青年谈吐清雅，见识非凡，大有相见恨晚的意思。然而转念一想："老夫大势已去，已经不是网罗人才的时候了！"

"天下才学之士都已遁入山林，再也听不到任何足以发聋振聩的高谈阔论了。"吕不韦想道，"精明的观察，深刻的思想，灵透的语言，从此绝迹了。从此之后，能够听到的惊人的声音，就只剩下咯喳咯喳斩杀生灵杀戮才士的声音了。熟悉典籍的人越来越少了，而具有独特风格的天才即将绝迹。一切美好的富有生气的东西都凋零了，诸子蜂起百家争鸣，这就是列国的花，思想文化的花……从此枯萎了！列国结束了！即使像李斯这样的才学之士，今后也只能随声附和，说些莫名其妙的混话了！"

吕不韦深深地叹息着。他曾经是第一个提出响亮的统一中国的口号，为此制定了详尽的战略策略，并且他亲手消灭了东周，结束了混乱散漫的周王朝。但是在现在，他忽然觉得迷惘起来，他不知道这一切是为了什么，就是说，为了什么而统一？他自问道：

"就为了彻底扼杀民主思想吗？"

他忽然想起同浑沌的对话，"为统一吗？""不，为王道。"

吕不韦深深地叹息一声,然后自言自语地说道:"啊!好一个浑沌哪,不愧是鲁仲连的学生。"

也许是吕不韦听到了什么风声,或者是有过一些什么预感,他忽然决定,把他的大儿子派往楚国,把小儿子派往齐国。他对他们说道:

"都远走高飞吧,越快越好。"

于是,刚刚团聚的一家人又重新分散,各奔他乡。

张良临走时同司空马有过一次谈话。张良说道:

"尚书大人,臣以为,吕相爷对秦国已有了新的看法。是这样吗?"

"不错,是这样。"司空马说道:"相爷已经觉悟。秦国固守商君的政策,已经走进绝路。如果秦国要存在下去,则必需改变政策。相爷希望秦国存在下去,希望秦国改变政策,所以才不遗余力编撰《吕氏春秋》。相爷从各方面做过许多努力,但是没有成功。既然如此,秦国不能改变政策,那就必须把它消灭。这就是现在相爷的难与人言的心情。"

"臣听了大人的指点,非常高兴。"张良说道,"既然如此,连日来,山东各国的使节接踵而来,请求相爷到六国去再展宏图,相爷为什么不答应?"

"他认为他已经老了,不可能再有所作为了。他希望年轻人们迅速成长起来……他认为,理解他的书并且继续他的足迹的人,是会有的。"

"虽然这么说,臣仍然觉得遗憾。韩国弱小,不堪相爷和大人降趾。赵国兵强马壮,似乎还是可以有所作为的。目下齐楚,俨然大国。齐王庸碌无能,后胜把持朝政。楚王幼小,李园专政。这两个大国正需要有识之士。"

"可惜他只有一句话:无奈年暮也。"

"尚书大人,听到上党的消息了吗?成蟜被消灭了。"

"这是意料之中的。"司空马叹息着。

"这是成蟜无能。"

"不,这是赵国无能。"司空马愤愤地说道,"这是山东六国无能。"

司空马看见张良正在静静地听着,便继续说道:

"屯留兵变是山东六国的大好时机。六国君臣就只是为了自己的生存,也应该积极支持成蟜。他们不了解成蟜,不了解吕不韦,更不了解《吕氏春秋》。他们就像昏睡一样,把所有机会都错过了。这说明他们已经腐朽,已经不堪重任,已经没有能力把握列国的形势。如果齐国出兵威胁东郡,蒙武怎能出兵邯郸? 如果楚国进攻南阳,威胁武关,王翦大军怎么敢东渡支援蒙恬? 如果赵国出兵支援成蟜,蒙恬怎能抵抗成蟜? 成蟜如果打回咸阳继承王位,成为第二个秦献公,肯定会改变政策。那时候,王道就不再是空谈了。"

战国末期的文人,都带一点纵横家的味道。他们总是滔滔不绝振振有词的样子,其实,多半都是纸上谈兵。虽然是纸上谈兵,张良依然用心听着,思考着,并且频频地点着头。张良非常希望诸侯能够互相配合,以便遏制秦国的凶暴,因为这关系到韩国的存亡。

张良提出愿意拜司空马为师,司空马说自己肚里空空如也。没有什么东西可以教给别人。张良请他讲解《吕氏春秋》。司空马对《吕氏春秋》很熟悉,便答应了。

"不过，"司空马说道，"足下如果真正关心国家大事，且有志于学问，最好是拜应曜为师。他是淮阳人。"

张良临走向吕不韦告别时，很想得到吕不韦一两句临别赠言。为此，司空马对吕不韦说道：

"公子十分仰慕相爷，对相爷的救命之恩也非常感激。现在他就要辞别相爷，回韩国去了。他希望相爷能有一言相赠。"

"公子太客气了。"吕不韦说道，"公子谈吐清雅，光彩照人，老夫很是敬佩。"吕不韦沉思片刻，接着说道："君子赠人以言。老夫对公子抱有期望，希望公子奋发有为。此去韩国，公子能效力尽量效力，能超脱时尽可能超脱。不必过于热爱你自己的东西，尤其是你所创造的东西。它们值不得你过度地热爱。"

"唯唯。"张良拱手说道，"也包括自己的祖国吗？"

"当然。"吕不韦笑了。

"谨遵教命。"张良说着，深深施礼。

张良自以为能够充分理解吕不韦的话。因为吕不韦太爱秦国了，所以才有这些感慨，同时也有不能理解的一面，他以为吕不韦太执着了。吕不韦心里只想着统一天下的事，所以对别人热爱故国都不予首肯。"说什么能超脱，尽可能超脱，老糊涂了。一个为臣子的，在君父面前怎么超脱？说得倒轻松。"

临别时司空马笑问道：

"相爷的话，公子以为如何？"

"只是，"张良迟疑说道，"在君父面前如何超脱？"

"精神枷锁都是自己戴上的。"司空马拍一下张良的肩头,说道,"春秋无义战,战国无忠臣。公子思之。"

张良走后,有一天司空马陪吕不韦走出户外散步。司空马说道:

"相爷,目前赵国虽然也是奸臣当道,不过它仍然算得兵强马壮,而且李牧等等名将依然健在……所以,臣想不久去赵国走走,说不定,尚有可为。"

吕不韦听罢连连点头,表示同意。他说道:

"你考虑得非常对。老夫是老了,不中用了。不然老夫何尝不想去六国走走?仁人志士,关系国家的存亡和民族的兴旺,这是万人相同的。同声相应,同气相求,走到哪里,也不乏志同道合的人。老夫并不是主张不做任何牺牲,只是主张用较小的民族牺牲,避免惨重的民族牺牲,不过如此而已。六国君臣,对这一点似乎还缺乏理解。他们只顾眼前利益,庸碌无能,鼠目寸光,不能觉悟。如此下去,必然造成极大的难以想象的民族牺牲。其实,目前尚有可为,不仅赵魏,齐楚亦然……"

吕不韦显得非常兴奋,但是,突然他的身体晃了一下,跌倒在台阶前。司空马见此情景,慌了手脚,急忙把吕不韦抱进房里。吕姥和司空马夫人听说相爷突然跌倒,都赶来服侍。这时吕不韦已经失去知觉,后半夜停止了呼吸。

第二天,咸阳使者来到洛阳,带来了秦王政命吕不韦迁居蜀地的诏令。这很明显,是害怕吕不韦真的做了山东六国的丞相,会对秦国不利。司空马不敢隐瞒,当即引使者进里院寝室看了吕不韦的尸体。使者回到咸阳宫,报告秦王政说:"吕不韦已经自杀身死。"

这消息对咸阳朝野上上下下来说,自然是个好消息。咸阳放了心。从前,在赵武灵王死后,以及后来信陵君死后,咸阳朝野上下许多人都感到一种说不出的快意,也就是说,放了心。不过从前的人们比较含蓄,外国著名君臣逝世,心里高兴,但在外表上却不肯表露出来。现在的咸阳坦白多了。况且吕不韦又不是外国的什么人物,而是"自家的"一个奸贼,所以心中的愉快之感一下子都堆积到脸上来。加以人们非常清楚陛下十分痛恨吕不韦,所以人们对于吕不韦的"畏罪自杀",都尽最大可能表现出一种极端愉快的心情来。

秦王政原打算命曾经参与编撰《吕氏春秋》的李斯,接替茅焦,给他讲解《吕氏春秋》。他对《吕氏春秋》的兴趣,是想以此来加深对吕不韦的仇恨和对山东六国游士们的认识。后来又觉得这样不合适。现在知道吕不韦已经自杀身死,他对《吕氏春秋》已经没有兴趣。于是,他下令把《吕氏春秋》烧掉。秦国自商鞅时就定了"燔诗书"的法令,但是在秦王政手里,他烧的第一部书就是《吕氏春秋》。这事情非常发人深省。这正像吕不韦自己所哀叹的那样:战国结束了! 诸子的时代结束了! 它们是一去不返了! 吕不韦正是战国时期诸子蜂起百家争鸣的最后一人。他像启明星一样,在东方的天空上发出璀璨的光芒,他使群星黯然失色,使战国诸子黯然失色。但是,当太阳出来以后,他不见了。太阳就是皇帝,独一无二的圣人。

司空马要给吕不韦举行葬礼,吕姥坚决不同意。

"待罪之臣,"她说道,"还要什么葬礼。"

司空马将吕不韦葬在北邙山下。墓地是司空马选的,认为很好。吕姥不放心,又亲自去看过,认为可以。她说道:

"我死以后,也长眠于此。"

下葬的时候,除了帮忙的农奴之外,跟前只有三五个人。吕姥非常难过。她说道:

"相爷你已经活了七十多岁,也算享尽天年,得了善终。大丈夫生当乱世,曾经做过一番事业。也算没有枉来人世一趟。后世的有识之士,会评论你,会理解你,会纪念你。相爷,你安息吧!"

她悲愤至极,高声唱了著名的诗歌《葛生》第一和第四章:

> 葛生蒙楚,
> 蔹蔓于野。
> 予美亡此,
> 谁与独处。
>
> 夏之日,
> 冬之夜,
> 百岁之后,
> 归于其居。①

---

①《诗经·唐风·葛生》,大意是:葛藤生来就缠绕着荆树,不像蔹藤那样蔓延山麓。我心爱的人葬在这里,有谁来解除他的孤独。夏季的白天是多么悠长,冬天的夜晚是多么凄楚。我死之后,归来与你同住。

吕姥颇有见识,只准堆一个小小的坟丘,坟前只准栽一棵小树。

　　秦国法令规定:墓树一级一株。秦爵共二十级,这就是说,最高的彻侯,坟前也只有二十棵树。一般人生性要强,爵级第五,他绝不肯只栽四棵树。吕姥只让栽一棵树,这就是秦爵最低的一级,说明墓中人只是个"公士"。女人们心细,男人们心粗。包括司空马在内,大多数吕相的门人食客们对秦王政缺乏好感。但是,以司空马而论,同吕姥相比,似乎对秦王政根本就缺乏认识。当时吕姥说只栽一棵树,司空马虽然服从,心中却大不以为然。然而后来的事实,却证明了吕姥的高明。

　　洛阳是秦国的咽喉大路,无论军事外交以及商业,凡同山东往来,必经洛阳。反过来说也一样,山东六国若同秦国往来,也是必经洛阳。许多过往的官员和客商,有的敬重吕不韦的为人,有的是读过《吕氏春秋》尊崇他的事业,还有一些就只是仰慕他的大名,他们都愿意多走几步路,来到北邙山下寻找吕不韦的墓地,想瞻仰一番,或是略事凭吊。他们都大失所望,没有找到。这情形,慢慢传进了咸阳宫。

　　秦王政想道:"活着的时候,六国来聘请他,死了以后,还敢来凭吊他,这还了得!"

　　他派人察看吕不韦的墓地,自然也没有找到。如果当时找到了吕不韦的墓地,肯定要引起一场大灾难。戮尸的事情,在古代并不是罕见的。现在他没有找到,所以只引起了一场小灾难。

　　咸阳宫的大臣们,给这件事情议定了一个罪名,叫作

"窃葬"。

这是一个真正的发明创造,因为这是亘古未有的罪名。这是专为那些找不到墓地因而无法戮尸的情况定的罪名。

于是,秦王政下令:凡参与"窃葬"的一律处分,"秦人夺爵,晋人逐之"。

这实际是逐客令的继续执行。同时也可以由此看出,秦国最痛恨的是三晋人,即韩、赵、魏人。这样的命令,李斯、蒙恬都会同意。李斯是楚人,蒙恬是齐人。

咸阳宫为此派出了专门查处此案的御史。调查的结果,参与"窃葬"的只有一个在祈年宫战斗中立过功的司空马。秦王政问王绾道:

"司空马其人如何?"

"忠诚。"王绾答道。

秦王政又问李斯,李斯说道:

"老实。"

秦王政从小就认识司空马,他却要反复地问别人,这不可否认是对韩非学说的非常高明的实践。他又问隗状,隗状说道:

"虽然如此,司空马毕竟是一个三晋的游士。陛下试想,自商鞅以来至于吕相,三晋的游士来秦为官,有一个留在秦国,最后变为秦国人的吗?"

隗状如果问六国西来的游士,这很好回答,前有甘茂,后有蒙骜,眼前就有一个李斯。然而隗状问的是三晋来秦的游士,上述三人非齐即楚。秦王政答道:

"没有。"

"这就是明证。"隗状继续说道,"三晋的游士终究是三晋的游士。他们永远同秦国是隔膜的,就像油和水一样。"

秦王政想到司空马是赵国人,是三晋之中最可恶的人,便说道:

"逐之!"

当秦王政的逐客令到达洛阳时,司空马已经不在洛阳,去了赵国。

在吕不韦逝世前,司空马遇到一件想不到的高兴事情,而在吕不韦逝世之后,司空马又遇见一件更加想不到而且更加令人高兴的事情。他有一个内弟,名叫谷巢,是赵国的公大夫千人长,二十二年前跟随赵括将军在长平作战,最后被秦将军白起活埋。他从死人堆里爬出来,不敢回赵国,当时只有成周较为太平,便流落在洛阳北邙山下,做了一个成周的平民。如今他已经娶妻生子,成就了一个家庭。吕不韦死后,司空马夫人当即决定搬出洛阳,住到北邙山下谷巢的里落来。姐弟相见,把头痛哭,失而复得,欣喜异常。因为谷巢的住处距离吕不韦的墓地非常近,只有半里路,所以吕姥也随他们一起搬了来。不久,吕姥去世,司空马将她与吕不韦合葬。后来人们只知道那是吕姥墓,却不知道那就是吕不韦墓。把吕姥葬毕,司空马就说要走。司空马夫人说道:

"你想到哪里去,就到哪里去,我不拦你,也不跟你。我就同谷巢一家同住,哪里也不去了。"最后她笑道,"我有了。"

这简直是个晴天霹雳。他们结婚二十多年了,她现在已经四十二岁,从不生育,现在突然之间平白无故怀了孕。而且已经临近分娩。司空马惊呼着:

"我的天哪!"

谁也不知道他这是在感谢苍天,还是在埋怨苍天,还是在惊喜之余赞美苍天。不久,他老伴给他生了一个儿子,白白胖胖,两只小眼睛又黑又亮。司空马双手捧着自己的儿子,不住地喊着:

"我的天哪!"

现在可以肯定,他的狂呼中只剩了一种强烈的感情,赞美上天的感情。

司空马整天围着自己儿子转,给他擦屁股,换尿布。战国人不仅迷信相术,而且熟悉相术。他看见自己的儿子方口大脸,哭的声音很是洪亮,心中说不出的高兴。他觉得自己的儿子肯定是个英雄,就是说,是个非凡的人物。他突然说道:

"我的儿子应该生活在太平世界,过着幸福的生活……不行,我得走!"

他是说走就走,第二天就起程了。逐客令到达时,他已经到了邯郸。关于司空马在赵国的活动,《战国策》里有记载,这里不再赘述。当时的赵国是奸臣当道,郭开掌权,而赵王迁昏庸懦弱,不识大体。司空马见不能有所作为,毅然离去,直奔齐国。当他过平原津的时候,他对平原津令郭遗预言了赵国的灭亡。郭遗称他为"贤人"。

司空马后来做了齐国的雍门司马。雍门是齐国的东门。一个城门司马,职务低微之甚。不过,他很有名,以善琴和善哭而著称。因为他的妻儿在洛阳,他自称周人,号雍门子周。司空马后来跑到即墨去看望浑沌和尉缭,三人一同制定了三路攻秦的伟大战略。这个战略切实可行。但在当时却没有人敢于实行。六国诸侯和掌权的官僚,腐败而庸懦,司空马说他们浑浑噩噩,懵懵懂懂,一直在木鞋里站着,以至为此痛哭失声[1]。司空马他们认为中国自古,从大舜开始,就是士君子社会,然而,吕不韦垮台,士君子销声匿迹了。他认为,士君子完蛋了……

后来他想念他的儿子,回到了洛阳,晚年穷愁著书,史称"剧子之言"[2]。至于后来三路攻秦的伟大战略被陈胜吴广接受,由项羽、刘邦完成,刘邦建立了真正的士君子社会,或说平民政权,这些事司空马就不知道了。

在司空马预言赵国的灭亡后不到一年,赵国就灭亡了。赵国的灭亡,是六国中最惨的一个,因为秦国最痛恨赵国。当赵国灭亡时,秦王政和太后都亲至邯郸,报了二十年前的仇,将邯郸夷为平地。太后生于邯郸,实际上,人们说她也是死于邯郸。

太后本是邯郸歌妓。她的生身父亲是谁,她也不知道,

---

[1]《资治通鉴》卷七载:"君王后死,后胜相齐……劝王朝秦,王将入朝,雍门司马前曰,所以立王者,为社稷,为王耶?王曰,为社稷,司马曰,为社稷之王,王何云社稷而入秦?齐王还车而反。即墨大夫闻之,见齐王曰,齐地方数千里,带甲数百万。夫三晋大夫皆不便秦,而在阿鄄之间者百数。王收而予三百万之众,使收三晋之故地,即临晋之关可以入矣。鄢郢大夫不欲为秦,而在城南下者百数,王收而予之百万之师,即武关可以入矣。如此则齐威可立,秦国可亡,岂特保其国家而已哉?齐王不听。"由此可见,三路攻秦之战略产生于秦统一之前,读者鉴之。

[2]见《史记·孟轲列传》。

她也不知道自己的生日。后来做了王后,宫中执事请示王后的生日,她随口说了个九月九日。大概是她喜欢这个日子。九是数字中最大的,古人对它有一种迷信。从此,甘泉宫每年到这一天,都要排演歌舞百戏,用为祝寿。嫪毐升任左相执掌朝政之后,每逢太后的生日,他总要办得十分隆重。那红火热闹的程度,就连追欢逐乐的大梁人也无法想象。经过"战咸阳"的巨大事变之后,太后的境况真是一落千丈。

"战咸阳"的这一场巨大斗争,不仅在秦国历史上,而且在中华民族的历史上,也是一次不容忽视的巨大事变。然而在这一巨大斗争中谁是失败者?没有。除了死去的,活着的没有自认为失败的人。有之,这就是太后一人而已。

自从茅焦游说,陛下开恩,把她从栎阳宫迎回,重新住进甘泉宫以后,她的日子是十分的冷清,她的心情更是十二分的凄凉。她生日那天,没有任何庆寿活动。她想起,她的两个可爱的小儿子被赵政杀了,长安君成也被赵政杀了,现在只有一个儿子,这就是赵政。而赵政对她又很不好。想到这里,她哭了。大臣们,尤其新任左相的王绾,百般劝秦王政,无论如何要去给太后拜个寿。秦王政还算照顾影响,来到甘泉宫,给他母亲施了一个顿首的平常礼。说了没三句话,秦王政就告辞回了咸阳宫。然后他命令把的人头挂在咸阳的城门上,算作是他对母亲生日的一个最好的寿礼。

从这天起,就是九月九日开始,太后病倒。公元前228年春天,赵国杀李牧,废司马尚,不久秦军攻下邯郸,秦王政命令太后同他一起亲赴邯郸。秦王政要报他小时候的仇。但是他住在邯郸时候,只有十来岁,许多事情记不清,主要是人名,大半他记不起来了,所以必定要太后和他一同前往。太后虽然有病,但不敢推辞,只好上路。

邯郸人虽然面对着亡国的惨痛,忽然听说秦王政和太后驾临邯郸,却产生了一种侥幸心理,居然表现出似乎喜出望外的样子。他们认为,太后和赵政都是生在邯郸,秦王陛下这是到了外家,既然玉趾降临,肯定是来施以德政,收买人心来了。成千上万的人拥出城门迎接秦王和太后,万岁之声响彻云霄。许多人不顾卫士们的阻拦和殴打,冲上前去,想跟秦王政和太后说句话,套个近乎。谁知当天夜里,他们就被扔进了埋人坑。他们哭着,喊着,跳着,骂着。不过他们很快就安静下来了。他们在临刑之前竟敢哭骂,这使秦王政感到自己做得非常对。他原想,按照太后的指点,把他们认识的邯郸人——也不管是赵国的公卿还是邯郸庶民,杀掉完事,不想邯郸人竟然如此野蛮,竟敢冲击他的銮驾。他叹道:

"这些顽民,留在世上何用!"

听说秦王和太后驾临邯郸,只有一个人非常警觉,立即逃走。这就是从前子楚的长房夫人。她原是赵国的一位贵族小姐,自从子楚逃归咸阳之后,她很快就改嫁了,如今已是儿孙满堂。她丈夫是个将军,邯郸城破时,他正跟随公子嘉驻在代郡。她逃跑到中山,被秦军抓回。当她被押着来见太后时,她竟然不肯下跪。这正是三晋人被民主思想感染的已经到了不知天高地厚的具体表现。以至闹到卫士们和太监们狠狠踢她的腿,她才屈尊跪下。

太后对她说道:

"我们又见面了,没想到吧?"

"三十年前你也没想到吧?"

"臭婆娘!"

"臭妓女!"

"不必犟嘴!你的死期到啦!"

"看你的样子,听你的声音,你的死期也到啦!"

"我今天叫你认识认识我!"

"我今天也叫你认识认识我!"

长房夫人此时已是五十多岁的人了。她的动作太匆促,太慌张。她是想用头撞击太后,还是要掐太后的脖子,还是要抓太后的脸……看不出她究竟要干什么。卫士们慌了手脚,急忙上前抓住她,同时有两把宝剑刺进她的两肋。

长房夫人竟敢扑打太后。于是,最后发展为一次真正的屠城。秦王政下令,把所有邯郸城里人一律活埋,把邯郸夷为平地。战争结束后,屠杀才正式开始。

秦国特别痛恨三晋,而邯郸是三晋的首府。它在政治、经济、军事、文化方面大大超过当时的郑州和大梁。战国后期,著名哲学家如荀子、孔穿、邹衍、公孙龙等等,都曾经在邯郸活动。而著名的军事家如乐毅、廉颇、赵奢、李牧等等,也都在邯郸。邯郸对于秦国来说,实在是可怕至极。邯郸的宫殿以及君侯们的府邸,其雄伟壮丽,在战国七雄之中无与伦比。秦王政下令一律拆掉,砖瓦木料运往咸阳,按照原来的图样,在咸阳北坂上重新建筑起来。

秦王政并且下令拆毁邯郸的城墙。秦王政特别喜欢拆城墙。后来秦灭六国,秦军所到之处,立刻就把城墙拆掉。这是因为秦国一向是进攻者,心里对城墙特别反感。没想到后来秦国一旦变为防守者的时候,它完全没有防守能力,它的众多的郡县就像纸糊的一样,经不起任何风吹雨打。邯郸的宫殿拆完,城墙拆完以后,秦王政下令把剩下的民房放火烧掉。熊熊烈火,昼夜燃烧。秦王政喜欢火。他看见火焰冲天,心里说不出的兴奋。他认为,只有无情的烈火,可以消灭一切。邯郸的这一场大火,足可以烧掉三晋人冥顽不灵的心性。从此以后,三晋尤其邯郸,再也不可能产生杰出的人才,秦国从此再没有对手了。

正在秦王政望着邯郸的大火,心里非常高兴的时候,太后经过长房夫人的惊吓,已经病体沉重,不思饮食。于是秦王政下令起程,得胜回朝。知道内情的宫女太监们后来传出来,说太后离开邯郸时已经昏迷不醒,回到咸阳就去世了。

赵亡后第二年,发生了惊心动魄的荆轲刺秦王的故事。

又过了六年,秦王政二十六年秦并天下,赵政号称皇帝。他想从此以后万世一系,自己号称始皇帝,下边二世三世以至万世,秦国江山将与日月长存。从此,秦始皇实行专制制度,愚民政策,并且书同文、车同轨、修长城、建驰道,严刑峻法,加强统治。

隔了一年,二十九年,张良博浪沙大椎一击,误中副车。

又隔一年。高渐离铅筑一击,只中膝盖。

又隔一年,三十一年,"蔺池遇盗,见窘"。

然后,秦始皇对外南征百越,北伐匈奴,对内焚书坑儒,以愚黔首。

黄羊角死后第六年,秦始皇三十七年,公元前210年,秦始皇死在巡游的路上。这个地方值得一提:赵国的沙丘,距离邯郸不远。也许在他临死前曾经想起过他所喜欢的邯郸的大火。

第二年,秦二世元年,陈胜、吴广举行暴动,并称王于陈。赵高杀蒙恬、蒙毅,夷三族。

秦二世三年赵高杀李斯,夷三族,彻底完成了逐客令。同年秦亡。

这一年距离吕不韦死只有二十七年。

写到这里,忽然发现一点值得提的事情。吕不韦死在公元前235年,那是个丙寅年。今年,1986年,真是凑巧,也是个丙寅年。时间过得真快,已经过了五十七个甲子。现在谨以此书,纪念古代伟大的思想家吕不韦逝世二千二百二十年。

1986年4月22日句注满月

林鹏于太原东花园宿舍

2003年6月14日修订注释

林鹏于太原东花园

　　要认清现代的中国，就应该首先认清古代的中国。关键是认清人，认清关键的人。现代中国的关键人物是毛泽东，古代中国的关键人物是秦始皇。秦始皇一生中的关键时刻，是他冠礼前后的一两年。《史记·秦始皇本纪》所载"王弟长安君成蟜将兵击赵，反，死屯留"，以及与此同时发生的一连串大事件：嫪毐暴乱，"战咸阳，斩首数百"，尉缭逃亡，韩非之死，郑国被谗，燕丹亡归，樊於期奔燕，吕不韦罢相并在不久后被赐死，李斯谏逐客令，等等，这些事情不能说是小事情，然而从来历史家不予注意，无论通史、专史概不涉及……这就是二十世纪八十年代初的情况，这也就是我决心写作《咸阳宫》的初衷。

　　对于一个历史人物，你可以说他伟大，也可以说他渺小，只要他确实干过一些事情，这就有他具有的历史原因和社会条件。这些叫作原因和条件的东西，其实也都是偶然凑集起来的，说不上什么必然性和必然规律。后来人给个什么想法，这是次要的，重要的是什么事情铸成了他的个性，进而铸成了他的功劳和罪恶。既然叫作功劳，就是人人都可以建立的；只有罪恶，纯属个性。所以我认为，要认清中国历史，首先应该认清个人，这就是秦始皇。这就是我的《咸阳宫》的基本主题思想。在文学上，我反对玩弄技巧，这个主义,那个主义,陷没在永远说不完的公式化概念化的泥沼中……

我主张平铺直叙,不留悬念,不卖关子。《咸阳宫》服从基本的历史事实,没有什么叙事技巧可言,在情节上没有武打,没有性爱,没什么吸引人的描写。但是,只要对历史有兴趣的人,只要是一个善于思考的人,就能看得下去。我首先是一个历史家,其次才是一个作家。友人周宗奇说,关于司空马、黄羊角等人的下落应该交代几句。这个批评很好,我增加了两段文字。此外,有读者反映看不懂,于是才有此修订注释本的产生,对一些人物事件以及重要言语的出处作了注释。如果有读者愿意深入一步,可以循此前去。

《咸阳宫》是我二十年前的作品。一九八五年一年间,我至少写了两百个通宵。那年我五十八岁,我在上班,我叫这是"破坏性试验"。我想起伍子胥的话:"吾日暮途远,吾将倒行逆施。"没有计划,不列提纲,写到哪里算哪里,写成啥算啥。二十世纪八十年代初,我的思想仍然非常肤浅,这只不过是对七十年代批林批孔的一个回应而已。北京出版社颇为重视,将《咸阳宫》列入精品系列。有些读者还是看懂了,他们的评论也还公允:"布衣之怒气""圣贤之心""仁者无敌""还在木鞋里发呆哟"等等。那年在顺义开会时,徐本一先生对我说:"你的黄鸟之思,赛过莎士比亚。"人们在生活中挣扎着,奋斗着,历史在自己的轨道上滚动着,蠕动着……二零零五年十二月写此后记,附在新版的《咸阳宫》之后。

七十八叟林鹏于太原